HEYNE BÜCHER

D1925635

Fantasy

Herausgegeben von Wolfgang Jeschke

Von Patricia Kennealy erschienen in der Reihe
HEYNE SCIENCE FICTION & FANTASY:

Die Keltiade:

Die Kupferkrone · 06/4622
Der Thron von Scone · 06/4623
Der silberne Zweig · (in Vorb.)

PATRICIA KENNEALY

Der Thron von Scone

Zweiter Roman
der ›Keltiade‹

Deutsche Erstausgabe

Fantasy

WILHELM HEYNE VERLAG
MÜNCHEN

HEYNE SCIENCE FICTION & FANTASY
Band 06/4623

Titel der amerikanischen Originalausgabe
THE THRONE OF SCONE
Deutsche Übersetzung von Irene Holicki
Das Umschlagbild schuf Klaus Holitzka
Die Karten und Zeichnungen auf den Seiten 18—21
sind von Erhard Ringer

Redaktion: Friedel Wahren

Printed in Germany 1989
Umschlaggestaltung: Atelier Ingrid Schütz, München
Satz: Schaber, Wels
Druck und Bindung: Ebner Ulm

ISBN 3-453-03495-3

Für meine Mutter
und meinen Vater

Anmerkungen zur Aussprache

Orthographie und Aussprache der Namen und Begriffe in der ›**KELTIADE**‹ sind den meisten Lesern wahrscheinlich nicht vertraut, es sei denn, jemand hätte sich zufällig intensiv mit Werken wie dem Mabinogion oder dem Cuchulainn-Zyklus befaßt. Die keltischen Sprachen (Irisch, Schottisch-Gälisch, Manx und Bretonisch), aus denen ich mich bei meiner Nomenklatur bedient habe, sind mit keiner Sprache verwandt, die uns Anhaltspunkte für die Ableitung oder für die Aussprache der einzelnen Wörter geben könnte. Abgesehen von den Lehnwörtern haben diese Wörter nicht wie bei den romanischen Sprachen lateinische Wurzeln, sondern entstammen einem völlig anderen Zweig der indoeuropäischen Sprachenfamilie.

Deshalb habe ich mir im Interesse des Lesers gewisse nicht immer durchgängige Freiheiten in der Rechtschreibung genommen, aber man kann natürlich mit den Namen verfahren, wie man will, oder sie auch ganz übergehen. Für jene, die vielleicht dem Autor einen Gefallen tun möchten, habe ich jedoch folgende Liste der schwierigeren Namen, Begriffe und phonetischen Kombinationen zusammengestellt.

Noch eine weitere Anmerkung für alle jene (und ihrer sind Legion), deren Kenntnisse in den keltischen Sprachen mein eigenes armseliges Wissen übersteigen: Die hier verwendeten Worte sind allgemein aus der keltischen Sprachfamilie entnommen, nicht aus einer bestimmten Einzelsprache. Ich habe mich ziemlich gleichmäßig aus den meisten keltischen Sprachen bedient – außerdem aus dem elisabethanischen Englisch und auch aus dem Tieflandschottischen (Lallans), wo mir das angebracht erschien – und sowohl Archaismen als auch Begriffe verwendet, die heute allgemein gebräuchlich sind. In nicht wenigen Fällen habe ich ihre Bedeutung so weit verändert, wie es für meine Zwecke erforderlich war. Man sollte also nicht allzusehr überrascht sein, wenn vertraute Worte in etwas anderem Sinn verwendet werden. Man kann vernünftigerweise davon ausgehen, daß Wörter sich im Lauf der Zeit und durch räumliche Entfernung verändern; Keltia ist räumlich wie zeitlich sehr weit entfernt, und wer will sagen (wenn nicht ich), welche Worte man dort verwendet und welchen Sinn man ihnen gibt?

Sollte ich damit den Zorn der Puristen noch nicht besänftigt haben, so berufe ich mich hiermit auf das alte Humpty Dumpty-Gesetz: »Wenn *ich* ein Wort verwende ... bedeutet es genau das, was ich will – weder mehr noch weniger.« Nun sind Sie gewarnt.

VOKALE

Im allgemeinen wie (im Engl., Anm. d. Übers.) üblich, allerdings wird *a* gewöhnlich wie ›a‹ ausgesprochen, und *i* wird niemals wie ›ai‹ artikuliert, sondern ist immer ein langer ›e‹- oder ›i‹-Laut. Also ›Ard-rih‹ für *Ard-rígh,* nicht ›Ard-rai‹. Das Schluß-e ist immer hörbar; also: ›Sle-i-ni‹ für *Slaine,* nicht ›Sle-in‹; *Shane* wird wie im Englischen ausgesprochen.

VOKALKOMBINATIONEN

aoi:	›ih‹ wie in ›Lied‹
ao:	›e-i‹ wie engl. ›pay‹
au:	›au‹ wie in ›Bau‹, nie ›o‹ wie engl. ›saw‹; *Jaun* reimt sich daher auf ›Faun‹, nicht auf ›Hohn‹
ae, ai:	›ai‹ wie in ›Mai‹. Ausnahmen: die Eigennamen *Aeron* und *Slaine;* dort wird der Diphthong wie in engl. ›day‹ ausgesprochen
á:	Der Akzent zeigt an, daß der Vokal lang gesprochen wird. *Dán* wird also ›dahn‹ ausgesprochen.
io:	›i‹, wenn ohne Akzent. Mit Akzent *(ío)* spricht man ›ih‹.

KONSONANTEN

c:	immer ein ›k‹-Laut.
ch, kh:	guttural wie der deutsche ›ach‹-Laut, niemals wie im Englischen (›choose‹) assibiliert
g:	immer hart wie in ›geben‹, keine Assibilierung
bh:	wird als stimmhaftes ›v‹ ausgesprochen.
dd:	wie ein stimmhaftes engl. ›th‹ ausgesprochen, z. B. in ›then‹

EINIGE SCHWIERIGE NAMEN

Aeron:	E-I-ron
Aoibhell:	ih-VELL
Gwydion:	GWID-ion
Ríoghnach:	RIH-o-nach
Caerdroia:	car-DROI-a
Taoiseach:	TIH-schoch
Sidhe:	Schih
Annwn:	annun
Nudd:	nihthe (manchmal auch Neith geschrieben)
Sorcha:	SURR-u-cha
Taliesin:	tal-IES-in
Kynon:	kinnon
Pryderi:	prih-DÄR-ih
dûhín:	duh-hihn
Irin Magé:	IH-rin MAH-ge-i
Scone:	richtig: Skuhn, aber nach Belieben

Personen

KELTEN

AERON AOIBHELL	Königin der Kelten
GWYDION AP ARAWN	König von Keltia, Fürst von Gwynedd, Oberster Kriegsherr
MORWEN DOUGLAS	Herzogin von Lochcarron; Taoiseach von Keltia
ROHAN	Prinz von Thomond, Aerons Bruder und Thronerbe
SORCHA NI REILLE	(Sarah O'Reilly) ehemalige Terranerin
DESMOND	Vetter Aerons; Sohn des verstorbenen Elharn Eisenstirn
SHANE	Vetter Aerons
INDEC	Äbtissin der Ban-draoi
BRONWEN	Novizin bei den Ban-draoi
SABIA NI DALAIGH	Freundin Aerons
GRELUN	Offizier in Gwydions Diensten
POWELL	Fürst von Dyved
PRYDERI	Lord von Caradigion, sein Sohn
CARADOC LLASSAR	Großadmiral der keltischen Sternenflotte
GWENNAN CHYNOWETH	Captain des Sternenschiffs *Feuerdrache*
DENZIL CAMERON	Kommandeur in Rohans Diensten
STRUAN CAMERON	sein Bruder; Oberstallmeister
FEDELMA NI GARRA	weibl. General der Fianna
DONAL MAC AVERA	Generalcaptain der Fianna
HELWEN DRUMMOND	Mitglied der Drachenbruderschaft
CUMARA	ein Merrow, Angehöriger des Seevolks von Kernow
ALLYN SOHN DES MIDNA	Lord der Sidhe

DECLAN	Bruder Aerons
FIONNUALA	Schwester Aerons
GAVIN	Earl von Straloch, Oberster Ratsherr für Auswärtige Angelegenheiten
KYNON AP ACCOLON	kymrischer Verräter
RIOGHNACH	Prinzessin des Geschlechts; Schwester Aerons
NIALL O KEREVAN	Herzog von Tir-connell, ihr Gatte
KIERAN	Bruder Aerons, Zwillingsbruder Declans
EILUNED VON GARIOCH	seine Frau
MELANGELL	Cousine Aerons
SLAINE	Cousine Aerons, Schwester Desmonds
ITHELL	eine Frau aus dem Oberen Dunkeltal
GWYN AP NUDD	König der Sidhe
ETAIN	seine Königin

TERRANER

HACO GREX	terranischer Botschafter in Keltia
THOMAS DE VALADON	Konsul
DEONORA MARONCHUK	Konsul
WARREN HATHAWAY	Lieutenant auf der FSS *Sword*
ATHÉNÉE MIKHAILOVA	Offizier auf der FSS *Sword*
SARAH O'REILLY	Lieutenant auf der FSS *Sword* (jetzt Sorcha ní Reille)
THEO HARUKO	verstorbener Captain der FSS *Sword*

KORANIER

JAUN AKHERA	Kaiser der Cabiri
STREPHON	sein Großvater und Vorgänger auf dem Thron

HELIOR	seine Mutter
SANCHONIATHON	sein Bruder
TINAO	seine Geliebte
HANNO	Generalcaptain der Kaiserlichen Truppen auf Tara
GARALLAZ	Adjutant Jaun Akheras
IRIN MAGÉ	Oberpriester des Ordens der Cabiri
INDARRAK	Tinaos Diener

FOMORI

ELATHAN	König von Fomor
CAMISSA	seine Königin
TALORCAN	sein Halbbruder
BASILEA	Königinwitwe von Fomor; Elathans Mutter
RAUNI	Schwester Elathans
THONA	Konkubine des verstorbenen Königs Bres; Talorcans Mutter
BORVOS	Captain von Elathans Leibgarde
TREIC	sein Lieutenant

Was in *Die Kupferkrone* geschah

Man schreibt das Jahr 3512. Die FSS *Sword*, ein Forschungsraumschiff von der Erde, ausgeschickt, um erste diplomatische Kontakte mit fremden Zivilisationen zu knüpfen, gelangt ahnungslos in einen Bereich des Weltraums, der – wie sich herausstellt – von den Kelten beherrscht wird.

Keltia ist ein sieben Sternensysteme umfassendes interstellares Königreich, das im Jahre 453 n. Chr. unter Führung des Heiligen Brendan, des Astrogators, von Kelten gegründet wurde, die von der Erde kamen. Gegenwärtig herrscht dort die junge Königin Aeron. Sie sieht in der Ankunft der *Sword* eine Chance für Keltia, wieder freundschaftliche Beziehungen zu der Welt anzuknüpfen, die ihr Volk vor so langer Zeit verlassen hatte, und strebt ein Bündnis mit der Erde an.

Aerons Wunsch wird jedoch keineswegs allgemein geteilt, weder in ihrem eigenen Reich noch jenseits der Energiebarriere, einem psionischen Kraftfeld, das Keltia vor dem Rest der Galaxis verbirgt. Das Cabiri-Imperium und das Königreich Fomor, beide seit alters erbitterte Feinde der Kelten, haben durch die verräterische Prinzessin Arianeira, die Schwester von Aerons künftigem Prinzgemahl Gwydion, vom Kontakt mit der Erde erfahren. Nun schließen sich Jaun Akhera, der Erbe des Cabiri-Kaisers Strephon, und Bres, der König von Fomor, zusammen, um Keltia zu überfallen und zu besetzen, ehe es sich mit der Erde verbünden kann.

Theo Haruko, der japanesische Captain der *Sword*, und sein Lieutenant Sarah O'Reilly, die inzwischen Aerons Freunde geworden sind, entdecken zu ihrem Entsetzen, daß Hugh Tindal, ein weiteres Mitglied der *Sword*-Crew, von Arianeira mit in ihr verräterisches Komplott hineingezogen wurde. Aber noch ehe sie Aeron davon erzählen können, schlägt Arianeira mit Schwarzer Magie eine Bresche in die Energiebarriere und läßt die Flotten der Kaiserlichen und der Fomori ein.

In den heftigen Kämpfen, die nun folgen, sind die Kelten zwar im Weltraum erfolgreich, können aber nicht verhindern, daß die Gegner die Thronwelt Tara besetzen. Aeron selbst läßt sich aus Rache auf einen wilden Zweikampf mit Bres ein, dem König der Fomori, der kurz zuvor ihren Freund Haruko erschlagen hat und außerdem drei Jahre zuvor das Sternenschiff mit ihren Eltern und ihrem ersten Gemahl Roderick an Bord in einen Hinterhalt lockte, wobei alle den Tod fanden.

Sie tötet Bres, dessen Sohn und Nachfolger Elathan zieht sich sofort aus dem Krieg zurück und führt seine Armeen heim nach Fomor. Elathan war zum Zorn und Abscheu seines Vaters und seines Halbbruders Talorcan schon immer gegen den Krieg mit den Kelten gewesen; als König kann nun er handeln, wie er will. Aeron wurde jedoch bei dem Kampf mit Bres schwer verwundet und wird nur durch Gwydions Magie gerettet, als dieser mit seinen beträchtlichen Fähigkeiten einen magischen Teich schafft und damit ihre Verletzungen heilt.

Caerdroia, die keltische Hauptstadt, fällt schließlich, als Jaun Akhera in seiner Verzweiflung Magie einsetzt – während Aeron sich standhaft weigert, sich mit gleichen Mitteln zu verteidigen –, und Aeron, Gwydion und Morwen, die keltische Premierministerin, werden von den kaiserlichen Truppen gefangengenommen.

Arianeira bereut jedoch ihren Verrat und verhilft, unterstützt von Gwydion, Aeron und Morwen zur Flucht. Aeron will nicht ohne Gwydion fortgehen, aber es gelingt ihm schließlich mit einem Trick, sie dazu zu bewegen, und sie verläßt die Stadt zusammen mit Morwen. Als Jaun Akhera entdeckt, daß die Königin samt ihrer Premierministerin entkommen ist und daß ausgerechnet seine angebliche Verbündete Arianeira ihnen zur Flucht verholfen hat, gerät er in Zorn und ist fest entschlossen, Arianeira wegen ihres neuerlichen Verrats zu töten. Doch Arianeira nimmt sich selbst das Leben, um ihren Verrat an Aeron zu sühnen und

Jaun Akheras Rache zuvorzukommen, und stirbt in den Armen ihres Bruders Gwydion.

Der Planet Tara bleibt in der Hand der Kaiserlichen. Jaun Akhera und sein Bruder Sanchoniathon besetzen Caerdroia; und Gwydion bleibt freiwillig als Geisel zurück, um Keltia für Aeron zu erhalten und weil er hofft, eine Widerstandsbewegung organisieren zu können; vor dem Sturz der Stadt schickt er die königliche Familie und andere – darunter auch die Terranerin Sarah O'Reilly, die nach der Rückkehr der *Sword* zur Erde in Keltia bleiben wollte – in geheime Verstecke.

Nach einer langen schrecklichen Flucht über die Berge, in tiefem Schnee und bitterer Kälte, gelingt es Aeron und Morwen, einen geheimen Raumhafen zu finden, wo Arianeira Aerons Sternenschiff *Retaliator* versteckt hat, und mit diesem Schiff verlassen sie den Planeten und Keltia.

Sie haben eine langwierige, schwierige Aufgabe vor sich, und es ist nicht einmal sicher, ob das, was sie suchen, auch wirklich existiert: sie wollen die legendären verlorenen Schätze von Keltia wiederfinden, die der große König Arthur selbst vor fünfzehnhundert Jahren aus dem Königreich mitgenommen hatte – magische Waffen, die es Aeron ermöglichen sollen, Jaun Akhera ihr Reich wieder abzunehmen, ihn, falls sie sich letztlich dazu entschließt, zu vernichten und sich für sich selbst und für Gwydion ein eigenes Reich zu erringen. Doch zuerst müssen sie und Morwen Arthur finden.

hohle berge
nordebene
stairgebirge
mount keltia
avon dia
caerdroia
klippen von fhola
täler
drachengrat
moymore
keverango
erpelkopf
armoy
trommelwald
kyles von ra
die thronwelt

Stairgebirge
Avon Dia
Klippen von Thola
Caerdroia
Adlerberg
Mardale
Tomnahara
Webstuhl
Nandruidion
Ath na Forair
Rath na Riogh
Wolfstal
Dunkeltal
Sannertal
Tiefes Tal
Täler
Silbertal
Pfeildurchgang
Drachengrat
Keverango
Die Thronwelt

Rígh-Domhna: Die königliche Familie von Aoibhell und Seitenlinien

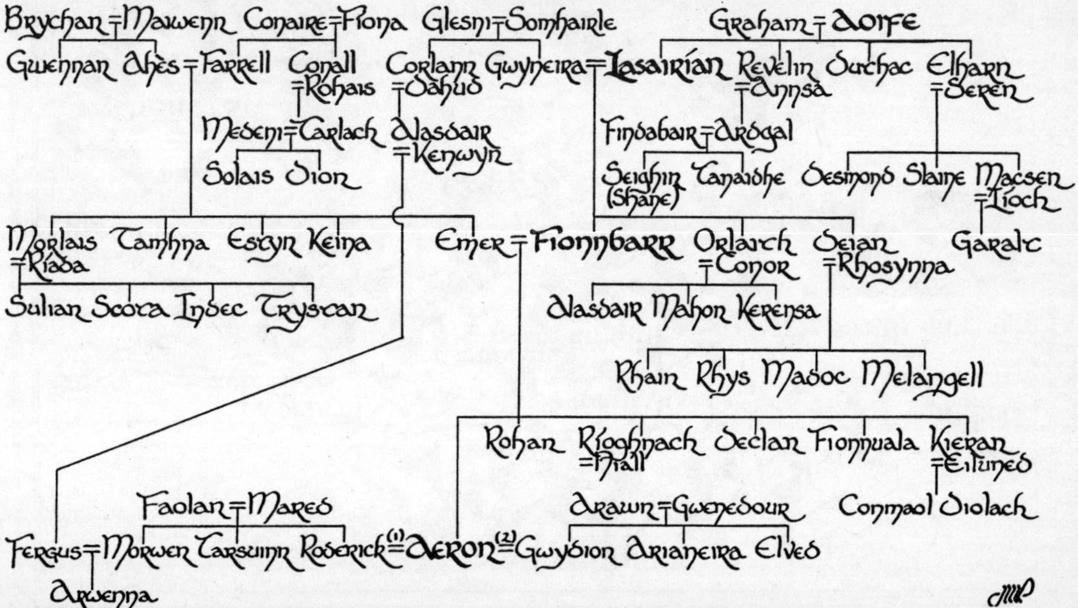

Stammbaum der Ard-Rian Aeron

Auszug aus den königlichen und adeligen keltischen Häusern

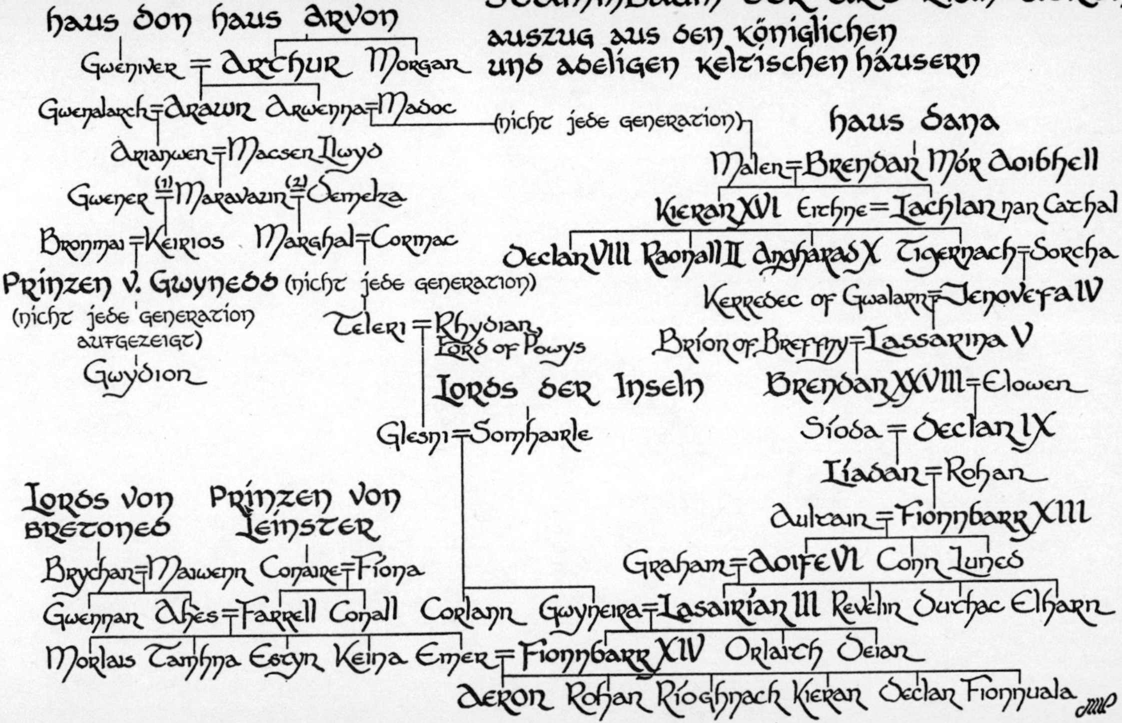

Ni bu Arthur ond tra fu.

(»Auch Arthur
hatte nur seine eigene Zeit.«)

1. Kapitel

In den Tagen nach seiner Krönung hatte Elathan von Fomor nur wenig Zeit für sich gehabt. Man hatte ihm die Eisenkrone seiner Ahnen aufs Haupt gesetzt, er hatte die Treuegelöbnisse seiner Barone entgegengenommen, und die Leiche seines Vaters Bres war in den düsteren, verstaubten Gewölben unter dem Palast neben den vierundfünfzig Königen und Königinnen beigesetzt worden, die vor ihm über Fomor geherrscht hatten. Jetzt wurde es Zeit zu regieren, statt nur zu amtieren.

Es gab wahrhaftig eine Menge zu entscheiden, und das wußte Elathan nur zu gut. In seiner ersten Stunde als König hatte er einen Entschluß gefaßt, der zweifellos nicht nur seine eigene Regierungszeit, sondern auch das Schicksal Fomors in künftigen Generationen und Herrschaftsepochen prägen würde: Tausende von Sternenmeilen entfernt, auf der keltischen Thronwelt Tara, hatte Elathan seine Armeen aus dem Krieg gegen Keltia abgezogen, hatte sie zurückgepfiffen wie Hunde auf der Jagd, hatte gegen den Rat aller den Krieg verlassen und seine Streitkräfte zusammen mit der Leiche seines Vaters nach Hause geführt. Der Krieg war jedoch auch ohne ihn weitergegangen, ein Krieg, der weder auf Elathans Initiative zurückging, noch seinen Wünschen entsprach – ein Krieg, der auf verräterische Weise von Jaun Akhera, dem Erben des Cabiri-Imperiums, begonnen worden war und dem sich Bres aus Rache und aus lange, lange währendem Haß angeschlossen hatte.

Bei dem Gedanken an seinen Vater glitt ein Schatten des Kummers über Elathans Gesicht. Sie hatten sich nie sonderlich nahegestanden – Bres hatte alle Zuneigung, die er aufzubringen oder zu zeigen vermochte, seinem jüngsten Kind, seiner blonden Tochter Rauni, und Talorcan, dem Sohn seiner langjährigen Konkubine Thona, vorbehalten – und in den letzten Monaten hatten sich Vater und Sohn nicht nur wie Fremde, sondern wie aktive Gegner gegenübergestanden. Trotzdem war Bres Elathans König wie auch sein Vater gewesen, und der junge König empfand aufrichtigen Schmerz über den Verlust.

Nun, Bres war jetzt über alle Rachegelüste hinaus, er war auf Tara getötet worden, von der Königin der Kelten persönlich, in einem Zweikampf, der mit einem siebzig Jahre alten Streit und beinahe auch mit Königin Aeron selbst ein Ende gemacht hatte. Aber sie war nicht gestorben: Sie war von Jaun Akhera gefangengenommen worden und dann entkommen – hatte, begleitet von ihrer Freundin und Premierministerin Morwen Douglas und verfolgt von allen kaiserlichen Flotten, den Planeten verlassen.

Und man hatte sie nicht gefunden! Eine Welle von Jubel durchströmte Elathan bei diesem Gedanken; er hoffte, daß sie weiterhin einer Gefangennahme entgehen werde, und war keineswegs erstaunt, daß er so empfand.

Er hätte selbst nichts gegen eine Art Flucht einzuwenden gehabt; am liebsten hätte er sich vom Hof und von seiner Hauptstadt Tory davongemacht, hätte sich bei Nacht und Nebel auf seinen Lieblingslandsitz in den südlichen Bergen geschlichen – ohne Diener, ohne Höflinge, ohne Wachen, nur er und Camissa, seine Verlobte. Sie hatten dort schon früher glückliche Zeiten erlebt – ehe Bres es für nötig befunden hatte, Fomor in dieses unselige Bündnis mit dem Imperium und in den Rachekrieg gegen die Kelten zu stürzen – und dort würden sie auch wieder glücklich sein; aber eine solche Idylle mußte natürlich bis nach der Hochzeit warten, und auch die mußte man verschieben, bis die sechsmonatige offizielle Trauerzeit für Bres vorüber war. Danach freilich ... Bei dem Gedanken an Camissa zog Frieden in seinen Geist ein, der Druck wich von ihm, und er lächelte.

Der Kammerherr, der die ganze Zeit geduldig vor ihm gestanden hatte, nahm dieses Lächeln als Zeichen des Erkennens und hüstelte diskret.

»Die Botschafter von Alphor warten draußen, Majestät. Soll ich sie hereinführen?«

Elathan kam mit einem Ruck in die Gegenwart zurück, tat mit einem widerwilligen Nicken sein Einverständnis kund und erhob sich aus dem Elfenbeinstuhl, als sich die Türen öffneten und die koranischen Abgesandten eintraten. Diese offizielle Begegnung hatte er seit dem Tag seiner Krönung gefürchtet und sie sogar hinausgezögert, so lange er es wagen konnte; aber nun durfte er Strephons Lakaien nicht länger warten lassen, wenn er nicht Gefahr laufen wollte, den Kaiser zu kränken – und seine Vergeltung herauszufordern.

Er war jedoch insofern vom Protokoll abgewichen, als er sie hier in seinem Privatbüro, an seinem mit Papieren übersäten Schreibtisch empfing statt im Audienzsaal, wie es üblich war. Das war ein feiner – hoffentlich ein nicht zu feiner – Hinweis, den die Gesandten sicherlich an Kaiser Strephon weitergeben würden.

Er beobachtete sie, als sie durch den Raum geglitten kamen. Hier in Tory herrschte tiefer Winter, doch die Koranier waren trotz der bitteren Kälte und dem bleigrauen Himmel im vollen Ornat ihres Heimatplaneten erschienen: lange Röcke aus kompliziert gefälteltem weißen Leinen, die beim Gehen um die Knöchel flatterten, über schmalen Hosen aus kostbarem gemusterten Tuch, die Brust halb entblößt unter den kurzen Jacken, darüber goldbestickte ärmellose Mäntel, die ihnen bis über die Knie reichten. Auf dem Kopf trugen sie kleine formlose Mützen wie Beutel aus Samt, mit edelsteinbesetzten Schnüren geschmückt, und auch die Pantoffel mit den goldenen Spitzen waren aus Samt. Die Tracht wirkte im Gegensatz zu den einfach geschnittenen Gewändern der Fomori sehr fremdartig. Die Gesichter der Gesandten waren golden von der unbeständigen Sonne, die ihre Heimatwelt Alphor abwechselnd in eine Eiswüste und dann wieder in eine verbrannte Steppe verwandelte. Unter den Samtmützen hatten sie dichtes, glattes, dunkles Haar.

Sie blieben vor dem Schreibtisch stehen und verneigten sich tief, während sich der Kammerherr zurückzog. Elathan erwiderte die Verbeugung mit einem kurzen königlichen Nicken, das seine Abneigung verbarg, und bedeutete ihnen, sie könnten sich in seiner Gegenwart setzen. Sie zögerten jedoch so lange, bis er selbst wieder Platz genommen hatte.

»Nun, Ihr Herren«, murmelte Elathan und erteilte ihnen damit das Wort.

»Wir überbringen die Glückwünsche des Cabiri-Kaisers Strephon, lange möge er herrschen, an seinen edlen Vetter von Fomor«, sagte der Abgesandte, der offenbar der ranghöhere von beiden war. »Und natürlich das tief empfundene Beileid des Imperiums anläßlich des frühzeitigen Hinscheidens des königlichen Vaters Eurer Majestät, noch dazu unter so entsetzlichen Umständen.«

Elathan antwortete nicht sofort. »Wir danken Unserem Vetter Strephon für sein aufrichtiges Mitgefühl und seine Besorgnis«, sagte er dann. »Ihr seid hier, um Eure diplomatischen Pflichten aufzunehmen, mein Herr ...?«

»Mein Name ist Emen Gaitz, Majestät«, sagte der Botschafter und wirkte dabei ziemlich bestürzt, denn Elathan hätte seinen Namen kennen sollen, und er kannte ihn zweifellos auch, wie der Gesandte sofort begriff ... »Darf ich Euch meinen Kollegen Chamara vorstellen?« murmelte er ernüchtert.

»Eure Beglaubigungsschreiben?«

Schweigend reichte Emen Gaitz dem König ein goldenes Diptychon, Elathan brach das dünne Siegel auf und überflog kurz den Inhalt.

»Majestät werden alles in Ordnung finden ... Wir wurden tatsächlich in aller Form vom Kaiser an den Hof von Fomor entsandt, doch wir haben auch noch einen anderen, etwas heikleren Auftrag, den uns ein anderes Mitglied der kaiserlichen Familie anvertraute.«

Elathan legte das Diptychon mit leichtem Stirnrunzeln beiseite, lehnte sich in seinem Stuhl zurück, faltete die langen schmalen Hände unter dem Kinn und wartete, daß sie weitersprachen.

Nun ergriff Chamara das Wort. »Wir sind uns wohl bewußt«, brummte er, »wie hoch Seine Hoheit Jaun Akhera, der kaiserliche Thronfolger, Eure Majestät von Fomor schätzt, und da wir überzeugt sind, daß dieses Gefühl auf

Gegenseitigkeit beruht ...« Hier stockte er, denn Elathans Gesicht war völlig ausdruckslos, aber er faßte sich wieder und fuhr fort: »Jedenfalls haben wir von Ihrer Kaiserlichen Durchlaucht Prinzessin Helior im Namen ihres Sohnes Jaun Akhera Anweisung erhalten, uns mit allem Respekt bei Euer Gnaden zu erkundigen, ob Ihr nicht geruhen würdet, Euren Standpunkt noch einmal zu überdenken und die Feindseligkeiten gegen Keltia wieder zu eröffnen.«

Keltia ... Das Wort summte in Elathans Ohren wie ein Bienenvogel, und der Raum verschwamm ihm vor den Augen. Was im Namen aller Götter sollte er denn noch tun, um den Leuten zu beweisen, daß es ihm mit der Politik, die er vertrat, ernst war, daß er mit den Kelten und mit Aeron gut Freund sein *wollte* ...

»Prinzessin Helior ist sich doch gewiß ebenso wie auch ihr Sohn über die Umstände im klaren, unter denen ich meine Armeen aus dem keltischen Krieg zurückgezogen habe. Was könnte sich Fomor denn davon versprechen, den unüberlegten Kampf wieder aufzunehmen, in dem sein König getötet wurde?«

»Unter anderem Rache für den Tod des Königs, Herr«, schaltete sich Emen Gaitz eifrig ein. »Schließlich war es Aeron Aoibhell, Keltias Königin, die Euren königlichen Vater tötete. Sie ist jetzt, wie Euer Gnaden wissen, ein gewöhnlicher Flüchtling, und was immer die Kelten Jaun Akhera entgegenzusetzen vermögen, er hat ihre Thronwelt in der Gewalt.«

»Was sehr für Jaun Akhera spricht. Trotzdem ist es kein guter Grund, ja, eigentlich gar kein Grund, warum ich meine Armeen wieder in einen Kampf führen sollte, mit dem ich von Anfang an nichts zu tun haben wollte. Ich habe das Jaun Akhera schon selbst gesagt, lange vor Beginn des Krieges und noch einmal nach dem Tod meines Vaters.«

Die Abgesandten machten betretene Gesichter. »Prinzessin Helior bittet Euch, Herr, wenigstens an künftige Freundschaften zu denken«, sagte Chamara nach einer Weile. »Jaun Akhera ist im gleichen Alter wie Eure Majestät, und er wendet sich an Euch – als Freund, Altersgenossen und künftigen Verbündeten – um Unterstützung. Euer verstorbener königlicher Vater …«

»Mein verstorbener königlicher Vater«, sagte Elathan, und jetzt klang seine Stimme scharf, »war derjenige, der einen Rachefeldzug gegen die Kelten führen wollte; mein Vater, nicht ich, mein Herr. Diese Fehde ist jetzt beendet, jedenfalls soweit es mich betrifft, und ich glaube, in dieser Angelegenheit kann ich auch für die Königin der Kelten sprechen. Ich sage es Euch zum letzten Mal: Ich werde den Krieg gegen Keltia unter keinen Umständen wieder aufnehmen, und wenn Aeron Aoibhell überlebt, in ihr Reich zurückkehrt und es Jaun Akhera wieder abnimmt – wovon ich fest überzeugt bin – so ist es meine erklärte Absicht, von Monarch zu Monarch, von Königshaus zu Königshaus und von Mensch zu Mensch Frieden mit ihr zu schließen. Die Feindschaft zwischen ihrer und meiner Familie hat lange genug gedauert und mehr als genug königliches Blut gekostet. Höchste Zeit, ein Ende zu machen.« Er erhob sich, und die beiden sprangen hastig auf. »Wenn es weiter nichts zu besprechen gibt?«

Sie glätteten die Falten ihrer Kleidung, lächelten routiniert und spreizten zum Zeichen, daß sie nichts mehr zu sagen hätten, die Hände.

»Nun denn. Ich erkenne Euch als Abgesandte an und freue mich, Euch hier bei Hofe zu sehen. Was alles andere angeht – so ist wohl klar, daß darüber nicht gesprochen wurde. Ich wünsche Euch einen guten Tag, Ihr Herren.«

Als sich die Türen hinter den Koraniern schlossen, ließ er sich in seinen Stuhl zurückfallen; deshalb sah er den Mann nicht, der sich allein in der großen offenen Halle vor den Türen des Arbeitszimmers herumdrückte und sich jetzt, nach einem schnellen verstohlenen Blick in die Runde, wie zufällig den kaiserlichen Gesandten anschloß.

Sie blieben überrascht stehen und begannen sich vor dem Neuankömmling ebenso förmlich und respektvoll, wenn auch weniger tief, zu verneigen wie vor dem König von Fomor persönlich. Aber er wehrte die Huldigung ab und führte die beiden schnell aus der Halle, wobei er sich noch einmal umschaute, um sich zu vergewissern, daß niemand sie beobachtet hatte. Sobald sie von den königlichen Gemächern aus nicht mehr zu sehen waren, wandte er sich ihnen mit gewinnendem Lächeln zu.

»Ach, Ihr Herren«, sagte Talorcan, Elathans Halbbruder, Sohn des Bres und seiner offiziellen Konkubine, Lady Thona, »wäre es Euch genehm, Euch noch etwas ausführlicher über Euren wahren Auftrag hier in Tory zu unterhalten? Denn ich«, sagte er, »könnte Euch dabei behilflich sein und wiese – ganz gleich, wie sich mein königlicher Bruder entscheidet – die Freundschaft des nächsten Cabiri-Kaisers nicht zurück. Wollen wir das Gespräch in meinen Gemächern fortsetzen?«

»Aeron? Schläfst du?« Morwen Douglas, Herzogin von Lochcarron und Premierministerin von Keltia, stand in der Tür der Sternenschiffkabine und lächelte nachsichtig.

Die Angesprochene lag in eleganter Haltung zusammengerollt auf der Andruckliege, die langen schlanken Beine an den Knöcheln übereinandergelegt und ein wenig hochgezogen, das rotgoldene Haar wie eine Decke über sich gebreitet. Aeron Aoibhell, Königin von Keltia, Morwens Pflegeschwester und einstige Schwägerin, erwachte, reckte sich und setzte sich auf, alles mit einer einzigen fließenden Bewegung.

»Jetzt nicht mehr ... jedenfalls bin ich ausgeschlafen. Laß mich das Schiff während der nächsten und für den Rest dieser Wache übernehmen. Ich habe das Bedürfnis, mit mir selbst zu Rate zu gehen, und das ist einfacher, wenn ich am Steuer stehe, als wenn ich hier untätig herumliege.«

Morwens Lächeln wurde breiter. »Nun, sollten Eure Majestät noch anderen Rat brauchen – ich will nicht von weiserem Rat sprechen –, so möge sie bedenken, daß ihr die Dienste ihrer Taoiseach zur Verfügung stehen. Aber ich glaube, ich lege mich auch ein wenig aufs Ohr; außerdem bist du die einzige hier, die weiß, wohin es geht.«

»Ich habe dir doch gesagt, wohin es geht.«

»Ach ja: Wir sind auf der Suche nach Arthur – einem König, der seit fünfzehnhundert Jahren tot ist – und nach den Dreizehn Schätzen von Keltia – die vielleicht existieren, vielleicht aber auch nicht und die er vielleicht mitgenommen hat, vielleicht aber auch nicht. Nicht gerade ein ausgesprochen präzises Ziel.«

»Vielleicht. Aber wenn Euer Gnaden von Lochcarron ihre Ruhepause noch so lange aufschieben könnten, bis du darin ein wenig gelesen hast« – sie warf Morwen ein kleines, in dunkelblaues Leder gebundenes Buch zu und erhob sich, während sie sprach, von der Liege –, »wirst du bald eine bessere Vorstellung von unserem Ziel haben. Das heißt, wenn du es überhaupt wissen willst.«

Morwen schnappte sich den kleinen Band, der im Bogen durch die Luft geflogen kam. »Da bin ich mir noch nicht ganz sicher ...«

Als Aeron, über die Gereiztheit ihrer Freundin grinsend, an ihr vorbeigegangen war und der Kommandozentrale des *Retaliator* zustrebte, blickte Morwen zögernd auf den blauen Ledereinband mit der Silberprägung hinab.

»›Preithi Annuvin‹«, sagte sie leise und ehrfürchtig. »Aus der Hand und der Harfe von Taliesin ap Gwyddno persönlich ...«

Sie schüttelte den blonden Kopf und ließ sich auf die Andruckliege fallen. Als nahezu einziges hatte Aeron ihr bisher mitgeteilt, daß dieses Buch den Plan für die verzweifelte Suchfahrt enthielt, die vor ihnen lag. Denn die Reise, die sie nun angetreten hatten, war kein Vergnügungsausflug, sie hatten sich nicht aus eigenem Antrieb dazu entschlossen und sie nicht einmal selbst geplant. Es war schlicht und einfach eine Flucht: eine Flucht ins Exil, eine Flucht, die auf Kosten des Lebens anderer bewerkstelligt worden war, um ihr eigenes Leben zu retten und Hilfe zu suchen, die auch das Reich retten würde.

Und – auch das laut Aeron – dieser seit anderthalb Jahrtausenden tote Barde würde sie dabei führen ...

»Oh, ihr Götter, Aeron«, seufzte Morwen und sah ihrer Freundin nach, »hoffentlich weißt du wirklich, was du tust!«

Sie lehnte sich in die Vertiefung, die Aeron in den Polstern zurückgelassen hatte, löste die silbernen Schließen des kleinen Buches, öffnete die blauen Lederdeckel und begann zu lesen.

In Caerdroia, der keltischen Hauptstadt, in Aerons Turmschlafzimmer hoch über dem Meer, legte Gwydion das Buch beiseite, das er in den Händen hatte, erhob sich und trat an die Fenster, aus denen man auf die Stadt blicken konnte. Seine Augen, die sonst alles sahen, nahmen Caerdroia ebensowenig wahr wie die Seiten des Buches, denn seine Gedanken – und sein Herz – waren viele Lichtjahre weit geflogen und hatten den *Retaliator* auf seiner Fahrt ins Unbekannte begleitet.

Doch trotz seines Könnens und seiner Macht konnte er das Schiff auf keine Weise sehen; *Retaliator* und die, welche mit ihm flogen, waren jenseits von Telepathie und Prekognition, nicht einmal die Hoffnung konnte sie erreichen. Alles, was ihm blieb, war Sehnsucht, und sie war dem Prinzen von Gwynedd und dem König von Keltia nicht gestattet, jetzt nicht, und niemals für längere Zeit.

In Wahrheit empfand er seine selbstgewählte Gefangenschaft jedoch nicht als so belastend, wie er erwartet hatte. Nachdem er sich einmal entschlossen hatte, als Geisel in Caerdroia zu bleiben – wie er es sowohl seiner Gemahlin Aeron wie seinem Häscher Jaun Akhera geduldig erklärt hatte –, hatte er diese Entscheidung keinen Augenblick lang bereut. Er war geblieben, damit Aeron noch ein Königreich hatte, in das sie zurückkehren konnte; als Oberster Kriegsherr im Hohen Rat, als Pendragon von Lirias, Anführer der Drachenbruderschaft und vor allem als Aerons erwählter Gatte war er dafür der Geeignetste.

Und sowohl Jaun Akhera wie auch Aeron hatten seine Gründe vollkommen verstanden, obwohl Aeron sich erbittert gegen die Entscheidung gewehrt hatte und er sie schließlich mit einem Trick zur Flucht bewegen mußte ... Aber wäre sie geblieben, wäre sie auf dem Schafott gestorben, und Morwen mit ihr; und das hätte er nicht ertragen können. So hatte er dafür gesorgt, daß sie flüchtete, und seine Schwester Arianeira – sie, die ihre Königin, ihren Bruder und ihr Land an die Kaiserlichen verraten hatte –

hatte die Flucht vorbereitet, ehe sie sich, als Sühne für ihren Hochverrat, selbst das Leben genommen hatte ...

Der Wind, der durch das geöffnete Erkerfenster hereinkam, zauste Gwydions dunkles Haar, und einen Augenblick lang war seinem schönen Gesicht die Verzweiflung anzusehen. Nun, das Schicksal hatte seinen Lauf genommen, und in diesem Streit waren auch noch andere als Ari von ihrem Dán ereilt worden. Unaufgefordert erschien das Gesicht Theo Harukos vor seinem Blick: Haruko, der japanesische Captain des terranischen Botschaftsschiffes, das erst vor wenigen Monaten Keltia nach dreitausend Jahren wiederentdeckt hatte; Haruko, der sein – und Aerons – Freund gewesen war.

Eine Welle von Schmerz brach über ihn herein, als er von neuem an Aeron dachte, und diesmal wehrte er sich nicht dagegen. Obwohl er unaussprechlich erleichtert war, daß wenigstens Jaun Akhera sie nicht mehr erreichen konnte, drängten sich nun die Zweifel, die er seit einem Monat nicht an sich herankommen ließ, um ihn wie Camurs um ein verwundetes Reh. War sie in Sicherheit, war sie wohlauf, war sie überhaupt noch am Leben? Sie war klug und mutig, gewiß, eine echte Aoibhell und eine wahre Herrscherin; aber würde das genügen für die Aufgabe, die sie übernommen hatte, für den Weg, auf den sie sich nun begab? *Ach, Aeronwy!* Gwydion lehnte die Stirn an den sonnenwarmen Stein der Fensterlaibung. *Die Götter seien mit dir, Cariad ...*

Er drehte sich nicht um, als einer der allgegenwärtigen Wächter mit vorgetäuschter Gleichgültigkeit durch die Tür spähte, um nachzusehen, was ihr königlicher Schützling so trieb. Gwydion wurde stets von wenigstens vier Posten aus Jaun Akheras persönlicher Leibwache beobachtet, aber man verlangte nicht viel von ihm, und er konnte nach Herzenslust lesen, sein geliebtes Telyn spielen oder mit Aerons Wolfshunden – und seinen koranischen Wächtern – in den Palastgärten spazierengehen. Doch nun war es sogar den Wolfshunden gelungen, aus Turusachan zu entkommen: Nachdem sie sich ein paar Wochen lang gegrämt hatten, waren sie eines Nachts geflüchtet, um nach ihrer abwesenden Herrin zu suchen, und Gwydion ging fortan allein spazieren und wünschte, er könnte ihnen folgen.

Dreimal hatte man ihm sogar die ungewöhnliche Gunst gewährt, streng bewacht aus den Stadttoren hinaus nach Norden bis zum Avon Dia und nach Osten bis Miremoss zu reiten. Man hatte ihm dies unter dem Vorwand gestattet, daß er körperliche Betätigung brauche, aber Gwydion wußte sehr wohl, was sich der Marbh-draoi im stillen erhofft hatte: daß nämlich diese kurze Kostprobe größerer Freiheit die Bereitwilligkeit seines aufsässigen Gefangenen zur Zusammenarbeit vergrößern – oder zumindest seinen Widerstand verringern werde.

Gwydion lachte ein wenig verbittert. Ein Jammer, daß Jaun Akhera und so viele seiner engsten Ratgeber so fähige Zauberer waren. Sonst hätte Gwydion schon längst eine andere Gestalt angenommen und sich als Hase, als Seeadler oder als irgendein anderes flinkes und in der Gegend heimisches Wesen aus Turusachan davongemacht. *Vielleicht sogar als Wolfshund, um mit Ardattin und Cabal mitzulaufen* ... Aber ein so tiefgreifender, komplexer Zauber erforderte viel Zeit und Mühe; er wäre entdeckt worden, lange bevor seine Macht wirksam werden konnte, und dann hätte man solche Versuche schnell und auf unangenehme Weise unterbunden.

Also blieb Gwydion und ließ alle freundschaftlichen Annäherungsversuche Jaun Akheras ebenso elegant und gutmütig an sich abprallen wie dessen Drohungen; nichts änderte sich.

Die Regenzeit in jenem Teil von Alphor, wo die kaiserliche Hauptstadt Escal-dún lag, hatte ihren Höhepunkt erreicht. Unaufhörlich strömte das Wasser vom grauen Himmel herab und hatte die endlosen Sandflächen jenseits der Stadtmauern in einen Morast verwandelt; die Stimmung der Stadtbewohner innerhalb der hohen triefendnassen Aurichalcum-Mauern war ebenso trist.

»Aber warum denn nicht? Bei Ausets Gürtel, der Junge ist mein Sohn, dein Enkel ... Du selbst hast ihn doch zum Etcheko-Primu, zum kaiserlichen Thronfolger, ernannt!«

Diesen erbitterten Aufschrei vermochten nicht einmal die dicken, mit dem goldenen Kaiseradler geschmückten Türen zu dämpfen; die Wachen, die davorstanden, verzogen keine Miene und taten so, als hörten sie nichts, denn sie wußten nur zu gut, daß sie verschwiegen sein und sich unwissend stellen mußten, wenn ihnen ihr Leben lieb war.

Drinnen in der Säulenhalle ging eine in leuchtendes Rot gekleidete Frau zornig auf und ab, ein lebhafter Kontrast zu dem trüben Licht. Ihr dichtes schwarzbraunes Haar schloß genau mit den Schulterblättern ab; um den schlanken Hals lag der schmale goldene Kragen, den die Angehörigen des Kaiserhauses der Plexari trugen. Ihr Name war Helior.

Der Vater, auf den sie so leidenschaftlich einredete, lag wie gewohnt auf den dicken Seidenkissen, die auf einen Diwan aus massivem Gold gestapelt waren. Er war ein betagter Mann, der Kopf war kahl, die Haut gefurcht und lappig vom Alter, doch von der Struktur her noch wie die eines jungen Mannes. Die Augen, einst von klarem Bernsteingold, waren verblaßt und sahen aus wie Zitrine unter fließendem Wasser. Im Moment waren diese Augen scharf auf sein ältestes Kind gerichtet und drückten zu gleichen Teilen Gereiztheit, Belustigung und Nachsicht aus.

»Das habe ich getan«, schnaubte Strephon verächtlich. »Der Cabiri-Kaiser kann sich seinen Nachfolger nach Belieben wählen, und du hattest einst sogar selbst zugunsten deines Sohnes auf deine Rechte verzichtet – oder bereust du *diese* Entscheidung? Nein, das dachte ich mir. Jedenfalls kam von deiner ganzen Brut Jaun Akhera als einziger in Frage. Was die Sprößlinge deines Bruders angeht, so schweigt man besser darüber, obwohl es später noch Schwierigkeiten geben wird. Damit wird der junge Akhi aber wohl fertig werden.«

»Wenn er am Leben bleibt und von Keltia zurückkehrt!« fauchte Helior. »Warum du ihm je erlaubt hast, diese Invasion durchzuführen, werde ich nie begreifen – das verrückteste Unterfangen, das man sich vorstellen kann ... Aber da du ihn nun einmal hineingehetzt hast, Vater, verlangt es, so finde ich, die Ehre, daß du ihm jetzt in der Not beistehst.«

Strephon räkelte sich auf seinen Kissen und planschte mit den Fingern im Zierkarpfenteich.

»Das hat nichts mit Ehre zu tun. Jaun Akhera wußte, daß er nach meiner anfänglichen – Investition von mir kein Quentchen an Unterstützung mehr zu erwarten hatte. Außerdem, wenn es ihm mit den siebzig Legionen, die ihm noch geblieben sind, nachdem Bres ihn im Stich gelassen hat, nicht gelingt, in Keltia eine Wende zu seinen Gunsten herbeizuführen« – der Kaiser betonte die Zahl besonders nachdrücklich –, »dann hat er alles, was die Kelten mit ihm anstellen, mehr als verdient, und ich werde mich nach einem anderen und würdigeren Erben umsehen. Er war so unvorsichtig, die Keltenkönigin und mit ihr ihre Premierministerin entkommen zu lassen, und nun muß er eben die Folgen dieses Fehlers tragen.«

Helior hatte schon Luft geholt, um ihm erbittert zu widersprechen, aber nun preßte sie zornig die Lippen aufeinander. Über diesen Punkt ließ sich nicht streiten, und ihrem Vater war klar, daß auch sie das wußte: Aeron Aoibhell und Morwen Douglas hatten es tatsächlich geschafft, ihrem Sohn und den gesamten siebzig Elitelegionen zu entkommen; nach allem, was man wußte, hatten sie einen Gewaltmarsch durch schneebedeckte Berge zu einem entlegenen Raumhafen unternommen – wo sich eine Garnison kaiserlicher Truppen befand! –, hatten vor den Augen dieser Truppen ein Schiff gestohlen und einfach den Planeten verlassen ...

»Außerdem besaß er die Unvorsichtigkeit, sich von seiner eigenen, so sorgsam ausgewählten Verbündeten, der Prinzessin Arianeira, ebenso verraten zu lassen, wie sie ihre Königin verraten hatte; sie hat Aerons Flucht vorbereitet.« Strephon schüttelte den Kopf, doch unter gesenkten Lidern hervor beobachtete er jede Bewegung seiner Tochter. »Er hat wirklich jämmerlich versagt.«

»Aber einen Adler hat er doch noch im Käfig – Gwydion, den Fürsten von Gwynedd«, gab Helior scharf zurück. »Das ist kein Pfauenprinz und auch kein Ziervögelchen.«

Damit hatte sie recht, gestand Strephon bei sich zu. Gwydion von Dôn war nicht nur der oberste Kriegsherr der Kelten, sondern auch der Prinzgemahl von Keltias Königin und als Geisel selbst bei vorsichtigster Schätzung so viel wert wie mehrere Planeten.

»Ein guter Schachzug, das gebe ich unumwunden zu. Aber auf lange Sicht von geringem Nutzen, wenn er Aeron damit nicht nach Keltia zurücklocken kann ... Nun ja, man wird sehen. Und jetzt ...« Er winkte mit seinen edelsteinbesetzten Fingern, und Helior verneigte sich tief, die Hände über der Brust gekreuzt.

Draußen auf dem breiten Gang blieb sie einen Augenblick lang nachdenklich stehen, dann eilte sie mit raschelnden Gewändern auf die Gemächer im Gartenflügel des Palastes zu, die ihr Sohn bewohnte – und die er mit Lady Tinao teilte, seiner Geliebten.

An Bord des irdischen Schiffs *Sword* war alles still; nichts regte sich außer den Lichteraggregaten und den komplizierten Schaltkreisen, die willkürlich Wellen von unverständlichen blinkenden Mustern erzeugten, sich selbsttätig ein- und ausschalteten, Kurs und Geschwindigkeit überwachten und, wenn nötig, korrigierten.

Die blinkenden Aggregate überwachten auch noch etwas anderes: das Leben der sechs Menschen, die in völliger Reglosigkeit in den Kälteschlafkojen lagen. Zwei davon waren Terraner: die Offiziere Warren Hathaway und Athenée Mikhailova, zwei der drei Überlebenden der ursprünglichen Sondierungsmission, die die *Sword* in den keltischen Weltraum geführt hatte. Ihre Gefährten waren in Keltia geblieben: Captain Theo Haruko lag inzwischen auf königlichem Boden in einem Heldengrab; Hugh Thindal war den Verrätertod gestorben und lag in einem unbezeichneten Loch; und Sarah O'Reilly war sehr lebendig und befand sich, da die Agenten Jaun Akheras hinter ihr her waren, in sicherem Gewahrsam bei den Ban-draoi-Schwestern, versteckt in einem Kloster auf dem Planeten Vannin.

Die anderen vier Schläfer waren Kelten, die von Aeron

Aoibhell auf die Erde entsandten Botschafter: ihre Schwester, Prinzessin Fionnuala, und Gavin Earl von Straloch, ihr oberster Ratsherr für auswärtige Angelegenheiten. Einer war ein Barde: Morgan Cairbre; er gehörte der Mission ebenso als Meisterspion wie als Meisterbarde an. Und der letzte war ein Krieger: Emrys Penmarc'h, Lieutenant in Gwydions Diensten, ein Angehöriger der Drachenbruderschaft.

Die *Sword* befand sich auf Erdkurs und war darauf programmiert, wenn möglich das terranische Botschaftsschiff abzufangen, das sich im Augenblick mit einer vollzähligen Diplomatengruppe an Bord auf dem Weg nach Keltia befand, um der Einladung Königin Aerons zu folgen und die Verhandlungen für die Aufnahme diplomatischer Beziehungen zwischen der Erde und Keltia zu führen. Dieses Vorhaben war der Grund, warum das Cabiri-Imperium und das Königreich Fomor, das sich notgedrungen mit ihm verbündet hatte, in Keltia einmarschiert waren: das Vorhaben dieser beiden seit uralten Zeiten verwandten Mächte, Keltias und der Erde, sich nach dreitausendjähriger Trennung wieder zu versöhnen. *Das* konnte weder Fomor noch das Cabiri-Imperium dulden, und so kam es, daß Keltia verraten und überfallen wurde und nicht wußte, ob die Erde nicht das gleiche Schicksal getroffen hatte; und die sechs an Bord der *Sword* wußten von alledem gar nichts. Sobald das terranische Botschaftsschiff auf Rufweite heran war, würden die Droiden sie wecken; bis dahin schlummerten sie friedlich weiter.

Nicht weit von den Räumen entfernt, wo Gwydion, der Prinz von Dôn, soeben sein Buch beiseite gelegt hatte, schlug Jaun Akhera, Prinz von Alphor und kaiserlicher Thronfolger, gereizt mit der Hand auf die Computertastatur, die die Platte seines Schreibtisches bildete. Der Bildschirm flammte auf wie eine Aurora, knisterte kurz und erlosch sofort wieder.

Jaun Akhera starrte ihn noch einen Augenblick lang an, dann blickte er auf und begegnete dem Blick seines Bruders.

»Tut mir leid, Akhi«, sagte Sanchoniathon und drehte hilflos eine Handfläche nach außen. »Aber da ist nichts zu machen. Von Strephon kommt keine Hilfe mehr; unsere Mutter hat sich alle Mühe gegeben und ist gescheitert, selbst diese Botschaft konnte uns nur unter großen Schwierigkeiten erreichen. Wir müssen alles Nötige mit dem schaffen, was wir noch haben.«

Sein älterer Bruder fluchte kurz. »Offenbar! Hanno?«

Jaun Akheras Generalcaptain, der klugerweise an der Tür stehengeblieben war, nahm Haltung an.

»Ihr kennt die Lage ebensogut wie ich, Herr«, sagte er. »Solange wir diesen Planeten und die Stadt halten können, sind wir in Sicherheit; aber mehr auch nicht. Die keltische Sternenflotte wird sich nicht bis über die Criosanna hereinwagen, aus Angst, was wir den Leuten antun könnten, die in unserer Gewalt sind. Aber jenseits von Taras Monden sieht die Sache schon anders aus, und außerhalb dieses Systems ...« Er hob die Schultern und drehte die Handfläche mit der gleichen resignierten Geste nach außen wie vorher Sanchoniathon.

»Außerhalb dieses Systems sind wir besiegt, jedenfalls fehlt nicht mehr viel dazu. Das kann nicht hingenommen werden.« Jaun Akhera hatte begonnen, vor den Fenstern auf und ab zu marschieren. »Wer führt die keltische Flotte, seit Elharn getötet wurde?«

»Prinz Rohan hat das Kommando, aber der neue Großadmiral, der Elharns Stelle einnehmen soll, heißt Caradoc Llassar. Er ist ein Veteran aus dem Halistra-Konflikt – Ihr erinnert Euch, das keltische Protektoratssystem, für das sich die Phalanx so lange interessierte. Und er ist kein bißchen weniger gerissen als sein Vorgänger.«

Jaun Akhera fluchte noch einmal. »Und was ist mit Aeron?«

Hanno und Sanchoniathon wechselten schnelle ängstliche Blicke. Keiner der Männer war darauf erpicht, diese Frage zu beantworten, und beide hatten gewußt, daß sie sicherlich gestellt werden würde ...

»Es gibt nichts Neues, Akhi«, sagte Sanchoniathon vorsichtig. »Nur das, was wir schon wissen: Sie und Morwen haben ohne Zweifel den Planeten verlassen, wie Gwydion es behauptet hat; und fünf Tage, nachdem wir ihre Stadt eingenommen haben, wurde ihr eigenes Schiff von einem Raumhafen hundert Meilen südlich von hier gestohlen.«

»Von einem Raumhafen, der von Truppen meiner Leibdivision bewacht wurde!« Jaun Akhera geriet von neuem in Wut, als er daran dachte. »Nun«, sagte er nach einer Weile, »an der Klaue erkennt man den Tiger – oder die Wölfin. Wenn sie noch lebt, wird sie fortsetzen, was sie begonnen hat, dessen können wir jedenfalls sicher sein. Was ist eurer Meinung nach ihr Ziel?«

»Die Erde«, sagte Hanno. »Vielleicht ist sie sogar schon dort; das hängt davon ab, welches Raumschiff sie sich verschafft hat. Wenn sie tatsächlich diejenige ist, die den *Retaliator* gestohlen hat – immerhin ist es ihr eigenes Schiff, und ich muß sagen, ich kann mir nicht vorstellen, wer es sonst getan haben sollte oder könnte –, hat sie inzwischen sicher die Erde erreicht, wenn dieses Schiff wirklich so schnell ist, wie jedermann zu glauben scheint.«

Jaun Akhera schnaubte verächtlich. »Es ist so schnell; Gwydion hat mir mit solcher Begeisterung so viel davon erzählt, daß es wahr sein muß.«

»Nun, was dann? Wir können Caerdroia nicht verlassen, und wir können den Krieg nicht aus diesem System hinaustragen.«

»Was dann?« wiederholte Jaun Akhera. »Wenn sich der Krieg nicht anderswohin tragen läßt, können wir vielleicht erreichen, daß er zu uns kommt ... Da wir keine Unterstützung von außen erhalten, weil es mein Großvater so befohlen hat, müssen wir dafür sorgen, daß wir Hilfe von innen bekommen. Ich werde sehen, was sich da tun läßt.«

2. *Kapitel*

Sarah O'Reilly stand am Rand des kleinen Landeplatzes und war von solcher Ungeduld und Erregung erfüllt, daß sie einem Rennpferd ähnelte, das vor dem Start zurückgehalten wird. Sie scharrte ein wenig mit den Füßen, hielt das Gesicht erwartungsvoll zum Himmel gerichtet, und ihr braunes Haar – sie hatte es seit ihrer Ankunft auf Tara nach Art der Kelten wachsen lassen, und jetzt reichte es ihr schon bis über die Schultern – flatterte hinter ihr im warmen Wind.

Sosehr sie sich auch bemühte, es gelang ihr nicht, die Vorfreude zu bezähmen. *Die Schwestern wären sicher unzufrieden,* dachte sie ein wenig schuldbewußt. *Sie haben sich soviel Mühe gegeben, mir Selbstbeherrschung und Zurückhaltung beizubringen, und kaum wird auch nur ein wenig davon verlangt ...* Aber ganz so war es nicht, und das wußte sie auch. Der Person, die als Nachrichtenoffizier auf dem Sondierungsschiff *Sword* gefahren war, hatte es nicht an Selbstbeherrschung gemangelt, Theo Harukos Freundin war kein zügelloses Geschöpf gewesen, und die Ard-rían von Keltia hätte sich gewiß niemanden als Knappen gewählt, der keine Disziplin besaß ... Bei dem Gedanken an Aeron und an ihre anderen Freunde, die jetzt mit der *Sword* auf dem Weg zur Erde waren, spürte Sarah O'Reilly das vertraute Ziehen in der Brust, und auch der Verlust Theos, ihres Captain, kam ihr erneut schmerzlich zu Bewußtsein. *Ich habe euch nicht vergessen!* rief sie den Geistern zu, die so greifbar vor ihr standen. *Oh, ich habe nichts vergessen ...*

Dann verschwanden alle Schatten der Besorgnis, denn aus den tiefhängenden Wolken schoß in einer blitzenden Kurve ein wohlbekanntes silbernes Schiff hervor, sank schnell und steil herab und setzte hundert Meter entfernt zur Landung an. Das hohe Jaulen der Triebwerke erstarb, als der Antrieb ausgeschaltet wurde; dann öffneten sich die hermetisch verschlossenen Türen, und Sarah konnte endlich loslaufen.

Ein hochgewachsener Mann trat aus der Öffnung. Er war dunkelhaarig, hatte einen dunklen Schnurrbart, trug die braune Uniform der Fianna und geriet ein wenig ins Wanken, als Sarah sich in seine Arme warf.

»Langsam, Anwylyd!« protestierte er lächelnd. »Haben dich die Ban-draoi-Schwestern nicht gelehrt, geduldig und ohne Ziel zu warten?«

»Eine schöne Kunst«, sagte Sarah ein wenig verbittert, »für den, der sie beherrscht. Ich glaube, ich werde es nie lernen. Oh, Desmond, ich habe dich vermißt ...«

»Und ich dich!« Desmond Aoibhell neigte den Kopf, um sie zu küssen. »Aber in Anbetracht der Umstände war die Zeit gar nicht so lang. Ich mag Aerons Vetter sein, aber das heißt lediglich, daß ich und der Rest der Familie in ihrer Abwesenheit nur noch mehr Pflichten haben; sie hinterläßt eine Lücke, die nicht so leicht zu füllen ist. Außerdem befinden wir uns im Krieg, wie du ja weißt.«

»Es waren drei Wochen! Das ist lange genug. Außerdem« – sie schlüpfte unter seine Schulter, als sie vom Landeplatz weggingen, und schob ihm den Arm unter dem Mantel um die Hüfte – »weiß ich die meiste Zeit *nicht*, was in diesem Krieg geschieht; und wenn die Äbtissin Indec informiert ist, so ist sie nicht immer der Ansicht, daß sie es mir erzählen müßte. Gott allein weiß, warum sie glaubt, daß man ausgerechnet *mir* dieses Wissen ersparen sollte ... sonst erspart man es auch niemandem in Keltia. Es ist schlimm genug, daß ich überhaupt hierbleiben muß.«

»Du weißt doch sehr gut, warum man dich nach Glassary geschickt hat«, sagte Desmond und legte ihr den Arm fester um die Schultern. »Aeron wollte, daß du in Sicherheit bist, weil Jaun Akhera nach dir und deinen terranischen Landsleuten suchte, und sie glaubte, daß sich dieser Ort ausgezeichnet dafür eignete. Außerdem hast du ihr Glassary selbst vorgeschlagen.«

»Ach, das weiß ich ja – es fällt mir nur so schwer, hier sicher, gesund und glücklich herumzusitzen, während ihr anderen ...« Sarah gestikulierte heftig mit der freien

Hand, und jetzt stand ihr bittere Verachtung für ihre Rolle als unbeteiligter Zuschauer ins Gesicht geschrieben.

»Jetzt bin ich ja hier!«

»Das stimmt.« Sie drückte sich wieder fest an ihn, beschämt über ihren Ausbruch und noch beschämter, weil sie gerade ihm ihre Gefühle gezeigt hatte.

»Allerdings«, fuhr Desmond fort, »wäre ich auch jetzt noch nicht hier, wenn ich nicht für Rohan den Kundschafter spielen müßte, und mehr als ein paar Stunden kann ich nicht erübrigen. Aber ich wollte nicht so dicht an Vannin vorbeifliegen, ohne dich gesehen zu haben.« Sie hatten inzwischen die mit Muscheln gepflasterte ansteigende Straße zum Ban-draoi-Kloster Glassary erreicht, dessen niedrige, gedrungene, massige Gebäude aus cremefarbenem Stein auf einem Hügel in der Mitte der Insel standen. »Sonst gibt es sehr wenig Neues«, fuhr er fort, ihre Fragen vorwegnehmend. »Bisher keine Nachricht von Aeron und Morwen; die Kaiserlichen halten weiterhin die Thronwelt besetzt; Gwydion befindet sich immer noch als Gefangener des Marbh-draoi in Turusachan – allerdings könnte sich wenigstens daran bald etwas ändern.«

Sarah O'Reillys Kopf fuhr in die Höhe, in ihren Augen funkelte plötzlich Hoffnung. »Eine Rettungsaktion? Ihr holt ihn heraus?«

»Es besteht – eine Möglichkeit; mehr kann ich auch dir nicht sagen.«

»Ich verstehe – und ich *freue* mich.« Sie rückte seufzend ein Stück von ihm ab. »Bist du hungrig? Möchtest du jetzt baden und essen oder später oder was?«

Desmond lachte. »Oder was? Könnten wir nicht irgendwo hingehen, wo wir allein sind, und uns ein Weilchen unterhalten, du und ich? Es gibt ein paar Dinge, über die ich mit dir sprechen möchte und die nicht hinter Klostermauern gehören.«

Sarah O'Reilly errötete. »Dafür kenne ich genau den richtigen Ort.«

An Bord des *Retaliator* saß Morwen, das Kinn in die Hände und die Ellbogen auf die Knie gestützt und starrte trübsinnig, mit einem Ausdruck, der keiner Erläuterung bedurfte, das kleine Buch auf dem Bett an. Als Aeron hereinkam und ihr Gesicht sah, lächelte sie.

»Eigentlich ist es keine Wissenschaft, Wenna. Du brauchst nicht so hart zuzuschlagen, um die Nuß zu knakken.«

Morwen blickte sie von unten herauf böse an. »Das kann man leicht sagen, wenn man in Seren Beirdd studiert hat. Nun denn, Ollave, übersetz mir Taliesins Worte in eine so einfache Sprache, daß auch eine arme unwissende Cumal wie ich sie verstehen kann. Meine Gelehrsamkeit läßt sicher zu wünschen übrig, jedenfalls hat es den Anschein.

»Komm, nicht schmollen! Wir werden es gemeinsam ausknobeln.« Aeron nahm das Buch und drehte es so, daß sie beide hineinsehen konnten. »Nun, wir wissen, daß Taliesin ap Gwyddno Arthurs ältester und bester Freund war; sie waren in ihrer Kindheit auf Arvon Spielgefährten, später besuchten sie gemeinsam die Druidenschule, allerdings ging Arthur nach Dinas Affaron, um sich bei den Pheryllt zum Meisterdruiden ausbilden zu lassen, während Taliesins große Liebe schon immer dem Bardentum gehörte. Trotzdem blieben sie gute Freunde, und als Arthur sich an seine großen Aufgaben machte, war Taliesin der erste Kamerad, den er an seine Seite rief.«

»Und einer der letzten, der ihn verließ, wenn wir dem hier glauben können.« Morwen zeigte mit einer Bewegung ihres zierlichen Kinns auf das Buch.

»Das müssen wir wohl. Vergiß nicht, er war der Liebhaber von Arthurs Schwester Morgane, und sie war eine so große Zauberin, daß sie auch den winzigsten Schatten einer Lüge in seinem Gesicht entdecken und in seinem Herzen hätte lesen können ... Nein, was Taliesin hier niedergeschrieben hat, ist die reine Wahrheit. Wir müssen nur hinter den Sinn kommen. Er verbirgt sich im stilistisch kunstvollsten Ríogh-bardáin, und das macht es verflixt schwierig.«

»Nicht für ...« Morwen biß sich auf die Zunge, ehe ihr der Name entschlüpfen konnte.

»Nein«, stimmte Aeron ruhig und mit ausdruckslosem Gesicht zu. »Nicht für Gwydion. Aber er ist nicht hier, und deshalb müssen wir beide mit unseren geringen Fähigkeiten tun, was wir tun können. Also komm, Taoiseach, laß uns lesen!« Sie öffnete das Buch an der Stelle, wo sie ihren Sgian als Lesezeichen hineingelegt hatte. »›Dreifach füllend die Prydwen brachen wir auf; sieben nur kehrten zurück von Caer Sidi.‹«

Die wilden Worte des alten Gesangs hallten in der Kabine wider, klangen gewaltig, kalt und geheimnisvoll hier draußen zwischen den Sternen. Morwen spürte, wie sich ihr der feine Flaum im Nacken sträubte; sie schlang die Arme um sich und rieb sich, plötzlich fröstelnd, mit den Händen die Oberarme, während Aerons Stimme immer weitersprach, merkwürdig verändert und ebenso bedeutungsschwer wie die Worte selbst.

»Dreifach füllend die Prydwen brachen wir auf.
Sieben nur kehrten zurück von Caer Sidi.

Habe ich kein Anrecht auf Ruhm, wird nicht gehört mein Gesang?
Wann wurde erstmals vernommen der Schrei über dem Abgrund
Im viermal sich drehenden Caer Pedryvan?
Ist dies nicht der Becher des Königs der Toten,
Besetzt mit Perlen sein Rand?
Keinem Feigling schenkte er das Leben, noch einem Meineidigen.
Ein Lichtschwert wird erhalten, wer sich auf die Suche begibt,
Und vor Ufferns Pforten werden brennen die Hörner des Lichts.
Als wir auszogen mit Arthur zu glorreichen Taten,
kehrten nur sieben zurück von Caer Vediwid.
Wird man nicht preisen mich, wird nicht mein Singen gehört?
Bietet man nicht rotes Blut zur Begrüßung dem Gast

Auf Caer Pedryvan, der Insel der Starken Tür,
Wo Zwielicht und schwarze Nacht sich vermischen?
Die Spitze des Kampfspeers umhüllen die Nebel des Schlafes,
Wann wird er erwachen?
Das bronzene Lid von Fáls Auge, wann wird es sich öffnen?
Dreifach füllend die Prydwen fuhren wir hinaus auf die See,
Zu jener ruhmreichen Zeit, als wir gingen mit Arthur,
Doch sieben nur kehrten zurück von Caer Rigor.

Kein Loblied singe ich den Herren der Schwerter
Hinter Caer Wydyr, denn sie erkannten nicht Arthurs Macht.
Zum Kampf gerüstet standen sie auf den Mauern,
Doch schwer war's, mit ihrem Wächter zu sprechen.
Dreimal die Fracht der Fairface zählten wir, als wir auszogen mit Arthur;
Sieben nur kehrten zurück von Caer Coronach.«

Bisher hatte Aerons Stimme klar und ruhig geklungen, doch als ihre Augen nun weiterglitten und den folgenden Text erfaßten, geriet sie plötzlich ins Stocken. Morwen sah sie ängstlich und neugierig an, aber Aeron fuhr schon fort, als habe es die winzige Pause gar nicht gegeben.

»Schmachten wird Gweir im Kerker von Caer Sidi,
Durch Pwylls und Pryderis Haß gelangt er dorthin.
Wenige gingen vor ihm nur hinein, des Meeres blaue Ketten halten ihn fest.
Singen soll er vor der Beute von Annwn
Und dafür ein Barde sein bis zum Ende der Zeiten.
Dreifach füllend die Prydwen brachen wir auf;
Sieben nur kehrten zurück von Caer Sidi.«

So endete das Gedicht, in der kleinen Kabine war alles still, und lange Zeit regte sich keine der beiden Frauen.
Dann sagte Aeron: »Was sind das doch für geflügelte

Worte! Gwyn, der Sohn des Nudd, hat uns gut beraten ... Hast du gehört, Wenna? Hast du gehört, wohin wir gehen müssen?«

»Ich habe nur eine Geschichte von Leid und Tod vernommen«, sagte Morwen tonlos. »Nur sieben entkamen aus den vielen Caers mit den unheilvoll klingenden Namen ... Oh, Aeron, was ist das für ein Führer, er verrät uns doch nichts! Sieh nur, er spricht von der *Prydwen,* als sei sie über die Meere gesegelt und nicht durch den Weltraum. Er sagt: ›Fuhren wir hinaus auf die See.‹ Wie paßt das zu unserem Weg oder zu dem, was wir suchen?«

Aeron ließ die steifen Pergamentblätter durch die Finger surren. Als sie wieder sprach, schien es, als habe sie das Thema gewechselt.

»Was bedeutet das Wort ›Morimaruse‹ in der Sprache der Prytani?«

Morwen sah sie scharf an – hatte Aeron nun tatsächlich den Verstand verloren? – und antwortete einigermaßen verwirrt.

»Nun, ›Mar‹ bedeutet ›Tod‹, ›i-maruse‹ heißt also ›von den Toten‹ oder ›des Todes‹.«

»Aha. Und ›Mor‹?«

»In allen unseren Sprachen bedeutet ›Mor‹ ...« Morwen hielt unvermittelt inne. *Ihr Götter, mein eigener Name, und ich bin nicht darauf gekommen ...* »›Mor‹ hat mit Meer zu tun. Oh, Aeron, kann das denn sein?«

»Wenn es den Göttern gefällt. Vergiß nicht, der Verfasser dieses Gedichtes war gleichzeitig Barde und Druide. Er hätte einen so wichtigen Gesang nicht so verfaßt, daß ihn jeder bei flüchtigem Lesen verstehen konnte. Nein, das Meer, von dem Taliesin hier spricht, ist die Morimaruse selbst.«

Morwen fröstelte wieder, als sie den Namen hörte. Die Morimaruse, das große galaktische Staubmeer, das auf ihrem Kurs lag, seit sie die Energiebarriere passiert hatten ...

»Und die Caers?«

Aeron verschränkte die Hände hinter dem Kopf und lehnte sich gegen die Metallwand.

»Ach ja. Das ist um einiges problematischer und schwieriger zu rekonstruieren, weil das Gedicht sehr alt ist und im Lauf der Jahrhunderte häufig aufgeteilt und neu zusammengesetzt wurde. Aber als mir Gwydion damals von Gwyn ausrichtete, ich müsse an die *Prydwen* und die verlorenen Schätze denken, kamen mir sofort Taliesin und dieses Gedicht in den Sinn. Du weißt, daß das Gedicht selbst jahrhundertelang verschollen war; jedenfalls haben wir es während meiner Ausbildung in Seren Beirdd ausgiebig studiert, und ich habe es niemals vergessen – vor allem weil es mir einen furchtbaren Schrecken einjagte, als ich es zum erstenmal las, als ginge jemand über mein Grab ... Also ließ ich, ehe Caerdroia fiel, dieses Buch aus der Bardenbibliothek holen und nahm es mit.« Sie fuhr leicht mit der Fingerspitze über die Silberprägung auf dem Ledereinband: Der Hirsch von Gwynedd. »Diese Ausgabe befindet sich seit vielen Generationen im Besitz von Gwydions Familie; vielleicht stammt es sogar von Taliesin selbst, er war ein Vorfahr dieses Hauses ...«

»Du hast es doch sicher nicht die ganze Zeit über bei dir getragen. Wie hast du es aus Caerdroia herausgebracht?

»Nicht ich«, sagte Aeron gelassen. »Ari. Gwydion hatte ihr von dem Buch und von der Prophezeiung erzählt, als sie so hinterlistig meine Flucht aus der Stadt planten. Ich fand das Buch in jener ersten Nacht hier in meiner Kabine.«

»Das war ...« Morwen verstummte, denn sie wußte, daß Aeron ohnehin erriet, was sie dachte: *Das war edel gehandelt von Arianeira, damit hat sie ihre Schuld voll gesühnt ...*

»Ja, ja, das stimmt ... Nun, um auf das Gedicht zurückzukommen – ich glaube, jeder der hier genannten Caers hat eine bestimmte Bedeutung, genauer gesagt, eine Bedeutung für uns. Ich glaube, es handelt sich dabei um Orte innerhalb oder vielleicht auch jenseits der Morimaruse. Planeten vielleicht, wenigstens einige davon; vielleicht sind es auch so etwas wie Lichtungen in den Staubwolken des Meeres selbst. Jedenfalls sind es Orte, an denen Arthur Krieg führte, und deshalb kehrten nur sieben zurück.«

»Sieben: Taliesin und wer noch?«

»Ihre Namen finden sich in einem anderen Gedicht«, sagte Aeron. »Diese anderen waren drei Frauen und drei Männer: Tanwen von Dyonas, Ferdia, Sohn des Kenver, und Daronwy, Anwas' Tochter; die beiden Söhne des Geraint, Sgilti Lightfoot und Anghaud Holdfast; und Elen Llydawg, Elen von den Heerscharen, sie war einer der größten Generäle, die Keltia jemals hatte. Sieben kehrten zurück und sagten kein Wort über Arthur und sein Schicksal; jedenfalls nicht, soweit wir wissen. Aber sie gründeten den Orden der Drachenbruderschaft zur Feier ihres Bundes und zum Gedenken an ihren Arthur. Es waren große treue Seelen, und sie begaben sich mutig auf eine schreckliche Reise. Trotz allem haben sie mit unserer Suche nur wenig zu tun. Taliesin allein hat die Wegzeichen gesetzt, denen wir folgen müssen.«

»Aber wohin werden uns diese Zeichen führen?«

»Ja, jetzt kommen wir endlich zur Sache!« Aeron richtete sich wieder auf und beugte sich, fast berstend vor Eifer, über das Buch. »Ich verstehe es so: Ich sagte ja schon, daß die Verse ziemlich durcheinandergewürfelt wurden, deshalb sind die zeitlich ersten Teile nicht auch die ersten im Gedicht. Wo Taliesin von Caer Sidi spricht – das bedeutet Spiralburg.«

»Schon wieder die Morimaruse? Caer Sidi ist auch der Name einer Inselfestung auf Dyved.«

»Ich weiß; aber der Name dieses Ortes ist viel jünger als das Gedicht, wahrscheinlich stammt er sogar daher ...«

»Also die Morimaruse.«

Aeron nickte. »Von oben gesehen ist das Meer eine riesige Staubspirale, eine Galaxis im Kleinen. Caer Wydyr wiederum – die Glasfestung, wo die Krieger auf den Mauern stehen und wo es schwierig ist, sich mit dem Wächter zu verständigen, das halte ich für eine Raumstation oder vielleicht für ein Schiff tief im Inneren der Morimaruse. In einer solchen Station hätte man sicher Soldaten auf den Mauern oder an den Verteidigungsanlagen des Schiffes postiert; und einen reflektierenden Rumpf könnte man durchaus als glasähnlich beschreiben. Es wäre schwierig, mit dem Wächter zu sprechen, weil er nicht nur in einer fremden Sprache reden, sondern sich im Krieg auch bestimmt weigern würde, auf den Anruf eines feindlichen Sternenschiffs zu reagieren.«

»Sehr raffiniert. Ein Schiff klingt wahrscheinlicher; wenn auch nur deshalb, weil die Existenz einer Raumstation im Inneren des Meeres den militärischen Nachrichtendiensten sicher allgemein bekannt gewesen wäre.«

»Nicht unbedingt. Vergiß nicht, das alles spielte sich in einer Zeit vor der Errichtung unserer Energiebarriere ab, in einer Periode, als in vielen galaktischen Sektoren heftigere Kriege tobten als unsere kleinen Scharmützel mit den Koraniern und den Fomori. Das Sammeln von Informationen könnte durchaus durch die Kämpfe erschwert worden sein; jede Macht könnte eine Station im Meer gebaut und sie vor ihren Feinden geheimgehalten haben. Trotzdem glaube ich, daß du in diesem Fall recht hast und daß Taliesin in der Tat von einem zweiten Schiff spricht, mit dem die *Prydwen* aneinandergeriet.«

Morwens Augen funkelten. »Das Flaggschiff der koranischen Eindringlinge, das Arthur von Keltia weglockte ...«

»... und mit sich in die Morimaruse schleppte. Da er von der Schlacht an den Straßen von Camlann kam, wußte er, daß es sonst keine Möglichkeiten gab, das feindliche Kommando zu vernichten und Keltias Sicherheit zu erhalten. So griff er das fremde Schiff mit der *Prydwen* an und zog beide Fahrzeuge in das Meer hinein, ohne zu wissen, ob er jemals wieder herauskommen würde. Damals schickte er seine berühmte Botschaft nach Keltia, in der er unserem ganzen Volk verkündete, er werde wiederkommen, wenn er gebraucht werde.«

»Und dann?«

Aeron zuckte die Achseln. »Wer weiß? Sieben kehrten zurück, mehr erfahren wir nicht. Obwohl das, glaube ich, nicht alles ist, was wir erfahren werden ... Aber hier gibt es noch so vieles, Wenna, was ich noch nicht einmal ansatzweise entschlüsselt habe: Er spricht von einem Lichtschwert und vom Becher des Königs der Toten; und später von einem schlafenden Speer und einem Auge mit einem Lid. Worum kann es sich dabei handeln, wenn nicht um die vier wichtigsten Schätze – Schwert, Speer, Becher und Stein – genau die Dinge, die Gwyn mich suchen heißt? Aber hier, in der zweiten Dwned, sieht man, wieviel verlorengegangen ist: ›Bietet man nicht rotes Blut zur Begrüßung dem Gast / Auf Caer Pedryvan, der Insel der Starken Tür, / Wo Zwielicht und schwarze Nacht sich vermischen?‹ Das kann sich nur auf Fomor beziehen: ›Zwielicht‹ und ›schwarze Nacht‹, damit sind die Fomori und die Koranier gemeint, die in Tory selbst gemeinsame Sache gegen uns gemacht haben. ›Pedryvan‹ bedeutet ›Turm mit vier Ekken‹, ein alter bardischer Ausdruck für ›Gefängnis‹, und es wird zuverlässig überliefert, daß Arthur nach Fomor – auch Caer Rigor genannt – ging, um keltische Geiseln zu befreien, die die Fomori bei ihrem Überfall auf unseren Handelsplaneten Clero genommen hatten, und dieser Überfall war der eigentliche Auslöser für den Krieg. Dazu wäre er nur in der Lage gewesen, wenn er unbeschadet durch die Morimaruse gekommen und dann weiter nach Fomor geflogen wäre. Das würde auch erklären, warum die *Prydwen* dreifach gefüllt war.«

»Weil dies der Anzahl der geretteten Gefangenen entsprach.« Morwen ließ sich allmählich von Aerons Aufregung anstecken.

Aeron bemerkte es. »Nein, Taoiseach«, warnte sie lachend, »du sollst für mich den Advocatus Diaboli abgeben; bleib noch ein Weilchen skeptisch und spiel weiter die Rolle der getreuen Opposition.«

»Wie Euer Majestät wünschen. Aber Aeron, es paßt alles so glänzend zusammen!«

»Das ist richtig, und deshalb müssen wir größere Vorsicht walten lassen, als uns vielleicht lieb ist, damit uns auch nichts entgeht. Aber mehr bekomme ich im Augenblick nicht heraus. Wer oder was Uffern oder die Hörner des Lichts sein könnten, das weiß ich nicht.«

Morwen lehnte sich in die Kissen zurück und betrachtete forschend das Gesicht ihrer Freundin. »Ich frage mich«, sagte sie nach einer Weile, »warum ich das Gefühl habe, daß du in bezug auf die Schätze Zweifel hegst. Dabei kommt mir etwas in den Sinn, das du ganz zu Anfang dieses Flugs gesagt hast, noch ehe wir die Energiebarriere passierten.«

»Und das wäre?«

Morwen nahm einen tiefen Atemzug, um sich gegen den Sturm zu wappnen, der jetzt sicher gleich über sie hereinbrechen würde, und wagte den Sprung.

»Du hast gesagt, diesmal werde es dir nicht so ergehen wie mit Bellator; es sei keine Rachsucht, die Schätze einzusetzen, um Keltia zu retten oder die Kupferkrone zurückzugewinnen. Wenn du davon wirklich überzeugt bist, warum hegst du dann diese Zweifel?«

»Für jemand, der sich so viel darauf zugute hält, keine Zauberkräfte zu besitzen«, sagte Aeron, und es klang bemüht sachlich, »bist du ganz gut im Kenning, wenn du es darauf anlegst ... Was möchtest du nun eigentlich wissen, Wenna? Red nicht lange um den heißen Brei herum; frag einfach geradeheraus!«

»Nun, wenn man bedenkt, wie es nach Bellator war – als du selbst zugabst, widerrechtlich Magie eingesetzt zu haben, um Rache zu üben – wie kannst du dann sicher sein, daß es nicht eine ebenso große Sünde ist, die Schätze gegen Jaun Akhera zu verwenden, und daß du damit nicht eine gleich große oder sogar noch schlimmere Strafe auf dich herabbeschwörst?«

Aeron sah ihr offen in die Augen, und Morwen errötete und wandte den Blick ab. »Viel klarer könnte man es nicht ausdrücken«, sagte Aeron ruhig. »Glaubt Ihr, *ich* habe Bellator vergessen, Lochcarron? Glaubt Ihr, ich habe mir dies alles und noch mehr nicht schon lange überlegt?«

»Aeron, Bellator hat dich beinahe zugrunde gerichtet. Dein Leben für Keltia hinzugeben, ist eine Sache, das täte auch jeder von uns mit Freuden; aber ich möchte nicht, daß du deine Seele dafür aufgibst. Und wenn du dich dafür entscheiden solltest, dann, bei allen Göttern, werde ich tun, was ich tun muß, um dich daran zu hindern.«

Die grünen Augen glitzerten. »Tatsächlich? Nun, da ich tun werde, was ich tun muß, um mein Ziel zu erreichen, können wir beide nur hoffen, daß es nie zu einer solchen Kraftprobe kommt.« Das Brennen in Aerons Augen ließ nach, ihr Gesicht verlor seine Härte. »Ach, Wenna, siehst du, wie verdreht schon jetzt alles ist? Aber um deine Frage zu beantworten: Ich weiß es nicht. Die Schätze gegen Jaun Akhera einzusetzen, könnte durchaus eine sogar noch schlimmere Sünde sein als Bellator, es ist auch möglich, daß ich mich am Ende entscheide, den Vorteil über den Marbh-draoi oder einen anderen Feind, den die Schätze mir sicher geben würden, nicht zu nützen. Aber diese Entscheidung will ich ganz allein treffen. Meine wichtigste Aufgabe – und auch die deine, solange du bei mir bist – ist es, die Schätze zu finden und sie nach Keltia zurückzubringen. Sobald das vollbracht ist, ist das Problem ein ganz anderes, ich werde mich damit befassen, sobald es nötig ist, aber nicht früher.«

Morwen nickte, sah aber ihre Freundin nicht an. Schließlich blätterte sie eine Seite in Taliesins Buch um und zeigte auf die letzte Strophe des Gedichtes.

»Und dies?« fragte sie. »Mir kam es vor, als hättest du es am liebsten gar nicht gelesen. Es ist anders als die übrigen Dwnedau.«

Sie hatte eigentlich Aeron von ihrer Meinungsverschiedenheit ablenken und auf weniger schmerzliche Gedanken bringen wollen. Zu ihrer Verwunderung sah es jedoch fast so aus, als zucke ihre Freundin zusammen, als sie auf die Seite blickte; jedenfalls dauerte es ein paar Momente, ehe sie Morwen antwortete.

»Nein«, sagte sie dann schnell und mit beherrschter Stimme. »Diese Strophe ist nicht wie die anderen; sie enthält vielmehr eine Prophezeiung, und deshalb habe ich gezögert.«

Mehr als gezögert, glaube ich ... »Hier wird offenbar von einem Gefängnis im Meer gesprochen«, sagte Morwen, noch im Sprechen ihre Worte genau abwägend, »und von Pwylls und Pryderis Haß gegenüber jemandem namens Gweir. Was kann daran so schlimm sein?«

»Pwyll – später wird der Name zu Powell – und Pryderi sind traditionelle Namen für die Erben des dyvetischen Herrscherhauses; wie du weißt, heißen auch der gegenwärtige Fürst und sein Sohn so.«

»Und Gweir?«

Wieder schien sich Aeron zum Sprechen zwingen zu müssen. »Gweir ist eine alte Kurzform des Namens Gwydion.«

Im Laufe der vergangenen Monate hatte Rohan, der Prinz von Thomond und mutmaßliche Erbe des Throns von Scone, fast seine gesamte Zeit an ein und derselben Stelle verbracht: auf der Brücke des *Feuerdrachen,* des großen Flaggschiffs der keltischen Sternenflotte. Er verließ sie nur, um zu schlafen, und das nicht für lange; auch die Mahlzeiten nahm er größtenteils dort ein, gewöhnlich im Stehen und stets hastig.

Nun stand er dicht vor dem Sichtfenster und beobachtete das Scharmützel auf der Cithóg-Seite des Schiffes. Vor seinen Augen bedrängten zwei Cursals den kaiserlichen Konvoi, den der *Feuerdrache* verfolgte, ein keltischer Zerstörer überholte ein paar langsamere koranische Kanonenboote und ließ einen nicht gerade vom Glück begünstigten Nachzügler in einer Milliarde brennender Funken aufgehen. Rohan war überrascht, als er spürte, wie ihn eine Welle wilder Befriedigung durchströmte, und zutiefst erschrocken über den Unterton von triumphierender Selbstgerechtigkeit. *Bei Lugh selbst,* dachte er, *das muß ein Ende haben ...* Wenn eine solch böse Saat einmal Wurzeln geschlagen und gekeimt hatte, war es fast unmöglich, sie noch auszureißen. Seine Schwester hatte die gleiche Lektion gelernt, aber zu einem schrecklichen Preis; für sich selbst noch mehr als für andere ...

»Rohan? Vetter ...«

Als Rohan seinen Namen und die unerwartete Verwandtschaftsbezeichnung hörte, fuhr er herum und starrte den jungen Mann, der ein paar Schritte entfernt vor ihm stand, einen Augenblick lang verständnislos an. Dann tat er zwei schnelle Schritte auf den Neuankömmling zu und schloß ihn begeistert in die Arme.

»Shane! Du!«

Shane Aoibhell erwiderte die Umarmung. Wie Rohan war er ein Urenkel der Ard-rían Aoife: ihre Großväter und

Desmonds Vater Elharn waren Brüder gewesen, Shanes Großvater Revelin war als einziger der vier Söhne Aoifes noch am Leben. Shane war ein paar Jahre älter und ein Stück kleiner als Rohan, aber wenn man davon absah, hätte man die beiden eher für Brüder als für Vettern zweiten Grades halten können; sie hatten die gleichen regelmäßigen Gesichtszüge, das gleiche rotbraune Haar und die gleichen nußbraunen Augen, nur glänzten bei Shane goldene Pünktchen darin, während Rohans Augen leicht grünlich schillerten. Von allen Rígh-domhna besuchten die Angehörigen von Shanes Familie am seltensten den Hof ihrer Verwandten Aeron, und Shane selbst kam noch seltener als alle anderen. Nicht einmal ein historisches Ereignis wie die Ankunft des terranischen Sondierungsschiffes hatte ihn bewegen können, seine Ländereien zu verlassen, und nur Aerons Aufforderung, seinen Platz im Geheimen Staatsrat einzunehmen, hatte ihn nach Tara geführt, wo er jedoch nicht lange geblieben war; er hatte sich, zusammen mit seinen Eltern und seiner jüngeren Schwester Tanaidhe, für ein ruhiges Landleben auf dem Planeten Kernow entschieden, und daß er nun hier auftauchte, verhieß nichts Gutes.

»Ach, Shane, ich kann kaum glauben, daß du es bist! Es ist so lange her, seit du dich zum letztenmal von Sawnas weggerührt hast ...« Rohan hielt seinen Vetter auf Armeslänge von sich ab, dann umarmte er ihn noch einmal. »Du siehst prächtig aus. Komm mit in meine Kabine; du mußt etwas essen und dich eine Weile ausruhen, und dort können wir uns ungestört unterhalten.«

Kopfschüttelnd folgte Shane Rohan von der Brücke in den Turbolift, er spürte die neugierigen Blicke, die ihnen von den Offizieren wie auch von den Kerns zugeworfen wurden. Alle fragten sich, in welcher Angelegenheit Shane seinen Vetter wohl aufgesucht hatte, denn nur etwas sehr Dringendes konnte ihn hergeführt haben.

»Das Ausruhen muß noch warten, und ich bin auch nicht hungrig. Mein Großvater schickt mich, Rohan, und die Sache hat Eile. Eigentlich war die Nachricht nur für Aeron bestimmt, aber jetzt bittet er mich, es dir oder Gwydion zu sagen ... Es hat mich betrübt, vom Tode meines Onkels Elharn zu hören«, fügte er hinzu. »Ríoghnach hat es Tanai erzählt, und sie hat es unseren Eltern mitgeteilt. Gibt es Nachricht von Aeron?«

»Keine Nachricht. Nur einen kurzen verschlüsselten Funkspruch, der uns ihre Flucht mitteilte, ansonsten haben wir weder von meiner Schwester noch von Morwen etwas gehört, seit sie von Tara entkommen sind.«

Shanes Gesicht verdüsterte sich. »Das dachte sich mein Großvater – vielmehr befürchtete er es.«

Rohan berührte einen Knopf, und die Lifttüren öffneten sich zischend. »Glaubt Revelin, daß die Ard-rían nicht gut daran tat, fortzugehen?«

Shane lächelte ein wenig, als er die Warnung hörte: *Ard-rían,* nicht *Aeron.* »Nein, keineswegs. Wenn es nach ihm gegangen wäre, wäre sie schon viel früher geflüchtet. Er hält ihr Verhalten im Kampf wie auch danach für höchst verantwortungslos und unvorsichtig, was ihre eigene Sicherheit angeht, viel zu waghalsig für eine Königin. Damit mag er recht haben oder auch nicht, er hat mich jedenfalls nicht deshalb hergeschickt.« Sie hatten Rohans Kabine auf dem Hauptdeck betreten, und jetzt ließ sich Shane in einen tiefen Sessel sinken und beugte sich mit beunruhigtem Gesicht vor. »Du weißt, daß wir durch meine Mutter Findabair ausgedehnte Besitzungen auf Gwynedd und Dyved haben. Nun, meine Mutter hat von ihren Rechtairs auf beiden Planeten gewisse sehr ernstzunehmende und erschreckende Gerüchte gehört. Sie hat sofort mit Revelin und mit meinem Vater darüber gesprochen, und deshalb schickt man mich nun damit zu dir.«

»Gerüchte?«

Shane schob den Quaich mit Bier beiseite, den Rohan ihm eingeschenkt hatte. »Ein Unbekannter hat sich sehr eingehend nach den Treuebindungen und der Einstellung von einigen der mächtigeren kymrischen Lords erkundigt. Außerdem nach ihrer gesellschaftlichen und finanziellen Situation, ihrem militärischen Status, nach ihrer politischen Zugehörigkeit und der Zahl bewaffneter Kämpfer – und danach, ob sie vielleicht nicht völlig abgeneigt wären, bis zu einem gewissen Grade mit dem Koranier zusammenzuarbeiten.«

Rohan starrte seinen Vetter fassungslos an, eine Welle von Abscheu und Ekel überschwemmte ihn und ließ ihn beinahe schwindlig werden.

»Hast du wirklich noch nichts davon gehört?« fragte Shane gerade. »Nein, ich sehe schon ... Nun, da bin ich froh, daß dir wenigstens jemand aus der Familie diese Nachricht überbracht hat. Du wirst dich damit befassen?«

»Das will ich meinen! Ich werde mit Findabairs Rechtairs sprechen müssen, und ich würde auch gern Kontakt mit Revelin aufnehmen. Wer waren die fraglichen Lords? Namen waren wohl nicht zu erfahren?«

»Leider war dies das einzige, was die Bediensteten meiner Mutter nicht herausbekommen konnten. Und du kannst sicher sein, wenn es möglich gewesen wäre, hätten sie es getan; ihre Familien stehen seit Generationen im Dienst der unseren, und zumindest an *ihrer* Treue kann kein Zweifel bestehen.«

»Gut.« Rohan fuhr sich mit der Hand durch das Haar. »Es ist natürlich der Marbh-draoi persönlich. Jemand anderer kann es nicht sein.«

»Seine Stellung auf Tara ist so unsicher«, vermutete Shane. »Vielleicht sucht er deshalb auf anderen Planeten nach Unterstützung.«

Sein Vetter nickte. »Es würde mich interessieren, an wen er sich gewandt hat. Ich kann mir selbst ein paar Möglichkeiten vorstellen, obwohl ich gar nicht gern darüber nachdenke. Aber du hast sehr gut daran getan, Shane, daß du selbst gekommen bist; solche Dinge vertraut man besser keinem Funkgerät an.«

»Und wie willst du nun mit meinem Großvater und den anderen Kontakt aufnehmen? Du selbst bist auf dem *Feuerdrachen* unabkömmlich, und ich muß nach Hause zurückkehren – in solchen Zeiten will ich meine Familie nicht alleinlassen.«

»Nein, gewiß nicht; kehr ruhig zurück, sollte die Lage jedoch schlimmer werden, dann lasse ich dich vielleicht wieder rufen. Ich kann zwar selbst nicht weg, aber ich weiß wenigstens, wen ich schicken werde.«

Rohan stellte auf dem Transcom in seiner Kabine die Verbindung zur Brücke her. »Rohan an Caradoc Llassar: dringende Nachricht an Desmond Aoibhell in Glassary auf Vannin.«

3. Kapitel

Camissa eilte zielstrebig den langen hellen Korridor entlang, der zu Elathans Arbeitszimmer führte. Sie trug ein blaues Seidenkleid mit silbernem Gürtel, das schwarze Haar war auf dem Hinterkopf zu einer komplizierten Frisur aufgetürmt; die Augen hatten fast die gleiche Farbe wie ihr Kleid. Sie nickte den vielen Menschen, die ihr respektvoll Platz machten, sich gelegentlich sogar ein wenig verneigten oder einen schnellen, fast nicht als solchen zu bezeichnenden Knicks andeuteten, herzlich, wenn auch ein wenig schüchtern zu. Sie war zwar noch nicht Königin von Fomor, aber als Elathans Verlobte stand ihr jetzt mehr Höflichkeit zu als früher – denn nun war ihr Bräutigam König.

Sie klopfte an die Türen des Arbeitszimmers und trat unangemeldet ein. Elathan, der dagesessen und über die kaiserlichen Gesandten nachgegrübelt hatte, die vor kurzem gegangen waren, wurde sofort fröhlicher und streckte ihr die Hand entgegen.

»Du hast dir aber viel Zeit gelassen«, beklagte er sich gespielt verärgert. »Deine Schneiderin ist dir wohl wichtiger als dein König?«

Sie lachte, trat hinter ihn und legte ihm das Kinn auf den Kopf und die Arme um den Hals.

»Heute schon, ja; schließlich muß sie und nicht mein König zehntausend Perlen an mein Hochzeitsgewand nähen – auf Verlangen Eurer Majestät persönlich, wie ich Euch erinnern darf.«

»Das stimmt ... Nun, wird dieses überladene Kleidungsstück denn zu unserer Hochzeit fertig sein?«

»Ich glaube schon.« Es klang sehr zufrieden. »Bis dahin sind es noch zehn volle Monate; und dabei fällt es mir schon schwer, auch nur zehn Minuten warten zu müssen.« Unheimlicherweise seine eigenen Gedanken aussprechend, fügte sie hinzu: »Könnten wir nicht für ein paar Tage verreisen, nur wir beide allein, nach Süden, in den Mirregaith? Belerion muß doch jetzt herrlich sein; dort ist Frühling – frische Blumen, mildes Wetter.«

»Das wäre wunderbar«, stimmte er zu, und die Vorstellung reizte ihn von neuem. »Und wir werden dort noch oft den Frühling verbringen, das verspreche ich dir. Momentan müssen wir aber hier im kalten verschneiten Arregaith bleiben und unsere Gäste unterhalten – oder ertragen. Außerdem ist es zu früh nach – nun, es ist einfach zu früh.«

Camissa streifte mit den Lippen über sein dunkelblondes Haar. »Ach, Liebster, ich weiß ja, zu früh nach dem Tod deines Vaters! Aber hauptsächlich deshalb wollte ich dich ja aus Tory herausholen und für eine Weile mit dir fortgehen, damit du – damit du dich ein wenig davon erholst. Du hast in diesen letzten Wochen viel durchgemacht.«

Er drehte ihre Hand herum und küßte sie auf die Innenfläche. »Das ist sehr lieb von dir. Aber persönliche Wünsche und Kümmernisse müssen hinter den öffentlichen Pflichten zurückstehen – das gilt für dich ebenso wie für mich, und wir müssen uns in Zukunft allmählich daran gewöhnen. Es sind auch so viele Leute von außerhalb hier, um uns ihre Aufwartung zu machen und ihre diplomatischen Beglaubigungen zu überreichen. Ich muß sie alle empfangen.«

»Spione, jedenfalls die meisten, und sehr langweilig.«

»Zweifellos Spione und schrecklich langweilig; aber ich muß sie trotzdem empfangen ... Wie geht es meiner Mutter?« fragte er plötzlich, drehte sich in seinem Stuhl um und sah zu ihr auf. »Ich habe sie seit Tagen nicht mehr gesehen, und meine Botschaften beantwortet sie nicht.«

Ein merkwürdiges Zucken lief über Camissas Gesicht. »Königin Basilea ist durch den Tod deines Vaters immer noch nervlich angegriffen«, sagte sie. »Sie möchte dich lieber erst sehen, wenn sie sich wieder in der Gewalt hat.«

Elathan sah sie erschrocken an. »Mir war nicht klar, daß der Kummer sie so mitgenommen hatte. Vielleicht sollte ich auf jeden Fall zu ihr gehen ...«

Camissa streckte eine Hand aus und zog sie sofort wieder zurück. »Nein, mein Liebster, wenn du es denn wissen mußt: Lady Basilea trauert nicht, jedenfalls nicht weil ihr Gemahl tot ist.«

»Das verstehe ich nicht.«

»Elathan, sie ist nicht etwa froh über Bres' Tod, aber sie weint auch nicht um ihn. Das erschüttert sie ja so: die Tatsache, daß sie *nicht* erschüttert ist.«

Darauf war es lange still. »Ich weiß natürlich«, sagte Elathan nach einer Weile, »daß meine Eltern sich schon seit vielen Jahren nicht mehr sehr nahestanden. Aber immerhin waren sie königliche Partner, Gefährten, Elternfiguren für ganz Fomor.«

»Und um den königlichen Partner trauert die Königin aufrichtig«, sagte Camissa überzeugt. »Doch um Bres, den Geliebten, klagt eine andere.«

»Thona! Ihr Götter, sie hatte ich seit dem Begräbnis ganz vergessen ...« Elathan rieb den großen Krönungsring an seinem Daumen, das Schmuckstück war ihm immer noch zu neu und ungewohnt. Er hatte seiner Mutter die ganzen Jahre über sorgsam verheimlicht, daß Lady Thona, die schon vor seiner Geburt Bres' legale Konkubine gewesen war, für ihn nicht nur die geduldete Geliebte seines königlichen Vaters, sondern jemand war, den er wie eine Tante oder sogar wie eine Stiefmutter liebte, eine Frau, die ihm stets aus vollem Herzen die Zuneigung, die Nachsicht und das Verständnis schenkte, die Basilea nicht aufbringen konnte oder wollte; und der er im Gegenzug die Liebe und das Vertrauen entgegenbrachte, die seine eigene Mutter zurückwies.

Thona wiederum zog Elathan, den Sohn des Mannes, den sie liebte, und seiner rechtmäßigen Gemahlin, ihrem eigenen Sohn Talorcan vor. Obwohl Bres, um seiner Geliebten einen Gefallen zu tun, Talorcan zu einem seiner Erben eingesetzt und ihm damit nach den fomorischen Thronfolgegesetzen einen halbköniglichen Status verliehen hatte, so daß er nach Elathan, Rauni und ihrem inzwischen verstorbenen Bruder Tharic der nächste Anwärter auf den Thron war, hatte Talorcan von Kindheit an seinen Vater verachtet und seinen Halbbruder verabscheut; er haßte Bres, weil er die Frau nicht heiratete, der er mit so treuer Liebe anhing, und weil er ihm, Talorcan, dem Erstgeborenen, nur Brosamen seiner Gunst zuwarf; er haßte Elathan, weil er der rechtmäßige Erbe des Königreiches war und weil er ihm, dem leiblichen Sohn, Thonas Zuneigung geraubt hatte.

»Ich muß Thona aufsuchen«, sagte Elathan, der nun mit keinem Gedanken mehr an seine Mutter dachte, und Camissa nickte verständnisvoll. Von allen Damen der Königin wußte nur sie allein um die besondere Beziehung zwischen Elathan und der Konkubine seines Vaters. »Ich war in den letzten Wochen so beschäftigt – aber das ist keineswegs eine Entschuldigung. Ich habe sie vergessen, und das hätte nicht geschehen dürfen.«

»Sie wird es verstehen.«

»Ja, dies, und noch weit schlimmere Verfehlungen. Aber das liegt an ihrer besonderen Herzensgüte und entlastet mich nicht.«

»Nicht einmal als König von Fomor?«

»Als König!« Elathan sah sie völlig verdutzt an, bis ihm plötzlich wieder einfiel, daß *er* ja der König von Fomor war, und er schenkte Camissa ein wehmütiges Lächeln. »Schon gar nicht als König ... wir sehen uns beim Abendessen, Lady.« Er küßte ihr die Hand; sie streifte ihm leicht mit den Fingern über die Lippen, als wolle sie ihm noch einen Kuß rauben, dann knickste sie und verließ den Raum.

Als Talorcan die Tür zu seiner Wohnung fest hinter sich geschlossen hatte, winkte er seine Begleiter in die inneren Räume weiter. Sobald alle eingetreten waren, verschloß er sorgfältig sämtliche Türen und Fenster.

Danach wandte er sich mit einem Lächeln an seine Gäste. »Ich möchte unsere knapp bemessene Zeit nicht mit Formalitäten vergeuden, Ihr Herren. Ich will Euch rundheraus sagen, daß ich – woher, braucht Euch nicht zu kümmern – von der Botschaft weiß, welche Ihr, Emen Gaitz, und Ihr, Chamara, meinem Bruder, dem König von Alphor, überbracht habt.«

Emen Gaitz lächelte freundlich, spreizte die Hände und

verneigte sich. »Davon bin ich überzeugt, Lord Talorcan, es ist ja auch kaum ein Staatsgeheimnis! Wir hatten die Ehre, den Verwandten und Untertanen von Bres, der verstorbenen Majestät von Fomor, die Beileidsbekundungen der kaiserlichen Familie zu übermitteln und König Elathan unsere diplomatische Beglaubigung zu überreichen.«

Talorcan zwinkerte wütend mit den Augenlidern. »Sehe ich aus wie einer von Euren zahmen Affen? Ich spreche nicht von der Botschaft, die Euch von Strephon anvertraut wurde, sondern von jener anderen, mit der Euch seine reizende Tochter, die Prinzessin Helior, im Namen ihres Sohnes Jaun Akhera beauftragt hat. Ihr habt meinen Bruder in Heliors Namen beschworen, zum Zeichen der Freundschaft zwischen ihm und Jaun Akhera die Feindseligkeiten gegen die Kelten wiederaufzunehmen.«

»Selbst wenn das der Fall sein sollte«, sagte Chamara vorsichtig, »nehmen Eure Lordschaft hoffentlich keinen Anstoß daran, wenn ich Euch frage, inwiefern Ihr davon betroffen seid.«

»Strenggenommen überhaupt nicht. Nur besteht kein Anlaß, von Bres' zweitem Sohn zu erwarten, er würde die gleiche ablehnende Position einnehmen wie der erste, welcher ja schon erklärt hat, er sei kein Freund des Imperiums.«

Kurzes Schweigen legte sich über den Raum. Emen Gaitz spielte mit den Edelsteinknöpfen seines Mantels. »Wir haben uns erlaubt, uns über Euch zu erkundigen, mein Herr«, sagte er dann in leicht verändertem Tonfall, »ehe wir auf diesen Planeten kamen. Über Euren persönlichen Werdegang, Eure Beziehungen zu Eurem Vater und Eurem Bruder, in dieser Richtung eben.«

»Wie vorausschauend die Diener der Plexari doch sind!«

»Wenn wir weiterhin ihre Diener bleiben wollen ... Aber ich glaube, die Bezeichnung ›praktisch‹ wäre angebrachter. Kaiser Strephon liebt es, auf alle ganz gleich wie entfernten Möglichkeiten vorbereitet zu sein, und seine Tochter hat diese Sorgfalt natürlich geerbt.«

Talorcan lachte aufrichtig belustigt. »Natürlich ... Nun, ich will mich möglichst klar ausdrücken, damit Ihr alles an

Ihre Durchlaucht weitergeben könnt: Es besteht nicht die geringste Aussicht, daß Elathan sich mit Jaun Akhera verbündet. Er hat sich von Anfang an dagegen gewehrt, daß sich mein Vater der Invasion Keltias überhaupt anschloß, und seine erste Handlung, als er König wurde, war – wie Ihr wißt –, unsere Armeen nach Hause zu beordern. Es ist ausgeschlossen, daß er seine Meinung ändert, und es gibt niemanden, der ihn umstimmen könnte.«

»Was ist mit Lady Camissa?«

»Kaum! Wenn es um Politik geht, gleichen sich die Ansichten der beiden aufs Haar. Außerdem ist sie so vernarrt in ihn, daß sie ihn auch dann nicht umstimmen würde, wenn sie könnte. Nein, was mein königlicher Bruder will, ist Freundschaft mit Keltia und Freundschaft mit Keltias Königin.«

Chamara beugte sich vor und lauerte gespannt auf eine Antwort. »Glaubt Ihr, Herr, daß diese theoretische und so dringend erwünschte Freundschaft sich zu einer – aktiveren – Beziehung entwickeln könnte?«

»Beispielsweise zu einer militärischen und politischen Partnerschaft? Nichts ist wahrscheinlicher. Wenn sich Elathan nicht vollkommen aus diesem Krieg heraushält, dann wird er wieder eintreten, und diesmal wird er als Verbündeter an Aerons Seite stehen und ihr sicher nicht – wie Jaun Akhera hofft – als Feind an die Kehle springen. Dessen könnt Ihr wenigstens gewiß sein.«

Die beiden Koranier wechselten einen Blick, und Talorcan schälte, nach außen hin betont unbekümmert, eine Birne.

»Meint Ihr denn, er würde versuchen, auch den Rest der Phalanx auf seine Seite zu bringen?« fragte Emen Gaitz.

Talorcan nickte und sprach, obwohl er den Mund voll Birne hatte. »Das würde er nicht nur versuchen, er würde diese Schafe auch mit sehr viel mehr Erfolg führen, als Bres dies jemals vermochte.«

»Aber es wird doch viele Wochen, vielleicht sogar Monate dauern, bis Elathan als Archon der Phalanx bestätigt wird. Ihr wißt so gut wie jeder andere, daß es möglicherweise überhaupt nicht dazu kommt: Diese Position ist wohl kaum als erblich zu bezeichnen, viele andere Prinzen streben danach, und Elathan ist sehr jung dafür.«

»Mag sein«, sagte Talorcan unbeeindruckt. »Aber die Könige von Fomor hatten schon immer gute Chancen, Archon zu werden, und Elathan ist wohlgelitten bei vielen Herrschern der kleineren Systeme.« Er tauchte die Finger in eine Silberschale mit Rosenwasser und trocknete sie an einem seidenen Tuch ab. »Ich verlange nicht, Ihr Herren, daß Ihr noch heute abend eine Entscheidung trefft. Das wäre äußerst verfrüht, um nicht zu sagen womöglich gefährlich. Solltet Ihr jedoch nach Rücksprache mit Prinzessin Helior zu der Ansicht gelangen, daß eine Bündnisgarantie – natürlich abhängig von tatkräftiger kaiserlicher Unterstützung – des Königs von Fomor eine lohnende Sache wäre, wobei Euch gleichzeitig klar sein sollte, daß Ihr von dem augenblicklichen Throninhaber eine derartige Garantie niemals erhalten werdet ... nun, ich bitte Euch nur, daran zu denken, daß ich Euer Diener bin, Ihr Herren, und Ihrer Durchlaucht meine respektvollen Grüße zu übermitteln. – Nein, ich glaube, Ihr geht am besten hier hinaus, durch den Garten. Ich wünsche Euch beiden eine gute Nacht und eine sichere Reise.«

Wieder allein in seinen Gemächern, gestattete sich Talorcan ein breites, zufriedenes Grinsen. Sie würden Helior von seinem Angebot erzählen, und die Prinzessin würde, dessen war er sicher, die darin enthaltenen Möglichkeiten sofort erkennen und darauf eingehen. Wenn sie schnell genug handelte, konnte er in wenigen Wochen König von Fomor sein. Und der neue König würde eine standesgemäße Gemahlin brauchen ... Talorcans Lächeln wurde noch breiter. Camissa würde auf jeden Fall Königin von Fomor werden; aber wenn es nach Talorcans Willen ging, würde der dazugehörige König nicht Elathan heißen.

Draußen in den dunklen Gärten gingen die beiden Gestalten schnell weiter; der Wind und der Nieselregen schirmten sie vor neugierigen Augen und Ohren ab. Als sie fort waren, waren die Gärten wieder leer. Dann trat eine andere Gestalt in einem Umhang aus dem kleinen marmornen Sommerhaus, blieb einen Augenblick lang stehen, sah ihnen nach und beobachtete dann, wie Talorcan die Gartentüren zu seiner Wohnung verriegelte und die Läden schloß, so daß das Licht in seinen Räumen nicht mehr zu sehen war.

Camissas Gesicht im Schatten ihrer Kapuze war besorgt. Einen Augenblick später schritt sie, selbst wie ein Gespenst, über die moosbedeckten nassen Wege zurück zum Königinnenflügel des Palastes und zu ihren eigenen Gemächern. Sie war im Regen in den Garten hinausgegangen, um die Zweifel loszuwerden, die sie quälten; statt dessen gab es nun weitere Fragen, die sie beunruhigten.

Am nächsten Morgen schien jedoch alles wieder in Ordnung zu sein, und ihre Ängste und Zweifel kamen Camissa so wenig greifbar vor wie die Nebel der Nacht. Nun trübte kein Schatten mehr den Tag, und die Nachmittagssonne malte goldene Flecken auf den Samt in ihrem Schoß. Es war ihr Hochzeitskleid, in den traditionellen Blautönen gehalten, wie sie von den königlichen Bräuten der Fomori getragen wurden – am Hals hatte das Gewand eine Farbe wie hellstes Wassereis, dann wurde es immer dunkler, erst wie Flachsblüten, am Saum wie Indigo – und die fließende Schleppe, die sie eben mit Goldfäden bestickte, leuchtete in tiefem Saphirblau.

»Ihr seht also«, sagte sie gerade und beugte sich aufmerksam über die winzigen goldenen Blüten, »ich wußte nicht so recht, was ich tun sollte. Auf keinen Fall wollte ich Elathan damit behelligen ... Aber Lord Talorcan ist schließlich Euer Sohn; und da ich keinerlei Beweise hatte, hielt ich es für das beste – nun, nicht für das *beste,* aber doch für das annehmbarste von allem, was ich hätte tun können –, zuerst mit Euch zu sprechen. War es ein Fehler, daß ich zu Euch gekommen bin? Wenn ja, dann tut es mir leid«, schloß sie hastig, hob das Gesicht und begegnete Thonas mitfühlendem Blick.

Thona schüttelte den Kopf, berührte tröstend Camissas Hand, drückte sie kurz und mit aufrichtiger Wärme und stickte dann weiter an einer anderen Ecke der vierzig Fuß langen Schleppe.

»In meinen Augen war es kein Fehler, Kind.« Sie war eine gutaussehende Frau in den mittleren Jahren, mit hellen Augen, klarer Haut und der Haltung einer Tänzerin. Ihr graues Haar, das sie in ihren Privaträumen offen trug, fiel ihr wie eine Schneewolke, fein, weich und dicht, bis fast zu den Füßen.

»Nein, Cami, Ihr habt keinen Fehler gemacht«, wiederholte sie. »Aber was könnte mein Sohn Eurer Meinung nach im Schilde führen?«

»Wer weiß? Außer jenen Botschaftern vielleicht ...« Camissa hob achselzuckend die Hände, wobei ihr der Samt über die Knie und auf den Boden rutschte. Sie zog ihn wieder herauf und wickelte den Goldfaden um ihre Nadel, um einen weiteren Sintran-Knoten in den Stoff zu setzen. »Was für ein gräßlich kniffliges Zeug ... Aber es *waren* die Botschafter des Imperiums«, fuhr sie mit ihrer Geschichte fort, als wende sie sich einem neuen Faden ihrer Stickerei zu. »Ich habe mich gewiß nicht getäuscht, sie waren in Talorcans Räumen, und alle drei waren sehr darauf bedacht, niemanden etwas davon erfahren zu lassen.«

»Vielleicht wollte Talorcan nur genauer von ihnen wissen, was sie zuvor mit dem König besprochen hatten.«

Camissa sah mit einem überraschten und mitfühlenden Blick auf, denn sie hörte zum erstenmal, wie Lady Thona Bres' Sohn und Nachfolger mit dem Titel bezeichnete, der einst ihrem Geliebten gehört hatte. Doch das Gesicht mit den regelmäßigen Zügen wirkte gelassen und freundlich und schien sich nur auf die Stickerei zu konzentrieren, und in der leisen Stimme war kein Stocken zu hören gewesen.

Wirklich, überlegte Camissa, Bres' Loyalität, ja, seine Treue zu Thona war bemerkenswert gewesen. Sie war an ihrem achtzehnten Geburtstag offiziell seine Konkubine geworden; Bres hatte sich jedoch an die von seinen Eltern getroffenen Vereinbarungen gehalten, Basilea geheiratet und sie zu seiner Königin gemacht. Nach außen hin völlig ungerührt, hatte Lady Thona nach einiger Zeit einen Gegenschlag geführt und ein volles Jahr, ehe Basilea Bres mit

Elathan einen rechtmäßigen Erben schenkte, Talorcan zur Welt gebracht. In all den Jahren seither hatte sie im gleichen Palast wie Basilea gelebt, immer in gespanntem Frieden mit ihr, und hatte die ständig zunehmende Gehässigkeit und Eifersucht der Königin (*eine vielleicht verständliche Eifersucht,* dachte Camissa loyal, denn sie mochte Basilea, der sie als Hofdame diente, seit sie nach Tory gekommen war) mit der gleichen sanften Freundlichkeit an sich abprallen lassen, die Bres sein Leben lang so angezogen hatte.

Merkwürdigerweise hatte jedoch Elathan, das Kind der Frau, der sie so verhaßt war, in Thonas Herz immer einen höheren Rang eingenommen als die Frucht ihres eigenen Leibes, und warum das so war – Camissa stieß die Nadel noch einmal durch den dicken Samt, stach sich in den Finger und fluchte kräftig.

Thona lachte. »Königinnen dürfen so etwas denken, aber sie dürfen es nie, niemals aussprechen; nein, Könige auch nicht ... Laßt nur alles heraus, solange Ihr noch könnt.« Sie faltete ihren Teil der Schleppe zusammen und kam auf das Problem zurück, das ihr Camissa wie den Samt in den Schoß gelegt hatte. »Nun, es ist richtig, mein Sohn ist ein Unruhestifter, schon von Kindesbeinen an, aber ich halte ihn trotzdem für keinen Verräter oder Intriganten. Ich würde es ihm allerdings durchaus zutrauen, wenn er das wollte oder von jemandem dazu gebracht würde. Es war klug von Euch, mit mir darüber zu sprechen und nicht mit Elathan; ich werde die Augen offenhalten, und Ihr ebenfalls, aber das genügt vorerst. Die Lage im Reich ist viel zu unruhig, als daß man so gefährliche Gerüchte in die Welt setzen dürfte.«

»Hat mein Herr Euch schon besucht?« fragte Camissa, nachdem sie ein paar Minuten lang schweigend weitergestickt hatte. »Er sagte, er wolle kommen.«

»Und er ist gekommen.« Ein strahlendes Lächeln erhellte Thonas Gesicht, und die Jüngere glaubte plötzlich, ein wenig zu verstehen, warum Elathan diese Frau mehr liebte als seine eigene Mutter. »Und er war so gütig, von solcher Freundlichkeit ... Ich darf in dieser Wohnung bleiben, die mir so ans Herz gewachsen ist«, – sie sah sich um und zeigte mit einer kleinen Handbewegung auf die geschmackvoll eingerichteten Räume –, »ein ganz besonderer Beweis seiner Gunst. Euer junger Herr wird ein guter König werden. Ich habe Bres sehr geliebt, aber er konnte oft ... nun, lassen wir das.«

»Hat Elathan mit Euch über seinen Wunsch nach Frieden mit Keltia gesprochen?«

»Ja, das hat er getan, und ich war in meinem ganzen Leben noch nie auf jemanden so stolz wie auf ihn, als ich ihn so sprechen hörte.« Thonas ohnehin schon strahlendes Gesicht glühte nun plötzlich in liebevollem Stolz auf. »Wenn ich mir vorstelle, daß dieser alte Streit nun endlich beigelegt und daß vielleicht er derjenige sein wird, der diesen Frieden für sich persönlich wie auch für Fomor zustande bringt – dann erfüllt große Freude mein Herz.«

Camissa murmelte zögernd: »Mein Herr sagte mir, der Streit habe private Gründe, er sei wegen einer Mißhelligkeit zwischen seinem Vater und König Fionnbarr von Keltia ausgebrochen, aber er hat mir nicht genau erklärt, worum es dabei ging.«

Das Leuchten in Thonas Gesicht erlosch. »Darüber zu sprechen kommt mir nicht zu«, sagte sie leise, aber fest. »Nicht einmal Elathan kennt die wahre Geschichte ... Wenn Ihr die Wahrheit hören wollt, die einzige, die noch am Leben ist und das Recht hat, sie Euch zu erzählen, ist Königin Basilea.«

»Die Königin!« Von allen Namen, die Thona hätte nennen können, hätte Camissa gerade diesen niemals erwartet, und schwindelerregend unmögliche Dinge schossen ihr durch den Kopf. Sie warf noch einen Blick auf Thona, sah völlig verwirrt, daß diese sich aus ihrem Stuhl erhoben hatte und mit gesenktem Kopf, die Hand auf die Brust gelegt, in einen Hofknicks sank, und drehte sich auf ihrem Stuhl um. Ehe ihr bewußt wurde, was sie tat, war sie schon unter dem blauen Samt hervorgeschlüpft und knickste selbst.

Basilea, Königinwitwe von Fomor – Bres' Witwe, Thonas Rivalin, Camissas künftige Schwiegermutter –, stand im Garteneingang, und sie machte kein fröhliches Gesicht.

Als man Basilea mitteilte, daß ihr Gemahl durch das Schwert der Königin der Kelten umgekommen sei, hatte sie diese Nachricht schweigend und reglos aufgenommen und nur mit einem kurzen Senken der Lider erkennen lassen, daß sie überhaupt verstanden hatte. Diese königliche Beherrschung war niemals ins Wanken geraten, nicht einmal – schon gar nicht – als vierzehn Tage später die zerschlagenen Überreste der Fomori-Flotte nach Hause gehinkt kamen, angeführt von dem Flaggschiff, das sowohl den toten wie den neuen König an Bord hatte.

Basilea hatte auf dem Landefeld gestanden, als das Shuttle aufsetzte, und hatte als erste in Tory ihrem Sohn gehuldigt, sobald er ausgestiegen war. In den folgenden Tagen, aus denen inzwischen Monate geworden waren, hatte sie ihre Rolle als Königinwitwe tränenlos und mit Würde gespielt, wenigstens vor den Augen ihres Volkes; doch ihre Hofdamen stellten staunend fest, daß sie nicht einmal dann, wenn sie allein war, diese königlich-stoische Haltung verlor, um sich der Trauer hinzugeben.

Doch nun schien diese Gelassenheit gründlich erschüttert zu sein, und Basilea betrachtete Thona und Camissa, die immer noch im Hofknicks vor ihr standen und nicht wagten, sich unaufgefordert zu erheben, mit einem langen kalten Blick.

»Welch reizende, häusliche Idylle für die nächste Königin von Fomor ... Oh, steht auf, Ihr beiden, man bekommt ja Kopfschmerzen, wenn man Euch so ansieht!« Basilea verriegelte die Tür hinter sich und fegte an Thona vorbei zu dem Stuhl, den Camissa für sie bereithielt. »Nun, junges Fräulein, seid Ihr wegen der Qualität der Stickkunst gekommen? Oder gibt es noch andere Gründe? Weiß mein Sohn, daß Ihr hier seid?«

Camissa errötete, ließ sich aber keine Nervosität anmerken. »Majestät, er weiß es – und er billigt es auch«, fügte sie hinzu, unfähig, den triumphierenden kleinen Seitenhieb zu unterdrücken. Sie bemerkte schadenfroh, wie Basilea sich kurz auf die Unterlippe biß.

»Lady Camissa verlangte es nach einer Erklärung«, sagte Thona höflich, »über die Gründe für die Fehde zwischen

Seiner verstorbenen Majestät von Fomor und König Fionnbarr von Keltia.«

Zu Camissas Verwunderung waren das Mißfallen und die Feindseligkeit in Basileas Gesicht plötzlich verschwunden; als die Königinwitwe nun den Blick auf die königliche Geliebte richtete, schien sich in ihren Augen Selbstbewußtsein zu spiegeln, Zurückhaltung und – erstaunlicherweise – heimliche Furcht.

»Und Ihr habt es für richtig gehalten, sie aufzuklären?«

Thona schüttelte den Kopf, ohne Basilea anzusehen. *Sie sieht sie ganz bewußt nicht an,* dachte Camissa staunend.

»Wenn die künftige Königin darüber Bescheid wissen muß, dann wird sie es zu gegebener Zeit zweifellos erfahren. Wenn nicht, läßt man dann vergangene Bitterkeiten nicht besser ruhen?« Thona hob die Augen und sah die Königin an, und welch stummes Verständnis, welch langjährige Geschichte von Kompromissen und Zugeständnissen, welches Hin und Her von Gefühlen in diesem Blick enthalten waren, konnte Camissa nicht einmal ansatzweise begreifen, und sie hätte sich auch geschämt, es zu versuchen.

Basilea schien jedoch zufriedengestellt. »Ganz richtig, Lady. Und Ihr tut gut daran, nicht weiter daran zu rühren.« Ein Rascheln ihrer Röcke, und sie war verschwunden, ehe die beiden anderen sich aus den Stühlen erheben konnten.

Nach langem Schweigen wagte es Camissa, Thona wieder anzusehen. Und wieder war sie erstaunt: Als die Ältere Basilea nachsah, stand nichts als tiefes Mitleid in ihrem Gesicht geschrieben, und über ihre Wangen rannen langsam die Tränen.

4. Kapitel

»Die neuesten Zahlen, Akhi.«

Sanchoniathon, denn kein anderer war bereit gewesen, diese Aufgabe zu übernehmen, streckte seinem Bruder eine durchsichtige Kristallplatte entgegen. Sie enthielt, wie er eben verkündet hatte, die jüngsten Informationen über die Lage der kaiserlichen Truppen auf dem Planeten Tara, und die Informationen waren nicht gut.

Jaun Akhera, der bisher sowohl die Worte seines Bruders wie den dargereichten Datenträger mißachtet hatte, hob nun endlich den Kopf, und obwohl sich Sanchoniathon mit seinem Bruder so gut verstand, wurde ihm bei dem Blick aus den goldenen Augen ein wenig mulmig.

»Trotz der Verzögerungstaktik, die ihr, du und der gute Hanno, angewandt habt, habe ich sie schon gesehen ... Sancho, was soll ich tun? Ich habe unsere Legionen hier auf Tara umgruppiert – sogar mehrmals; aber wir schaffen es kaum, sie ausreichend zu verpflegen. Ich habe alle Schiffe, die wir noch besitzen, zu einem Verteidigungsring um dieses System zusammengezogen ...«

»Und er hält auch!«

»O ja, er hält – aber Rohan bricht durch, wo immer es ihm gefällt, und dann huscht er davon, ehe wir ihn fassen können.«

»Eines Tages wird er sich zu weit vorwagen, und dann haben wir ihn.«

»Mag sein. Aber bis zu jenem hypothetischen Tag scheint es mir an vielversprechenden Alternativen zu mangeln.«

Sanchoniathon seufzte. »Akhi, ich weiß nicht, wie ich dir raten soll. Du hast während der vergangenen Wochen von uns allen Vorschläge bekommen.«

»Das kann man wohl sagen; es gibt kaum etwas in der einen oder anderen Richtung, was man mir *nicht* geraten hätte.« Jaun Akhera drehte seinen Stuhl zur Seite und starrte aus dem Fenster hinaus auf die See. »Nun, ich habe ein paar Erkundigungen eingezogen, die sich hoffentlich auszahlen werden. Außerdem habe ich mir überlegt, ob ich nicht verbreiten lassen soll, daß es Gwydion ans Leben geht, wenn Aeron nicht innerhalb einer festgesetzten Frist zurückkehrt oder wenn, sollte sie weiterhin fernbleiben, Rohan den Kampf nicht aufgibt.«

Sanchoniathon starrte das edle Profil seines Bruders an. »Hast du denn vollkommen den Verstand verloren?« flüsterte er entgeistert. »Gwydion ist das einzige Unterpfand, das wir haben.«

»Wir haben die Stadt ...«

»... deren Bewohner sich in aller Stille aus dem Staub gemacht haben. Oder ist dir nicht aufgefallen, wieviel weniger Kelten in den letzten Wochen auf den Straßen der Stonerows zu sehen waren? Trotz Ausgangssperren, Patrouillen und was noch allem scheinen sie irgendwie wie die Frettchen einen Weg direkt durch die Stadtmauern zu finden.«

»Und wir haben den Planeten selbst, wo sich alle die Leute, von denen du sprichst, verteilt haben müssen.«

»Du weißt doch ganz genau«, hielt Sanchoniathon ziemlich hitzig dagegen, »daß Gwydion mehr wert ist als das Volk und der Planet zusammen. Ich halte gar nichts von dieser Idee, und es ist sicher ein Schritt, den wir noch lange nicht zu tun brauchen. Aber du hast eben von Erkundigungen gesprochen; was ist damit?«

Jaun Akhera wurde plötzlich sehr verschlossen. »Darüber möchte ich im Augenblick nichts weiter sagen. Was das andere angeht, so müssen wir diesen Schritt vielleicht wirklich tun, um Aeron unter Druck zu setzen.«

»Selbst wenn sie für uns noch erreichbar ist, was wir nicht wissen, wird sie auf einfache Drohungen und Einschüchterungsversuche niemals reagieren.«

»Nicht, wenn die Drohung ihr selbst gilt, nein, da stimme ich dir zu; aber den Gedanken, daß ihr Gemahl in Gefahr ist, kann sie sicher nicht ertragen ... Nun, vielleicht hast du recht. Aber Sancho, wenn ich ihn opfern muß, um an sie heranzukommen, werde ich es tun.«

»Ich glaube«, sagte Sanchoniathon langsam, aber mit deutlicher Erregung, »wenn du Gwydion etwas antust, begehst du den denkbar schlimmsten Fehler, und er wird am Ende sogar zu einer schrecklichen Katastrophe führen.«

Jaun Akhera sah zu ihm auf, ohne den Kopf zu heben, und unter diesem ruhigen schrägen Blick trat Sanchoniathon bald unruhig von einem Fuß auf den anderen. Aber er mußte warten, bis er entlassen wurde.

»Du weißt, daß du mir gegenüber stets offen deine Meinung sagen kannst, mein lieber Sancho; und dein Rat ist wie immer wohl durchdacht und sehr gemäßigt. Das gefällt mir an dir am meisten. Aber ich habe genug von Mäßigung, und wenn ich weitere Ratschläge dieser Art brauche, werde ich es dich wissen lassen. Nun laß mich eine Weile allein.«

Die Sonne sank, die Fresken über seinem Kopf verblaßten, aber Jaun Akhera saß weiter allein in der zunehmenden Dunkelheit. Trotz allem, was er Sancho so unbekümmert versichert hatte, wußte er im Innersten, daß eine Drohung, wie er sie ausgesprochen hatte, nicht mehr war als leere Prahlerei. Es gab keinen wirklich triftigen Grund, jetzt ein Ende mit Gwydion zu machen, nachdem er ihn monatelang verschont hatte. Sancho hatte sicherlich recht, und Aeron war schon weit fort von Keltia, für keinerlei Schmeicheleien und Einschüchterungsversuche mehr erreichbar. Es gab überhaupt keinen Grund – außer Rachsucht, gekränkter Eitelkeit oder dem Wunsch, anderen widerspenstigen Aoibhells eine Lektion zu erteilen, Rohan oder Desmond zum Beispiel, oder …

Bei dem Gedanken an Desmond fiel ihm etwas ein, das er gehört hatte, und er tippte auf der Tastatur auf seinem Schreibtisch eine Anfrage ein. Der Bildschirm füllte sich mit Daten, und er studierte sie genau: Sarah O'Reilly, Lieutenant, FSN, als Nachrichtenoffizier auf das Sondierungsschiff FSS *Sword* abkommandiert; jetzt unter dem Namen Lady Sorcha ní Reille bekannt, von der Ard-rían zum Ritter geschlagen und in jüngster Zeit als Aerons Knappe tätig; Gerüchte über eine Liebesromanze zwischen ihr und Prinz Desmond Aoibhell, dem Sohn des verstorbenen Elharn ...

Endlich lehnte sich Jaun Akhera wieder zurück, und jetzt lächelte er. Vielleicht hatte er doch nicht so wenige Möglichkeiten, wie er befürchtet hatte. Eine Terranerin in Keltia – konnte sie so schwer zu finden sein?

»Ich komme, wenn nicht als Freund, so doch als Abgesandter mit ehrlichen Absichten«, sagte Sanchoniathon. »Mein Bruder verliert allmählich die Geduld; als Schwertkämpfer wißt Ihr, daß der in die Enge getriebene Gegner der gefährlichste ist, weil er am unberechenbarsten ist und am wenigsten zu verlieren hat.«

Gwydion beobachtete seinen Besucher, ohne sich irgendwelche Gefühle anmerken zu lassen. »Was wollt Ihr von mir, Prinz Sanchoniathon?« fragte er nach einer Weile. »Als Keltias Oberster Kriegsherr muß mir doch alles gelegen kommen, was Jaun Akheras Macht über dieses Reich abbröckeln läßt. Daraus habe ich noch nie ein Geheimnis gemacht. Soll ich Euch so verstehen, daß Ihr mich vor den Schwierigkeiten Eures Bruders warnt, um mich zu bewegen, meine Einstellung noch einmal zu überdenken? Kennt Ihr mich nach der ganzen Zeit nicht besser?«

»Nein ... nein, das hatte ich nicht gedacht. Aber Akhi – mein Bruder hat andere Pläne.«

»Daran zweifle ich nicht«, sagte Gwydion. »Was er tut, ist nicht neu – und es wird auch nie veraltet sein.« Er erhob sich, und Sanchoniathon begriff, daß er entlassen war. »Aber ich danke Euch trotzdem für die Warnung. Ihr haltet das vielleicht für kein Kompliment, aber Ihr seid Eurem Bruder weniger ähnlich, als Euch bewußt ist.«

An einem der langen blauen Sommerabende auf Vannin gingen Desmond und Sarah O'Reilly Hand in Hand am Ufer der Meeresbucht entlang. Über ihnen verschwanden die Klostermauern von Glassary langsam hinter einer Wand alter Kastanien. Die Luft war jetzt, da die Sonne tief stand, für den Sommer kühl, und bis auf das Plätschern der kleinen Wellen am Kiesstrand blieb alles still.

Sarah O'Reilly hatte die letzten Minuten keineswegs still verbracht, sondern, völlig überwältigt vom Auf und Ab der vergangenen vier Monate, in hemmungslosem Schluchzen: Desmond war da, Desmond war fort, sie war gezwungen, sich an einem sicheren Ort aufzuhalten, der Krieg brachte soviel Leid. Desmond hatte ihr geduldig zugehört, hatte die Weinende tröstend gestreichelt und war mit ihr ans Wasser hinuntergegangen. Die friedliche Atmosphäre und sein starker Arm hatten getrennt voneinander ihre magische Wirkung ausgeübt, und jetzt war Sarah wieder ruhig.

»Besser?«

»Viel besser. Du hast sehr viel Geduld mit mir.«

»Was, ich?« Sie hörte das Lachen in seiner Stimme und wagte nicht aufzublicken. »Sari-fach«, sagte er und drehte sie zu sich herum, »überleg dir doch bitte einmal, was du im vergangenen Vierteljahr alles durchgemacht hast. Seit Fionnasa bist du in eine fremde, fast tausend Lichtjahre von deiner eigenen Heimat entfernte Welt gekommen, warst zum erstenmal in deinem Leben der Neugier der Öffentlichkeit ausgesetzt, was selbst für jene, die das von Geburt an kennen, eine Belastung ist, hast mitgeholfen, ein verräterisches Komplott aufzudecken, an dem dein Freund und Offizierskamerad Tindal beteiligt war, hast zugesehen, wie deine übrigen Kollegen ohne dich zur Erde zurückkehrten, wie Tindal für seinen Verrat hingerichtet wurde, wie dein Captain, der gleichzeitig dein bester Freund war, im Kampf fiel und wie deine neue Freundin Aeron knapp dem Tode entging; du selbst wurdest wieder auf eine andere Welt geschickt, um vor den Kaiserlichen in Sicherheit zu sein, die hinter dir her sind ... Und da entschuldigst du dich bei mir für ein paar Tränen?«

»Na ja, wenn du es *so* darstellst ...« Sarah brachte ein zittriges Lächeln zustande, und als Desmond es sah, machte sein Herz einen Satz. »Ich hasse eben Hysterie ... Aber für dich war es auch nicht so einfach.«

»Sicher, aber ich bin hier wenigstens zu Hause, und die Schwierigkeiten kommen nicht völlig unerwartet. Wenn ich in deiner Haut gesteckt hätte – nehmen wir an, man hätte mich als Diplomat auf die Erde geschickt, und mir wären ähnliche Mißgeschicke widerfahren wir dir –, ich hätte ohne jeden Zweifel ebenfalls geweint.«

Sie lächelte schüchtern zu ihm auf. »Seit Tomnahara bist du immer so gütig und geduldig. Ich hätte nicht gedacht – ich meine, man sagte mir, du ...«

»Mit mir sei nicht gerade einfach auszukommen? Nun, das ist wahr: Mit Fremden umzugehen, fällt mir nicht leicht, und ich glaube, dir geht es ähnlich. Ich habe nichts dagegen, neue Freundschaften zu schließen, aber es liegt mir eben nicht besonders. In meiner Familie haben einige damit zu kämpfen, aber die meisten nicht.«

Sarah O'Reilly lachte. »Das habe ich bemerkt. Haben die Aoibhells eigentlich deshalb so viel Selbstvertrauen, weil sie die königliche Familie sind?«

»Zum Teil wohl schon, aber ich glaube, wir sind als Familie nicht selbstsicherer als die anderen alten Geschlechter. Die Sicherheit, die du siehst, rührt wohl eher von der Zugehörigkeit zu einer fest begrenzten, anerkannten Gruppe her: der Clan, das Geschlecht. Ich würde sagen, das ist eher der Grund als so etwas wie königliche Würde; denn selbst der Herrscher von Keltia ist nur der Erste unter Gleichen in seiner oder ihrer Sippe. Weißt du, nicht alle Aoibhells sind königlichen Geblüts; aber jedes Clanmitglied, ob Ard-rían oder kleiner Fischer, hat vollen und gleichen Anteil an der Tradition und am Stolz des Clans. Es gibt eine vertikale Hierarchie der Geschlechter, aber keine horizontale der Ränge.«

»Das ist mir einfach zu hoch«, sagte Sarah O'Reilly. »Wollen wir zurückgehen?«

»Einen Augenblick noch. Ich muß dir etwas sagen, Sorcha; du brauchst mir nicht sofort zu antworten, aber ich möchte, daß du darüber nachdenkst, während du hier bei den Ban-draoi bist und Frieden und Muße hast, dir alles genau zu überlegen.« Während er sprach, hatte er den Arm von ihren Schultern fallen lassen, und Sarah war von neuem wie gelähmt vor Unsicherheit. Desmond sprach jedoch weiter, als habe er es nicht bemerkt, so sehr war er in seinen eigenen Gedankengang vertieft. »Wir sind uns in den vergangenen Monaten nahegekommen, und wenn die Vorstellung dir nicht gänzlich zuwider ist, möchte ich dich bitten zu erwägen, ob du mich heiraten willst.«

Sarah, der inzwischen vor Angst fast übel geworden war, blieb unvermittelt am Rand des Wassers stehen und sprudelte die ersten Worte hervor, die ihr in den Sinn kamen.

»Ich habe aber schon andere Liebhaber gehabt.«

Desmond warf den Kopf zurück und lachte. »Aber natürlich. Ich auch, genau wie jeder Kelte im heiratsfähigen Alter. Das ist kein echter Grund; nicht einmal auf der Erde, möchte ich wetten.«

»Die Wette würdest du gewinnen«, gab sie verlegen zu. »Das war das einzige, was mir dazu eingefallen ist.« Sie blickte hinaus über das unruhig werdende Wasser. »Was ich eigentlich sagen will: Ich bin hier fremd, bin Terranerin, wenn auch irischer Abstammung. *Du* bist ein Mitglied der königlichen Familie, hast königliches Blut in den Adern: Enkel einer Königin, Neffe eines Königs, Vetter der gegenwärtig herrschenden Königin. Was wird deine Familie – was wird *Aeron* dazu sagen, daß du mit einer Außenweltlerin zweifelhafter Herkunft eine Verbindung eingehen willst?«

»Aha, ich dachte mir schon, daß es auf so etwas hinausläuft.« Desmond faßte ihr unter das Kinn und drehte ihren widerstrebenden Kopf wieder zu sich herum. »Nein, sieh mich an, Sorcha ní Reille ... Es stimmt zwar, daß Aeron als Ard-rían ihr Fiant geben muß, wenn einer der Rígh-domhna sich verheiraten will, aber warum hast du Angst, was sie denken oder tun könnte?«

»Desmond, sie ist die *Königin!*«

»Sie ist auch deine Freundin, die dich sehr liebt.«

»Genug, um mich ein Mitglied ihrer Familie werden zu lassen? Ich weiß, wie wichtig die Familie für die Kelten ist, selbst wenn ich nicht eben erst einen Vortrag über den Stolz des Clans gehört hätte.«

»Und wenn du *Rohan* heiraten wolltest, O'Reilly – Rohan, der im Augenblick mutmaßlicher Nachfolger auf dem Thron von Scone ist –, würde Aeron euch beiden ihren liebevollen Segen geben, bei Gwydion, glaube ich, würde ich allerdings die Grenze ziehen ... Aber Rohan willst du doch nicht heiraten, oder?« fragte er ängstlich.

Sarah O'Reilly schüttelte den Kopf und lehnte sich gegen ihn. »O nein«, sagte sie leise, und ihr Gesicht glühte vor Freude und schüchternem Stolz. »Nein, das ganz gewiß nicht ...«

Eine Stunde später war er schon wieder fort, er blieb nicht einmal zum Abendessen; von seinem Schiff war eine dringende Nachricht gekommen – Rohan brauchte ihn für einen Auftrag, über den er nicht einmal mit Sarah sprechen konnte –, und er war hastig zu seinem im Orbit befindlichen Zerstörer zurückgekehrt. Im letzten Augenblick hatte er seinen Siegelring mit dem Bild eines schwarzen Stiers an Sarahs Hand gesteckt.

Und nun saß Sarah O'Reilly an einem der langen Tische, die an den vier Wänden der Großen Halle des Klosters standen, und aß und trank völlig geistesabwesend und mit dementsprechendem Appetit. Vom obersten Tisch aus bemerkte Indec mit der scharfsichtigen Besorgnis der Äbtissin die Traumverlorenheit ihres Schützlings, unternahm aber nichts. Wenn es Schwierigkeiten gab, dann mochte das Mädchen zu ihr kommen, wann und wie sie selbst wollte ...

Sarah fuhr auf, als ihr bewußt wurde, daß das Gespräch ihrer Tischnachbarn sich dem nie an Interesse verlierenden Thema Aeron zugewandt hatte. Und aus Höflichkeit gegenüber Sarah hätte man dieses Thema auch keineswegs gemieden: Einige Vertreterinnen der Äbtissin wußten zwar von Desmonds Kurzbesuchen bei der Terranerin, der man Asyl gewährte, aber im allgemeinen war der Prinz erstaunlich unbemerkt geblieben, und die Ban-draoi, die eben sprach – eine der älteren Schwestern, die in Glassary in Behaglichkeit ihre letzten Jahre verbrachte –, wußte nichts von Sarahs diversen Beziehungen zum Königshaus.

»Es ist ja schön und gut, wenn man eine junge und temperamentvolle Königin hat, aber das Volk zieht es vor, wenn am Hof ein gutes Familienleben herrscht.«

Sarah platzte dazwischen, ohne auch nur Atem zu holen. »Sind sechs Brüder und Schwestern und Gott weiß wie viele Tanten, Onkeln und Vettern denn nicht Familie genug?«

»Schon, aber alles wartet darauf, daß Aeron selbst einen Erben hervorbringt; die Nachfolge ist allerdings mehr als gesichert, besonders jetzt, nachdem Eiluned und Kieran gerade einen kleinen Prinzen bekommen haben.«

Trotz ihrer Verärgerung mußte Sarah bei dem Gedanken an das Baby lächeln, das Aerons Bruder Kieran und seiner Frau Eiluned von Garioch vor zwei Wochen auf Caledon geboren worden war. Den Namen des Kleinen hatte man eben erst erfahren, obwohl das Saining schon vor einer Woche stattgefunden hatte: Conmaol Díolach, was auf Gaeloch in etwa ›rächender Wolfskrieger‹ bedeutete. Wie konnte man dem armen kleinen Wurm so etwas aufbürden ...

»Ach, ich weiß nicht«, sagte sie ziemlich milde. »Dafür ist wohl noch genug Zeit. Jedenfalls hat sie Prinz Gwydion geheiratet, er wird also König sein.«

Bronwen, eine junge Novizin, die dem Gespräch bisher mit leicht spöttisch verzogenen Lippen gelauscht hatte, mischte sich nun mit unverhohlenem Sarkasmus ein. »Das ist wohl wahr! Und der Prinz von Dôn ist zweifellos ein hoher und edler Herr, aber so leicht wie mit ihrem ersten Prinzgemahl, Fürst Roderick, ist mit ihm nicht auszukommen. Das war ein reizender, fröhlicher Herr, und das Volk liebte ihn sehr.«

»Mir ist nicht bekannt, daß Gwydion nicht geliebt würde«, sagte Sarah und spürte eine grimmige Reizbarkeit in sich aufsteigen.

»Ich glaube, man achtet ihn mehr, als daß man ihn liebt, und auf jeden Fall fürchtet man seine Macht als Zauberer«, meldete sich eine andere Schwester zu Wort, um die plötzliche Spannung abzubauen, von der alle ergriffen waren, die in Sarahs unmittelbarer Nähe am Tisch saßen. »Und das ist vielleicht ungerecht – aber mit der Zeit wird man ihn ebenso lieben wie Aeron.«

»Ach, Aeron!« lachte Bronwen verächtlich. »Jetzt kommen wir der Sache schon näher – eine Königin, die ihr eigenes Volk ins Unglück stürzt, weil sie die Worte ihrer Ratgeber in den Wind schlägt, und die dann nicht bleiben kann, um wiedergutzumachen, was sie angerichtet hat. Wirklich tapfer, das muß man sagen!«

»Sie ist Jaun Akhera auf den Mauern von Caerdroia und vorher bei Rath na Ríogh tapfer genug entgegengetreten. Ich war dabei und habe es gesehen.«

»O ja, wenn sie will, kann sie sehr hart sein; zweifellos bot sie einen edlen, prächtigen Anblick und stand hoch über allem – wie eine Königin der Sidhe, die dem Küchenpersonal einen Besuch abstattet.«

Sarah O'Reilly mußte sich sehr beherrschen, um Bronwen nicht mit dem Tafel-Sgian aufzuspießen. »Sie hat getan, was sie für richtig hielt.«

»Das tut sie immer. Und kein Sterblicher und nur wenige Unsterbliche können ihr dann etwas sagen, was sie nicht hören will. Diese ganze Familie platzt fast vor Hochmut; seit den ersten Tagen Keltias sind die Aoibhells mit dem Traha geschlagen, mit dem zügellosen Stolz. Man sehe sich nur Fionnbarr an und vor ihm Aoife. Lasairían hat allerdings oft getan, was Gwyneira wollte, wenigstens wird das allgemein behauptet. Die Wahrheit ist doch, daß jedermann ihnen gesagt hat, sie sollten sich auf keinen Fall mit den Gallaín einlassen, sondern hinter der Energiebarriere bleiben; aber nein, sie wollten nicht hören, und man sieht ja, was dabei herausgekommen ist. Ob Ard-rígh oder Ard-rían, wenn die Aoibhells mit Fremden zusammentreffen, sind sie stur wie die Maulesel.«

»Die jetzige nicht!« fauchte Sarah.

»Ach, wirklich nicht? Dann seht doch, wohin *ihr* Traha sie geführt hat: Auf ihren Kopf ist ein Preis ausgesetzt; wenn sie es wagen sollte zurückzukehren, steht auf dem Großen Platz ein Schafott für sie bereit, wenn sie es nicht wagt, muß sie in die Verbannung, die Götter wissen wohin.«

Wenn Sarah sich das noch weiter anhören mußte, würde sie den heiligen Frieden des Hauses stören, das wußte sie, also stand sie auf, verneigte sich mit so viel Höflichkeit, wie sie eben noch aufbrachte, vor Indec und stolzierte aus der Halle.

Ach, zum Höllenfeuer! dachte sie unglücklich und trat gegen die Stufen, als sie die steinerne Treppe zu ihren Räumen hinaufging. Der Traha ... vielleicht hatte Bron doch recht. Die Geschichte schien jedenfalls auf ihrer Seite zu stehen: Da war Fionnbarrs rätselhafter Streit mit Bres, allein schon eine Starrköpfigkeit, die alle am Ende teuer zu stehen gekommen war; Jahre zuvor hatte Aoife fast das ganze bekannte Universum mit äußerstem Hochmut behandelt; viel weiter zurück lag Lachlan Aoibhells wirklich sturer Bürgerkrieg, der ihn selbst und nacheinander auch alle seine vier Kinder das Leben gekostet hatte; und jetzt Aeron, die tollkühn – vielleicht sogar unnötig – ihr eigenes Leben aufs Spiel setzte, um tote Verwandte und einen sterbenden Freund zu rächen ...

Sarah warf sich auf ihr Bett, streifte sich mit den Zehen die Stiefel ab, und die rechte Hand spielte mit der Kette, die ihr Aeron persönlich zur Begrüßung auf Keltia geschenkt hatte und die sie niemals ablegte: ein Ring von goldenen Schilden, geschmückt mit dem Wappen der Ard-rían selbst, einem Schwert, das die Kupferkrone durchbohrte, und darunter, in winzigen goldenen Lettern, ihr Wahlspruch: ›Mein Schwert gegen den Donner‹.

Sarahs Augen fielen auf den massiven Ring am Mittelfinger der anderen Hand, der ihr bis zum zweiten Fingerglied reichte: Desmonds Siegel. Sarah begann zu lächeln, das Lächeln wurde breiter, und schließlich brach sie in ein fast hilfloses Gelächter aus.

»Und in eine solche Familie soll man als nettes terranisches Mädchen einheiraten!«

Als Sanchoniathon gleichzeitig verwirrt und beunruhigt die Bitte Powells, des Fürsten von Dyved, um Audienz beim Kaiserlichen Erben übermittelte, lachte Jaun Akhera leise vor sich hin und stimmte sofort zu.

Er hatte sich eigentlich schon gedacht, daß seine Erkundigungen in dieser Richtung schnellen Erfolg zeitigen würden. Ausgerechnet Prinzessin Arianeira hatte Jaun

Akhera gegenüber als erste Powells Namen erwähnt und gesagt, sie rechne auf ihn als Verbündeten, wenn Keltia als kaiserlicher Vasallenstaat sicher unter ihrer Herrschaft stehe. Inzwischen hatte sich natürlich vieles verändert, aber Jaun Akhera hatte diese Worte nicht vergessen, und als er sich nun gedrängt fühlte, nach keltischen Verbündeten Ausschau zu halten, war ihm Powells Name als erster in den Sinn gekommen.

Ein flüchtiger Beobachter hätte Powell für keinen aussichtsreichen Anwärter auf die Bezeichnung Verräter gehalten, aber das war schließlich bei Arianeira nicht anders gewesen ... Jaun Akhera ging noch einmal durch, was er von seinem möglichen Bundesgenossen wußte. Powell war Fürst von Dyved, Herrscher des zweitwichtigsten Planeten im kymrischen System. Mehr noch: Er war ein Pflegebruder von Gwydions Vater Arawn ap Kenver gewesen, und nach Arawns Tod vor zwölf Jahren hatte Powell eigentlich der Witwe und den Kindern des Gwynedders als Berater zur Seite stehen wollen.

Aber das Band hatte offenbar nicht gehalten: Gwydion, der jetzt mit dreißig Jahren Herrscher von Gwynedd war, war schon zu entschlossen seinen eigenen Weg gegangen, um die Einmischung eines älteren Mannes zu dulden, und die Beziehungen zwischen den beiden Herrscherhäusern hatten sich rapide verschlechtert.

So hatte es Jaun Akhera jedenfalls gehört. Er wandte sich von den verworrenen Familienverhältnissen des königlichen Hauses von Gwynedd ab und beschäftigte sich wieder mit Powell. Er saß in Aerons eigenem Arbeitszimmer, während sich Gwydion nicht weit entfernt als Gefangener in einem Turm befand, und wartete, gleichermaßen von Ungeduld und Neugier erfüllt, auf die Ankunft des dyvetischen Fürsten. Nun erinnerte er sich auch, daß Powell einen Sohn namens Pryderi hatte, etwa im gleichen Alter wie Jaun Akhera selbst, der infolge von Inzucht und dank der engen Verflechtungen innerhalb der keltischen Gesellschaft als Knabe sowohl ein Spielgefährte Gwydions wie des toten Roderick gewesen war, des Fürsten der Skoten, Aerons erstem Gemahl.

Jaun Akhera streckte sich erwartungsvoll wie eine Katze. Vielleicht würde dieser Pryderi seinen Vater begleiten. Eigentlich hoffte er dies sogar; er hoffte auch, daß sie gut miteinander auskommen würden – es wäre schön, an diesem schrecklichen Ort noch einen weiteren Freund zu haben. Wieder beschäftigte er sich mit den Motiven, die Powell bewogen haben könnten, die kaiserliche Einladung anzunehmen. Welche Gründe Powell jedoch auch immer hatte, sich für die Zusammenarbeit zu entscheiden, Jaun Akhera würde sie bald genug erfahren.

»Dürfen wir eintreten, Herr, um das Zimmer in Ordnung zu bringen?«

Gwydion gönnte den beiden Dienstboten in Palastlivree, die in der Tür zu Aerons Schlafzimmer standen, kaum einen Blick.

»Wie ihr wollt.«

Die diensthabenden kaiserlichen Wachen zogen sich hinter die Tür zurück, außer Reichweite des Staubs und des Ionenbesens. Ein paar Minuten lang herrschte Schweigen im Raum, die Diener beschäftigten sich damit, die herumliegenden Dinge aufzuräumen und mit den Besendüsen über den Steinboden zu fahren. Dann näherte sich die Frau dem Bett, den Arm voll frischer Wäsche, und Gwydion trat zurück, um sie bei der Arbeit nicht zu stören.

Er wandte sich gerade ab, als eine leise Stimme ihn zu mißtrauischer und erstaunter Reglosigkeit erstarren ließ.

»Wir sind gekommen, um mehr in Ordnung zu bringen als Aerons Gemächer, Gwydion.«

Er erkannte die Stimme sofort, und es bedurfte seiner ganzen Disziplin, um sich seine Freude und sein Erstaunen nicht anmerken zu lassen. Aber als er wieder genügend Herr seiner selbst war, um zu sprechen, sah er sie nicht einmal an.

»Seht zu, daß ihr auch den Steinboden im Badezimmer säubert, ehe ihr geht; beim letzten Mal habt ihr es vergessen, und jetzt ist alles ganz glitschig.« Mit der Fingersprache der Barden sagte er jedoch ganz andere Dinge.

Sabia?! Bist du es wirklich?

»Ja, Herr, ich werde mich darum kümmern.« *O ja, Gwydion, und der da drüben so geschickt mit den Besen umgeht, das ist Grelun. Wir haben uns mit einem Fith-fath getarnt, der nichts mit Magie zu tun hat: Wer würde schon Drachen, Fians und Freunde von dir in der Livree von Palastdienern vermuten?*

Grelun und Sabia ... Selbst in seinen kühnsten Träumen hätte sich Gwydion niemals eine so herrliche, prachtvolle Chance ausgemalt, oder eine, die ihm mehr zusagte: Grelun, sein Lieutenant, der Einberufer der Drachenbruderschaft; und Sabia ní Dálaigh, Fian im obersten Rang und nach Morwen Aerons engste und treueste Freundin. *Was wäre zusammen mit diesen beiden nicht zu erreichen?* Unwillkürlich erhellte ein Lächeln Gwydions Züge, als bräche die Sonne durch die Wolken, doch dann erinnerte er sich der Wachen, die in der Nähe waren, und brachte seine Gesichtszüge schnell wieder unter Kontrolle, setzte eine gelangweilt herrische Maske auf.

»Du da drüben, auch die Erkerfenster müssen geputzt werden; sie sind nach den letzten Stürmen ganz voll Salz.«

Grelun verneigte sich und ging gehorsam zu den Fenstern, Gwydion wandte sich wieder an Sabia, wagte einen schnellen Blick in ihr Gesicht und war ein wenig beruhigt von dem, was er dort sah: Kraft, Entschlossenheit, lebhafte Intelligenz und sogar einen Funken Liebe zur Gefahr.

M'anam don sleibh, ich freue mich, euch beide zu sehen; aber bei den Göttern, Sabia, in welche Gefahr bringt ihr euch ...

Dafür ist keine Zeit. Wir sind nur gekommen, um dich herauszuholen, mein Freund. Nicht nur wir beide sind mit im Bunde, und wir alle würden noch einem weit Mächtigeren trotzen als dem Marbh-draoi, um dich in Sicherheit zu bringen. Wir haben einen Plan – einen verzweifelten Plan, aber es ist der beste, den wir zustande bringen konnten. Nun hör zu ...

5. Kapitel

Nach dem ersten Blick auf Powell von Dyved war sich Jaun Akhera vollkommen sicher, daß er einen Mann vor sich hatte, dem er vertrauen konnte. Wenn das eine merkwürdige Einschätzung für einen Verräter war – nun, Jaun Akhera war schon früher von seinen eigenen Werkzeugen im Stich gelassen worden. Obwohl er selbst nie davon sprach und obwohl nicht einmal seine engsten Vertrauten es erwähnen durften, hatte er die Erinnerung an Prinzessin Arianeiras unangebrachte Gewissensbisse lebhaft im Herzen bewahrt; aber dieser Mann, das war deutlich zu erkennen, würde keine plötzlichen Skurpel bekommen. Wenn er sich einmal zu etwas entschlossen hatte, würde er auch dabei bleiben – ohne Bedenken und ohne Widerruf. Und es sah so aus, als habe sich der Fürst von Dyved in der Tat entschieden: vielleicht weniger für Jaun Akhera als gegen Keltia, gegen seine geflüchtete Königin und gegen seinen gefangenen Pflegeneffen. Aus welchen Gründen? Nun, vermutlich war er gekommen, um das zu erklären.

Dies alles ging Jaun Akhera während des Augenblicks durch den Sinn, als Powell den Raum durchquerte. Der Herr von Dyved war nicht besonders groß, hielt sich aber sehr aufrecht, er hatte einen kräftigen, gedrungenen Körper, den man bei einem weniger offenkundig sportlichen Mann als untersetzt bezeichnet hätte. Sein Haar trug er kürzer als bei den Kelten üblich, es war eisengrau, und dazwischen mischten sich schwarzbraune Streifen und Flekken, Reste der Farbe, die es in seiner Jugend gehabt hatte; die Augen waren immer noch ruhig und dunkel. Hinter ihm kam sein Sohn Pryderi, er hatte so gut wie keine Ähnlichkeit mit ihm, sondern schlug eher seiner Mutter Aloida nach, denn das Haar war gelockt und goldbraun, und die Augen waren blaugrün, die Haut war bis zum Schlüsselbein gebräunt, und am Halsrand der Seidentunika zeigte sich die echte keltische Blässe.

Jaun Akhera erhob sich zur Begrüßung und packte Powell mit ausgestrecktem Arm an der Schulter, wie es im Imperium üblich war.

»Es freut mich, daß wir uns endlich kennenlernen, Fürst von Dyved.« Er nickte auch Pryderi zu, der sich höflich, aber stumm verneigte. »Und Lord Pryderi ... Darf ich Euch eine kleine Erfrischung anbieten?«

»Ich habe Eure Botschaft erhalten, Alphor«, sagte Powell barsch, setzte sich vor den reich verzierten goldenen Schreibtisch und bedeutete Pryderi, sich hinter seinen Stuhl zu stellen. »Ich habe darüber nachgedacht und auch mit meinem Sohn gesprochen, und dann kam ich hierher nach Tara. Nicht ganz einfach zu bewerkstelligen angesichts der Flotten, die zwischen hier und meiner Heimatwelt kreuzen; aber wie Ihr seht, bin ich hier.«

»Ihr habt offenbar nicht viel Zeit zum Überlegen gebraucht.« Jaun Akhera reichte Powell eine goldene Platte mit Leckereien; der spießte ein paar Stücke mit seinem Sgian auf und aß sie säuberlich von der Messerspitze herunter.

»Das ist wahr. Ihr hättet an meiner Stelle gewiß nicht anders gehandelt, wäre Euer Herrscher geflohen, Eure Thronwelt besetzt, Euer Erster Kriegsherr eine Geisel gewesen. Für mich war die Sache aussichtslos.«

»Und doch«, sagte Jaun Akhera kühl, »habe ich gehört, daß Gwydion Prinz von Dôn als ältester Sohn Eures Pflegebruders gesetzlich mit Euch verwandt ist. Man hat mir bis zum Überdruß erzählt, daß eine solche Bindung in Eurem Volk unzerreißbar ist. Wie kommt es, daß dies hier nicht zu gelten scheint?«

Powell ließ ein kurzes freudloses Lachen hören. »Gründe zuhauf«, sagte er und wischte sich Finger, Mund und Messerklinge an ein- und derselben Seidenserviette ab. »Nun denn. Als sich Gwydions Vater Arawn auf der Jagd das Genick brach, wurde Gwydion sofort als Herrscher von Gwynedd bestätigt, das war sein gutes Recht, und niemand äußerte Zweifel oder sprach sich dagegen aus. Sicher, er war noch sehr jung – eben erst dreißig –, aber er hatte mit siebenundzwanzig die Volljährigkeit erreicht und brauchte sich von keinem Regenten etwas sagen zu lassen. Als Pflegebruder seines Vaters hatte ich in seiner Familie Vorrang vor seinen nächsten männlichen Verwandten, den Brüdern seines Großvaters nämlich. Gwenedour, seine Mutter, nahm aus irgendeinem Grund heftig Anstoß daran, obwohl es vom Gesetz her völlig klar ist und sie das so gut wußte wie jeder andere. Jedenfalls stellte sie sich gegen mich, und diese Abneigung ging auch auf ihre Söhne über. Gwydion hörte sich zwar sehr höflich alles an, was ich zu sagen hatte, richtete sich aber in keiner Weise danach, ging schließlich völlig seinen eigenen Weg und tat genau das, was er wollte.«

»*Das* kenne ich nur zu gut«, sagte Jaun Akhera. »Trotzdem, Lord, Ihr mögt darüber aufgebracht sein, aber das allein genügt doch wohl nicht, um Euch auf meine Seite zu bringen.«

Die schlauen dunklen Augen richteten sich langsam auf Jaun Akhera, wurden schmal und musterten ihn eingehend.

»Gewiß nicht ... Ich habe mich entschlossen, mich auf Eure Seite zu schlagen, weil ich es für ausgeschlossen halte, daß Aeron ihren Thron jemals wieder zurückgewinnt. Ich bezweifle, daß sie überhaupt nach Keltia zurückkehren wird, ja sogar, daß sie noch lebt. Aus allen diesen Gründen hielt ich es für ratsam, als einer der ersten die – wie soll ich es ausdrücken? – die neue Ordnung anzunehmen.«

Jaun Akheras Gesicht spiegelte kurz seine Überraschung über diese schonungslose Offenheit und auch eine Art von Wertschätzung, doch dann nahm es fast sofort wieder seinen gewohnt freundlichen Ausdruck an, und er lächelte.

»Ihr denkt sehr praktisch, Dyved, nicht gerade ein typisch keltischer Zug, glaube ich.«

»Sagen wir lieber, ich bin Realist.«

»Nun, lassen wir die Wortklauberei; jedenfalls scheint Ihr die Situation erfaßt zu haben, und dafür danke ich Euch. Darf ich Euch sagen, daß Ihr aus Eurem Volk fast der einzige seid ...«

»Nicht mehr lange, nehme ich an.«

Pryderi wurde hinter dem Stuhl seines Vaters sichtlich unruhig, und Jaun Akheras Augen wandten sich ihm sofort zu.

»Ihr wollt etwas sagen, Lord Pryderi? Nur heraus damit!«

»Mit allem Respekt, Hoheit«, – es zuckte um Pryderis Mundwinkel –, »auch wenn eine solche Beteuerung gewöhnlich nur die Einleitung zu echter Respektlosigkeit ist ... Glaubt Ihr vielleicht, mein Vater sei Euch gegenüber nicht ganz aufrichtig? Mir scheint, Ihr zweifelt an seiner Ehrlichkeit.«

»Keineswegs. Aber vielleicht bin ich – ein wenig – unsicher in bezug auf die Festigkeit seiner neuen Gesinnung. Und – ein wenig – glaube ich auch, daß hier mit der Wahrheit beziehungsweise mit den Tatsachen etwas großzügig umgegangen wird. Zum Beispiel mit den Gründen für plötzliche Abneigung der Fürsten Gwenedour gegenüber Eurer Lordschaft nach dem Tod ihres Gatten. Ich habe gehört, daß sie – möglicherweise – Eure Tröstungsversuche als etwas – übereifrig empfunden haben könnte.«

Powell ließ ein bellendes Gelächter hören. »Ach, ich hätte es wissen müssen«, sagte er, immer noch lachend. »Gut beobachtet, mein Herr, und nicht schlecht ausgedrückt – diese Tatsachen kennt nicht einmal Gwydion: Gwenedour hat ihm nie erklärt, was der Anlaß für ihre plötzliche Kälte war. Sonst hätte er mich sicher zum Zweikampf gefordert – und wäre sehr wahrscheinlich Sieger geblieben, und dann hättet Ihr heute einen zuverlässigen Anhänger weniger ... Aber zu jenem Realismus, von dem wir vorher sprachen, gehört auch eine ehrliche Einschätzung der eigenen Situation, und darin, Hoheit, sind wir uns sicherlich einig. Ihr braucht mich, Jaun Akhera, um die Teile von Keltia, die Ihr gegenwärtig beherrscht, fester in den Griff zu bekommen und Euren Einfluß, was Ihr zweifellos wünscht, noch weiter auszudehnen. Dyved könnte ein brauchbarer Stützpunkt sein, um auch den Rest von Kymry zu erobern ... Ich wiederum brauche Euch, um meine Stellung in einem veränderten, besiegten Keltia ohne Aeron zu festigen. Die Herrscher der Sechs Nationen sind, nach dem Gesetz und in der Praxis, dem Hochkönig von Tara unterstellte Unterkönige; wie sollen wir diese Herrschaft aufrechterhalten, wenn in Turusachan niemand ist, der über uns allen steht? Ob dieser Herrscher nun Ihr seid oder Aeron oder sonst jemand, macht für Dyved keinen Unterschied. Das ist in meinen Augen kein Hochverrat, sondern reine Zweckmäßigkeit.«

»So wollen wir es jedenfalls nennen.« Jaun Akheras Mund lächelte, seine Augen jedoch nicht, und er erhob sich von seinem Stuhl. »Ich habe mir schon einmal an einem keltischen – Helfer die Finger verbrannt, Ihr habt sicher davon gehört. Ihr verzeiht wohl, wenn ich vorsichtig bin, und versteht, daß ich meine Schritte sorgfältig abwägen muß.«

Powell nickte. »Dafür habe ich volles Verständnis; meine Nichte Arianeira war ihren Gefühlen stets hilflos ausgeliefert, auch wenn sie selbst ganz anders über sich dachte.«

Jaun Akhera, der sichtlich zusammengefahren war, als der Name der Prinzessin fiel, faßte sich wieder und lächelte eigentümlich.

»Ich hatte vergessen, daß auch sie zu Eurer Sippe gehörte.«

»Nun ja, nur ein Pflegeverhältnis – aber Wechselhaftigkeit ist kein Charakterzug von *mir*. Ich bin Euer Mann, Herr, wenn Ihr mich haben wollt.« Powell stand auf und streckte die rechte Hand aus, und Jaun Akhera umfaßte sie eifrig mit beiden Händen.

»Und Ihr, Caradigion?« fragte er, und sein Blick wanderte zu Pryderi.

Powells Erbe schlug sich mit der Faust an die Schulter. »Ich stehe unter dem Befehl meines Vaters, Prinz von Alphor. Wenn er sich auf Eure Seite stellt, dann gilt das durch ihn auch für mich.«

»Gut – sehr gut. Nun, Dyved, ich brauche Euren Rat. Mich drückt der Schuh seit einigen Wochen an zwei Stellen ganz gewaltig, und dem möchte ich abhelfen, ehe ich völlig lahm geworden bin.«

Powell lächelte, er hatte vollkommen begriffen. »Wir

sprechen von Gwydion und Rohan, nicht wahr?« sagte er. »Wir wollen sehen, was wir tun können, um Eure Beschwerden zu lindern.«

»Habt Ihr das gelesen?«

Rohan hob den Blick von der Botschaft, die erst vor wenigen Augenblicken vom Funkraum des *Feuerdrachen* empfangen worden war. Die Barden, die den Spruch entgegennahmen, hatten ihn für so wichtig und geheim erachtet, daß ihn der Großadmiral persönlich dem Prinzen überbrachte.

»Ja, Athiarna«, sagte Caradoc Llassar mit ernstem Gesicht. »Die Barden, die es entschlüsselten, natürlich auch, aber sonst hat es noch niemand zu Gesicht bekommen oder von seiner Bedeutung erfahren. Ich bin geradewegs hierhergekommen.«

»Das ist gut«, sagte Rohan grimmig. »Kommt jetzt mit in meine Kabine und laßt meinen Vetter Desmond rufen, außerdem Captain Chynoweth, Donal mac Avera und alle anderen, die Ihr für geeignet haltet. Auch Shane, falls er schon von Kernow eingetroffen ist. Wir haben schwerwiegende Dinge zu besprechen.«

»Du willst dich also mit ihm treffen?« fragte Desmond.

In einem kleinen, an Rohans Gemächer angrenzenden Konferenzraum war etwa ein Dutzend Leute versammelt, alle, die Caradoc Llassar hierhergerufen hatte, und bei Desmonds Worten wandten sich alle dem Prinzen zu.

»Ja, das habe ich vor.« Rohan spielte wieder mit dem Datenträger. Er enthielt eine Nachricht vom Marbh-draoi persönlich – von Jaun Akhera, dem kaiserlichen Erben, dem Todfeind, dem Besetzer Caerdroias, dem Kerkermeister Gwydions. Er bat darin um einen zeitlich begrenzten Waffenstillstand und um eine Unterredung, an der außer ihm auch Rohan als kommissarischer Regent Keltias teilnehmen sollte.

»Es ist höchstwahrscheinlich nur eine Kriegslist: eine Verzögerungstaktik, ein Manöver, um in Erfahrung zu bringen, wie stark wir sind; aber selbst wenn für uns weiter nichts dabei herauskommt, könnten wir auf diesem Wege vielleicht etwas von Gwydion hören und erfahren, wie es ihm geht«, fügte Rohan hinzu. »Aber ich gäbe viel um die Information, wer oder was dem Koranier ausgerechnet jetzt diese Idee in den Kopf gesetzt hat. Ich möchte wetten, daß er nicht selbst darauf gekommen ist. Auch besteht eine – wenn auch sehr schwache – Chance, daß er den ehrlichen Wunsch hat, sich mit uns zu einigen. Er und seine Leute müssen doch inzwischen den Hunger spüren.«

»Nun ja«, sagte Gwennan Chynoweth, der Captain des *Feuerdrachen,* »den Göttern sei Dank, daß die meisten Stadtbewohner sich in Sicherheit bringen konnten, sonst müßten sie jetzt mit ihm zusammen hungern.«

Die anderen stimmten ihr mit düsterem Nicken zu. Nicht einmal die kaiserlichen Legionen hatten den langsamen heimlichen Auszug der Kelten aus Caerdroia aufhalten können. Wie Blut aus einer unsichtbaren Wunde waren sie Nacht für Nacht, Woche für Woche, lautlos davongeströmt, so daß die Stadt bis auf die kaiserlichen Truppen fast leer war. Die Koranier hatten anfangs ein wenig geplündert, aber jetzt, im tiefen Winter, waren Nahrungsmittel von verzweifelter Wichtigkeit und zählten mehr als Gold, Geld oder Juwelen. Diese Lebensmittelknappheit war zurückzuführen auf Überfälle aus dem Hinterhalt, die größtenteils von irregulären Fian-Soldaten durchgeführt wurden, die auf Tara geblieben waren, um den kaiserlichen Nachschub zu stören, und wie aus dem Nichts aus ihren versteckten Stützpunkten hoch oben in den Tälern des Loom herabgestürmt kamen.

»Sie haben gut daran getan, die Getreidespeicher und andere Lebensmittellager zu zerstören, ehe sie abzogen«, sagte Denzil Cameron. Er war nun Rohans Chefadjutant, doch beim Kampf um Tara waren er und sein Bruder Struan zwei von Aerons höchsten Generälen gewesen. »Allerdings werden wir viel zu tun haben, um die Vorräte wieder so aufzufüllen, wie das Gesetz es verlangt, wenn der Krieg vorbei ist.«

»Über die Gesetze zerbrechen wir uns den Kopf, wenn

es nötig ist«, sagte Rohan. »Was mir jetzt am meisten Sorgen macht, ist Gwydion. Gibt es keine Möglichkeit, ihn herauszuholen? Fedelma, was meint Ihr?«

Fedelma ní Garra, ebenfalls ein hochrangiger Fian-General, hob die schmalen Schultern und warf einen schuldbewußten Blick über den Tisch auf den Kommandeur Donal mac Avera.

»Wir haben Berichte erhalten, Rohan«, sagte sie zögernd, »daß ein paar von uns in der Stadt geblieben sind.«

»›Von uns‹! Was heißt ›von uns‹?« Rohans Blicke, ebenso laserscharf wie die seiner Schwester, schossen durch den Raum. »Habt Ihr alle die *Sprache* verloren? Mac Avera! Antwortet!«

»Athiarna?«

Rohan sprach mit kaum gezügelter Ungeduld. »Donal, was ist das für ein Durcheinander? *Wer* ist in der Stadt geblieben?«

Der Generalcaptain der Fianna fuhr sich mit der Hand durch den Schnurrbart. »Nun ja«, sagte er, »als Aeron anordnete, die Rígh-domhna und die militärischen Führer sollten aus Tara fliehen, da wollten die Fianna und die Drachenbruderschaft sie, Gwydion und Morwen nicht ganz allein in der Gewalt des Marbh-draoi lassen. Deshalb sind einige von uns – geblieben.«

»Gegen den Befehl der Ard-rían?«

Donal mac Avera zeigte keine Reue. »So ist es.«

»Wer?«

»Von Grelun und Sabia wissen wir es mit Sicherheit«, sagte Denzil Cameron. »Außerdem mein Bruder Struan und die junge Helwen Drummond.«

»Helwen!« Rohan war entsetzt. »Sie ist doch noch ein Kind! Eine Schulkameradin meiner Schwester Fionnuala!«

»Gewiß, sie ist noch jung«, sagte Mac Avera gelassen. »Aber sie ist eine der tüchtigsten Drachen, die mir seit vielen Jahren untergekommen sind. Grelun ist nicht umsonst Gwydions Einberufer und sein oberster Lieutenant, und Sabia kann sowohl mit einer langen Freundschaft mit Aeron als auch mit großer Erfahrung als Fian aufwarten.

Von Struans Tapferkeit brauche ich in *dieser* Gesellschaft nicht zu sprechen ... Es tut mir leid, daß wir Aerons Befehl zuwidergehandelt haben, Rohan, aber es bleibt die Tatsache bestehen, daß wir jetzt vier unserer eigenen – und besten – Leute bei Gwydion in Turusachan haben.«

»Ich habe das unbestimmte Gefühl, Mac Avera«, sagte Rohan und bemühte sich vergeblich, ein Lächeln zu unterdrücken, »daß man sich das schon lange vor dem Fall der Stadt ausgedacht und alles in die Wege geleitet hat, um den Plan zum fraglichen Zeitpunkt auch sicher durchführen zu können.«

»Tja, diese Wette würdet Ihr gewinnen, Athiarna!«

»Dann könnte man also wirklich eine Flucht bewerkstelligen?«

Mac Avera lehnte sich in seinem Stuhl zurück und versuchte sich darüber klar zu werden, was Rohans Ton zu bedeuten hatte, was er dachte und wünschte.

»Natürlich ist alles möglich, Rohan. Ob es auch wahrscheinlich, aussichtsreich oder auch nur ratsam ist – das sind ganz andere Fragen.«

»Aber Ihr habt vor, es zu versuchen.«

»Sicher werden wir es versuchen«, sagte Fedelma. »Und wenn Arianeira Aeron und Morwen nicht schon in Sicherheit gebracht hätte, hätten wir auch ihnen zur Flucht verholfen.«

»Soll das heißen, daß Ihr *alle* davon gewußt habt? Daß die Leute Aerons Befehl mißachtet hatten und geblieben waren?« fragte Rohan mit schwacher Stimme, jetzt fast schon nicht mehr fähig, verwundert zu sein. *Wie konnten sie es wagen? Und wie bei allen Tiefen der Hölle war es ihnen gelungen, es geheimzuhalten ...*

»O ja«, sagte Gwennan. »Jedenfalls die meisten von uns. Wir wollten Aeron mit dieser Sache nicht belasten, denn sie hatte ja damals den Kopf voll mit weit wichtigeren Dingen.«

Rohan lachte. »Ja, natürlich ... Und Gwydion? Es würde mich nicht wundern, wenn ihr schon einen fertigen Plan für seine Flucht ausgearbeitet hättet – irgendein verzweifelt raffiniertes Unternehmen.«

»Pläne gibt es zuhauf«, sagte Mac Avera fröhlich, als er sah, daß der Sturm abgewendet war. »Wenn sie glauben, daß die Zeit gekommen ist, werden sie den besten davon auswählen. Erst dann werden sie sich Gwydion zu erkennen geben.«

»Chriesta tighearna, Donal, die Gefahr ...«

Mac Avera winkte ab. »Oh, sicher, eine Gefahr besteht. Aber sie ist nicht größer als die, unter der Gwydion während der vergangenen Monate gelebt hat. Wo innerhalb des Bawn gibt es heutzutage noch einen Ort, wo man in Sicherheit ist? Sind wir hier auf dem *Feuerdrachen* etwa nicht gefährdet? Ist Aeron, und Morwen mit ihr, irgendwo da draußen, die Götter wissen, wo, nicht in Gefahr? Außerdem sind alle, die in Caerdroia geblieben sind, Krieger, Drachen, Fian oder beides, und sie haben sich aus freien Stücken dafür entschieden. Wir hatten sogar viel mehr Freiwillige, als wir gebrauchen konnten; ich habe von niemandem gehört, der sich zurückgehalten hätte.«

Als ob das *alles rechtfertigte ...* Rohan schüttelte den Kopf, schwieg aber. Auf der anderen Seite des Tisches saß Shane mit düsterer Miene.

»Es wird gutgehen, Rohan«, bemerkte Fedelma. »Ihr werdet sehen.«

»Hoffentlich«, murmelte Desmond.

»Nun«, sagte Rohan mit plötzlicher Entschlossenheit, »wir können von hier aus nichts tun, um ihnen zu helfen. Aber wenn Jaun Akhera sich Gedanken über ein Treffen mit mir macht, kann er sich vielleicht mit näherliegenden Dingen nicht so eingehend beschäftigen. Wenn das die Chancen für Grelun und die anderen verbessert, werde ich schon allein aus diesem Grund gern einer Unterredung mit Jaun Akhera zustimmen.«

»Dann nehmen wir also an?« Das war Shane, der die ganze Zeit über schweigend zugehört hatte.

Rohan nickte. »Ja, und du wirst mich zusammen mit Fedelma und Cameron begleiten. Vereinbare mit Jaun Akhera, wen er mitbringen will; er wird sicher seinen Bruder Sanchoniathon benennen, seinen Lakaien Garallaz und irgendeinen anderen Koranier. Einigt euch auf einen für beide Seiten annehmbaren Raumsektor an der Grenze des Thronweltsystems; er wird sich nicht zu weit von der einzig sicheren Stellung entfernen wollen, die er hat, und wir wollen ihm nicht zu tief in den Rachen kriechen. Sage mir, was er seinerseits anbietet.«

Als alle bis auf Shane und Desmond den Raum verlassen hatten, seufzte Rohan, reckte sich und lächelte. »Wie geht es O'Reilly?«

Desmonds grimmige Miene hellte sich auf. »In Anbetracht der Umstände sehr gut.«

»In Anbetracht welcher Umstände?«

»Daß sie vor Enttäuschung fast aus der Haut fährt – Erdkerne mit heißer Schale sind nichts dagegen –, weil sie gezwungen ist, sich in Glassary zu verkriechen, während wir anderen nach Herzenslust Abenteuer erleben.«

»Möchtest du sie auf den *Feuerdrachen* bringen? Sie ist als Nachrichtenoffizier ausgebildet und könnte sich nützlich machen; und wenn ihr beide dann weniger nervös wärt ...«

Desmond schüttelte, wenn auch ein wenig zögernd, den Kopf. »Nein, es ist besser, wenn sie bei den Schwestern bleibt. Wenigstens bin ich dann sicher, daß sie außer Gefahr und nicht übermäßig unglücklich ist. Indec sagt, sie fängt sogar an, ein wenig Magie zu lernen.«

»Welch eine Überraschung für Aeron, wenn sie wiederkommt!« lachte Rohan.

»Ich habe noch mehr Überraschungen für Aeron: Ich habe Sorcha gebeten, mich zu heiraten, und sie hat ja gesagt.«

Shane, der Sarah O'Reilly während seines kurzen Aufenthalts in Caerdroia nicht kennengelernt hatte und nur sehr vage wußte, von wem seine Verwandten sprachen, dachte bei sich, daß er Rohan noch nie so überrascht und so entzückt erlebt hatte.

»Das ist wirklich eine gute Nachricht, und Aeron wird sicherlich ebenso denken.«

Desmond sah ihn unverwandt an. »Sie *wird* zurückkehren, Rohan. Du solltest nie daran zweifeln.«

»Ich weiß, Vetter. Aber bis dahin ...« Rohan stand auf,

und die beiden anderen taten es ebenfalls. »Sag Gwennan, daß ihr Curragh jetzt nach Droma fährt. Wir können auf die Antwort des Marbh-draoi warten, aber das ist kein Grund, ihm während dieser Zeit weniger heftig zu Leibe zu rücken.«

6. Kapitel

Tinao fütterte gerade die weißen Vögel, die in den Chori-Gärten lebten, als sich hinter ihr die Tür ihres Gemachs öffnete.

»Durchlaucht!« Höchst überrascht machte Tinao eine tiefe Verneigung, wie sie der Tochter des Kaisers nach ihrem Rang als Prinzessin und auf Grund ihrer Stellung als Jaun Akheras Mutter zustand.

»Steht auf, mein Kind!« Helior legte leicht die Hand auf Tinaos gesenkten dunklen Kopf, dann streichelte sie mit etwa der gleichen Geste das weiche Gefieder eines der zahmen Vögel, und das Geschöpf stellte, erfreut über die Berührung, den Schopf auf.

Unter gesenkten Wimpern hervor musterte Tinao die schlanke aufrechte Gestalt der Prinzessin, die nervösen Finger, die elegant gestrafften Schultern unter dem goldenen Kragen.

»Darf ich Euch etwas anbieten, Herrin? Obst, Leckereien, etwas Kühles zu trinken?«

Helior schüttelte den Kopf, und das dunkle Haar strömte ihr wie Wasser über die Schultern. »Nichts, danke. Ich möchte mit Euch sprechen. Setzt Euch zu mir!«

Tinao gehorchte unverzüglich, sie durchquerte den Raum mit geschmeidiger Grazie, raffte ihre steifen Seidenröcke und ließ sich zu Heliors Füßen auf einen Elfenbeinschemel sinken.

Die Prinzessin sprach jedoch nicht sofort, sondern beobachtete scharf das hübsche, bescheiden gesenkte Katzengesichtchen.

»Ich habe Nachricht von meinen Söhnen«, bemerkte sie schließlich fast beiläufig und nahm interessiert zur Kenntnis, mit welch heftiger, angstvoller Aufmerksamkeit sich ihr Tinao sofort zuwandte.

»Keine schlechten Nachrichten, das möge Auset verhüten.«

»Keine schlechten, allerdings auch keine guten; aber es ist schwer genug, überhaupt etwas aus Keltia zu erfahren, deshalb bin ich für alles dankbar, das kommt ... Sancho hat Überfälle in die Berge nahe der keltischen Hauptstadt angeführt, um Widerstandskämpfer und ihre Verstecke auszuräuchern. Offenbar wurde er beim letzten Unternehmen leicht verwundet.«

Tinao verbarg sorgfältig die entsetzliche Angst, die sie innerlich wie mit glühenden Nadeln stach. »Herrin, Ihr sagtet, Ihr hättet Nachricht von Euren beiden Söhnen?«

»Das ist richtig.« Plötzlich war es Helior leid, das Mädchen zu quälen. »Habt keine Angst, Jaun Akhera ist wohlauf. Er bleibt in der Stadt, seine Lage ist nicht besser – aber auch nicht schlimmer – als zuvor.«

Tinaos Augenlider schlossen sich kurz, ihre Erleichterung war so stark, daß sie fast zusammengebrochen wäre. Sie blickte zu Helior auf, die wieder den weißen Vogel streichelte.

»Dann reitet er nicht wie mein Herr, sein Bruder, in eigener Person gegen die Kelten?«

»Nein.« Helior sah in die dunklen Augen, die so flehentlich auf sie gerichtet waren. »In dieser Flüstergalerie von einem Palast habt Ihr sicher ebenso wie alle anderen gehört, daß mein kaiserlicher Vater sich weigert, meinem Sohn weitere Unterstützung zu senden: keine Truppen, keine Flotten, kein Geld.«

»Ich hatte es gehört, Herrin.«

»Und?«

»Es kommt mir nicht zu, an der Weisheit meines Kaisers zu zweifeln, obwohl es mir hart erscheint.«

»Es kommt Euch auch nicht zu, den Fragen der Tochter Eures Kaisers auszuweichen. Liebt Ihr meinen Sohn wirklich, Tochter des Tenjin?«

Tiefe Röte überzog Tinaos honiggoldene Haut. »Durchlaucht, ich liebe ihn; nicht nur deshalb, weil er der kaiserliche Erbe ist und eines Tages Kaiser sein wird, sondern ...«

»Sondern weil er Akhi ist«, sagte Helior, aber sie lächelte. »Als seine Mutter interessiert es mich natürlich zu erfahren, wie Ihr Eure eigene Zukunft mit ihm seht. Da er offiziell zum Etcheko-Primu und zum Nachfolger meines Vaters ernannt wurde, muß er eines Tages eine Gemahlin nehmen, die eines so hohen Ranges würdig ist. Ihr entstammt einem alten und vornehmen Geschlecht, aber für eine künftige Kaiserin genügt das vielleicht nicht ganz.«

Tinaos gewölbte elfenbeinfarbene Nagelschilde gruben sich kurz und heftig in ihre Handflächen und hinterließen kleine rote Halbmonde in der weichen Haut, das Gesicht blieb jedoch heiter.

»Das mag wohl sein, Herrin; aber seit den ersten Anfängen haben die Cabiri-Kaiser die Weisheit besessen, sich auch Nebenfrauen nach ihrem Herzen zu nehmen ... auch der Vater Eurer Durchlaucht hat das getan.«

Nun, das geschieht mir recht! dachte Helior. Aber in Wahrheit freute sie sich, daß das Mädchen auch denken konnte, wenn es herausgefordert wurde, und zuschnappte, wenn man es bedrohte. Beide Fähigkeiten waren für eine Nebenfrau äußerst nützlich ...

»Gut gekontert, ich bitte um Verzeihung. Ihr wollt also meinem Sohn nur zur linken Hand angetraut werden und – vor den Augen des ganzen Imperiums – seiner rechtmäßigen Kaiserin den Vorrang lassen?«

»Das ist eine ehrenwerte, wenn auch vielleicht in der Öffentlichkeit nicht ganz so bedeutende Stellung. Solange mir seine Kaiserin Gelegenheit gibt, ihn zu sehen, was macht es, wenn sie den Thron mit ihm teilt, solange er in mein Bett kommt? Meine Kinder hätten die gleichen Rechte wie die ihren – aber ich kenne meinen Herrn wohl gut genug, um sagen zu können, daß meine Kinder seine einzigen wären und ich die einzige, mit der er seine Nächte verbringt.«

»Eine gute Überlegung«, sagte Helior. Sie strich Tinao sanft mit einem Finger über die Wange, dann stand sie auf, und Tinao erhob sich und sank gleich wieder in einen tiefen Knicks. »Ihr wart offen und ehrlich zu mir, Kind; das gefällt mir, ich habe von der Dame, die mein Sohn sich zur Geliebten erwählt hat, nichts anderes erwartet. Es gefällt mir sogar so gut, daß ich Euch ein Versprechen gebe. Wir werden uns bald wieder unterhalten, Ihr und ich, denn es gibt etwas, wobei Ihr mir behilflich sein könnt – etwas, was um Akhis willen getan werden muß. Als Gegenleistung für Eure Hilfe werde ich alles Nötige unternehmen, um Euch zu meiner Tochter-der-Liebe zu machen.« Sie blickte mit einer Zuneigung auf Tinao hinunter, die sie bisher nicht hatte erkennen lassen. »Ich möchte, daß mein Sohn eine Frau heiratet, die ihm politische Vorteile bringt, das ist nur vernünftig. Aber ebenso wichtig ist es mir, daß er sich eine Frau nur für sich selbst nimmt. Mein Vater hat angedeutet, daß der Krieg mit den Kelten zu einem schnellen und glücklichen Ende geführt werden könnte, wenn Jaun Akhera die keltische Königin freien würde.« Helior spürte mehr, als sie es sah, wie Tinao unwillkürlich angewidert und ablehnend zusammenzuckte, und fügte ganz ruhig hinzu: »Aber ich sähe ihn lieber mit einer Harpyie im Bett als mit dieser Frau ... Für heute ist es genug. Ich lasse Euch wieder rufen.«

Tochter-der-Liebe, dachte Tinao, als die Prinzessin gegangen war. Ein Titel, der den Nebenfrauen vorbehalten ist, nicht den rechtmäßigen Gemahlinnen. Wenn sie jedoch ganz ehrlich war, so war sie nie besonders darauf erpicht gewesen, Kaiserin zu werden, selbst wenn ihre Abstammung ihr diese Möglichkeit eröffnet hätte, und sie war sich dieser Dinge ebenso klar bewußt wie Helior selbst. Was die Prinzessin so gut wie versprochen hatte, war für Tinao durchaus annehmbar – mehr noch als das –, und sie schlang überglücklich die Arme um sich und schob die Hände in die großen, weiten, goldbestickten Ärmel ihrer Tekka.

Plötzlich durchfuhr sie eine Welle von Haß. Strephon hatte also vorgeschlagen, Akhi solle Aeron Aoibhell heiraten. *Schön ist sie ja wohl, und außerdem Königin, aber lieber sähe ich sie alle beide in ihrem Blut zu meinen Füßen liegen ...*

»Oh, Akhi«, flüsterte sie hörbar, und einer der weißen Vögel sträubte beim Klang ihrer Stimme sein Gefieder, »nimm dich in acht, ich bitte dich, nimm dich in acht!«

Die *Marro* pflügte auf dem gleichen Wege aus dem Thronweltsystem hinaus, auf dem sie vor so vielen Wochen hereingekommen war. Die Kommandeure des Flaggschiffes hatten nämlich nicht gewagt, eine andere Route zu nehmen: Trotz aller Anstrengungen war es den Kaiserlichen noch immer nicht gelungen, die militärischen Codes der Barden zu knacken und die Minenkarten für diesen Sektor des Bawn zu lesen. Schon auf dieser angeblich friedlichen Reise zu den Unterredungen waren mehrere Begleitschiffe verlorengegangen. Der Hyperraum war ihnen gleichfalls verwehrt, ebenso wie damals bei der Invasion, deshalb dauerte der Flug zu den vereinbarten Koordinaten oberhalb der Systemebene für die Koranier länger als für die Kelten, die ungehindert fliegen konnten, wo sie wollten.

Und Rohan hatte geruht, den kürzesten Weg zu nehmen, daher war der *Feuerdrachen* schon da, als die *Marro* endlich den Treffpunkt erreichte. Das keltische Schiff lag wie ein großer goldener Drache in einer Höhle aus Sternen; aber wie ein Drache, der die Augen geöffnet hatte und wachsam um sich blickte, und wenn er mit seinem Stachelschwanz hätte herumschlagen können, dann hätte er es getan.

»Ich hasse dieses Schiff«, sagte Sanchoniathon und starrte es durch das Sichtfenster auf der Backbordseite böse an.

»Ich liebe es auch nicht gerade«, stimmte sein Bruder zu, während er sich den Kragen umlegte und einen gefältelten Umhang über den Raumpanzer warf. »Wenn wir Glück haben oder der Himmel uns gnädig ist, brauchen wir es vielleicht nicht mehr lange anzusehen.«

Sanchoniathon hob die Schultern, doch als ihm der Sinn der Worte klar wurde, sah er Jaun Akhera entgeistert an.

»Akhi, du planst doch nicht irgendeine Heimtücke, oder?«

»Was, gegen den *Feuerdrachen?* Gewiß nicht; nein, Sancho, und auch nicht gegen Rohan. Es hätte keinen Sinn, und es käme verflucht wenig dabei heraus. Ich dachte nur – nun, egal, was ich dachte. Wo ist Gwydion?«

»Er wartet unter Bewachung in der Hauptlandezelle. Wir fliegen mit dem Shuttle zu einer verlassenen Raumstation, die weder von den Kelten noch von uns zuvor präpariert worden sein kann. Garallaz und ich haben das alles mit Shane Aoibhell und mit dem Fian-Captain Denzil Cameron ausgehandelt. Die Station ist mit dem Scanner, mit dem Transgraphen, mit Makrowellen und mit Radarsonden untersucht worden, und soweit wir feststellen konnten, ist sie sicher.«

Jaun Akhera lächelte seinen Bruder an. »Wenn du es sagst, dann ist es auch so.«

»Mir gefällt das nicht«, sagte Hanno, der mit den beiden Prinzen auf der Brücke stand.

»Das habt Ihr schon öfter gesagt.«

»Und ich sage es noch einmal. Ist das wirklich das Beste, was wir herausholen konnten?«

»Ja, Generalcaptain!« fuhr ihn Jaun Akhera an und bedauerte sofort, die Beherrschung verloren zu haben; er war nervös, genau wie alle anderen, vielleicht sogar noch mehr, aber er hatte es sich zur Regel gemacht, sich dergleichen niemals anmerken zu lassen. »Kommt!« rief er, und jetzt zeigte er wieder seine gewohnt unerschütterliche Miene. »Wir wollen Rohan unsere werte Aufwartung machen.«

Die kleine Raumstation, kaum mehr als ein Bruídean, eine Raststätte für Reisende auf dem Weg nach und von Tara, war überall von den Spuren jüngster schwerer Angriffe gezeichnet – Sichtfenster mit spinnwebförmigen Sprüngen, riesige Pfeiler, von Laserfeuer gespalten und geschwärzt –, aber der Druck war intakt, die Luft atembar, und die Schwerkraft funktionierte noch.

Jaun Akhera trat aus der flexiblen Verbindungsröhre und durch die Luftschleuse in einen früher einmal luxuriös ausgestatteten Empfangsraum. Ihm folgte Gwydion mit seinem gewohnt bedächtigen Gang. Sanchoniathon war an Bord der *Marro* geblieben; begleitet wurde Jaun Akhera von Garallaz, den er schon einmal als Boten zu den Kelten geschickt hatte, von einem Vasallen namens Hurcamendi und von Inguari, einem ergrauten General und ehemals engen Freund und Waffengefährten von Jaun Akheras verstorbenem Vater, dem in Ungnade gefallenen Phano.

In der Mitte des nächsten Raumes stand ein runder Tisch, dessen Platte einigermaßen frei von Schutt war. Jaun Akhera fegte mit dem Saum seines Umhangs den Staub von einem Stuhl, setzte sich und winkte Gwydion, den Platz zu seiner Linken einzunehmen.

Nur wenige Minuten später hörte man einen schweren dumpfen Schlag, und die ganze Station schien ein wenig zu erzittern. Alle wußten genau, was geschehen war: Rohans Shuttle hatte angedockt.

Rohan trat durch dieselbe Tür ein, die auch die koranische Gruppe benützt hatte, und nickte Jaun Akhera kurz zu. Dann glitt sein Blick weiter, beim Anblick Gwydions, den er hier nicht erwartet hatte, zögerte er fast unmerklich, dann nahm er Jaun Akhera gegenüber am Tisch Platz. Shane und Denzil setzten sich rechts und links neben ihn – Desmond war wie Sanchoniathon auf dem Flaggschiff geblieben, um im Fall eines Verrats das Kommando zu übernehmen – und Fedelma ní Garra stand Inguari an der Tür gegenüber.

»Es freut mich, Euch kennenzulernen, Prinz von Thomond«, sagte Jaun Akhera leichthin. Er nahm Rohans ebenso kurzen Gegengruß zur Kenntnis und musterte den Prinzen dabei sehr interessiert, denn sie waren sich während der monatelangen Kämpfe bisher noch kein einziges Mal begegnet. Während der Invasion Taras hatte sich Rohan zusammen mit seinem Großonkel Elharn an Bord des *Feuerdrachen* aufgehalten und am Sturz von Caerdroia und allem, was danach geschah, keinen Anteil gehabt.

Unverkennbar ein Aoibhell, dachte Jaun Akhera, *obwohl er mit seiner Schwester nur eine ganz oberflächliche Ähnlichkeit besitzt – nun, jedenfalls, was das Aussehen angeht* ... Jaun Akhera legte den Kopf ein klein wenig nach links.

»Nur auf Grund einer Drohung an die noch verbliebene Bevölkerung von Caerdroia, Rohan, erlebt Ihr Seine Hoheit von Gwynedd hier so fügsam.«

Rohan sah Gwydion scharf an, der den Blick ausdruckslos erwiderte; sein Gesicht übermittelte keine für einen der Anwesenden verständliche Botschaft. Außer vielleicht ...

»Ich verstehe«, sagte Rohan nach einer Weile wie jemand, der in der Tat eine deutlich formulierte Nachricht erhalten hatte.

War es so gewesen? fragte sich Jaun Akhera. Die Kelten und die Koranier hatten von Atland her gemeinsame Vorfahren – die Ursache des langen gegenseitigen Hasses –, und eine der Gaben, die sich bei beiden Rassen seit jener längst vergangenen Zeit auf der Erde erhalten hatte, war die Fähigkeit zur Telepathie. Nicht Worte als solche, sondern vielmehr Bilder und Stimmungen, Gefühle und Empfindungen wurden von einem Geist zum anderen übermittelt; mehr ein sinnlich erfaßbarer Eindruck als ein in Worten ausgedrückter Gedanke, doch jene, die darin ausgebildet waren, konnten nicht nur Worte senden, sondern ganze Gespräche führen. Und Gwydion und Rohan waren seit ihrer Kindheit eng befreundet; jeder hatte in der Familie des jeweils anderen gelebt; sie vermochten zweifellos leichter gegenseitig ihre Gedanken zu lesen, als es einem Fremden möglich gewesen wäre. Aber wenn es die beiden wirklich geschafft hatten, Informationen auszutauschen ...

Jaun Akhera schob den Gedanken beiseite und wandte sich den anstehenden Fragen zu. »Ich habe dieses Treffen vorgeschlagen, Rohan, um über die Möglichkeit einer Einigung zwischen uns zu sprechen. Trotz aller Eurer Bemühungen ist Euer Kampf an einem toten Punkt angelangt. Und trotz aller unserer Bemühungen«, – er warf Rohan ein charmantes Lächeln zu –, »geht es mir nicht anders. Ich dachte, wir könnten vielleicht, ohne Rücksicht auf die gegenwärtigen und künftigen Wechselfälle des Krieges, zu irgendeiner politischen Lösung finden, die für uns beide von Vorteil ist.«

Rohan lehnte sich in seinem Stuhl zurück, und der Metallrahmen knarrte leise, als sich sein Gewicht verschob. Ganz am Rande seines Blickfeldes nahm er Garallaz' finsteres Gesicht und Gwydions schwaches Lächeln wahr.

»Ich sehe nicht, wie«, sagte er höflich. »Alle Bedingungen, die Ihr vorschlagen könntet, müßten von Aeron als Ard-rían akzeptiert werden, und das ist momentan natürlich kaum möglich.«

»Oder von Eurer Hoheit als kommissarischem Regenten«, mischte sich Garallaz eifrig ein.

Rohan stellte sich ahnungslos. »Hier scheint ein kleines Mißverständnis vorzuliegen. Ich bin *nicht* kommissarischer Regent. Habt Ihr das wirklich nicht gewußt?«

Jaun Akhera hatte das Gefühl, den Fuß auf eine Stufe gesetzt zu haben, die gar nicht vorhanden war. »Lassen wir die Spielchen, Rohan«, fauchte er, um den schrecklichen Verdacht zu verbergen, der in ihm aufstieg. »Ihr seid der designierte Thronfolger Keltias, der Tanist, Aeron selbst hat es so verfügt. Wenn Ihr in Aerons Abwesenheit nicht der Herrscher seid, wer ist es dann?«

Rohans Blick wanderte auf Jaun Akheras linke Seite. »Er sitzt neben Euch.«

»Ihr?«

Gwydion verneigte sich leicht. »Ich. Ich dachte, das wüßtet Ihr.«

»So klärt mich auf!«

»Ich glaube, man hat Euch informiert«, sagte Rohan, »daß Aeron und Gwydion ihr Verhältnis mit dem Händedruck besiegelt hatten? – Ja, das dachten wir uns schon. Nun, wenn weiter keine Zeremonie stattgefunden hat, sehen unsere Erbfolgegesetze dieses Versprechen als bindend an. Gwydion ist faktisch und nach dem Gesetz seit dem Tag, da Ihr einmarschiert seid, Königlicher Prinzgemahl von Keltia.« Rohan gestattete sich ein boshaftes Grinsen, das ihm schnell übers Gesicht zuckte und verschwunden war, ehe Jaun Akhera es gesehen hatte. »Ihr habt einen ziemlich weiten Weg zurückgelegt, um das zu erfahren.«

»Ach, seid nicht so hinterhältig, Aoibhell!« Er wandte sich an Gwydion: »Das hättet Ihr mir auch früher sagen können, Gwynedd. In Turusachan zum Beispiel, damit hättet Ihr uns beiden die anstrengende Reise erspart. Ich müßte also mit Euch sprechen, wenn es um die Bedingungen für eine Einigung geht?«

Gwydion fuhr sich mit der Hand über das bärtige Kinn. »Das ist richtig, aber auch ich könnte nichts akzeptieren, was nicht eine Bestätigung durch die Ard-rían von Keltia erforderte. Und um sie hierher zurückzulocken, damit sie diese Bedingungen annehmen kann, müßtet Ihr erst das Urteil aufheben, das Ihr über sie und Morwen gesprochen habt, Ihr müßtet mich freilassen, die Belagerung Taras einstellen und ihr alle diese Informationen dahin übermitteln, wo immer sie sich befindet, und dann müßtet Ihr sie noch überzeugen, daß Ihr es auch wirklich ehrlich meint. Selbst dann würde sie höchstwahrscheinlich ablehnen. Sie hat zweifellos ihre eigenen Pläne.«

»Verschont mich mit Eurer Ironie, Gwydion! Wir wissen beide sehr gut, daß Aeron auf ein Wort von Euch zurückkehren und daß sie jede Übereinkunft honorieren würde, die Ihr und ich zustande brächten.«

»Nicht, wenn ich sie auffordere, sie abzulehnen.« Gwydion lächelte, denn im Raum war es sehr still geworden. »Das kann ich tun, Jaun Akhera; und, Rohan, verzeih mir, aber ich *täte* es auch ... Aeron würde mich hören; und wenn sie mich hörte, würde sie gehorchen. Da könnt Ihr ganz sicher sein.«

Trotz seines Zorns konnte Jaun Akhera ein kurzes Auflachen nicht unterdrücken. »›Gehorchen‹! *Aeron?*«

Gwydion nickte gelassen. »Es geschieht nicht oft, das gebe ich zu, aber zur rechten Zeit fügt sich sogar Aeron, selbst wenn es gegen ihre eigenen Neigungen und Wünsche geht, falls es jemand von ihr verlangt, dem sie vertraut. Ihr könnt mir glauben, sie würde einem solchen Wort gehorchen; noch sicherer ist, daß ich es ausspräche.«

Endlich brach Rohan das Schweigen. »Ehe wir diesen Ort verlassen, Prinz von Alphor – denn wir müssen bald aufbrechen, und ich zweifle daran, daß wir uns noch einmal begegnen werden –, möchte ich Euch eine Warnung zukommen lassen. Eure Intrigen sind nicht so geheim, wie Ihr glaubt. Ich rate Euch, kein Vertrauen in unerprobte Pferde zu setzen; sehr oft rutscht diesen Tieren beim ersten schnellen Galopp der Sattel herunter, weil sie den Bauch aufgeblasen haben, und dann liegt der Reiter am Boden.«

»Ich möchte mich nicht mit Rätselraten beschäftigen«, sprach Jaun Akhera kalt, obwohl er innerlich zutiefst erschrocken war. Wußten denn diese Kelten alles, sogar das, was in seinen geheimen Besprechungen vorging?

»Schön, wenn Ihr wollt ... Wir haben von Eurem Komplott mit gewissen kymrischen Lords erfahren, deren Namen ich nicht dadurch entehren möchte, daß ich sie hier nenne. Ihr habt Euch bemüht, sie zu Verrätern, zu Euren Helfershelfern zu machen.« Rohan mied sorgsam Gwydions Blick, als er das sagte. Dies war die Information, von der er so sehr gehofft hatte, sie – irgendwie – seinem Freund übermitteln zu können, soweit es ihn anging, der einzige Sinn und Zweck des ganzen Theaters ... Obwohl er trotz Desmonds angestrengter Bemühungen nicht mehr Beweise hatte als damals, als Shane ihm zum erstenmal davon erzählte, war Rohan immer noch wie zu Anfang davon überzeugt, daß die Gerüchte auf Wahrheit beruhten; und als er es jetzt wagte, Gwydion einen kurzen Blick zuzuwerfen, sah er, daß sein Freund der gleichen Ansicht war.

Jaun Akhera hatte sich nach jenem ersten furchtbaren Schrecken wieder gefaßt. Rohans angebliches Zögern, Namen zu nennen, war weniger ein Zeichen für seinen Wunsch, keinen keltischen Adeligen zu entehren, als dafür, daß er nicht wußte, wer diese Adeligen waren. Powell und Pryderi waren noch nicht entdeckt worden, und vielleicht war doch noch nicht alles verloren. Aber er würde den Dyvetiern einiges erzählen, wenn er zurückkehrte: Diese Farce hatte nur auf Powells Drängen stattgefunden, und es war nicht zu leugnen, daß Rohan viel mehr davon profitiert hatte als Jaun Akhera selbst ...

»Das ist eine verdammte Lüge, Prinz von Thomond«, sagte er mit klarer, scharfer Stimme. »Ich bin nicht gekommen, um mich mit unbewiesenen Geschichten über Bestechung und Verrat beleidigen zu lassen, sondern um ein ehrliches Angebot zu einer friedlichen Einigung zu machen. Obwohl, wie ich hörte«, fügte er plötzlich gehässig hinzu, »viele Bewohner Taras inzwischen nicht mehr glauben, daß Aeron je wieder nach Keltia zurückkehren wird.«

»Davon wird mich niemand überzeugen«, sagte Gwydion; er sprach ganz beiläufig, aber seine Augen hatten sich verdunkelt wie der Himmel vor einem Gewitter. »Sie wird wiederkommen, und ihre Rückkehr ist Euer Untergang.«

»Das wird die Zeit erweisen.« Jaun Akhera wandte sich wieder an Rohan. Zu seiner Überraschung lächelte der keltische Prinz. »Ihr findet das erheiternd, Rohan?«

Rohan nickte, und sein Grinsen wurde noch breiter. »Ihr habt offenbar keine glückliche Hand bei Unterredungen mit den Aoibhells, Prinz von Alphor. Ich mußte eben an Rath na Ríogh denken, wo Ihr und Aeron einen für beide Seiten so aufschlußreichen Wortwechsel hattet ... Aber da wir gerade von unangenehmen Dingen sprechen, ich brauche Euch wohl nicht an Eure hungernden Garnisonen in der Stadt zu erinnern, Jaun Akhera, an die Patrouillen, die Ihr zum Fouragieren in die Landgebiete von Strath Mór schickt und die, wenn überhaupt, nur blutig und zerstükkelt zurückkehren, oder an die ständig geringer werdende Zahl der Schiffe Eurer Armada. Nein, ich glaube, diese Zahlen kennt Ihr ebensogut wie ich. Aber nehmt dies als mein Schlußwort, als mein letztes Angebot an Euch, und wenn Ihr könnt, gebt es an Euren ach so klugen Großvater weiter: Für Euch wird hier alles nur noch schlimmer werden. Und wenn Aeron zurückkehrt – nun, meine Schwester kann für sich selbst sprechen, und das wird sie auch tun, früher als Ihr denkt.«

Diesmal war das Schweigen lang und von Spannung erfüllt; an der Tür klopfte Fedelma mit den Fingern auf den Griff ihres Glaive, Inguari, der ihren Blick erwiderte, rührte keinen Muskel.

Dann sagte Jaun Akhera: »Das mag sein. Wir beide haben uns offensichtlich nichts weiter zu sagen. Nur möchte ich Euch ebenfalls eine Warnung mit auf den Weg geben: Vergeßt nicht, Rohan, daß Gwydion mit mir nach Gaerdroia zurückkehrt ... Wenn unsere beiden Schiffe die Waffenstillstandszone verlassen haben, wird alles so weitergehen wie bisher, und ich für meinen Teil möchte es auch gar nicht anders haben. Aoibhell, Cameron, ich sage Euch Lebewohl. Wir werden uns nicht wieder begegnen.«

Rohan war aufgesprungen. »Gwydion ...«

Aber der graue Blick seines Freundes kreuzte warnend den seinen, wie Stahl bei der Begrüßung nackten Stahl kreuzt. Dann hatte Gwydion den Raum verlassen, und seine Häscher mit ihm.

Als das Shuttle zum *Feuerdrachen* zurückraste, fluchte Shane, der das kleine Fahrzeug steuerte, leise, anhaltend und zornig vor sich hin. Rohan, der neben ihm in einem Sessel saß, warf seinem Verwandten einen belustigten Blick zu.

»Ich bin sicher nicht weniger beunruhigt als du, Vetter, aber du hast doch wohl nichts anderes erwartet?«

»Nein, nichts anderes! Und auch nicht weniger!«

»Nun, vielleicht hättest du die Sache anders angepackt.«

»Ganz gewiß! Und als erstes hätte ich die *Marro* wie eine Flammenwolke über die Sterne geschmiert!«

Rohan war nicht überrascht. »Und Gwydion mit ihr?«

»Er ist mir sehr teuer, Rohan, aber er wäre der erste, der uns dazu drängen würde, und das weißt du auch.«

»Ich weiß es, und deshalb werden wir es nicht tun.«

»Rohan ...«

»Schluß jetzt, Shane! Ich bin nicht in Stimmung für einen Familienstreit!«

In diesem Augenblick hatte Rohan so viel Ähnlichkeit mit Aeron, wenn sie aufbrauste, daß Shane, der es in der Tat auf einen Streit angelegt hatte, sich ein Grinsen verbiß und sich ganz auf die Steuerung konzentrierte.

»Trotzdem«, sagte Rohan, nachdem er ein paar Minuten lang schweigend nachgedacht hatte, »liegst du nicht ganz falsch. Wir können ihn nicht länger in den Händen des Koraniers lassen. Ich habe Bedenken; wer weiß, was Jaun Akhera tut, im Zorn oder aus Rache, nachdem ihm Gwydions wahre Bedeutung im Reich nun bewußt geworden ist und nachdem er weiß, daß wir ihm hinter seine Versuche gekommen sind, uns unsere eigenen Fürsten abspenstig zu machen. Ich glaube, der Zeitpunkt, von dem Mac Avera sprach, ist gekommen.«

»Das hört man gern«, sagte Shane. »Aber wie du selbst sagtest, haben wir einen ziemlich weiten Weg zurückgelegt, nur um das zu erfahren.«

7. *Kapitel*

Wieder allein in ihrer Kabine, rieb Aeron zerstreut mit der Hand über den abgegriffenen Ledereinband von Taliesins Buch. Mit einer so schwachen Klinge mußte sie gegen die Katastrophe antreten, auf eine so kleine Hoffnung gründeten sich so viel größere Erwartungen. Sie gestattete sich einen Augenblick des Zweifels, den sie sich trotz der engen Freundschaft vor Morwen niemals hatte anmerken lassen. Und wenn sie sich nun geirrt hatte, wenn sie in ihrer grenzenlosen Arroganz, in ihrer hochmütigen Anmaßung das Geschriebene falsch gelesen, die Hinweise, die man ihr gegeben, falsch gedeutet hatte? Der Traha war schon immer ein tragischer Charakterfehler der Aoibhells gewesen, aber war es nicht eine noch größere Hybris, wenn man selbstgefälligerweise glaubte, dagegen immun zu sein?

Gewiß, Gwyn, der Sohn des Nudd, der König der Leuchtenden persönlich, hatte ihr diesen Weg gewiesen, als er ihr durch Gwydion ausrichten ließ, sie solle an die verlorenen Schätze von Keltia und an die *Prydwen,* Arthurs Schiff, denken. Aber das bedeutete noch lange nicht, daß die Schätze an Bord der *Prydwen* waren oder daß sie das Recht hatte, sich ihrer zu bedienen, selbst wenn sie sie finden sollte: Sie hatte in ihrem Dünkel einfach vorausgesetzt und entschieden, daß Gwyns Worte so zu deuten waren.

Allerdings wußte vermutlich niemand besser Bescheid darüber, wo sich die Schätze befanden oder ob sie überhaupt existierten, als der König der Sidhe. In den fünfzehnhundert Jahren, seit Arthur für immer fortgegangen war und seit Taliesin, Arthurs Freund und Morganes Geliebter, seine großen Werke geschrieben hatte, hatte man in Keltia keine Spur von ihnen gefunden.

»›Sieben nur kehrten zurück von Caer Coronach ...‹« Caer Coronach: Todesliedfestung. Taliesin war bei diesen sieben gewesen, den einzigen von Arthurs ganzem Sluagh, die jene letzte Reise überlebt und Keltia wiedergesehen hatten. Keiner von ihnen hatte hinterher ein Wort über Arthurs Ende, über seine Gefährten und sein Schiff verlauten lassen; sie hatten ihr eigenes Leben wiederaufgenommen, waren zurückgekehrt in ihre Familien und zu ihren Pflichten und hatten sich nur noch einmal zusammengefunden, um die Drachenbruderschaft zu gründen. Taliesin selbst blieb bei Morgane bis zu dem Tag, da sie starb, dann zog er sich nach Seren Beirdd in die Einsamkeit zurück und begann, zum Lobe und zum Gedenken an Arthur und Arthurs Schwester bis zum Ende seines eigenen Lebens nur noch über diese beiden zu schreiben, über nichts sonst. Es waren Gesänge, die wie Blitze einschlugen: Geschichten von Arthur; Berichte über Edeyrn und die Theokratie; die große *Biographie Morganes,* schon damals als Morgane Magistra bekannt, heute, fünfzehnhundert Jahre später, als St. Morgane vom Pale verehrt und mit Gebeten bestürmt; und am Ende jenes langen Lebens war schließlich Taliesins rätselhaftestes Werk entstanden, Preithi Annuvin – Der Beutezug nach Annwn –, auf Gaeloch unter dem Titel *Die Plünderer der Hölle* bekannt.

Und genau in diese Hölle wollten sich Aeron und Morwen nun begeben ... Aeron nahm das kleine Buch in die Hände und stützte das Kinn auf die vergoldete obere Kante. Trotz allem, was sie Wenna vorhin so einleuchtend dargelegt hatte, hegte sie mehr Zweifel an der Berechtigung ihrer Queste, als sie gegenwärtig eingestehen wollte, sogar – vor allem – sich selbst gegenüber. Es war richtig, nach den Schätzen zu suchen, sonst hätte Gwyn sie nicht losgeschickt; aber er war auf die Konsequenzen dieser Suche nicht weiter eingegangen, hatte nicht bestätigt, daß Aeron, sobald sie die Schätze gefunden hatte, auch berechtigt war, sie als Waffe gegen Jaun Akhera einzusetzen. Nein, *das* hatte sie allein entschieden, ob zu Recht oder unter dem Einfluß des Traha, das wußte sie nicht: sie konnte die Entscheidung auch ebensoschnell widerrufen, wenn sie das wollte. Doch das Finden war sicherlich das wichtigste von allem.

Aus dem Nichts entstand plötzlich wie eine Woge das

sichere Gefühl, recht zu handeln, ein Wissen, daß sie genau dem Pfad folgte, der für sie bestimmt war, und hüllte sie ein wie ein lauer Sommerwind. Das Gefühl war so stark und erfüllte sie mit solcher Freude, daß sich die Lippen zu einem ungläubigen Lächeln öffneten. Ganz plötzlich war sie von der stolzen Gewißheit erfüllt, daß sie und Morwen nicht nur diese Reise überleben und ihr Ziel erreichen, sondern daß sie auch im Triumph nach Keltia zurückkehren würden, ungeachtet aller Fallen, Stolpersteine und Schlingen, die auf dem Weg ihrer harrten. Der Weg war vorgezeichnet. Sie brauchten ihn nur zu gehen.

Plötzlich von Heißhunger überwältigt, nahm Aeron eine warme Pastai aus dem Wandherd und schlang sie, kaum den Geschmack wahrnehmend, mehr wie einen Energiespender als wie eine Speise viel zu schnell hinunter; danach trank sie einen dampfenden Becher Shakla. Unwillkürlich machten ihre Gedanken einen Satz über Lichtjahre hinweg und sprangen zur *Sword,* die der Erde zustrebte, und zu ihren Fahrgästen, die unter der Decke des Kälteschlafs ruhten: ihre Schwester Fionnuala, ihr Freund Straloch, ihre neuen Freunde Hathaway und Mikhailova. Sie hatte die beiden Terraner sehr liebgewonnen, obwohl ihr Sarah O'Reilly nähergestanden hatte – und Theo am nächsten von allen ...

Bei dem Gedanken an Haruko lächelte sie, obwohl ihre Augen verdächtig glänzten. Vielleicht war er schon, wie er es sich mit seinem letzten Atemzug gewünscht hatte, als Kelte wiedergeboren worden; vielleicht sogar als Mitglied ihrer eigenen Familie ... Das Kind von Kieran und Eiluned mußte etwa jetzt zur Welt kommen, vielleicht war es schon da. Einen Augenblick lang hing sie der Vorstellung nach, sie sei die Tante des wiedergeborenen Haruko ...

Ihre Gedanken machten einen weiteren Sprung zu den Protektoraten. Ihre Kusine Kerensa war hastig dort hingeschickt worden, als die Kaiserlichen einmarschierten, um die Regierungen an ihre Verträge mit Keltia zu erinnern und um so viel Unterstützung wie möglich aufzutreiben. Es mußte einige Zeit gedauert haben, bis sie mit allen Welten der Protektorate Verbindung aufgenommen hatte, und mit sehr viel Hilfe war nicht zu rechnen; aber auch wenig war besser als gar nichts, und wenn man Glück hatte, würde alles gleichzeitig anrollen: die Hilfe von der Erde mit Straloch – oder vielmehr eine Hilfszusage, denn mehr hatte sie nicht verlangt; der Entsatz von den Protektoraten mit Kerensa; und die Mittel, nach denen sie selbst suchte, wo immer sie zu finden sein mochten.

»›Dreimal die Fracht der Fairface zahlten wir, als wir auszogen mit Arthur ...‹«

»Aeron?« Morwens Stimme am Transcom klang merkwürdig flach. »Ich glaube, du wirst hier oben gebraucht.«

Keine zwanzig Sekunden später war Aeron in der Kommandozentrale. »Was gibt es?«

Morwen nickte zu den vorderen Sichtfenstern hin. Vor ihnen lag ihr erstes sicheres Ziel, die Morimaruse, der gigantische elektromagnetische Mahlstrom, der Schrecken dieses Raumabschnitts. Es gab noch andere solche Felder, überall in der Galaxis verstreut, doch keines war so riesig und so wild, außerdem hatte die Morimaruse einen üblen Ruf, der den anderen nicht anhing. Sie war ein galaktischer Friedhof für unvorsichtige oder vom Pech verfolgte Sternenschiffe und ihre Besatzungen: eine träge wogende Masse von Staubwolken, durchzuckt von trüben weißglühenden Blitzen. Zwanzig Lichtjahre maß sie von Rand zu Rand, durch die Wirbel aus Staub und Planetenfragmenten rasten unablässig lautlose stellare Erschütterungen wie Sommerblitze, die man sieht, aber nicht hört.

Aeron preßte kurz die Lippen zusammen, das war alles, dann nahm sie ihren Platz am Steuer von *Retaliator* ein.

»Es wird alles gutgehen, du wirst schon sehen.« Die Worte waren ebenso für sie selbst wie für Morwen bestimmt. »Arthur ist ohne Führung hineingeflogen und ohne eine Wahl zu haben, und er kam unversehrt wieder heraus. Wir haben beides und werden es ebenso unbeschadet überstehen.«

Trotz ihrer Zuversicht mußte Aeron ihr ganzes beträchtliches Können als Pilotin aufbieten, um das Schiff an eine Stelle zu bringen, die ihr für den Eintritt in die Morimaruse am wenigsten gefährlich erschien. Der Überlieferung zufolge war Arthur zuletzt gesehen worden, als er von der großen Weltraumschlacht an den Straßen von Camlann her auf dieses Meer zusteuerte. Nach diesen Angaben hatte Aeron die wahrscheinlichste Flugbahn berechnet, und diesem Kurs waren sie die ganzen Wochen über gefolgt. Doch wenn ihr Können sie bis hierher gebracht hatte, so war jetzt ihr Wagemut gefordert ...

»Nun denn.« Sie wechselte einen schnellen Blick mit Morwen, dann drangen sie in die Morimaruse ein.

Es war, als hätten sie eine unscharfe Grenze in ein Staubuniversum überschritten; alle Navigationssensoren fielen aus, ringsum erloschen die Sterne, verschwanden hinter dichten brodelnden Wolken. Für eine Weile segelten sie blind dahin; aber je tiefer sie eindrangen, desto häufiger kreuzten sie dünne gewundene Gassen freien Raums zwischen den Spiralarmen des Meeres, und Aeron lernte schnell, sich an den kurzen Ausblicken auf den Himmel über und unter den Wolken zu orientieren.

»Dreifach füllend die Prydwen fuhren wir hinaus auf die See«, murmelte Morwen und blickte starr geradeaus, und Aeron spürte, warm und aufmunternd, ein Echo jenes Friedens, der sie vorher in der Kabine überkommen hatte.

»Wenn du in bezug auf das Gedicht recht hast, Aeron, müßten wir bald auf den ersten Caer treffen.«

»Wenn ich recht habe.«

Das Schiff schwankte beunruhigend, als der Raum ringsum von einer Explosion erschüttert wurde, und Aeron hatte Mühe, das Fahrzeug wieder unter Kontrolle zu bringen.

»An Orten wie hier werden Sterne geboren; offenbar geht es dabei ebenso turbulent zu wie bei den Menschen.«

»Und es ist ebenso schön – sieh nur!« Morwen deutete aus dem Deosil-Fenster, wo sich gerade, unvorstellbar weit entfernt, ein Wirbel der Spirale zu verfestigen begann, in sich zusammenfiel und immer dichter wurde, bis er in der stauberfüllten Dunkelheit herrlich leuchtete. Durch die Kontraktion war ringsum ein leerer Raum entstanden, und der junge Stern verstrahlte einen schwach pulsierenden

Schein wie die Tinna-Galach, die bei Nacht über den Sümpfen von Gwenn-Estrad tanzten.

Die Wolken verschluckten das Licht hinter ihnen, als *Retaliator* tiefer in die Leere hineinstürzte. Sie waren nun schon seit vielen Stunden unterwegs, denn hier drin wagten sie nur mit Unterlichtgeschwindigkeit zu fliegen. Die Wolken ringsum wurden noch dichter, und weit vor ihnen tobte ein astrostatischer Sturm.

Morwen betrachtete ihn mit ausdrucksloser Miene. »Fliegen wir da hinein?«

»Ihr Götter, hoffentlich nicht!« Aerons Gesicht war anzusehen, welch physische und geistige Anstrengungen erforderlich waren, um *Retaliator* auf Kurs zu halten; sie hatte sich keinen einfachen Weg ausgesucht, und auch das Wissen, daß sie Arthur folgte, brachte ihr im Augenblick nur wenig Trost und keine Beruhigung.

»Möchtest du etwas essen oder trinken? So kannst du nicht weitermachen.«

»Im Augenblick wage ich es noch nicht; später vielleicht.«

»Aeron, es wird nicht mehr lange dauern, dann brichst du über dem Steuer zusammen.«

»Dann gib mir irgendein Mittel, um das zu verhindern! Dubh-cosac vielleicht oder dieses Teufelszeug, das Slaine aus Wasserulme und Slán-lus zusammenbraut ... Na los!« fuhr sie Morwen an, als diese zögerte, wandte aber keinen Blick von den Bildschirmen. »Und komm ja nicht auf die Idee, mir heimlich irgendein Schlafmittel zu verabreichen! Wenn ich jetzt einschlafe, werden wir ...«

Sie verstummte. Morwens Kopf fuhr zu ihr herum, dann folgte sie Aerons Blick und schaute durch das vordere Sichtfenster.

Ringsum hatten sich die Wolken unvermittelt gelichtet. *Retaliator* schob sich jetzt durch die letzten Schleier aus Staub, die wie Rauch verwehten. Dahinter sah man freie Dunkelheit, Sterne oben und unten, eine Lichtung ähnlich wie das Auge eines irdischen Sturms in den sich ständig verändernden Wolken, die sich vor ihnen über viele Sternmeilen erstreckten.

Aeron hatte ihre Müdigkeit vergessen und jagte das Schiff voran, so schnell sie es wagte.

»Das muß die Stelle sein«, sagte sie mit gedämpfter Stimme. »Und wir sind vielleicht die ersten Menschen seit Arthur selbst, die hierherkommen.«

Morwen spähte zuerst ebenso gebannt nach vorn in die sternenübersäte Dunkelheit, dann blickte sie hinunter auf die Sensortafeln.

»Ist das wirklich der gleiche Ort, was meinst du? Müßten sich die Wolken im Lauf der Jahre nicht verändert haben?«

Aeron stellte gerade die Fernsensoren so ein, daß sie jede Spur einer festen Masse auffingen, und schüttelte den Kopf.

»Im Inneren eines Feldes wie der Morimaruse sind fünfzehnhundert Jahre nicht mehr als ein kurzer Augenblick; sie bewegt sich auch um ihre eigene Achse und wird sich in so kurzer Zeit nicht übermäßig verändert haben. Und ob es die richtige Stelle ist – das müssen wir erst noch herausfinden.« Sie beugte den schmerzenden Rücken, drückte die Schultern durch und schenkte Morwen ein müdes, aber glückliches Lächeln. »Jetzt könnte ich etwas zu essen vertragen.«

In den Tiefen der Morimaruse hing *Retaliator* reglos am Rande des Auges, wie sie den merkwürdigen Hohlraum inmitten der endlosen Staubmassen inzwischen nannten. Aeron war von den Anstrengungen des Fluges erschöpft und hatte schließlich Morwens Flehen und den Forderungen des eigenen Körpers nachgegeben; sie hatte gegessen und getrunken, und jetzt schlief sie tief und fest. Morwen war eine Weile auf Wache geblieben, dann hatte sie die Automatiksteuerung eingeschaltet, das beigedrehte und in der Leere verankerte Schiff sich selbst überlassen und sich ebenfalls schlafen gelegt.

Als Morwen plötzlich erwachte, weil sie spürte, wie sich das Schiff unter ihr bewegte, wälzte sie sich herum und sprang von ihrem Lager. Ein schneller ungläubiger Blick auf die Chronoscheiben neben der Tür: fast vierzehn Stunden waren vergangen, seit sie eingeschlafen war. Als sie den Kommandoraum betrat, sah sie Aeron wieder am Steuer sitzen. Die Anspannung des vorhergehenden Tages war aus ihrem Gesicht gewichen, die grünen Augen glänzten vor Aufregung wie Berylle.

»Schau, Wenna«, sagte sie übergangslos, »das haben die Sensoren in der Nacht gefunden.«

Morwen beugte sich über Aerons Schulter, um die Bildschirme abzulesen. Da draußen war offensichtlich *etwas* ... »Und was ist es?«

»Für einen Planeten ist es zu klein und von zu geringer Dichte, aber für ein Schiff ist es sehr groß.«

»Die *Prydwen* war sehr groß – nein, das koranische Flaggschiff!«

»Das glaube ich auch. Oder irgendein Geisterfahrzeug, das von den Strömungen hereingezogen wurde.«

»Ein so massives Schiff wäre doch nicht so einfach mitgerissen worden wie ein Curragh. Wie auch immer es hier hereinkam, es muß geplant gewesen sein.«

»Ja, aber von wem?«

»Mir fällt nur eine Möglichkeit ein, das herauszufinden.«

Aeron lächelte. »Genau das wollte ich gern von dir hören ... Schnall deine Rückhaltegurte ganz fest.«

Entfernungen waren hier im Auge schwer abzuschätzen. Sie erreichten das rätselhafte Schiff viel früher, als sie erwartet hatten, und Aeron steuerte *Retaliator* sofort in einer ausladenden Kreisbahn um den gewaltigen Rumpf, um ihn zu erkunden.

Koranisch, keine Frage; die Bauweise und die Bewaffnung verrieten eindeutig die Herkunft. In seiner Jugend mußte es ein herrliches Schiff gewesen sein. Jetzt war seine Schönheit dahin: häßliche schwarze Brandstellen entstellten die Flanken, gezackte Furchen zogen sich über die einst blanke Verkleidung des Rumpfes, und Teile der Lebenserhaltungssysteme waren einfach weggeschossen worden.

Morwen hatte etwas entdeckt. »Geh näher heran!«

Aeron gehorchte; *Retaliator* reagierte gut wie immer und stieg unter dem fremden Schiff nach oben wie ein Delphin, der sich neugierig neben einen wie leblos daliegenden Wal schiebt. Nun sah auch sie, was Morwen aufgefallen war: Außen am Rumpf, unterhalb des Brückengehäuses, vor langer Zeit von Laserstrahlen halb weggebrannt, war mit Schmelzfarbe in erhabenen Lettern der Name des koranischen Schiffes angebracht. Es hatte einst *Marro* geheißen.

Aeron zog sich vorsichtig Hand über Hand durch die gewundene Röhre, die von *Retaliator* ausging und die beiden Schiffe miteinander verband. Sie hatte, ebenso wie Morwen, die ihr folgte, den Skiath angelegt, jene eng anliegende Kombination aus Druckanzug und Kraftfeld, die im Vakuum getragen wurde, denn sie wußten nicht, ob sie im Inneren des koranischen Schiffes Atmosphäre oder Schwerkraft vorfinden würden.

Im Augenblick bestand die Schwierigkeit jedoch darin, überhaupt hineinzukommen: die äußeren Türdichtungen dieser früheren *Marro* waren verrostet und gezeichnet vom anderthalb Jahrtausende währenden Bombardement der interstellaren Staubfluten.

Als Aeron das Schott erreicht hatte, fuhr sie mit den Fingern am Rand des Luftschleusenrahmens entlang. Massiv verschweißt, jedenfalls hatte es den Anschein: Wenn sie die Kontaktplatte nicht fand, mußte sie die Tür oder vielleicht sogar den Rumpf selbst mit der kleinen Laserhandsäge aufschneiden; und selbst wenn sie den Mechanismus entdeckte, hieß das noch lange nicht, daß er auch funktionierte.

Morwen prallte sanft gegen sie. »Da drüben, rechts.« Im Inneren des Skiath klirrte ihre Stimme dünn und metallisch in Aerons Ohren.

Aeron legte eine behandschuhte Hand in die unter der rauhen Rostschicht fast unsichtbare handförmige Vertiefung und drückte dagegen. Lange geschah nichts, dann hörte man ein Knirschen, spürte eine Vibration, und schließlich schob sich das Schott langsam Zoll für Zoll auf.

Sie betraten das koranische Schiff. Morwen blickte auf die Sonden an ihrem Gürtel hinunter: es war richtig gewesen, die Skiaths anzulegen, die Atmosphäre enthielt nicht genügend Sauerstoff, und es konnten durchaus Viren oder andere Plagegeister vorhanden sein, auf die die Sonden nicht ansprachen. Die Schwerkraft funktionierte jedoch, und das hieß, daß die Energieversorgung des Schiffes noch in Betrieb war: ein gutes Zeichen.

Als sie vorsichtig durch die breiten Korridore gingen, sahen sie ringsum deutlich die Spuren der letzten Augenblicke der Flaggschiffsbesatzung; und was sie sahen, berührte sie tief. Morwen, die bisher für jeden Koranier nichts anderes als kalten Haß empfunden hatte, verspürte Mitleid angesichts dieser Verlorenen, deren arme vertrocknete Körper sich immer noch in der Stellung befanden, in der der Tod sie angetroffen hatte, allein in ihren Kabinen oder in kleinen Gruppen mit ihren Kameraden in den Gemeinschaftsräumen sitzend. Feige waren sie nicht gewesen: Als sie wußten, daß sie verloren waren, daß Wasser, Nahrung und Luft bald zu Ende gehen würden, daß sie sich hoffnungslos in der Morimaruse verirrt hatten, hatten sie bis zum letzten Mann einen schnelleren Weg gewählt. Als ihre keltischen Feinde fünfzehnhundert Jahre später sahen, wie sie ihr Leben beschlossen hatten, zollten sie ihnen stumm und bereitwillig Anerkennung für ihren letzten stillen Mut.

Sie tasteten sich wie Katzen durch den rostigen Schutt und erreichten schließlich die Brücke. Hier im Kopf, im Herzen des Schiffes, wirkte auf den ersten Blick alles merkwürdig unberührt von der Katastrophe: uniformierte Besatzungsmitglieder befanden sich immer noch auf ihren Posten, Lichter blinkten – nach fünfzehnhundert Jahren! – auf den Konsolen, und im Zentrum des Kommandodecks saß der Kapitän persönlich in seinem Sessel. Doch als sie näher kamen, verschwand dieses Trugbild, und die trokkene ledrige Haut, die Klauenhände einer mehr als tausend Jahre alten Mumie wurden erkennbar.

Aeron war vom Anblick der koranischen Toten ebenso jäh berührt gewesen wie Morwen; sie war so tief beeindruckt, daß sie einen stummen Segen über das Schiff und seine Mannschaft sprach – schaden konnte es nichts, vielleicht half es –, und jetzt kam es ihr fast so vor, als sei sie in ein lange versiegeltes Grab eingebrochen, in ein trauriges, seit Ewigkeiten vor dem Zahn der Zeit geschütztes Heiligtum. Draußen waren Jahre vergangen, sogar die Sterne hatten ihre Stellung verändert, aber hier war alles erhalten geblieben. Diese Menschen waren zwar Feinde gewesen, aber tapfere Feinde; und am Ende hatten sie einen Mut bewiesen, der weder Gebete noch Tränen zu seiner Bestätigung brauchte. Trotz dieser logischen Überlegung verschleierten die Tränen noch lange ihren Blick ...

Endlich streckte sie die Hand aus und berührte Morwens Schulter. »Der Captain hat sicher irgend etwas hinterlassen«, sagte sie. »Sieh du in den Wandspeichern nach, ich nehme mir das Kommandoschaltpult vor.«

Sie fand es fast sofort; ein ziemlich dickes Kristallrechteck, etwa handgroß, das Innere milchig trüb von den Daten, die in das Gitterwerk der Molekularstruktur eingefügt worden waren.

»Wir sollten versuchen, es hier abzuspielen«, empfahl Morwen. »*Retaliator* hat keine Geräte, die mit einer solchen Antiquität kompatibel wären.«

Obwohl sie keine Computerexpertin war und das auch sofort selbst zugegeben hätte, hatte sie in diesem Punkt sicherlich recht: In den fünfzehnhundert Jahren, seit dieses System gebaut worden war, hatte sich die Computertechnik in fast unglaublichem Umfang weiterentwickelt – keltische Computer waren zu eigenständigem Denken fähig, man konnte sich per Telepathie mit ihnen verständigen –; nach heutigen Maßstäben war der koranische Kristall hoffnungslos veraltet.

»Versuchen können wir es«, meinte Aeron skeptisch und legte den Kristallblock in einen geeignet aussehenden Schlitz in der Konsole neben dem Sessel des Captains ein. Erst blieb alles still, dann flackerten kurz die Lichter, und die Relais, die so lange geruht hatten, erwachten wieder zum Leben.

Auf dem Hauptbildschirm erschien plötzlich ein flimmerndes Bild, die beiden Frauen wirbelten erschrocken herum und griffen nach ihren Waffen, als sie die unerwartete Bewegung spürten, dann entspannten sie sich leicht verlegen. Obwohl das Bild an manchen Stellen Lücken aufwies, weil das Kristallgitter der Trägersubstanz im Laufe der Jahre zerfallen war, war es bemerkenswert scharf, und sie richteten sich unbewußt auf, als sie die letzten Worte des Mannes hörten, der Arthurs letzter koranischer Feind gewesen war.

Er war groß, das sah man, obwohl er bei der Aufzeichnung in seinem Kommandostuhl gesessen hatte – wie er es auch jetzt immer noch tat. Haar und Augen waren schwarz, er hatte die goldene Haut des Alphor-Geborenen, die Züge waren kräftig und angenehm anzusehen. Er wirkte stolz und intelligent, schien sich mit dem Untergang abgefunden zu haben, ohne jedoch so weit resigniert zu sein, daß er das Schicksal, das er für sich und seine Crew gewählt hatte, ruhig hätte hinnehmen können; aber er zerbrach auch nicht daran. Aeron ertappte sich bei dem Wunsch, ihn als Lebenden und als Freund kennengelernt zu haben. Dann drang durch das Transcom seine Stimme über die Jahrhunderte hinweg zu ihnen.

»Ich, Jaun-Zuria, Sohn des Errazill und der Isaura, Lord von Vidassos, Captain des kaiserlichen Schiffes *Marro,* hinterlasse diese Worte für alle, die uns vielleicht finden. Seid Ihr Freunde, so ist es gut. Seid Ihr Feinde, so ist es auch gut, denn meine Leute und ich werden bald über derlei Unterschiede hinaus sein. Doch jeden, der meine Worte hört, sei er Freund oder Feind, bitte ich bei seiner Ehre, uns einen Gedanken zu schenken oder ein Gebet an unsere und seine eigenen Götter zu richten.« (»Schon geschehen«, murmelte Aeron, und Morwen schloß vor Mitleid kurz die Augen, denn bei dieser Bitte hatte die Stimme des Koraniers geschwankt.)

Gleich darauf sprach er jedoch ganz ruhig weiter. »Wir sind keineswegs gegen unseren Willen an diesen schrecklichen Ort gekommen. Die *Marro* führte die große Armada gegen das Königreich Keltia und seinen Zauber-König Arthur von Arvon an. Er geriet in seinem Schiff, der *Prydwen,* mit uns aneinander; gegenseitig zogen wir uns in diese Staubhölle hinein wie zwei Löwen, die sich die Zähne in die Kehle geschlagen hatten. Doch *er* löste sich schließlich«, – die Stimme verriet Bitterkeit, und Aerons Finger krallten sich in Morwens Unterarm –, »und konnte entkommen, wir blieben zurück, zu schwer verletzt, um in unsere Höhle zurückzukriechen. Wegen des Staubs konnten wir nicht einmal eine Botschaft nach draußen schicken, einen Hilferuf; und er wußte, daß dies unser Schicksal sein würde. Anstatt also zu warten, bis wir verdursteten oder im Dunkeln erstickten, haben wir beschlossen, uns selbst das Leben zu nehmen. Das Schiff werden wir nicht zerstören, es soll mit uns allen darin als Wegweiser und als Mahnmal zurückbleiben, vielleicht findet man uns irgendwann, und wir fallen nicht völlig der Vergessenheit anheim.«

Einen winzigen Augenblick lang verzerrte sich das ruhige Gesicht, und die ganze Qual war deutlich zu erkennen: der Schmerz um das Schiff, um die Crew, um die Heimatwelt, die er niemals wiedersehen würde, um wer weiß welche Familienmitglieder und Freunde, die er zurückgelassen hatte und die nun vergeblich auf seine Heimkehr warten würden – Trauer und Hoffnungslosigkeit, Zorn und Kummer, aber nicht um sich selbst, und kein Fünkchen Angst. Dann saß die Maske wieder fest an Ort und Stelle.

»Ihr sollt wissen, daß wir unser Bestes getan haben. Wenn Ihr Koranier seid, werdet Ihr das sehen, seid Ihr aber Kelten, dann habt Ihr es sicher gespürt. Viel mehr kann und will ich nicht sagen. Aber eines sollt Ihr noch wissen, ob Euch das nun mit Rachsucht oder mit Triumph erfüllt: Arthur ist nicht unversehrt entkommen. Er war ein würdiger Feind, was immer er sonst gewesen sein mag, und wir wissen nur, daß er nach Fomor weitergeflogen ist, um dort sein Schicksal zu finden. Was Euch angeht, so entscheidet selbst. Folgt ihm oder folgt uns.«

Der Schirm wurde dunkel, und das Transcom verstummte plötzlich. In der großen Stille sprach Aeron zu dem leeren Bildschirm, sprach über den sich verbreiternden Abgrund hinweg, als die Jahrhunderte sich wieder dazwischendrängten, sprach zu der leeren Hülle in dem Sessel, die eine so tapfere Seele beherbergt hatte; sie sprach wie zu dem toten Haruko und dem toten Roderick, wie zu ihren toten Eltern, die zuversichtlichen, schönen, beruhigenden Worte des keltischen Totenrituals.

»Bydd i ti ddychwelyd.« ›*Es gibt eine Wiederkehr für dich.*‹ Sie wandte sich an Morwen, und ihr Gesicht leuchtete wie die aufgehende Sonne. »Dann laß uns Arthur folgen.«

8. Kapitel

»Verzeihung, Botschafter, aber von Steuerbord nähert sich ein Schiff.«

Haco Grex, der erste terranische Botschafter für Keltia, legte sein antikes silbernes Eßbesteck aus den Händen, wischte sich mit einer Serviette die Lippen ab und drückte mit einem bedauernden Seufzer, denn das Essen war meisterhaft zubereitet, auf den Knopf, um das Transcom einzuschalten.

»Identifizierung.«

»Fähnrich Alessio, Sir.«

»Das *Schiff,* Fähnrich.«

»Oh, Verzeihung, Sir!« Die Stimme klang so, als beiße sich die dazugehörige Dame beschämt auf die Unterlippe; dann wurde die Verlegenheit von Überraschung abgelöst. »Es scheint eines der unseren zu sein, Sir.«

»Eines der unseren!«

»Eben bekommen wir eine Meldung – es ist das diplomatische Sondierungsschiff *Sword,* Sir; Registrierungsnummer 7568–DGW, Captain Theo Haruko.«

Grex fuhr sich elegant mit einem Finger über den sauber gestutzten grauen Bart, den er sich für diesen Einsatz hatte wachsen lassen. Aus dem Durcheinander von Gedanken, die ihm das Gehirn überfluteten, stach eine Tatsache mit greller Klarheit hervor: Die *Sword* war das Schiff, das Keltia entdeckt hatte. Erst vor wenigen Monaten hatte es den ersten Kontakt mit den Kelten aufgenommen, einer Rasse, die vor dreitausend Jahren von der Erde gekommen war; und dieser Kontakt war der Grund, warum Grex jetzt auf dem Weg zur keltischen Thronwelt Tara und zum Hof Aerons war, der Königin der Kelten. Aber warum die *Sword* nun hier auftauchte, mehr als die Hälfte der Strecke von Keltia entfernt und anscheinend auf Kurs zur Erde, das vermochte er sich nicht vorzustellen. Alle seine alten Soldateninstinkte erwachten plötzlich prickelnd zum Leben. *Das gefällt mir gar nicht – sie hätten erst aufbrechen sollen, nachdem ich eingetroffen war, und man hat sie auch nicht zurückbeordert, das hätte mir die Admiralität mitgeteilt ...*

»Schicken Sie ihnen einen Weckruf, falls sie von ihrem eigenen Schiff noch keinen bekommen haben – sie liegen sicher seit zwei Monaten im Kälteschlaf und werden einige Zeit brauchen, um sich umzustellen«, sagte er schließlich. »Und korrigieren Sie die Flugbahn so, daß wir zum Rendezvous kommen.« Ehe er seine Reise nach Keltia noch weiter fortsetzte, wollte er sehr viel genauer wissen, wie die Lage dort tatsächlich war. Nachdem er einen Augenblick lang überlegt hatte, drückte er auf einen Knopf, und der junge Offizier, der ihm als Adjutant zugeteilt war, trat von der Bürosuite nebenan in die Kabine.

»Exzellenz?«

»Sagen Sie den Konsuln, daß ich sie zu sprechen wünsche.«

Der Adjutant sah ihn überrascht an. »Gibt es ein Problem, Sir?«

»Nicht daß ich wüßte.«

Als der Offizier gegangen war, kehrte Grex zu seinem Essen zurück und knabberte zerstreut an dem ausgezeichneten gebratenen Fisch. Nun, wenn es tatsächlich ein Problem gab, dann war es um so besser, je früher seine beiden wichtigsten Untergebenen davon erfuhren. Er hatte sie, den speziellen Erfordernissen dieser außergewöhnlichen Mission entsprechend, persönlich ausgewählt; es waren gute, solide, verläßliche, treue Leute, sehr scharfsichtig und mit gerade dem richtigen Maß an persönlicher Ausstrahlung, und er beabsichtigte, in den nächsten Wochen so viel wie nur möglich aus ihnen herauszuholen.

Aber er würde ihnen natürlich nicht mehr abverlangen als sich selbst: er war seit vierzig Jahren Diplomat und übte seinen Dienst aus, wie und wo es die jeweils an der Macht befindliche Regierung für richtig hielt. Das planetarische diplomatische Corps auf der Erde hatte sich im Lauf der Jahrhunderte zu einer von der Parteipolitik weitgehend unabhängigen Behörde entwickelt, und Grex' Fähigkeiten waren allgemein geschätzt worden, ganz gleich, wer zufällig gerade an der Spitze des Staates stand. Anders als die meisten höheren Beamten war Grex aus einer ungewöhnlichen Kombination von Umständen und beruflicher Erfahrung heraus in seine Position gelangt: er hatte eine akademische Laufbahn absolviert – war Kanzler einer großen Universität gewesen –, hatte beim Militär seine Karriere begonnen und war zu einem der jüngsten Ressaldar-Generäle der Geschichte aufgestiegen. Obwohl er nicht als junger Botschaftsbeamter ganz unten angefangen hatte wie die meisten Gleichrangigen, besaß Grex so viel Witz und Selbstvertrauen, daß er sich mit ausgefuchsten Berufsdiplomaten umgab und weder Titel noch Begabung fürchtete. Man brauchte sich beispielsweise nur die von ihm persönlich ausgewählten Konsuln für den Einsatz in Keltia anzusehen. Er war auch maßgeblich an der Planung des Sondierungsprogramms beteiligt gewesen, in dessen Verlauf sein alter Freund Theo Haruko offenbar eine historisch so bedeutsame Rolle gespielt hatte. Grex lächelte; das mußte er Theo sagen, wenn er ihn traf; wahrscheinlich lag sogar ein höherer Orden für den Captain der *Sword* im Bereich des Möglichen ...

Im Augenblick blieb ihm jedoch kaum etwas anderes übrig als abzuwarten. Grex spannte unwillkürlich und unnötigerweise alle Muskeln an, als er spürte, wie der Antrieb gedrosselt wurde und das Schiff für das Rendezvous wieder in den Normalraum zurückfiel; dann verschwand das Schweregefühl, wurde von den Stabilisatoren kompensiert. Nun, die Crew der *Sword* mußte erst aufwachen; ganz gleich, welche Schwierigkeiten sie mitbrachten oder vor welchen sie flohen, sie konnten bis dahin warten. Er hatte nun doch Zeit, seinen Fisch aufzuessen.

Unter dem Vorwand, er wolle die Abendluft genießen, stand Gwydion auf dem Turmgang außerhalb von Aerons Gemächern. Hinter ihm im Solar waren Sabia und Grelun wieder mit ihrer Scheinarbeit – und mit ihrer tödlichen Mission – beschäftigt, ihr Auftrag an ihn war heute schon erledigt. Als sie vor wenigen Minuten dicht aneinander vorbeigegangen waren, hatte ihm Grelun in der bardischen Fingersprache eine Botschaft zukommen lassen: Der

Fluchtversuch würde heute nacht stattfinden, in der Eulenstunde nach Mitternacht.

Gwydion schlenderte, gefolgt von zwei aufmerksamen Wächtern, ein paar Meter weiter an der Brüstung entlang und setzte sich auf Aerons kleine Steinbank. Sabia hatte zugeben müssen, daß der Plan selbst in dieser verzweifelten Situation ziemlich waghalsig war: Gedeckt durch einen unmotivierten Fian-Überfall auf die vorderen Tore von Turusachan, sollten Gwydion und seine Retter über die senkrecht abfallenden Klippen flüchten, die unterhalb von Caerdroia nach Westen hin das Meer überragten. Dort würden sie von anderen Helfern in Empfang genommen werden, aber mehr hatte Grelun nicht gesagt; ob die Zeit zu knapp war oder ob er es für zu gefährlich hielt, das wußte Gwydion nicht.

Also benahm er sich nicht anders als sonst; er badete, las und verzehrte unter den Augen der Wächter sein Nachtmahl; und als der Ruf schließlich kam, lag er in tiefem, ausnahmsweise traumlosem Schlaf. Als ein anderer Geist den seinen berührte, war er sofort hellwach.

Sabia stand in der schwarzen Tarnuniform der Fianna an seinem Bett. In der Tür lagen zwei toten Wächter, und während Gwydion sich hastig ankleidete und die Waffen anlegte, die Sabia mitgebracht hatte, konnte er die Leichen weiterer Kaiserlicher hinter der Tür sehen. Plötzlich drangen ihm schwache Kampfgeräusche ans Ohr: Draußen vor den Palasttoren hatte der Überfall begonnen. Er wandte sich in diese Richtung, aber Sabias Augen blitzten ihm eine deutliche Warnung zu, und er folgte ihr auf den Turmgang. Als er in die stürmische Nacht hinaustrat, kamen drei Freunde aus den Schatten und begrüßten ihn mit einem ernsten kleinen Lächeln, denn für unbeschwerte Fröhlichkeit gingen ihre Gefühle zu tief: Grelun, Struan Cameron und Helwen Drummond.

Er erwiderte das Lächeln, umfaßte kurz und stumm Struans Unterarme und legte Sabia die Hand auf die Schulter, um sie zurückzuhalten.

»Ich muß noch ein paar Sachen holen; es dauert nur einen Moment.«

Ehe sie protestieren konnte, war er schon die Außentreppe zu Aerons Zaubergemach hinaufgelaufen. Er überquerte den Schieferboden und kniete respektvoll vor denen nieder, die diesen Ort bewachten, dann schloß er die Hand über dem Smaragdring mit dem falkeneigroßen Stein, dem Großsiegel von Keltia. Aeron hatte es hier im Schutz geheimer Kräfte deponiert, ehe sie aus Caerdroia floh und die erste Etappe ihrer verzweifelten Reise über die Energiebarriere hinaus antrat. Jetzt schob er es sich auf den kleinen Finger der linken Hand (*Kein Ring an der Schwerthand!* kam ihm unwillkürlich die alte Fian-Mahnung in den Sinn, vielleicht mußte er ja noch kämpfen, ehe die Nacht vorüber war) und nahm einen zweiten Gegenstand vom Altar: das kleine goldene Horn mit den Coelbren-Buchstaben auf dem Griff, das er aus Gwyns eigener Hand empfangen hatte. Er befestigte das Horn in einem Beutel aus wasserdichtem Leder am Gürtel, schloß die Bronzetüren hinter sich und trat wieder zu den anderen, die am Fuß der Treppe warteten.

Sabia zappelte vor Ungeduld. »Ich weiß, was du geholt hast, Gwydion«, sagte sie mit vor Nervosität heiserer Stimme, als die vier lautlos über die Außentreppe in den Garten hinunterschlichen. »Aber jetzt keine Verzögerung mehr! Man erwartet uns da unten.«

Sie führte sie geschickt durch das Labyrinth des Gartens und glitt wie ein fußloser Geist durch die Dunkelheit geradewegs zu den mehr als eine halbe Lai hohen Klippen, die schroff aus dem Meer aufragten. Plötzlich verschwand sie, als habe sie sich in Luft aufgelöst, und obwohl Gwydion wußte, wo sie war, konnte er einen Schwindelanfall nicht unterdrücken: Aeron konnte am Rand eines Abgrunds dahinschlendern, ohne sich etwas dabei zu denken, Gwydion hingegen gehörte zu den Menschen, die unter starker Höhenangst litten, und er hatte diesen Augenblick gefürchtet, seit er erstmals von dem Plan erfahren hatte. Aber da war nichts zu ändern. Er holte tief Luft, berührte Aerons Drachenmedaillon, das an seiner Brust hing, und folgte Sabia über den Klippenrand.

Ein grob ausgehauener schmaler Pfad schlängelte sich

die Felswand hinab, er war glitschig vom Salz und vom Seetang, den die riesigen Wellen nach oben schleuderten, wenn sie an dieser Küste das Ende ihrer langen Reise erreichten; dieser unsichere, gefährliche Pfad, so hatten Struan und Sabia behauptet, sei der beste Weg, um aus Turusachan herauszukommen. Doch heute nacht waren die Wellen ruhig, nur ein Flüstern drang von unten zu Gwydion. Von oben – nun, bisher schrie noch niemand hinter ihnen her, also war ihre Flucht vielleicht noch nicht entdeckt worden. *Wenn die Koranier an den Palasttoren zu beschäftigt sind* ... Gwydion preßte die Lippen zusammen, als er an die Fians und Drachen dachte, die in diesem Augenblick ihr Leben ließen, um seine Flucht zu decken; aber er konnte nichts für sie tun; nichts, als sich selbst in Sicherheit zu bringen, denn dies war das einzige, was sie von ihm wollten.

Gwydions Herz raste von der Anstrengung des langen Abstiegs, und er lehnte sich einen Augenblick lang an einen Felsvorsprung; unter ihm wurde undeutlich eine Gestalt sichtbar, und er spannte sofort jeden Muskel zum Angriff.

Fast ebensoschnell beruhigte er sich wieder: Die Gestalt vor ihm war ein Merrow, und darauf hatte ihn Helwen auf dem Weg nach unten schon vorbereitet. Das Wesen war von mittlerer Größe, sein Körper glich dem eines Menschen, war jedoch schlanker, kleiner und leichter, damit hörte die Ähnlichkeit allerdings auf. Die Haut glühte selbst im schwachen Licht der Criosanna rubinrot, und das grobe, steife, mähnenartige Haar war so grün wie der Seeschaum auf dem Sand oder wie die großen, wie Farne in den Gezeitenströmungen schwankenden Tangwedel. Und die Augen – die Augen waren wie das Innere einer Austernschale, schillernd wie Perlmutt, von der ganzen Weisheit der wilden Gewässer erfüllt.

Diese Augen sahen Gwydion mit zwingendem Blick an. »Schnell, Herr!« raunte das Wesen, und auch die Stimme klang klar und wild. »Die Flut hat fast ihren Höhepunkt erreicht.«

Gwydion sprang hinunter zu – ihm? »So schnell ich

kann ... ich bin Gwydion ap Arawn«, fügte er noch hinzu.

Das Meereswesen lächelte durchdringend freundlich, und aus den Perlenaugen schossen im Dunkeln farbige Blitze. »Ich weiß, und ich heiße Cumara.«

›Jagdhund des Meeres‹ ... »Cumara, ich danke Euch, daß Ihr und Euer Volk Euch meinetwegen in solche Gefahr begebt.«

Der Merrow winkte elegant mit einer Hand mit Schwimmhäuten ab. »Sind die Moruadha nicht Kelten wie alle anderen auch? Wir sind im Kampf nicht ganz so tüchtig, außer auf See, aber wenigstens können wir der Ardrían – und dem neuen König – in diesem Falle behilflich sein. Außerdem gefielen uns die Annäherungsversuche des Marbh-draoi nicht, es störte uns, daß er uns dazu verleiten zu können glaubte, auf sein Geheiß hin gegen Aeron zu handeln.«

Gwydion setzte vorsichtig einen Fuß vor den anderen, und seine Stimme klang schrill vor Erregung. »Der Marbh-draoi hat versucht, die Merrows auf seine Seite zu ziehen?«

Cumara nickte. »Er hat Abgesandte nach Kernow geschickt, um mit unserem Häuptling zu sprechen, und es würde mich nicht überraschen, wenn er bei den Sluaghrón eine ähnliche Taktik verfolgt hätte, mit dem Ziel, beide Rassen gegen die Menschen aufzuhetzen. Aber Faruane, der Morar-mhara unseres Volkes, hat die koranischen Camurs abfahren lassen. Die Drei Völker sind nicht so leicht zu spalten.«

Gwydion schwieg wieder, aber jetzt nicht mehr nur wegen des mühsamen Abstiegs. Rohans Informationen waren also zutreffend gewesen; wenigstens zum Teil, denn Jaun Akhera hatte offenbar versucht, sich an die Merrows und die Seehunde heranzumachen. *Ja,* dachte er, *und bei wem wird er es wohl sonst noch versucht haben? Schlimmer – bei wem könnte er wohl Erfolg gehabt haben?*

Er sah zu Grelun und den anderen zurück, und diese Bewegung rettete ihm wahrscheinlich das Leben, denn ein Laserpfeil fuhr ihm keinen Fußbreit am Kopf vorbei und bohrte ein glattes rauchendes Loch in einen Granitblock.

»Sie sind uns schon dicht auf den Fersen!« rief Cumara von etwas weiter unten. »Wir müssen von hier aus springen.«

Gwydion fröstelte, und zwar nicht nur wegen der kalten Gischt, die von unten heraufgepeitscht wurde. Cumara und seine Gefährten hatten zwar den Menschen ihre Hilfe zugesichert, aber sie befanden sich doch noch mehrere hundert Fuß hoch in der Klippenwand. Er spähte vorsichtig über die Felskante in die Dunkelheit. Wenn er scharf hinsah, konnte er unter sich gerade die Bewegung des Wassers wahrnehmen: die See war ruhig, aber es schlugen doch Tonnen von Wasser in gleichmäßigem Rhythmus gegen den Stein.

»Es geht tief hinunter.«

»Nicht für Merrows«, sagte Cumara fröhlich. »Und auch nicht für Euch, solange wir über Euch wachen. Aber ohne Hilfe überlebt kein Mensch einen solchen Sprung.« Er zeigte auf eine Stelle etwa zwanzig Meter tiefer, wo noch weitere Angehörige seiner Rasse warteten. »Wir schaffen das schon.«

»Ich könnte eine andere Gestalt annehmen und die anderen ebenfalls verändern ...«

»Nein, mit einer Gestalt, die der unseren ähnlich ist, könntet Ihr nicht umgehen, außerdem haben wir dafür ohnehin keine Zeit. Seht nur, die Verfolger sind schon mehr als zur Hälfte unten ... Bleibt, wie Ihr seid, Gwydion, es wird alles gutgehen.«

Ein Hagel von Laserpfeilen ließ die Luft ringsum blau aufleuchten, und Cumara zerrte an Gwydions Arm.

»Jetzt!«

Gwydion schloß die Augen und stieß sich ab. Fast gleichzeitig erschienen zwei leuchtend dunkelrote Körper neben ihm in der Luft. Mit einer schnellen geübten Bewegung streifte die eine noch im Sturz eine rote Kapuze über Gwydions Gesicht, dann tauchten sie senkrecht ins Wasser ein.

Sehr zu seiner Verwunderung stellte Gwydion fest, daß

er nicht ertrank, obwohl er sich tief unten im kalten schwarzen Meer befand; das rote Kapuzending schien eine Art künstlicher Kieme zu sein, eine selektiv durchlässige Membran, die es ihm gestattete, wie ein Meeresbewohner zu atmen, zu sehen und zu hören. Durch das tintenschwarze Wasser glaubte er in der Nähe weitere Gestalten wahrzunehmen. Als sein anfangs überfordertes menschliches Sehvermögen sich an die neuen Verhältnisse gewöhnte, erkannte er im schwachen Phosphorschein unter Wasser seine Gefährten; sie trugen wie er Kapuzen und wurden von Merrows begleitet, und alle schwammen langsam am Fuß der Klippen an der Küste entlang nach Südwesten.

Zehn Meilen von Caerdroia entfernt stolperten sie endlich durch die Brandung und betraten einen weichen federnden Sandstrand im Lee einer kleinen Insel.

Keuchend und nach Luft schnappend taumelte Gwydion auf das dichte warme Seegras des Machair zu, das an die Sandfläche angrenzte. Hier ließ er sich zu Boden fallen und vernahm durch das Dröhnen in den Ohren, wie die anderen ans Ufer kamen. *Ein Lärm wie von einer Horde Seeschweine,* dachte er, *und das Wasser trägt die Geräusche so weit ... Hoffentlich ist niemand in der Nähe, der uns hören kann.* Aber seine Muskeln, die heftig gegen das lange anstrengende Schwimmen protestiert hatten, begannen sich nun in der Wärme des Sandes und des zottigen Grases zu entspannen, und er hätte sich nicht bewegen können – und wollen –, selbst wenn Jaun Akhera persönlich den Strand heraufgekommen wäre.

Als habe er Gwydions Besorgnis gespürt, ließ sich Cumara geschmeidig neben ihn fallen, mit einer Bewegung, die den tiefen Neid des anderen erregte: das strapaziöse Schwimmen hatte dem Merrow überhaupt nichts ausgemacht, er wirkte taufrisch.

»Hier sind wir völlig sicher«, sagte Cumara. »Wir befinden uns auf Morrich-mor, der See-Ebene, einem alten Tanzboden unseres Volkes, und niemand sonst kommt hierher. Aber wohin soll es von hier aus gehen?«

»Wenn möglich, möchte ich den Planeten verlassen.«

Selbst etwas so Einfaches wie Sprechen kostete Gwydion mehr Luft, als er erübrigen konnte; was seine neu gewonnene Freiheit anging, so war sie ihm vom Verstand her bewußt, aber es würde noch eine Weile dauern, bis ihn dieses Wissen ganz durchdrungen hatte.

Cumara machte ein skeptisches Gesicht. »Dabei können wir Euch nicht viel helfen«, sagte er. »Aber wir könnten Euch ohne Mühe zu den Kyles von Ra bringen. Angeblich haben sich dort einige Angehörige der Fianna und der Drachenbruderschaft versteckt, doch ich weiß nicht, ob diese Information zuverlässig ist. Selbst mit der Strömung müßtet Ihr mit mindestens zwei Tagen Schwimmen rechnen; mehr noch, weil Ihr nicht daran gewöhnt seid.«

Zwei Tage ... Gwydion hätte sich am liebsten im Seegras eingegraben und eine Woche geschlafen, aber ...

»Nun gut«, sagte er und zog sich mühsam zum Sitzen hoch. »Dann sollten wir aber sofort aufbrechen. Wenn wir uns hier zu lange ausruhen, können wir gar nicht mehr ...«

Er brach ab. Neben ihm starrte Cumara mit großen Augen auf das Meer hinaus. Gwydion war sofort auf den Beinen, die Augen folgten dem Blick des Merrow, seine ganze Müdigkeit war angesichts einer möglichen neuen Gefahr wie weggeblasen.

Etwas kam über die Wogenkämme auf sie zugeglitten, ruhig und kraftvoll, etwa so wie der *Feuerdrache* sich zwischen den Sternen bewegte. Es glühte wie Phosphor im Dunkeln, zog einen funkelnden Feuerschweif hinter sich her und verursachte nicht das leiseste Geräusch.

»Was ist das für ein Gefährt?« fragte Helwen Drummond, die herangekommen war und nun schlank und zitternd in ihrem nassen schwarzen Tarnanzug neben Gwydion und dem Merrow stand.

Gwydion schüttelte den Kopf. »Ich weiß es nicht, Mädchen.« Seine Augen waren auf das unbekannte Schiff geheftet. *Es muß wirklich sehr flach gebaut sein, daß es so dicht ans Ufer heranfahren kann* ... Dann erschrak er, als sei er mit einem Schwall eiskalten Meerwassers übergossen worden:

Das Schiff hatte die Untiefe und die Brandungslinie überquert und kam jetzt über den Sand auf sie zugeschwebt, und es bestand ganz aus reinem Kristall.

Helwen trat einen Schritt zurück und stieß gegen Gwytion, der ihr tröstend den Arm um die Schultern legte, ohne jedoch den Blick von dem Schiff abzuwenden. Und das Fahrzeug kam immer näher, unheimlich, lautlos, immer noch von dem schwachen Wasserelfenschein umgeben, bis es den Machair erreichte und keine zehn Meter entfernt über dem wogenden Seegras sanft zum Stehen kam.

»Das ist ein Zauberding«, sagte Cumara. »Ein Werk der Druiden oder ein Fith-fath, aber kein richtiges Schiff. Wo sind der Kapitän und die Besatzung?«

Gwydion hob ein wenig die Hand, und Cumara verstummte. Dann trat hinter der Reling auf dem Deck des glitzernden Schiffs eine hochgewachsene Gestalt aus dem Schatten des Mastes – eines Mastes, an dem kein Segel befestigt war. Der Fremde stieg auf den hohen geschnitzten Bug und warf die Kapuze seines roten Umhangs zurück.

»Seid mir gegrüßt, Anverwandter!«

Die Stimme war Gwydion nicht weniger deutlich im Gedächtnis geblieben als das Gesicht: Allyn, Sohn des Midna, jener Lord der Sidhe, der dem Prinzen von Dôn in den Tiefen von Dún Aengus als Führer gedient und vor dem Thron von Gwyn, dem Sohn des Nudd, dem König der Leuchtenden, für ihn gesprochen hatte, als Gwydion in den Tagen vor dem Sturz Caerdroias jene gefährliche Reise dorthin unternommen hatte ...

»Ihr!« Das erstaunte Lachen in Gwydions Stimme und der Ausdruck des Erkennens in seinem Gesicht veranlaßten die anderen, sich verwundert umzudrehen. Gwydion lief jedoch schon auf das Schiff zu, ein Lächeln auf den Lippen, wie es seit langem niemand mehr an ihm gesehen hatte.

»Allyn, Sohn des Midna«, sagte er und schaute zu dem Sidhe auf, »einen der Euren hätte ich an einem solchen Ort oder überhaupt außerhalb Eurer Dúns niemals zu sehen erwartet.«

»Wir leben nicht immer in unseren Palästen, König von Keltia.« Allyns schönes Gesicht strahlte vor Freude. »Jedenfalls hat mich Gwyn beauftragt, Euch mit diesem Schiff zu Hilfe zu kommen. Es gehört Manaan selbst und heißt *Aonnbarr* – Wogenfeger –, und wie Ihr seht, kann es sowohl auf dem Meer wie über Fels segeln. Es wird Euch und Eure Gefährten zu den Kyles von Ra bringen oder auch an jeden anderen Ort auf diesem Planeten, ganz nach Eurem Wunsch.« Er winkte den anderen. »Kommt jetzt; Wogenfeger drängt zum Aufbruch!«

Sie sprangen an Bord, einige bereitwilliger als andere, aber Gwydion als erster von allen. Dann legte Allyn leicht die Hand an den Mast – nirgends war ein Steuer oder ein Ruder zu sehen –, und das Schiff regte sich unter ihnen und glitt wieder hinab ins Meer.

Die ganze Nacht über schwebte *Aonnbarr* lautlos über die Wellen nach Südwesten und hielt, nur durch die Berührung von Allyns Hand gelenkt und geführt, Kurs auf die Kyles von Ra. Gwydion stand mit dem Lord der Sidhe im Bug, die anderen, Menschen wie Merrows, drängten sich mittschiffs zusammen, um sich gegenseitig körperliche Wärme und seelischen Trost zu spenden, denn ein kräftiger kalter Wind strich über das Deck, und das seltsame Licht, das wie wolkiges Eis unter ihren Füßen vom Deck aufstrahlte, war beunruhigend. Sogar die Merrows fühlten sich auf dem Kristallschiff unbehaglich: Der unter dem Namen Manaan, Herr des Meeres, bekannte Leuchtende war für die Moruadha ein Halbgott, der Beherrscher der Gezeiten, der Wellengänger und Sturmbringer; die Wogen mit den weißen Kämmen auf unruhiger See waren seine Rosse, angeschirrt an seinen silbernen Meereswagen; daß er ihnen sein eigenes Schiff geschickt hatte, um sie zu retten, erschien ihnen fast unglaublich.

Als die graue Dämmerung über dem grauen Ozean heraufstieg und die Speerspitze im zunehmenden Licht verblaßte, erreichte *Aonnbarr* die nördlichste Insel der weit verstreuten Kyles von Ra. Diese Gegend konnte man mit gleichem Recht als Meer mit Land dazwischen wie als Land mit Meer dazwischen bezeichnen, es war, als hätte in vergangener Zeit eine Faust aus dem Himmel auf die Erde geschlagen und sie zu einer Million grauer, grüner und brauner Stücke zerschmettert, die das silberne Meer wieder zusammengeflickt hatte.

Aonnbarr wurde langsamer, und Allyn wandte sich an Gwydion. »Hier muß ich Euch verlassen, Anverwandter«, sagte er, sein immer noch strahlendes Gesicht war im Morgenlicht grauer geworden. »Manaans Schiff darf nicht von jedem gesehen werden; er hat schon sehr viel getan, als er es Euch zur Verfügung stellte, und jetzt ruft er es in seinen Hafen zurück. Auch ich muß zurück; aber wir werden uns bald wiedersehen – so wurde es doch verheißen?« Er streckte die Hand aus, und Gwydion umfaßte ohne Zögern und mit vielen Worten des Dankes den Unterarm des Sidhe.

Dann schwebte *Aonnbarr* den Strand hinauf und glitt über die niedrigen Grashügel des kleinen Inselchens. Das Schiff hielt kurz an wie ein gut abgerichtetes Pferd, das seinem Reiter Zeit zum Absitzen läßt, und die Fahrgäste sprangen zu Boden; dann segelte es weiter über die Hügel und verschwand im Morgennebel.

Alle sahen ihm nach und wandten sich dann nachdenklich ab. Gwydion rieb sich mit der Hand des Gesicht, denn er war am Zusammenbrechen, und richtete dann das Wort an Cumara.

»Noch einmal möchte ich Euch bitten, uns ein Freund in der Not zu sein. Was Ihr mir erzählt habt, ist richtig: Einige Angehörige der Drachenbruderschaft und der Fianna haben sich tatsächlich hierher in die Kyles geflüchtet, und Prinz Declan, der Bruder der Ard-rían, ist ihr Anführer. Könnt Ihr ihn suchen und uns zu ihm bringen?«

Der Merrow nickte, tief hinter den Perlmuttaugen leuchtete noch immer die Ehrfurcht. »Überlaßt das uns, Herr«, sagte er. »Wenn er sich in diesen Gewässern aufhält, werden wir ihn finden.«

Cumara stand zu seinem Wort, und ehe die Nacht hereinbrach, umarmten sich Gwydion und Declan in der Brandung vor einer unwirtlichen, ein Stück weiter südlich gelegenen Granitinsel. Entgegen aller Hoffnung war es den Merrows gelungen, Declan und seine Krieger in ihrer geheimen Festung ausfindig zu machen. Noch erstaunlicher war, daß sie den Prinzen von ihrer unglaublichen Geschichte hatten überzeugen können und daß er ihnen eine Lonna und ein paar kräftige Schiffer mitgegeben hatte, um die erschöpften Menschen das letzte kleine Stück zu befördern.

Als Gwydion im Licht der roten Sonne im Westen den steinigen Abhang hinaufstolperte, wurde er von einer mächtigen Welle fast von den Füßen gerissen und geriet gleich noch einmal ins Wanken, als ihn Declan, knietief im brodelnden Wasser stehend, in überschäumender Begeisterung umarmte.

»Braud! Bruder! Das Seevolk sagte mir, daß du entkommen bist; trotzdem wagte ich kaum zu hoffen ...« Declans Entzücken, das schon beim Anblick seines Schwagers grenzenlos gewesen war, verdoppelte sich noch, als er die anderen sah und erkannte. »Ach, Cameron! Sabia, Grelun – ist das die junge Helwen? –, wie schön, euch alle zu sehen! Cumara, ich stehe in Eurer Schuld, wie ich schon sagte, richtet dem Morarmhara Faruane meinen ergebensten Dank aus. Meine Schwester wird Euch irgendwann persönlich danken.«

»Das wird sie tun«, sagte Cumara zuversichtlich. »Wie könnte es anders sein?«

»Es hätte durchaus anders sein können ohne Eure Hilfe und die Eures Volkes«, sagte Gwydion. »Auch ich stehe tief in der Schuld der Moruadha, denn Ihr habt mir das Leben gerettet und mir die Freiheit geschenkt, das werde ich nicht vergessen.«

»Es gibt keine Schuld«, sagte der Merrow. »Hat nicht der Meeresherr Manaan uns alle gerettet? Vertreibt Ihr nur den Marbh-draoi, Gwydion, und bringt Aeron wieder nach Hause. Wollt Ihr denn nun immer noch den Planeten verlassen?«

Gwydion nickte, doch selbst diese kleine Bewegung ließ ihn taumeln, so erschöpft war er inzwischen von der langen Flucht.

»Ich werde versuchen, Gwynedd zu erreichen, dort meine eigenen Truppen zu mobilisieren und mit ihnen nach Tara zurückzukehren.«

Declan warf ihm von der Seite einen Blick zu. »Nach Gwynedd? Ist das klug?«

»Klug vielleicht nicht, aber sicherlich notwendig ... Doch wenn es den Göttern gefällt, erst in ein paar Tagen. Ich möchte mich vorher noch ein wenig ausruhen.«

»Und damit beginnen wir gleich jetzt.« Declan legte stützend einen Arm um seinen Freund und winkte dem Bootsmann, die Lonna auf den Strand zu ziehen und in einer nahegelegenen Höhle zu verbergen, dann begab sich der kleine Trupp hinauf ins Innere der Insel, wo in der geheimen Festung schon viele darauf warteten, sie zu begrüßen.

Hinter ihnen schlüpften im letzten roten Schein, der über den Wellen lag, die Merrows noch einmal ins Meer, ihre Körper glühten in den schrägen Strahlen wie Feuer, und dann waren sie verschwunden.

Haco Grex saß am runden Tisch in seiner Privatkabine. Die Reste des Essens waren schon abgeräumt und durch ordentliche Berichtstapel ersetzt worden, als seine beiden Konsuln eintraten. Nachdem sie ihn mit persönlicher Herzlichkeit und beruflicher Neugier begrüßt hatten, nahmen sie rechts und links von ihm am Tisch Platz.

Er beobachtete sie verstohlen, während sie die Berichte lasen, die er schon gesehen hatte. Natürlich kannte er sie beide sehr gut: Thomas de Valadon, der jüngere der beiden, war groß, blond und sportlich, er besaß die schroffe, gebieterische Art eines Aristokraten oder eines verzogenen Görs – was er schließlich beides war. Aber er war auch ein Gelehrter und entstammte einer Familie, die schon seit tausend Jahren den Beruf des Diplomaten ausübte, und diese Umgebung hatte offenbar stark auf ihn abgefärbt.

Der andere Konsul – Grex errötete heftig, als sie zu ihm aufblickte und dann wieder auf ihre Papiere hinuntersah, hörte aber nicht auf, sie zu beobachten. Mit diesem einen düsteren, durchdringenden Blick hatte Deonora Maronchuk wahrscheinlich die ganze Situation eingeordnet, dazu war die Psycho-Xenologin dank ihrer überragenden Fähigkeiten durchaus imstande.

Heilige Mutter Gottes, dachte Grex nicht ohne Frömmigkeit, *diese Fähigkeiten kann ich nun wirklich gebrauchen ...* Er raschelte mit seinen Papieren, und die beiden anderen schauten mit großen Augen zu ihm auf.

»Haben Sie genügend gelesen, damit wir darüber sprechen können?«

Deonora warf Thomas einen schnellen Blick zu und nickte. »Ich habe mit Bedauern von Captain Harukos Tod erfahren«, begann sie. »Ich weiß, daß Sie eng mit ihm befreundet waren ... Nach allem, was ich gehört und in den Personalunterlagen der Admiralität gelesen habe, war er ein hervorragender Offizier. Gewiß ist er heldenhaft gestorben.«

Grex nickte mit undurchdringlicher Miene. Als er von Theos Tod gelesen hatte, hatte er geweint, aber das ging seine Konsuln und den Rest seiner Untergebenen nichts an, und er hatte sich gezwungen, seinen Kummer auf einen geeigneteren Zeitpunkt zu verschieben. Theo hätte das verstanden, und das allein war wichtig.

»Haben Sie mit den überlebenden Mitgliedern der Mission gesprochen?« fragte er und suchte in seinen Notizen nach den Namen: »Mit Lieutenant Warren Hathaway und mit dem technischen Offizier Athenée Mikhailova?«

»Wir haben beide mit ihnen gesprochen«, sagte Valadon. »Sie hatten eine wirklich unglaubliche Geschichte zu erzählen, Grex, und einiges davon war höchst unerfreulich. Zum Beispiel die Rolle des verstorbenen Lieutenant Hugh Tindal; ein schändliches Verhalten. Die Admiralität wird dazu einiges zu sagen haben.«

»Zweifellos«, stimmte Grex trocken zu. »Was halten Sie von ihrem Bericht über Keltia?«

Deonora hob die Schultern und strich sich die dunklen Ponyfransen aus dem Gesicht. »Ein stabile Zivilisation«, bemerkte sie. »Schrullig, aber stabil. Enorm fortgeschritten, was Technologie und Waffen angeht, soziologisch gefestigt und auch sehr wohlhabend. Die Handelsbeziehungen mit anderen Welten sind vielfältig und umfangreich, und auch für uns müßten solche Beziehungen lohnend sein. In militärischen Dingen kann ich mir kein Urteil erlauben, aber ich würde sagen, sie könnten eindrucksvolle Verbündete – oder Feinde – abgeben.«

»Und ihr Staatsoberhaupt? Diese Königin Aeron?«

»Ich meine, sie hat schon bewiesen, daß sie uns freundlich gesinnt ist«, sagte Valadon. »Hat sie sich nicht selbst einen Krieg aufgeladen, nur weil sie ein Bündnis mit uns schließen wollte?«

»Ja und nein, würde ich sagen. Da steckt sicher noch viel mehr dahinter ... Was hatten Mikhailova und Hathaway über sie zu berichten?«

»Sie waren sehr beeindruckt«, berichtete Deonora. »Möglicherweise weil Captain Haruko ein enger Freund von ihr geworden war und auch die beiden selbst ihr nahestanden. Und der zweite Lieutenant, Sarah O'Reilly, hat sich sogar entschieden, in Keltia zu bleiben – völlig gegen jede Vorschrift, allerdings hat Königin Aeron offenbar ein Ersuchen an die Admiralität gerichtet, sie und Captain Haruko nach Keltia abzustellen.«

»Haben Sie noch nicht mit den keltischen Botschaftern gesprochen, Grex?« fragte Thomas überrascht. »Sie warten an Bord der *Argo* darauf, daß sie gerufen werden.«

»Ich weiß.« Grex stand auf, und obwohl er nicht der Größte in diesem Raum war, beherrschte er die Szene. »Wollen wir sie aufsuchen?«

9. Kapitel

Der Ruck war nicht besonders heftig, ging aber doch durch Mark und Bein. Morwen rutschte mit schmerzlich verzogenem Gesicht auf ihrem Andrucksessel in die alte Stellung zurück (beim Aufprall auf das Rückhaltefeld war ihr beinahe die Luft weggeblieben) und warf Aeron einen vorwurfsvollen Blick zu.

»War das die weiche Landung, die du mir versprochen hast? Dann mögen mich die Götter vor einer richtig harten bewahren.«

»Ich bitte um Verzeihung für das Geholper; *Retaliator* kommt nur selten hart auf. Ist das Shuttle dort aufgeschlagen, wo wir es programmiert hatten?«

Morwen überprüfte ein paar Anzeigen auf ihrem Schaltpult und nickte befriedigt. »Und es ging dabei so gründlich zu Bruch, daß niemand feststellen kann, ob wir an Bord waren oder nicht. Das war gar keine schlechte Idee, um sie auf eine falsche Spur zu bringen, doch wenn wir das Shuttle jemals wieder brauchen sollten, stecken wir wirklich in der Klemme.«

»Nun, man kann die linke Hand nicht in den rechten Handschuh stecken ... Das ist also Fomor. Komm, wir steigen aus und sehen es uns an!«

Der Flug von der Morimaruse nach Fomor war nicht ganz ohne Zwischenfälle verlaufen. Sie hatten sich dem feindlichen Planeten genähert, ohne angerufen zu werden, aber sobald sie sich innerhalb des äußersten Mondorbits befanden, hatte die Bodenkontrolle sie entdeckt. Man hatte ihnen mehrere Patrouillenschiffe nachgeschickt, und nur *Retaliators* ungeheure Schnelligkeit und Wendigkeit im Verein mit Aerons fliegerischem Können hatten es ihnen ermöglicht, den Verfolgern zu entkommen. Aeron hatte schon überlegt, ob sie in den Subraum gehen solle, wie sie es bereits einmal getan hatte, als sie in Bedrängnis war, aber Morwen sträubte sich gegen diesen Plan, sie hielt ihn für viel zu riskant und außerdem für unnötig.

Und Wenna hatte höchstwahrscheinlich recht, dachte Aeron, als sie die Tür entriegelte und sich vorsichtig umsah, alle Sinne aufs äußerste gespannt. *Damals, als ich das erstemal durch den Subraum flog, kam ich mit heiler Haut davon; es ein zweites Mal zu versuchen, hieße, mein Glück zu sehr strapazieren.*

Sie kamen auf ein weites, mit borstigem Salzgestrüpp bewachsenes Feld, dessen Ende sich im Morgennebel verlor. Die Sommerluft war geschwängert vom Geruch des Meeres, in der Nähe duftete es nach Kiefern. Morwen blickte sich entzückt um und atmete tief ein.

»Hier riecht es wie in Duneidyn! Ein herrliches Fleckchen – auch wenn es auf Fomor ist ... Was tust du da?«

Aeron hatte ihre Rucksäcke, die jetzt durch die goldenen Tauschmünzen und die fomorische Tracht noch schwerer geworden waren, aus dem Schiff gezogen und die Tür verschwinden lassen; jetzt stellte sie einen Schalter in der Nase des Schiffs ein.

»Komm, wir müssen mindestens zwanzig bis dreißig Meter weg sein!«

Vom Rand des Latschenwaldes aus beobachteten sie, wie die Luft um *Retaliator* herum plötzlich wie von innen heraus aufleuchtete und zu flimmern begann. Es dauerte nur einen Augenblick, dann war das Schiff verschwunden, und an der Stelle, wo es gestanden hatte, schienen nun ebenfalls knorrige kleine Kiefern zu wachsen.

»In Dânas Namen – was hast du *getan?*«

»Das Schiff darf nicht zu sehen sein, solange wir fort sind, deshalb habe ich es mit dem Tirr belegt. Rhain und Elharn haben sich das ausgedacht, es ist eine Art Deckmanteleffekt; kein anderes Schiff in unserer Sternenflotte hat diese Einrichtung, nicht einmal der *Feuerdrachen.* Manchmal kann sie sehr nützlich sein.«

»Das will ich meinen! Bleibt die Wirkung auch erhalten, wenn du nicht da bist, um sie immer wieder neu zu aktivieren?«

Aeron nickte und schulterte ihren Rucksack. »Es ist

Zauberei, Wenna«, sagte sie lächelnd. »Nun, jedenfalls größtenteils. Aber es wird so lange halten, bis ich es abschalte. Im Schiffsrumpf befindet sich ein Leitstrahlsender, der auf die beiden Lithfaens in unseren Rucksäcken eingestellt ist, und damit können wir das Schiff auch wiederfinden, ohne direkt dagegenlaufen zu müssen. Sollte jedoch jemand anderer zufällig darüberstolpern, ist das Spiel ein für allemal aus ... Aber die Gegend hier scheint so verlassen, daß man dieses Risiko eingehen kann.«

Morwen hob ihren Rucksack auf und blickte sich um. Sie waren mehr oder weniger gezwungenermaßen hier gelandet, weil die fomorische Küstenwache sie verfolgte, hatten den Platz also nicht selbst wählen können. Nur einem glücklichen Zufall – *etwas, woran Aeron nicht glaubt,* dachte Morwen gereizt – hatten sie es zu verdanken, daß sie sich auf der südlichen Hemisphäre, in einer unbewohnten Gegend mit mildem Klima befanden, vielleicht zehn Wegstunden von einer größeren Stadt entfernt. Diese Stadt würde ihr Ziel sein; ein anderes gab es ja nicht. *Ach, Große Mutter, die Sache gefällt mir nicht; ich spüre, daß wir nicht weit von einer Katastrophe entfernt sind ...*

»Nun, Taoiseach?« Aeron stand ein paar Meter entfernt und lächelte ihr zu. »Wollen wir aufbrechen?«

Morwen blieb stehen, allein in der pechschwarzen Nacht, war sie plötzlich unsicher geworden. Einmal fern, dann wieder unangenehm nahe konnte sie eine Brandung über ein steiniges Ufer rauschen hören. Der Seewind auf dem Gesicht war angenehm nach der Schwüle in den Wäldern, in denen sie umhergestreift war, aber sie hatte das bedrükkende Gefühl, daß ganz in der Nähe, da draußen, wo der schwarze Himmel nahtlos in den schwarzen Ozean eintauchte, ein Riesenwesen lauerte. Es war, als hätte jemand einen Deckel auf die Welt gesetzt wie auf eine Platte mit Fleisch, und als ginge da draußen, am Rand des Blickfelds, alles in einer Wolkenwand zu Ende. Dann näherte sich aus der Dunkelheit heraus eine Linie aus tieferem Schwarz, eine Bewegung, die sie am besten aus dem Augenwinkel erkennen konnte. Der Streifen rollte weich auf sie zu, bekam einen weißen Rand: Es waren Wellen. Sie befand sich näher am Wasser, als sie gedacht hatte.

Plötzlich war Morwen wie gelähmt vor Entsetzen, ohne zu wissen weshalb; es war eine echte Panik, wie sie aus dem Nichts jeden überfallen kann, der allein draußen im Freien festsitzt, eine primitive, völlig unvernünftige Angst vor der Wildnis. Etwas Gewaltiges, Elementares, Sterblichen absolut Fremdes war ganz in der Nähe, irgendwo da draußen in jener atmenden, grenzenlosen Dunkelheit: das Meer selbst, das seine Kräfte in der Nacht neu auflud.

Wenigstens wußte sie jetzt, welche Richtung sie einschlagen mußte, um zumindest wieder in die zweifelhafte Sicherheit des Waldes zurückzugelangen; also kehrte sie dem unsichtbaren Ozean den Rücken. So davonzugehen, das Wasser im Rücken, war so ziemlich das Mutigste, was sie außer im Schlachtgetümmel jemals getan hatte, aber sie zwang sich, einen Fuß vor den anderen zu setzen, ohne zu rennen, und schließlich hatte sie wieder den Waldrand erreicht.

Wenn Aeron ...

Doch diesen Gedanken unterdrückte sie sofort, so schnell und endgültig, als setze sie die Ferse auf ein trokkenes Stück Holz, obwohl sie sich irgendwann doch damit auseinandersetzen mußte, und je früher, desto besser. Der Mond kam hinter den Wolken hervor, als sie auf einen breiten ebenen Pfad durch den Wald stieß. *Unsere Scanner haben angezeigt, daß diese Gegend völlig menschenleer ist – wer würde durch einen so verlassenen Wald einen Weg bahnen, und zu welchem Zweck?*

Unter dem Dach der Bäume war es wärmer als draußen in dem kalten Wind, der vom Wasser herkam, und als Morwen tiefer in den Wald eindrang, begannen Regentropfen von den Blättern zu fallen und auf den weichen Boden zu plätschern: es war der einzige Laut in diesem mitternächtlichen Wald, ein gedämpftes, trauliches Geräusch, weich und tröstlich, während über ihr, draußen, der Sturm mit neuer Kraft tobte.

Nach einer Stunde erreichte sie eine Felswand, hinter der es windstill war. Inzwischen war sie erschöpft, durchnäßt, hungrig, unglaublich niedergeschlagen; und in der Wand gab es nicht einmal die erhoffte Höhle oder Spalte, in deren spärlichem Schutz sie für den Rest der Nacht noch ein wenig hätte schlafen können.

Morwen blieb unschlüssig mitten auf der Lichtung stehen. Sie konnte die schreckliche Tatsache nicht mehr leugnen, die sie schon den ganzen Tag über belastet hatte: Vor etwa zehn Stunden, als der Sturm eingesetzt hatte, hatten sie und Aeron sich im Wald verloren.

Sie waren ungefähr auf die Stadt zugegangen, die sie beim Anflug entdeckt hatten und die dreißig Meilen westlich von *Retaliators* Versteck lag. Als der wilde Zyklon mit voller Wucht einsetzte, hatten sie Zuflucht unter den Bäumen gesucht. Es war ein Cam-anfa, wie ihn die Kelten nannten, ein ›krummer Sturm‹ – ein alles verwüstender schwarzer Trichter mit Windstärken, wie sie bei keinem anderen Sturm auftraten: er dauerte nicht lange, aber seine Wirkung war verheerend, und sie waren ihm schutzlos ausgesetzt.

Während Morwen, geblendet vom Regen, der dem Trichter folgte, durch das peitschende Unterholz stolperte, hatte sie plötzlich entsetzt festgestellt, daß Aeron nicht mehr bei ihr war. Stundenlang hatte sie nach dem Sturm nach ihrer Freundin gesucht, aber keine Spur von ihr gefunden. Endlich war die panische Angst um Aeron abgeflaut, an ihre Stelle war etwas wie Resignation getreten, und Morwen hatte widerwillig von neuem die Richtung zur Stadt eingeschlagen, jedenfalls soweit sie das bestimmen konnte. Vermutlich tat Aeron das gleiche, falls sie noch lebte und dazu imstande war.

Morwen lehnte sich schwer gegen den Stamm eines riesigen Lederbaums und ließ sich langsam und vorsichtig an der glänzenden nassen Borke hinab in das Wurzelgewirr direkt über dem Moos gleiten. Sie gab auf. Sie war erledigt, sie wußte es, und es kümmerte sie keinen Crossic. Sie hatte sich verirrt, fror, war müde, und Aeron war wahrscheinlich tot oder in Gefangenschaft, zumindest aber ebenso orientierungs- und hilflos wie sie; das war das Ende.

Ganz plötzlich war sie von einer absurden Heiterkeit erfüllt. Nicht einmal der Gedanke an ihren Gatten und ihre Tochter konnte ihren Überlebenswillen wecken; Fergus und Arwenna würden ausgezeichnet ohne sie zurechtkommen, dafür würden der Douglas-Clan und die königliche Familie schon sorgen. Das Bild ihres toten Bruders Roderick schwebte vor ihren schwächer werdenden Augen. *Ich muß ihn von Aeron grüßen, wenn sie nicht vor mir bei ihm ist ...*

Sie wickelte sich in ihren Umhang, steckte die blonden Zöpfe unter die durchnäßte Kapuze, lehnte sich mit dem Rücken gegen den Baumstamm und hielt das Gesicht in den Wind. Dann lächelte sie, die Lider schlossen sich zitternd, und die Gedanken zogen sich in die Festung des Geistes zurück.

Daher hörte sie weder das Rascheln und das schwache besorgte Wispern, noch spürte sie die federleichten Finger auf ihrem Gesicht. Und als der Wald um sie herum lebendig wurde, schlief sie fest und merkte nichts davon.

Viele Meilen entfernt, auf der anderen Seite des Waldes, saß Aeron verborgen in einem Farngestrüpp auf einem kleinen Hügel und blickte mißtrauisch auf die ummauerte Stadt hinunter. Dieses Zennor, die Stadt, zu der sie und Morwen unterwegs gewesen waren, als sie vor zwei Tagen im Sturm getrennt wurden, war groß genug für eine Bezirks- und Provinzhauptstadt. Aeron schloß, von plötzlichem Schmerz übermannt, die Augen: Sie hatte nach ihrer Freundin gesucht, als sich die Wut des Sturmes gelegt hatte, und hatte keine Spur von ihr gefunden. Nach Art der Ban-draoi hatte sie den negativen Gedanken in sich verschlossen, obwohl es ihr schwergefallen war, und hatte sich wie einen Rann immer wieder vorgesagt, daß Morwen wohlbehalten und in Sicherheit sei, daß sie sich auf dem Weg zurück zu *Retaliator* befinde und dort auf ihre, Aerons, Rückkehr warten werde.

Ich kann es mir vorsagen und kann es vorbeten; aber glaube ich es auch? Sie veränderte ihre Stellung zwischen den Farnwedeln, achtete aber darauf, sich nicht gegen den Himmel abzuzeichnen. Wie auch immer, sie würde selbst zum Schiff zurückkehren, sobald sie die Informationen hatte, die sie so verzweifelt dringend benötigte. Diese Stadt verfügte sicher über Bibliotheken und andere Informationszentren, allerdings hatte sie nicht die leiseste Ahnung, wie sie sich dort Zutritt verschaffen sollte. Aber darüber würde sie sich später Sorgen machen ...

Sie betrachtete mit kundigem Blick erst einmal die Hindernisse, die es ihr erschwerten, in die Stadt zu gelangen. Auf der Anhöhe im Zentrum stand eine Burg; weiterhin gab es eine Art Kirche oder Tempel; eine Gruppe von Häusern, offenbar Regierungsgebäude, säumten einen Platz in der Mitte; und dann war eine sicherlich ziemlich starke Garnison vorhanden. Die Befestigungen der Stadt waren eindrucksvoll, selbst für jemanden, der an die hundert Meter dicken Mauern von Caerdroia gewöhnt war; und sie hatte schon lange die Mauer- und Torwachen entdeckt und festgestellt, in welchem Rhythmus sie patrouillierten.

Schließlich setzte sie sich auf die Fersen zurück und überdachte ihre Möglichkeiten. Heimlich in die Stadt zu schlüpfen, kam nicht in Frage, nicht nur wegen der Wachen; es gäbe auch andere Schutzvorrichtungen, vielleicht Droiden oder sogar abgerichtete Tiere. Und doch mußte sie hinein; sie hatte höchstens noch für zwei oder drei Tage Proviant, und ihre Kleidung war zwar fomorisch, aber für das hiesige Klima ungeeignet. Mit Umhang und Kapuze müßte sie eigentlich durch die Haupttore gelangen, ohne aufzufallen, wenn sie größte Vorsicht walten ließ und nur so viel sprach wie unbedingt nötig. Seit Sonnenaufgang war ein ununterbrochener Strom von Menschen zu Fuß, zu Pferde und in allen möglichen Fahrzeugen in beiden Richtungen durch die Tore gezogen; es sollte nicht allzu schwierig sein, sich in der Menge zu verlieren.

Nun, wer nicht wagt, der nicht gewinnt ...

Das Glück begleitete sie durch die Tore von Zennor; niemand nahm Notiz von ihr. Sobald sie in der Stadt war, mischte sie sich unter die vielen müßig dahinschlendernden Fußgänger, die sich auf den Straßen drängten, und ging zielstrebig, aber unauffällig auf den Marktplatz in der

Mitte zu. Nach wenigen Minuten war sie im Besitz geeigneter Kleidung, von guter Qualität und sauber gearbeitet, aber weder so kostbar noch so vornehm, daß es ins Auge gefallen wäre; der Händler, der ihr die Tracht verkaufte, hatte ihre goldenen Tauschmünzen gleichmütig entgegengenommen, sie gewogen und ihr den Gegenwert in fomorischer Währung ausgehändigt.

In einem sauberen, behaglichen Zimmer in einem kleinen Gasthaus abseits des Hauptplatzes legte Aeron die neue Kleidung an: weite Hosen, an den Knöcheln eingehalten und in weiche Lederstiefel gesteckt, eine kurze wallende Tunika, wie sie die Fomori-Frauen aller Stände gern trugen, und der lange rechteckige Maphorion oder Kopfschleier, den man sich nötigenfalls über das Gesicht ziehen konnte; als Übergewand konnte gut ihr eigener Umhang dienen. Natürlich würde niemand sie für eine Fomori halten – rotes Haar und helle Haut waren auf dieser Welt ungewöhnlich, und auch ihre Größe war überdurchschnittlich –, aber das beunruhigte sie nicht weiter. Besucher von anderen Welten schienen hier keine Seltenheit zu sein, und viele kleideten sich auf einem fremden Planeten in die einheimische Tracht, aus Höflichkeit, aus praktischen Gründen oder einfach weil sie Spaß daran hatten, sich zu maskieren. Je mehr sie aussah wie alle anderen, desto besser war es jedenfalls; außerdem würde die weite Kleidung das Glaive an ihrer Hüfte verbergen. Sie hatte gezögert, das Laserschwert zu tragen – bisher hatte sie noch keinen Bürger mit irgendeiner Waffe gesehen, die Wachen natürlich ausgenommen –, aber darauf zu verzichten, wäre Wahnsinn gewesen, und so hatte sie sich schließlich den Schwertgurt unter der Tunika um die Taille geschnallt.

Jetzt saß sie mit untergeschlagenen Beinen auf dem Bett und aß ein wenig von den Speisen, die der Diener des Gasthauses ihr heraufgebracht hatte: dem kalten Fleisch, einem dicken, scharf gewürzten Eintopf aus Meeresfrüchten und Gemüse, einem kleinen goldenen Käse, Brot, Obst, Butter und Honig. Zu trinken gab es einfaches frisches Wasser, wie sie es verlangt hatte. Sie leerte den Krug zur Hälfte, lehnte sich gegen das hölzerne Bettgestell und spürte, wie der Wind, der bei Sonnenuntergang aufgekommen war, zu den Fenstern hereinwehte und ihr übers Gesicht strich.

Zum ersten Mal in den vier Tagen seit ihrer Landung auf Fomor ließ sie sich von der Verzweiflung überwältigen. Sie war allein hier, vielleicht in so großer Gefahr wie noch nie in ihrem Leben, und das Risiko wurde von Stunde zu Stunde größer. Möglicherweise hatte man sie schon identifiziert und suchte nach ihr. Morwen war ebenso allein, ebenso gefährdet, verletzt oder vielleicht sogar tot; und sie selbst hatte keine Ahnung, wie in aller Welt sie ihr Ziel erreichen sollte. Wenn Arthur wirklich nach Fomor gekommen war, wie der koranische Kapitän behauptet hatte, konnte er überall auf dem Planeten gewesen sein. Er hatte keltische Gefangene befreien wollen, und – wenn man Taliesins Berichten Glauben schenken konnte – das war ihm gelungen. Über ein solches Ereignis würde es zweifellos Unterlagen geben, aber sie hatte noch keine Möglichkeit gefunden, an sie heranzukommen. Auf Fomor wurde das Wissen von den Gelehrten eifersüchtig gehütet; die Massen wurden, mit wenigen Ausnahmen, nicht zum Studieren ermuntert und Fremde schon gar nicht.

Aeron seufzte und schaltete den Telebetrachter ein, weil sie hoffte, etwas zu sehen, was sie verwenden konnte, und obwohl sie zu entdecken fürchtete, daß man auf sie oder Morwen aufmerksam geworden war. Heute abend konnte sie wieder nichts tun, als sich wegen Morwens und ihrer eigenen Schwierigkeiten zu sorgen, bis sie die Dubhachas bekam – eine düstere Stimmung, die von den Betroffenen als ›Keltische Schwärze‹ bezeichnet wurde; es war vernünftiger, wenn sie sich ausruhte, solange sie es noch konnte. Morgen würde sie sich ernsthaft auf die Suche nach Arthur machen.

Trotzdem gingen ihre Gedanken in die Nacht hinaus zu Morwen, wo immer sie sein mochte, und noch weiter: zu Gwydion und Rohan und zu den anderen, die sie so weit hinter sich zurückgelassen hatte.

Die Katastrophe ereilte sie erst an ihrem dritten Tag in Zennor. Vielleicht hatten die Leute im Gasthaus zuviel geklatscht, vielleicht war jemand von den Behörden neugierig geworden auf die hochgewachsene verschleierte Außenweltlerin mit den goldenen Tauschmünzen, die sich nach dem Zugang zu den Bibliotheken erkundigte, vielleicht war auch durch diese Anfragen selbst bei irgendeiner Datenbörse Alarm ausgelöst worden; jedenfalls hörte Aeron an jenem Nachmittag, was sie seit ihrer Ankunft auf dem Planeten zu hören gefürchtet hatte: die Schritte von Soldaten hinter sich und den schroffen Befehl, stehenzubleiben.

Auch jetzt versuchte sie noch, sich mit Dreistigkeit aus der Affäre zu ziehen, drehte sich zu dem Captain der Vier-Mann-Patrouille um und redete ihn in so fließendem umgangssprachlichen Lakhaz an, als sei es ihre Muttersprache. Aber er zog ihren Maphorion beiseite; beim Anblick der hellen Haut und der grünen Augen verhärtete sich sein Gesicht, nach ein paar Fragen ließ er sie jedoch gehen.

Sie flüchtete geradewegs zurück in das Gasthaus und in ihr einigermaßen sicheres Zimmer, versperrte die Tür hinter sich und lehnte sich mit rasend pochendem Herzen dagegen. Natürlich war sie hier nie in Sicherheit gewesen, aber jetzt mußte sie die Stadt verlassen, so schnell wie möglich; wenn möglich noch in dieser Nacht. Wäre es vielleicht auch klüger, aus diesem Gasthaus auszuziehen, wohin man sie sicher verfolgt hatte, und sich anderswo einzumieten, vielleicht sogar die ganze Nacht auf der Straße zu bleiben und am nächsten Morgen durch die Tore hinauszuschlüpfen? Die Gedanken gingen ihr wie ein Mühlrad im Kopf herum, und sie fand keine feste Grundlage für ihre Ängste.

Sie lag unschlüssig auf dem Bett, jeden Nerv zum Zerreißen gespannt, die rechte Hand auf dem Griff ihres Glaive, das unter dem Kissen verborgen war, als es leise an der Tür klopfte. Zweifellos war es nur der Diener mit dem Abendessen, aber ... Sie packte den Schwertgriff fester.

»Herein.«

Die Tür öffnete sich lautlos, und ein uniformierter Mann trat schnell ein und richtete seine Strahlenwaffe auf sie, ehe sie einen Finger rühren konnte. Nach einer kleinen spannungsgeladenen Pause nahm sie die Hand vom Schwert und stieß das Kissen vom Bett, so daß die Waffe offen dalag.

»Ich grüße Eure Keltische Majestät«, sagte der Eindringling. Er trat ins Licht, und Aeron richtete sich keuchend auf, als sie ihn erkannte. Es war Borvos, der Captain, der sie und Morwen damals auf Tara, auf der Flucht, ungehindert durch den Pfeildurchgang und weiter nach Keverango hatte reiten lassen.

Sie schüttelte lachend den Kopf. »Ich grüße Euch ebenfalls, Captain Borvos. Darf ich Euch das übergeben ...« Sie reichte ihm das Glaive mit dem Griff voraus, und er nahm es mit einer förmlichen Verneigung entgegen. Seine Haltung war ähnlich zackig und militärisch wie damals auf Tara, doch jetzt war sein braunes Haar fast völlig unter einem Wappenhelm verborgen, und er trug keinen Kampfanzug, sondern einen gepolsterten Brustschild aus vergoldetem Leder und darunter eine weiche wattierte Tunika.

»Ich bedauere, Eure Majestät in solch unangenehmer Lage anzutreffen.«

»Ich bedauere es noch mehr, der Gegenstand Eures Mitgefühls zu sein ... Aber was tut Ihr hier, Captain? Ich dachte, Ihr gehört zu König Elathans Garde.«

»So ist es auch«, sagte Borvos, ließ sich in einen Stuhl fallen und legte seine Waffe und das Schwert beiseite. »Man hat mich sogar zum Commander befördert. Aber der Bruder meiner Frau ist Militärgouverneur dieses Bezirks, und als er von einem fremden Sternenschiff hörte – der Bauweise nach keltisch und dem Aussehen nach *Retaliator* –, das in dieser Gegend eine Bruchlandung gemacht hatte, und von Spuren von Flüchtlingen, die hierher führten, nahm er natürlich Verbindung mit mir auf. Und ich berichtete – ebenso natürlich – dem König davon.«

»Welcher Euch – wiederum natürlich – herschickte, um nach Aeron Aoibhell zu suchen.«

Borvos nickte lächelnd. »Ein weiter Weg von Bwlch-y-Saethau, Aeron ... Nun, der König möchte Euch persönlich begrüßen, und ich soll Euch nach Tory begleiten. Draußen wartet eine größere Eskorte«, fügte er hinzu, »für den Fall, daß Ihr der Einladung Seiner Majestät nicht ganz so bereitwillig folgen wollt.«

»Ja, das kann ich mir denken.« Aeron schien sich darüber zu amüsieren. »Ihr hattet also nur Gerüchte gehört, daß ich hier sei, und zwar allein?«

Er nickte wieder. »Niemand wußte etwas Genaueres; wir haben *Retaliator* nicht gefunden, und das zerschellte Shuttle war ein raffinierter Versuch, uns von der Spur abzubringen.«

»Aber offenbar nicht raffiniert genug.«

»Nun, vielleicht nicht; aber Ihr seid doch sicher nicht allein gekommen?«

Aeron antwortete nicht, und nach kurzem Zögern lachte Borvos und stellte ihr keine weiteren Fragen.

Man brachte sie für die Nacht in der Burg auf dem Hügel der Stadt unter, in einem so prunkvollen Turmzimmer, daß es eher einem königlichen Gästegemach ähnelte als einer Gefängniszelle. Die Fenster, die auf die Stadt hinausgingen, hatten jedoch Scheiben aus Vitriglas – der gleichen kristallinen Substanz, die man für die Sichtfenster von Sternenschiffen verwendete –, und die Doppeltüren bestanden aus einem Metall, das kaum weniger hart war als Findruinna. Aeron hatte nichts anderes an Sicherheitsvorkehrungen erwartet und sich in bezug auf ihre Unterkunft auf viel Schlimmeres eingestellt, also war sie insgesamt gesehen recht zufrieden.

Trotzdem, auch eine goldene Zelle war ein Gefängnis, das hatte auch Gwydion erfahren müssen, und ihre Gedanken kreisten darum, was der nächste Morgen wohl bringen werde. Inzwischen hatte man Elathan sicherlich mitgeteilt, daß sie sich auf seiner Thronwelt aufhielt, und Borvos, der schließlich kein Dummkopf war, hatte seinen Verdacht, daß sich auch Morwen auf Fomor auf freiem Fuß befand, bestimmt nicht für sich behalten. Schließlich hatte er selbst ihnen die Flucht von Tara ermöglicht; er mußte davon ausgehen, daß sie die Reise gemeinsam fortgesetzt hatten, und diese Annahme würde sich auch irgendwann bestätigen. Aber je länger sie Morwens Anwesenheit geheimhalten oder wenigstens im ungewissen lassen konnte, desto länger würde Morwen frei und in Sicherheit sein – vorausgesetzt, sie war überhaupt noch am Leben.

Oh, Wenna, bleib weg von hier! dachte sie verzweifelt und legte die Stirn gegen das eiskalte Vitriglas. *Such nicht nach mir; geh zum Schiff zurück und verlaß den Planeten, wart nicht auf mich ...*

Sie wandte sich vom Fenster ab und bemerkte dabei das Guckloch, das deutlich sichtbar über der Tür angebracht war. Borvos ging kein Risiko ein; diesmal gäbe es keine ritterlichen Gesten. Die Situation war jetzt vollkommen anders: Dies hier war seine Heimatwelt, er war ein Diener seines Königs; und Aeron mochte zwar Königin sein, aber sie war nicht nur eine Fremde, die hier nichts zu suchen hatte, sondern Fomors Hauptfeindin, die Frau, die Bellator zerstört und Bres getötet hatte.

Nein, unklar war nur noch, was Elathan mit ihr vorhatte. Und das würde sie in ein paar Stunden erfahren, ob sie wollte oder nicht. Sich vorher darüber Sorgen zu machen, war mehr als dumm und mehr als sinnlos; sie sollte sich lieber ausruhen.

Jemand hatte ihren Rucksack aus dem Zimmer im Gasthaus gebracht; sie übersah hoheitsvoll, ob sie durch das Guckloch beobachtet wurde, legte ihre Fomori-Maskerade ab und kleidete sich wieder als Keltin. Merkwürdigerweise fühlte sie sich viel besser, als sie sich auf das Bett legte, und irgendwann vergaß sie ihre Hoffnung wie ihre Ängste.

10. Kapitel

Elathan und Camissa saßen im Wintergarten und besprachen die Pläne für ihre Hochzeit – in Wahrheit waren die Pläne allerdings schon lange vergessen, und die beiden plauderten vielmehr gemütlich miteinander und lachten leise –, als Elathans Schwester Rauni in den großen Raum mit den Glaswänden stürmte. Das goldblonde Haar war wie immer zerzaust, doch das Gesicht wirkte ganz ungewohnt ernst.

Sie begrüßte Camissa, mit der sie sich glänzend verstand, nur ganz kurz und zerstreut, dann kniete sie neben Elathan nieder und flüsterte ihm aufgeregt etwas ins Ohr. Zu ihrer Verwunderung schien er keineswegs überrascht, sondern nickte nur, löste seine Hand aus der Hand seiner Verlobten und erhob sich gemächlich.

»Wer hat dir das gesagt?«

»Treic«, sagte Rauni und starrte verständnislos in das ruhige Gesicht ihres Bruders. »Borvos hat ihn vom Landeplatz aus vorausgeschickt. Er – Treic – hatte weder gegessen noch geschlafen, sonst hätte er dir persönlich Meldung gemacht. Ich habe ihn also weggeschickt, um beides nachzuholen, und ihm gesagt, ich würde dir die Nachricht überbringen.«

»Gut. Sag Borvos, wenn er kommt, er soll sie in den Kleinen Audienzsaal führen. Ich komme sofort.«

Als Rauni wieder hinausgegangen war, beugte sich Camissa vor und zupfte Elathan energisch am Ärmel.

»Sie?«

Beim Klang ihrer Stimme fuhr er zusammen; über all den Spekulationen, die die Nachricht seiner Schwester in ihm ausgelöst hatte, hatte er Camissa vollkommen vergessen.

»Wahrhaftig, sie: Aeron Aoibhell.«

»Die Königin der Kelten! Was ist mit ihr?«

»Sie geruht offenbar, uns einen Besuch abzustatten. Ich

habe es dir nicht erzählt, aber man hat mir gemeldet, daß *Retaliator* bei der Landung beobachtet worden sei, und ich habe Borvos nach Süden in den Mirregaith geschickt, um der Sache nachzugehen. Gestern am späten Abend hat er mir mitgeteilt, er habe sie in Zennor gefangengenommen. Jetzt bringt er sie nach Tory; das Aircar ist eben gelandet.« Er schüttelte verständnislos den Kopf. »Aber warum kommt sie ausgerechnet *hierher*, wenn ihr die ganze Galaxis offensteht, es gibt doch weitaus sicherere Orte ...«

»Aber du hast gewußt, daß sie Jaun Akhera entkommen war.«

»Ja, und Morwen Douglas mit ihr ... Borvos hat mir, als wir von Tara zurückkehrten, gestanden, welche Rolle er bei ihrer Flucht gespielt hat. Er war rückhaltlos offen, obwohl er glaubte, ich würde ihn deshalb mindestens in die Verbannung schicken.« Elathan lachte, als er sich an das Gespräch mit seinem Offizier erinnerte. »Er war völlig verblüfft, als ich ihn deshalb zum Commander meiner Garde beförderte ... Aber daß sie hierher kommt! Sie muß verrückt sein; oder sie führt irgend etwas im Schilde.«

»Einen Plan, der fehlgeschlagen ist.«

»Ja? Ist er das wirklich?« Er streckte ihr die Hand hin, und sie stand gehorsam auf und ergriff sie. »Nun, das werden wir bald erfahren. Komm, ich möchte, daß die künftige Königin von Fomor die gegenwärtige Königin der Kelten kennenlernt.«

Sie ist ja so groß! war Camissas erster Gedanke, als sie und Elathan den kleinen Audienzsaal betraten, der sonst für den Empfang von Freunden und Familienmitgliedern benützt wurde und wo nun Aeron unter starker Bewachung wartete. So groß, und so schönes Haar; obwohl ihre Kleidung Spuren der Reise zeigte, wirkte sie eher wie ein königlicher Gast auf Staatsbesuch als wie eine Gefangene ohne Freunde ...

Elathan durchquerte den Raum und blieb einen Schritt vor Aeron stehen, die ihn seit seinem Eintreten mit belustigtem Mißtrauen beobachtet hatte. Beide schenkten sie den übrigen im Raum Anwesenden nicht die geringste Beachtung.

»Ihr seid es also wirklich.«

Aeron neigte den Kopf. »Euer Gnaden von Fomor.«

»Warum seid Ihr hier, Aeron?«

Ihr Lachen war leise und voller Ironie, als amüsiere sie sich insgeheim über einen verzweifelten Scherz. »Ich suche nach jemandem.«

»Ist Morwen bei Euch?«

»Elathan«, sagte sie immer noch lächelnd, »ich bin sehr müde und sehr hungrig, man hat mich sehr lange in einem sehr unbequemen Fahrzeug in sehr mürrischer Gesellschaft hierherkutschiert. Könntet Ihr mich jetzt einsperren lassen? Ich habe nicht die Absicht, Eure Fragen zu beantworten, und wenn ich die ganze Nacht hier stehen muß.«

Sie hatten leise gesprochen, so daß niemand außer ihnen beiden den Wortwechsel hören konnte. Nun sah er lange in die klaren grünen Augen eine Handbreit unter den seinen, dann nickte er.

»Führt die Königin der Kelten in ihre Gemächer und sorgt dafür, daß sie alles bekommt, was sie zu ihrer Bequemlichkeit braucht. Ich werde sie dort aufsuchen.«

Aeron lächelte wieder, sprach aber kein Wort mehr und ging mit Borvos und den Wachen hinaus. Elathan blieb allein im Raum zurück und starrte ihr reglos, blicklos nach, bis Camissa neben ihn trat.

»Das ist also der Hammer der Sterne.« Sie verwendete den Beinamen ganz bewußt; die Fomori hatten ihn Aeron nach ihrem Rachefeldzug gegen Bellator verliehen, und er drückte keine Bewunderung aus. Sie spürte eine gewisse Befriedigung, als Elathan sich errötend abwandte.

»Ja, das ist sie wohl«, stimmte er ihr einen Augenblick später zu. »Die Koranier nennen sie die keltische Wölfin; und kein Welpe aus Fionnbarrs Wurf ist gefährlicher.«

»Und du willst sie hierbehalten?«

»Sicher werde ich sie hierbehalten, bis ich herausgefunden habe, warum sie nach Fomor gekommen ist, was sie hier vorhatte und was ihr nächstes Ziel gewesen wäre. Aber als Gast, nicht als Gefangene.«

»Und was geschieht dann – mit diesem *Gast?*«

Elathans Blick flog zu ihrem Gesicht; in ihrer Stimme hatte ein merkwürdiger Ton mitgeklungen, es hörte sich fast an wie Eifersucht, obwohl er das kaum für möglich hielt. Er sah erstaunt, daß er das giftige Fauchen richtig gedeutet hatte: In Camissas dunkelblauen Augen flackerte ein winziger Funken Bitterkeit und Mißgunst.

»Cami, du glaubst doch wohl nicht ...«

»Ich weiß nicht, Euer Gnaden, was ich glauben *soll.*« Sie versuchte, sich von ihm zu lösen, aber er packte sie, zog sie an sich und hielt sie fest, bis sie ihren Widerstand aufgab und betont steif stehenblieb.

»Mein Liebes, ich habe dir von meinem Traum einer Freundschaft mit Aeron und mit Keltia erzählt; gibt es einen besseren Zeitpunkt, um damit anzufangen, als jetzt?«

»Sie hat deinen eigenen Vater getötet.«

Elathan drehte sie herum, bis sie ihn ansehen mußte, und jetzt blitzte Zorn in seinen Augen, was nur selten vorkam. »Ja, und mein Vater hat ihren Vater getötet und viele andere dazu. Das wird niemals aufhören, wenn wir jetzt nicht ein Ende machen. Du und ich, wir haben schon früher davon gesprochen; ich dachte, wenigstens du verständest mich gewiß. Du kannst doch nicht wollen, daß dies immer so weitergeht.«

»Ich weiß es nicht«, sagte sie mit leiser, unsicherer Stimme. »Ich weiß es nicht.«

Er zog sie wieder an sich, und diesmal wehrte sie sich nicht, sondern klammerte sich an ihn, als sei er ihre letzte Hoffnung auf Rettung in einem brennenden Land.

»Dann hab Vertrauen zu mir; hab nur Vertrauen, denn ich glaube, ich weiß es.«

Die Gemächer, in die man Aeron geführt hatte, waren noch prächtiger als das Quartier in Zennor, wo sie die letzte Nacht verbracht hatte. Als sich die Türen hinter ihren Wächtern schlossen, warf sie einen schnellen Blick durch den Raum, mehr aus Gewohnheit, als weil sie wirklich gehofft hätte, eine Fluchtmöglichkeit zu entdecken. *Hier führt nur ein Weg hinaus, und das ist Elathans Weg ...*

Sie trat an die Fenster, von denen man aus tausend Fuß Höhe auf Tory hinabschauen konnte, und einen Augenblick später berührte sie mit einer Fingerspitze die Scheibe. Sofort ließ das Kraftfeld, das das Fenster schützte, den Finger kalt und gefühllos werden, und sie wandte sich lächelnd ab.

Man hatte auf silbernem Geschirr ein erlesenes Mahl für sie angerichtet, aber sie rührte die Speisen nicht an, sondern rückte statt dessen einen Sessel mit dicken Polstern an die Bogenfenster, so daß sie den Himmel sehen konnte. Dann setzte sie sich, schloß die Augen, zog sich in sich selbst zurück und betete.

Wenn Aeron aus tiefstem Herzen betete, rief sie, wie einst die Hohen Atländer, den Himmelshirten Artzan Janco an, den Gott, der über allen Göttern steht. *Denn hier kann mir sicher keine geringere Gottheit beistehen* ... Sie spürte, wie sich Frieden über sie senkte und wie sie in die vertraute meditative Trance des Gebetes glitt, in der sich ihre Seele fast auflöste und sich auf ganz eigene Weise aus der Zeit, von diesem Ort und aus ihrem Körper entfernte.

Das Geräusch der sich öffnenden Tür hinter ihr brachte sie zurück in die Wirklichkeit. Ohne den Kopf zu wenden, sprach sie den an, der eingetreten war.

»Ich grüße Euch, Elathan.«

Elathan grinste unwillkürlich anerkennend über diesen Eröffnungszug und ließ sich ihr gegenüber in einen Sessel fallen.

»Auch ich grüße Euch, Aeron«, sagte er leichthin. »Ein solcher Trick könnte Euch allerdings bei den abergläubischen Angehörigen meines Volkes leicht in den Verdacht der Hexerei und auf den Scheiterhaufen bringen ... Wie ich sehe, habt Ihr weder gegessen noch getrunken, obwohl ihr behauptet hattet, hungrig zu sein; fürchtet Ihr Gift im Becher?«

Statt einer Antwort nahm sie einen goldenen Pokal vom Tisch, füllte ihn mit Wein aus einer goldenen Karaffe und leerte ihn mit einem Zug.

»Müßte ich das fürchten?« fragte sie spöttisch. »Ich glaube nicht; auch auf dem Teller nicht. Ich werde ein wenig später essen, wenn wir miteinander gesprochen haben.«

»Habt Ihr wenigstens letzte Nacht in der Festung Zennor gut geschlafen?«

»Ausgezeichnet; so gut habe ich auf Eurer Welt bisher noch nirgends geruht. Wir hatten zuvor schon recht unbequeme Nachtlager.«

Seine Brauen zogen sich ein wenig in die Höhe. *»Wir?«*

»Wir, die Königin der Kelten«, zog sie sich schnell aus der Affäre. Aber das hatte sie nicht gemeint, und sie ärgerte sich über den Versprecher, denn sie wußte, daß er ihm nicht entgangen war.

»Wie auch immer.« Er schien kein besonderes Interesse an ihren Ausflüchten zu haben. »Was hattet Ihr in Zennor zu suchen? Ich hätte nicht gedacht, daß Ihr es wagt, Euch hinter Stadtmauern zu begeben, nachdem Ihr überhaupt hergekommen wart.«

»Ich hatte keine andere Wahl; ich sagte Euch ja schon, daß ich nach etwas suchte.«

»Wonach?«

»Nach Wissen.«

»Eine Suche, bei der Ihr kein Glück hattet.«

Aeron hob die Schultern, nahm eine Frucht mit violetter Schale vom Teller und biß hinein.

»So ist es. Sie endete damit, daß man mich hierherbrachte; das ist Unglück genug.«

»Eure Künste hätten Euch aber doch sicher auch auf einer fremden Welt nicht verlassen? Ihr hättet einen – Fithfath nennt Ihr es, glaube ich, über Euch legen und Euch so davor schützen können, erkannt und gefangengenommen zu werden.«

»Das hätte ich tun können«, gab Aeron zu. »Aber wirkliche Magie verlangt Sorgfalt und Kraft; es ist nicht so, daß man mit den Fingern schnippt, und schon ist es geschehen. Die Gesetze der Magie unterscheiden sich von einer Welt zur anderen; was in Keltia gelingt, könnte auf Fomor genau die entgegengesetzte oder auch gar keine Wirkung haben. Auch kann man nicht zwei Zauber gleichzeitig aufrechterhalten, außer es sind kleine Hexereien oder Schelmenstreiche. Was wäre, wenn ich plötzlich einen anderen größeren Zauber wirken müßte, während ich mich mit einem Fith-fath tarne? Außerdem kann jeder einigermaßen fähige Magier – sogar ein Fomori – jeden gewöhnlichen Blendzauber mit einem Lidschlag durchschauen. Eine Illusion zu schaffen, die selbst gegen Magie gefeit ist, oder eine Veränderung zu bewirken, die wirklich verwandelt und nicht nur ein Trugbild ist, das erfordert in der Tat sehr viel Zeit und Mühe. Die Zeit hatte ich nicht, und die Anstrengung wagte ich nicht.«

»Das war mein Glück.« Elathan schwieg für eine Weile und musterte sie ganz offen. Aeron war sich seines forschenden Blicks bewußt, aber sie aß ruhig weiter: Seit ihrer Geburt wurde sie von anderen Menschen beobachtet; neugierige Blicke konnten sie schon lange nicht mehr aus der Fassung bringen.

Elathan beneidete sie um diese Sicherheit. Obwohl auch er sein ganzes Leben lang der Neugier der Öffentlichkeit ausgesetzt gewesen war, hatte er sich nie daran gewöhnen können, und selbst jetzt als König war es ihm unangenehm, wenn sich viele Augen auf ihn richteten ...

»Und was muß Eurer Meinung nach jetzt geschehen?«

Aeron sah ihn mit ehrlicher Überraschung an. »Darüber besteht doch wohl kein Zweifel. Ich war davon ausgegangen, daß man mich, sollte ich gefangengenommen werden, entweder auf der Stelle mit dem Tode bestrafen oder wie ein fehlgeleitetes Paket an Strephon weiterschicken werde, damit er mich als Geisel für Jaun Akheras Sicherheit auf Tara verwenden könne. Gibt es noch andere Möglichkeiten?«

Er löste den Blick nur mit Mühe von dem ihren und starrte hinab auf den Marmorfußboden. »Es ist Euch vielleicht nicht bekannt, aber mein verstorbener Vater und ich waren in sehr vielen Fragen der hohen Politik nicht einer Meinung. Der Punkt, an dem unsere Ansichten am weitesten auseinandergingen, war sein Vorgehen gegenüber Keltia und dem Haus Aoibhell.«

»Und?«

»Und so tat ich, was ich tun konnte, um ihn davon abzubringen, sich Jaun Akheras Invasion anzuschließen. Er hörte natürlich nicht auf mich, und viele Leute – darunter auch mein Halbbruder Talorcan – verurteilten mich wegen meiner Bestrebungen.« Er beugte sich in seinem Sessel vor und heftete die Augen erneut auf ihr Gesicht. »Doch nun bin ich König von Fomor und gestalte die Politik nach meinen Wünschen. Und vor allem anderen habe ich den Wunsch nach Frieden und Freundschaft zwischen Keltia und Fomor, zwischen dem Haus Aoibhell und dem Haus Corserine, zwischen Elathan und Aeron.«

Aeron hatte Elathan nicht nur mit den Augen beobachtet, während er sprach: Seit seinen ersten Worten über seine Differenzen mit Bres hatte sie ihn gründlich mit dem Kenning durchforscht und fast sofort festgestellt, daß er die Wahrheit sprach.

»Ihr meint es ehrlich«, sagte sie leise und ungläubig. »Es ist Euch ernst damit.«

»So ist es. Und Ihr?«

Aeron lachte und breitete achselzuckend die Arme aus. »Ich bin verwirrt. Ist so etwas möglich, nach allem, was geschehen ist?«

»Wenn wir beide, Ihr und ich, es wollen, dann kann es geschehen. Letztlich kommt es auf Eure Keltische Majestät an. Ich habe erklärt, wozu ich bereit bin, und ich habe sogar mit meinen Beratern darüber gesprochen.«

»Bei allen Göttern! Und was hatten sie dazu zu sagen?«

»Sie waren aus verschiedenen Gründen nicht gerade entzückt von dieser Aussicht; aber sie konnten nicht abstreiten, daß es ein logisches und verdienstvolles Vorhaben ist, und am Ende stimmten sie schließlich zu. Zwischen unseren Häusern hat lange genug Haß geherrscht; ich möchte ein Freund der Aoibhell sein, aber wie kann ich das sein, wenn mir die Aoibhell nicht auf halbem Wege entgegenkommen?«

Aeron hielt sich noch immer vollkommen zurück. Hatte er denn nicht recht? Hatte es nicht lange genug gedauert, zu lange? So viele hatten im Lauf der Jahre auf so schreckliche Weise dafür mit dem Leben bezahlt: sein Vater, ihr Vater; ihre Mutter, ihr Gemahl und ihre Freunde; Haruko, ihr erster terranischer Freund; Elathans jüngerer Bruder Tharic, der unter den Tausenden von Toten bei Bellator gewesen war; Bres' älterer Bruder Budic, inzwischen fast vergessen, der König von Fomor hätte werden sollen und statt dessen, Jahre vor Aerons und Elathans Geburt, unter den Kanonen der Kriegsschiffe ihres Großonkels Elharn bei einem Zusammenstoß außerhalb der Energiebarriere den Tod gefunden hatte; auch Elharn selbst hatte sein Leben dafür hingegeben ...

»Es ist höchste Zeit«, sagte sie leise. Aber eine kleine harte Stelle in ihrer Seele hielt immer noch am alten Mißtrauen fest. Wollte, konnte sie Fomor wirklich ihre Hand in Freundschaft reichen? Oder war sie, obwohl sie sich so aufgeklärt gab, auch nichts anderes als eine Räuberkönigin, eine rachsüchtige königliche Brigantin, kein Quentchen besser als Bres oder Jaun Akhera? Sie hatte sich geschmeichelt, daß es Aeron von Keltia sein würde, die ihr Reich zurück in die Welt außerhalb des Pale zurückführte; und nun war es Elathan von Fomor – *Fomor!* –, der die Vision hatte und den Mut aufbrachte, das erste Friedensangebot zu unterbreiten. Alle Instinkte drängten sie, ihm zu vertrauen und das Angebot anzunehmen, sie wußte, daß selbst Gwydion ihr dazu raten würde; und doch ...

»Nun ja, vielleicht sehe ich noch nicht so weit wie Ihr«, hörte sie sich sagen, und die alte ablehnende Schärfe klang wieder in ihrer Stimme mit. »Oder auch nur so weit, wie ich gern sehen möchte ... Aber wenn ich es recht überlege, seid Ihr auch nicht besser; ein Fomori-Gefangener auf Tara hat mir erzählt, daß ich kaum Euren Vater erschlagen hatte, als Ihr schon geschworen habt – Eure erste Handlung als König – weiter Rache zu nehmen an mir und Keltia.«

Er lächelte sanft und schüttelte den Kopf. »Das ist nicht wahr, Aeron. Es gab keinen Schwur, kein Gelöbnis, keinen Wunsch nach Rache. Meine erste Handlung als König war, meine Armeen nach Hause zu beordern, weil ich nicht mehr gegen Keltia oder gegen Euch kämpfen wollte. Jaun Akhera selbst hörte mich diesen Befehl geben; er würde es bezeugen, denn er war deshalb wütend auf mich. Wenn wir nur Verlust gegen Verlust aufrechnen, habt Ihr von Fomors Hand mehr erlitten als ich durch Keltia, daher habt Ihr mehr zu verzeihen; aber ich habe stets geglaubt, je aufgeklärter der Geist sei, desto mehr *könne* er auch verzeihen.«

»Sehr schmeichelhaft, obwohl es sich für meinen Geschmack zu sehr nach den Lehren der Christusanhänger anhört. Aber habt Ihr Bellator verziehen – oder vergessen?« Jetzt war sie es, die lächelte, aber es war ein eisiges Lächeln. »Nein, Elathan, ich glaube, ich muß Euer *Gast* bleiben. Das andere – nun, das andere geht über meine Kräfte.«

»Mit dieser Antwort gebe ich mich nicht zufrieden«, sagte er und erhob sich. »Und um Euch zu beweisen, daß ich Vertrauen zu Euch habe, sage ich Euch jetzt, daß Ihr keine Gefangene seid, sondern wirklich ein Gast. Man wird Euch weder bewachen noch bespitzeln; Ihr könnt Euch im Palast und in der Stadt frei bewegen; man wird Euch Eure Waffen zurückgeben. Ich werde anordnen, daß Ihr jede Hilfe erhaltet, die Ihr benötigt, um zu finden, wonach Ihr sucht, und Morwen Douglas – ich weiß, ich weiß, sie war nie bei Euch – wird man suchen und ebenfalls wohlbehalten herbringen. Ich möchte, daß Ihr in mir einen Freund seht, und ich möchte, daß Ihr diese Freundschaft erwidert. Denkt darüber nach!«

Aeron blickte in die ernsten dunklen Augen und wandte den Blick wieder ab. »Es scheint, als werde ich sonst wenig zu tun haben.«

Von allen, die Elathan über seine Absichten gegenüber der keltischen Königin ins Vertrauen gezogen hatte, war nur Talorcan so weit gegangen, von sich aus etwas dagegen zu unternehmen. Obwohl er mit den koranischen Abgesandten seit jener kurzen Begegnung nach der Krönung seines Bruders keinen weiteren direkten Kontakt gehabt hatte, hatte er sich im Lauf der vergangenen Wochen damit beschäftigt, seine Dispositionen auf Fomor und seine Absprachen mit der Phalanx und mit Helior auf eine solide Basis zu stellen; nachdem Aeron Aoibhell nun freundlicherweise ins Bild getreten war, begann er seine Pläne in die Tat umzusetzen.

Wie inzwischen das ganze übrige Reich, so hatte auch Talorcan gehört, daß man Aeron im Süden aufgegriffen und in die Hauptstadt gebracht hatte. So viel und nicht mehr war allgemein bekannt. Und wie alle anderen im Palast sah Talorcan sie, trotz all seiner Bemühungen, zum erstenmal an diesem Abend beim offiziellen Essen.

Elathan hatte ein Staatsbankett angeordnet, was für ihn ungewöhnlich war; noch ungewöhnlicher war, daß er seine Gäste volle fünzehn Minuten auf sein Erscheinen warten ließ.

Als er endlich den Bankettsaal betrat, erhoben sich alle an der langen Tafel Sitzenden wie ein Mann, und wie ein Mann versteckten sie ihr Erstaunen hinter einem leisen, zivilisierten Aufkeuchen, denn an Elathans Arm ging Aeron.

Für eine Gefangene sieht sie unerhört gut aus, dachte Camissa mit erneutem Schrecken, während sie beobachtete, wie Aeron den Ehrenplatz rechts von Elathan an der Tafel einnahm. Die keltische Königin trug fomorische Tracht, ein weit geschnittenes, mit einem überkreuzten Gürtel gehaltenes topasfarbenes Seidengewand, und an den Ohren, den Handgelenken und um den Hals funkelten Topase. Das Haar war zu einem einzigen dicken Zopf geflochten und wie eine Krone um den Kopf gelegt. Sobald sie sich gesetzt hatte, verneigte sie sich leicht und huldvoll vor der stummen Tafel.

»Meine Damen und Herren«, sagte Elathan mit feierlicher Miene, doch in seinen Augen stand eine fast trotzige Belustigung. »Ich habe die Ehre, Euch Ihre Majestät Aeron, die Königin der Kelten, vorzustellen. Sie wird hier in Tory unser Gast sein, solange es ihr gefällt. Wollen wir jetzt mit dem Essen beginnen?«

Talorcan hatte sich nach dem Bankett völlig unbemerkt davongestohlen, während die anderen sich mehr an das Protokoll des Palastes hielten, im großen Salon blieben und Elathan und Aeron abwechselnd interessiert und entsetzt beobachteten. Talorcan hingegen hatte einen dunklen Umhang über sein prächtiges Festgewand aus roter Seide geworfen und den Palast durch einen Seitenausgang verlassen, und jetzt eilte er durch die menschenleeren Straßen.

Etwa eine halbe Stunde später erreichte er ein kleines Haus in dem Gewirr von engen Gassen, die sich wie ein Schlangennest an den Fuß des Burgbergs schmiegten. Das Haus wirkte sauber und ordentlich, aus den Fenstern mit den fest geschlossenen Läden drang kein Lichtschein; doch Talorcan klopfte einmal, zweimal und hielt dann die bloße Hand vor einen Scanner. Ein Schwirren und Klicken waren zu hören, dann glitten die Türtafeln beiseite.

Er trat ein und stieg ohne Zögern, wie jemand, der schon oft hier gewesen war, zu einem nach hinten gelegenen Raum im ersten Stockwerk hinauf; aus den Fenstern sah man auf einen Garten, der hineingebaut war in das gewaltige Felsmassiv, auf dem tausend Fuß höher der Palast thronte. Der Raum schien, ebenso wie das Haus selbst, bewußt aus Sicherheitsgründen gewählt: da er zum Felsen hin lag, war er weder von oben noch von den Nachbarhäusern der kleinen Gasse aus einsehbar.

Talorcan ließ sorgfältig die Tür hinter sich einschnappen, und bei seinem Eintreten erhob sich im Inneren des schwach erleuchteten Zimmers ein Dutzend Männer. Er bedeutete ihnen mit einem Nicken, die Plätze wieder einzunehmen, und setzte sich auf seinen angestammten Platz an dem runden Tisch, der die Mitte des Raums fast völlig ausfüllte; alles geschah schweigend. Alle Bewegungen wirkten eingespielt, so als hätten diese finsteren geheimen Treffen schon häufig stattgefunden und sollten auch weiter beibehalten werden; und als Talorcan endlich das Wort ergriff, wurde dieser Eindruck bestätigt.

»Hatte jemand Schwierigkeiten, heute abend herzukommen?«

Die Frage wurde rings um den Tisch mit Kopfschütteln und leisem Gemurmel verneint. Niemand war verfolgt worden, und gewiß wäre es keinem dieser Männer entgangen, wenn es anders gewesen wäre.

»Gut.« Talorcan stützte die Hände vor sich auf den Tisch, sein hageres Gesicht strahlte Ungeduld aus. »Ich bin ganz sicher, daß Ihr inzwischen alle von Aeron Aoibhells Ankunft auf diesem Planeten und von Elathans offen erklärten Absichten ihr gegenüber gehört habt.«

»Ja, wir haben davon gehört«, sagte der Mann, der der Anführer und Sprecher zu sein schien, ein gewisser Dargato. Er war, ebenso wie eine Reihe der anderen, ein bekannter General; Männer, die in den Armeen und Sternenflotten von Fomor Macht und Einfluß besaßen. Und weil man Geld brauchte, um Kriege zu führen, waren auch ein oder zwei Kaufherren darunter; alle ohne Ausnahme empfanden für Elathan und seine Politik gegenüber Keltia in solchem Maße Zorn und Abscheu, daß sie bereit waren, Hochverrat zu begehen. Sie hatten dieser Politik schon mißtraut, als er noch Kronprinz war; nun, da er König geworden war, hatte sich ihre Ablehnung noch verstärkt, und sie hatten beschlossen, etwas dagegen zu unternehmen. So waren sie für Talorcan, der sich die Werkzeuge für seine tödlichen Ziele mit tödlicher Sorgfalt aussuchte, eine handliche Waffe; sie wiederum hatten in ihm die Spitze gefunden, die ihnen für die Lanze des Verrats noch fehlte.

»Als Ihr uns damals sagtet, Elathan strebe einen Freundschaftspakt mit Keltia an«, fuhr Dargato fort, »konnten wir dies – ganz offen gesagt – fast nicht glauben, schließlich war Bres noch kaum ein paar Stunden tot, und Keltias Königin hatte ihn erschlagen. Aber wir hatten dergleichen schon lange zuvor von anderen gehört, und inzwischen konnten wir uns natürlich auch selbst davon überzeugen, daß es wahr ist. Denn Aeron Aoibhell ist jetzt hier in Tory, und nicht etwa als Gefangene, sondern als Elathans Ehrengast, obwohl sie als rechtloser Flüchtling kam.«

Talorcan studierte das fein gemaserte Holz unter seinen trommelnden Fingern. »Unglaublich, nicht wahr ... Wir haben nur insofern Glück, als Aeron selbst offenbar zögert, Elathans Freundschaftsangebot anzunehmen. Man sieht, daß sie es gern täte, aber sie ist noch immer mißtrauisch und wird einige Zeit brauchen, um sich zu entscheiden, wie sie sich weiterhin verhalten will.«

»Wie wird ihre Entscheidung ausfallen, was glaubt Ihr?« fragte ein bärtiger blonder Mann von der anderen Seite des Tisches herüber.

»Oh, das ist gar keine Frage, sie wird mit meinem Bruder Frieden schließen.«

»Und wenn sie dazu nicht lange genug lebt?« fragte ein anderer Offizier. »Mord als Mittel der Politik hat eine lange Tradition.«

»Und Fomor trüge die Schuld an ihrem Tod«, gab Talorcan zu bedenken. »Habt Ihr Euch überlegt, was Prinz Gwydion täte, wenn er davon hören würde? Oder ihr Bruder Rohan? Bellator wäre eine vergleichsweise harmlose Erinnerung ... Nein«, fuhr er fort, »der andere Weg ist für uns der beste. Je weiter sich Elathan auf die Freundschaft mit Keltia einläßt, desto leichter wird es, ihn von seinem Thron zu stürzen. Aerons Kommen hat uns einen unbezahlbaren Ansatzpunkt gegeben. Mehr noch: Hinterher kann sie uns sehr nützlich sein bei etwaigen Verhandlungen mit Strephon oder sogar mit Gwydion, falls es ihm gelingen sollte, Jaun Akhera Keltia wieder abzunehmen; wenn sie tot wäre, hätten wir nichts mehr von ihr.«

»Wenn sie sich mit Elathan verbündet, ehe wir zuschlagen können, werden wir Mühe haben, die beiden wieder auseinanderzureißen.«

»Dann müssen wir zuschlagen, ehe es dazu kommt, und zwar mit aller Härte. *Können* wir das?« Talorcan schoß die Frage unvermittelt auf den blonden Mann ab, der vorher schon gesprochen hatte.

»Wir haben die Kraft, Elathan zu stürzen, gewiß«, antwortete dieser. Sein Name war Salenn, er war einer von Bres' Oberbefehlshabern bei den Kämpfen auf Tara gewesen. »Solange wir ihn überraschen können, dürfte es meiner Meinung nach keine großen Schwierigkeiten geben. Alle hier im Raum Versammelten befehligen loyale und ausreichend starke Truppen, die – das ist das wichtigste – an bedingungslosen Gehorsam gewöhnt sind. Euren Bruder, Herr, zu stürzen und Euch an seine Stelle zu setzen, ist kein Problem.«

»Aber?«

»Aber wir brauchen die versprochene Unterstützung von den verärgerten Phalanx-Führern und insbesondere vom Imperium, um Euch auf diesem Thron zu halten. Was sagt Prinzessin Helior?«

Talorcan lächelte zum erstenmal, seit er gekommen war. »Das läuft alles bestens. Ihre Durchlaucht will sogar persönlich mit den Phalanx-Führern verhandeln, von denen Ihr gesprochen habt, Salenn. Und nachdem sie uns geholfen hat, werden wir natürlich auch ihr helfen – so war es abgemacht. In diesem Punkt brauchen wir uns keine Sorgen zu machen: Sie wird ihr Versprechen halten, um die Stellung ihres Sohnes zu retten ... und sein Leben.«

»Das hört man gern«, sagte Dargato schroff, und tiefe Baßstimmen murmelten ihre Zustimmung. »Wir sind auf Euren Plan eingegangen, Herr, weil wir als Generäle von Fomor es nicht gern sehen, daß unser König gemeinsame Sache mit unseren Feinden macht. Ein friedliches Bündnis mit der Mörderin Eures Vaters war nicht das, was wir im Sinn hatten. Wenn Aeron nicht getötet werden soll, dann muß man sie bis zum letzten als Druckmittel gegen Elathan verwenden; wenn sich Elathan von seiner Beschwichtigungspolitik nicht abbringen läßt – und es sieht danach aus –, dann muß er gestürzt werden, und Ihr müßt als einziger männlicher Erbe außer ihm seinen Platz einnehmen. Dazu sind wir alle hier bereit – und wir haben uns mit unserem Eid dazu verpflichtet.«

Talorcan nickte feierlich. »Und Ihr setzt dabei Euer Leben, Eure Stellung und Eure Zukunft aufs Spiel ... das weiß niemand besser als ich, meine Freunde, denn auch ich habe mich Euch mit allem verschworen, was ich habe. Nun geht vorsichtig nach Hause.«

11. *Kapitel*

An Bord der *Argo* warteten der terranische Botschafter und seine beiden Konsuln auf dem Laufsteg der Shuttle-Zelle darauf, daß das Fahrzeug mit ihren keltischen Kollegen sein Andockmanöver beendete.

»Hathaway und Frau Mikhailova sind auch dabei«, bemerkte Valadon, und sein Chef nickte, ohne das Shuttle aus den Augen zu lassen, das von den Traktorfeldern langsam auf das Deck gesenkt wurde. Neben ihm stand Deonora reglos wie eine Statue, beobachtete aber, wie Grex genau wußte, mit allen Sinnen aufmerksam die Szene.

Die großen Raumschifftore glitten schwerfällig zu; Luft strömte in die Zelle, überall im Hangar öffneten sich hermetisch verschlossene Türen. Grex durchquerte den Raum und blieb ein kleines Stück vor der Hauptluke des Shuttles stehen, Valadon und Deonora postierten sich ein paar Schritte hinter ihm.

Die Luke öffnete sich, und als erste erschienen Hathaway und Athenée Mikhailova in Ausgehuniform. Sie salutierten vor Grex, nahmen Haltung an und stellten sich, das Gesicht zum Shuttle gerichtet, zu beiden Seiten der Tür auf. Einen Augenblick später tauchte eine sehr junge, sehr hübsche Frau auf und sah sich um; als sie Grex und die anderen Wartenden erblickte, trat sie lächelnd auf sie zu. Dicht hinter ihr kam ein wesentlich älterer und größerer knochiger Mann mit hagerem Gesicht, der aufmerksam nach verdächtigen Bewegungen Ausschau hielt und mit scharfen hellen Augen forschend die Terraner musterte. Seine Haltung drückte Autorität und Wachsamkeit aus, und er schien väterlich besorgt um das Mädchen, das vor ihm das Schiff verlassen hatte.

Ihnen folgten ein hochgewachsener schwarzgekleideter Mann mit der strammen Haltung eines Soldaten und ein weiterer ganz in Dunkelblau gekleideter, in dessen Gesicht sich kühles Interesse und eine distanzierte, fast kritische Belustigung spiegelten.

Grex trat vor. »Ich grüße Euch und Keltia im Namen der Erde«, sagte er. »Mein Name ist Haco Grex, ich bin als Botschafter an den Hof Aerons, der Königin der Kelten, entsandt.«

Der Mann mit den scharfen Zügen verneigte sich. »Gavin, Earl von Straloch«, sagte er. »Ihre Majestät hat mich zum Gesandten für die Erde bestellt. Darf ich Eure Exzellenz Ihrer Hoheit, Prinzessin Fionnuala, vorstellen?«

Grex küßte die schlanke Hand, die ihm entgegengestreckt wurde, schwieg aber. Auch für einen Botschafter galt, daß königliche Hoheiten das erste Wort hatten.

Offenbar fiel Fionnuala das erst ziemlich spät ein. »Ich habe die Ehre, Euch die Grüße meiner Schwester, der Ard-rían von Keltia, zu überbringen«, sagte sie leicht errötend, dann verzog sich ihr Gesicht zu einem entzückenden Lächeln, das fast in ein Kichern überging. »Bitte verzeiht mir, Lord Grex! Ich bin in solchen Dingen völlig ungeübt.«

Grex erwiderte das Lächeln; auch wenn Aerons Schwester eine Prinzessin war, sah sie doch nur aus wie ein reizendes Kind.

»Das ist auch nicht nötig, Euer Hoheit. Darf ich Euch mit meinen Konsuln Sieur Thomas de Valadon«, – Valadon beugte sich sogar noch schwungvoller als Grex über Fionnualas Hand –, »und Frau Doktor Deonora Maronchuk bekanntmachen?« Deonora knickste kurz, und Fionnuala lächelte beide ein wenig unsicher an. »Nachdem wir uns nun endlich kennengelernt haben«, fuhr Grex fort, »könnten wir doch vielleicht sofort mit unseren Gesprächen beginnen. Ich weiß ganz sicher, daß die letzte Nachricht, die wir von Königin Aeron erhielten, lautete, sie werde erst nach unserer Ankunft in Caerdroia eine Abordnung zur Erde schicken.«

Straloch machte ein grimmiges Gesicht. »Seither ist ziemlich viel geschehen, mein Herr. Das meiste wißt Ihr schon, aber wir sollten unbedingt ohne weitere Verzögerungen miteinander sprechen.«

Der Raum, in den Grex sie führte, war luxuriös eingerichtet, in der Mitte stand ein langer bootsförmiger Tisch mit eingebauten Computertastaturen an jedem Platz. Grex wies Fionnuala den Platz zu seiner Rechten und Straloch den zu seiner Linken zu; Valadon und Deonora setzten sich etwas weiter unten zu den beiden anderen Kelten – Morgan Cairbre und Emrys Penmarc'h, wie Grex inzwischen erfahren hatte; der eine war ein Barde, der andere gehörte zur Drachenbruderschaft, und beide waren sicherlich Spione. Noch weiter entfernt nahmen Hathaway und Athenée Mikhailova Platz. Ansonsten waren nur noch der Kapitän der *Argo,* Grex' Sekretär und sein persönlicher Adjutant anwesend.

Straloch hatte den Terranern eine knappe, nüchterne Zusammenfassung der Ereignisse gegeben, die sich in Keltia seit der Ankunft der *Sword* zugetragen hatten, und der Bericht war an bestimmten Stellen von Mikhailova, Hathaway oder allen beiden bestätigt worden. Grex hatte bei der Geschichte von Heimtücke, Invasion, Hochverrat und verzweifelter Flucht keine Miene verzogen, aber er hatte begonnen, seinen Siegelring am Finger hin- und herzudrehen, was er immer tat, wenn er unter großem Druck stand. Hinter Straloch sah er Deonora; sie war in ihrer Funktion als Psycho-Xenologin tätig und prägte sich jede Nuance der Formulierung, der Stimme und des Gesichtsausdrucks genau ein, um sie später auszuwerten – sie beteiligte sich nicht an dem Gespräch, um völlig unvoreingenommen beobachten zu können.

Grex blickte zur anderen Seite, vorbei an Fionnualas rotblondem Kopf und ihrem hübschen gesenkten Profil. Valadon beobachtete Straloch mit abwartender Miene, als sei er fest entschlossen, alles, was der Kelte auch sagen mochte, mit der gleichen Gelassenheit anzunehmen oder zurückzuweisen.

»Königin Aeron und die Premierministerin sind also geflohen, Prinz Gwydion wird als Geisel festgehalten, und Jaun Akhera hält Eure Thronwelt besetzt.« Grex strich sich bedächtig über den silbernen Bart. »Das sind natürlich alles keine guten Nachrichten; ansonsten scheint Eure militärische Lage jedoch durchaus zufriedenstellend zu sein.«

»So scheint es«, sagte Straloch bedächtig. »Doch Ihr müßt bedenken, daß wir das alles selbst eben erst gehört haben. Aeron hat uns, keine drei Stunden nachdem die Energiebarriere durchbrochen wurde, auf der *Sword* fortgeschickt, und erst als wir aus dem Hyperschlaf erwachten und uns die verschiedenen Funksprüche ansehen konnten, die uns erreicht hatten, während wir schliefen, erfuhren wir, was sich in Keltia seit unserer Abreise ereignet hatte. Die letzte Meldung in den Datenbänken besagte, daß unsere Flotten die Kaiserlichen aus allen Systemen bis auf Tara und Kymry vertrieben hatten. Jaun Akhera selbst kann die Thronwelt offenbar nicht verlassen, und Rohan, der Bruder der Ard-rían und der Thronerbe, der die Hauptflotte anführt, ist stark genug, um ihn und seine Leute dort festzuhalten.«

»Um Zeit zu gewinnen, bis die Königin zurückkehrt«, bemerkte Valadon. »Wohin ist sie denn eigentlich verschwunden?«

Fionnualas Kopf fuhr mit einem Ruck in die Höhe, und in den kühlen Veilchenaugen blitzte ein Feuer, fast wie manchmal bei Aeron.

»Meine Schwester, die Ard-rían –«, begann sie ziemlich hitzig, verstummte aber, als Straloch, der ihr gegenüber saß, sich leise räusperte. »Nun gut. Man erinnert mich daran, daß Ihr, Lord Grex, in Eurer Eigenschaft als Botschafter und auch Eure Untergebenen hier das Recht haben, danach zu fragen, daß Ihr sogar Bescheid wissen müßt ... Aeron hat sich auf die Suche nach gewissen – Waffen begeben; nach Waffen, von denen sie hofft, daß sie uns zum Sieg verhelfen, wenn sie sie nach Keltia zurückbringt. Morwen Douglas, unsere Taoiseach, begleitet sie auf dieser Reise; und Gwydion selbst hat dafür gesorgt, daß sie fliehen konnten. Das hat man uns jedenfalls mitgeteilt.«

Sie senkte den Kopf und rang um Fassung. Fionnuala war erst vor ein paar Stunden aus dem Kälteschlaf erwacht, nur um zu erfahren, in welche Gefahr sich ihre

Schwester und Morwen begeben hatten, in welcher Gefahr Gwydion sich noch immer befand, daß Arianeira Hochverrat begangen und damit diese Gefahr heraufbeschworen hatte und daß sie diese Tat durch erneuten Verrat, diesmal an Jaun Akhera, gesühnt hatte. Obwohl die stählerne Härte der Aoibhell wie bei ihren Brüdern und Schwestern, so auch bei Fionnuala sichtlich in vollem Ausmaß vorhanden war, war sie noch zu jung und zu unerfahren, um ihre Gefühle so einfach verbergen zu können, und niemand am Tisch nahm ihr das übel. Grex, der selbst noch vor kurzem um seinen Freund Theo geweint hatte, wahrte nun ein mitfühlendes Schweigen, bis sie wieder Herr ihrer selbst war.

»Hoheit«, sagte er dann, »und auch Ihr, Lord Straloch, was verlangt Ihr von uns? Ihr wißt, daß noch kein offizieller Vertrag geschlossen wurde – davon sind wir noch weit entfernt –, aber Eure Königin und unser Premierminister haben Absichtserklärungen abgegeben, die Gesetzeskraft haben und verpflichtend sind, und diese Bindung gestattet es Euch sicherlich, uns um Unterstützung zu ersuchen. Soll ich eine Botschaft zur Erde schicken, um Truppen zu mobilisieren?« Aus dem Augenwinkel bemerkte er, wie Valadon überrascht zusammenzuckte, sich aber sofort beherrschte.

Straloch blickte über den Tisch zu Cairbre und Penmarc'h. Von den beiden Kelten war kein Wort zu hören, aber sogar Grex konnte die wortlose Ablehnung spüren, die dem Earl übermittelt wurde.

»Ich danke Euch für dieses Angebot«, sagte Straloch. »Aber ich halte es für besser, damit noch zu warten; zum einen wünscht Aeron es so, außerdem könnte durchaus eine Zeit kommen, zu der wir Eure Hilfe dringender benötigen als gerade jetzt. Im Augenblick empfehle ich, daß wir hier bleiben und über die Vertragsbedingungen beraten.«

»Dagegen ist nichts einzuwenden«, sagte Grex, erhob sich und reichte Straloch die Hand. Nach kurzem Zögern drückte der Kelte sie mit beiden Händen, und Fionnuala tat es ihm nach.

Nachdem die Kelten von den anderen Terranern hinausbegleitet und in neue und weit bequemere Unterkünfte an Bord des Botschaftsschiffes geführt worden waren, blickte Grex zu Deonora hinüber, die reglos dasaß und die Hände flach vor sich auf den Tisch gelegt hatte.

»Eine erste Einschätzung, Konsul?«

»Sie haben uns nicht alles gesagt.«

Valadon schnaubte. »Natürlich nicht! Haben Sie erwartet, daß sie das so ohne weiteres täten?«

»Nein, Thomas, natürlich nicht«, gab sie beschwichtigend zurück. »Aber hinter diesem Krieg steckt noch eine Menge mehr, auch hinter dieser Königin und ihrem Streit mit Bres und Strephon, als wir bisher erfahren haben.«

»Und wie lange wird es Ihrer Meinung nach dauern, bis sie es uns erzählen?« fragte Valadon.

Grex musterte ihn kühl. »Ich glaube«, sagte er, »nach dreitausend Jahren fallen ein paar Wochen mehr oder weniger kaum ins Gewicht. Außerdem bin ich der Ansicht, daß sie uns letztlich alles sagen werden. Wir brauchen nur abzuwarten. Und im Augenblick arbeitet die Zeit für uns.«

Deonoras Lächeln war ein wenig bitter. »Für sie ganz sicher nicht.«

»Ihr seid also fest dazu entschlossen?«

Die Augen der Äbtissin Indec drangen bis tief ins Innere, als sie Sarah O'Reillys Gesicht studierte; aber in ihren eigenen Zügen spiegelten sich nur Skepsis und liebevolle Sorge um das Mädchen, das in so verkrampfter Haltung vor ihr stand.

Die Terranerin nickte. »Wenn ich Desmond oder Rohan nicht finden kann«, sagte sie, »dann verspreche ich, hierher nach Glassary zurückzukommen, und Ihr werdet keine weiteren Klagen hören. Aber, Mutter, ich *muß* gehen. Seit Wochen habe ich nichts erfahren außer Gerüchten, und die sind schlimm.«

Indec machte ein noch bedenklicheres Gesicht. Die Gerüchte waren in der Tat beängstigend gewesen: Gwydion sei aus Caerdroia entkommen, indem er von den Klippen sprang, und habe dabei den Tod gefunden; Rohan habe Jaun Akhera getötet, oder Jaun Akhera habe Rohan getötet, beide hätten sich bei einer Verhandlung über die Kapitulationsbedingungen gegenseitig getötet; und weitere, noch grausigere Geschichten. Und nun hielt es Sarah O'Reilly nicht mehr an ihrem sicheren Zufluchtsort, sie drängte hinaus und wollte sich selbst von der Wahrheit überzeugen.

»Man hat Euch offiziell in meine Obhut gegeben«, sagte Indec nachdenklich. »Ein Befehl der Ard-rían persönlich.«

Unter dem festen Blick wurde Sarah unruhig. »Ja, so kann man wohl sagen.«

»Und sie wird sehr zornig auf mich sein, wenn sie herausfindet, daß ich Euch gestattet habe, von hier fortzugehen – und Prinz Desmond ebenfalls.«

Sarah legte den gespielten Stolz ab. »Ehrwürdige Mutter, ich muß ihn sehen! Es ist schon so lange her ... Bitte, gebt mir Euren Segen, und dann laßt mich ziehen! Wenn Ihr Euch weigert, stehle ich mir bei nächster Gelegenheit ein Schiff und verlasse den Planeten heimlich; aber ich würde viel lieber im Guten von Euch scheiden.«

Indec mußte unwillkürlich lachen. »Wenn Ihr Euer Anliegen auf diese Weise durchsetzen wollt, Mädchen, erreicht Ihr damit nur, daß man Euch in Eurem Zimmer einsperrt.« Noch einmal musterte sie forschend das schmale eifrige Gesicht mit den nußbraunen Augen, die so flehentlich auf sie gerichtet waren, dann sah sie auf den schweren Siegelring mit Desmonds Emblem, dem schwarzen Stier, den Sarah O'Reilly am Finger trug.

»Na schön«, seufzte sie. »Aeron wird es eben verstehen müssen.«

Nachdem Sarah sich an diesem Abend von den Schwestern verabschiedet und Indecs Segen erhalten hatte, setzte sie sich in das Cockpit eines kleinen Einmannschiffes, das dem Kloster gehörte, und strich zufrieden mit der Hand über die Schalter: Sie war schon so lange nicht mehr in einem Schiff gewesen, und dieses hier war besonders schön ... Indec hatte dafür gesorgt, daß Sarah das beste und sicherste Schiff bekam, das sich in so kurzer Zeit auftreiben ließ – aus der Überlegung heraus, daß das Mädchen, wenn es denn sein mußte, ihre Reise wenigstens in größtmöglicher Sicherheit antreten sollte. Das Fahrzeug war zwar klein, aber es sah sehr schnell aus, war schwer gepanzert und mit Waffen bestückt, die für ein doppelt so großes Schiff ausgereicht hätten.

Sarah O'Reilly schaltete die Automatiksteuerung ein, und die Startdaten erschienen auf den Bildschirmen. Von Vannin wegzukommen, war ganz einfach; das Problem war, wohin sie fliegen wollte, *nachdem* sie den Planeten verlassen hatte. Desmond war zweifellos bei Rohan an Bord des *Feuerdrachen;* aber selbst in ihren kühnsten Träumen glaubte sie nicht, daß sie das Flaggschiff im riesigen Sternenraum des Bawn finden konnte. Wenn sie den *Feuerdrachen* überhaupt entdeckte, dann allein durch Glück – oder weil es ihr Dán so bestimmte.

Sie rief sich ins Gedächtnis zurück, was Indec über das Gerücht erzählt hatte, Gwydion sei es gelungen, aus Caerdroia zu entkommen. Mit Ausnahme von Desmond und Aeron selbst gab es in ganz Keltia niemanden, bei dem Sarah sich sicherer gefühlt hätte. Daß er bei seinem Fluchtversuch umgekommen war, glaubte sie keinen Augenblick lang; so etwas passierte vielleicht geringeren Leuten, aber nicht Gwydion. Und welches war das logischste, das sicherste Ziel, das der Prinz von Dôn auf seiner Flucht ansteuern würde?

Darauf gab es nur eine Antwort ... Lächelnd tippte Sarah O'Reilly die Koordinaten für den Planeten Gwynedd in den Astrogationscomputer ein.

In den Wochen nach der Auseinandersetzung des Kaisers mit seiner Tochter waren kaum mehr Nachrichten nach Alphor gelangt. Strephon hatte an seiner Entscheidung festgehalten, daß Jaun Akhera nicht mehr Unterstützung bekommen sollte, als ihm schon zur Verfügung stand. Helior war zu stolz und zu wütend, um noch einmal darum zu bitten, sie hatte sich zurückgezogen und ihre eigenen Pläne geschmiedet. Als sie schließlich bereit war, nach diesen Plänen zu handeln, suchte sie sich einen wahrhaft unwahrscheinlichen Komplizen ...

In dem Raum mit den Gitterfenstern starrte Tinao Helior fassungslos an, unfähig – und auch nicht willens – zu glauben, daß sie richtig gehört hatte.

»Ihr wollt Euren Kaiserlichen Vater beseitigen?« flüsterte das Mädchen endlich. »Herrin, das kann nicht Euer Ernst sein?

Heliors bernsteinfarbene Augen glühten in wildem Gelb. »Ich würde noch viel mehr tun, um zu erreichen, daß mein Sohn die Unterstützung bekommt, die er braucht – und verdient.« Sie zögerte einen Augenblick. »Erinnert Ihr Euch an den Besuch des Königs von Felire im letzten Monat?«

Tinao nickte, völlig aus der Fassung gebracht durch den schnellen Wechsel des Themas und die jähe Veränderung des Tonfalls.

»Nun«, fuhr Helior fort, »mein Vater wußte nichts davon – trotz seines vielgerühmten Netzwerks von Spionen –, aber Laharan von Felire kam auf *meine* Bitte hin nach Escal-dún. Und ehe er nach Hause zurückkehrte, schlossen er und ich ein Abkommen. Ihr habt vielleicht gehört, daß mehrere Phalanx-Herren gelinde gesagt etwas zögern, Elathan von Fomor anstelle seines Vaters als Archon der Phalanx zu bestätigen, und der Anführer dieser Gruppe ist Felire.«

»Davon habe ich gehört.«

»Also. Laharan und ich haben uns auf folgendes geeinigt: Falls ich als Regentin meines Sohnes der Phalanx – oder wenigstens jenem Teil der Phalanx, der auf Felire und seine Freunde hört – helfe, Elathan zugunsten seines Halbbruders Talorcan abzusetzen, ein Komplott, das auf Fomor schon recht weit gediehen ist, dann würden sie mir helfen, Jaun Akhera in Keltia zu unterstützen. Alles in allem scheint mir das ein vernünftiger Handel – und Ihr könnt mir glauben, wenn ich Euch sage, daß ich *alles* berücksichtigt habe; besonders jetzt, nachdem Elathan sich anscheinend auf eine Freundschaft mit Aeron Aoibhell eingelassen hat.«

Tinao wählte ihre Worte sehr vorsichtig. »Aber dazu, Herrin, müßtet Ihr doch erst Kaiserliche Regentin *sein*. Euer Vater müßte – entfernt werden.«

»Man müßte ihn töten«, sagte Helior unverblümt. »Das ist der einzig sichere Weg. Bei einem solchen Unternehmen brauche ich Hilfe: von jemandem, dem ich vollkommen vertrauen kann, der meine Ziele, meine Pläne und meine Hoffnungen teilt. Mein Vater«, sagte sie mit gehässigem Unterton, »wird allmählich alt, sein Urteilsvermögen läßt nach. Wenn er seinem eigenen, von ihm selbst erkorenen Erben nicht beistehen will, dann muß er beseitigt werden.«

»Und dabei soll ich Euch helfen.«

»Wenn Ihr meinen Sohn so liebt, wie Ihr sagt, warum solltet Ihr zögern?«

Tinao wandte sich ab und preßte die goldenen Fingerspitzen an die Lippen. Den Kaiser töten – eine schreckliche Vorstellung für jeden Koranier, ganz gleich, welches Motiv es dafür gab: Königsmord. Für Helior war es jedoch nicht nur Königs-, sondern auch Vatermord ...

»Es geschieht alles um Akhis willen«, sagte Helior, und jetzt klang ihre Stimme in den Schatten des Raumes so süß wie Hydromel. »Fällt es dadurch nicht leichter, darüber nachzudenken? Auch für Euch würde dadurch manches einfacher – Eure Beziehung zu meinem Sohn würde auf eine, sagen wir, festere Grundlage gestellt. Als Regentin und Kaiserinmutter könnte ich gewisse Forderungen an meinen Sohn stellen; Forderungen, die seinen Wünschen keineswegs zuwiderlaufen würden ... sobald er erführe, was Ihr für ihn getan habt. Vielleicht ist es dann nicht mehr ganz ausgeschlossen, daß er Euch zu seiner Königin macht.«

Die kühle leise Stimme übte eine fast unwiderstehliche Wirkung aus; aber Tinao sah weder das gerötete Gesicht noch die glitzernden Goldaugen – sonst wäre sie vielleicht davongelaufen oder hätte sicherlich gezögert –, sie sah auch nicht, mit welcher Eindringlichkeit die Prinzessin sie anblickte, so als wolle sie das Mädchen zwingen, ihr zu gehorchen.

»Ich werde tun, was Ihr verlangt, Durchlaucht«, sagte Tinao schließlich, drehte sich mit gesenktem Kopf um, die Hände vor der Brust gefaltet, und ging graziös vor Helior in die Knie. »Aber nur um Akhis willen, nicht weil ich mir selbst davon einen Gewinn verspreche.«

Helior lächelte auf sie hinab. »Ich schwöre bei allen unseren Göttern, daß ihr es nicht bereuen sollt.«

Als die Prinzessin, über ihren Sieg frohlockend, gegangen war, kauerte sich Tinao in den Fenstersitz und starrte hinaus auf die Weiden, die das Flußufer hinter der marmornen Hafenmauer säumten. Die Sonne glitt am Himmel hinab, die blauen Schatten des Nachmittags wurden länger, und immer noch regte sie sich nicht.

»Junge Herrin?«

Beim Klang der wohlbekannten Stimme blickte Tinao auf, dann lächelte sie und streckte sich. In der Tür stand eine Gestalt, die wahrhaft erschreckend gewirkt hätte, wäre das Gesicht nicht so fröhlich gewesen – und für sie so liebenswert.

»Indarrak! Ich habe dich doch nicht gerufen?«

»Nein. Aber ich habe gesehen, daß Prinzessin Helior Euch vor einiger Zeit verlassen hat; und als Ihr nicht herausgekommen seid und auch nicht nach mir geläutet habt, wollte ich nachsehen, ob mit Euch alles in Ordnung ist.«

Er trat in den Raum: ein Riese von einem Mann, der Schädel war bis auf einen sorgfältig geflochtenen Zopf in der Mitte völlig kahlgeschoren, den mächtigen Körper umhüllte ein makellos sauberes, gefälteltes Leinengewand, wie es alle freien Diener im Kaiserlichen Palast trugen.

»Was ist los, Innaga? Sagt es mir, macht Eurem Herzen Luft!«

Tinao fühlte sich, als sei sie wieder ein kleines Mädchen: winzig, verängstigt, unfähig, ihre Umwelt zu beeinflussen, außer mit den kleinen Fäusten und dem sich gerade entfaltenden Geist. Sie hatte bei ihren Eltern, koranischen Adeligen im Dienste Strephons und seiner verstorbenen Gattin Azaco, am Kaiserhof eine unglückliche Kindheit verbracht. Empfindsam, launisch, einfallsreich, war sie oft allein und immer einsam gewesen (ihre enge Beziehung zu Jaun Akhera rührte zum Teil daher, denn ihm war es ähnlich ergangen). Der riesige Eunuch, der sie und ihren Bruder betreute, hatte die Rolle des liebevollen Erziehers gespielt, weit häufiger und weit besser als ihre wahren Eltern. Plötzlich wurde sie mürrisch, obwohl sie wußte, daß er mit der ganzen Sache nichts zu tun hatte.

»Ich möchte dich da nicht auch noch hineinziehen«, sagte sie leise, mit gepreßter Stimme.

Indarrak sah sie überrascht an. »Wenn Ihr verwickelt seid, Kind, dann stecke ich schon jetzt mit in der Sache. Könnt Ihr Euch vorstellen, daß ich zusehe, wie Ihr Euch in die Machenschaften unserer Prinzessin verstricken laßt?«

Sie blickte ihn lange und fest an. »Und was weißt du von den Plänen Ihrer Durchlaucht?«

»Nur, daß sie nicht so erfreulich sind, ganz gleich, worum es dabei geht, denn das ist nicht ihre Art. In welche Richtung sie zielen, ist nicht schwer zu ergründen: Ihr liegen einzig die Interessen ihres Sohnes am Herzen. Seine Interessen sind auch die Euren, und die Euren sind die meinen. Mir geht es vor allem anderen darum, Euch glücklich zu sehen, und offenbar könnt Ihr das nur zusammen mit Eurem jungen Herrn sein. Also ist auch er mein Anliegen ...«

»Ich werde nie seine Kaiserin werden.«

»Das bleibt abzuwarten. Ich dachte, Ihr wolltet das gar nicht; aber wenn Euch Helior zu dem verhelfen kann, was Ihr Euch wünscht, dann werde ich alles mögliche tun, um ihr dazu zu verhelfen, was sie sich wünscht. Und jetzt erzählt!«

Seit Gwydions Flucht hatten es nur wenige gewagt, vor Jaun Akhera zu erscheinen, ohne gerufen zu sein; und alle, nach denen er schickte, traten nur zitternd und bebend vor ihn. Als man ihm die Nachricht brachte, daß sich Gwydion offenbar direkt vor aller Augen in Luft aufgelöst hatte, war Jaun Akhera so in Wut geraten, wie es keiner seiner Gefährten jemals erlebt hatte; und diese Wut war um so erschreckender, weil sie so eiskalt war. Es wäre allen weit lieber gewesen, er hätte geschrien und geflucht und mit

Tellern geworfen, sogar Schläge hätten sie diesem beherrschten eisigen Feuer vorgezogen.

Nur Sanchoniathon gegenüber gestattete er sich den Luxus, seinen Gefühlen freien Lauf zu lassen. Seit sie Kinder waren, hatte Jaun Akhera stets bei seinem jüngeren Bruder Rat gesucht und später bei Tinao. Die beiden waren die einzigen, die ihn aufmuntern, beschwichtigen oder seinen Zorn dämpfen konnten, sie waren auch die einzigen, die ihn liebten, ohne ihn zu fürchten. Deshalb wandte er sich auch jetzt an seinen jüngeren Bruder.

»Wie? *Wie,* Sancho? Erklär mir das! Es kann nicht möglich sein, und doch ist es geschehen. Oh, in *ihm* hat die Wölfin den richtigen Partner gefunden! Bres hat ihn einen betrügerischen Zauberer genannt, und *ich* habe gelacht ... Aber Magie kann er nicht angewandt haben, denn das hätte ich sicher gemerkt ...«

»Vielleicht war es einfach ein höchst ausgeklügelter Plan, der vom Palast aus organisiert und in die Tat umgesetzt wurde?« Sanchoniathon hatte sich noch nie so hilflos gefühlt, und was er da andeutete, entsprang nur seiner Verzweiflung.

Doch sein Bruder blieb plötzlich stehen, als habe ihm jemand von hinten ein Seil übergeworfen.

»Er hatte sicher Helfer. Aber wen? Ebenso gewiß ist, daß seine Helfer jetzt nicht mehr hier sind, ebensowenig wie Gwydion selbst.« Er kehrte, ein wenig ruhiger geworden, an seinen Platz hinter Aerons Schreibtisch zurück. »Was glaubst du, wohin wird er gehen?«

Einigermaßen erleichtert ließ sich Sanchoniathon in seinen gewohnten Stuhl sinken und schwang ein Bein über die gepolsterte Lehne. »Nach Gwynedd? Nein, natürlich nicht; viel zu offensichtlich, viel zu gefährlich.«

»Und doch ist Gwynedd die Basis seiner Hausmacht: eigene Truppen, Reichtum, Menschen, die ihm mit unverbrüchlicher Treue ergeben sind, Orte, wo er sich jahrelang gefahrlos verstecken könnte ...« Jaun Akhera lehnte sich zurück und stützte das Kinn auf die Hände; dann ließ eine erste Gewißheit sein Falkengesicht aufleuchten. »Dyved. Er wird nach Dyved gehen.«

»Aber das ist Powells Fürstentum ...«

»Und Powell war der Pflegebruder von Gwydions Vater; also ist er, nach den leidigen Sitten der Kelten Gwydions nächster männlicher Verwandter. Außerdem ist er ein fast ebenso mächtiger Fürst wie Gwydion selbst und kann über alles das verfügen, was ich eben erwähnte. An wen könnte sich Gwydion als gejagter Flüchtling sonst wenden?« Die Gewißheit ging über in lächelnde Zufriedenheit. »Und an wen wird Powell sich wenden, wenn Gwydion zu ihm kommt – doch nur an mich. Und wer ist noch auf Dyved? Unser Verbindungsmann zu Powell – Kynon ap Accolon.«

»Das hast du sehr gut eingefädelt, Akhi.«

Jaun Akhera entging der leise mißbilligende Unterton nicht. »Und? Habt Ihr dagegen etwas einzuwenden, Prinz Sanchoniathon?«

Vor dem Feldzug gegen Keltia hätte Sanchoniathon zwar keine Angst gehabt, so mit seinem Bruder zu sprechen, aber er hätte gezögert. In den vergangenen Monaten hatte er sich jedoch allmählich aus Jaun Akheras alles verdunkelndem Schatten befreit, und jetzt spürte er keine Hemmungen mehr, seine Kritik zu äußern oder auf die unausgesprochene Herausforderung einzugehen.

»O ja! Es hat mir überhaupt nicht gefallen, als du versucht hast, die Merrows auf deine Seite zu ziehen, Akhi, und das Seevolk dazu; und es hat mir noch viel weniger gefallen, als du angefangen hast, den Kelten, die verräterisch und gierig genug waren, danach zu schnappen, Lekkerbissen zuzuwerfen.«

»Ja, das hast du schon damals gesagt.« Jaun Akhera schwieg einen Augenblick lang. »Nun, ich kann nicht behaupten, daß ich es bedauere, Sancho, denn das ist nicht der Fall. Ich würde noch viel mehr und viel Schlimmeres tun, um Aeron in die Knie zu zwingen.«

»Wenn sie überhaupt noch lebt.«

»O ja, sie lebt noch! Der Streit zwischen uns ist noch nicht erledigt. Sie wird nicht in die Unterwelt gehen, bevor er ausgetragen ist.«

12. *Kapitel*

Aeron war nun schon seit fast zwei Wochen in Tory. Trotz eifrigster Bemühungen vieler Suchmannschaften hatte man von Morwen keine Spur gefunden, und Aeron erhielt weiter die Fiktion aufrecht, sie sei allein und ohne Begleitung nach Fomor gekommen. Es lag schließlich immer noch im Bereich des Möglichen, daß alles, was Elathan gesagt, geschworen und versprochen hatte, eine Lüge war: daß er, sobald er sie beide sicher in der Hand hatte, eine Kehrtwendung machen und sie töten, an Strephon verkaufen oder sich ein anderes, ebenso unerfreuliches Schicksal für sie ausdenken würde. Für sich selbst konnte Aeron nichts tun, und das kümmerte sie auch nicht im geringsten; aber wenn es für Morwen noch eine Chance gab, dann, bei allen Göttern, sollte sie sie haben; und Aeron würde nichts unternehmen, was diese Chance für ihre Freundin gefährden könnte.

Andererseits war es ebensogut denkbar, daß Elathan *nicht* log, daß es ihm mit allem, wofür er sich so überzeugend eingesetzt hatte, ernst war: daß er ihr Freund und Keltias Verbündeter sein und mit der Feindschaft zwischen ihrem und seinem Haus ein Ende machen wollte. Sie hatte den verzweifelten Wunsch, ihm zu glauben; und doch, und doch ...

Sie hatten es sich zur angenehmen Gewohnheit gemacht, den späten Nachmittag in Aerons Gemächern zu verbringen und zwanglos zu plaudern, bei einem Glas Wein oder bei dem duftenden, dampfenden, braunen Gebräu, das Harukos Volk Chai nannte – sie erinnerte sich noch gut daran, wie stolz und förmlich er es ihr oft in Turusachan kredenzt hatte, eine uralte feierliche Zeremonie, so stilisiert wie ein Tanz.

An jenem Nachmittag war Elathans Geduld nicht ganz so unerschöpflich gewesen wie sonst, und Aeron konnte es ihm nicht verdenken, denn sie gab sich so unleidlich wie möglich, und endlich war sein Temperament mit ihm durchgegangen.

»Mein Gott, Aeron, Ihr seid wirklich ein Teufel! Was wäre denn, wenn ich nun täte, worum mich jedermann von meinem Premierminister bis zu meinem Schuhmacher bettelt, und Euch gleich hier auf Fomor das Lebenslicht ausbliese?«

Sie hob die Schultern und goß sich noch eine Tasse des beruhigenden Chai ein. »Dann seien die Götter dem Ard-rígh Rohan gnädig.«

Elathan war so gereizt, daß er sich den Hieb nicht verkneifen konnte. »Und wenn er nun tot ist und Eure übrigen Geschwister mit ihm?«

»Dann würde man eine Wahl abhalten, und dabei könnte alles herauskommen, von einem König Revelin oder Deian bis zu einer Königin Melangell oder Slaine.« Bei dieser Vorstellung mußte sie lachen. »Mit Königin Slaine wärt Ihr weit schlimmer dran als mit Königin Aeron, das kann ich Euch versichern. Ich liebe meine Kusine Slaine zwar sehr, aber sie ist weit weniger vernünftig als ich.«

Elathan hatte einige Lagerfeuergeschichten über Slaine von Ralland, Elharn Eisenstirns einziger Tochter, gehört und glaubte Aeron. Trotzdem ...

»Meine Ratgeber setzen mir hart zu«, sagte er langsam, »und mit ausgezeichneten Argumenten. Ich soll Euch an Strephon ausliefern, entweder als Pfand für Jaun Akheras Sicherheit oder einfach, damit er Rache nehmen kann; und das Todesurteil für Euch ist immer noch gültig.«

Aeron hob wieder die Schultern. »Mein Tod würde Jaun Akhera zwar sehr erfreuen, ihm aber seinen Seelenfrieden nur für kurze Zeit und in geringem Maße zurückgeben, und letztlich hätte er nur sehr wenig zu bedeuten. Wie ich schon sagte, sind da zuerst einmal meine fünf Geschwister, alle durchaus imstande, Keltia zu regieren und Jaun Akhera zu schaden. Nach ihnen kommen ein paar sehr kriegerische Tanten und Onkel und eine lange Reihe kampflustiger Vettern und Basen. Und sie alle würden sich an Jaun Akhera – und an Euch – für meinen Tod rächen, bis die Gaurans nach Hause kommen. Ich glaube, Ihr solltet es Euch reiflich überlegen, ehe Ihr Euch entscheidet, Euch das alles aufzuladen. Aber wie auch immer, es macht keinen Unterschied, denn keine Seele in ganz Abred erlischt auch nur fünf Minuten vor der Zeit, die ihr Dán ihr gesetzt hat ...«

Er blickte auf, weil er eine seltsame Veränderung in ihrer Stimme bemerkt hatte; der gewohnte, frische, spröde, spöttisch abwehrende Unterton fehlte, auf einmal klang sie wehmütig, nachdenklich, sehr jung. Aeron sah ihn nicht an, sondern blickte hinaus in den goldenen Nachmittag. Die Mauern, hinter denen sie sich verschanzt hatte, schienen verschwunden; sie vermittelte nicht mehr wie sonst den Eindruck, als habe sie noch Kräfte in Reserve, plötzlich wirkte sie viel zu zerbrechlich für die schreckliche Gegnerin, zu der ihre Taten und die Gerüchte sie gemacht hatten. Zum erstenmal sah Elathan, wie zierlich sie war; trotz ihrer Größe und Kraft hätte er sich kaum anzustrengen brauchen, um die Knochen ihrer Handgelenke zu zerbrechen.

Während Elathan diesen Gedanken nachhing, überkam ihn zu seinem Staunen der Wunsch, ja der Drang, sie zu beschützen. Trotz seiner persönlichen Neigungen galt sie noch immer als Todfeindin seines Volkes und seines Hauses. Für die meisten Leute und die meisten Angehörigen seiner Familie sollte es nur eines geben, was den König von Fomor in bezug auf die Königin der Kelten zufriedenstellen konnte. Statt dessen stieg nun dieses neue beunruhigende Gefühl in ihm auf ...

Aber war es denn wirklich so neu? Er dachte zurück an Rath na Ríogh, sah in der Erinnerung Aeron wieder zum erstenmal an einem kalten sonnigen Morgen inmitten ihrer Freunde auf ihrem schwarzen Pferd sitzen, das Haar fiel ihr wie Feuer über den violetten Mantel ...

Sie hatte sich ihm zugewandt und beobachtete ihn – schon seit einer Weile – mit einem wachen halben Lächeln auf dem Gesicht, so als könne sie seine Gedanken lesen. Aber auch sie hatte sich erinnert: an ihr Erschrecken, als sie Elathan an jenem Morgen ebenfalls dort auf der Ebene gesehen hatte. Sie hatte ihn damals noch nicht persönlich gekannt, und als ihr Freund Dafydd Drummond ihr sagte, wer er war, war sie überrascht gewesen und hatte einen unerklärlichen Groll verspürt: ein so schönes Gesicht – dunkelblondes Haar, die Züge so hart, stolz und scharf gezeichnet wie die von Gwydion – und doch unbestreitbar ihr Feind, der Sohn des Mörders ihrer Eltern.

Keiner von beiden wußte später zu sagen, wer von ihnen den ersten Schritt getan, wer den anderen zuerst in die Arme gezogen hatte, wie es so unvermeidlich schien, wessen Mund als erster den des anderen berührt hatte.

Als sie sich schließlich voneinander lösten, starrte Elathan in Aerons Gesicht hinab. Sie schien ebenso erschrokken wie er selbst, die grünen Augen blickten trüb und ratlos.

»Wie ist es dazu gekommen?« hörte er sich fragen, und seine Stimme schwankte, obwohl oder gerade weil er sich so bemühte, sie ruhig klingen zu lassen.

Sie blickte ihm offen in die Augen und sah dort ihr eigenes Staunen gespiegelt.

»Ich wollte nicht, daß das geschieht«, sagte sie, »obwohl ich es nicht für unmöglich hielt.«

»Was Ihr nicht sagt!«

»Ach, kommt, Ihr habt es doch auch gewußt! Es mußte doch geschehen, aber es konnte auch nicht mehr dahinter sein, oder?«

Er rückte demonstrativ von ihr ab. »Dann erklärt es mir doch!«

Aeron hob ein wenig die Schultern, vollführte die Geste mehr mit dem Gesicht als mit den Schultern. »Neugier. Anspannung. Ausprobieren wollen. Verwirrung. Eine Anziehung, die wir, glaube ich, seit jenem Morgen in Rath na Ríogh beide spürten. Ich habe sie jedenfalls gespürt – Morwen hat es bemerkt und andere vielleicht ebenfalls –, und die Tatsache, daß Ihr sie empfunden habt, scheint in Eurem Heer allgemein bekannt gewesen zu sein.«

Er gab sich keine Mühe, es abzustreiten. »Es hätte mehr sein können«, sagte er nach einer Weile.

»Durchaus«, antwortete sie, und ihre Stimme klang so

ehrlich und ungekünstelt wie die seine. »Wären andere Dinge anders verlaufen ... Aber weiter wird es nicht gehen – jetzt nicht mehr, und auch das wird sich nicht wiederholen, selbst wenn wir beide es jetzt vergäßen, gibt es zwei andere, die sich dessen noch sicherer sind und es nicht vergessen werden. Vielleicht war es auch gar nicht schlecht; es hat uns, glaube ich, frei gemacht, um weiterzugehen.«

»Wohin?«

»Wovon sprechen wir denn die ganze Zeit? Ob wir Freunde oder Gegner sein wollen. Diese Entscheidung kann nicht länger aufgeschoben werden.«

Elathan kam wieder ein wenig näher. »Ich habe mich schon entschieden, Aeron; und Ihr wißt auch, wie.«

Ihre Augen veränderten sich, senkten sich, und als sie wieder zu ihm aufblickte, glitzerten sie wie Smaragde; aber es war nicht das hitzige kriegerische Blitzen, das so oft darin stand, sondern eine funkelnde Schicht ungeweinter Tränen.

»Dann entscheide ich mich ebenso«, sagte sie und hauchte ein Lachen, das eher ein Frösteln war. »Auch wenn meine letzte Begegnung mit einem König von Fomor einen ganz anderen Ausgang nahm.«

»Und der hatte wiederum einst einem anderen Herrscher der Kelten gegenübergestanden ... Nein, Aeron, damit ist es jetzt aus und vorbei. Lassen wir es ruhen.« Er küßte ihre Finger mit der Eleganz eines Höflings, und sie schloß ihre Hand um die seine.

»Mar a bha, mar a tha«, murmelte sie. ›*Wie es war, wie es ist*‹ – Worte aus dem keltischen Begräbnisritual; passend für den Tod der alten Denkweise. »Nun denn«, fuhr sie fort und spürte, wie sich die Vergangenheit hinter ihr schloß, »Fomor und Keltia haben sich viel zu sagen, was noch nie ausgesprochen wurde. Laßt uns wenigstens einen Anfang machen.«

Wieder war es Nacht, eine Nacht mit tief hängenden, schweren Wolken und unangenehm böigem Wind. In dem spitzgiebeligen Haus unter dem Burgfelsen eröffnete Talorcan die letzte Versammlung der Verschwörer vor dem Umsturzversuch.

Eine unterdrückte Erregung war fast greifbar, sie summte wie der Ton eines Instruments dicht unter oder knapp über der menschlichen Hörschwelle; aber die Männer dort oben in jenem Raum waren zu diszipliniert, um ihre Stimmung oder ihre Gedanken davon beeinflussen zu lassen.

Auch Talorcan war sich dieser Erregung bewußt, als er seinen gewohnten Platz einnahm und reihum in die Gesichter blickte, die ihm erwartungsvoll zugewandt waren.

»Wie einige von Euch schon wissen«, begann er, »treffen wir uns heute zum letztenmal hier. Wenn wir uns wieder versammeln, wird es im Thronsaal sein, und wir werden uns mit dem Recht des Siegers dort aufhalten.«

»Dann ist es also soweit?« fragte einer der jüngeren Generäle. »Ihr habt von Helior gehört?«

Talorcan nickte. »Sie hat einen Pakt mit unserem Phalanx-Kollegen Laharan von Felire zustande gebracht, der eine für unsere Zwecke genügend große Anzahl anderer Phalanxwelten vertritt. Danach werden wir mit Hilfstruppen und Waffen sowohl vom Imperium wie von den Phalanxwelten versorgt. Als Gegenleistung mußten wir natürlich versprechen, Jaun Akhera künftig zu unterstützen, nachdem Elathan abgesetzt ist – ein Versprechen, das wir Ihrer Durchlaucht gern gaben. Dargato, was habt Ihr zu berichten?«

»Uns ergebene Truppen besetzen in diesem Augenblick Schlüsselstellungen rings um die Stadt. Natürlich wird es viel Widerstand geben, aber alles in allem hat Elathan eigentlich keine Chance. Gebt das Stichwort, Prinz, und bei Tagesanbruch nenne ich Euch König.«

Talorcan lächelte. »In zwei Tagen wird dieses Wort fallen. Bis dahin, meine Herren – und meine Freunde!«

»Bis dahin!« scholl es eifrig zurück. Aber Talorcan war schon fort.

Camissa blieb vor der Tür zu Aerons Gemächern stehen und hob die Hand, als wolle sie klopfen; dann richtete sie sich verärgert über ihre eigene Schüchternheit auf, nahm eine königlichere Haltung ein und riß die Tür weit auf.

Wie gewöhnlich um diese Stunde saß Aeron lesend auf einem Stuhl dicht an den Fenstern. Als die Tür sich öffnete, hob sie zwar kurz die Augen, ließ aber weiter nicht erkennen, daß sie Camissas Anwesenheit überhaupt bemerkt hatte.

»Guten Tag«, sagte Camissa, als das Schweigen peinlich wurde; es klang ein wenig unsicher. Sollte sie ›Majestät‹ sagen? Aber wenn Aeron auch Königin war, so war sie es doch nicht *hier* ... Trotzdem, sie einfach ›Aeron‹ zu nennen, wie Elathan es im kleinen Kreis tat, erschien ihr nicht nur sehr kurz angebunden, sondern auch gefährlich vertraulich; gar keine Anrede zu gebrauchen, war noch die annehmbarste Alternative.

»Auch Euch einen guten Tag, Lady Camissa«, sagte Aeron und klappte sofort ihr Buch zu. »Kann ich etwas für Euch tun?«

Camissa wurde erst dunkelrot und dann wieder blaß; schließlich sprudelte sie alles auf einmal heraus, und ihre Stimme klang ihr selbst in den eigenen Ohren wie die eines trotzigen Kindes.

»Was bedeutet Euch mein Verlobter Elathan, und was bedeutet Ihr ihm?«

»Aha. Ich habe schon darauf gewartet, daß Ihr kommt und mir diese Frage stellt. Gehen wir doch ein paar Schritte, während wir darüber sprechen.« Schweigend traten sie durch die hohen Türen in den Park hinaus. Es war ein sonniger, sehr windiger Nachmittag. In Tory hatte der Frühling inzwischen endgültig Einzug gehalten, obwohl auf den Bäumen und Sträuchern immer noch nicht mehr als ein leichter grüner Schimmer lag.

»Nun, Camissa, zwischen Elathan und mir ist nichts«, sagte Aeron nach einer Weile. »Das kann ich vor der Göttin beschwören. Aber ich kann nicht behaupten, daß nie etwas gewesen wäre.«

Trotz der Welle von Gefühlen, die Camissa nun überschwemmte und blendete – Schmerz und Angst, Zorn und Eifersucht, alles wirr durcheinander –, gelang es ihr, mit ruhigem Gesicht und kühler Stimme weiterzusprechen.

»So hat man mir also die Wahrheit gesagt. Die Wahrheit, obwohl ich sie von ...«

»Von Talorcan? Ich möchte wetten, daß Elathan selbst es Euch als erster sagte.« Aeron griff nach Camissas Hand und hielt sie fest. »Ich schwöre bei allem, was meinem Volk heilig ist«, sagte sie langsam und deutlich, »als Königin der Kelten der Königin von Fomor, daß es jetzt nichts gibt, daß es nichts gegeben hat und nichts geben wird zwischen Elathan und mir, bis auf das, was war.« Sie ließ die Hand der Jüngeren los und rieb sich geistesabwesend die leere Stelle am Mittelfinger, wo sie sonst das Großsiegel von Keltia trug; als ihr bewußt wurde, was sie da tat, verschränkte sie entschlossen die Hände.

»Wahr ist, daß wir uns zueinander hingezogen fühlten«, fuhr sie fort. »Und ich bin ganz sicher, daß er Euch das selbst erzählt hat; wahr ist auch, daß wir uns von dieser Anziehung ein wenig überwältigen ließen. Aber mehr ist nicht geschehen, und mehr sollte auch niemals sein.«

»Ihr habt eben gesagt, daß Ihr voneinander angezogen wurdet.« Camissa war ein paar Schritte zurückgetreten, damit Aeron ihr Gesicht nicht sehen konnte, und ihre Stimme klang kleinlaut und erstickt.

»Ja, aber wir haben auch beide erkannt, wie es dazu kam: Neugier, der Reiz des Fremden, die gespannte Situation, in der wir uns befanden; ja auch Sympathie war dabei. Aber noch schneller erkannten wir, warum niemals mehr daraus werden durfte: Euretwegen und Gwydions wegen. Und wegen allem, was zwischen Euch und Elathan, zwischen meinem Gemahl und mir ist. Damit war auch schon alles zu Ende. Mehr geschah nicht.«

»Aber Talorcan sagte ...«

»Ach ja, ich kann mir gut vorstellen, was er sagte: Er machte Andeutungen, daß hinter Elathans Hoffnungen auf ein Bündnis mit Keltia mehr stecke als nur Politik.« Camissas Schweigen bestätigte die Vermutung, und Aeron nickte grimmig. »Das dachte ich mir ... Aber Ihr müßt auch wissen, wie sehr es in Talorcans Interesse liegt, einen

Keil zwischen den König von Fomor und seine künftige Königin zu treiben. Daß ich dieser Keil sein könnte, kommt ihm besonders gelegen.«

Camissa hatte sich beruhigt, und jetzt trat sie näher, stellte sich vor Aeron hin und blickte sie mit offenkundiger Verwirrung an. »Und warum sollte er das tun?«

»Warum? Zum einen weil Talorcan eine Freundschaft zwischen Fomor und Keltia verhindern will. Außerdem weil er selbst Euch zur Gemahlin begehrt, weil Ihr nicht die Frau seines Bruders werden sollt.« Aeron hatte ganz sachlich gesprochen, aber als sie den Schrecken und den Abscheu im Gesicht der anderen sah, fragte sie freundlicher: »Das habt Ihr doch sicher gewußt?«

Camissa senkte den Kopf, dann nickte sie. »Ich hatte gehofft, es nicht wissen zu *müssen;* und ich hatte verzweifelt gehofft, daß niemand sonst es weiß.«

»Ich glaube, der ganze Palast weiß es«, sagte Aeron immer noch freundlicher. »Und Elathan ist es ganz bestimmt nicht entgangen.«

»Nein, das darf nicht sein! Das kann nicht sein! Wenn er es wüßte, hätte er doch sicher ...«

»Das kann doch so schlimm nicht sein. Was schadet es jetzt noch, wenn Talorcan Euch vergeblich mit seinen Blikken verfolgt?«

Camissa wirkte besorgt. »Ich weiß es nicht«, sagte sie nach einer langen Pause. »Ich habe nur irgendwie das Gefühl, daß er etwas plant – um meinem Herrn zu schaden. Und wenn er das durch mich erreichen kann ...«

Sie begegnete Aerons mitfühlendem Blick offen und spürte ungläubig eine plötzliche Wärme in sich aufsteigen. Auf einmal – sie konnte nicht sagen wie und bezweifelte, daß die andere es konnte – zwischen einen Atemzug und dem nächsten war aus Aeron eine Freundin geworden. Camissa fühlte es so stark, daß jeder Zweifel ausgeschaltet wurde, und sie sah, daß es Aeron nicht anders erging.

»Verzeiht mir, Aeron! Es tut mir leid, daß ich so mit Euch gesprochen und so empfunden habe. Wenn ich etwas mehr nachgedacht und mich weniger von meinen Gefühlen hätte leiten lassen ...«

»Nein, ich bedauere, daß ich Euch Grund dazu gab.«

Der Augenblick war vorüber: Sie saßen weiter beieinander, entspannt jetzt, erschöpft von dem intensiven Gefühl, das sie miteinander geteilt hatten; aber auch ihr Schweigen war etwas, das sie friedlich und gesellig miteinander teilten, was alle Belastungen, alle Zweifel überbrückte.

»Was habt Ihr nun vor?«

»Ich muß Morwen finden«, sagte Aeron. Sie sah Camissa von der Seite an und lachte über den Ausdruck auf ihrem Gesicht. »Ja, ich weiß; nicht einmal Elathan gegenüber habe ich bisher zugegeben, daß Morwen mich auf dieser Reise begleitet hat. Aber es war so, wir gerieten in einen Sturm, wurden voneinander getrennt, und ich habe sie verloren, seither finde ich vor Angst um sie keine Ruhe.«

»Wenn sie verletzt wäre, hätte man sie in ein Heilhaus gebracht«, beruhigte Camissa. »Dann hätten wir schon lange von ihr gehört, selbst wenn es keine gute Nachricht gewesen wäre.«

»Und wenn sie tot ist oder sich in dem großen Wald verirrt hat? Hätten wir dann auch Nachricht von ihr erhalten?« Camissa antwortete nicht, und gleich darauf lächelte Aeron sie entschuldigend an. »Nein, es ist nicht Fomors Schuld, nur meine eigene, weil ich sie auf ein Unternehmen mitgenommen habe, das durchaus zum Scheitern verurteilt und außerdem völlig vergeblich sein könnte. Sie ist wohlauf, ich spüre es.«

Camissa sah sie fragend an, dann senkte sie den Blick, denn diese Freundschaft war noch so jung, so zerbrechlich, daß sie plötzlich vor so viel Neugier zurückschreckte.

»Dann werdet Ihr sie auch finden, Aeron, und zwar bald.«

Aeron lächelte wieder, diesmal war es ein dankbares Lächeln, und es verriet die gleiche Schüchternheit wie vorher Camissas Zurückhaltung.

»Wißt Ihr, ich glaube, Ihr habt recht ... Aber die Sonne hat sich verzogen, und der Wind ist kalt. Laßt uns wieder hineingehen!«

Der Schlag wurde im Dunkeln geführt. Das erste, was Elathan wahrnahm, waren der Lärm eines erbitterten Kampfes vor seinen Gemächern, die Schreie seiner Wachen und das Klirren verschiedener Waffen. Er war noch vollständig angekleidet, da er sich noch nicht zur Ruhe begeben hatte, und griff gerade nach seinen Waffen, als die Türen aufsprangen und Talorcans Helfershelfer in den Raum strömten.

Man zerrte ihn durch den Gang zu einem fensterlosen Lagerraum und stieß ihn hinein. Als er wieder zu sich kam, sah er, daß die Gestalt, die neben ihm kniete, Camissa war.

»Alles in Ordnung, Cami?« Er versuchte sich aufzurichten, aber bei der ersten Bewegung wurde ihm schwarz vor den Augen, und er sah Sterne funkeln.

In ihrem Gesicht kämpften Wut und Tränen miteinander, aber sie nickte und half ihm vorsichtig, sich aufzurichten.

»Man hat uns alle im Dunkeln überrascht.« Sie zeigte in eine andere Ecke des Raums, wo, offenbar im Schock, Basilea kauerte und ihre Tochter Rauni umschlungen hielt.

Ehe Elathan noch etwas sagen konnte, öffnete sich die Tür, und Aeron wurde unsanft hereingeschoben. Sie trug die keltische Tracht, in der sie nach Tory gekommen war; die Kleider waren zerrissen und in Unordnung, als hätte sie sich gegen ihre Angreifer gewehrt.

»Es waren zu viele«, murmelte sie, als wolle sie sich entschuldigen. »Wo sind wir hier?« Sie warf einen schnellen prüfenden Blick durch den Raum und nahm dabei flüchtig Notiz von Basilea, Rauni und Camissa.

»Ein alter Lagerraum«, erklärte Elathan. »Es gibt keinen Ausweg.«

Sie wirkte fast fröhlich. »Es gibt immer einen Ausweg. Wir brauchen nur zu warten.«

Elathan streckte die langen Beine aus und lehnte sich mit dem Rücken an die Wand.

»Nachdem wir im Augenblick offenbar Muße dazu haben«, sagte er, »solltet Ihr uns vielleicht allen erzählen, Aeron, was genau nach meinem Abflug auf Tara geschehen ist, warum Ihr nach Fomor gekommen seid, wer bei Euch war – Morwen, glaube ich – und was Ihr als nächstes vorhattet.«

Aerons Mund verzog sich langsam zu einem Lächeln. »Das könnte lange dauern.«

»Ach, dann wird es uns eben die Zeit vertreiben.«

Aeron war mit ihrer Geschichte an dem Punkt angelangt, wo *Retaliator* den Raum um Fomor erreicht hatte, als an der Tür ein leises Geräusch zu hören war. Mit einer einzigen fließenden Bewegung sprangen sie und Elathan auf und postierten sich ohne ein Wort auf beiden Seiten des Eingangs. Wieder ein verstohlenes Kratzen, dann öffnete sich die Tür. Aeron hatte instinktiv den Arm zum Schlag erhoben und spürte, wie Camissa ihn von hinten festhielt. Sie kannte die Frau mit dem langen silbergrauen Zopf nicht, die jetzt eintrat, aber Elathan umarmte sie, und Camissa stieß bei ihrem Anblick einen Freudenschrei aus.

»Das ist Lady Thona«, flüsterte Basilea Aeron ins Ohr – ihre ersten Worte, seit man sie alle in diesem Gewölbe eingesperrt hatte – und Aeron nickte.

Thona sah die Anwesenden der Reihe nach besorgt an. »Alles wohlauf? Gut, Ihr müßt gleich mitkommen. Borvos hat alles für die Flucht vorbereitet.«

Sie sprach weiter, während sich die anderen bereitmachten. »Es muß sofort geschehen, solange im Palast noch alles drunter und drüber geht. Eure Truppen, Elathan, leisten erbitterten Widerstand, offensichtlich heftiger als erwartet. Aber sie können sich nicht mehr lange halten, und Borvos ...«

»Trau ihr nicht, mein Sohn!« fauchte Basilea. »*Ihr* Sohn ist es schließlich, der diesen Verrat begangen hat.«

Zum erstenmal in seinem Leben fuhr Elathan zornig auf seine Mutter los. »Nicht nur ich vertraue ihr, Mutter, auch *du* wirst es tun, und du wirst dich bei ihr bedanken und sie um Verzeihung bitten, falls wir alle wohlbehalten aus dieser Sache herauskommen sollten ... Herrin«, fuhr er zu Thona gewandt fort, »wir stehen tief in Eurer Schuld, ob die Flucht nun gelingt oder nicht. Wohin?«

»Auf dem Turmlandeplatz im südlichen Flügel steht ein Aircar bereit; die Rebellen unter Führung – meines Sohnes sind noch nicht bis in diesen Teil des Palastes vorgedrungen. Borvos und zwei seiner Offiziere halten den Fahrstuhl zum Turmdach besetzt. Wenn wir den Hof erreichen können, sind wir in Sicherheit.«

»Unbewaffnet?« Das kam von Aeron.

Thona schüttelte den Kopf. »Am Fuß der Treppe – ich habe alle Waffen zusammengetragen, die ich finden konnte. Schnell jetzt – die Zeit ist sehr knapp.«

Die Verfolger holten sie ein, als sie über den Hof liefen, das einzige Stück des Fluchtweges, wo sie ungeschützt waren. Aus einem Torbogen im Fundament des Turms winkte ihnen Borvos heftig, sich zu beeilen; er hatte im Gegensatz zu ihnen die Soldaten schon gesehen, die grimmig entschlossen von hinten heranstapften.

Aeron, die sich an den Schluß des Zuges gesetzt hatte, warf an der Biegung des Korridors einen Blick nach hinten und drehte sich um.

»Bringt die anderen in den Fahrstuhl, Elathan! Ich werde sie hier ein wenig aufhalten.«

»O nein, nicht allein!«

Aeron lächelte, ließ aber den Blick nicht von dem Torbogen, in dem die Verfolger auftauchen mußten.

»Man tut niemals etwas allein – habt Ihr das nicht gewußt? Außerdem werden sie ihre Schwerter gebrauchen, keine Schußwaffen, weil die Geschosse auf so engem Raum wild herumflögen.«

Elathan wollte noch einmal protestieren, schluckte jedoch die Worte hinunter. *Nun,* dachte er ein wenig bitter, *wer ist schließlich besser mit dem Schwert als sie?* Er sah ihren Augen an, daß sie seine Gedanken gelesen hatte.

Sie äußerte sich nicht dazu, sondern lockerte statt dessen ihr Handgelenk und betrachtete interessiert die ineinander verschlungenen Stahlbänder, aus denen der Griff ihres Schwertes bestand.

»Mit einer solchen Klinge habe ich noch nie gefochten; sie hat einen Griff wie ein Weidenkorb.«

»Deshalb wird er auch Korbgriff genannt.«

Sie lachte. »Sehr logisch. Wir werden sehen, was sich damit anfangen läßt. Elathan, ich bitte Euch, bringt die anderen fort und kommt auch selbst nicht mehr zurück. Für mich ist es einfacher, wenn ich mich nur meiner eigenen Haut zu wehren brauche ... Schickt den Fahrstuhl wieder herunter, ich komme dann unmittelbar hinauf.«

Er zögerte, dann gehorchte er und eilte davon. Doch nachdem er die vier Frauen in den mit Borvos' Offizier Treic besetzten Aufzug verfrachtet hatte, hörte er hinter sich Waffengeklirr; und sobald der Fahrstuhl nach oben zum Landeplatz geschossen war, rannte er zu Aeron zurück.

Als Elathan um die Ecke des Turms bog, stand Talorcan, fünf oder sechs seiner Gardesoldaten hinter sich, im Zentrum des Torbogens Aeron gegenüber. Zwei Soldaten hatte sie offenbar schon getötet, denn sie lagen zwischen ihr und Talorcan und regten sich nicht.

Sie wagte nicht, Elathan anzusehen, als er neben sie trat, aber sie ließ sich ihre Verärgerung anmerken.

»Ich habe doch gesagt, Ihr sollt nicht zurückkommen.«

»In seinem eigenen Palast hat immer noch der König von Fomor das Sagen; oder gilt das nicht mehr? Talorcan? Was meinst du?«

»Befehlen kannst du nach Herzenslust, Bruder, aber wer wird dir gehorchen? Du hast die Belagerungslaser gehört – die Mauern sind durchbrochen. Meine Streitkräfte haben den Palast und die Stadt in ihrer Gewalt; bald werden sie den ganzen Planeten erobert haben. Und dann gehört der Thron mir.« Talorcan warf Aeron einen verächtlichen Blick zu. »Das hast du alles der Königin der Kelten zu verdanken; dein Bündnis, deine Freundschaft mit ihr, der Mörderin unseres Vaters, war dein Verderben. Willst du sie jetzt auch noch für dich kämpfen lassen?«

Elathan trat in blindem Zorn vor, aber Aeron stellte sich ihm in den Weg.

»Bleibt zurück, Elathan! Ihr werdet nicht das Blut Eures Bruders vergießen, wenn ich es verhindern kann. Was Euch angeht, Talorcan – ich habe schon einen König von

Fomor getötet, Ihr habt uns eben daran erinnert. Es würde mir nicht das mindeste ausmachen, auch den zu töten, der seinem Nachfolger den Thron rauben will.«

»Es ist Euer Unglück, Aeron, wenn Ihr das Schwert zieht.« Talorcan sprang überraschend nach vorn und führte mit beiden Händen einen gewaltigen Schlag gegen die zwei, die ihm den Weg versperrten. Aeron hob die eigene Waffe, um den Schlag zu parieren, und blaue Funken stoben auf, als Metall auf Metall traf.

Talorcans verstorbener Vater Bres mochte ein einigermaßen würdiger Gegner für Aeron gewesen sein, doch für seinen Sohn galt das nicht, nach vier Gängen hatte sie ihm die Waffe aus der Hand geschlagen und die Wange aufgeschlitzt. Sie hatte schon die Klinge zum Todesstoß gehoben, aber dann zögerte sie unerklärlicherweise; und in diesem Augenblick erschütterte eine Explosion den Turm – ein Volltreffer von einem der Lasergeschütze außerhalb der Mauern ließ Rauch und Steinstaub durch den Korridor wogen.

Halb betäubt und blind im dichten Rauch, spürte Aeron, wie Elathan sie hinter sich her durch den Gang zum Fahrstuhl zerrte. Obwohl sie im Staub fast erstickten, betraten sie Sekunden später den Landeplatz, nur ein paar Meter von dem schwebenden Aircar entfernt. Borvos sprang herbei und packte Aeron, sein Offizier Ralia fing Elathan auf, und gemeinsam zogen und schleppten sie die beiden ins Schiff.

»Bei den Göttern, Elathan, ich dachte schon, Ihr kommt nicht mehr!« Borvos war so außer sich vor Erleichterung und von dem vorausgegangenen Entsetzen, daß ihn die Liebe zu seinem König alle Förmlichkeit vergessen ließ. Als Treic schon mit voller Triebwerksleistung vom Turm abhob, knallte er die Türen zu.

Das Fahrzeug war noch nicht richtig in der Luft, als der Turm unter ihnen zusammenfiel, weil ein zweiter größerer Einschlag ihn unter Staub, Donner und Flammen zerschmettert hatte.

13. Kapitel

Gwydion hatte sich fast einen Monat lang bei Declan und seinen Fians auf der Insel inmitten der Kyles von Ra aufgehalten, um Körper und Geist neue Kräfte sammeln zu lassen. Dann hatte er ausführliche Botschaften an alle Verwandten und Freunde hinterlegt, denen Declan vielleicht zufällig begegnete oder die sich zu ihm durchschlugen, hatte eines der kostbaren Sternenschiffe genommen und sich auf den Weg zum Kymry-System gemacht.

Mit einem so kleinen Schiff dauerte der Flug länger als gewohnt (*Retaliator* oder sein eigenes Schiff *Seren-Alarch,* ›Sternenschwan‹, hätten die Entfernung im Handumdrehen zurückgelegt), aber Gwydion war darüber ganz froh, denn dadurch fand er Zeit zum Nachdenken. Sobald er sich in der Sicherheit des Hyperraums befand, schaltete er die Automatiksteuerung ein und entspannte sich nach monatelanger, niemals nachlassender Wachsamkeit zum erstenmal.

Sein größtes Problem war momentan, ein Ziel zu finden. Natürlich hatte er als erstes an Gwynedd gedacht. Er sehnte sich nach diesem Planeten und nach seiner Mutter und seinem Bruder, über deren Schicksal er bisher noch nichts hatte erfahren können, aber er wehrte sich entschieden gegen diese Versuchung. Jaun Akhera hatte in der Hoffnung, seine entflohene Geisel abzufangen, bestimmt jedes Schiff in den Raum um Gwynedd beordert, das er vernünftiger- oder unvernünftigerweise entbehren konnte: in diesem Fall wäre der Prinz von Gwynedd in einem Nest von Piasten bei weitem sicherer gewesen als auf seinem eigenen Planeten.

Eine andere Möglichkeit war, den *Feuerdrachen* und Rohan zu suchen; aber das konnte lange dauern, und weder war sein Schiff für einen so langen Flug ausgerüstet, noch hatte er genügend Vorräte. Caledon, wo in Inver Aerons Bruder lebte und wohin Ríoghnach, Niall und viele andere geflüchtet waren, war noch weniger erreichbar.

Einen Ort gab es jedoch, um viele Sternenmeilen näher, wo Gwydion damit rechnen konnte, Unterstützung, Freunde und Zuflucht zu finden. Er war seit vielen Jahren nicht mehr dort gewesen, aber jetzt entsann er sich der Rechte, die ihm das Pflegeverhältnis gab, und seine Zweifel verflogen.

Zuversichtlich gab er einen Code in die Automatiksteuerung ein. *Nach Dyved also: nach Caer Carrig Cennan.*

Weit entfernt flog auch Sarah O'Reilly blind dahin und hoffte auf einen sicheren Hafen. Ihre erste Regung war gewesen, nach Desmond zu suchen, aber sie hatte schnell erkannt, wie aussichtslos ein derartiges Unterfangen war. So hatte sie Kurs auf Gwynedd genommen, weil sie wie alle anderen gerüchteweise von Gwydions Flucht aus Caerdroia gehört und gedacht hatte, wenn nicht er selbst, so werde doch wenigstens sein Bruder Elved dort sein, außerdem viele andere, die ihrem Prinzen treu ergeben waren und, wie sie hoffte, jemanden willkommen heißen würden, dem sowohl er als auch Aeron den Ehrentitel Freund verliehen hatten.

Gwynedd lag als flache Silberscheibe unter ihr, als sie die Bordcomputer zuschaltete. Gwydions Familiensitz Caer Dathyl lag nur eine halbe Flugstunde nördlich von ihrer Eintrittsposition in den Orbit, und sie verwendete die Minuten des Sinkflugs zu der Überlegung, was sie sagen wollte, denn Gwydion würde sicher böse auf sie sein, weil sie gegen Aerons Befehl den sicheren Zufluchtsort verlassen hatte.

Als das Schiff schließlich aufsetzte, trat Sarah in leichtem Regen und unter bedecktem Himmel auf das Landefeld. In Dunst und Nieselregen konnte sie keinerlei Einzelheiten erkennen und spähte unsicher durch das Zwielicht. *Das muß Caer Dathyl sein,* dachte sie grimmig, *alle Koordinaten wurden überprüft ...*

Dann wirbelte sie herum, denn ein Trupp von Fians in schweren Mänteln kam über das nasse Pflaster des Landeplatzes auf sie zu. Erleichtert entspannte sie sich ein wenig: Die Fians kannten Desmond bestimmt; wahrscheinlich standen sie in Elveds Diensten, und sie trug selbst die braune Fian-Uniform ...

Ihr Lächeln verwandelte sich schnell in ein ratloses Stirnrunzeln, als ihre von den Ban-draoi geschärften Sinne die Arbeit aufnahmen. Der Mann, der da an der Seite stand ... Er kam ihr sehr vertraut vor, unangenehm vertraut; und die Art, wie er den rechten Arm unter dem Umhang verbarg ...

Sarah drehte sich um und wollte zum Schiff zurücklaufen, aber man hatte ihr geschickt und wirkungsvoll den Weg abgeschnitten, und sie blieb reglos stehen, als der Mann im Umhang vortrat. Sobald er den verkrüppelten, verkümmerten Arm unter dem Mantel hervorzog, wußte sie, wer er war, und ihre ganze Verzweiflung spiegelte sich in ihrem Gesicht.

»Lieutenant O'Reilly«, sagte Kynon ap Accolon freundlich, »willkommen auf Gwynedd.«

»Es war kein leichter Sieg«, teilte er ihr wenig später mit, nachdem er es sich in einem prächtig ausgestatteten Zelt unter den Mauern der gewaltigen grauen Steinzitadelle von Caer Dathyl bequem gemacht hatte. »Elved versteht sich fast ebensogut auf den Krieg wie sein verabscheuungswürdiger Bruder.«

»Es überrascht mich, daß Ihr von einem Sieg sprecht«, sagte Sarah O'Reilly und blickte sich um. »Mir scheint, Ihr habt erst gewonnen, wenn ihr die Verteidigung durchbrochen oder Elved gefangengenommen habt. Für mich sah es eindeutig nach einer Belagerung aus – oder vielmehr nach einem Patt. Und wo ist Elved überhaupt? In der Festung? Nein? Ach, dann vielleicht irgendwo anders?«

Der Sarkasmus in ihrer Stimme reizte Kynon, obwohl sie ihn ganz unschuldig fragend ansah. »Ihr Leute von der Erde habt nicht viel Ahnung von unserer Art der Kriegführung.«

»Das erklärt zweifellos alles«, stimmte Sarah spöttisch zu. »Aber sagt mir, wie seid Ihr hierhergekommen? Als ich das letztemal von Euch hörte, hatte der Cremave gerade etwas gegen Euer kleines Märchen über Arianeira und wer wen zum Verrat angestiftet hatte, und Aeron hatte Euch als Daer-fudir ausgestoßen. Und jetzt seid Ihr hier.«

Bei der Erwähnung des Cremave verfinsterte sich Kynons Gesicht, und die rechte Hand, die in einer eigens angefertigten weiten Tasche an der Brust ruhte, zuckte krampfhaft.

»Ja, und wo ist *sie?* « fauchte er. »Doch um Eure Neugier zu befriedigen ... Jaun Akhera persönlich hat mich als Statthalter hier eingesetzt – zum Lohn für meine Dienste – und als Verbindungsmann zu den Herren von Dyved.«

»Das ist wirklich sehr schön für Euch. Aber ich fürchte, ich werde Euch keine große Hilfe sein.«

»Glaubt Ihr?« Kynon lehnte sich auf seinem Stuhl zurück und musterte sie. »Jaun Akhera hat eine Belohnung für Euch ausgesetzt, nicht so hoch wie für Aeron, Gwydion oder Morwen natürlich, aber doch eine ganz beachtliche Summe. Ich weiß nicht, welche Verwendung er für Euch hat, aber das geht mich auch nichts an.«

Sarah O'Reilly verdrängte die Angst, die in ihr aufstieg. »Ihr wollt mich nach Tara schicken?«

Nach kurzem Überlegen schüttelte er den Kopf. »Nicht sofort. Meine unmittelbaren Vorgesetzten haben schon angeordnet, daß man Euch erst zu ihnen bringen soll. Später könnten sie durchaus beschließen, Euch Jaun Akhera zu übergeben, aber das müssen sie entscheiden.«

»Und wer sind Eure Vorgesetzten?«

»Der Fürst von Dyved, Lord Powell, und sein Sohn Pryderi, der Herr von Caradigion.« Er ließ es wie eine Frage klingen, aber Sarah schüttelte verneinend den Kopf. »Nun ja, jedenfalls kennen sie *Euch;* und Ihr werdet sie schon bald kennenlernen. Sie werden sich freuen, Euch zu sehen, und mit mir werden sie sehr zufrieden sein, weil ich Euch gefunden habe. Wollen wir gehen?«

Sarah O'Reilly stand auf und zog den Umhang zurecht. »Wohin?«

»Zu Powell und Pryderi – wohin sonst?«

»Gwydion!« Pryderi stand in der Großen Halle von Caer Carrig Cennan und blickte den Mann, der nun auf ihn zukam, fest an.

»Seit Caer Artos ist viel Zeit vergangen, Pryderi.« Gwydion umfaßte zur Begrüßung die Arme des anderen. Nach ganz kurzem Zögern erwiderte Pryderi den freundschaftlichen Druck, und Gwydion war so müde, daß ihm das winzige Zaudern entging.

»Wirklich sehr viel Zeit, mein alter Freund. Wie bist du hergekommen? Ganz Keltia glaubte, du sitzt als Gefangener des Marbh-draoi in Turusachan; als du eben um Landeerlaubnis nachgesucht hast, konnte ich gar nicht glauben, daß du es wirklich bist.«

»Ich bin es leibhaftig; doch bis vor etwa vier Wochen war ich tatsächlich Jaun Akheras unfreiwilliger Gast.« Die Müdigkeit übermannte ihn, und er stützte sich mit einer Hand auf eine Stuhllehne. »Aber kann die Geschichte nicht warten, bis ich etwas gegessen und mich vielleicht ein Weilchen ausgeruht habe? Ich hätte nicht gedacht, daß ich einen Freund an die Gesetze der Gastfreundschaft erinnern müßte.«

Wieder das winzige Zögern, und wieder übersah es Gwydion; dann ein strahlendes Lächeln, Pryderis Arm legte sich um Gwydions Schultern.

»Und ich hätte nie gedacht, daß ich eine solche Erinnerung nötig haben könnte! Komm, Gwynedd! Du sollst ein Bad nehmen, essen und dich ausruhen, wie es sich geziemt, später werden wir beide uns unterhalten, und wenn mein Vater von der Jagd zurück ist, wird er sich uns anschließen.«

»Bist du sicher, daß er keinen Verdacht geschöpft hat?« Powell warf seinen Umhang auf eine Bank an der Wand und trat auf Pryderi zu, der gereizt die Hand hob und den Kopf schüttelte.

»Nein, er denkt nicht an Verrat; warum sollte er auch? Er ist hergekommen, um bei seinem Jugendfreund und beim Pflegebruder seines Vaters Schutz zu suchen.«

»Wenn ich mich recht erinnere, hat ihm seine eigene

Schwester Anlaß genug gegeben, allen Verwandten gegenüber mißtrauisch zu sein, ganz gleich ob Bluts- oder Pflegeverwandte.« Powell streifte seine Alltagstunika ab, während er sprach, und legte ein festliches Gewand an. »Was Arawn angeht, so ist er seit zwölf Jahren tot, und die ganze Zeit über hat keiner seiner Söhne mich auch nur dreimal in staatlichen oder persönlichen Dingen um Rat gefragt.«

»Ach ja, was ist eigentlich mit Elved? Wenn er Wind davon bekommt, was wir mit seinem Bruder vorhaben ...«

»Was kann er schon tun? Gwynedd wurde von den kaiserlichen Flotten schwer getroffen, und Caer Dathyl wird noch immer belagert – unter Führung, wie ich dich wohl nicht zu erinnern brauche, unseres treuen Dieners Kynon. Elved ist momentan viel zu beschäftigt, um sich mit vagen Gerüchten über Gwydions Aufenthaltsort zu befassen.«

»Und die Terranerin Sorcha ní Reille?«

»Nicht im mindesten bereit zur Zusammenarbeit. Ich habe sie von Kynon nach Caer Sidi bringen lassen; mag sie sich eine Weile in Carcair abreagieren. Dieses Gefängnis hat schon den Verschwiegensten die Zunge gelöst; das Meer und die Einsamkeit haben oft diese Wirkung. Wahrscheinlich wird auch Gwydion dort bald zu Gast sein.«

Pryderi schien erschrocken. »Gwydion in Carcair? Willst du ihn etwa nicht zu Jaun Akhera schicken? Damit könntest du alle Zweifel des Koraniers an unserem guten Willen ausräumen; das einzige, womit man sich bei ihm noch beliebter machen könnte: ihm Aeron selbst auszuliefern.«

»Ich habe nicht gesagt, daß Gwydion *nicht* nach Caerdroia zurückkehren wird«, erwiderte Powell, während er sich einen edelsteinbesetzten Gürtel um die Hüften schnallte und einen Paradedolch am Gehänge befestigte. »Nur daß er vorerst eine Weile hier auf Dyved bleiben wird – bis ich den Zeitpunkt für günstig halte, ihn zurückzuschicken. Aber wir wollen ihn nicht warten lassen.«

Als Gwydion aus dem Gästezimmer herunterkam, war alles für das Abendessen in der Großen Halle bereit. Er hatte

Rohans Warnung zwar nicht vergessen, aber im Augenblick stand sie nicht im Vordergrund seines Denkens: Powell und Pryderi waren Freunde, sie gehörten zu seiner Familie, warum sollte er die beiden verdächtigen? Später würde er sich fragen, warum er nicht den leisesten Verdacht gehabt hatte, aber momentan fühlte er sich nur von Freundschaft und Mitgefühl umgeben; und als er die Halle betrat, erhoben sich die beiden Herren von Dyved eifrig, um ihn zu begrüßen.

»Ach, Gwydion! Es tut mir leid, daß ich nicht hier war, um dich zu empfangen, aber ich freue ich, daß du in Sicherheit bist!« Powell umarmte ihn, dann hielt er ihn auf Armeslänge von sich ab. »Du wirst deinem Vater immer ähnlicher, Junge ... Aber komm, wir wollen essen und miteinander reden.« Er nahm am Kopf der langen Tafel Platz und wies Gwydion mit einer Handbewegung den Stuhl zu seiner Linken an der Wand an, während sich Pryderi wie gewohnt rechts von seinem Vater setzte.

Während des Essens berichtete Gwydion, was sich bis zur Belagerung von Caerdroia und bis zum Sturz der Stadt ereignet hatte; er erzählte, wie Aeron mit Morwen geflohen und wie er selbst entkommen war, und betonte, daß er jetzt unbedingt mit Rohan Kontakt aufnehmen müsse. Und Powell hörte sich alles lächelnd an, nickte lächelnd und sorgte dafür, daß der Weinbecher seines Gastes stets gefüllt blieb und der Bierkrug nicht leer wurde.

Wein und Bier mußten zusammen mit der Müdigkeit Gwydions Sinne getrübt haben, und die Jugenderinnerungen ließen seine Wachsamkeit erlahmen, denn erst, als es schon zu spät war, erkannte er in den Gesichtern seiner Gastgeber den schattenhaften Widerschein ihrer Absichten. Als sein inneres Auge ihm den Verrat bestätigte, erhob er sich so schnell, daß er dabei seinen Stuhl umwarf, aber hinter ihm hatte sich lautlos und unbemerkt die Mauer aufgetan, und acht von Powells Garden standen bereits im Raum; obwohl Gwydion ein mächtiger Kämpfer war, wurde er schnell überwältigt.

»Tut mir leid, Gwynedd, aber es muß sein.« Einen Augenblick lang malte sich ehrliches Bedauern in Powells Zügen, dann verschwand es, schrumpfte zusammen unter Gwydions grau loderndem Blick.

»Was Rohan von Shane gehört hatte, entsprach also der Wahrheit: gewisse opportunistische keltische Lords seien zu Verrätern geworden und hätten sich an den Marbhdraoi verkauft. In einer Million Leben hätte ich mir jedoch nicht träumen lassen, daß Powell von Dyved unter ihnen sein könnte.«

»Wer weiß schon, was er tun würde, wenn er vor der Wahl stünde? Denk nur daran, wie deine eigene Schwester sich entschieden hat. Selbst du, Gwydion, hättest vielleicht so gehandelt wie ich, wärst du an meiner Stelle gewesen.«

»Das glaube ich nicht!« Gwydion war jetzt ruhiger, wenn auch keineswegs weniger wütend, und er blickte Powell fest in die Augen. »Ich prahle nicht, und ich drohe nicht mit künftiger Rache, Powell; aber du solltest nicht vergessen, daß du einen Gast unter deinem eigenen Dach verraten hast, noch dazu einen Pflegeverwandten. Ihr, Dyved, und auch Ihr, Caradigion, habt das Gesetz des Coire Ainsec gebrochen; wer das Verbrechen begeht, einem Gast Schaden zuzufügen, wird mit dem Tode bestraft. Wegen der engen Beziehung, die einst zwischen uns und zwischen Euch und meinem Vater bestand, hoffe ich, daß nicht ich derjenige sein werde, der diese Strafe vollstrecken muß; aber ich sage Euch offen, daß es mir nicht allzuschwer fiele, falls es so kommt.«

Powells Gesicht hatte sich bei Gwydions Worten nicht verändert, aber Pryderi war sehr bleich geworden. Dann sagte Powell: »Darüber mag der Dán entscheiden, Fürst von Gwynedd. Bis dahin sollt Ihr unter einem anderen Dach wohnen, und dort werdet Ihr Gesellschaft finden, die Euch wohlbekannt ist.«

»Und um wen handelt es sich dabei?« fragte Gwydion, während ihm viele Vermutungen, eine schlimmer als die andere, durch den Kopf schossen.

Aber Powell lächelte nur und winkte den Soldaten, ihn aus dem Raum zu führen.

In der Offiziersmesse an Bord des *Feuerdrachen* drängten sich Menschen in Uniform und in Zivil, alle mehr oder weniger unvollständig bekleidet und verwirrt. Desmond stand schweigend ein wenig abseits, die Arme unter dem Mantel verschränkt, und niemand belästigte ihn mit unerwünschten Fragen. Auf der anderen Seite des Raumes redete Gwennan Chynoweth erregt auf den verstört wirkenden Fergus ein, und Aerons Cousine Melangell, die Seelenheilerin, stand daneben.

An der Tür entstand Unruhe, Rohan eilte herein, er trug nur eine Hose und hatte sich hastig einen Umhang übergeworfen. In dem Gedränge sah er nur eine Person.

»Desmond ...«

Desmond löste sich aus seiner gläsernen Starre, und als er langsam den Raum durchquerte, ruhten alle Augen auf ihm. Er blieb vor Rohan stehen und verneigte sich tief vor seinem Vetter und Freund.

»Ard-rígh«, sagte er, und es klang, als würde ihm das Wort unter Qualen entrissen. Ringsum zogen die Menschen scharf den Atem ein, als habe sie ein plötzlicher Schlag getroffen. »Ich habe Euch zu meinem Bedauern den Tod der Ard-rían Aeron bei einem Fluchtversuch vom Planeten Fomor zu melden. Morwen Douglas, die Taoiseach von Keltia – es tut mir leid, Fergus –, und Elathan, der König von Fomor, sollen neben anderen ebenfalls umgekommen sein.«

In diesem schlimmsten Augenblick, den man sich vorstellen konnte, lachte Rohan. »Keiner von ihnen ist tot, Desmond, kein einziger; und das ist die beste Neuigkeit, die wir seit vielen Wochen bekommen haben.«

»Rohan, wir haben zuverlässige Nachrichten.«

»Von *Fomor?* Ach, komm! Seit wann nehmen wir irgend etwas für bare Münze, was von dort kommt? Wenn die mir sagen, Stein sei hart, dann wähle ich mir einen Felsen als Kopfkissen.«

Unter seinen Zuhörern wurde es unruhig, als seine Worte – und vor allem sein unbeschwertes, völlig normales Verhalten – die Zweifel zu zerstreuen begannen. Desmond sah es, spürte es bei sich selbst.

»Nun, die Nachricht kommt – zugegebenermaßen über mehrere Zwischenstationen – von Talorcan, der sich jetzt König von Fomor nennt und an die Stelle seines Bruders Elathan getreten ist. Er behauptet, Aeron sei heimlich auf Fomor gelandet; anstatt sie auf der Stelle hinzurichten, habe sich Elathan vielmehr um ihre Freundschaft und um ein Bündnis mit Keltia bemüht. Mit der Begründung, es entspräche nur den Wünschen des fomorischen Volkes, plante Talorcan, unterstützt von gewissen verärgerten Militärs – und zweifellos mit geheimer kaiserlicher Hilfe – einen Staatsstreich und stürzte seinen Bruder. Jetzt beansprucht er als Bres' angeblich einziger noch verbliebener männlicher Erbe die Eisenkrone für sich; die Rechte der Prinzessin Rauni wurden also ebenfalls außer Kraft gesetzt. Jedenfalls ist Elathan zusammen mit Aeron, Morwen und einigen anderen aus Tory geflohen; und sie alle fanden – wiederum laut Talorcans Aussagen – den Tod, als ihr Schiff beschossen und dabei zerstört wurde.«

Rohan schüttelte ungeduldig den Kopf. »Alles Lügen, und dessen bin ich jetzt ganz sicher. Es mag ja durchaus sein, daß die beiden nach Fomor gegangen sind, aber ich wette alles, was Ihr wollt, und lege noch etwas drauf, daß ihnen die Flucht von dort gelungen ist. Höchstwahrscheinlich gilt das auch für Elathan, und Talorcan ist ebensowenig König von Fomor, wie ich König der Kelten bin.«

»Dann nehmt Ihr die Ard-ríghachtas nicht an?«

»Ich nehme nicht nur sie nicht an, ich nehme nicht einmal das Mandat an, in Aerons Abwesenheit zu regieren. Mag sein, daß ich Tanist bin, aber solange Aeron lebt, ist Gwydion der einzige König in Keltia. Und daran halte ich so lange fest, bis hieb- und stichfest bewiesen ist, daß die Wirklichkeit – anders aussieht.«

In Desmonds Gesicht spiegelte sich erneut Verzweiflung. »Auch von ihm gibt es Nachricht, Rohan – und von Sarah O'Reilly.«

Sarah O'Reilly räkelte sich lustlos auf dem niedrigen Diwan in einer Nische der Steinmauer ihrer Zelle. Ihrer

Rechnung nach saß sie jetzt schon seit vierzehn Tagen in diesem gottverlassenen Gefängnis fest – schätzungsweise zwei Standardwochen, denn sie hatte keine Ahnung, wie lange die hiesige Woche war; sie hatte nämlich auch keine Ahnung, auf welchem Planeten sie sich befand.

Kynon hatte sie von Gwynedd hierhergebracht auf eine kleine Insel – sie hieß Caer Sidi, soviel hatte man ihr gesagt –, und dann hatten andere sie in diese Festung geleitet, die, selbst eine Insel, im kalten Meer im Norden lag und mit der größeren Insel nur durch einen einzigen, bis auf wenige Minuten bei Ebbe ständig überfluteten Damm verbunden war.

Sie stieß gelangweilt mit den Füßen gegen die dicken gewebten Decken, die am Fußende des Diwans aufgestapelt waren. Bisher hatte man sie wenigstens noch keinerlei Mißhandlungen ausgesetzt. Es hatte ein paar fast oberflächliche Verhöre gegeben, aber keinerlei Hinweise auf körperliche Folterung, nicht die leiseste Drohung. Es war alles sehr merkwürdig. Im Verlauf ihrer Ausbildung hatte man sie natürlich auch viele Techniken gelehrt, um mit Situationen wie dieser fertigzuwerden, aber sie konnte sich einfach nicht aufraffen, etwas davon zu versuchen. *Vielleicht ist es gerade das, was sie erreichen wollen,* dachte sie träge: sie durch Untätigkeit zum Wahnsinn treiben. Wenn dem so war, dann gelang es; sie wollte nichts weiter, als herumliegen und die Lichtreflexe der sonnenbeschienenen Meereswellen beobachten, die über die glatte Steindecke tanzten.

Aber immer wieder schoben sich Gesichter dazwischen: Rohans fröhliche Miene unter dem zerzausten rotbraunen Schopf; Desmond – o Gott, Desmond – mit dem unwahrscheinlich schwarzen Haar und den unwahrscheinlich blauen Augen; Aeron, so bleich, daß man die blauen Adern unter der weißen Haut sehen konnte; Gwydion, mit Augen, so grau wie das winterliche Meer vor den Fenstern, die Lider gesenkt, während er Harfe spielte ...

Die Gesichter waren so wirklich, daß Sarah beinahe Aerons Meeresblütenparfüm zu riechen, beinahe den kristallklaren Schauer von Tönen aus der kleinen goldenen Telyn in Gwydions Händen zu hören glaubte ...

Wie elektrisiert fuhr sie in die Höhe, so schnell, daß sie sich an der niedrigen Decke der Nische den Kopf anstieß. Das war kein Tagtraum: Der Klang der Harfe strömte noch immer zu ihrem Fenster herein, und es gab gewiß nur einen Menschen auf der weiten Welt, der so spielte ... Sie rieb sich die Stirn, wo sie gegen den Stein geprallt war, drückte sich gegen das Rückhaltefeld vor dem Fenster und rief leise über den kleinen Hof.

»Gwydion?«

Sofort verstummte die Musik. Sie versuchte es noch einmal, ein wenig drängender. »Gwydion, ich bin es, O'Reilly – Sorcha.«

Die Harfe begann wieder zu spielen, und Sarah ließ sich gegen die Mauer sinken und gab sich geschlagen. Dann zuckte sie verwundert zusammen, denn jetzt glaubte sie, in der Musik eine Stimme zu hören; aber niemand sprach, und sie erkannte, daß sich die Stimme in ihrem Kopf befand und daß es Gwydions Stimme war.

»Ihr seid es wirklich, Sorcha; ich wagte fast nicht, es zu versuchen, es konnte ja auch eine Falle sein. Nein«, – der Gedanke kam schnell, als sie zum Sprechen ansetzen wollte –, »sagt nichts! Ich habe nicht viel Zeit, sie werden es bald spüren. Powell und Pryderi – ich kam zu ihnen, um sie um Hilfe zu bitten, aber sie haben mich verraten; sie haben sich an Jaun Akhera verkauft. Doch wie seid *Ihr* hierhergekommen? Ihr braucht nur zu denken, dann kann ich Euch verstehen.«

Sarah O'Reilly schloß die Augen und konzentrierte sich, und einen Augenblick später vernahm sie wieder Gwydions Stimme in ihrem Geist.

»Kynon lebt also noch ...« Plötzlich veränderte sich das Gedankengefüge. »Ich muß Euch jetzt verlassen. Aber ich werde wieder zu Euch sprechen, schon bald. Wir beide werden einen Plan schmieden.«

Nirgends war ein Laut zu hören, und Sarah, die immer noch überwältigt und ungläubig an der Wand lehnte, fragte sich, ob nicht alles eine Illusion gewesen war. Jedenfalls hatte es ganz nach einer Halluzination ausgesehen ... Aber als sie in der Nacht schlaflos auf ihrem Bett lag, das Mondlicht auf dem Fußboden beobachtete und über die Ereignisse des Tages nachdachte, hörte sie wieder die Harfe.

14. Kapitel

Von Borvos gesteuert, schoß das Aircar vom Palast nach oben, raste wie ein Meteor tief über Tory hin und überflog wie ein Pfeil die umliegenden Berge. Es kam so schnell und unerwartet angesaust, daß Talorcans saumselige, lasche Wachtposten völlig überrascht wurden und nicht einmal feststellten, wohin es verschwand.

Im Passagierraum herrschte Schweigen, die Atmosphäre war zum Zerreißen gespannt. Elathan starrte aus dem Sichtfenster neben seinem Andrucksessel, und nicht einmal Camissa wagte ihn zu stören. Auf der anderen Seite der Kabine ließ sich Aeron in den hohen Sessel mit der gewölbten Lehne zurücksinken, schloß die Augen und legte entspannt die Hände auf die gepolsterten Armlehnen. Sie hatte sich in eine leichte Trance versetzt, um nach den Aufregungen der Flucht ein wenig Ruhe zu finden, eine Ruhe, die sie, wie sie instinktiv spürte, bald dringend nötig haben würde. Sie blieb sich ihrer Umwelt jedoch so weit bewußt, daß sie hörte, was um sie herum vorging.

Endlich brach Basilea das Schweigen. »Wohin wollen wir nun?«

Elathan wandte den Blick nicht von dem Planeten unter sich. »Fragt lieber die Königin der Kelten!«

Aeron antwortete, ohne die Augen zu öffnen. »Mein Schiff ist in der Nähe der Stadt versteckt, in der Borvos mich gefunden hat. Wenn die Götter gnädig sind, ist Morwen, die mich begleitet hatte, inzwischen wohlbehalten dorthin zurückgekehrt. *Retaliator* ist jedem Raumschiff überlegen, das Talorcan aufzubieten vermag, und es kann mehr Fahrgäste von Fomor wegbefördern, als es hergebracht hat.« Sie schwieg einen Augenblick lang und zählte stumm: mit Morwen und ihr selbst zehn Personen. Das wäre selbst für *Retaliator* eine nicht unbeträchtliche Ladung, aber sie wußte, daß das Schiff sie leicht bewältigen konnte.

»Ein großzügiges Angebot«, sagte Borvos, der bei ihren Worten die Kabine betreten hatte. »Und wir hatten auch nichts anderes von Euch erwartet, aber wir haben andere Vorkehrungen getroffen. Wenn Ihr damit einverstanden seid, wird Euch nur der König begleiten, denn ihn wird man auf dieser Welt nun genauso unermüdlich verfolgen wie Euch auf Tara, als Jaun Akhera Caerdroia einnahm. Wir übrigen werden hierbleiben, an einem Ort, der für einen solchen Fall vorbereitet wurde.«

Thona schien in ihrem Sessel zu erstarren. »Dann habt Ihr gewußt, daß mein Sohn Verrat plante?«

»Keineswegs«, widersprach Borvos energisch. »Aber vielen von uns kam so vieles merkwürdig vor, daß wir unruhig wurden und uns nach einer sicheren Zuflucht für den König und seine nächsten Verwandten umsahen, falls es zu einer Katastrophe kommen sollte. Leider trat die Katastrophe ein, ehe wir so weit gerüstet waren, daß wir sie hätten abwenden können. Aber gemeinsam mit Treic und Ralia hatte ich wenigstens für einen Unterschlupf bei den Dûhin gesorgt.«

»Die Dûhin!« Elathan wurde aus seinen Gedanken gerissen. »Sie kümmern sich nicht um die Angelegenheiten der Menschen.«

Ein seltsam wehmütiger Ausdruck flog über Aerons Gesicht. »Das hat schon einmal jemand behauptet«, sagte sie so leise, als spräche sie mehr zu sich als zu den anderen. »Es stellte sich auf meiner eigenen Welt als unrichtig heraus, und ich habe den Verdacht, daß es hier ebenso sein wird.«

»Oh, Borvos, glaubt Ihr wirklich, daß sie uns verstecken werden?« fragte Camissa, die neben Rauni saß und ihr einen Arm um die Schultern gelegt hatte. Elathans jüngere Schwester hatte in den Stunden, seit Talorcans Soldaten sie mit den anderen in den Lagerraum geworfen hatten, keine fünf Sätze gesprochen, und nur Camissa schien in der Lage, sie ein wenig zu trösten.

»Das ist unsere einzige Hoffnung«, sagte er ruhig. »Ja, ich glaube, sie werden ihr Versprechen halten und uns beistehen.« Er drehte sich um und wollte in die Steuerkabine zurückkehren. »Ein Wort noch: Wir haben einen langen

Flug vor uns, denn ich wage es nicht, einen direkteren Kurs auf die südlichen Wälder zu steuern als im Augenblick, und auch so werden wir früher oder später Verfolger auf den Fersen haben. Ich möchte Euren Majestäten und den Damen empfehlen, sich auszuruhen, solange es noch möglich ist und falls Ihr dazu in der Lage seid. Ich werde dafür sorgen, daß Ihr rechtzeitig geweckt werdet, um Euch für den Fußmarsch bereitzumachen.« Er salutierte vor Elathan und schloß die Tür hinter sich.

Aeron streckte wie ein Palug ein Glied nach dem anderen und richtete sich auf. Die Spannungen, die stetig gestiegen waren, seit sie vor dem Morgengrauen Tory verlassen hatten, erreichten allmählich eine unvorstellbare Intensität und waren so dicht und ineinander verschlungen wie eine keltische Knüpfarbeit. Und wie bei einer Knüpfarbeit konnte man jede einzelne Strähne unter, über, vor und hinter alle anderen verfolgen, ohne eine Lücke oder einen Fehler im Muster zu finden: die Spannung war so spürbar wie ein Schlag und ebenso gefährlich. Wenn die Entladung schließlich kam, wäre sie so stark und unverwechselbar, daß keiner von ihnen sie so bald vergessen oder möglicherweise auch verzeihen würde. Schlaf wäre der schnellste und einfachste Ausweg, aber der Ausweg eines Feiglings, und trotzdem hätte sie ihn nur zu gern genommen; aber etwas anderes mußte noch dringender erledigt werden ...

Sie glitt aus ihrem Sessel, überquerte den Mittelgang und trat neben Elathans Sitz. Sie wußte genau, was er in diesem Augenblick empfand, so genau wie niemand sonst in der Kabine, ja, in ganz Fomor es wissen konnte: Auch sie hatte ihren Thron zurückgelassen und fliehen müssen, um ihr Leben zu retten. Daß es für sie beide nur ein vorübergehender Verzicht war – eine andere Möglichkeit wollte sie gar nicht in Erwägung ziehen, und sie wußte, daß er ebenso dachte –, machte es kein bißchen einfacher. Sie legte ihm voll Mitgefühl die Hand auf den Arm, aber er zuckte vor der leichten Berührung zurück.

»Was ist?« fragte sie. »Glaubt Ihr, *ich* weiß es nicht? Sprecht es ruhig aus!«

»Ihr wißt es doch schon«, murmelte er in tiefem Zorn: auf sich selbst, wie Aeron wußte, nicht auf sie. »Und zwar besser als jeder andere. Ein König sollte nicht vor Widrigkeiten zurückscheuen wie ein halbwildes Fohlen.«

»Nun, er sollte sich aber auch nicht Hals über Kopf hineinstürzen«, entgegnete Aeron. »Klugheit und Vorsicht sind keine schlechte Unterlage für eine Krone.«

Elathan mußte unwillkürlich lachen, und sofort fühlte er sich besser. »Das sagt ausgerechnet *Ihr?* Entschuldigt, daß ich lache, aber seit wann ist Aeron Aoibhell ein Vorbild an königlicher Zurückhaltung?«

Aeron besaß so viel Anstand, um zu erröten.« Ich gestehe zu, daß auch ich noch nicht so recht an die königlichen Zügel gewöhnt bin, obwohl ich in den vergangenen Wochen, wenn auch gegen meinen Willen, ein wenig Mäßigung gelernt habe. Trotzdem, das hat nichts mit dem zu tun, was hier geschehen ist.«

»Ach, wirklich nicht? Ach, Aeron; erinnert Euch doch, was Ihr seit Eurer Flucht von Tara alles unternommen habt – ich glaube, wir haben noch immer nicht alles erfahren –, und dann wollen wir sehen, ob Ihr es noch einmal wagt, mir etwas über Klugheit und Vorsicht zu erzählen. Habt Ihr Talorcan deshalb vorhin im Turmgang verschont?«

Sie schüttelte den Kopf. »Mir fehlte eher die Zeit, um die Sache richtig zu erledigen ... Nein, auch das ist nicht wahr: Ich zögerte, weil er immer noch Euer Bruder ist und weil jedenfalls ich genug Verwandtenmorde erlebt habe.«

»Ja, so etwas dachte ich mir. Aber trotz allem kann ich es nicht bedauern, daß Ihr ihn nicht getötet habt.«

»Ihr habt gewußt, wie sehr er Euch haßt, daß er Pläne schmiedet, um Camissa nach Eurem Sturz zu seiner Königin zu machen?«

»O ja«, sagte Elathan schlicht. »Das wußte ich.«

»Das wußtest du!« Camissa erhob sich hinter ihm aus ihrem Sessel, eine Welle der Empörung schlug über ihr zusammen, und sie fühlte sich verletzt und getäuscht. »Und es hat dir nichts ausgemacht?«

»Es hat mir sehr viel ausgemacht. Hätte er offen versucht, mir entweder meine Krone oder meine Braut wegzunehmen, dann hätte ich ihn mit meinen eigenen Händen umgebracht. Und irgendwelche Rücksichten auf familiäre Bindungen hätten mich keinen Augenblick zögern lassen. Aber er ist immerhin der Sohn meines Vaters und Thonas, und ihm das Leben zu nehmen ... Selbst Ihr, Aeron, habt Gwydions Schwester ihren Verrat verziehen. Wenn ich bedenke, welch gewichtige Gründe Ihr gehabt hättet, sollte ich da weniger Milde walten lassen?«

»Ihr kennt nicht einmal die Hälfte der Gründe, die mich bewogen haben, so zu handeln.«

Er drehte sich auf seinem Sessel um und sah sie voll an. »Das ist wahr: Ich kenne sie nicht. Und ehe ich mich so weit vorwage, daß ich nicht mehr zurückkann«, – jetzt wurden seine Augen eiskalt –, »muß ich Euch um etwas bitten. Erzählt uns von Bellator, Aeron!«

Diesmal schien es, als werde das Schweigen in der Kabine ewig dauern. Sogar Thona und Basilea, die die ganze Zeit über stillschweigend Frieden gehalten hatten, blickten sich von bösen Ahnungen erfüllt an. Camissa hatte schon fast den Mut aufgebracht, etwas zu sagen, als Aeron schließlich das Wort ergriff.

»Bellator war eine Lektion und eine Warnung. Für *mich,* Fomor: nicht für Euch, nicht für Euren Vater, ja, nicht einmal für Euer Volk. Ihr habt für Eure Heimtücke bezahlt, dafür, daß Ihr alle Gesetze des freien und sicheren Verkehrs im Weltraum gebrochen habt; aber auch ich habe bezahlt – um daraus zu lernen –, und wie hoch der Preis für diese Lehre ist, steht noch immer nicht ganz fest.«

»Und habt Ihr gelernt?«

Aeron nickte langsam. »O ja.«

»Aber wie?« platzte Camissa heraus. Sie fühlte sich nach mindestens zwei Seiten hin- und hergerissen: erst vor ein paar Tagen hatten sie und Aeron Freundschaft geschlossen, und jetzt wurde diese zerbrechliche junge Beziehung schon so hart auf die Probe gestellt. Doch sosehr sich Camissa auch bemühte, sie konnte die Frau, die sie kennen- und lieben gelernt hatte und die sie sogar ein wenig bewunderte, nicht mit dem Wesen in Einklang bringen, das ganz allein und mit unglaublicher Grausamkeit einen fomorischen Planeten ausgelöscht hatte. »Wie konntet Ihr das tun? Ich meine nicht, wie Ihr Euch dazu überwinden konntet – das, glaube ich, kann ich verstehen. Aber wie konnte man so etwas überhaupt durchführen, *wie* habt Ihr ...«

»Wie?« wiederholte Aeron bitter. »Das Wie war das geringste Problem. Aber Ihr habt recht, Ihr müßt es erfahren. Ein Zauber also; ein Zauber, der nie gelehrt, aber trotzdem oft gelernt wird: von den übermäßig Neugierigen, den übermäßig Selbstsicheren oder den übermäßig Rachsüchtigen. Es ist ganz einfach – aber keine Kleinigkeit – für einen Magier, für einen, der in die Künste der Ban-draoi, der Drachenbruderschaft oder der Druiden eingeführt ist, sogar für einen Cabiri ... ich könnte ihn jedem von Euch hier beibringen. Man kann ihn zu allen möglichen Zwecken einsetzen. Auch gegen mich wurde er verwendet: Meine Pflegeschwester Arianeira hat damit die Energiebarriere durchbrochen und die kaiserliche Armada in den Bawn von Keltia eingelassen.« Sie streckte den linken Arm aus, und plötzlich war es in der Kabine eiskalt. »Man greift aus; der Arm ist viele Tausende von Sternenmeilen lang, die Hand ist ein Handschuh aus Licht mit der Kraft einer Sonne. Man schließt die Finger um das, was man zerstören will – eine Eierschale in einer gepanzerten Faust –, dann zieht man die Hand zurück und nimmt das Herz des Planeten mit. Spürt Ihr, wie einfach es ist? Ich könnte es jetzt tun, mit der Welt, die unter uns liegt.«

Camissa hatte das Gefühl, jemand habe ihr, ohne die Bauchdecke zu verletzen, eine Handvoll Eingeweide herausgerissen, und ihr Gesicht war ebenso grau wie das von Elathan. Neben ihr zitterte Rauni wie ein kleines Hündchen an ihrem Arm.

Dann ließ Aeron ebenso unvermittelt los, wie sie zugepackt hatte, die unnatürliche Kälte war verschwunden, und ihr Gesicht wurde weicher, als sie einen nach dem anderen ansah.

»Aber ich täte es nicht«, sagte sie, »niemals wieder, und wenn das Schicksal Keltias, Fomors oder der ganzen Galaxis davon abhinge. Ich verlange nicht, daß Ihr mir das glaubt; aber ich sage es dennoch. Ihr wolltet es wissen, und ich habe es Euch erklärt.«

Und jetzt wissen wir es, dachte Camissa und zwang sich zum Sprechen. »Das war nicht leicht für Euch; es war schwerer für Euch, es auszusprechen, als für uns, es zu hören. Aber ich bin froh, daß Ihr es uns gesagt habt, und ich jedenfalls glaube Euch.«

Aeron, die mit gesenktem Kopf, das Gesicht von den Haaren verdeckt, dagesessen hatte, blickte die Fomorierin an; überraschte Dankbarkeit trat in ihr Gesicht, und sie wandte sich hastig ab, weil sie die Beherrschung zu verlieren drohte.

Doch das war nur eine Strähne der Knüpfarbeit gewesen ... Königin Basilea hatte sich erhoben und stand jetzt neben Thona.

»Es gibt noch andere, ebenso schwierige Dinge, von denen gesprochen werden muß, und auch dafür ist jetzt die Zeit gekommen.«

Sie blickte auf Thona hinab, dann vollführte sie mit ungeheurer Genauigkeit und eiserner Körperbeherrschung einen Hofknicks vor ihrer Rivalin und erhob sich wieder.

»Ich bin Euch zu ewigem Dank verpflichtet für das Leben meines Sohnes, meiner Tochter, meiner künftigen Tochter und auch für mein Leben. Ihr habt uns gerettet, auf die Gefahr hin, Euch den Haß Eures eigenen Sohnes zuzuziehen. Vielleicht wird es zwischen uns niemals Liebe geben – nach allem was gewesen ist, weiß ich nicht, ob das jemals möglich ist; aber wir könnten doch wenigstens den offenen Kampf beenden.«

Bei Basileas ersten Worten hatten sich Thonas schöne Augen mit Tränen gefüllt, und jetzt rollten sie ihr die Wangen hinab. »Majestät«, begann sie, »Herrin, es ist nicht nötig, davon zu sprechen.«

Basilea schüttelte den Kopf. »Ich habe noch nicht alles gesagt, was ich sagen muß ... Ihr wolltet wissen, Aeron, warum Bres Euren Vater so haßte? Camissa, ich weiß, daß auch Ihr Euch das gefragt habt; nun, Ihr sollt es alle hören.«

»Nein, sie soll es nicht hören, niemand von uns!« Das

war Thona, wild, schnell und merkwürdig fürsorglich. »Basilea, ich verbiete Euch, davon zu sprechen.«

»Wenn die Königin der Kelten den Mut findet, von Bellator zu sprechen, dann kann die Königin von Fomor sicher ebensoviel Kraft aufbringen und von Ganaster sprechen.« Bei dem Namen zitterte ihr die Stimme.

In Thonas Gesicht stand nur Mitgefühl. »Es ist nicht nötig, daß Ihr Euch noch weiter quält – Ihr habt schon mehr als genug getan, indem Ihr mir danktet. Ihr habt selbst gesagt, daß man gewisse vergangene Dinge besser ruhen läßt. So laßt sie denn ruhen!«

»Wenn ich den Schmerz wähle, so ist das *meine* Entscheidung; und diese Wahrheit wäre schon längst fällig gewesen.« Basilea blieb neben Aerons Stuhl stehen, beugte sich hinunter und strich der jüngeren Frau sanft mit dem Finger über die Wange. »Wie schön Ihr seid, Kind; Ihr seid Eurem Vater so ähnlich.«

Aeron war bei Basileas Berührung und bei der Erwähnung ihres Vaters totenblaß geworden und wie zu Stein erstarrt. »Euer verstorbener Gemahl empfand eine so große Zuneigung für meinen Vater, Majestät, daß sie am Ende beide daran zugrunde gingen.«

Die klaren dunklen Augen, die Elathan geerbt hatte, hielten ihrem Blick ruhig stand. »Und habt Ihr Euch nie gefragt, Aeron, was die Ursache für diese Fehde war? O ja, sicher habt Ihr das getan. Nun, es ist keine hübsche Geschichte. Elathan, Rauni, es tut mir leid, daß Ihr das hören müßt, und noch dazu in diesem Augenblick, aber je früher es offenbar wird, desto besser für alle. Mein Gemahl Bres haßte Fionnbarr von Keltia, weil Fionnbarr und ich ihn betrogen haben. Das war lange vor Eurer, Aeron, oder deiner Geburt, Elathan; noch ehe Fionnbarr Emer freite, noch ehe er sie überhaupt kennengelernt hatte. Sehr, sehr lange ist es her – ich war noch nicht einmal mit Bres vermählt.«

Sie wagte einen schnellen ängstlichen Blick auf das eisige Gesicht ihres Sohnes, auf Aerons bleiche verkrampfte Züge, beide hatten sofort begriffen, wohin Basileas Worte führten.

»Ja, damals auf Ganaster waren wir ein Liebespaar, Euer

Vater und ich, Aeron«, fuhr sie fort, mit eiserner Stimme, die so gar nicht zu den gefühlsbeladenen Worten paßte. »Und Bres ist uns auf die Schliche gekommen. Ein merkwürdiger Gedanke, nicht wahr, und welche Ironie: Hätte sich alles nur ein wenig anders entwickelt, ihr beide hättet Bruder und Schwester sein können.«

Während Basilea sprach, hatte tief in Aerons Kopf dumpf und langsam ein Hammer zu pochen begonnen; bei jedem Schlag schien ihr ganzer Körper in einem Schmerz mitzuschwingen, den sie noch nicht empfinden konnte. *Irgendwie ist dies etwas, was ich seit langem weiß; warum belastet sie mich jetzt damit ...* Es schien, als hätten sie es alle gewußt, ohne sich dessen bewußt zu sein: es hatte nur noch in Worte gefaßt zu werden brauchen, und die Worte waren das wenigste daran. Aber Elathan schwieg und blickte niemanden an; Rauni drückte sich fester an Camissa; und als Basilea endlich zu sprechen aufhörte und Aeron zaghaft ansah, auf eine Reaktion oder eine Antwort wartend, ließ diese ihre Stimme kühl und sachlich klingen und formte die Worte sorgfältig um das Hämmern in ihrem Kopf herum.

»Vorausgesetzt, die Geschichte ist wahr, dann hat Bres seinen großen Haß die ganzen Jahre hindurch mit sich herumgetragen und Fomor, die Phalanx und schließlich auch das Imperium in seine Fehde mit hineingezogen. Da muß noch mehr dahinterstecken.«

»O ja«, sagte Thona. »Streitereien zwischen Prinzen, politische Rachemanöver ... Kurzum, es kam zu einem Zerwürfnis zwischen Bres und Eurem Vater, Aeron, wegen eines Planetensystems, auf das beide Reiche aufgrund eines Vertrages Anspruch erhoben, den Königin Aoife viele Jahre zuvor geschlosssen hatte. Wahrscheinlich hatte keiner von beiden das Recht, das System zu annektieren, aber das tut jetzt nichts zur Sache. Gegen allen Rat, sogar gegen den seines eigenen Vaters, König Budic, brachte Bres den Fall vor das Justiziat auf Ganaster und nahm seine Verlobte mit.« Sie blickte in Basileas gequältes Gesicht und stockte. Aber die Königin nickte einmal, und Thona fuhr seufzend fort. »Fionnbarr gewann den Prozeß und demütigte Bres vor Budic, vor König Lasairían, Fionnbarrs Vater, vor den Herren der Phalanxwelten und sogar vor Strephons Vater, Kaiser Errazilljauna, der im darauffolgenden Jahr starb. Das hat Bres Fionnbarr nie verziehen. Aber auch das war nicht der wahre Grund für Bres' Haß.«

»Nein«, sagte Aeron. »Der Grund *dafür* lag anderswo ... Habt Ihr meinen Vater geliebt, Herrin?« fuhr sie Basilea plötzlich an, mit einer Stimme, die nicht länger kühl und sachlich klang, sondern fauchend wie ein Tiger im Sprung.

Basilea zuckte vor der darin mitschwingenden Gewalttätigkeit zurück wie schon viele vor ihr, aber sie antwortete sofort.

»Ja, Aeron. Seit ich ihn damals, zu der Zeit, von der Thona sprach, zum erstenmal auf Ganaster sah; ich liebte ihn, und er liebte mich. Ich wußte damals nicht, daß er der Thronerbe von Keltia war, das erfuhr ich erst hinterher; und er wußte nicht, daß ich mit Bres verlobt war. Solche Dinge waren uns nicht wichtig, doch als wir schließlich die Wahrheit erfuhren, war dies das Ende unserer gemeinsamen Zeit. Sogar dann bat er mich noch, Bres zu verlassen und mit ihm zu kommen, er wollte mich zur Königin von Keltia machen, aber damals fehlte mir der Mut, und später fragte er nicht mehr. Er lernte Emer kennen und nahm sie zu seiner Königin; ich wußte, daß er sie liebte und mich aus seinem Gedächtnis verdrängt hatte. Aber ich liebte ihn auf Ganaster, ich liebte ihn, als ich neben Bres stand, um mit ihm getraut zu werden, und, die Götter mögen mir verzeihen, ich liebe ihn noch immer.«

»Und Bres? Was war mit Eurem königlichen Gatten?«

»Im Laufe der Jahre lernte ich, ihn zu achten«, sagte Basilea mit fester Stimme, »und ihn als König zu bewundern. Ich schenkte ihm drei wundervolle schöne Kinder, ich lebte als treue Ehefrau, Königin und Partnerin mit ihm und teilte seinen Thron und seine Pflichten. Aber ich liebte ihn nie, und er wußte es. Teils um mich dafür zu bestrafen, hielt er vor den Augen aller Welt an Thona fest ... Ihr habt vorher von einem Preis gesprochen, den es zu bezahlen gilt, Aeron; nun, dies ist der Preis, den ich die ganzen Jahre über für jene Zeit auf Ganaster bezahlt habe. Und bis vor vier Jahren glaubte ich, es habe sich gelohnt. Dann griff Bres das Botschaftsschiff an ... Was glaubt Ihr, wie mir zumute war, als ich hörte, daß Fionnbarr tot war, und Emer, Euer Roderick und alle die anderen? Auch das war ein Teil des Preises dafür, was wir getan hatten; Fionnbarr hat dafür bezahlt, ich habe dafür bezahlt, und nun hat auch Bres bezahlt.«

»Es ist nur ein Jammer, Königin Basilea, daß der letzte Crossic dieses Preises noch nicht erlegt ist.« In Aerons Stimme ringelte sich jetzt die Kälte von An-Lasca, dem Peitschenwind. »Wahr ist, daß ich selbst von Bres den Preis forderte, von dem Ihr sprecht, als Eráic für meine Verwandten; aber auch ich habe für diese Rache der Rechtairs bezahlt, und Eurem Sohn ergeht es jetzt ebenso. Auch Euer Sohn, Thona, wird in nicht mehr allzuferner Zukunft teuer für seinen Anteil an dieser Schuld zu bezahlen haben, seid Euch dessen ganz sicher. Mein Kompliment, Basilea: Nur wenige Frauen von Fomor oder sonstwo können für ihre Gunst einen so hohen Lohn fordern.«

»Aeron ...«, begann Thona.

»Nein, laßt mich – man muß sagen, Lady Thona, Ihr wart Eurer Königin wirklich treu ergeben. Die ganzen Jahre über habt Ihr ihr Geheimnis gewahrt, besser vielleicht, als manche Freunde es getan hätten, und dabei hat sie Euch die ganze Zeit über als Rivalin verabscheut ... *Dafür*«, – und jetzt wurde die Kälte zu einer eisigen Flamme, und sogar Elathan, der kaum weniger zornig war als sie, zuckte davor zurück –, »dafür hat Bres ein Reich gegen das andere gehetzt, hat den Haß über Jahrzehnte hinweg lebendig erhalten, hat die Feindschaft mit in sein Ehebett genommen, hat die Phalanx zu Keltias Gegner gemacht, hat sich mit dem Imperium verbündet, alles aus reiner Bosheit. Dafür hat er sich die Hände mit Verrat und Mord beschmutzt, hat mich veranlaßt, meine Magie einzusetzen, um Rache zu nehmen, starb selbst unter meinem Schwert, und es fehlte nur um die Breite einer Messerklinge, dann hätte er auch mich getötet. Und schließlich führte seine Handlungsweise dazu, daß sein rechtmäßger Erbe von seinem zweiten Sohn gestürzt und außer Landes gejagt wurde. Ich will – und kann – meinen Vater nicht von Schuld freisprechen, aber wenn ich sehe, wohin die Liebe führen kann, verliere ich jede Hoffnung.«

»Liebe?« fragte Elathan. »Würdet Ihr es so nennen?«

Einen Moment lang war Aeron nicht auf der Hut und schaute zu ihm hinüber, und trotz seines eigenen Schmerzes blieb ihm beinahe das Herz stehen, als er ihr Gesicht sah.

»Ich muß es so nennen, sonst müßte ich sagen, es ist – lassen wir das! Es ist lange vorbei, und ich muß es verdrängen, wie andere es vor mir getan haben. Aber es erinnert mich an erste Anlässe und auch an etwas, das Gwydion einst zu mir sagte ...«

Ohne einen weiteren Blick wandte sich Aeron zum Fenster, drehte ihnen den Rücken zu und sah in die wolkenverhangene Dunkelheit hinein.

15. Kapitel

Während der nächsten Stunden änderte sich in der Kabine nichts: Aeron hatte ihren kalten Zorn wie einen Mantel um sich gezogen; Elathan war kaum weniger aufgewühlt als sie; Camissa und Rauni kuschelten sich aneinander, der dunkle Kopf der einen sank hinab, als sie einnickte, die andere schlief neben ihr auf dem Sitz zusammengerollt wie ein goldenes Kätzchen; Thona und Basilea waren in ihre eigenen Gedanken, Schmerzen und Erinnerungen versunken, und es waren bei beiden die gleichen Gedanken, Schmerzen und Erinnerungen.

Doch am tiefsten hatte Basileas Geständnis Aeron und Elathan getroffen; und alle, nicht zuletzt sie selbst, verstanden, daß man sie im Augenblick am besten in Ruhe ließ, damit die heilende Kraft der Vernunft auf die Gefühle einwirken konnte.

Zumindest bei Elathan war dieser Vorgang schon recht weit fortgeschritten. In den ersten Augenblicken des Schocks hatte er etwa das gleiche empfunden wie Aeron: Zorn – auf Bres, auf Fionnbarr und auf Basilea; Abscheu, daß eine solche Fehde solch ungeheuerliche Ausmaße hatte annehmen können; Abscheu auch, weil alles so erbärmlich angefangen hatte. Aber dann gewann Schritt für Schritt die Vernunft die Oberhand, sein Zorn kühlte ab, und er warf verstohlen einen schnellen Blick zu Aeron hinüber. Sie hielt ihr Gesicht immer noch unversöhnlich abgewandt, so daß er nur einen Schleier aus kupferfarbenem Haar sehen konnte, aber selbst der ihm zugekehrte Rücken drückte beredt ihre Wut aus.

Seufzend blickte er erneut aus dem Sichtfenster, obwohl es inzwischen wieder Nacht geworden war und man von seiner Thronwelt tief unten nichts erkennen konnte. Er verstand ihren Zorn und ihren Schmerz nur zu gut, denn er fühlte fast genauso: ihr Vater und seine Mutter – es schien beinahe unfaßbar, und noch unfaßbarer war die

Art, wie Bres auf dieses Problem reagiert hatte. Unangemessen würden die Xenologen ein solches Verhalten nennen. Aber er hatte nun einmal so gehandelt und damit die Geschichte der Galaxis und den Verlauf vieler Menschenleben geändert, nicht zuletzt bei seinem eigenen Erben. *Doch wie kann ich den beiden einen Vorwurf machen, wenn ich doch selbst – wenn auch nur kurz – mehr oder weniger die gleichen Gefühle hegte, für Fionnbarrs Tochter ...*

Und dann war da noch Thona. Als Elathan an sie dachte, hätte er beinahe laut aufgestöhnt. In der Aufregung und Hektik der Flucht war ihr Opfer unbemerkt geblieben und nicht gewürdigt worden: Als sie sich dafür entschied, ihn und die anderen aus ihrem Gefängnis zu befreien, hatte sie sich ihren eigenen Sohn zum Feind gemacht, sie hatte, wie schon so oft, Elathan über Talorcan, die Liebe über die Rechte der Geburt gestellt. *Und diesmal wird ihr Talorcan nicht mehr verzeihen,* dachte Elathan, *weder ihr noch mir ...*

Doch solche Gefühle können sich in solcher Intensität nicht lange halten: Als sich die Kabinentür wieder öffnete und Ralia eintrat – ein weiblicher Offizier aus Elathans Garde, den man schon vor Monaten zu Camissas Schutz abgestellt hatte –, hatte die Spannung in der Kabine ein wenig nachgelassen und war erträglicher geworden, ohne jedoch deshalb weniger tief empfunden zu werden.

Das spürte sogar Ralia; sie blieb neben Elathans Stuhl stehen und sprach kurz und schnell auf ihn ein, dann verschwand sie mit ungeheuer erleichtertem Gesicht wieder nach vorn. Elathan rieb sich die müden Augen und drehte sich in seinem Sessel um.

»Wir werden in ein paar Minuten landen; Borvos läßt uns sagen, wir sollen die Rückhaltefelder unserer Sessel aktivieren.« Er führte diese Anweisung sogleich aus, und die anderen, als letzte Aeron, folgten seinem Beispiel.

Das Aircar landete ohne weitere Zwischenfälle; draußen war es völlig dunkel, und als sie sich für den Fußmarsch bereit machten, kamen Borvos und seine beiden Offiziere, um ihnen behilflich zu sein.

»Soweit wir feststellen können«, sagte er zu Elathan, »befinden wir uns etwa zehn Meilen von der Stelle entfernt, wo die Königin der Kelten vermutlich mit ihrem Schiff gelandet ist. Wir könnten genauere Angaben machen, wenn die Königin ihr Schiff nicht so gut versteckt hätte, aber wir konnten es nicht finden.«

»Dann wollen wir hoffen, daß es *mir* gelingt.« Alle drehten sich überrascht um, denn das war Aerons Stimme. Sie hatte stundenlang, seit Basileas Geständnis, kein Wort mehr gesprochen und war die ganze Zeit über in einer Verfassung gewesen, die sich aus Zorn, tiefer Traurigkeit und dem Bemühen zusammensetzte, beide Gefühle oder eines davon zu beherrschen: In Wahrheit wußte sie nämlich nicht, gegen wen sich ihr Zorn am meisten richtete – gegen Bres, Basilea, ihren Vater oder sich selbst. *Obwohl ich gerade die Richtige bin, um ein Urteil zu fällen,* dachte sie bitter. Fionnbarr und Basilea oder Aeron und Elathan – gab es da überhaupt einen Unterschied, und wenn es ihn gab, war er dann qualitativ oder nur graduell? Sicher, sie und Elathan hatten ihren Gefühlen nur ein ganz klein wenig nachgegeben, dann hatten sie erkannt, was sie taten, und es im Gegensatz zu ihren Eltern von sich gewiesen. Aber daß sie überhaupt so empfunden hatte, trug nun nicht unbeträchtlich zu ihrem inneren Aufruhr bei, und es war ihr schwergefallen, ihn zu unterdrücken.

Mittlerweile war es ihr jedoch so weit gelungen, daß sie jetzt nur noch eine dumpfe Müdigkeit spürte, und als sie sich von ihrem Platz erhob, streifte sie die anderen, die sie so scharf beobachteten, lediglich mit einem gleichgültigen Blick. In dieser neuen Stimmung kam ihr deren Unbehagen fast komisch vor. *Was erwarten sie nun eigentlich von mir?* dachte sie. Mit den Entscheidungen der Vergangenheit zu hadern, war ein ziemlich sinnloses Unterfangen; man wob sich den besten und brauchbarsten Umhang aus den Fäden, die man eben zur Hand hatte. Aus welcher Wolle diese Fäden gesponnen waren, das konnte man sich nicht aussuchen; nur das Muster, die Webart und das Gewicht ... und selbst das wurde vom Dán bestimmt, vom stets wechselhaften Wetter des eigenen Geschicks.

»Ich habe natürlich Methoden, um *Retaliator* zu finden«, fügte sie hinzu. »Aber ich habe das Schiff mit einem Tirr –

einem Nichtlicht, einem Tarneffekt – belegt, und das ist immer riskant.«

»Und Morwen?« fragte Elathan.

Aeron ließ einen Augenblick verstreichen. »Sie hat inzwischen sicher zurückgefunden.«

»Und wenn nicht?«

»Stellt mir weniger Fragen, König von Fomor, und liefert mir statt dessen ein paar Antworten mehr! Wir befinden uns immer noch auf *Eurer* Thronwelt!« Aeron sah, wie Rauni an die Kabinenwand zurückwich, und sofort tat es ihr leid. »Ich wollte Euch nicht anfahren, Elathan, aber Ihr *bedrängt* mich so ... Gibt es denn in Euren Wäldern niemanden, bei dem sie Zuflucht gefunden haben könnte?«

»So gut wie niemanden«, sagte Elathan, schnallte sich ein Bündel auf den Rücken und war Camissa mit dem ihren behilflich. »Außer den Dûhín, und sie fürchten die Menschen, ganz gleich, was Borvos mit ihnen ausgehandelt hat. Ich bezweifle, daß sie einer Fremden, die sich im Wald verirrt hat, beiständen.«

Er hob ruckartig den Kopf, als ein plötzliches Geräusch an sein scharfes Ohr drang, sein Gesicht wurde wachsam. Aeron sah ihn an, sie teilte seine Sorge, denn auch sie hatte das Geräusch erkannt: das gedämpfte Winseln tief fliegender Aircars, die sie verfolgten.

Zwei Stunden später gestattete ihnen Borvos auf einer kleinen, von einem plätschernden Bach durchflossenen Lichtung mit weichem Moosboden eine kurze Rast von dem anstrengenden Nachtmarsch. Aeron legte sich am Ufer nieder und schöpfte mit beiden Händen das klare Wasser, um zu trinken. Neben ihr ließ sich Rauni in den Farn sinken und zog die Beine unter sich, sie war noch ein wenig schüchtern, aber Aerons herzliches Lächeln machte ihr Mut.

»Ich habe selbst eine Schwester etwa in deinem Alter«, sagte Aeron wie zur Erklärung. »Und ich frage mich, wo sie jetzt ist ... hoffentlich an einem besseren Ort als wir.«

Rauni beugte sich zum Bach hinab, um etwas zu trinken, und hielt dabei die blonden Zöpfe hoch, damit sie nicht naß wurden. »Glaubt Ihr, man kann uns hier aufspüren?«

Aeron schüttelte den Kopf. »Nicht bei Nacht und nicht aus der Luft; selbst Nachtsichtgeräte würden nichts nützen, denn in den Wäldern gibt es viele Tiere, und wir sähen auf einem Scannerschirm kaum anders aus. Aber sie sind uns sicher bis zu der Stelle gefolgt, wo wir mit dem Aircar gelandet sind, und ich fürchte, wir werden Schwierigkeiten bekommen, wenn wir *Retaliator* nicht gefunden haben, bis die Sonne aufgeht; in diesem Fall brauchen wir wenigstens ein Versteck, wo wir die Dunkelheit abwarten können, denn wir sollten es nicht wagen, bei Tag weiterzugehen. Wie auch immer, wir dürfen uns nicht zu lange an einem Ort aufhalten ... Wie geht es deiner Mutter?« fragte sie leiser. »Und Lady Thona?«

Rauni wandte sich von den anderen ab und dämpfte ebenfalls die Stimme. »Nicht sehr gut. Sie geben sich alle Mühe, aber an solche Strapazen sind sie nicht gewöhnt.«

»Und du wohl auch nicht, Alanna ... Nun, vielleicht findet Borvos eine Stelle, wo wir den Tag über bleiben können. Wo ist dein Bruder?«

Elathan saß allein auf der anderen Seite der Lichtung und ließ eine Hand in das Wasser des Baches hängen. Er empfing Aeron mit müdem Lächeln; zwischen ihnen schien wieder Frieden eingekehrt zu sein, und wie in stillschweigendem Einvernehmen vermieden sie es beide, auf die Enthüllungen des vergangenen Tages zu sprechen zu kommen.

»Keine Verfolgung am Boden?«

»Ich kann nichts feststellen«, sagte sie. »Immerhin haben Treic und ich unsere Spur so gut wie möglich verwischt. Wenn es hell wird, setzen sie vielleicht Bodentrakker oder sogar Spürhunde auf unsere Fährte. *Retaliator* kann jetzt nicht mehr weit entfernt sein, und mein Lithfaen scheint zu funktionieren, aber ...« Sie brach ab und winkte den anderen warnend zu.

Ihre Vorsicht erwies sich als unnötig. Seufzend und lächelnd erhob sich Borvos, streckte die leeren Hände aus und redete in einer weichen perlenden Sprache in den raschelnden Wald hinein.

Und aus den Bäumen kam Antwort. Seine müden verwirrten Schützlinge dachten zuerst, sie käme *von* den Bäumen, und in ihrer Benommenheit und Erschöpfung hätten sie sogar das hingenommen. Aber dann teilte sich das Unterholz, und sie sahen, wer gesprochen hatte.

Als Aeron erwachte, lag sie in kühlem goldenen Morgenlicht und hörte ein merkwürdiges Rauschen wie von vielen Wassern. Einen Augenblick später begriff sie, daß das Zischeln nicht vom Wasser kam, sondern vom Wind, der durch dichtbelaubte Äste strich, und daß der Unterstand, in dem sie lag, aus lebenden Schößlingen geflochten war. Sie versuchte, sich zu erinnern, wo sie war: Sie waren lange in dunkler Nacht hinter unsichtbaren Führern hergegangen, dann war es angenehm warm geworden, sie hatten zu essen bekommen und schlafen können. Vorsichtig richtete sie sich auf. Neben ihr lag Rauni zusammengerollt unter den gleichen leichten grobgewebten Decken, in die auch Aeron gehüllt war; auf der anderen Seite schliefen Elathan und Camissa. Der Rest des kleinen Trupps befand sich an der gegenüberliegenden Seite des Unterstandes mit dem Blätterdach; alle schliefen tief und fest.

Aeron spürte, daß sie aufmerksam beobachtet wurde, und drehte den Kopf ruckartig zum Eingang. Vor dem gewebten Vorhang, in der Morgensonne nur verschwommen sichtbar, standen drei Gestalten, eine ein kleines Stück vor den anderen. Aeron starrte sie staunend an, denn es waren die Dûhín, und am Abend zuvor hatte sie kaum einen Blick auf sie erhaschen können.

Klein waren sie, nicht größer als ein zehnjähriges Kind bei den Kelten, zart gebaut, mit sechs dünnen zarten Fingern, zwei davon Daumen, an jeder Hand; die Haut war grün wie bei den kleinen jadefarbenen Baumschlangen, das Haar leuchtete in dunklerem Grün, und man sah keine Ohren. Die spärliche Kleidung schien aus den gleichen gedrehten Fasern gewebt zu sein wie die Decken: von den Bäumen gewonnenes Material. Schuhe oder Stiefel trugen sie nicht, und die sechs Zehen an jedem Fuß konnten greifen; aber wo sich Augen hätten befinden müssen, gab es nur flaumweiches Fell, das auch den Rest des Körpers bedeckte.

»Ihr könnt nicht sehen!« keuchte sie, ohne zu überlegen, taktlos herausplatzend wie ein Kind, und entschuldigte sich sofort. »Verzeiht meine Worte – wenn ich weniger müde bin, werde ich sicher höflicher sein.«

Die vorderste Gestalt lächelte; vielmehr verströmte sie etwas, das sich wie ein Lächeln anfühlte, allerdings weit stärker, als ein Lächeln mit dem Mund jemals wirken konnte. Dann begann das Wesen zu reden, und seine Stimme klang seltsam melodiös wie das Murmeln eines Baches; Aerons Ohr erkannte den Rhythmus der perlenden Sprache, die Borvos in der Nacht auf der Lichtung verwendet hatte.

»Ihr habt recht, die Dûhín haben keine Augen, wie Ihr sie kennt, aber wir sehen recht gut. Ihr, Herrin: Ihr seid groß und schlank und mit Rot gekrönt wie eine Eberesche im Herbst, und Ihr kennt die Bäume. Welches ist Euer Baum? Ihr braucht nur das Bild zu denken und seinen Namen zu sagen, dann werden wir wissen, ob Ihr die Wahrheit sprecht.«

»Saille«, hauchte sie auf Gaeloch, und gleichzeitig entstand in ihrem Geist das Bild: die graugrüne Rinde des knorrigen Stammes, die silbrigen Blätter mit dem gezackten Rand.

»Ach, Euch erfüllt die Weisheit der Weide: weit ausladend, fest verwurzelt, viele beschirmend, nachgebend im heftigen Sturm. Auch ist es Euch nicht fremd, ohne Worte zu sprechen oder ohne Augen zu sehen. Und neben Euch steht einer – er ist nicht körperlich hier, aber ich sehe ihn trotzdem –, Euer Gemahl, glaube ich. Groß ist er, gerade wie ein Eschenspeer, seine Hände können dem singenden Holz Musik entlocken. Welcher Baum gehört zu ihm?«

»Derwyth«, sagte Aeron immer noch leise, und die Kraft der Eiche in ihrem Geist stärkte ihr den Rücken.

»Der Torbaum des Universums; Eiche und Weide, eine gute Kombination – Kraft mit Biegsamkeit gepaart. Eine schicksalhafte Verbindung, die aus zwei Seelen eine macht. Das ist starke Magie.« Das wilde Wesen trat vor, und Aeron hielt sich ganz still. »Ich heiße Ta-vecher«, sagte es. »Dies sind meine Brüder Cho-runya und Vi-khansa. Willkommen in der Heimat der Dûhín!«

Aeron verneigte sich mit so viel Würde, wie die Decken und ihr zerzaustes Aussehen es zuließen. »Ich heiße Aeron«, sagte sie, »aber das wißt Ihr sicher schon.«

Eine Welle der Belustigung ging von den Dûhín aus. »Das und noch mehr«, sagte der eine, der Vi-khansa hieß. »Wir haben Euch um unseres Königs willen geholfen, wie es vereinbart war; aber wir beherbergen schon seit einiger Zeit noch eine andere Fremde. Ihr, Aeron, werdet Euch freuen, sie wiederzusehen.«

Die Vorhänge an der Tür raschelten im auffrischenden Wind; eine Hand zog sie zurück, und, was niemand zu erwarten oder auch nur zu hoffen gewagt hatte, Morwen trat ein.

Mit einem Satz hatte Aeron den Raum durchquert und umarmte sie lachend und weinend, fluchend und plappernd, und Morwen benahm sich nicht anders. Dieses lärmende Wiedersehen weckte auch die anderen, und sie richteten sich auf.

Beim Morgenmahl wurden Geschichten ausgetauscht. Morwen hörte Aeron und Elathan entsetzt und gebannt zu, aber als man sie drängte, von ihren eigenen Abenteuern zu berichten, hob sie nur die Schultern.

»Da gibt es nicht viel zu erzählen«, sagte sie, den Mund voll Käse und Brot. »Als der Cam-anfa vorübergezogen war, Aeron, habe ich lange und verzweifelt nach dir gesucht, aber ich konnte dich im Wald nicht finden. Fast bis Tagesanbruch streifte ich umher, dann legte ich mich in der festen Hoffnung nieder, in diesem Leben nicht mehr zu erwachen. Doch als ich die Augen öffnete, standen sie um mich herum.« Sie zeigte auf die Dûhín. »Sie brachten mich in eines ihrer Dörfer nicht weit von hier, gaben mir zu essen, machten es mir herrlich behaglich und teilten mir alles mit, was sie wußten. Aber von dir hatten sie nichts gehört, Aeron, bis Borvos vor einer Woche hierherkam, um die letzten Vorbereitungen für das Asyl der Königsfamilie zu treffen. Sie verrieten ihm nicht, daß ich hier war, aber er erzählte den Dûhín-Häuptlingen, daß in Tory Unruhe herrsche, daß sie sich wahrscheinlich noch steigern werde und daß es für Elathan nicht gut aussehe; und dann erwähnte er Aeron und ihre vermißte Freundin. Ta-vecher hat alles an mich weitergegeben, und das«, – wieder hob sie, diesmal lächelnd, die Schultern –, »ist meine ganze Geschichte. Ich kam eben erst hierher, zusammen mit ein paar Leuten aus dem Dorf, wo ich mich aufgehalten hatte – mit At-valki, Ni-laro und einigen anderen.«

Aeron schüttelte den Kopf. »Dann hast du also die ganze Zeit über an diesem schönen Ort bei diesen wunderbaren Leuten gelebt, wähend ich in Tory eingesperrt war und mich um dich ängstigte.« Das Lächeln auf ihrem Gesicht strafte die strengen Worte Lügen. »Fergus hätte gleichzeitig Königs- und Verwandtenmord an mir begangen, wenn ich ohne dich nach Keltia zurückgekehrt wäre.«

»Da wir gerade von Rückkehr sprechen ...« Morwen zögerte.

»Oh, wir haben hier keine Geheimnisse mehr«, sagte Aeron. »Wir fliegen zusammen mit Elathan auf *Retaliator* weiter. Die anderen bleiben bei den Dûhín, bis wir unsere Reise beendet haben.«

»Aber warum seid Ihr überhaupt nach Fomor gekommen?« fragte Ta-vecher. »Ein feindlicher Planet und Ihr auf der Flucht, um Euer Leben zu retten ...«

»Wir kamen hierher, weil Arthur hier war. Er war vor langer Zeit König der Kelten und hat neben vielen anderen auch gegen die Fomori gekämpft. Fremdweltler – und auch wir – nannten ihn nach seinem Wappen den Roten Drachen.«

»Der Rote Drache!« rief Elathan ebenso erstaunt wie seine Landsleute. »Warum habt Ihr das nicht früher gesagt? Jedermann auf Fomor kennt Geschichten über ihn: wie er die Vellamier überlistete und unserem König Nanteos den Wind aus den Segeln nahm, wie er die Kriegerkönigin der Yamazai umwarb und viele andere. Aber er blieb nicht sehr lange hier, Aeron; nur so lange, bis er ein paar Dutzend Kelten gerettet hatte, die bei dem Überfall auf Clero gefangengenommen worden waren. Er befreite sie, und dann war er fort und sie mit ihm.«

Sie nickte. »Soviel wissen wir, aber kaum mehr. Jedenfalls suchen wir das Wrack seines Flaggschiffes *Prydwen;* an Bord dieses Schiffes hoffen wir die Dreizehn Schätze zu finden, die seit fünfzehnhundert Jahren aus Keltia verschwunden sind.«

»Was sind das für Schätze?« wollte Rauni wissen.

»Das weiß niemand genau«, gestand Morwen. »In Liedern und Geschichten werden sie unzählige Male erwähnt; viele davon könnten durchaus mythischer oder sogar mystischer Natur sein. Angeblich waren es dreizehn an der Zahl, aber wenn es darum geht, was sie sind, weichen die Berichte voneinander ab: man spricht von einem Halfter, mit dem man sogar ein Falair zähmen konnte; von einem Dolch, dessen Stich den Wind bluten läßt; von einem Wagen, der über Land und Meer fahren kann; von einem Mantel, der unsichtbar macht; von einem Trinkhorn und einem Ranzen, die niemals leer werden, ganz gleich, wie vielen man daraus zu trinken und zu essen gibt; und anderes mehr. Aber alle Berichte sind sich über vier Dinge einig, die heiligsten von allen: ein Lichtschwert, das jedes noch so dicke Material durchschneiden kann; ein Speer, der stets sein Ziel findet und es zerstört; ein Kessel, der jede Wunde heilt und sogar Tote wiedererweckt; und ein Stein, der auf eine Meile Entfernung jedem den Tod bringt, der ihn ungeschützt ansieht. Man sagt, die alten Danäer hätten diese Dinge mitgebracht, als sie aus Atland flohen und nach Irland kamen; sie sollen aus den heiligen Städten – vielleicht waren es auch Planeten – Falias, Findias, Murias und Gorias stammen.«

Für eine Weile schwiegen alle, dann blickte Camissa auf. »Woher wißt Ihr, daß diese Dinge – falls sie überhaupt existieren – sich auf dem Schiff befinden, das Ihr sucht?«

»Das wissen wir nicht«, sagte Aeron. »Man hat mir nur durch Gwydion ausrichten lassen, ich solle nach der *Pryd-*

wen und den verlorenen Schätzen suchen, und ich beschloß, dies zu tun. Vielleicht irre ich mich; aber ohne diesen Hinweis wäre ich sicher auf Tara geblieben.«

»Wo Euch Jaun Akhera inzwischen – ebenso sicher – getötet hätte, Euch, Gwydion und auch Morwen«, sagte Elathan. »Und ich und meine Familie hätten von Talorcans Hand den Tod gefunden, denn dann wärt Ihr nicht nach Fomor gekommen. Ich stehe in der Schuld desjenigen, der Gwydion diesen Hinweis gab. Wenn wir nach Tara kommen, werde ich ihm persönlich danken.«

Aeron warf ihm einen langen nachdenklichen Blick zu, schwieg aber.

»Aber wohin wollt Ihr jetzt gehen, Kinder?« Thona hatte nicht viel von der Unterhaltung mitbekommen, sondern sich stumm um die unmittelbare Zukunft der drei gesorgt, die nicht bleiben würden.

»Das weiß ich nicht, Herrin«, sagte Morwen. »Die Worte, denen wir folgen, führten uns hierher und nicht weiter. Es sei denn, Aeron hat seither dem Gedicht neue Informationen entnehmen können.«

»Das ist nicht der Fall, obwohl ich mir alle Mühe gegeben habe; ich hatte in Tory viel Muße, um mich mit Studien zu beschäftigen.«

Basilea hatte bisher geschwiegen, doch jetzt ergriff sie plötzlich das Wort. Ihr waren Bruchstücke einer alten, halb vergessenen Geschichte im Kopf herumgegangen, und nun hatte sie endlich alles zusammengefügt.

»Dieser Arthur – den wir den Roten Drachen nennen – begab sich doch von hier aus an seine letzte Ruhestätte, nicht wahr, Aeron?«

»Das ist richtig: in ein Land namens Afallinn.«

»Ich weiß, ich habe einige von Euren Heldensagen gehört – aber so wird das Land von seinen eigenen Bewohnern genannt. Fremdweltler kennen es als Kholco.«

Aeron richtete sich so heftig auf, daß das Geschirr auf dem niedrigen Tisch klirrte. »Kholco! Das ist doch der Vulkanplanet – ist er in der Nähe?«

»Nicht weit entfernt«, sagte Borvos. »Aber es ist ein schrecklicher Ort. Die einzigen, die dort leben, sind die Salamandri, das Feuervolk. Für Menschen ist die Welt nicht geeignet.«

»Aber Menschen könnten dort leben?«

»Eine Weile, in den stabileren Gebieten. Die Salamandri selbst sollen angeblich direkt in den Feuerbergen wohnen. Habt Ihr davon nichts gewußt?«

Aeron schüttelte den Kopf, ihre Gedanken überstürzten sich sichtlich. »In Keltia ist jedem bekannt, daß Arthur auf der Insel Afallinn seine letzte Ruhe fand, aber ich glaube, wenn irgend jemand überhaupt jemals wußte, daß dies ein Planet ist, dann ging dieses Wissen mit der Errichtung der Energiebarriere verloren. Nicht einmal die Barden haben Aufzeichnungen darüber, daß Afallinn Kholco ist. Ich bin Königin Basilea zu großem Dank verpflichtet; diese Information hat uns sicher Zeit und Mühe gespart und bedeutet vielleicht für uns alle am Ende die Rettung.«

»Ihr schuldet mir keinen Dank«, sagte Basilea ruhig. »Fionnbarr hat mir diese Geschichten als erster erzählt; erst lange danach erfuhr ich, daß die beiden Orte in Wirklichkeit ein und derselbe waren. Werdet Ihr dorthin gehen?«

»Ich muß, und zwar sofort«, sagte Aeron und sah dabei nicht sie, sondern Elathan an. »Ich verspreche Euch, wenn wir die Schätze finden, kommen wir damit zuerst nach Fomor, um Elathan seinen Thron zurückzuerobern, ehe wir sie nach Hause nach Keltia bringen, um mir den meinen wiederzuerringen.« Sie legte sich zur Bekräftigung die Hand aufs Herz, und Elathan neigte zum Zeichen der Anerkennung und des Einverständnisses den Kopf.

»Und ich gehe mit Euch«, erinnerte er sie, »wie es vereinbart war.«

»Wenn er, dann auch ich«, mischte sich Camissa ein wenig trotzig ein, als fürchte sie, Aeron werde ablehnen und sie mit den anderen bei den Dûhín zurücklassen.

Aber Aeron sah sie nur ruhig an, dann nickte sie zustimmend; und Camissa war zu überrascht – und zu dankbar –, daß sie die Einwilligung so mühelos erhalten hatte, um nach den Gründen zu forschen.

»Wir brechen noch heute nacht zu *Retaliator* auf«, fuhr

Aeron fort, »sobald es dunkel genug ist, daß wir uns ungesehen bewegen können. Bis dahin ...« Sie stand von dem niedrigen Tisch auf. »Elathan, ich weiß, daß Ihr mit Borvos und mit Eurer Mutter und Schwester Staatsangelegenheiten zu besprechen habt, laßt Euch dabei nicht stören. Was mich angeht« –, sie lächelte auf die Dûhín hinab, die immer noch auf den Polstern saßen –, »ich werde mich, wenn sie damit einverstanden sind, mit Ta-vecher und seiner Sippe über die Weisheit der Bäume unterhalten.«

16. Kapitel

»Du hast mich rufen lassen, Vater?« Helior betrat in Hausschuhen geräuschlos den marmorgepflasterten Raum mit dem Springbrunnen und verneigte sich fast unmerklich, ehe sie sich dem Stuhl des Kaisers näherte.

»Das ist richtig«, sagte Strephon nach einer ziemlich langen Pause. Er sah mit unergründlicher Miene zu ihr auf, dann blickte er hinunter auf einen Datenträger in seinem Schoß. »Ich habe Neuigkeiten.«

Helior stand ganz still, nur die Hände, die sich in den Falten ihrer seidenen Röcke unaufhörlich öffneten und schlossen, verrieten, wie schwer ihr das fiel.

»Tatsächlich?«

Strephon lachte auf – ein lautloses Glucksen, das seinen Körper erschütterte – und schnurrte dann: »Oh, das war ausgezeichnet! Die Gleichgültigkeit war sehr überzeugend dargestellt – das hätte ich dir gar nicht zugetraut ... Nun, offenbar habe ich im besetzten Keltia doch noch ergebene Diener, die fähig sind, mir eine einfache Botschaft zukommen zu lassen, obwohl die Kelten alles tun, um es zu verhindern.«

»Mein Sohn ...«

Das Schnurren wurde zu einem erregten Fauchen. »Dein Sohn, meine Liebe, scheint immer *un*fähiger zu werden, selbst bei den einfachsten Dingen! Ich weiß nicht mehr, wie ich ihm jemals zutrauen konnte, Keltia für mich zu erobern, ganz zu schweigen davon, daß er nach mir meinen Platz einnehmen soll.« Er warf ihr den Datenträger zu, sie machte keine Anstalten, ihn aufzufangen, und so fiel er zu Boden und blieb halb verdeckt vom Saum ihres Rockes liegen. »Er hat es nicht nur nicht geschafft, Aeron Aoibhell in einer eroberten und besetzten Stadt gefangenzuhalten, es ist ihm nicht einmal gelungen, sich die einzige wertvolle Geisel zu bewahren, die er noch hatte – den Prinzen von Gwynedd beziehungsweise den königlichen

Prinzgemahl von Keltia, wie wir ihn jetzt wohl nennen müssen.«

»Gwydion ist entkommen?«

»So ist es. Ist denn Jaun Akhera nicht nur unvorsichtig, sondern auch noch taub und blind, daß er den einzigen Aktivposten, den er bei Verhandlungen ins Spiel bringen kann, einfach aus Turusachan hinausspazieren läßt, ohne einen Finger zu rühren, um es zu verhindern?«

Helior errötete. »Nach allem, was ich über Gwydion gehört habe ...«

Strephon schnitt ihr mit einer Handbewegung das Wort ab. »Ja, ja, zweifellos. Trotzdem ändert das nichts an der Tatsache, daß dein Sohn ihn hatte und ihn jetzt verloren hat.«

Helior ballte die Fäuste, bis ihr die Handflächen unter den edelsteinbesetzten Fingernägeln bluteten. »Darf ich fragen, wie diese Botschaft zu dir gelangte? Ich dachte, fast alle Nachrichtenverbindungen von und nach Keltia werden von den Kelten blockiert?«

»Ach, das war nun wirklich raffiniert. Ein Kleinstraumschiff hat die Blockade durchbrochen und sich so weit und so lange von der Energiebarriere entfernt, bis es die Botschaft an mich abgesetzt hatte. Natürlich wurde es von den Kelten entdeckt und zerstört, aber der Funkspruch war schon unterwegs.«

Eine Weile herrschte Stille im Raum, nur unterbrochen vom Plätschern des Springbrunnens.

Dann fragte Helior: »Was wirst du jetzt tun?«

Wieder ließ sich Strephon mit seiner Antwort Zeit. »Ich habe viel darüber nachgedacht«, sagte er dann, und als sie das Mitleid in seiner Stimme hörte, schwappte eine Welle der Furcht über sie hinweg. »Ich habe dich gewarnt ... Mir bleibt jetzt nur noch ein Mittel: Ich muß Jaun Akhera von der Thronfolge ausschließen. Ich habe ihm die wichtigste, heikelste und verzweifeltste militärische Operation anvertraut, die wir je unternommen haben, und er hat ein heilloses Durcheinander angerichtet. Was er erreicht hat, zerfällt ihm von Tag zu Tag mehr unter den Fingern, aber er hatte Keltia schon von Anfang an nicht fest im Griff. Zweifellos war ihm Aeron doch überlegen ... Da ich ihm vor seiner Abreise mitgeteilt hatte, er könne von mir keine weitere Unterstützung erwarten, kann ich dies jetzt wohl kaum als Drohung oder Strafe verwenden. Mir bleibt also nur diese einzige Alternative, und ich entscheide mich weder leichtfertig noch gern oder gar freudig dafür. Aber nach unseren Gesetzen kann ich den Erben, den Etcheko-Primu, nach meinem Belieben bestimmen. Jeder Koranier hat dieses Recht, das Oberhaupt jedes Hauses, ob Kaiser oder Ziegenhirte; und ich dachte wirklich, ich hätte eine gute Wahl getroffen.« Er blickte zu ihr auf. »Es tut mir leid, Hely, daß es so kommen mußte.«

Helior senkte den Kopf und achtete sorgfältig darauf, daß ihr Gesicht nicht verriet, was sie empfand. »Ich verstehe und achte deine Entscheidung, Vater, obwohl du weißt, wie wenig sie mir gefällt ... Nun, dann wünsche ich dir eine gute Nacht. Vielleicht bringt der neue Tag bessere Nachrichten oder neue Gesichtspunkte.« Sie beugte sich über ihn, streifte die faltige Wange mit einem kühlen Kuß und war verschwunden.

Strephon starrte ihr verblüfft nach. Es sah ihr gar nicht ähnlich, einen solchen Schlag so sanft und ruhig hinzunehmen. Seine Finger streichelten mechanisch das dichte Fell des kleinen Hundes auf seinem Schoß. Helior hatte die Thronfolge für Jaun Akhera zu lange und zu heftig begehrt, um sie sich jetzt entreißen zu lassen; sie hatte sogar auf ihre eigenen Rechte und Ansprüche in der Erblinie verzichtet, um der kleinen und der noch größeren künftigen Krone für ihren Ältesten noch sicherer sein zu können. Sie würde nicht untätig danebensitzen und zusehen, wie der Preis an einen anderen ging – es mußte wohl jemand aus der stiernackigen Brut ihres Bruders sein, denn Sanchoniathon, der so treu ergeben war, daß man es fast schon als Schwäche bezeichnen mußte, würde nie seinen älteren Bruder verdrängen, um das Erbe anzunehmen. Nein, Helior würde nicht zulassen, daß Akhi enteignet und abgesetzt wurde; eher würde sie vorher Strephon töten.

Und wenn dem so ist ... Strephon setzte den kleinen

Hund vorsichtig auf den Boden und lehnte sich in seinem Sessel zurück. Nun, sie mochte Fleisch von seinem Fleisch sein, aber *dieses* Risiko konnte er nicht eingehen. Wenn man sich nicht mehr darauf verlassen konnte, daß Helior das Leben ihres Vaters höher schätzte als alles andere, durfte man auch nicht mehr wagen, sie am Leben zu lassen.

Strephon gestattete sich ein paar Gewissensbisse ob dieser Entscheidung. Schließlich war diese Frau seine einzige leibliche Tochter; sie war der Liebling seiner verstorbenen Gattin gewesen. Aber auch Azaco hätte verstanden, daß hier eine politische Notwendigkeit für das Kaiserhaus bestand. Es war ein Jammer, sich zu so etwas durchringen zu müssen, aber derlei Gefühle zählten nicht: Wenn er zuließ, daß ihm das Mitleid die Hände band, würde Helior sicher den ersten Schlag führen.

»Trotzdem ein Jammer«, sagte er laut und schnippte mit den Fingern, um den kleinen Hund zu rufen.

Als Prinzessin Helior durch eine gleichmütige Dienerin Tinao zu sich rufen ließ, gehorchte diese nicht sofort, sondern nickte mechanisch und gab eine kurze zustimmende Antwort. Was sie in ihrer Panik gesagt hatte, wußte sie nicht, aber es mußte doch einigermaßen vernünftig gewesen sein, denn die Dienerin verneigte sich und ging.

Tinao saß da und starrte in ihren Toilettenspiegel, ohne ihr eigenes reizendes Spiegelbild wahrzunehmen. Irgend etwas mußte geschehen sein, etwas ziemlich Schreckliches, denn die Prinzessin sah nur selten einen Anlaß, nach der Geliebten ihres Sohnes zu schicken ... Wenn es etwas mit Jaun Akhera zu tun gehabt hätte, wäre es inzwischen im ganzen Palast bekannt gewesen. Also handelte es sich wohl um jene andere Sache: Helior war bereit, um ihres Sohnes willen, des kaiserlichen Erben, gegen ihren kaiserlichen Vater vorzugehen; und jetzt ließ sie Tinao rufen, damit diese ihr Versprechen einlöste.

Nun ist es also soweit, dachte Tinao, und bei dem Gedanken an das, was nun unmittelbar bevorstand, stieg neue Panik in ihr auf. *Und ich habe mein Wort gegeben, ihr zu hel-*

fen. Jetzt kann ich nicht mehr zurück, selbst wenn ich es wollte. Es wäre mein Tod, dieses Wort zu brechen, und vielleicht ist es auch mein Tod, es zu halten ... Schweren Herzens raffte sie sich auf, steckte sich das wallende Haar hoch und verließ den Raum.

Seit dem Gespräch mit ihrem Vater in dem Raum mit dem Springbrunnen war Helior nicht müßig gewesen, sondern hatte eifrig überlegt und gehandelt. Pläne waren geschmiedet und Botschaften in alle Richtungen geschickt worden – an Talorcan, an Laharan, zu anderen Planeten und Orten, wo man ihr Gefälligkeiten schuldete und Respekt entgegenbrachte. Es war ihr, wie sie schon vorausgesehen hatte, nicht leichtgefallen, sich für den einzig sicheren Weg zu entscheiden und den Tod ihres Vaters zu beschließen, um Jaun Akhera den Cabiri-Thron ihres Vaters zu erhalten. Aber sie war nicht nur die Tochter ihres Vaters, sondern auch die Mutter ihres Sohnes: Nachdem dieser Tod einmal beschlossene Sache war, brauchte sie nur noch die beste und einfachste Möglichkeit zu finden, um ihr Ziel zu erreichen. Strephons angeborenes Mißtrauen war im Lauf seines langen Lebens noch stärker geworden, und es hatte in früheren Jahren einige gegeben – auch ihr eigener, verstorbener Gatte war darunter gewesen –, die sich übernommen hatten, als sie das versuchten, was nun auch sie anstrebte. Sie hatten es gewagt, sie waren gescheitert, und sie hatten mit einem sehr qualvollen Tod dafür bezahlt.

Ich darf nicht *scheitern,* dachte sie leidenschaftlich und betastete den goldenen Kragen um den Hals. *Um Akhis willen darf ich nicht scheitern ...*

Doch ein Komplott vorzubereiten, braucht Zeit, denn man muß jeden Verdacht vermeiden und alle Spuren verwischen, und so vergingen einige ereignislose Wochen im Palast von Escaldún, ehe etwas unternommen wurde.

Die ganze Zeit über hatte Helior die vorbildliche, pflichtbewußte Tochter gespielt. Sie achtete zwar darauf, nicht allzusehr von ihrem gewohnten Verhalten abzuweichen, um nicht den Argwohn des Vaters zu erregen, war aber doch ebensosehr darauf bedacht, im Palast so oft wie möglich mit ihm zusammen gesehen zu werden und sich dabei stets gut gelaunt und liebevoll zu zeigen. Sie balancierte auf schwankendem Seil, und sie machte es gut, denn als schließlich der Abend kam, auf den sie alles gesetzt hatte, war Strephon nicht darauf gefaßt.

Das sollte nicht heißen, daß er unvorsichtig geworden wäre, daß er sich durch Heliors Ränke hätte einlullen oder übertölpeln lassen; auch seine eigenen Absichten in bezug auf sie hatte er nicht bereut. Es war nur – nun, er war alt und müde, und es war erstaunlich angenehm, am Abend mit seiner Tochter und mit dem hübschen Kind seines alten Freundes Tenjin zusammenzusitzen, der Kleinen, der Akhi so zugetan war; ihnen zuzuhören, wenn sie sangen oder auf der Cithere spielten oder sich von ihnen bei einem Senet-Spiel schlagen zu lassen, bei dem der Einsatz ein Armband oder ein Keks war ... Sie hatten sich dies zur Gewohnheit gemacht, seit Akhi und Sancho fort waren, im Krieg; es war nichts Neues, kein Grund, mißtrauisch zu sein.

Als daher die Wachen vor seinem Vorzimmer an jenem warmen Frühlingsabend Helior einließen, wie gewöhnlich begleitet von Tinao und jenem Eunuchen, der ihr nie von der Seite wich, dachte Strephon an nichts Böses. Daß sich diese Arglosigkeit vielleicht als verhängnisvoll herausstellen könnte, kam ihm gar nicht in den Sinn.

Andere hatten durchaus daran gedacht. Früher an jenem Abend hatte sich in Tinaos Gemächern folgende Szene abgespielt ...

»Ich kann es nicht! Ich kann nicht tun, was sie verlangt!« Mit tränenbeflecktem Gesicht, das schwarze Haar zerzaust, weil sie in ihrer Verzweiflung mit den Fingern in den glänzenden Locken gewühlt hatte, blickte Tinao wild zu Indarrak auf. »Ich dachte, um Akhis willen sei ich dazu fähig, und deshalb habe ich es versprochen. Aber es ist unmöglich, 'Darrak, und was soll ich jetzt tun?«

'Darrak, dachte er. *So hat sie mich nicht mehr genannt, seit*

sie ein Kind war; aber sie ist ja noch immer ein Kind, und man sollte kein Kind zu so abscheulichen Spielen zwingen ...

»Was hat sie verlangt, Innaga?«

Tinao lachte, ein silbrigheller hysterischer Ton in der sonst so lieblichen Stimme. »Was hat sie *nicht* verlangt? Ich habe eben drei Stunden bei ihr verbracht – und die ganze Zeit wurde von nichts anderem als von unerträglich komplizierten Plänen gesprochen, von Pulvern in Ringen und von Tränken im Wein; sogar von einem Kontaktgift war die Rede, das in die Brotkrumen eingebacken werden soll, mit denen er seine Goldfische füttert!«

»Und womit will sie es nun versuchen?«

»Als ich ging, hatte sie sich noch nicht entschieden«, sagte Tinao mit müdem Achselzucken. »Weder das Mittel noch der Zeitpunkt stehen bisher fest; aber nicht etwa deshalb, weil die Kindesliebe ihr Herz erweicht hätte, das kann ich dir versichern. Sie wird stündlich kälter, härter und Strephon ähnlicher – ich kann fast nicht glauben, daß Akhi ihr Sohn ist.«

Indarrak hatte den Blick gesenkt und eine unverbindliche Miene aufgesetzt. Nicht um alles in der Welt wollte er Tinao kränken, indem er es aussprach, aber sie war vermutlich der einzige Mensch im ganzen Reich, der Jaun Akheras Abstammung jemals in Zweifel gezogen hatte – besonders von der mütterlichen Seite her: Er war so unverkennbar der Sohn seiner Mutter und sie die Tochter ihres Vaters, daß einem manchmal die Luft wegblieb, wenn man sie alle drei zusammen sah.

Die Vorstellung, daß seine junge Herrin gezwungen sein könnte, sich mit diesem kaiserlichen Pöbel einzulassen, schmerzte ihn ... »Macht Euch keine Sorgen«, sagte er schließlich, »Ihr braucht Heliors Befehl nicht zu gehorchen. Ihr sollt Euch auch nicht widersetzen, aber Ihr müßt nichts tun, was Ihr nicht tun wollt. Verlaßt Euch auf mich!«

Tinao blickte durch die tränenverklebten langen dunklen Wimpern zu ihm auf. »Das sagst du, seit ich ein kleines Mädchen war: ›Verlaßt Euch auf mich!‹«

»Und Ihr habt es immer getan.«

»Ich habe es immer getan und kein einziges Mal bereut.«

»Dann tut es weiterhin. Auch diesmal werdet Ihr es nicht bereuen. Macht Euch bereit, zur Prinzessin zu gehen; es ist fast Zeit für den allabendlichen Besuch bei ihrem Vater, und er wird Euch wie gewöhnlich ebenfalls erwarten.«

Stets waren diese Stimme und dieses Gesicht für sie der Inbegriff von Sicherheit, Liebe und Vertrauen gewesen; unvorstellbar, daß es jetzt anders sein sollte ... Endlich brachte Tinao das zerwühlte Haar und die verwischte Augenschminke in Ordnung, und Indarrak zog sich zurück und wartete, bis sie fertig war.

»Sieh, Vater, Tinao ist gekommen, um für dich zu spielen!« Helior nahm wie üblich auf einer der seidenbezogenen Liegen Platz, die um den Karpfenteich standen, stützte sich auf einen bloßen Ellbogen und ließ die Finger der anderen Hand in das kühle Wasser des Springbrunnens hängen. Ein paar hungrige Karpfen schwammen heran und knabberten ihr in Erwartung der gewohnten Brotkrumen an den Fingern. Sie mußte einen Schauder unterdrücken und gegen den verrückten Wunsch ankämpfen, sie aus dem Wasser zu schnappen wie ein Bär auf der Suche nach einer Mahlzeit.

Sie blickte über den Teich hinweg auf ihren Vater. *Alt wirkt er heute,* dachte sie. Älter, müder und, ja, gelangweilt. Vielleicht war Langeweile die Wurzel der Schöpfung: die wirkliche Kraft hinter dem Universum, das wahre Gesicht der Entropie, das natürliche Wesen der Existenz; und alles, was jemals unternommen wurde, geschah nur aus dem vergeblichen Bemühen heraus, gegen die Langeweile anzukämpfen ... Sie sah, wie der Blick ihres Vaters zu ihr herwanderte, und zwang sich, müßig in die glitzernden Tropfen des Springbrunnens zwischen den exotischen Wasserpflanzen zu blicken. Der Klang von Tinaos kleiner Cithere mischte sich mit dem Plätschern des Wassers, und Helior versuchte sich zu entspannen. Wieder einer dieser öden Abende – kaiserliches Familienleben –, aber ein weiterer Eckpfeiler in dem Gebäude der Normalität, das sie mühsam Stein für Stein errichtete, damit bald eines

Abends, eines weder langweiligen noch normalen Abends ...

Der Schreck ließ das Blut in Heliors Adern kälter werden als das Eisgetränk, an dem sie nippte, als sie spürte, wie Strephon sie aufmerksam beobachtete; jetzt wirkte er weder alt noch müde, und ganz sicher wirkte er nicht im mindesten gelangweilt. Die zitringelben Augen loderten, in dem gefurchten Gesicht stand Triumph geschrieben.

»Habe ich dich endlich durchschaut, meine Tochter ... Nein, gib dir keine Mühe, es zu leugnen! Ich wußte, daß du früher oder später unvorsichtig würdest. Du hast deine Gedanken in den letzten Wochen gut verborgen; fast glaubte ich – nun, es ist nicht mehr von Bedeutung, was ich glaubte. Die Plexari besitzen schon seit langem die Fähigkeit, Gedanken zu lesen: Du bist mein Kind, ich bin dein Vater; wie sollten wir nicht wissen, was der andere denkt? Aber ich werde es dir trotzdem sagen: Du hast geplant, mich zu töten, um die Krone – *meine* Krone – für Jaun Akhera zu sichern, und ich plante, dich zu töten, um dir zuvorzukommen. Die Frage ist nun, wer schneller geplant hat – und wer schneller handelt.«

Ehe Helior nach Luft schnappen konnte, um ihm zu antworten, ehe die Lüge, die nicht einmal den dümmsten Sklaven im Palast überzeugt hätte, sich auch nur in ihren überschlagenden Gedanken gebildet hatte, verließ Indarrak seinen Platz an der Wand und trat vor: unnachgiebig, riesig, stumm, stark. Indarrak, der auch heute Tinao begleitet hatte, wie gewohnt, wie es seine Pflicht war; der, ebenfalls wie gewohnt, im Schatten gestanden hatte und von Strephon kaum mehr registriert worden war als ein Möbelstück; dieser Indarrak zog jetzt den Cabiri-Kaiser von seinem goldenen Stuhl, tauchte – mit ausdruckslosem Gesicht, stumm, sogar ohne ein Spritzen, das die Wachen vor den Türen aufmerksam gemacht hätte – den alten Mann in den gefliesten Karpfenteich und drückte ihn mit seinen Riesenkräften unter die Wasseroberfläche.

Die Karpfen flüchteten eilig vor dem wogenden weißen Leinen, den um sich schlagenden Gliedern; dann war plötzlich keine Bewegung mehr da, keine Blasen stiegen von unten auf, und Indarrak und Helior sahen sich in vollkommenem Einvernehmen an.

»Das wäre erledigt«, sagte er.

Tinao saß wie erstarrt auf ihrem Polster, ihre Finger zupften weiter wie einen gräßlichen, aber doch passenden Klagegesang die Lieblingsmelodie des Kaisers Strephon auf der kleinen Cithere.

Helior setzte die Füße in den goldenen Hausschuhen auf den Boden und ging auf Zehenspitzen um den Teich herum. Keine Frage, es war erledigt: Der Körper ihres Vaters schwamm mit dem Gesicht nach unten schlaff und leblos zwischen den Lilien, dem Wasserakanthus und der bunt gestreiften Amylle. *Lieber sichergehen, um hinterher nichts bereuen zu müssen ...* Sie hob ein schlankes Bein über den Rand des Teiches und versetzte Strephons treibender Gestalt mit dem goldenen Hausschuh einen kräftigen Stoß. Der Körper hüpfte sanft im Wasser auf und ab, und Helior drehte sich befriedigt um.

»Das hast du gut gemacht, Indarrak«, sagte sie dann. »Wirklich großartig, ich werde es dir nicht vergessen. Tinao, meine Liebe, hört nicht auf zu spielen! Wir müssen alle noch ein Weilchen hierbleiben; wenn die Diener zu der Stunde kommen, da mein Vater sich gewöhnlich zur Ruhe begibt, muß es aussehen wie ein Unfall.« Sie lachte ein wenig schrill, und ihre Augen glitzerten im schwachen Licht. »Heute abend hat er sich vielleicht ein wenig früher zur Ruhe begeben, als er eigentlich wollte ...«

»Das wäre eine gute Erklärung für die Wachen und die Diener, Durchlaucht«, schlug Indarrak vor. »Der Kaiser wünscht bis morgen früh nicht gestört zu werden: das verschafft uns etwas mehr Zeit.«

»Ja – ja, das ist keine schlechte Idee. Das werde ich den Wachen einschärfen, wenn wir gehen. In gewisser Hinsicht stimmt es sogar.«

»Es wird Fragen geben«, sagte Indarrak, wie man eine einfache Tatsache feststellt.

»Sicher wird es Fragen geben. Aber wer wird es wagen, sie der Regentin, der Mutter des neuen Kaisers, zu stellen?« Heliors Gesicht legte sich in spöttische Kummerfalten. »Ein tragischer Unfall, nicht wahr? Als mein Vater seine geliebten Fische füttern wollte, glitt er auf dem Marmorfußboden aus, fiel in das Becken, schlug sich dabei den Kopf an und ertrank. Leider war zu dieser Zeit niemand bei ihm, sonst hätte er gerettet werden können; durch einen unglücklichen Zufall hatten ihn seine liebende Tochter, die Geliebte seines Erben und ihr treuer Diener nur wenige Augenblicke zuvor verlassen. Eine traurige Geschichte; aber so etwas ist schon so manchen alten, unvorsichtigen, weit weniger hochrangigen Leuten als dem Kaiser zugestoßen, und es wird wieder vorkommen ... Unfälle geschehen eben.«

»Es tut mir leid, Herrin«, sagte Tinao leise; eine Saite ihrer Cithere riß, und sie fuhr erschrocken zusammen.

»Warum soll es Euch leid tun? Euer Indarrak hat mir eine sehr unangenehme Arbeit abgenommen.« Helior sah Indarrak an, der sich nun schützend hinter Tinao aufbaute. »Ich weiß um deine langjährige Treue zu Tinao-anderre, Indarrak, und ich werde dafür sorgen, daß auch mein Sohn davon erfährt. Du sollst jede Belohnung erhalten, die das Haus Plexari zu geben vermag. Sag, was du willst, und es ist dein.«

Doch der Eunuch schüttelte den Kopf. »Es genügt mir, wenn meine junge Herrin und ihr Herr miteinander glücklich sind.«

»Nun, dem steht jetzt nichts mehr im Wege«, sagte Helior mit Nachdruck. »Morgen früh werde ich Befehl geben, daß mein Sohn die Unterstützung bekommt, die man ihm so lange verweigert hat. In seinem Namen werde ich Truppen ausheben und Armeen und Flotten zusammenrufen. Noch vor Ende des Monats – sagen wir, etwa dann, wenn der verstorbene Kaiser Strephon in dem prächtigen Grabmal im Tal der Könige liegt, das seine trauernde Tochter für ihn errichten lassen wird – werden diese Flotten in Keltia eintreffen. Aber schon lange zuvor soll Akhi erfahren, daß er Kaiser ist.«

»Wie kann er das erfahren?« staunte Tinao. »Keltia ist doch belagert und durch eine Blockade von der Außenwelt abgeschnitten; keine Nachricht geht hinein oder hinaus.«

»Das ist für mich das geringste Problem. Nach dem heutigen Abend, nachdem mir der alte Löwe nun nicht länger den Weg versperrt, wird man sicher Mittel und Wege finden.«

»Eine Belohnung möchte ich von Euch erbitten, Durchlaucht.« Indarrak hatte sich sorgfältig die nackten, nassen Beine trocken gerieben und das Wasser vom Fußboden aufgewischt; jetzt verneigte er sich feierlich vor Helior. »Darf ich mit der Flotte nach Keltia gehen? Ich möchte mich gern um den neuen Kaiser verdient machen.«

»Mehr Verdienste als heute abend kannst du dir nicht mehr erwerben. Aber ich will dir deine Bitte gern erfüllen, und es soll nicht die letzte sein. Mehr noch, ich werde mich selbst nach Keltia begeben.«

»Oh, und ich komme mit!« Tinao erhob sich von den Polstern, die vergessene Cithere in der Hand. »Bitte – ich habe ihn so lange nicht gesehen.«

Helior antwortete nicht sofort, und Tinao geriet in Panik, weil sie das Zögern als Ablehnung deutete. Dann lächelte die Prinzessin und hob das Kinn des Mädchens mit einer vergoldeten Fingerspitze an.

»Und er hat Euch nicht gesehen«, sagte sie. »Doch wie könnte er einen solchen Augenblick vergessen ... Nun, wenn er Euch in der Nähe hat, sieht unser Akhi Aeron Aoibhell vielleicht wieder in der richtigen Perspektive. Was immer er von ihr halten mag, er denkt zuviel an sie, und ich möchte, daß er sie sich ganz aus dem Kopf schlägt. Doch eins nach dem anderen, und jetzt müssen wir uns erst einmal vorsichtig von hier entfernen.« Sie ging auf die Türen zu, hob die Stimme, damit die Wachen sie hören konnten, und rief in klarem fröhlichen Ton: »Wie du willst, mein Vater! Ich werde den Dienern sagen, daß du nicht gestört werden möchtest. Eine gute Nacht und einen gesunden Schlaf wünsche ich dir.«

Gefolgt von Tinao und Indarrak, schritt sie durch das kleine Vorzimmer, und die goldenen Türen schlossen sich hinter ihnen. In den gefliesten Becken im Zentrum des leeren Raumes schwammen unbekümmert die goldenen Fische umher.

»Straloch, ich gestehe, daß ich Eure Geschichte erstaunlich und weitaus komplizierter finde, als ich es mir vorstellte.«

»Oder als Ihr es Euch vorstellen konntet?« Straloch gestattete sich ein kleines Lächeln und lehnte sich entspannt auf seinem Stuhl zurück. Er hatte an diesem Abend als Gast von Haco Grex gespeist; außer ihm war, anders als sonst, niemand bei Tisch anwesend – die Kelten hatten in diesen Wochen, seit die beiden Schiffe miteinander verbunden waren, fast jeden Abend bei den Terranern diniert, und jedesmal war die Gästeliste, die sich aus den Schiffsoffizieren und dem Botschaftspersonal an Bord der *Argo* zusammensetzte, umfangreich gewesen. Besonders unerhört war das Fehlen von Prinzessin Fionnuala. Gab es vielleicht etwas, das der Botschafter der Erde mit dem Botschafter der Kelten unter vier Augen besprechen wollte?

Es schien so. »Ihre Hoheit und die anderen werden später zu uns stoßen«, erklärte Grex beiläufig. »Ich wollte etwas mehr Zeit haben, um allein mit Euch über einiges zu reden.«

»Ja?«

»Prinzessin Fionnuala ...«

»... führt diese Gesandtschaft offiziell an«, ergänzte Straloch vorsichtig. »Aber die Ard-rían Aeron hat mich zu ihrem Generalunterhändler bestellt und mich mit allen erforderlichen königlichen Vollmachten ausgestattet, so daß ich in der Lage bin, alle notwendigen Verhandlungen zu führen.«

»Und was hält Eure Ard-rían für notwendig?«

Ein seltenes Lächeln erhellte Stralochs zerklüftete Züge. »Momentan nur eine Zusage der Erde, wie ich Euch schon bei unserer ersten Unterredung mitteilte. Später wird man dieses Versprechen vielleicht einfordern.«

»Das hieße also militärische Unterstützung. Das ist sicherlich möglich und liegt in dem Rahmen, den mein Premierminister gesteckt hat – obwohl sie, wie Ihr schon sagtet, vielleicht nicht benötigt wird. Nach allem, was Ihr mir berichtet habt, ist es Euren Streitkräften gelungen, die vereinigten Armeen des Imperiums und der Fomori zurückzuschlagen; Ihr habt deren Flotten – noch dazu nach einem Überraschungsangriff – aus allen Euren Sternensystemen bis auf zwei vertrieben, und auch diese beiden sind zum größten Teil von Euch abgeriegelt. Wie könnten wir Euch da noch helfen? Sicherlich werdet Ihr Tara in kürzester Zeit zurückerobert haben, nachdem die Königin zurückgekehrt ist.«

»So die Götter wollen«, sagte Straloch. »Aber Aeron hat mir sehr genaue Anweisungen gegeben, und ich muß ihren Befehlen gehorchen.«

»Einer Absichtserklärung hat sie schon zugestimmt, und ich hatte damit gerechnet, die Vertragsbedingungen mit ihr selbst auszuhandeln. So lauten jedenfalls die Anweisungen meines Premierministers und des Rats der Welten.«

»Und daran hättet Ihr Euch auch gehalten«, sagte Straloch, »wenn Jaun Akhera und Bres von Fomor die Situation nicht verändert hätten ... Nein, Aeron will von der Erde nur, daß Ihr abwartet und beobachtet; sie hat, wie schon erwähnt, ihre eigenen Pläne.«

»Ja, das sagtet Ihr.« Crex neigte die Kristallkaraffe: eine Antiquität von ebenso unschätzbarem Wert wie der Portwein, den sie enthielt. »Diese Schätze, nach denen sie suchen will – ich glaube, Ihr sagtet auch, die Königin wisse weder, wo sie sein könnten, noch, ob sie überhaupt existierten. Nun, nehmen wir einmal an, es gibt sie tatsächlich, sie findet sie und kehrt wohlbehalten mit ihnen nach Keltia zurück. Was kann sie dann damit anfangen?«

»Sehr wahrscheinlich mehr, als sie selbst annimmt. Sie sind magischer Natur, und ich bin kein Druide, der den Mond herabrufen oder der Sonne den Stillstand gebieten kann.«

Grex runzelte leicht die Stirn. Magie: ein ziemlich unwägbarer Faktor. Er selbst war nicht so sehr Materialist, um derlei Dinge zu belächeln oder abzulehnen – Geisteskräfte waren schon seit zu langer Zeit entwickelt und zu oft zu überzeugend demonstriert worden, als daß es noch viele Spötter gegeben hätte –, aber das Schicksal eines interstellaren Reiches von einer so wenig greifbaren Waffe abhängig zu machen, erschien ihm gelinde gesagt als Schwärmerei.

»Schwer zu beweisen«, hörte er sich nach einer Weile sagen.

»Und schwer zu entkräften. Aber es ist mehr als Magie, Grex. Es ist unsere eigene, ganz spezielle Art von Naturwissenschaft, das Wissen, mit dem der Hängende Tanz – Stonehenge – die großen Pyramiden und viele andere bedeutende Bauwerke errichtet wurden. Diese Stätten befinden sich noch immer auf Eurer Welt; sie wurden einmal geschaffen und dann niemals wieder; das Geheimnis ihrer Entstehung ging Euch für immer verloren, und seit vielen Jahrhunderten fragt Ihr Terraner, warum. Die Antwort lautet, daß wir das Wissen mitnahmen, als wir die Erde verließen; es war unser Erbe von Atland, das die Keltoi der Erde von ihren danäischen Vorfahren bekamen – und auch die Koranier, wie ich leider sagen muß, von ihren eigenen atländischen Ahnen, den Telchinen. Wir – und sie – haben dieses Wissen seither um ein Vielfaches erweitert und verfeinert. Die Schätze, nach denen Aeron sucht, sind ein Teil davon, und wenn Aeron sagt, daß sie ihren Zwecken dienen werden, dann könnt Ihr das getrost glauben.«

»Und ich glaube es auch«, sagte Deonora, nachdem Grex die Bänder seines Gesprächs mit Straloch seinen Konsuln zur Begutachtung vorgespielt hatte. »Er ist so unverkennbar dagegen und zeigt sich doch vollkommen überzeugt. Oh, diese Königin ist raffiniert! Sie weiß, daß jemand wie Straloch ihre Sache weit besser vertreten würde als ein anderer, der ihren Methoden mehr Zustimmung entgegenbringt. Ich freue mich schon darauf, sie kennenzulernen.«

»Thomas?«

Thomas de Valadon gähnte. »Wie auch immer, unser Risiko ist äußerst gering«, bemerkte er. »Er sagt, seine Königin verlange momentan keinen militärischen Beistand. Das ist also kein Problem; wir geben eine Solidaritätserklärung ab – Keltia hat das volle Einverständnis und die volle Unterstützung der Erde. Wenn sie mit ihrem magischen Spielzeug, auf das sie so große Stücke setzt, scheitert und konkretere Hilfe von uns erbittet, ist es wahrscheinlich schon viel zu spät, als daß ein Eingreifen unsererseits ihr noch nützen könnte; dann bringen wir unsere Trauer und unser Entsetzen zum Ausdruck und beklagen die Aggression des Imperiums und die Annexion Keltias. Auch das ist kein Problem. Es geht schließlich nur um Politik, Grex.«

Damit hat er recht, dachte Grex, das brutale Nützlichkeitsdenken seines Konsuls bestürzte ihn zwar, er sah aber doch nur zu deutlich, daß Valadon mit seiner wenn auch zynischen Einschätzung leider recht hatte.

»Nun«, sagte er, »dann setzen Sie mir eine Erklärung auf, die ich nach Hause schicken kann, und teilen Sie dem Captain mit, daß er wieder auf Kurs gehen soll. Aber«, – er drehte sich in der Tür um –, »sagen Sie ihm auch, daß er nicht volle Kraft voraus zu geben braucht.«

»Nach Keltia?« fragte Deonora.

»Wohin sonst? Ach ja, die *Sword* wird mitkommen. Es hat keinen Sinn, daß sie zur Erde weiterfliegt, solange der Ausgang des Krieges nicht feststeht.«

Als Grex durch den Korridor auf seine eigenen Räume zuging, schämte er sich seiner Hoffnung, daß Terra, ganz gleich, was Keltia zustieß, zu spät kommen werde, um noch etwas dagegen unternehmen zu können. *Ich kenne sie nicht einmal,* dachte er, *aber ich weiß, daß sie etwas Besseres verdienen.*

17. Kapitel

Unter Aerons Hand war *Retaliator* wie ein galoppierendes Falair von Fomor weggerast. Talorcans Schiffe hatten ihnen aufgelauert und sie quer durch das ganze System gejagt, aber die Verfolger waren *Retaliator* oder seiner Pilotin nicht gewachsen. Obwohl sie unter schweren Beschuß gerieten, hatte Aeron kein einziges Mal zurückgefeuert, um sich zu verteidigen, sondern sich statt dessen auf Ausweichmanöver beschränkt und war mit ihrem Schiff zum frühestmöglichen Zeitpunkt im sicheren Hyperraum verschwunden.

Dann hatte sie es Morwen überlassen, sich zu vergewissern, daß sie in der Tat ungeschoren davongekommen waren, und sich in den Gemeinschaftsraum des Schiffes begeben, um ein wenig auszuruhen; sie hatte fast vier Stunden unter den Angriffen der Verfolger am Steuer gestanden, und nun war sie erschöpft.

Sie saß auf einer gepolsterten Bank am Hauptsichtfenster des Raums, hatte das Kinn auf die verschränkten Arme gestützt und starrte hinaus auf die unbekannten Konstellationen, als Elathan hinter ihr eintrat.

»Einen Crossic«, sagte er.

»Für meine Gedanken? Die sind nicht halb soviel wert.«

»Das ist nicht wahr, Aeron, denn ich weiß sehr gut, daß Ihr an Gwydion denkt. Mäßet Ihr ihm einen so niedrigen Wert bei?«

»Die Hälfte meines Königreiches wäre als Preis nicht hoch genug.« Sie sagte es ebenso leichthin, wie auch Elathan gesprochen hatte, aber er sah, wie ernst es ihr hinter der scherzhaften Maske war.

»Er lebte und war wohlauf, als wir Fomor verließen«, bemerkte er ungefragt. Er fühlte sich hilflos, weil er sie nicht überzeugender beruhigen konnte, wußte er doch, wie ihm selbst zumute gewesen wäre, hätte sich Cami nicht ein paar Räume weiter in Sicherheit, sondern als Geisel auf Fomor befunden. »Ich habe erst vor kurzem von den nach Tory entsandten kaiserlichen Botschaftern erfahren, daß Jaun Akhera Caerdroia immer noch besetzt hält und Gwydion sich weiterhin dort in Gefangenschaft befindet – in Gefangenschaft, aber in Sicherheit, Aeron; das muß Euch doch ein kleiner Trost sein.«

»Es würde mich mehr trösten, von seiner Flucht zu erfahren.«

»*Könnte* er denn fliehen?«

Aeron lachte kurz auf. »Aus Turusachan? Tag und Nacht von den Häschern des Marbh-draoi bewacht? Sehr unwahrscheinlich! Mit Waffengewalt wäre es unmöglich und mit Magie ebenfalls. Seine einzige Hoffnung wäre eine List, und selbst die könnte er nicht allein bewerkstelligen. Er brauchte zumindest *etwas* Unterstützung – und die Helfer werden nicht eben zahlreich sein.«

»Vielleicht die Leute im Palast ...?«

»Ich habe ihnen befohlen, zusammen mit den Truppen die Stadt zu verlassen. Was die Bewohner von Caerdroia selbst angeht, so glaube ich, daß nur sehr wenige in der Stadt geblieben sind, und die arbeiten wahrscheinlich zusammen, um sich zu retten; das hoffe ich wenigstens.« Sie drehte sich um und starrte wieder durch das Sichtfenster. »Gwydion ist zurückgeblieben, um Keltia für mich zu erhalten, und hat mit einem Trick dafür gesorgt, daß ich floh; ich wäre lieber mit ihm in die Verbannung gegangen, bei ihm im Gefängnis geblieben oder hätte mit ihm auf dem Schafott gestanden. Wo, würde mich nicht kümmern, solange wir zusammen wären.« Sie sah ihn von der Seite an. »Ist Camissa nicht genau aus diesem Grund mitgekommen? Sie hätte als Königin Eures thronräuberischen Bruders in Prunk und Sicherheit in Tory bleiben können; aber Sie wollte aus Liebe und weil sie auf Eure Rückkehr vertraut, die Gefahr mit Euch teilen.«

»Auch an Eure Rückkehr glaubt sie«, sagte er freundlich lächelnd. »Sie ist von Euch und Morwen sehr beeindruckt.«

Aeron wandte in schmerzlicher Verlegenheit den Blick

ab. »Wie auch immer«, murmelte sie. »Ich bin trotzdem der Ansicht, man hätte sie besser mit den anderen bei den Dûhín gelassen.«

»Ja, sie war sehr erstaunt, daß Ihr sie so bereitwillig mitgenommen habt ... Das heißt natürlich nicht«, fügte er schnell hinzu, »daß wir an dieser Entscheidung etwas auszusetzen hätten. Aber wir haben beide viel mehr Widerstand erwartet.«

»Das ist weiter kein Geheimnis«, sagte Aeron. »Ich dachte nur daran, wie mir ums Herz gewesen war, als ich Gwydion zurücklassen mußte. Trotz der Gefahr für sie wollte ich nicht schuld daran sein, daß ein anderer Mensch so leiden muß.«

Elathan nahm ihr gegenüber Platz und suchte verzweifelt nach einem neuen Gesprächsthema, denn er sah, daß Aeron den Tränen sehr nahe war.

»Dieser Planet, den wir jetzt ansteuern – wie wird es dort sein?«

»Auf Kholco? So unwirtlich, daß man es sich gar nicht vorstellen kann. Ich habe mir Bänder angesehen.« Dankbar für die Ablenkung berührte sie einen Knopf auf einem Schaltpult neben sich, und der Bildschirm an der Wand zeigte Szenen einer gottverlassenen Welt: Obsidianebenen, Flüsse aus erstarrtem Stein, gigantische kegelförmige Berge, in Rauch gehüllt, mit Feuer gekrönt; auf dieser Welt gab es kein Grün. Mit einem Schweigen, das beredter war als alle Worte, schaltete Aeron den Bildschirm aus und sah Elathan fragend an.

»Welche Art von Wesen sind diese Salamandri?« fragte er nach einer Weile.

»Reptiloiden, die dem Vernehmen nach mitten im Feuer leben können, wie Borvos uns erzählt hat. Am liebsten hausen sie freilich auf den Hängen in der Nähe der aktiven Vulkangebirge, wo sie alle möglichen seltenen Erden und Metalle für den Handel mit anderen Welten fördern. Auch wir – die Kelten – haben in der Vergangenheit mit ihnen Handel getrieben, das sagen jedenfalls die Datenbänder; viele Jahrhunderte vor der Errichtung der Energiebarriere. Davon war mir nichts bekannt. Vielleicht kann uns diese alte Bindung jetzt von Nutzen sein, falls sie sich noch daran erinnern.«

»Und wenn nicht?«

Aeron zuckte die Achseln. »Kholco ist ein neutraler Planet, von Verträgen geschützt, aber unabhängig und ohne Waffen. Sie können uns schlimmstenfalls nur die Suche verbieten.«

»Und wenn sie das tun?«

»Stecken alle Könige von Fomor so voller Fragen? Chriesta tighearna! Wenn sie das tun – nun, wenn sie das tun, dann wird uns eben etwas anderes einfallen müssen. Und jetzt laßt mich in Frieden, ich will noch ein wenig nachdenken. Geht und belästigt Morwen!«

Als Elathan gegangen war, sehr mit sich zufrieden, weil er seine Freundin ein wenig aus ihrer trüben Stimmung gerissen hatte, erhob sich Aeron, trat ans Sichtfenster und fuhr mit den Fingerspitzen langsam über die Vitriglasscheibe. Da – ganz oben in der Ecke – lag Keltia. Ihre Finger zögerten, drückten fester auf das Glas, ihr Herz griff aus nach den Sternen, die ihr so vertraut waren und die sie nicht einmal sehen konnte. *Es wäre leichter, meinen eigenen Hinterkopf zu betrachten ... Ach, Gwydion ...*

Sie ließ leidenschaftslos die Ereignisse der letzten Monate an sich vorüberziehen, saß selbst über sich zu Gericht, und das Urteil der königlichen Richterin war streng. Es würde sie nicht überraschen, wenn die Kelten, sobald sie (falls überhaupt) nach Keltia zurückkehrte, für ihre Absetzung stimmten, denn sie hatten allen Grund dazu. Schon nach Bellator hatte sie halb damit gerechnet. Damals hätte man es ihnen nicht übelnehmen können, wenn sie sich geweigert hätten, sie als Ard-rían zu bestätigen. Aber die Leute waren ebenso tief schockiert und von Kummer überwältigt gewesen wie sie selbst, ihre Handlungsweise war dem Volk gut und richtig erschienen, als die einzig ehrenvolle Antwort, die man Fomor hatte geben können.

Und jetzt hatte sie demselben Fomor in Freundschaft die Hand gereicht. *Nein, nicht demselben Fomor; denn damals herrschte Bres und heute Elathan ...* Aeron lachte laut auf, und das Lachen hatte einen spröden Unterton von Wahnsinn. Nun, die Kelten mußten die neue Situation eben einfach akzeptieren, ebenso wie die Fomori; und sie und Elathan waren die einzigen, die sie das lehren konnten.

Der Planet unter ihnen wurde größer, als Aeron mit *Retaliator* zur Landung ansetzte. Kholco, der Vulkanplanet, war für Menschen unbewohnbar. Die meisten Geschichten darüber stimmten zwar nicht – so gab es dort keine kochenden Meere, aus dem einfachen Grund, weil es gar keine Meere mehr gab, sondern nur ausgetrocknete Ozeane, die einst aus flüssigem Stein bestanden hatten –, aber die Landschaft war gleichzeitig öde und dramatisch. Stundenlang überflogen sie flache Ebenen und zerklüftetes Hügelgelände, Aschewüsten und qualmende Seen aus chemischen Substanzen; und die ganze Zeit sahen sie keine Spur von Leben, in dieser Wüste wuchs überhaupt nichts.

Endlich setzte Aeron an einer Stelle auf, die ihr die Datenbänder bezeichnet hatten, nahe am Rand einer weiten Lavaebene, die allmählich zu einem Ring von Bergen mit rosaroten messerscharfen Gipfeln anstieg. Obwohl alles verlassen schien, war die Gegend tatsächlich bewohnt. Als die Reisenden das Schiff verließen, hatte sich eine etwa hundertköpfige Menge zu ihrem Empfang versammelt.

Aeron und Elathan stellten sich vor die beiden anderen und übernahmen es, für alle zu sprechen. Die Salamandri verfügten über eine fortgeschrittene Technologie, aber sie betrieben keine Raumfahrt; sie waren auch nicht kriegerisch gesinnt, und auf dem ganzen Planeten gab es kein einziges Schwert, keinen Speer und keine Schußwaffe. Deshalb hatten die Besucher ihre eigenen Waffen abgelegt und standen nun mit leeren Händen vor den Reptiloiden.

Aeron betrachtete das Feuervolk mit unverhohlenem Interesse. Die schlangenartigen Wesen waren von mittlerer Größe, vom Körperbau her ein wenig den Merrows von Keltia ähnlich, aber sie wirkten untersetzter, weniger schwächlich als diese und waren von einer Aura von Kraft und eiserner Ausdauer umgeben – beides war für das Leben auf einer so unwirtlichen Welt auch dringend nötig.

Auf Kholco hatte die Evolution einen anderen Weg genommen: Hier hatten sich die für die wilde Umgebung am besten gerüsteten Reptilien zu intelligenten Wesen entwickelt, und die schwächeren Säugetierarten – von denen es nur ganz wenige gab – waren auf der Stufe von Tieren geblieben. Doch die Salamandri dominierten: ihre Züge waren humanoid, aber an die Umwelt angepaßt. Nüstern und Ohren konnten gegen den allgegenwärtigen Vulkanstaub verschlossen werden, und ein dünnes Innenlid schützte die Augen. Die Haut war geschuppt und ledrig, die Färbung reichte von Silberblau bis fast Schwarz; später sollten die Menschen erfahren, daß die Hautfarbe je nach der Region wechselte, die der jeweilige Stamm bewohnte: Lavaebene, Aschehügel oder Hochlandwüste.

Einer der Versammelten, offenbar der Anführer, trat vor und verneigte sich steif aus der Hüfte vor den Besuchern.

»Willkommen, Freunde von weither!« Die Stimme klang zischend und merkwürdig hoch, aber er sprach fließendes Englic.

Aeron antwortete in der gleichen Sprache. »Wir grüßen Euch, Ihr Herren. Wir kommen in Frieden und bitten Euch um Hilfe. Mein Name ist Aeron.« Sie schob ihre Kapuze zurück, so daß ihr Haar im stauberfüllten Licht rotgolden leuchtend herabfiel. Als die Salamandri bestürzt zusammenzuckten, spannte sich ihr Körper unvermittelt.

Der Häuptling beruhigte die anderen mit einer merkwürdigen Geste und wandte sich wieder Aeron zu. »Und ich bin Sargus«, sagte er. »Der Vater jenes Teils unseres Volkes, der hier auf dem Morann lebt. Wenn ich Euch helfen kann, bin ich gern dazu bereit.«

»Ich weiß nicht, ob das in Eurer Macht steht, Herr«, erwiderte Aeron. »Doch in jedem Fall danke ich Euch. Meine Begleiter auf dieser Reise ...« Schnell stellte sie Morwen, Elathan und Camissa vor, und Sargus begrüßte sie alle mit der gleichen feierlichen Höflichkeit.

»Welchen Ort auf unserer Welt möchtet Ihr aufsuchen?« fragte Sargus schließlich. »Wir haben heutzutage selten Gäste von fremden Welten, aber wenn sie kommen, haben sie in der Regel ein bestimmtes Ziel im Auge.«

»Genau das ist unser Problem«, antwortete Elathan. »Wir wissen nicht, wohin wir uns wenden müssen, nur wonach wir suchen – und nach wem.«

Sargus wechselte einen schnellen Blick mit einigen seiner Begleiter. »Und was – oder wer – soll das sein?«

Elathan schüttelte den Kopf und deutete auf Aeron. »Diese Dame hat die Suche begonnen, sie muß Euch auch sagen, was es zu sagen gibt.«

Sargus und Aeron blickten sich lange an. »Dann sollte sie das wohl am besten tun«, sagte er. »Aber in einer angenehmeren Umgebung als hier. Könnt Ihr alle mit Reittieren umgehen? – Gut; dann begleitet uns zum Ras von Salhi! Dort werden wir uns über Euer Anliegen und über seine möglichen Auswirkungen auf die Salamandri unterhalten.«

Er wandte sich ab und ging auf die Felswand zu, und nach kurzem Zögern folgten sie ihm.

Im Schatten der Lavaklippen stand eine Reihe von kleinen Pferden ohne Reiter, die langen Zügel waren über die Köpfe geworfen und schleiften auf dem Boden; die Tiere waren dazu abgerichtet, viele Minuten lang so stehenzubleiben und auf ihre Herren zu warten.

Morwen, deren Rennställe in ganz Keltia berühmt waren, ließ einen Ausruf des Entzückens hören, denn diese Rasse hatte sie noch nie gesehen. Die Pferde der Salamandri waren klein, verglichen mit den starkknochigen Streitrossen der Kelten, sie hatten schmale graziöse, oberhalb der Hufe dicht behaarte Beine, auf den kräftigen Hälsen saßen zierlich modellierte Köpfe, die Mähnen fielen bis über die Schultern hinab, und die gewölbten Schweife reichten bis auf den Boden.

»Sie sind kräftiger, als sie aussehen«, sagte Sargus, der ihr Interesse bemerkte, »und an das Klima dieser Welt angepaßt – ebenso wie wir selbst. Steigt auf und reitet!«

Es entging ihm nicht, wie mühelos sich seine fremden Gäste in die hohen Sättel schwangen – *geborene Reiter*, dachte er, *einer wie der andere* –, als er sein Tier in Bewegung setzte. Die anderen reihten sich hinter ihm ein, sechs seiner eigenen Leute bildeten die Nachhut.

Aeron brauchte ein paar Minuten, um sich mit den Gangarten ihres Pferdes vertraut zu machen, dann trieb sie es zu einem langen wiegenden Trab an, den man leicht aussitzen konnte, und lenkte es an Sargus' Seite.

»Wohin reiten wir?«

Er zeigte nach vorn auf eine dunkle Linie tief am Horizont. »Zum Ras von Salhi, wie ich schon sagte, vielleicht einen halben Tagesritt weit. Das ist unsere größte Ansiedlung in dieser Region, die so nahe am ...« Er verstummte und sprach nicht weiter.

So nahe woran? Aeron stellte sich in den runden Ledersteigbügeln auf und blickte über die Ebene. Grau, braun und ockergelb gestreifter und marmorierter, harter und wasserloser Sand erstreckte sich über viele Meilen und verdunkelte sich zu Purpurrot, wo der Boden zu den nadelspitzen roten Bergen anstieg, die den Horizont abgrenzten. An einer Seite dieser weit entfernten Kette ragte ein riesiger Gipfel hervor, der so schön geformt war, daß sie nicht aufhören konnte, ihn anzustarren.

»Dieser Vulkan ...«, begann sie, stockte aber verwirrt, als von den Salamandri in ihrer Nähe wieder jenes leise bestürzte Murmeln aufstieg. Sargus warf ihr unter dem Rand seiner Kapuze hervor einen Blick zu.

»Ich glaube, es ist besser, wenn wir davon jetzt noch nicht sprechen«, sagte er, und seine Stimme klang, wenn nicht feindselig, so doch sicher nicht herzlich.

Aeron senkte den Kopf und trieb ihr Pferd ein paar Längen von Sargus' Seite weg. Die anderen hatten das Gespräch nicht mitbekommen, aber sie orientierten sich an ihr und ritten meist allein und schweigend weiter.

Gegen Mittag erreichten sie eine scheinbar endlose Lavaebene, glasig schwarze Streifen, Wirbel und Muster, als habe ein betrunkener Riese seine Puddinglöffel ausgekippt. Schwarzer Splitt rasselte ihnen auf die Wangen, knirschte ihnen zwischen den Zähnen und reizte die Augen zu Tränen. Sie zogen die Kapuzen über Nase und Mund;

schon jetzt fiel ihnen im immer stärker werdenden heißen Wind das Atmen schwer.

»Jetzt ist es nicht mehr weit«, sagte ein Salamand befriedigt zu Elathan, der neben ihm ritt. »Bald sind wir zu Hause.«

Elathan sah sich ungläubig um. Ehe die Lava kam, war dieses Gebiet der Boden eines verschwundenen Ozeans gewesen; auch jetzt schienen die niedrigen braunen Hügel mit dem stacheligen Gestrüpp und den verkrüppelten Bäumen – die einzigen Pflanzen, die er bisher entdeckt hatte – nicht unter einen Himmel zu gehören, und Elathan konnte sich nicht vorstellen, wie lange diese Gewächse kein Wasser mehr bekommen hatten.

»In dieser Gegend regnet es selten«, sagte Sargus, der die Gedanken der Fremden erschreckend genau zu erraten schien. »Hier gibt es nur zwei Jahreszeiten: kurz, kalt und naß; und lang, heiß und trocken. Ich weiß nicht, welche für einen Fremdweltler schlimmer wäre.«

Auf der anderen Seite sank Aeron nach vorn auf den Hals ihres Pferdes. Obwohl die geräumigen Satteltaschen genügend Wasser zu enthalten schienen, litt sie unter unerträglichem Durst, und die Hitzewellen, die vom Lavaboden aufstiegen, trafen sie wie Peitschenschläge ins Gesicht. Die Haut brannte ihr, wo sie der Sonne ausgesetzt war, doch unter dem Kapuzenumhang zitterte sie wie im Fieber.

Sargus sah es und fluchte im stillen. Es war nicht klug gewesen, diesen Weg zu wählen, auch wenn er schneller zum Ziel führte; aber es war keineswegs das erstemal, daß Fremde, die von einer Welt mit kühlem nördlichen Nebel kamen, unter der heißen Sonne von Kholco fast bei lebendigem Leib gebraten wurden. Alle vier Besucher hatten grausam unter der Trockenheit und der Hitze zu leiden, aber die beiden Kelten schienen am meisten und am schlimmsten davon betroffen.

»Haltet nur noch so lange aus, bis wir die Klippen dort erreichen!« sagte er aufmunternd. »Dort ist unser Zuhause, der Ras von Salhi, dort ist es kühl und schattig, und es gibt so viel Wasser, wie Ihr nur wollt.«

Als endlich die Klippen ihren willkommenen Schatten über die Reiter warfen, waren die vier Besucher von Hitze und Staub so mitgenommen, daß die Salamandri ihnen von den Pferden helfen mußten. Sargus gab ruhige Kommandos, weitere Angehörige seines Volkes kamen aus dem großen, in die Klippe eingelassenen Höhlentor, zwei traten zu jedem der Fremden und führten sie den steilen Pfad hinauf, der in die Tiefen des hohlen Berges führte.

»Bringt sie in das Gästehaus, so schnell ihr könnt«, sagte Sargus, der Camissa mehr trug als führte. »Wickelt sie in Wasserdecken und sorgt dafür, daß sie ruhig liegenbleiben, bis die Sonne ganz untergegangen ist.«

In der luftgekühlten Dunkelheit im Innern des Felsens spürte Aeron, wie ihre Haut zu brennen und zu spannen aufhörte, und immer, wenn sie eine Hand hob, stand ein neuer Krug mit Wasser bereit. Als das Licht aus dem hohen Fenster verschwand und kühles violettes Zwielicht an seine Stelle trat, setzte sie sich auf. Sie war wieder die alte und bemerkte mit einem Lächeln, daß sich die anderen ebenfalls erholt zu haben schienen.

Ehe es ihnen in den Sinn kam, eine Nachricht zu schikken, trat Sargus ein, gefolgt von Angehörigen seines Volks, die riesige, mit Speisen beladene Kupfertabletts trugen.

Er begrüßte jeden seiner Gäste mit Namen und winkte ihnen, sich nach Art der Salamandri zu ihm auf die Polster und Teppiche zu setzen; die Tabletts wurden in der Mitte des Kissenkreises abgestellt.

»Wie fühlt Ihr euch jetzt?«

»Wir waren wirklich völlig erschöpft«, sagte Morwen. »Aber das ist vorbei.«

»Ihr hattet einen Sonnenstich, ein häufiges Leiden bei Fremdweltlern. Ich bedauere, daß ich Euch dem aussetzen mußte, aber ich wollte Euch auf dem schnellsten und kürzesten Weg herbringen und wagte nicht, bis zum Einbruch der Dunkelheit zu warten.«

»Warum diese Eile?« fragte Elathan und stellte eine leere Wasserschale ab. Noch ehe er die Hand zurückgezogen hatte, war sie nachgefüllt. »Und *wenn* sie nötig war, warum dann reiten? Unser Schiff hätte uns alle schneller und auf weniger beschwerliche Weise hergebracht.«

»Das, fürchte ich, wäre nicht gestattet gewesen«, sagte Sargus; und obwohl seine Miene nichts verriet, spürten sie, daß er ihnen etwas verheimlichte. »Kein Schiff darf mehr in diese Gegend kommen.«

Aeron war etwas aufgefallen. »›Nicht mehr‹, sagt Ihr. *Gab* es denn einmal ein Schiff, das an diesen Ort kam?«

Silbrige Augen öffneten sich und richteten sich auf sie, nicht nur Sargus, jeder im Raum anwesende Salamand starrte sie an, und Aeron mußte ihre ganze schwer erworbene Selbstbeherrschung aufbieten, um diese stechenden fremdartigen Blicke zu ertragen. Sie beschloß, alles auf eine Karte zu setzen.

»Ich glaube, es gab ein Schiff«, fuhr sie kühn fort. »Ich glaube, daß vor vielen Generationen ein fremdes Schiff hierherkam, und ich glaube, daß es auch jetzt noch hier ist. Was sagt Ihr, Sargus? Ist es nicht wahr?«

Diesmal war die Reaktion nicht zu überhören: es war nicht das leise Gemurmel, das sie dem Feuervolk an diesem Tag schon zweimal entlockt hatte, sondern ein anklagender Schrei aus vollen Kehlen. Bis auf Sargus waren alle Salamandri aufgesprungen und starrten Aeron durchdringend an. Sie erhob sich etwas langsamer, bedauerte einen Augenblick lang zutiefst, daß sie ihre Waffen zurückgelassen hatten, und nahm fast instinktiv eine Kampfstellung der Fianna ein, die ›für unbestimmte Risiken‹ bestimmt war, also für den Fall, daß der Angegriffene nicht wußte, aus welcher Richtung der Angriff erfolgen würde.

Sargus blaffte einen Befehl in seiner eigenen Sprache; immer noch drohend vor sich hin flüsternd, verschmolzen seine Leute mit den Schatten. Er selbst hatte sich von seinem Platz auf den Kissen nicht weggerührt, und jetzt winkte er Aeron, sich wieder neben ihm niederzulassen.

»Setzt Euch, Herrin! Wenn Ihr alles gehört habt, werdet Ihr verstehen, warum mein Volk so erschrocken ist. *Setzt Euch!* Ich kann nicht mit Euch sprechen, wenn Ihr Euch wie ein Feuerroß vor mir aufbaut.«

Aeron zögerte, dann gehorchte sie, stellte ein Bein hinter

das andere und ließ sich auf den Teppichen nieder wie ein Reiher, der sich schlafen legt. »So erzählt es uns, wenn Ihr könnt und wenn es Euch gestattet ist. Es ist für uns alle besser, wenn alles bekannt ist.«

Der Häuptling der Salamandri nickte. »Das glaube ich auch. Nun, dieses Schiff, von dem Ihr offenbar wißt, kam in der Tat nach Kholco, und es landete nicht weit von hier – doch vorher hatte es einen langen Weg zurückgelegt, und woher es stammte, wißt Ihr sicher besser als ich. Es ging auf dem Heiligen Berg nieder, dem Feuerhorn ...« Wieder war wütendes Zischen aus den Schatten zu hören, und Sargus brachte seine Leute mit der merkwürdigen hackenden Geste, die er schon einmal verwendet hatte, zum Schweigen. »Ja, es landete mitten im Feuer. Aber es verbrannte nicht, und es schmolz nicht; nach langen Diskussionen zogen wir es heraus und brachten es an einen geheimen Ort, wo es bis auf den heutigen Tag steht.«

»Habt Ihr es von innen untersucht, um zu sehen, ob noch jemand am Leben war?«

»Wir wußten durch unsere Scanner, daß alle an Bord tot waren«, sagte Sargus. »Aber jene, die das Schiff aus dem Feuer holten, öffneten es, um sicherzugehen. Ihr müßt wissen, daß dies alles vor vielen hundert Jahren geschah ... Sie fanden keine Überlebenden und waren darüber sehr betrübt, denn die Krieger des fremden Schiffes schienen tapfere und hochherzige Männer zu sein, und ihr Anführer schien der hochherzigste und tapferste von allen.« Er hielt inne, denn Aeron hatte sich mit einem Ausdruck verzweifelter Ungeduld aufgerichtet. »Nein, sie hatten nicht gelitten; sie waren weder durch das Feuer noch durch den Aufprall gestorben, sondern sie waren schon vor der Landung tot. Sie sahen aus, als schliefen sie; ja, die ersten, die das Schiff betraten, glaubten, sie schliefen wirklich und seien gar nicht tot. Aber das ist noch nicht alles.« Jetzt war es Sargus, der sich aufrichtete und mit seinen silbernen Augen fest in Aerons grüne Augen blickte. »Das Wissen, nach dem Ihr strebt, hat seinen Preis, und ehe Ihr es erlangen könnt, muß dieser Preis bezahlt werden: an mich, an mein Volk und an jene, die nachkommen werden. Der Preis ist nicht in Geld oder Ware zu entrichten, sondern er erfordert Mut und Glauben. Seid Ihr dazu bereit?«

Morwen schaltete sich schnell ein. »Das wird man sehen, wenn bekannt ist, worin der Preis besteht!«

Ohne sie zu beachten und ohne den Blick von Aeron zu wenden, sagte er: »›Er, der ein Führer ist, mag euch eine Brücke sein‹ – so heißt es in meinem Volk, und dies soll bewiesen werden. Wer von Euch also? Ihr und Ihr«, – er nickte erst Aeron und dann Elathan zu –, »seid Brücken für Euer Volk, nicht wahr? Wer von Euch?«

»Ich«, sagte Aeron, ehe Elathan zu Wort kommen konnte. »Jeder von uns, wenn das Herz allein zählt. Aber es ist meine Aufgabe, denn diese Suchfahrt wurde um meinetwillen angetreten, und so ist es nur recht und billig, wenn ich die Gefahr allein auf mich nehme.« Sie hob eine Hand, um die Einwände ihrer Gefährten zum Schweigen zu bringen. »Nein, ihr Löwen, widersprecht mir nicht! Dies ist das Gabha-Bheil, die Prüfung durch Beli. Dazu bin ich hergekommen; es jetzt nicht zu wagen, wäre wahrlich sinnlos.«

Sie wandte sich wieder an Sargus. »Wann?«

»Heute abend?«

Sie nickte. »Keinen weiteren Aufschub; je schneller es vollbracht ist, desto eher habe ich das Wissen.«

Als Sargus und seine Leute den Raum verlassen hatten, fuhr Morwen auf ihre Freundin und Königin los, und Elathan und Camissa zögerten nicht, es ihr gleichzutun.

»Der Berg soll meine Seele haben, Aeron, und die meiner ganzen Sippe gleich mit! Manchmal glaube ich, Straloch hat recht, und du bist kein bißchen weniger störrisch, als er es behauptet! Oder ist dein Gehirn heute zu lange in der Sonne gebraten worden? Du weißt nicht einmal, welcher Art diese Prüfung ist, von der er spricht ...«

Aeron ließ sie schelten und nippte währenddessen an einer neuen Wasserschale – es war, als könne sie nicht genug bekommen. Dann legte sie sich auf die Polster zurück und blickte zu der Felsendecke auf, die sich nur wenige Fuß über ihren Köpfen befand.

»Es kommt gar nicht darauf an, worin die Prüfung besteht«, sagte sie ruhig. »Sie muß bestanden werden, und es ist meine Aufgabe, sie zu bestehen. Und jetzt will ich kein Wort mehr hören. Ich möchte mich ein wenig ausruhen, und ihr solltet das gleiche tun. Man wird uns holen, wenn es Zeit ist.«

18. Kapitel

Es war völlig dunkel, als Aeron aus dem hohen Tor der Berghöhle trat und sich unter dem großen blauen Gewölbe des Himmels von Kholco neben ihre Freunde stellte. Kein Mond umkreiste diese Welt, so daß die Sterne im Dunkeln unangefochten das Zepter schwangen. Eine kühle Brise strich ihr durchs Haar und bewegte die bestickten Ärmel der schwarzen Robe, die man ihr gegeben hatte.

Sargus kam auf sie zu, verneigte sich feierlich und führte sie dann schweigend einen Pfad hinunter, der wie eine lange breite Treppe mit flachen Stufen aussah und in seiner ganzen Länge in regelmäßigen Abständen von im Boden steckenden Alaunfackeln erhellt wurde. Unterwegs sahen sie im Licht dieser Fackeln, daß auf beiden Seiten, stellenweise zu viert oder fünft hintereinander, Salamandri in Kapuzengewändern standen. Elathan griff aufmunternd nach Camissas Hand und drückte sie kurz; als sie den Druck erwiderte, schnitt ihm der Krönungsring in die Finger.

Nach etwa fünf Minuten erreichten sie einen freien Platz, wo ein Schein wie von vielen Fackeln, von einem großen Brand oder einem riesigen Quarzfeuer aufstieg. Sie spürten, daß in geringer Entfernung eine gewaltige Hitze ausgestrahlt wurde; hin und wieder bebte die Erde unter ihren Füßen, und aus der Ferne war ein schwaches Grollen zu vernehmen.

Sargus blieb stehen, als der Pfad zu Ende war, wandte sich zu Aeron um und zog sie weiter. Die anderen folgten mit vorsichtigen Schritten.

Auf den ersten Blick sah es so aus, als stünden sie am Ufer eines Flusses, der sich träge und dunkel in einem breiten Bett dahinwälzte. Dann veränderte sich ihr Blickwinkel, und sie erschraken entsetzlich, als sie erkannten, daß es kein Fluß war, sondern ein Lavastrom, viele Fuß breit und fast ebenso dick, geschmolzener Stein, der zwischen Ufern aus härterem Stein dahinfloß. An den Rändern bildete die Lava langsame Wirbel und Strudel, fast wie ein echter Fluß; im Zentrum schien es Strömungen zu geben, Stromschnellen, wo der glühende Stein unter einer dünnen knisternden Kruste wie Wasser dahinschoß.

Morwen wurde von Unsicherheit und Angst ergriffen. »Aeron ...«

»Was ist das für ein Ort, Sargus?«

»Das ist unsere heilige Stätte, das Kasulathra, der Ort der Prüfung hier am Ras von Salhi. Es heißt, nur die Wahrheit kann im Feuer bestehen, und wer behauptet, die Wahrheit zu sprechen, und will, daß man ihm glaubt, muß bereit sein, sie im Feuer zu erproben. Man hat den Leuten gesagt, daß Ihr das Recht auf das Wissen beansprucht, von dem wir gesprochen hatten, und nun verlangen sie, daß Ihr den Beweis dafür antretet. Denn hier zählt nicht Euer Schicksal allein, und dies ist der Preis dafür, wonach Ihr sucht.«

»Das ist vernünftig«, sagte Aeron sofort. »Ich bin einverstanden.«

»Wollt Ihr nicht einen Augenblick warten, Aeron?« zischte Elathan mit wütendem Unterton, dann fragte er laut, an Sargus gewandt: »Und wenn wir es nicht zulassen?«

»Dann habt Ihr alle Euer Leben verwirkt«, antwortete Sargus. »Das ist die Strafe für Frevel und Lästerung.«

»Und wenn ich versage?« erkundigte sich Aeron, obwohl sie die Antwort schon kannte.

Doch Sargus schwieg.

»Was wird mir zugestanden?« fragte sie nach einer Weile. »Welche Mittel darf ich verwenden; was genau verlangt man von mir?«

»Ihr müßt über das Feuer gehen«, erklärte Sargus. »Unsere Priester werden den Strom vor Euch überqueren, um zu zeigen, daß es möglich ist und daß alles mit rechten Dingen zugeht. Dann müßt Ihr das gleiche tun, wenn Ihr es könnt. Gelingt es Euch, dann habt Ihr Euch die Antworten verdient, nach denen Ihr sucht. Scheitert Ihr hingegen ...«

»Ich habe verstanden.« Aeron schwieg einen Augenblick lang. »Was ist mit Magie?«

Der Salamand sah sie forschend an. »Ihr dürft jede Macht zu Hilfe rufen, über die Ihr verfügt, dürft die Kraft Eurer Götter beschwören oder Eure eigene, wenn Ihr glaubt, daß Eure Magie hier wirksam ist oder die Götter Euch erhören. Das verstößt gewiß nicht gegen das Gesetz. Aber vergeßt nicht, daß wir hier unsere eigenen Götter – und unsere eigene Magie – haben, und ich weiß nicht, wie ein solcher Ruf aufgenommen würde.« Da Aeron in ihre eigenen Gedanken versunken schien, verneigte sich Sargus und trat beiseite. »Wenn die Priester die andere Seite des Feuerstroms erreicht haben, müßt Ihr selbst ihn überqueren. Die Flamme soll entscheiden, ob Ihr die Wahrheit sprecht.«

Nacheinander kamen fünf Priester, die Kapuzen tief ins Gesicht gezogen, an den Rand des Lavastroms, gossen sich klares Wasser über die bloßen Füße und schritten dann ohne Zögern einzeln über den gräßlichen Fluß zu dem Steinsims auf der anderen Seite. Als alle dort versammelt waren, schoben sie die Hände in die weiten Ärmel und nahmen eine erwartungsvolle Haltung ein.

Aeron starrte den Strom an, bis ihr die Hitze, die der geschmolzene Stein ausstrahlte, die Tränen in die Augen trieb und sie nur noch verschwommen sehen konnte. *Keine Eile*, sagte sie sich. *Diese Priester warten ewig* ... Die Tatsache, daß die Priester den Feuerstrom unbeschadet überquert hatten, erleichterte sie nicht im geringsten: Hatte nicht Borvos gesagt, daß die Salamandri sogar in den Flammen *leben* konnten? Wenn das stimmte, dann war es für sie keine große Anstrengung, lediglich darüberzuschlendern; für einen Menschen mochte das jedoch ganz anders aussehen. Aber dann wandte sie sich ihren Freunden zu, und was sie in ihren Gesichtern sah, ließ ihr das Herz in der Brust erbeben: Hoffnung, Angst, Sorge – und über allem ein blindes, zuversichtliches, erschreckendes Vertrauen, daß sie diese Probe erfolgreich bestehen konnte und würde. *Oh, ihr Götter, wenn ich mir nur selbst so sicher wäre* ...

Sie trat an den Rand des Flußbettes. Nur wenige Fuß von ihr entfernt lag die dunkle verkrustete Oberfläche des Lavastroms; sie sah tatsächlich fest genug aus, um ihr Gewicht tragen zu können, und hatte ja schließlich schon die fünf Priester ausgehalten, die weit mehr wogen. Über die ganze Breite zogen sich Streifen und Spalten, aus denen weißes flüssiges Feuer leuchtete wie Meerwasser, das im Sand versickert. Doch dies war kein Wasser, sondern ein Fluß aus Stein, der geradewegs aus dem Herz der Erde heraufsprudelte.

Sie mußte es tun, und zwar gleich, ehe sie noch ganz den Mut verlor. *Wieder ein Fior-commlainn; aber lieber würde ich mich zehn Bres stellen als diesen Flammen …* Sie war wie alle anderen bereits barfuß an die heilige Stätte gekommen, und nun beugte sie sich nieder und goß sich zur rituellen Waschung warmes Wasser über die Füße, wie es vorher auch die Priester getan hatten. Aber das Wasser diente nur zur Reinigung und bot ihr nicht den geringsten Schutz, wenn sie das Feuer überquerte. *Nun geh! Kein Zaudern mehr!*

Aeron hob die Arme und nahm die Gebetshaltung der Ban-draoi ein, blickte mit ihrem inneren Auge tief in sich hinein und richtete es dann auf einer höheren Ebene nach außen. Sofort spürte sie die Anwesenheit einer Macht, der alle anderen Mächte an diesem Ort untertan waren. Doch sie spürte auch, daß ihr diese Macht nicht völlig fremd und auch nicht feindlich gesonnen war. Ein überwältigendes unsterbliches Bewußtsein nahm Notiz von ihr; sie hatte eine Gottheit am Ärmel gezupft, und nun drehte sich die Gottheit um, um zu sehen, wer sie gerufen hatte.

Sie kam sich vor wie ein Kind, das seine Mutter an den Röcken zieht und sich dann schämt, daß es überhaupt die Kühnheit besessen hat, dieses gewaltige ewige Wesen zu stören. Vielleicht war das gar kein schlechter Vergleich, denn diese Göttin der Salamandri war gleichzeitig auch die Große Mutter, freilich in fremdem seltsamem Gewande, aber sicher würde Sie ihre Dienerin auch jetzt erkennen …

Die anderen beobachteten Aeron genau und sahen, wie

ihr bisher von der Hitze der Lava gerötetes Gesicht perlenweiß wurde und wie es ein Ausdruck tiefer Ehrfurcht wie eine aufsteigende Flut erfüllte. Aeron legte grüßend die Faust auf das Herz und richtete Worte in einer Sprache, die niemand kannte, an Eine, die nur sie allein sehen konnte.

»Sie hat doch Angst«, murmelte Illach, ein Verwandter von Sargus, der neben ihm stand. »Sie wird scheitern, wie ich gesagt habe.«

»Sie nicht. Schau doch nur!« Sargus beugte sich vor, und Morwen, die auf der anderen Seite neben ihm stand, biß sich auf die Unterlippe.

Aeron hatte die Arme gesenkt, hielt sie mit sehr geraden Schultern nach unten ausgestreckt, die Handgelenke in unbewußt eleganter Stellung leicht gesenkt. Wie eine Tänzerin, vollkommen in sich ruhend, stand sie da, und ihr Gesicht war so angespannt wie das eines Schwertkämpfers, der auf die kleinste Schwäche in der Deckung seines Gegners lauert. Die Finger hatte sie weit gespreizt, und von einer Fingerspitze zur anderen zuckte blaues Feuer.

»Das ist nicht die Magie der Salamandri«, sagte Illach, und aus seiner Stimme klang widerstrebende Bewunderung.

»Nein ... was glaubst du, mit wem sie gesprochen hat?«

»Woher sollen wir das wissen? Vielleicht hat sie die Finsteren um Hilfe angerufen. Oh, Sargus, *die* hätten sich nur zu gern eingemischt!«

Sargus warf ihm einen verächtlichen Blick zu. »Seit wann haben die Finsteren hier irgend etwas zu sagen? Du weißt doch sehr wohl, wem diese Stätte gehört, und Sie hütet ihr Eigentum gut. Wenn die Hexe von anderswo hier Macht hat, dann mit Ihrer Zustimmung. Jetzt sei still und sieh zu, damit du die Wahrheit erkennst.«

Die letzte Aufforderung war gänzlich unnötig: Niemand in der ganzen riesigen Menge hatte den Blick von der Szene gewandt. Und nun trat Aeron, mit langsamen steifen Bewegungen, als wandle sie im Traum oder kämpfe sich durch tiefes Wasser, an den Rand der Lava.

Ohne einen Augenblick zu zögern, setzte sie den bloßen

Fuß auf den geschmolzenen Stein, als sei er kalter Marmor. Ihr Fuß hob sich überirdisch weiß von den wechselnden Farben der Lava ab, und er hinterließ einen klaren Abdruck, als sie ihn hob, um den nächsten Schritt zu tun, und den nächsten, den nächsten und wieder den nächsten, immer mit der gleichen würdevollen Bewegung.

Elathan tat einen tiefen zittrigen Atemzug. Aerons Sohlen waren zu sehen, während sie über die Lavafläche ging, sie zeigten keine Blasen, keine Brandstellen, sondern waren heil und unversehrt wie immer.

Und immer noch ging dieses schreckliche Schreiten weiter, feierlich und furchterregend. Alle wußten, daß sie Zeugen einer magischen Handlung waren; doch Aeron bewegte sich stetig, vorsichtig, ohne sich der vielen Zuschauer bewußt zu sein, den Blick auf eine Stelle ein paar Meter vor sich gerichtet, auf etwas, das den Zuschauern verborgen blieb.

Als sie das andere Ufer erreichte, berührte sie wieder festen Felsgrund, und dort erwarteten sie die Priester. Immer noch in Ekstase, halb in Trance, lächelte sie ihnen aus der göttlichen Ferne ihrer Verzückung zu, und alle warfen sich wie ein Mann vor ihr zu Boden.

Das riß sie aus ihrer Entrückung, sie blickte sich hilflos um. Sich vor jemandem niederzuwerfen, war in Keltia unbekannt, und die Vorstellung beunruhigte sie. Sargus, der den Lavastrom auf einer hochgewölbten Brücke überquert hatte, kam ihr zu Hilfe und scheuchte die Priester sanft weg.

»Seht Euch Eure Füße an!«

Aeron mußte sich überwinden, um zu gehorchen. Aber bis auf eine fast unsichtbare Schicht aus feiner schwarzer Asche und ein paar winzige Steinchen, die am Fußgewölbe hafteten, entstellte nichts die glatte Haut.

Dann stürmten Morwen, Elathan und Camissa herbei, freudig erregt, und triumphierend redeten alle gleichzeitig auf sie ein. Nützlicher war, daß sie ihre Stiefel mitgebracht hatten, und jetzt setzte sie sich auf einen Felsvorsprung und zog sie an. Die Reaktion hatte eingesetzt, und sie fühlte sich körperlich ausgelaugt – aber paradoxerweise hatte das Erlebnis sie in unglaubliche Hochstimmung versetzt. Was ihre Füße anging, so waren sie nicht einmal empfindlich oder wund. Sie rieb sich mit den Händen über das Gesicht und blickte zu Sargus auf, der neben ihr stand, lebhafte Besorgnis in dem fremdartigen schiefergrauen Gesicht.

»Prüft Ihr Eure Gäste stets mit solchen Kapriolen? Dann ist es kein Wunder, daß das Feuervolk nur so selten Besuch bekommt.« Ihr Lächeln zeigte jedoch, daß die Worte keinen Stachel enthielten, und er lächelte zurück.

»Nicht immer; aber jeder, der mit einem Anliegen wie dem Euren käme, würde so geprüft werden. Die Sache ist viel ernster und bedeutender, als Ihr wißt.«

»Ist es erlaubt, danach zu fragen?«

Sargus nickte. »Das habt Ihr Euch mit Eurem Weg über das Feuer verdient.«

»Habt Ihr gesehen, was geschah?« fragte sie mit gedämpfter Stimme, damit die herandrängende Menge nichts hören konnte. »Habt Ihr gesehen, was ich sah?«

»Heute nacht nicht; aber ich habe es gespürt, und ich kann es erraten – und zu anderen Gelegenheiten hatte sogar ich das Glück, wurde auch mir die Gunst des Anblicks gewährt. Hat Sie zu Euch gesprochen?«

Aeron nickte, den Blick in staunender Erinnerung verschleiert. Dann wurden die grünen Augen plötzlich wieder scharf und direkt. »Sie sagte ... Nun, Sie *sagte* nicht einfach, Sie sah mich nur an, und irgendwie verstand ich. Zuallererst hat Sie mir verheißen, daß die Flammen mich nicht verbrennen würden; und dann ...«

Sargus war plötzlich ernst geworden und legte ihr leicht die Finger auf die Lippen, so daß sie verstummte. »Nicht hier«, mahnte er. »Ihr habt Euch in dieser Nacht das Recht erworben, alles zu wissen, und Eure Gefährten ebenfalls, das habe ich Euch versprochen. Aber nicht hier und nicht jetzt. Morgen früh. Morgen früh sollt Ihr alles erfahren.«

Doch als der Morgen kam, war Sargus nirgends zu finden. Nach einem leichten Frühstück wurden Aeron und die anderen von ehrfürchtig schweigenden Salamandri an den

Höhleneingang geführt, wo – gesattelt und gezäumt und mit vollen Satteltaschen beladen – ihre Pferde standen; und immer noch fiel kein Wort.

Angeführt von den Reitern des Feuervolks, erreichten sie nach einem flotten Ritt von etwa einer Stunde eine Stelle, wo der Boden vor ihnen steil abfiel. Jenseits des dadurch entstandenen breiten Hohlwegs stieg das Gelände wieder an und ging weit in der Ferne in die Gebirgskette über, die Aeron schon tags zuvor bemerkt hatte.

Im Schatten einer Felswand wartete Sargus auf sie, und als sie heranritten, verneigte er sich grüßend und bedeutete ihnen, sie sollten absitzen. »Von hier aus müssen wir zu Fuß gehen.« Aber wohin sie gehen oder wie lange sie brauchen würden, verriet er nicht.

Nachdem sie die Satteltaschen abgenommen und sich fest auf den Rücken geschnallt hatten, führte Sargus sie ein enges Tal entlang, durch das sie auf die andere Seite des mächtigen Bergkammes gelangten. Der unebene Boden war mit herabgestürzten Felsstücken übersät und mit Staub zugeweht. Am anderen Ende öffnete sich das Tal, und ein unvergleichlicher Anblick bot sich dar: Hinter der harten trockenen Morann-Ebene umringten niedrige Schlackenhügel den riesigen Vulkan, den sie schon auf ihrem Ritt zum Ras von Salhi gesehen hatten. Heute wurden sie Zeugen eines Ausbruches: Eine turmhohe Wolkensäule erhob sich über dem Kratergipfel.

Sargus streckte die Hand aus. »Das ist unser Ziel.«

»Der Vulkan?« rief Camissa aus. »Aber warum? Das ist doch sicher nicht ungefährlich.«

Doch Aeron und Morwen wechselten einen schnellen Blick, sie hatten beide den gleichen Gedanken: Um das zu finden, waren sie nach Kholco gekommen.

»Nicht zum Gipfel selbst«, beruhigte Sargus Camissa. »Aber in die Nähe; freilich hat der Berg in dieser Sache eine ganz besondere Rolle gespielt.«

»Wie heißt er?« fragte Elathan und schirmte die Augen gegen das grelle Flimmern der Sonne über der ausgedörrten Ebene ab.

Obwohl Sargus' Körper sich nicht bewegte, schien sich

sein ganzes Wesen dem brennenden Gipfel entgegenzustrecken.

»Das ist das Feuerhorn«, sagte er dann. »Mount Terror.«

Stunden später stapfte die kleine Gruppe müde auf den Kamm eines niedrigen Vulkangrates zu, der wie der Rükken eines Wales aus dem Staub der Ebene aufragte. Froh über die wenn auch kurze Rast, ließen sich die Fremdweltler auf den steinigen Boden fallen, um sich auszuruhen und abzukühlen, soweit dies überhaupt möglich war. Elathan schenkte Camissa, die zwar müde war, aber ihre gute Laune den ganzen Tag nicht verloren hatte, einen Becher Wasser ein. Morwen lehnte sich in der Nähe an einen Felsen und aß ein wenig von dem Proviant aus ihrem Bündel, dann schloß sie die Augen und genoß dankbar die relativ kühle Luft unter der Wolke.

Aeron saß mit untergeschlagenen Beinen ein wenig abseits von den anderen, der riesige Vulkan zog sie merkwürdig an. Schon seit vielen Meilen hatten sie ihn gesehen, während sie, halb rutschend, halb hinkend, Sargus folgten, der sie unbeirrbar durch die schwarzgläserne Wüste führte.

Aus diesem Blickwinkel wirkte der Berg sehr massig: Die mächtigen Flanken stiegen etwa zehntausend Fuß hoch an und bildeten zwei Geröllebenen, aus deren Mitte der makellose Zentralkegel noch weitere dreitausend Fuß hoch gen Himmel ragte. All dies wirkte unbedeutend neben der gewaltigen, wogenden, von Flammen durchschossenen Wolke, die vom Gipfel nach oben wallte. Sie waren jetzt schon so nahe, daß sie die Schlackeströme sehen konnten, die an der zerklüfteten Bergflanke herabkrochen. Der Ausbruch hatte in der vorangegangenen Nacht eingesetzt, hatte Sargus erklärt; sie hatten kurz vor Aerons Gang über den Feuerstrom sogar selbst die Beben gespürt, die seinen Beginn ankündigten – und unter den Salamandri herrschte, wieder nach Sargus' Worten, der Eindruck, daß die beiden Ereignisse nicht völlig ohne Beziehung zueinander standen.

Sei dem, wie es will, dachte Aeron, *Arthur kam einst hierher;*

und wenn er hier war, ob damals oder heute, so komme jetzt ich ...

Morwen war neben sie getreten und betrachtete ebenfalls das eindrucksvolle Bild. »Mount Terror ...«

»Wir sind hier nur Eindringlinge«, sagte Aeron. »Hier fangen Welten an. Dies ist die Erdseele, das Feuerherz, die Himelsschmiede, der Amboß der Göttin. Wir haben die Flamme vor uns, die Ewigkeit heißt.«

Schweigend sahen sie zu, wie der Berg von einer neuen Zuckung auseinandergerissen wurde und wie sich eine klaffende Erdspalte auftat. Feuer hing wie Nebel in der Luft, Feuer lief wie Wasser über den Boden, Feuer tanzte brüllend in der Kehle des Berges. Der Boden bebte unablässig, und durch die vielen Meilen von Luft drang ein leises Knurren wie von gefangenem Donner.

Nach einer Weile berührte Morwen ihre Freundin an der Schulter. »Aeron, komm weg von hier!«

Aeron schüttelte den Kopf. »Er wird uns nichts tun«, sagte sie und starrte immer noch wie gebannt über den Grabenbruch.

»Kommt!« sagte Sargus, und anders als bei Morwen war sein Wort ein Befehl. »Dies ist der Augenblick, auf den Ihr gewartet habt.«

Der Grat, dem sie folgten, führte sie auf die Hänge eines erloschenen Kraters, des toten älteren Bruders des in Wehen liegenden Terror. Hoch oben an der sanft gewölbten Bergflanke gähnte ein großer Spalt, und darin herrschte Dunkelheit. Aber nicht absolute Dunkelheit: Als Aeron langsam weiter hinaufkletterte, entdeckte sie im Innern einen Lichtschein, keine Flamme, sondern ein phosphoreszierendes Irrlicht, das sie an etwas erinnerte – sie vermochte nur nicht zu sagen, woran ... Sie drehte sich um und blickte über die Schulter auf das glühende Feuerhorn, und da verstand sie.

»Die Hörner des Lichts«, hauchte sie, und vor ihr erstarrte Morwen. »›Vor den Pforten von Uffern werden brennen die Hörner des Lichts ...‹ Sargus, wann hat dieser Berg zum letzten Mal Feuer gespien?«

Seine Schritte wurden nicht langsamer, aber sie hörten den veränderten Tonfall in seiner Stimme: die Freude eines Lehrers über einen klugen Schüler, der einen schwierigen Text begriffen hat.

»Als das Schiff, das Ihr sucht, auf diese Welt kam, loderten dieser Berg und seine Schwester wie Leuchttürme, die den ganzen Morann erhellen wollten. Dann starb das Feuer hier im Scarva, und nun brennt nur noch das Feuerhorn, und auch das nur selten. Aber Ihr habt recht, Aeron, dies ist der Ort, den Euer Dichter Uffern nannte, wir sind am Ziel.«

Sie folgten Sargus durch den Eingang in die Höhle: Das unterirdische Gewölbe besaß eine gewaltige Ausdehnung, die hohen Decken wurden von einem stetigen Schein erhellt, der von den vom Fußboden aufstrebenden und vom Dach herabhängenden Felsformationen ausging.

»Ihr habt Euch und Euren Freunden das Recht erworben, diesen Ort zu betreten, Aeron«, sagte Sargus nun. »Hier werdet Ihr finden, was Ihr verloren habt.«

»Arthur?« fragte Morwen aufgeregt. »Ist Arthur hier?«

Aber Sargus blickte Aeron unverwandt an und antwortete nicht. In diesem Augenblick drehte sich Camissa um, die in ihrem Eifer ein wenig vorausgelaufen war, und rief mit ihrer klaren Stimme, die in den riesigen Felsräumen hohl widerhallte:

»Aeron? Aeron, kommt und schaut! Hier sind Bilder an den Wänden.«

Aeron betrachtete die Stelle, auf die Camissa zeigte, und konnte ein Keuchen nicht unterdrücken. Auf dem gewachsenen Fels der Höhlenwände hatte man den Stein geschmolzen und geglättet wie eine Leinwand, die auf die Hand des Künstlers wartete. Hier waren in großen Tafeln nebeneinander, steinernen Wandteppichen ähnlich, farbige Reliefs zu sehen. Seltsame Tiere und noch seltsamere Menschen – wenn man sie wirklich als Menschen bezeichnen konnte –, rätselhafte Szenen von unbekannter Bedeutung, beleuchtet von dem unheimlichen phosphoreszierenden Schein. Doch die Tafel, vor der Camissa stand ...

»Wie kommt dies hierher?« hörte Aeron sich fragen.

»Sargus? Wie ist das möglich?« Staunend fuhr sie mit den Fingerspitzen über die farbigen Steinverzierungen: ein Bild des Ras von Salhi, des Kasulathra und des Feuerflusses, den sie erst in der letzten Nacht überquert hatte. Auf einer Seite des gemalten Flusses stand eine Gestalt, von der sie irgendwie wußte, daß sie Arthur darstellte; und auf der anderen ...

»Das bin ich«, sagte sie kleinlaut. »Aber das begreife ich *nicht.*«

Sargus fuhr ehrfürchtig das Bild einer ganz in Schwarz gekleideten Frau mit rotem Haar nach, das ihr bis zu den Knien reichte und wie die Feuer des Terror leuchtete; über ihrem Kopf hingen ein Halbmond und ein Ring von Sternen; unter ihren Füßen befand sich ein Kreis mit einem Kreuz darin: keltische Zeichen, Zeichen der Bandraoi, Zeichen, die keinem Salamand bekannt sein konnten ...

Und weiter hinten an der Felswand Szenen totaler, unvorstellbarer Verwüstung: Feuerwände, Lavafluten, der Planet platzte aus allen Nähten wie eine überreife Frucht ...

»Davon hat Sie mir erzählt, letzte Nacht, als ich über das Feuer ging«, flüsterte Aeron, und Sargus senkte den Kopf.

»Was hat Sie Euch noch mitgeteilt?«

»Sie zeigte mir, daß mein Kommen das Ende für das gesamte Feuervolk ankündigte«, sagte Aeron mühsam. »Daß Euer Volk sich nun vorbereiten muß auf ...« Sie verwendete ein Wort in der Sprache der Salamandri, das sie nicht einmal jetzt verstand, als sie es aussprach. »Ist es so? Wurde mir die Wahrheit gesagt?«

»So ist es, deshalb war mein Volk auch so bestürzt, als Ihr aus Eurem Schiff tratet und uns begrüßtet. Nicht, weil Ihr eine Fremde seid, die niemand erwartete, sondern weil Ihr das lebende Gegenstück zu diesem Bild seid«, – wieder berührte er den Stein –, »und das zweite Vorzeichen unseres Endes.«

»Sargus ...«

»Trauert nicht unseretwegen, Aeron! Wir wissen schon lange, was kommen wird, und wir begrüßen es.«

»Aber selbst wenn Kholco sterben muß, brauchen doch die Salamandri sicher nicht mit unterzugehen! Es gibt mehr als genug andere Welten, die Euch offenstünden – unbewohnte Welten, die Ihr nach Euren Bedürfnissen verändern könntet, grüne liebliche Planeten, wo Ihr nicht im Staub hausen müßtet.«

»Das ist wahr; aber Ihr seht doch, daß wir für diese Welt geschaffen sind, geistig wie körperlich. Ihr Schicksal und das unsere sind miteinander verknüpft, und wenn für sie die Zeit kommt, ihr Leben zu verändern, dann werden auch wir es tun. Stellt es Euch, wenn Euch das weniger schmerzt, als Verwandlung vor, nicht als Ende. *Euch* brauche ich doch wohl kaum zu erklären, daß der Tod nicht das Ende ist: Habt Ihr mir nicht gestern nacht vom Glauben Eures Volkes erzählt, von seinem Vertrauen auf das Schicksal – den Dán, wie Ihr es nennt? Nun, dies ist also der Dán der Salamandri. Ihr seid ein Herold unseres Endes, aber Ihr seid nicht seine Ursache. Ihr braucht Euch weder schuldig zu fühlen, nocht habt Ihr Grund, Euch zu schämen.«

Als sie nicht antwortete, faßte er lächelnd ihren Ellbogen, um sie weiterzuführen, und nach einem Augenblick des Zögerns ließ sie es zu.

Hinter der Vorhöhle wich das Dach mit den bis zum Boden reichenden Stalaktiten zurück, und man betrat eine viel größere Höhle, deren Rückwand in der Dunkelheit verschwand. Der ganze Berg war innen hohl wie ein Kürbis. Hohl mochte er sein, das sah Aeron sofort, aber er war keineswegs leer: Im Zentrum des großen glatten Bodens stand ein Sternenschiff.

Es war größer als *Retaliator*, aber immer noch kleiner als manches andere Fahrzeug: ein langes schmales Schiff mit eleganten Linien, von Kämpfen gezeichnet, der dunkelgrüne Metallrumpf von den Phosphorflechten, die an den Höhlenwänden wuchsen, gespenstisch erleuchtet.

Hinterher wußte Aeron nicht mehr zu sagen, wie lange sie dort gestanden hatte, unfähig, den Augenblick, der jetzt endlich gekommen war, in seiner Bedeutung, seiner

Tiefe, seiner Breite, seinem Ausmaß zu erfassen. Dies war also das Ende ihrer Suche; und was immer dieses Schiff sonst enthalten mochte, es enthielt ihren Dán und den Dán von ganz Keltia ...

»Wie habt Ihr es eigentlich hierhergebracht?« Das war Elathan, der versuchte, seine Ehrfurcht durch praktische Fragen zu meistern; er und die beiden anderen waren leise von hinten an Aeron und Sargus herangetreten, als diese stehenblieben.

»Es war nicht einfach«, räumte der Salamand ein. »Wie ich Euch schon sagte, stürzte es vor vielen Kordoan von Ori – vor vielen hundert Jahren nach Eurer Zeitrechnung – auf das Feuerhorn herab. Wir glauben aufgrund von Augenzeugenberichten und Angaben wie Fluggeschwindigkeit, Flugbahn und Kursänderungen, daß der Absturz kein Unfall war, sondern daß der Pilot das Schiff in voller Absicht in das Feuerhorn hineinsteuerte, auf einem Kurs, dessen Ende er nicht mehr erlebte. Wir hatten schon festgestellt, daß im Innern niemand mehr am Leben war, daher hatten wir es nicht eilig, es von seinem Landeplatz wegzuholen; und als wir es schließlich taten, brachten wir es hierher. Was die Bilder an den äußeren Wänden dieser Höhle angeht, so wurden sie erst später angefertigt, nachdem das Schiff schon dort stand, wo Ihr es jetzt seht; als Modell dienten uns Dinge, die man bei jenem einen Mal, als es geöffnet wurde, in seinem Innern gesehen hatte, und Dinge, die man uns auf andere Weise zeigte ... Wir haben nichts und niemanden berührt«, fügte er hinzu. »Alles ist noch so, wie es war, Eure Verwandten konnten in Frieden ruhen.«

Doch Aeron hörte ihn nicht mehr. Sie war, wie von der stärksten Magie gezogen, weitergegangen und blieb nun vor dem Haupteingang des Schiffes stehen. *Prydwen* ... Sie streckte zitternd eine Hand aus und berührte den grünen Metallrumpf, ihre Gedanken wanderten zurück zu dem koranischen Schiff, jener ersten *Marro,* die ebenso allein und verlassen in der Morimaruse gelegen hatte wie die *Prydwen* hier, jede in ihrem letzten kleinsten Hafen, jede ihre tapferen Geister beschützend: die *Prydwen* in Erde und Feuer vertäut, die *Marro* inmitten von Dunkelheit und Sternen.

Elathan faßte sie am Arm, und sie fuhr heftig zusammen. »Wollt Ihr nicht hineingehen, Aeron? Wie Sargus sagte, ist es dies, wonach Ihr gesucht habt.«

Sie hob die Augen und sah ihm mit gequältem Blick forschend ins Gesicht. »*Habe* ich gesucht?« fragte sie leise. »Oder bin ich nicht vielmehr gesucht worden?«

»Darauf weiß ich keine Antwort«, gab er ebenso leise zurück. »Ist der Unterschied am Ende so groß? Gibt es überhaupt einen Unterschied?«

Aerons Augen flackerten kurz, als sei dahinter eine Lampe erloschen. »Nein«, sagte sie. »Wahrscheinlich gibt es keinen Unterschied, der von Bedeutung wäre; und vielleicht war die wahre Prüfung die Suche und nicht das Finden ... Wir wollen alle eintreten, König von Fomor. Wir alle haben danach gesucht.«

19. Kapitel

Elathan und Camissa standen ganz dicht beieinander und beobachteten, wie Aeron im Innern des uralten Rumpfes verschwand. *Es ist fast zu seltsam*, dachte er: allein schon Aerons Flug nach Fomor, dann die Freundschaft, die sie so zaghaft angeknüpft hatten, der Hammerschlag von Talorcans Verrat und der Thronraub – dies alles und noch mehr hatte zusammengewirkt, um sie an diesen Ort zu führen. Er wußte recht gut, was Aeron hier zu finden hoffte, und er verstand die Verzweiflung, die sie zu dieser Suche getrieben hatte, verstand sogar, was sie in diesem Augenblick empfinden mußte, denn der Rote Drache war auf Fomor ebenso zur Legende geworden wie auf Tara. *Doch was weiter? Hinter dieser Queste steckt doch sicher mehr als eine bloße Entdeckung* ... Er spürte, wie Camissa seine Hand berührte, und wußte, daß sie ihn angesprochen und daß er nicht geantwortet hatte.

»Aeron ruft uns«, sagte sie und drückte seine Hand noch einmal. »Hast du es nicht gehört?«

Als sie Aeron erreichten, stand sie ein paar Meter hinter der Tür des toten Schiffes. Sie hatte den Lichtschalter gefunden, und jetzt erhellte ein schwacher grüner Schein den langen Korridor, der weiter ins Innere führte. Sie sagte nichts, sondern scharte sie nur alle mit einem Blick um sich, dann betrat sie vorsichtig den Gang. Unter ihren Stiefeln wirbelte der Staub auf.

Zuerst steuerte sie die Kommandozentrale an, denn sie erinnerte sich an die Szene an Bord der *Marro* – an den toten Jaun-Zuria in seinem Kapitänssessel – und hoffte, daß sie vielleicht auch Arthur dort finden werde. Doch als sie auf die Brücke trat, sah sie im schwachen grünen Licht, daß der Raum leer war, und wandte sich ab.

»Dann also in den Kabinen?« fragte Morwen mit gedämpfter Stimme.

In der Tat, in den Kabinen: Als sie durch die Korridore gingen, zeigte ihnen ein kurzer Blick durch mehrere halb geöffnete Türen, wie die Insassen der *Prydwen* ihre letzten Augenblicke verbracht hatten; und hinter den Türen, die im Lauf der Jahrhunderte nicht aufgesprungen waren, war es nicht viel anders.

In den Kabinen lagen die Männer auf Andruckliegen und Notpritschen wie Krieger in einem königlichen Hügelgrab oder in einer gemauerten Gruft, die Hände umfaßten noch immer die Griffe ihrer Waffen, die Torques schimmerten matt an ihren Hälsen, die Wappenbilder auf Schilden, Umhängen und Tuniken waren auch jetzt noch erkennbar. Morwens tränenlose Augen erblickten mehrmals den schwarzen Löwen der Douglas, Aeron entdeckte den Wolfskopf der Aoibhell, auch der goldgehörnte Hirsch der Fürsten von Gwynedd fehlte nicht.

Doch auch nach vielen Minuten hatten sie den einen noch nicht gefunden, nach dem sie suchten und den sie doch zu finden fürchteten; ihn entdeckten sie erst in einem Gemach, das von einer etwas abseits im Deosil und im Heck des Schiffes gelegenen Nische abging. Immer noch hielten zwei Soldaten zu beiden Seiten der Tür, mit dem Rücken an der Metallwand lehnend, die Hände um die Griffe der entblößten Schwerter gelegt, ewige Wache. Wer wußte heute noch, gegen welchen Feind?

Aeron blieb stehen und streckte die Hand nach Morwen aus, und diese erwiderte den Druck so heftig, daß es schmerzte. Hier war ihre Suche zu Ende, hinter dieser Tür lag die Antwort auf eine Frage, die Keltia seit fünfzehnhundert Jahren stellte. Sie brauchte nur einzutreten, und alles würde offenbar werden. Trotz allem kostete es sie einen Augenblick der Überwindung, bis sie zwischen den sitzenden Wachen hindurchgehen und die Hand auf den Türknopf legen konnte; ein leises Winseln von schleifenden Metallteilen war zu hören, dann lag die Kabine offen vor ihr.

Der Raum war größer, als sie es auf einem Sternenschiff dieser Epoche erwartet hätte: ein Gemach von vielleicht zwanzig Fuß Seitenlänge, die Kassettendecke aus Metall etwa zehn Fuß über dem magnetisierten schwarzen Fußboden. Kein Staub hatte sich abgesetzt – dazu war der Raum zu hermetisch verschlossen gewesen –, aber die allgegenwärtigen grünen Lichter brannten auch hier, und ihr Schein fiel auf die niedrige Liege und auf den Mann, der dort lag.

Groß war er gewesen, sah Aeron, größer noch als Gwydion; Haar und Bart kastanienbraun, mit Grau durchzogen; kräftiger Knochenbau, breite Hände mit überraschend zarten Fingern – Hände, die gleicherweise geschickt mit Harfe, Schwert und Feder umzugehen wußten; die Lider waren geschlossen, wie es sich geziemte, doch Aeron wußte, daß die Augen dahinter einst schwarz wie Moorwasser gewesen waren.

Das Gesicht erstaunte sie. Der Tod hatte nichts weggenommen, auch die Jahrhunderte hatten nicht daran gezehrt; von welchen körperlichen oder seelischen Qualen das Ende dieses Mannes auch begleitet gewesen sein mochte, sein Antlitz war davon nicht berührt worden, denn er hatte es nicht zugelassen. Es war ein starkes Gesicht, weise und gütig, unerbittlich und irgendwie auch fröhlich, als wisse der Mann mehr, als er sagen wolle. Aeron trat vor, wie von seiner Hand gezogen, und als sie das Lager erreichte, sank sie unwillkürlich und ohne Scham auf ein Knie.

»Heil dir, König der Kelten«, flüsterte sie, faßte mit beiden Händen Arthurs Hand und küßte sie in der uralten Geste der Lehenstreue. Dann blickte sie zu den anderen auf, sah Morwens tränenüberströmtes Gesicht mit den zu Eisen erstarrten Zügen, Elathans Miene, die gleichzeitig Mitleid und Achtung ausdrückte, ohne daß sie hätte trennen können, was davon ihr galt und was Arthur, und Camissas offenes Antlitz, in dem sich die ganze liebenswerte Frische ihres Wesens zeigte. Hinter ihnen stand Sargus, und fast glaubte sie, ein wenig in der fremden Mimik lesen zu können und zu erkennen, daß auch er bewegt war.

Sie erhob sich, blickte auf den toten König hinab und nahm wie aus weiter Ferne wahr, daß die anderen leise den Raum verließen und sie mit Arthur allein zurückließen. Sie hatte das Gefühl, als könne sie ewig hier stehen, als sei dies der Mittelpunkt aller ihrer Tage, der unbewegte Kern der Spirale, von dem aus sich der Rest ihres Lebens und des gesamten Daseins von Keltia wie ein Triskelion in alle Richtungen erstreckte.

Sie hatte erwartet, daß sie sich nur auf Arthur konzentrieren würde. Statt dessen wanderten ihre Gedanken unaufhaltsam zurück zu jenem Augenblick vor drei Jahren vor Bellator, als für sie ebenso wie jetzt die Zeit stehengeblieben war, als sie neben einem anderen toten König der Kelten auf einem anderen toten Schiff kniete. Die Erinnerungen stürmten auf sie ein wie hungrige Geister, und sie tastete blind hinter sich nach der Kabinenwand und lehnte sich dagegen. Alles drehte sich um sie, Gegenwart und wiedererlebte Vergangenheit wurden eins und verdichteten sich zu Schmerz ...

Ach, es wäre besser gewesen, wenn sie zerrissen worden wären, um als leuchtende Teilchen ewig durch den kältestarren Raum zu tanzen. Aber das war nicht geschehen. Als Rohan ihr die schreckliche Kunde brachte, hatte sie Caerdroia ohne ein Wort verlassen, ihr Schiff bestiegen und sich geradewegs zum Schauplatz der Katastrophe begeben. Sie hatte das manövrierunfähige Botschaftsschiff betreten, sie hatte die zerschmetterten, eng umschlungenen Körper ihrer Eltern gesehen, die jammervollen Überreste der Crew und der übrigen Mitglieder der Gesandtschaft – sie hatte sie alle gekannt, viele waren Freunde gewesen.

Und dann, schlimmer noch, der Zerstörer, der ein paar hundert Lai entfernt hilflos hin- und herschaukelte, Rhodri, der mit den anderen tot auf der Brücke lag, das helle Haar von Staub und Blut verkrustet. Sie war mit maskenhaft starrem Gesicht neben seiner Leiche niedergekniet, die trockenen Augen weit aufgerissen, hart wie Stein, tränenlos, ohne erkennbare Gefühle; und auch das war in die Legende eingegangen. Aber so war es nicht gewesen, o nein! Sie hatte nicht geweint, weil Tränen absurderweise nicht auszudrücken vermochten, was sie empfand; tief im weißglühenden Kern ihres Kummers, in jener reglos flammenden Glut im Innersten ihres Wesens wurde ein Zorn geboren, der eine Welt zerstören sollte.

Damals hatte sie den Kummer verdrängt und sich dafür entschieden, ihre Rachegefühle zu nähren; später wären dann beinahe noch Wahnsinn und Tod dazugekommen, zum Trauern war keine Zeit gewesen, sie hatte alle Kraft aufwenden müssen, um zu überleben, und auch das war ihr nur dank der aufopfernden Bemühungen ihrer Kusine Melangell gelungen. Doch jetzt brach alles wieder über sie herein und ließ sich nicht mehr abwehren; diesmal verdrängte sie es auch nicht, sondern ließ es über sich zusammenschlagen, riß die Tore ihrer Seele weit auf und gewährte ihm Einlaß. Allein in der Kabine mit Arthur, sank sie langsam auf die Knie, vergrub das Gesicht im Umhang des Königs und begann zu weinen; weinte nun für alle jene Gelegenheiten, da sie es nicht gewagt hatte: sie weinte um Rhodri, um Fionnbarr und Emer, um Elharn, um Theo, um Arthur selbst ...

Als Aeron keine Tränen mehr hatte, setzte sie sich auf die Fersen zurück, stand auf und strich sich das tränenfeuchte Haar aus dem Gesicht, sie war unaussprechlich müde, aber auch über alle Maßen froh. Die lange Suche eines ganzen Königreichs hatte hier ihr Ende gefunden, aber es war auch einer Frau die Last von den Schultern genommen worden, die sie so lange getragen hatte, und beides war Athurs Werk.

Als sie wieder auf den Korridor trat, sah sie die anderen ein kleines Stück entfernt stehen. Sie schienen bei ihrem Anblick erleichtert, aber auch ein wenig verlegen, und Elathan warf ihr einen ernsten Blick zu, der wie ein ermutigender Händedruck seine liebevolle Zustimmung zum Ausdruck brachte.

»Ist jetzt alles gut, Aeron?« fragte Morwen, die ein wenig von den Gefühlen ihrer Freundin gespürt und deshalb die anderen aus der Kabine geschoben hatte, damit Aeron mit dem toten König alleinbleiben könnte.

»Es ist alles wunderbar.«

»Wir haben uns den Rest des Schiffes angesehen«, sagte Sargus. »Und überall fanden wir das gleiche Bild, alle Eure

Leute lagen friedlich schlafend in den Kabinen. Sie scheinen nicht gelitten zu haben.«

»Sie haben nicht gelitten«, sagte Elathan. »Wir haben in der Kommandozentrale eine Art Logbuch gefunden. Sie kamen hierher, weil sie anfangs hofften, Rohstoffe zu finden, um damit die beim Kampf entstandenen Schäden zu beheben; aber noch ehe sie den Planeten erreichten, wurde ihnen klar, daß alles zu Ende war, daß sie ihre Heimat niemals erreichen würden. Der Erste Offizier des Schiffes, ein gewisser Bedwyr, berichtet im Log, daß es ihnen gelang, sieben von ihnen – mehr fanden in dem einzigen funktionsfähigen Rettungsboot nicht Platz – unter einem Vorwand fortzuschicken, und dann steuerten sie das Schiff ganz gezielt in das Herz des Vulkans. Als es aufschlug, waren sie natürlich schon tot.«

»›Dreifach füllend die Prydwen zogen wir aus mit Arthur‹«, murmelte Morwen. »›Sieben nur kehrten zurück von Caer Coronach.‹ Ein so weiter Weg, soviel gelitten, nur um hier, wenn auch zusammen mit Arthur, den Tod zu finden.«

»Besser, hier in Afallinn an Arthurs Brust zu schlafen, als im Tal der Könige zu ruhen.« Aeron stellte fest, daß sie nicht mit Worten, ja, nicht einmal mit dem Kenning ausdrücken konnte, was sie vorhin in der Kabine empfunden hatte; es waren zu sehr ihre ureigensten Gefühle gewesen, als daß sie sie mit jemandem teilen konnte. *Eine Sache für Fürsten wie für einfache Leute,* dachte sie. *Bin ich schließlich nicht nur von Arthurs Gnaden Königin der Kelten?*

»Noch etwas bleibt uns zu tun«, sagte sie nach einer Weile. »So wenig es mir auch gefällt, nach allem, was ich gesehen habe, aber dazu sind wir hergekommen.«

»Die Schätze«, sagte Camissa, und Aeron nickte.

»Sie befinden sich in diesem Raum in einer Truhe am Fuß des Bettes; ich spürte sie, sobald ich das Schiff betrat.«

Doch als Aeron endlich vor der alten Truhe aus Eichenholz kniete und die Hand leicht auf den geschnitzten Deckel legte, überkam sie ein lähmender Widerwille, ihn zu öffnen. Sie hielt sich nicht für unwürdig oder glaubte, sie könne damit entweihen, was im Innern lag – sie wußte ja, daß sie geläutert war und daß sie auf höheren Befehl handelte; es war vielmehr gerade dieses Gefühl der Unausweichlichkeit, das sie bedrückte, das Gefühl, von ihrem Dán getrieben zu werden und nicht von ihrem Willen, wie ein Stein in einem großen Fidchell-Spiel zu sein, das lange, ehe sie in irgendein Leben hineingeboren war, auf einem kosmischem Brett aufgestellt war. Diese Vorstellung kränkte sie lächerlicherweise, sie wehrte sich dagegen, benützt zu werden. Dann schüttelte sie die Aufsässigkeit und den Widerwillen ab. *Die Dinge, die sich hier befinden, sind nichts als Werkzeuge in meiner Hand, wie heilig sie auch sein mögen; und ich bin ein Werkzeug für – wen? Wenn hier wirklich Fidchell gespielt wird, möchte ich lieber eine Königin sein als ein Bauer ...* Sie holte tief Atem und hob den Deckel der Truhe.

Dicke Falten eines steifen metallischen Gewebes bedeckten den Inhalt. Bemüht, wenigstens nach außen hin Ruhe zu bewahren, schlug Aeron den Stoff mit kaum zitternder Hand zurück. Ein funkelndes Durcheinander von Gegenständen wurde sichtbar, die im grünen Licht des Raumes in der ganzen Pracht der Sidhe glänzten.

»Die Dreizehn Schätze«, hauchte Morwen.

Vor dem Ausdruck, der nun in Aerons Gesich trat, wandten alle, sogar Sargus, den Blick ab. Sie hielt wie zum Segen die Hände über die offene Truhe, und jetzt vermochte sie Formen zu unterscheiden: eine schräg herausragende Schwertklinge, eine runde Schale oder einen Quaich in einer staubigen Hülle, andere Dinge, die sie noch nicht bestimmen konnte.

»Damit«, sagte Aeron mit einer Stimme, wie sie noch nicht einmal Morwen je von ihr gehört hatte, »haben die Danäer Irland erobert, Brendan hat Tara errungen, und Arthur hat für uns alle Keltia zurückgewonnen.«

Sie legte die Hand um den Griff des Schwertes und spürte, wie es bei ihrer Berührung zuckte und unter ihren Fingern vibrierte, als sie es langsam aus der Truhe zog. Es war ein Breitschwert, lang und schwer, wie man es seit den frühesten Zeiten in Keltia verwendete. Der Griff bestand aus zwei ineinander verschlungenen Schlangen: Im Mund der goldenen Schlange steckte ein Smaragd, im Mund der silbernen ein klarer Bergkristall. Die Augen waren Rubine, und jede Schuppe war einzeln geätzt. Eine schlichte Lederscheide, abgegriffen und vom Alter gezeichnet, verbarg die Klinge, aber Aeron zog das Schwert nicht heraus.

Sie lächelte über die überraschten Gesichter der anderen. »Das ist Fragarach, der Rächer, nach dem mein Schiff *Retaliator* benannt wurde. Es ist das Lichtschwert, von dem Taliesin spricht; wenn ich es jetzt zöge, ohne Not, nur aus Neugier, wäre das unser aller Verderben. Später wird es noch dringend genug gebraucht werden.« Sie legte die Waffe vorsichtig beiseite und blickte über die Liege hinweg auf das Gesicht des Königs. *Nein*, dachte sie mit einem Gefühl, das einem innerlichen Lächeln entsprach, *Ihr mißgönnt mir Eure Waffen nicht, Herr; denn es ist ebenso Euer Dán wie mein eigener: Ich mußte kommen, und Ihr mußtet warten, bis ich kam; es ist auch Elathans und Sargus' Dán, und ich kann nicht sagen, wie viele andere noch davon betroffen sind; alle sind sie zu einer Säbelquaste verknüpft, die im Lauf von tausend oder mehr Jahren gefertigt wurde ...* Wieder griff sie in die Truhe und zog einen fest in silberne Seide gewickelten dünnen Gegenstand heraus, der etwa die Länge eines hochgewachsenen Mannes hatte.

»Und dies?« fragte Camissa.

»Der Speer Birgha.« Aeron spürte die Kraft darin; der Speer zerrte an ihren Händen wie ein Pferd an der Trense, er wollte fort, wollte an die Arbeit. »Man sagt ihm nach, er habe nie sein Ziel verfehlt und nie anders als tödlich getroffen. Mit seinem schnellen Flug steckt er die Luft in Brand, und wenn er in gerechter Absicht geschleudert wird, brüllt er wie Donner.«

Elathan spürte, wie sich ihm plötzlich die Nackenhaare sträubten. Als Aeron ihm zum erstenmal anvertraut hatte, daß sie auf der Suche nach den heiligen Gegenständen ihres Volkes war, hatte er dieses Vorhaben gebilligt, weil er selbst keinen besseren Plan hatte und gezwungenermaßen dem ihren folgen mußte; die Sache hatte ihm jedoch auch zugesagt, und darüber hinaus hatte Aeron geschworen, ihm mit diesen Schätzen noch vor ihrem eigenen seinen

Thron zurückzuerobern. Er hatte ihr geglaubt und tat es noch. Aber nun hatte alles so viel größere Ausmaße angenommen, als er je bewußt oder unbewußt erwartet hatte ... Neben ihm zuckte Camissa ein wenig zurück und stieß einen kleinen Schrei aus, und er legte den Arm um sie, weil er ihre Angst spürte. *Auch ich fürchte mich, mein Liebes,* dachte er grimmig, *und Aeron ebenfalls, möchte ich wetten, obwohl sie sich so zuversichtlich gibt.*

Hätte Aeron von der Wette gewußt, die Elathan im stillen abgeschlossen hatte, sie wäre mit keiner noch so kleinen Münze darauf eingegangen: Sie *hatte* Angst und machte sich darüber keine Illusionen, bemühte sich aber, es die anderen nicht merken zu lassen. *Wenna weiß es freilich bestimmt ...* Sie schob den Gedanken beiseite, beugte sich wieder über die Truhe und nahm einen neuen Gegenstand heraus. Er war so unerwartet schwer, daß ihre Handgelenke fast nachgegeben hätten, und Morwen sprang herbei, um ihr zu helfen.

Auch sie wurde von dem Gewicht des Dings überrascht, als sie es Aeron vorsichtig abnahm und in den Händen wog. Es war erstaunlich schwer für seine Größe und fühlte sich unter der immer noch geschmeidigen Hülle aus vergoldetem Leder glatt, rund und hart an. Ohne Zögern löste Morwen die edelsteinbesetzte Schnalle.

»Tut das nicht, Lochcarron!« Aerons Stimme klang gedämpft, um niemanden zu erschrecken, aber es war ein Befehl, scharf wie ein Peitschenschlag. Morwen legte ihr den Gegenstand hastig vor die Füße, denn plötzlich fürchtete auch sie sich.

»Was ist das, Aeron?«

»Ich glaube, es kann nur eines sein: Das Auge Balors, in jüngerer Zeit auch der Stein von Fál genannt.«

Weder die Fomori noch Sargus wußten mit diesem Namen etwas anzufangen, aber Morwen starrte die in Leder gehüllte menschenkopfgroße Kugel ängstlich an. Wenn dieser Stein nur die Hälfte der Taten vollbracht hatte, die man ihm in Liedern und Geschichten zuschrieb – ein Zehntel nur –, dann war er eine der mächtigsten Waffen, die die Welt je gesehen hatte, und eine der furchtbarsten.

Es hieß, die Danäer hätten ihn noch auf der Erde bei den ersten Kämpfen um den Besitz Irlands ihren Feinden, den Fomori, abgenommen. Die Legenden berichteten, daß niemand überlebte, der ungeschützt in dieses Auge schaute, daß es im Umkreis einer Wegstunde brennenden Tod über alles und jeden brachte, und in diesem Moment glaubte Morwen jedes Wort.

»Und was ist das?«

»Ein Stein der Macht; verwandt vielleicht mit den Kristallen, deren frevelhafter Gebrauch den Untergang von Atland herbeiführte. Er ist eine schreckliche Waffe, und es ist eine schreckliche Vorstellung, ihn einzusetzen, und sei es auch nur in Notwehr.« Aeron hielt nun die Schale in der Hand, die ihr als erstes aufgefallen war, als sie die Truhe öffnete. »Und dies ist der letzte der vier wichtigsten Schätze: Pair Dadeni, der Kessel der Wiedergeburt.« Sie zog die goldbestickte Seidenhülle weg, selbst sie ein Schatz, und eine herrliche Silberschale mit einem geflochtenen und mit Perlen besetzten Randstreifen wurde sichtbar. »Er hat die Kraft – auch das wird wiederum erzählt –, sogar Tote zum Leben zu erwecken, wenn man sie hineinlegt.«

»Das ist doch nur ein Quaich!« protestierte Morwen. »Kaum groß genug, um die Hand hineinzutauchen!«

»Was das angeht«, sagte Aeron und umgab die Schale wieder mit ihrer Hülle, »so vermute ich, daß er nicht immer so ist, wie wir ihn hier sehen. Er ist das Urbild aller Crochans und Heilteiche; wenn er nicht existierte, könnten auch sie es nicht, denn von ihm«, – sie hielt den Kessel mit beiden Händen in die Höhe –, »beziehen sie ihre Kraft. Du und ich, Wenna, haben von allen hier am eindringlichsten erfahren, wie so etwas geschehen kann.«

So klar und lebhaft, als sei sie durch Teleportation zurückversetzt worden, sah sich Morwen wieder in Tomnahara, in jener schrecklichen Nacht, als Gwydion es gewagt hatte, einen Crochan zu bauen, um Aeron selbst zu heilen, die sonst sicher gestorben wäre. Dies war also die Quelle der Macht, die er beschworen, deren Wirklichkeit sie selbst gespürt hatte und daher nicht leugnen konnte ...

»Wenn ich Euch richtig verstehe«, sagte Sargus, der kein

Wort gesprochen hatte, seit sie in Arthurs Gemach zurückgekehrt waren, »ist an diesen Dingen, um derentwillen Ihr eine so weite Reise unternommen habt, mehr, als wir hier sehen.«

»In der Tat«, sagte Aeron. »Sie sind gleichzeitig Symbol und Wirklichkeit, sie wirken auf mehr Ebenen, als wir wissen oder wissen können. Es sind Reliquien, sicher, aber es sind auch Werkzeuge, zum Gebrauch bestimmt. Und bei den Göttern, ich werde sie gebrauchen; es gibt viel für sie zu tun, sie sind lange genug müßig gewesen.«

»Und Arthur?« fragte Sargus. »Ihr wollt die heiligen Gegenstände Eures Volkes in ihre Heimat zurückbringen. Wollt Ihr dann nicht auch den Roten Drachen und seine Männer nach Hause führen?«

Aeron schüttelte den Kopf, was alle bis auf Morwen überraschte, und legte die heiligen Gegenstände nach und nach wieder in die Truhe zurück. »Nein, das hieße gegen den Dán handeln. Es steht geschrieben, daß der König auf der Insel Afallinn seine letzte Ruhe finden soll, umgeben von seinen Gefährten. Hier mögen sie bleiben.«

»Wenn ich mich nicht irre, steht auch geschrieben«, bemerkte Elathan, »daß er wiederkommen werde, wenn Keltia ihn brauche.«

»Ist das denn nicht geschehen? Vielleicht ist er nicht persönlich, nicht als lebendiger Mensch wiedergekehrt, aber gewiß so, wie er hier ist, im Geist und in den Waffen, die er uns in die Hand gegeben hat; und in der uralten Wahrheit über sein Ende, die eine stärkere Waffe ist als viele andere. Was braucht es noch mehr Wiederkehr? Wir werden seinen Geist mit uns nehmen; damit wird sich sein Dán erfüllen. Vielleicht ist das der eigentliche Sinn der Legende.«

Nicht einmal in tiefster Seele ließ Aeron eine Hoffnung laut werden, die sie für die Zukunft hegte: daß es, vielleicht erst in einigen Jahren, ein Kind von ihr und Gwydion geben werde, ein Kind von Arthurs Geist – und daß in diesem Kind der Rote Drache wahrhaft zurückkehren werde. Falls eine solche Hoffnung nicht überhaupt der Gipfel an Traha und Dünkel war, falls nach den Gesetzen des Dán überhaupt eine Möglichkeit dafür bestand, dann würden noch viele Jahre vergehen, bis sie sich erfüllte; vielleicht war Arthur auch schon wiedergeboren und würde sich in seinem neuen Leben auf eine neue und andere Weise zu erkennen geben.

»Nid myned a ddel eilwaith«, sagte sie laut. »›Was wiederkommt, ist nicht verloren.‹ ... Doch heute abend wollen wir vom König der Kelten gebührend Abschied nehmen.«

Als an diesem Abend die Röte des Sonnenuntergangs am Himmel verblaßte und ein anderer unheimlicherer Schein vom Gipfel des Mount Terror heller aufleuchtete, zog sich eine lange Reihe von Fackeln wie eine Kette aus Feuerperlen vom Höhleneingang über den Grat: die Salamandri des Ras von Salhi waren von ihrem Anführer Sargus hierher gerufen worden, um gemeinsam mit ihren fremden Gästen dem Roten Drachen die letzte Ehre zu erweisen.

Aeron stand inmitten ihrer Freunde, als die große innere Höhle sich mit den Salamandri füllte: mit denselben Leuten, die in der Nacht zuvor Zeugen waren, als sie über das Feuer ging. Und selbst als sie alle in der Höhle versammelt waren, füllten sie nur eine kleine Ecke des gewaltigen Raumes.

Mehr als ein Ritual lag in der Luft: Die Salamandri waren gekommen, um Arthur und auch Aeron zu ehren, die ihm als Oberpriesterin von Keltia diese Ehre erweisen würde und sich selbst in gleichem Maße erworben hatte. Doch über allem lag auch beinahe ein Gefühl der Trauer, eine greifbar herbstliche Stimmung, die das Feuervolk mit ihrer Aura einzuhüllen schien. Diese Trauer griff wie eine kalte Hand nach Aerons Seele, und sie wandte sich mit einem schmerzlich fragenden Ausdruck an Sargus.

»Wir beide haben darüber schon einmal gesprochen«, sagte er freundlich, denn er wußte, was sie empfand: Schuld, Verantwortung und noch mehr. »Das Volk hat sich damit abgefunden, daß Ihr in Wahrheit der zweite Bote seid, so wie der Rote Drache der erste war; und der dritte Bote, der Verkünder unserer Veränderung, ist jetzt nicht mehr fern, auch wenn ich glaube, daß nur wenige von uns, die wir jetzt hier versammelt sind, sein Kommen erleben werden. Vor kurzem erst habt Ihr uns die Legende von Arthur und seiner Wiedergeburt erzählt; und Ihr glaubt auch für Euch selbst an ein Leben nach diesem Leben – nun, der Tod von Alfallinn wird nichts anderes sein als eine Wiedergeburt, für den Planeten wie für uns, und deshalb fürchten wir ihn nicht. Wir können darum trauern, aber wir haben keine Angst. Nein«, fügte er schnell hinzu, um Aerons Einwänden zuvorzukommen, »nichts in dieser Welt ist für die Ewigkeit gemacht: kein Volk, kein Planet, keine Galaxis. Das wißt Ihr, und es belastet Euch nicht – nein, auch uns nicht.«

Aeron erfühlte mit dem Kenning in seinen Worten und in dem, was dahinter lag, wie recht er hatte; obwohl ihre Traurigkeit nicht wich, wurde sie nicht mehr davon beherrscht, und als sie sich der *Prydwen* zuwandte, tat sie es mit hocherhobenem Kopf und heiterer Miene.

Das Schiff stand da wie seit Jahrhunderten; hinter den jetzt fest verschlossenen Türen lagen die Schläfer, wie sie vor so vielen Generationen eingeschlummert waren. Auch Arthur war in seiner Ruhe nicht gestört worden, lediglich die geschnitzte Truhe am Fuß seines Bettes war fort. Ein Gegenstand nur wäre ihm fremd gewesen, wenn er plötzlich erwacht wäre: Aeron hatte nichts wegnehmen wollen, ohne dafür auch etwas zurückzulassen, und so hatte sie an die Hand, die einst Fragarach geschwungen hatte, das schwarzsilberne Siegel des Hauses Aoibhell gesteckt, das von Brendan Mór, dem ersten der Familie, der die Kupferkrone trug, auf sie gekommen war. Sie berührte die weiße Kerbe an ihrem Finger, wo der Ring gesessen hatte, und als sie aufblickte, begegnete sie Morwens verständnisinnigem Blick.

»Habe ich recht getan, als ich den Ring dahin steckte, wo er jetzt ist?«

»Laß ihn dort!« sagte ihre Freundin. »Er hat einen guten Platz gefunden, und nicht einmal Brendan Mór selbst würde das bestreiten.«

Nach kurzem Zögern nickte Aeron. *Er hat einen guten Platz gefunden, doch jetzt sind meine Hände wirklich nackt ...*

Zuerst hatte sie das Großsiegel vom Finger genommen, den großen geschliffenen Smaragd unbekannten Alters, das Symbol der Herrschaft über Keltia, und hatte es unter schrecklicher Bewachung in Caerdroia zurückgelassen; und nun war auch das Einhornsiegel fort. Dennoch, ihre Hände mochten nackt sein, aber sie waren keineswegs leer: Sie hatte Waffen bekommen, und diese Waffen waren Wunder der Erde. Das war gewiß kein schlechter Tausch ...

Die Höhle hatte sich jetzt gefüllt. Der Schein der Fackeln in den Händen des Feuervolks stieg immer höher, ließ die Tropfsteinsäulen an der Decke scharf hervortreten und warf phantastische schwarze Schatten über die *Prydwen* und auf den Höhlenboden dahinter.

Aeron trat vor, und tiefe Stille senkte sich über die Zuschauermenge. »Mit Ebbe und Flut«, begann sie mit klarer weittragender Stimme die Litanei der keltischen Todeszeremonie. Hinter ihr gab Morwen, die auch Elathan und Camissa darin unterwiesen hatte, mit den anderen die Antworten.

»Mar a bha, mar a tha, mar a bhitheas vyth go bragh.«
›*So war es, so ist es, so wird es für immer sein.*‹

Während die Zeremonie ihren Fortgang nahm, konzentrierte sich Elathan zunehmend mehr auf Aeron selbst als auf das Ritual. *Sie hat sich verändert*, dachte er. Auf diesem Planeten der Schmiede hatte ein seltsamer Vorgang stattgefunden: Eine Seele war geschmiedet worden. Aeron schien jetzt etwas an sich zu haben, was vorher nur als Möglichkeit angelegt war: möglich, wie es die Schwertklinge im unbearbeiteten Findruinna-Stück ist, ehe der Schmied ernsthaft Hand anlegt, ehe es in den Feuern der Schmiede erhitzt wird. Und wenn die Kraft vorhanden ist, wenn das Metall einen Makel in sich trägt, dann kann alle Schmiedekunst im ganzen Universum keine Kraft hervorholen und kann nichts tun, um den Makel auszusparen ...

Auch Morwens Gedanken schweiften von den Gebeten ab und wandten sich der Priesterin zu. Selbstbewußt war Aeron immer gewesen, das waren fast alle Mitglieder ihrer

Familie; manchmal sogar aufsehenerregend selbstbewußt. Der Krieg und seine Folgen hatten diese Zuversicht schwer erschüttert, doch nun schienen alles Schwanken, alle Unsicherheit, die ihre Freundin, wie Morwen wußte, in jüngster Zeit gequält hatten, verschwunden zu sein. An ihre Stelle war eine ruhige neue Gewißheit getreten – kein Prahlen oder Auftrumpfen, nur ein ruhiges Vertrauen, fest und stark, als habe es seine Wurzeln in einem härteren Grund als der Erde dieser Welt.

In dieser Kabine ist etwas geschehen, dachte Morwen. Zwischen Aeron und Arthur. Von einer Seele zur anderen wurde in einer schicksalhaften Stunde ein Geheimnis weitergegeben. Was es war, wußte sie nicht, und sie bezweifelte, daß Aeron selbst es schon wußte; aber was immer es war, es war so beschaffen, daß es nicht lange verborgen bliebe ...

Das Ritual dauerte nicht lange; schon Minuten, ehe Elathan unruhig werden konnte, war es vorüber. Aeron sprach das Letzte Gebet und fügte im stillen einen eigenen Abschiedsgruß hinzu, dann zeichnete sie vor sich das Kreuz im Kreis in die Luft. Unter ihrer Hand leuchtete der Umriß des Zeichens kurz silbrigblau auf, dann verblaßte es, und Aeron wandte sich wieder ihren Freunden zu.

»Wahrscheinlich ein überflüssiges Zeremoniell – zweifellos sind sie alle längst fort von hier und schon vielfach wiedergeboren worden –, aber es kann nicht schaden; und außerdem weiß man nie.« Sie streckte und dehnte Schultern und Hals. »Ihr Götter, wie bin ich müde! Und dabei müssen wir noch zurück zu *Retaliator*.«

Morwen sank der Mut bei dem Gedanken an den langen anstrengenden Ritt zurück zum Schiff, aber Sargus schüttelte lächelnd den Kopf.

»Wenigstens das können wir Euch ersparen. Man hat Euer Schiff hierhergebracht; es wartet am Fuß des Hügels auf Euch.«

Elathan starrte ihn verblüfft an. »Aber ich dachte ...«

»Ihr dachtet, daß wir nicht über die erforderliche Technologie verfügen«, stellte Sargus nüchtern fest. »Nun, wir sind nicht so einfältig, wie wir Fremden gegenüber erscheinen und auch erscheinen wollen. Ihr werdet Euch erinnern, Aeron, daß ich sagte, Euer Schiff könne nicht in diesen Teil unserer Welt kommen; und damals stimmte das auch. Ein Srith lag auf uns: ein heiliges Verbot, ein Bann.«

»Ein Geis, wie wir in unserer Sprache sagen«, half ihm Morwen.

Sargus nickte. »Kurzum«, fuhr er fort, »es war uns verboten, irgendein Schiff hierherkommen zu lassen, weil *dieses* Schiff schon da war. Aber was am Kasulathra und heute abend hier geschehen ist, bewirkte, daß das Verbot aufgehoben wurde, und deshalb hat man Euer Schiff hergebracht.«

»Mittels dieser geheimen Technologie, die Ihr uns nicht zu zeigen wünscht«, sagte Camissa.

Sargus hob die Schultern, eine erstaunlich menschliche Geste. »Das ist kein großes Geheimnis«, sagte er. »Traktorfelder, Antigravplattformen, ganz einfache Mittel. Doch Ihr müßt nun das Feuervolk und seine Welt verlassen. Eure Choqa – Eure Suchfahrt – ist beendet, und ich und mein Volk müssen uns nun auf unsere eigene Choqa vorbereiten, auf die größte und letzte.« Er nahm Aerons Hand mit beiden Händen und führte sie in der Geste des Abschiednehmens an die Stirn, wie es die Salamandri tun, wenn eine endgültige Trennung bevorsteht.

»Ich kann Euch und Eurem Volk nicht so danken, Sargus, wie es angemessen und Rechtens wäre«, sagte sie. »Wenn ich irgend etwas tun kann, wenn es mir gestattet ist, etwas zu tun ...«

»Es gibt etwas: Ihr müßt wohlbehalten nach Hause zurückkehren und in Ordnung bringen, was nicht in Ordnung ist. Das ist alles, wofür Ihr bestimmt seid. Und jetzt geht!«

Das letzte, was sie alle vom Feuervolk sahen, war Sargus, der allein im Eingang der großen Höhle stand. Aeron schaute noch einmal über die Schulter, als sie sich in *Retaliators* Luke hinaufschwang, und da hob er zum Abschied die Arme, doch als sie ihrerseits den Arm ausstreckte, um den Gruß zu erwidern, war er verschwunden. Sie verschloß die Türen hinter sich und ging nach vorn, um das Steuer zu übernehmen.

Der letzte Blick auf den Planeten zeigte ihnen den Feuernebel, der wie ein goldener Strahlenkranz um den Mount Terror hing; dann stieg *Retaliator* durch die Atmosphäre nach oben, und Kholco – Afallinn – erlosch unter ihnen. Aeron sah diese Welt niemals wieder.

20. *Kapitel*

Sanchoniathon klopfte einmal an die vergoldete Tür und betrat dann den Salon, den Jaun Akhera schon lange als Schlafgemach benutzte. Bei dem Gedanken an die anderen Gelegenheiten, zu denen er einen solchen Ruf erhalten hatte, stieg Unbehagen in ihm auf, das sich noch steigerte, als er das Zimmer leer vorfand, nur von einer schwachen Kristallampe erhellt, die auf der Truhe neben dem Bett mit den Seidenvorhängen stand.

Wenn Akhi mich nervös machen will, dann ist ihm das glänzend gelungen. Mich einfach aufzuwecken und hierher zu beordern … wo kann er sein, und was mag er wollen?

Seine erste Frage wurde fast sofort beantwortet, denn Jaun Akhera trat von der Terrasse vor den Fenstern in den Raum. Offenbar war er selbst im Begriff gewesen, sich zur Ruhe zu begeben, hatte vielleicht sogar, wie Sanchoniathon, schon geschlafen; er trug nämlich nur einen Hausmantel aus goldfarbener Seide, das dunkle Haar war zerwühlt, und er ging barfuß. Er schloß die verglaste Tür hinter sich, winkte Sanchoniathon zu einem Stuhl nahe am Kamin und setzte sich ihm gegenüber.

»Ich weiß, du bist verärgert, Sancho, weil ich dich zu dieser Stunde habe rufen lassen, aber ich glaube, wenn du hörst, worum es geht, wirst du mir verzeihen.«

Jaun Akheras Stimme klang seltsam angespannt, und sein Gesicht schien eine große Freude zu verbergen, so daß Sanchoniathon ihn fragend ansah und sich erwartungsvoll vorbeugte, als Jaun Akhera weitersprach: *Gleich werde ich auf meine zweite Frage eine Antwort erhalten …*

»Ich möchte, daß du es, abgesehen von dem Mann, der mir die Botschaft brachte, als erster hier in Keltia erfährst«, fuhr Jaun Akhera fort. »Unser Großvater, der Friede Setis sei mit ihm, ist tot. Ich bin jetzt Kaiser der Cabiri. Unsere Mutter hat in meinem Namen als Regentin die Herrschaft übernommen, und es ist ihr gelungen, mir die Nachricht zukommen zu lassen; ein Kleinstraumschiff hat Rohans Blockade durchbrochen und ist hier auf Tara gelandet. Das beweist auch, daß wir nicht so hermetisch abgeriegelt sind, wie wir dachten ... Die Nachricht ist jedenfalls eindeutig. Sie hat Befehl gegeben, daß der größte Teil unserer Sternenflotten als Entsatz hierher nach Tara geschickt wird, und sie selbst wird die Flotte begleiten.«

Sanchoniathon war bei den Worten seines Bruders aufgestanden, nun durchmaß er glänzenden Auges mit einem Schritt den Raum vor dem Kamin, ließ sich auf ein Knie nieder, nahm die Hand seines Bruders und küßte sie.

»Majestät«, sagte er, erhob sich wieder und schloß seinen Bruder herzlich in die Arme.

Jaun Akhera erwiderte die Umarmung, und sein Gesicht zeigte eine Lebhaftigkeit, die Sanchoniathon schon seit zu vielen Tagen nicht mehr gesehen hatte. »Setz dich zu mir, ich muß mit dir reden – es gibt noch viel zu tun, bis Mutter mit der Flotte eintrifft. Wirst du mir helfen, Sancho? Ich weiß, mit mir war in den vergangenen Wochen nicht leicht auszukommen, aber das wird sich jetzt ändern, das verspreche ich dir.«

»Akhi, du bist mein Bruder und mein Freund. Du hast es nicht nötig, zu bitten oder dich zu entschuldigen. Und nachdem du nun auch mein Kaiser bist, brauchst du überhaupt nur noch zu befehlen.«

»Aber *dir* will ich keine Befehle erteilen«, sagte Jaun Akhera, und in seinen edlen Zügen lag eine merkwürdige Spannung. »Weder dir noch Hanno oder Garallaz oder sonst einem meiner wirklichen Freunde ... Ich muß ihnen bald erzählen, was geschehen ist«, fügte er hinzu. »Aber es gibt noch mehr Neuigkeiten.«

Sanchoniathon lächelte. »Was könnte neben dieser Neuigkeit noch von Bedeutung sein?«

»Entscheide selbst. Ich habe Nachricht von Dyved. Meinem neuen Freund und treuen Helfer Powell, dem Fürsten jenes Planeten, ist es geglückt, sich die – natürlich sehr unfreiwillige – Gesellschaft von Lieutenant Sarah O'Reilly zu sichern. Sie wurde von unserem alten Freund Kynon ap Accolon auf Gwynedd gefangengenommen.«

Sanchoniathon runzelte etwas beunruhigt die Stirn. Kynon war kaum ein verläßlicher Partner: Er hatte als einziger das Komplott überlebt, das Jaun Akhera mit Gwydions verräterischer Schwester Arianeira und ihrem Komplizen, dem terranischen Lieutenant Hugh Tindal, geschmiedet hatte. Tindal war für seine Verfehlungen von seinem eigenen Captain geköpft worden; Arianeira hatte erst Aeron und Morwen zur Flucht verholfen und sich dann zur Buße selbst das Leben genommen. Kynon hingegen hatte auf irgendeine Weise alles lebend überstanden, obwohl er auf Aerons Befehl der Wahrheitsprobe mit dem Entlastungsstein unterzogen worden war. Bei dem Versuch, den Cremave zu belügen, war Kynon schrecklich verstümmelt worden, und Aeron hatte alle seine Bindungen an seine Familie und seinen Clan für verfallen erklärt. Das hatte seinen bitteren Haß auf das Haus Aoibhell und alle seine Freunde und Verbündeten nur noch gesteigert; Jaun Akhera hatte den ziellos umherstreifenden Verbannten nach dem Sturz von Caerdroia wiedergefunden und ihn für seine Dienste belohnt, indem er ihn zum Kaiserlichen Verbindungsmann zu Powell von Dyved ernannte und ihn als Kommandeur der Belagerungstruppen von Caer Dathyl nach Gwynedd schickte.

»Wie kommt sie denn nach Gwynedd?« fragte Sanchoniathon schließlich.

Jaun Akhera hob die Schultern. »Das will sie nicht sagen, und es ist auch nicht wichtig; aber sie war zweifellos auf der Suche nach Gwydion. Es ist ein überzeugender Beweis für Powells Treue, daß er uns das Angebot macht, sie hierherzuschicken. Ich kann im Moment nicht viel mit ihr anfangen, da sowohl Aeron als auch Gwydion außerhalb meines Zugriffs sind und sich durch die Sorge um die Sicherheit ihrer terranischen Freundin wohl kaum beeinflussen lassen werden. Aber sie könnte uns vielleicht Informationen über die Erde selbst und darüber geben, welche Rolle diese bei dem drohenden Bündnis gegen unser Imperium spielen könnte.«

»Dein Imperium.«

»*Mein* ...« Jaun Akhera schien wie vom Donner gerührt,

dann erinnerte er sich und lächelte. »Ja ... ich muß Staatstrauer für Strephon ausrufen lassen.«

»Hat Mutter dir mitgeteilt, wie er starb?« fragte Sanchoniathon ein wenig zögernd und fuhr mit dem Finger über die vergoldete Schnitzerei der Armlehne. Sein Bruder bemerkte das Zögern und ging darauf ein, als habe er schon den gleichen Gedanken gehabt und sich damit auseinandergesetzt.

»In ihrer Botschaft stand nur, daß es ein Unfall war; er sei in seinem Fischteich ertrunken, auf den Steinen ausgeglitten, als er sich zu weit vorbeugte.«

»Und du glaubst ihr?«

»Sie *ist* unsere Mutter, Sancho ... Nun ja. Ich glaube, daß Strephon tatsächlich so umgekommen ist, wie sie es beschreibt – im wesentlichen; ich wäre nicht ihr Sohn, wenn ich nicht glaubte, daß noch mehr dahintersteckt.«

Sanchoniathon nickte zerstreut. Er liebte Helior, aber er gab sich nicht der Illusion hin, daß sie vor etwas zurückschrecken würde, um ihrem Erstgeborenen den Thron der Cabiri zu erhalten. Er verdrängte entschlossen das Bild, das in seinem Geist entstanden war.

»Wann, glaubst du, könnte die Flotte eintreffen?«

»Jede Stunde. Das Schiff, das die Botschaft brachte, mußte sehr vorsichtig die keltische Blockade umgehen, und das hat einige Tage gedauert. Der Captain sagte mir, daß Rohan mit dem *Feuerdrachen* immer noch wie eine Spinne jenseits der Criosanna liegt, und der Hauptteil ihrer Sternenflotte scheint zwischen diesem System und Kymry stationiert zu sein.«

»An den einzigen Stellen, wo wir überhaupt noch etwas aufzubieten haben.«

»Im Augenblick«, sagte Jaun Akhera und legte das Kinn auf die gefalteten Hände. Ein Lächeln trat in sein Gesicht und ließ Sorgen und Jahre verschwinden. »Wenigstens so lange, bis Mutter kommt.«

»Kaiser!« wiederholte Sarah O'Reilly ungläubig. »Ihr lügt, Pryderi.«

Pryderi schüttelte den Kopf und weidete sich an ihrer

Bestürzung. Er war an diesem Nachmittag von Caer Carrig Cennan nach Caer Sidi gekommen, um seinen beiden unfreiwilligen Gästen diese Nachricht zu überbringen.

»Jaun Akhera hat es meinem Vater gestern abend ziemlich spät mitgeteilt. Offenbar ist Strephon schon eine Weile tot, und Prinzessin Helior herrscht im Namen ihres Sohnes als Regentin.« Als Sarah O'Reilly weiter hartnäckig schwieg, fuhr er fort: »Sie hat die kaiserlichen Flotten zusammengerufen und in den Vasallensystemen Truppen ausgehoben; es heißt, sie führt sie selbst hierher. Jedenfalls wird sie an Bord des Leitschiffs sein; ich fürchte, sie versteht sich ebensogut auf das Kriegführen wie gewisse andere Damen königlichen Geblüts, die ich in diesem Zusammenhang anführen könnte. Rohan wird zu kämpfen haben, wenn sie mit einer einigermaßen großen Streitmacht kommt. Und was nun die Chancen für Aerons Rückkehr angeht ...« Sein Achselzucken war aufreizend beredt.

Sarah drehte ihm den Rücken zu. *Mein Gott*, am liebsten hätte sie ihm die Augen ausgekratzt und wäre dann auf seinem blutigen Gesicht herumgetanzt ...

»Warum haßt Ihr und Euer Vater Aeron so sehr?« fragte sie statt dessen. »Was kann sie Euch denn angetan haben? Und Gwydion – er ist der Pflegeneffe Eures Vaters; und er war Euer Freund.«

Pryderi hob wieder die Schultern und trommelte mit der Bronzemanschette, die er vom linken Handgelenk abgenommen hatte, auf den Tisch. »Mich persönlich interessiert Gwydion eigentlich gar nicht sosehr«, gab er zu. »Aber mein Vater fühlt sich übergangen, weil Gwydion nach Arawns Tod nie zu ihm gekommen ist, um ihn um Rat zu fragen ... vielleicht ist er auch ein wenig verärgert, weil Gwydion königliche Macht und Einfluß erlangt hat.«

»Und für Euch gilt das natürlich nicht?«

Er lachte, das kurze Fuchsbellen seines Vaters. »Als abgewiesener Freier Aerons hätte ich vielleicht mehr Grund, verstimmt zu sein, als mein Vater – und mehr Anlaß zum Neid auf Gwydions Erfolg auf diesem Gebiet.«

»Ihr seid ein Schweinehund«, sagte Sarah O'Reilly ruhig, »und nicht wert, Gwydion die schmutzigen Stiefel zu putzen.«

»Nein, Sorcha, keine Entrüstung, obwohl sie Euch gewiß sehr zur Ehre gereicht! Nun, ich will es Euch erzählen. Als Aeron auf den Thron kam, hat mein Vater wegen irgendeiner Kleinigkeit eine Petition an sie gerichtet. Sie wurde abgelehnt, und Aeron besaß nicht einmal so viel Anstand oder gewöhnliche Höflichkeit, dies persönlich zu tun.«

»Das sieht Aeron gar nicht ähnlich«, meinte Sarah. »Mir schien sie immer die Höflichkeit in Person zu sein; aber ich wette, daß es auch keine Kleinigkeit war, worum Powell sie bat. War Euer Vater sich da ganz sicher?«

»Nun ja, die Ablehnung mag vielleicht nicht aus ihrem eigenen Mund gekommen sein, aber sie ist bestimmt mit ihrem Wissen erfolgt. Wenn Turusachan spricht, gehorchen die anderen Welten, und damit ist die Sache erledigt.«

Sarah O'Reilly stützte die Ellbogen auf das Fenstersims und fragte sich, was Gwydion wohl gerade tat und ob er vielleicht mit magischer Hilfe dieses Gespräch belauschen konnte ...

»Seid Ihr nur hergekommen, um mich zu ärgern? Oder gibt es noch einen anderen Grund?«

Da Sarah ihm den Rücken zukehrte, konnte sie nicht sehen, wie Pryderis Augen hart und schmal und kälter als die eines Piast wurden. »O ja«, sagte er leise. »Verzeiht, es ist mir offenbar entfallen. Wir erhielten auch eine Nachricht von Fomor, im Namen Seiner neuen Majestät, König Talorcans.«

Sarah fuhr zu ihm herum. »Talorcan König! Seit wann?«

»Seit sein Bruder Elathan bei einem Fluchtversuch ums Leben kam – zusammen mit Aeron.«

Sarah O'Reilly erstarrte. »Wollt Ihr damit sagen, daß Aeron tot ist?«

Er nickte, sein Gesicht war eine Maske der Schadenfreude. »Das haben wir gehört, und wir glauben es gern. Auch Morwen und ein paar Damen aus der königlichen Familie von Fomor waren dabei; sie wurden alle erschossen, als sie versuchten, nach Talorcans Staatsstreich den

Planeten zu verlassen. Talorcan hat jedenfalls die Krone an sich gerissen und, wie es scheint, auch seinen Bruder getötet. Daß Aeron dabei mit zugrunde ging, war eine schöne Zugabe.«

»Und Ihr erwartet, daß ich das glaube?«

»Das könnt Ihr natürlich halten, wie Ihr wollt.« Pryderi schob sich die Bronzemanschette wieder über das Handgelenk und stand auf, und plötzlich hatte sie zum erstenmal Angst vor ihm. »Aber ich habe noch eine Kleinigkeit vergessen, eben fällt es mir erst wieder ein: Mein Vater hat eine zweite Nachricht von Jaun Akhera erhalten, die Euch betrifft. Wir haben ihm berichtet, daß Ihr hier in Carcair unser Gast seid, und nun möchte Euch der neue Kaiser nach Caerdroia einladen und bittet Euch, dort seine armselige Gastfreundschaft anzunehmen. Wir bedauern natürlich, einen so reizenden Gast zu verlieren, aber wer wagt es schon, einem Kaiser etwas zu verwehren? Ihr werdet noch in dieser Woche wieder in Turusachan sein.«

»Und Gwydion?«

»... bleibt vorerst noch hier.«

Sarah O'Reilly lächelte triumphierend. »Und wenn ich dem neuen Kaiser der Cabiri nun erzähle, daß sein treuer Verbündeter Powell einen Gefangenen zurückhält, der weit wichtiger ist als ein terranischer Lieutenant?«

»Dann ist Gwydion eine Stunde später tot ... Ganz so einfach ist es doch nicht, wie Ihr seht, Sorcha.«

Bei Gott, das ist es nie ... Sarah blickte nicht auf, als sich die Tür hinter ihm schloß und verriegelt wurde. Zurück nach Turusachan – ohne ihr Zutun brach eine Flut von Erinnerungen mit solcher Gewalt über sie herein, daß ihr die Knie weich wurden und sie sich schwer auf das Bett fallen ließ. Keinen Augenblick glaubte sie an Pryderis albernes Geschwätz über Aerons Tod – warum hätte sie überhaupt ausgerechnet nach Fomor gehen sollen? –, aber der Rest der Geschichte klang doch recht glaubhaft.

Jaun Akhera war Kaiser und wollte sie in Turusachan haben. Er würde nicht nach ihr verlangen, wenn er nicht Informationen brauchte, er, Sanchoniathon und ihr Söldner Hanno. Davon abgesehen hatte sie nur als Geisel einen

Wert; und nachdem sowohl Aeron als auch Gwydion geflohen waren, gab es niemanden mehr, gegen den Jaun Akhera sie als Druckmittel verwenden konnte.

Nun – dann also Informationen? *Soll er doch ruhig fragen. Vielleicht bekommt er ein paar Antworten, mit denen er nicht gerechnet hat.*

In der steinernen Zelle auf der anderen Seite des Hofes, gegenüber dem Raum, wo die Auseinandersetzung Sarah O'Reillys mit Pryderi stattgefunden hatte, hatte auch Gwydion einen unwillkommenen Besucher gehabt und war, nachdem dieser sich verabschiedet hatte, gerade darum bemüht, seine Ruhe wiederzufinden.

Kynon ap Accolon hatte Pryderi begleitet, und er hatte der Versuchung nicht widerstehen können, seinem Herrn zuvorzukommen und den Fürsten von Gwynedd mit seinem Hohn zu reizen; Gwydion hatte seine ganze Selbstbeherrschung aufbieten müssen, um seinen Zorn und seinen Abscheu vor dem Kymro zu verbergen. Immerhin war dies die Kreatur, die Gwydions Schwester zum Verrat verführt hatte, durch geschicktes Ausnützen ihrer Unsicherheit, ihrer Selbstzweifel und ihrer Eifersucht auf Aeron – auf Aeron als Ard-rían und als Gwydions Geliebte. Wenn Kynon nicht gewesen wäre, hätte Ari noch am Leben, Keltia unangetastet, Aeron an seiner Seite sein können ... Gwydion hatte sich also krampfhaft zum Schweigen gezwungen, und endlich hatte Kynon, verärgert, weil er diesen Panzer nicht durchbrechen konnte, seinen giftigsten Speer geschleudert.

»Und dabei bin ich nicht einmal ein Magier! Was sagt Ihr nun, Gwynedd: Hat mein Fluch Euch und Aeron nicht mit voller Wucht getroffen? Soviel zur Gerechtigkeit des Cremave; und Ihr wußtet trotz Eurer Zauberkünste nicht einmal, daß sie tot ist.«

Bei diesen Worten hatte sich Gwydion langsam zu ihm umgedreht, und als Kynon den Ausdruck auf seinem Gesicht sah, erschrak er. Doch als er endlich sprach, verriet seine Stimme nur höfliches Interesse.

»Was sagtet Ihr da: Aeron soll tot sein?«

Kynon war an die Tür zurückgewichen, während er antwortete. »Eine Botschaft von Fomor, Jaun Akhera hat es Powell mitgeteilt ... danach soll Aeron zusammen mit Elathan von Fomor umgekommen sein, Morwen ebenfalls ...« In plötzlicher Panik hatte er zu stottern begonnen, dann war er schnell aus der Tür geschlüpft und hatte sie hinter sich zugeschlagen.

Gwydion lehnte sich erleichtert gegen die Wand, aber er empfand auch einen gewissen Triumph – weil Kynon den Raum lebend verlassen hatte. *Dieser Höllenfluch*, dachte er, zutiefst aufgewühlt. Die Worte waren ihm wie mit einem Laserstift ins Gedächtnis eingebrannt, und jetzt beschwor er sie herauf: ›Viele Sterne sollen wandern zwischen dir, Aeron, und dem Bruder derjenigen, die mich verraten hat. Die Krone soll dir vom Kopf gerissen, dein Liebster aus deinem Bett gerissen werden. Die Leuchtenden selbst sollen in den Krieg reiten, ehe du als Königin zurückkehrst nach Caerdroia.‹

Er glaubte keine Silbe von Kynons Geschichte – das war nur eine Flunkerei, die sich Jaun Akhera oder Powell oder beide gemeinsam ausgedacht hatten; aber in jedem Fall erstunken und erlogen. Wäre sie tot gewesen, hätte er es gewußt; seine magischen Kräfte ließen ihn in diesem Punkt nie im Stich, und mehr gab es dazu nicht zu sagen. Doch merkwürdigerweise war Kynon davon, was er über Fomor und Elathan behauptet hatte, aufrichtig überzeugt; das hatte Gwydion mit dem Kenning festgestellt. War es möglich, daß Aeron tatsächlich dorthingegangen war?

Ach, Aeronwy, ich habe versagt! dachte er plötzlich in ganz untypischer Verzweiflung. *Ich konnte dir Keltia nicht erhalten, konnte nicht einmal mich selbst schützen.* Viele hatten ihr Leben geopfert, um ihn aus Caerdroia hinauszubringen; die Merrows hatten ihn auf seinem waghalsigen Fluchtweg begleitet; der König der Sidhe hatte ihm einen seiner hohen Herren mit Manaans eigenem Schiff zu Hilfe geschickt; Aerons Bruder Declan hatte ihm ein Sternenschiff und seinen Segen gegeben und dafür gesorgt, daß er den Planeten ungefährdet verlassen konnte. Doch Gwydion war vertrauensselig gewesen, wo Vertrauen nicht angebracht war, und nun befand er sich wieder in Gefangenschaft. Schlimmer noch, das kleine goldene Horn, das er von Gwyn bekommen und wie einen Schatz aus Caerdroia gerettet hatte, war verloren; Powell hatte es vor dem Inselgefängnis ins Meer geworfen, als man Gwydion von Caer Carrig Cennan hierherbrachte.

Immerhin hatten sie das Großsiegel von Keltia noch nicht gefunden – er schloß die Faust über dem großen Smaragd, den er mit einem Zauber für jeden außer sich selbst unsichtbar gemacht hatte. Das Siegel würde er auf alle Fälle für Aeron bewahren; sie mußten ihm schon die Hand abhacken, um es ihm abzunehmen.

Aber was nutzt mir das Siegel, wenn weder Aeron noch Keltia hier sind, um den Anspruch wirksam werden zu lassen? Gwydion warf sich auf sein Bett, legte den abgewinkelten Arm über die Augen und richtete sich dann ebenso plötzlich wieder auf. Er war wirklich ein vollkommener Amadaun gewesen, daß er nicht früher daran gedacht hatte ... Begeisterung flammte in ihm auf, und er dämpfte sie sofort, um zu verhindern, daß seine Häscher sie irgendwie spürten.

Doch die Erregung ließ sich nicht völlig unterdrücken, sie glomm weiter wie ein Feuer, das dicht unter der Oberfläche durch einen Torfstich läuft. Wenn jene, die ihn hier festhielten, als Zauberer auch nur das geringste taugten, ermahnte er sich selbst, dann waren alle seine Pläne zum Scheitern verurteilt. Aber er wußte, daß dem nicht so war, er hatte es nur vorübergehend vergessen; und auf diesem Mangel an magischen Fähigkeiten beruhten alle seine neu aufgekeimten Hoffnungen. Er legte sie wieder zurück; ohne daß ein Gedanke nach außen drang, nahmen seine Pläne Gestalt an, und er lächelte.

»Durchlaucht? Ihr habt nach mir geschickt?«

Helior drehte sich um; als sie sah, wer da stand, vollführte sie eine kleine grüßende Geste – mehr als ein Nikken, weniger als eine Verneigung –, und ein ungewohnt ehrerbietiger Ausdruck trat in ihr Gesicht.

»Seid gegrüßt, Irin Magé«, sagte sie. »Ihr seid meinem Ruf wirklich unverzüglich gefolgt. Bitte setzt Euch!«

Der Oberpriester des Cabiri-Ordens nahm schweigend den dargebotenen Stuhl, schob die Hände in die Ärmel seiner orangefarbenen Seidenrobe und richtete seine scharfen dunklen Augen auf die Mutter seines Kaisers – und besten Schülers. Für ihn war offensichtlich, was sie getan hatte, obwohl Helior sich keineswegs ungeschickt darum bemühte, es zu verschleiern.

Es ist also so, wie ich vermutete, dachte er. *Vielleicht hat sie ihren Vater letztlich nicht mit eigener Hand niedergestreckt, aber ihr Geist hat sicher die Hand eines anderen geleitet, und sie hätte auch nicht gezögert, die Tat selbst auszuführen, wenn es sich als nötig erwiesen hätte ...* Trotz allem, was machte es schon aus? Wollte man gegen alle Plexari Anklage erheben, die sich, im Rahmen des Gesetzes oder nicht, des Vatermords oder anderer ausgefallener Mordvarianten schuldig gemacht hatten, das Imperium müßte sich ein neues Herrscherhaus suchen. Alles dies ging Irin Magé im Zeitraum eines Lidschlags durch den Kopf, und nun wartete er darauf, daß die Prinzessin zur Sache kam.

Das tat Helior schnell und ohne Umschweife. »Ihr wißt, daß wir in weniger als zwei Wochen nach Keltia aufbrechen, um meinem Sohn dort beizustehen. Was ich von Euch erfahren möchte, Irin Magé: Welche Schwierigkeiten könnte man uns mit Hilfe von Magie bereiten, wenn wir Tara erreichen?«

Das ist es also ... »Welche Schwierigkeiten hat man Euch denn bisher bereitet?« fragte er vorsichtig. »Aeron Aoibhell hat, aus welchen Gründen auch immer, darauf verzichtet, sich ihrer Zauberkräfte zu bedienen – die meisten Sachverständigen in derlei Dingen sind sich im übrigen einig, daß diese Kräfte sowohl in ihrer Reichweite wie in ihrer Stärke beträchtlich sind; und wenn ich mich nicht sehr irre, hat Euer Sohn Caerdroia durch Zauberkraft gestürzt. Auch dabei schien er doch nur auf wenig Schwierigkeiten zu stoßen.«

»Spielt hier nicht den Ahnungslosen, Priesterling!« fuhr ihn Helior an. »Ihr wißt ganz genau, wie Akhi dabei zu Werke gegangen ist, Ihr wart schließlich sein Lehrer. Ihr habt ihm auch vor seinem Aufbruch nach Keltia empfohlen, sich der Magie völlig zu enthalten. Da er diesem Rat – aus welchen Gründen auch immer – nicht folgte, möchte ich wissen, welche Komplikationen aus seinen Handlungen entstehen könnten.«

»Schwer zu sagen, Herrin.« Irin Magés Blick war kühl und abwägend, als überlege er, welches Maß an Wahrheit er ihr zumuten konnte. »Nun denn, als Euer Sohn bei seinem Krieg gegen die Kelten Magie einsetzte, hat er eine Tür aufgestoßen, und nun kann auch gegen ihn Magie gerichtet werden. Aeron hätte nie diesen ersten Schritt getan, nicht nach ihren Erfahrungen mit Bellator; Euer Sohn hat, indem er sich seiner Kunst bediente, diesen Krieg von der rein materiellen auf eine Ebene gehoben, welche viel, viel mehr umfaßt. Wenn er am Ende siegt, wird er das nur auf der weltlichen Ebene tun; doch wenn er verliert ...«

»Wenn ...«

»Wenn er verliert, wird er sehr viel mehr verlieren als einen Krieg, mehr sogar als sein Leben.«

Helior schwieg eine Weile. Dann: »Durch Aerons Zauberei?«

»Durch seine eigene. Aber auch wegen der Waffen, die sie inzwischen schon haben könnte. Ich habe mit Hilfe meiner Kunst Dinge gesehen, die mir gar nicht gefallen: Formen und Kräfte, eine schrecklicher als die andere, und alle lagen sie als Schwerter in Aerons Hand und standen als Heerscharen in ihrem Rücken.«

»Dann müßt Ihr diese Frau aufhalten«, sagte Helior ruhig. »Und ich gelobe Euch im Angesicht der Göttin Selk, daß Ihr es andernfalls bereuen werdet. Ihr werdet uns nach Keltia begleiten und mitnehmen, wen Ihr braucht – Priester, Qizare, was auch immer – um meinem Sohn nach besten Kräften zu helfen.«

»Ich fürchte, Euer Sohn braucht mehr als das«, entgegnete der Priester. »Ich habe ihn selbst in den Künsten der Cabiri unterwiesen, ebenso wie Strephon, Errazill-jauna und ihre Väter unterwiesen wurden. Aber ich ahne, daß Jaun Akhera scheitern könnte, und wenn er scheitert, wird er stürzen. Was ich kommen sehe, könnte das gesamte Imperium entzweischlagen. Ich habe eine Hand geschaut, die ein Schwert aus Licht hielt, eine silberne Schale, aus der verwundete Krieger heil erstanden; ein Heer von Bäumen; eine alte Frau, die blutige Hemden wäscht; einen graugekleideten Jäger, der eine Meute von Hunden mit roten Ohren und weißem Fell mit sich führt ...« Er zuckte schaudernd zusammen und fuhr sich mit der Hand über die Augen. »Nicht mehr!« flüsterte er wie in flehentlichem Protest an jemanden gewandt, der ihm weitere Visionen ersparen konnte.

Helior sah ihn an, und plötzlich wurde sie selbst von einer eiskalten, namenlosen Furcht ergriffen; er schien sich vor ihren Augen entfernt zu haben, schien immer kleiner zu werden, während sie ihn beobachtete, schien sich von ihr wegzubewegen wie ein rückläufiger Mond.

Irin Magé nahm sich sichtlich zusammen. »Meine Priester und ich stehen Euch zu Diensten, Durchlaucht«, sagte er förmlich. »Aber was Versprechungen angeht ... nun, das ist nicht die Art der Magie. Jaun Akhera weiß das so gut wie jeder andere; und Aeron Aoibhell weiß es besser als die meisten.«

21. Kapitel

Als Caerdroia durch Jaun Akheras Magie fiel, hatte der Rest der Aoibhell-Familie auf Aerons ausdrücklichen Befehl längst die Stadt verlassen. Einige von ihnen hatten nicht weniger unsichere oder gefährliche Orte aufgesucht: Rohan befand sich auf dem *Feuerdrachen,* Fionnuala zusammen mit Gavin Straloch bei der Gesandtschaft zur Erde; Declan in den Kyles von Ra, wo Gwydion ihn nach seiner Flucht aus der Stadt angetroffen hatte.

Doch viele andere Mitglieder der königlichen Familie, auch Freunde und Höflinge, die der Krone nahestanden, hatten sich auf den Planeten Caledon und zur Festung Inver begeben, dem Herrensitz von Declans Zwillingsbruder Kieran, dem auch der umliegende Bezirk unterstand. Bis Caledon waren dank des systematischen Einsatzes der Marine und der Unterstützung der Hauptsternenflotte keine kaiserlichen Truppen vorgedrungen, und die Burg Inver, tief in der Wildnis des Decies-Bezirks versteckt, war ein gleichzeitig sicherer und abgelegener Zufluchtsort.

Zu den allerletzten, die Caerdroia verließen, gehörten auch Aerons Schwester Ríoghnach, Prinzessin des Geschlechts, nach Rohan die nächste Anwärterin auf den Thron, und ihr Gatte Niall O Kerevan, Herzog von Tirconnell, einer von Aerons zuverlässigsten Generälen. Kieran hatte seine Schwester und seinen Schwager und auch all die anderen, die den Weg nach Inver fanden, willkommen geheißen, und bald war die Burg ein Sammelpunkt für Informationen, Planungen und Intrigen geworden, Zentrale und Nervenzentrum der Widerstandsbewegung, die nach Aerons Flucht fast von selbst entstanden war.

Mit einer wilden Energie, die fast an Zorn grenzte, hatte Ríoghnach die gewaltige Aufgabe übernommen, die Informationsmassen zu organisieren und zu koordinieren; Niall und Kieran dienten ihr dabei als Sachverständige in militärischen Fragen, und sie hielt fast ständig Verbindung mit Rohan, übermittelte ihm Informationen, nahm in Empfang, was er ihr berichten konnte, und leitete es dorthin weiter, wo es am meisten nutzen würde. Der angestrengte Einsatz hinterließ jedoch seine Spuren: Als das Gerücht von Aerons und Morwens angeblichem Tod auf Fomor Inver erreichte, hatte Ríoghnach einen Nervenzusammenbruch erlitten – verständlich unter den gegebenen Umständen, für sie jedoch völlig unerträglich; und nachdem sie sich wieder erholt hatte, stürzte sie sich ebenso heftig, ja, sogar noch heftiger in die Arbeit als zuvor.

Ríoghnach saß noch spätabends da und brütete über den neuesten Daten von Rohan, als sie unter ihrem Fenster dreimal ein scharfes Bellen hörte. Die kleine weiße Katze mit den ungleichen Augen, die in ihrem Schoß döste, regte sich, fauchte träge und schlief wieder ein. *Das ist aber merkwürdig*, dachte Ríoghnach. *Kieran hält doch hier keine Hunde* ... Freilich gab es zweifellos Hunde in der Burg, die anderen Leuten gehörten, manchmal streunten sogar Köter vom nahegelegenen Dorf bis hier herauf. Sie kraulte die Katze beruhigend unter dem seidigen Kinn und hatte ihre Aufmerksamkeit eben wieder dem Leseschirm zugewandt, als das Bellen erneut zu hören war; lauter und schärfer jetzt, fast gereizt und ungeduldig. Sie runzelte die Stirn, dann setzte sie die protestierende Katze auf den Boden, trat ans Fenster, öffnete es und schaute in die kalte Frühlingsnacht hinaus.

Der riesige caledonische Mond war fast voll, und Ríoghnach sah alles so deutlich, als sei die Szene in Flutlicht getaucht. Ein silberner Schein strömte über die niedrigen Hügel, die nach Osten hin vor der Burg lagen; auf der anderen Seite der Festung schloß sich ein dichter Wald an, dahinter folgten Gärten und schließlich das Meer. Das Bellen ertönte wieder, jetzt klang es triumphierend, und dann entdeckte sie links von sich eine Bewegung.

Ein riesiger Wolf spielte wie ein Welpe im Mondlicht, er tanzte, sprang und kokettierte mit dem eigenen Schatten im Gras. Ríoghnach stand ganz still, denn obwohl sie ihn erst einmal gesehen hatte, war er unvergleichlich und unverwechselbar: der Faol-mór, der große Geisterwolf, der Beschützer des Aoibhell-Clans. Er zeigte sich der Familie, die er beschützte, nur selten (selbst Aeron, die nicht nur Königin, sondern auch Oberhaupt des Clans war, hatte ihn erst ein paarmal gesehen), und wenn, dann hatte er einen überaus wichtigen Grund für sein Erscheinen.

Ist meiner Schwester vielleicht etwas zugestoßen? Ein kalter Hauch streifte sie, der nicht aus der Luft kam; aber nein, wenn das Tier eine Katastrophe melden wollte, dann würde es die Caoine heulen, die Totenklage. Statt dessen führte es sich auf wie ein übermütiges Junges, außer sich vor Freude und offenbar ohne sich darum zu kümmern, ob es jemand sah; der Wolf hatte sogar gebellt, um Ríoghnachs Aufmerksamkeit zu erregen, er wollte also unbedingt gesehen werden. Aber welches bisher noch unbekannte Ereignis gab es denn zu feiern?

Sie sah ihm lange zu, und der Wolf tanzte unermüdlich weiter. Sie spürte die Freude, die von ihm ausging, spürte, wie kräftig und froh er war, und wußte, daß er ihr dies vermitteln wollte. Hinter ihr öffnete sich die Tür, und Niall trat ein.

»Ríona?« fragte er überrascht. »Bist du so spät noch wach?«

Sie hob eine Hand, um ihn zum Schweigen zu bringen, dann winkte sie ihn ans Fenster. Er trat hinter sie, mehr als einen Kopf größer – unter den hochgewachsenen rothaarigen Geschwistern, Vettern und Basen der Familie war Ríoghnach die Ausnahme; sie war klein, dunkelhaarig und zierlich wie ihre Urgroßmutter Fíona von Aros –, und spähte gehorsam in die Nacht hinaus.

»Was gibt es da zu sehen, Anwylyd?«

Sie ließ ein leises ungläubiges Lachen hören. »Fällt dir denn nichts auf, da unten – dort, wo die Bäume vom Rasen zurückweichen?«

»Nein, mein Liebes, ich sehe nichts als Gras im Mondschein. Komm weg vom Fenster, sonst erkältest du dich noch!«

Sieh nur, jetzt geht er! dachte Ríoghnach, und ihr Herz tat einen Satz, als der Wolf mit einem letzten gewaltigen

Sprung so schnell wie ein Schwert oder ein Lachs senkrecht in die Höhe schoß, sich in der Luft drehte und geräuschlos wieder auf den Pfoten landete. Dann schüttelte er sich am ganzen Körper, wandte den zottigen Kopf, starrte zu ihrem Fenster hinauf – einen Augenblick lang sah sie seine Augen wie grüne Feuer aufblitzen, als der Mond sich darin spiegelte – und war verschwunden.

»Und was glaubst du, was das zu bedeuten hat?« fragte Niall schließlich, als sie ihm erzählt hatte, was er nicht hatte sehen dürfen. »Meinst du, daß es ein Omen ist? Ist vielleicht, die Götter mögen es verhüten, Aeron oder Rohan etwas zugestoßen?«

»Es ist sicher ein Omen, das mit Aeron zu tun hat«, sagte Ríoghnach, und ihre dunklen Augen blickten nachdenklich. »Aber ich glaube nicht, daß es etwas Schlimmes bedeutet.«

Weit weg in Caer Sidi brachte der Morgen mehr als ein Omen. Gwydion hatte in der Nacht keinen übernatürlichen Besucher gehabt, er hatte auch nicht geschlafen, sondern die ganze Zeit in der Marana-Trance verbracht und etwas geplant, das, wie er alle Götter anflehte, die es je gegeben hatte, ihm und Sarah O'Reilly zur Flucht verhelfen würde. Anfangs hatte er sich eine Zeitlang einen Narren gescholten: Hier war nicht Turusachan, wo er sich auf den Mut und die Geschicklichkeit anderer hatte verlassen müssen. Hier konnte er, zum erstenmal seit das Wolfstor durchstoßen worden war, auf sich selbst zählen, auf seine eigenen Fähigkeiten, seine Kühnheit, seinen Einfallsreichtum, und dieses Wissen heiterte ihn mehr auf als alles andere seit Monaten.

Turusachan hatte von koranischen Magiern – darunter nicht zuletzt Jaun Akhera selbst – gewimmelt, die Gwydions Zauberei nicht nur entdeckt, sondern auch vereitelt hätten, indem sie sie mit ihren eigenen Künsten parierten. Aber Powell wie auch Pryderi waren in solchen Dingen weder ausgebildet noch erfahren; und da sie sich, wie viele, die die Magie ablehnten, in ihrer Nähe oft unbehaglich fühlten, duldeten sie auch keinen einigermaßen fähigen

Magier in ihrer Gefängnisfestung – kein Mitglied der Drachenbruderschaft, keinen Druiden, ja, nicht einmal einen Barden. In den Mauern von Carcair gab es niemanden, der Gwydions Aktivitäten in dieser Nacht auch nur entdecken, geschweige denn ihnen Einhalt gebieten oder sie verhindern hätte können; und als er in der graugoldenen Morgendämmerung voll Zuversicht sein Wirken beendete, zweigte er einen Teil seiner Aufmerksamkeit ab, um Sarah O'Reillys Geist zu berühren.

Zuerst erwachte sie von Schreien und schweren Schritten. Sarah O'Reilly sprang vom Bett auf und rannte ans östliche Fenster. Was sie sah, nahm ihr den Atem: Eine Armada schien über das Meer und durch die Luft auf Caer Sidi zuzukommen, schnittige gepanzerte Langschiffe im Schatten von falkenähnlichen Flugmaschinen, die sich wie Gewitterwolken aus der Dämmerung heranwälzten. Die Findruinna-Rümpfe bedeckten das Meer, unter den schwarzen Schwingen verschwand die Sonne, die Schreie der Krieger drangen ihr schwach, aber deutlich ans Ohr.

Sie starrte wie in Trance hinaus, eine wilde Hoffnung keimte in ihr auf: Aeron, Rohan oder Desmond waren gekommen, um sie und Gwydion zu retten. Dann meldete sich eine Stimme in ihrem Geist, eine Stimme, der sie genau zuhörte. Nach einer Weile nickte sie, kleidete sich schnell und leise an, flocht sich das Haar und wand es sich über dem Kragen ihres Mantels um den Kopf, damit es keiner feindlichen Hand einen Halt bieten konnte. Dann hielt sie sich dicht hinter der Tür bereit.

Draußen rannten die Soldaten der Gefängnisgarnison immer noch in Panik hin und her, um die anrückenden Feinde zurückzuschlagen. Sarah O'Reilly konnte sie über sich auf den Zinnen schreien und fluchen hören, während sie sich vergeblich bemühten, die Lasergeschütze gegen die herankommenden Flugzeuge in Stellung zu bringen; die Kanonen saßen fest und ließen sich nicht drehen. Sie lächelte entzückt und schlang unter dem Mantel die Arme um den Körper; dann vernahm sie deutlich Gwydions drängende Stimme durch die Tür.

»Sorcha? Seid Ihr da?«

»Gwydion! Ja! Ist alles in Ordnung.«

»Völlig in Ordnung. Macht die Tür frei!«

Sarah wich hastig in die Mitte des Raumes zurück, und ein paar Sekunden später flog die dicke Eichentür nach innen auf und zerbarst in tausend Stücke. Dahinter im Korridor stand Gwydion, eine Schußwaffe in den Händen, die er einem toten Wächter abgenommen hatte.

»Kommt, wir müssen uns beeilen!« Er packte sie an der Hand und zog sie den Korridor entlang.

»Wie ist Euch das gelungen?« fragte sie, ein wenig keuchend vom schnellen Laufen.

»Was? Ach so, die ›Invasion‹! Nun, das ist natürlich ein ›Fith-fath‹, ein Blendzauber; nichts daran ist wirklich.«

»Aber die Schiffe und Flugzeuge müssen sich doch deutlich auf den Scannern abzeichnen; sonst ließe sich niemand täuschen, und da oben würde man sich nicht wie wild abmühen, um die Laserkanonen zu drehen. Es muß mehr sein als Illusion.«

Gwydions seltenes Lächeln blitzte auf, als er sich ihr zuwandte. »Ich sehe, Ihr habt die Monate bei den Bandraoi gut genützt ... Nun, jetzt ist nicht der rechte Moment für eine Lektion in Zauberei, aber Ihr habt recht, es ist mehr als das, und ich werde Euch schon bald alles darüber erzählen. Jetzt müssen wir fort von dieser Insel, und zwar schnell, ehe sie herausfinden, daß die ganzen Streitkräfte nur Schein sind.«

Sie hatten die unterste Etage der Burg erreicht und wagten sich nun vorsichtig in einen verlassenen Wachraum. Sarah O'Reilly machte sich die Gelegenheit zunutze, um sich von den auf den Tischen liegengebliebenen Stapeln ein paar Waffen anzueignen: ein Glaive, eine Schußwaffe, zwei Sgians.

Gwydion öffnete die kleine Hintertür und tastete mit allen Sinnen um sich. Niemand in der Nähe; alle Wachen konzentrierten sich auf die ›Invasion‹, die sich jetzt auf der anderen Seite der Festung dem Land näherte. Er winkte Sarah, und sie stürzte herbei und kauerte sich neben ihm unter einen Steinpfeiler.

»Wie sollen wir denn von der Insel fortkommen?« flüsterte sie. »Die einzigen Schiffe befinden sich auf dem Landefeld jenseits der Meerenge; hinüberschwimmen können wir nicht, nicht mit den Waffen, außerdem ist die Strömung ohnehin zu stark.«

»Wir werden tatkräftige Hilfe erhalten.« Er sprang den Pfad hinunter, der zu den Felsen am Rand des Wassers führte, und Sarah folgte ihm dicht auf den Fersen.

Hier an der geschützten Seite der Insel war der Tumult von der Burg oben nicht zu hören, und die überhängenden Granitklippen verbargen die Flüchtlinge vor den Blicken von Spähern. Gwydion stand auf den mit Seetang bewachsenen Felsen und entspannte sich ein wenig, sein Gesicht wirkte um Jahre jünger, als er Sarah ansah.

»Ich war ein Narr, daß ich uns so lange dort schmachten ließ«, sagte er bedauernd. »Aber da ich so viele Wochen lang nicht an Magie denken durfte, dauerte es eine Weile, bis ich auf die Idee kam, uns mit magischen Mitteln ein Entkommen zu ermöglichen. Außerdem«, fuhr er etwas leiser fort, »empfand ich es irgendwie als ehrlos, einen solchen Weg zu wählen, so als nütze man einen unfairen Vorteil aus. Und das macht mich noch mehr zum Narren, denn Powell oder Pryderi hatten gewiß keine solchen Skrupel – eines nicht mehr allzufernen Tages werde ich ihnen das heimzahlen. Aber kommt, Sorcha, stellt Euch neben mich und seht, wie unsere Hilfe naht!«

Er beugte sich über den Felsen; nicht mehr als eine Körperlänge unter ihm brodelte das Wasser dunkel und kalt. Sarah O'Reilly blickte, Verzweiflung im Herzen, über die wogende Meerenge hinweg.

Dann begann Gwydion zu singen, leise zuerst, dann mit machtvoller Stimme, die im Gesang noch mehr Kraft gewann. Wer diese Stimme hört, kann nichts anderes wollen, als seinem Ruf zu gehorchen, dachte Sarah. Aber für wen sang er?

Sie starrte auf das Meer hinaus und erkannte allmählich vier kleine, dunkle, auf und ab hüpfende Köpfe, die sich über das immer stürmischere Wasser auf sie zubewegten.

Mißtrauisch und wachsam spannte sie alle Muskeln und sah Gwydion von der Seite her an. Er sang immer noch weiter, seine kräftige Stimme paßte sich dem Rhythmus der Wellen an. Die tiefen Klänge begannen auch auf Sarah zu wirken, sie hörte darin das Echo eines fremden wilden Lebens tief unter der Oberfläche des wogenden Meeres: eines Lebens unter einem grünen glasigen Dach, auf goldenen Sandböden, in phantastischen Burgen aus Perlen und Kristall, wo zarte, spitzenfeine, rote Meerespflanzen im Licht aufzüngelten wie Unterwasserflammen.

Mühsam schüttelte sie die schwindelerregenden Bilder ab; Gwydion hatte aufgehört zu singen und warf ihr ein ermunterndes Lächeln zu.

»Das ist der Seehundsgesang«, sagte er, denn er erkannte ihre Verwirrung. »Die Wirkung wird gleich nachlassen. Ich habe die Sluagh-rón zu Hilfe gerufen. Wartet ab!«

Die hüpfenden Köpfe waren nun ganz nahe; einer hob sich aus den Wellen, drehte sich und sah zu ihnen hin. Er war glatt, rund, mit dunklem Fell und langen zarten Schnurrhaaren; große dunkle Augen musterten sie kritisch und beunruhigend intelligent. Dann sprach das Wesen, und Sarah O'Reilly zuckte zusammen.

»Ihr habt uns gerufen, Herr«, sagte eine eindringliche Stimme. »Was begehrt Ihr von den Sluagh-rón?

Schnell stellte Gwydion sich selbst und Sarah mit einer Förmlichkeit vor, die dem Seehundsvolk sehr zusagte, und erklärte, in welch schwieriger Lage sie sich befanden. Als er geendet hatte, tauchte der Silkie, mit dem er gesprochen hatte, ohne ein Wort unter, und die drei anderen Köpfe folgten ihm. Sie schienen lange fort zu bleiben, und oben warteten die beiden Menschen in gespannter Erwartung. Dann stieg eine Schaumfontäne auf, die vier Silkies schossen in einer so eleganten Kurve aus dem Meer, daß Sarah O'Reilly in wortlosem Entzücken aufschrie, dann standen sie auf den vom Tang glitschigen Felsen vor ihnen.

»Ich habe mit meinen Brüdern gesprochen«, sagte der Silkie, der offenbar der Sprecher der kleinen Gruppe war.

»Wir wollen Gwydion, dem Prinzen von Dôn, helfen, soweit es in unserer Macht steht.«

Gwydion dankte den Wesen, und Sarah bemühte sich, sie nicht anzustarren, aber sie war einfach fasziniert. Anders als die Merrows waren die Silkies von Keltia nicht von humanoider Gestalt, sondern hatten sich die meisten körperlichen Merkmale ihrer Vorfahren, der Robben, bewahrt. Sie konnte sich nicht vorstellen, wann in ferner Vergangenheit den Sluagh-rón die Gabe der Sprache und der Vernunft verliehen worden war und von wem. Slaine hatte ihr allerdings einmal erzählt, daß die Silkies beim ersten großen Immrama zusammen mit den Kelten die Erde verlassen hatten und daß sogar jene Kelten von damals schon glaubten, das Blut des Seehundsvolks sei mit menschlichem Blut gemischt – und umgekehrt. Sie unterdrückte den Wunsch, das dichte glänzende Fell des Wesens zu streicheln, das ihr am nächsten stand; dann blickte es aus feuchten klaren Augen zu ihr auf und drückte den Kopf an ihr Knie, und sie fuhr ihm mit scheuem Entzücken sanft an der Halslinie entlang.

Gwydion winkte ihr jedoch, zu ihm auf die Felsen hinunterzusteigen. »Die Sluagh-rón werden uns helfen, die Meerenge zu überqueren«, sagte er, als sie neben ihm stand und das Wasser ihre Stiefel umspülte. »Auf der anderen Seite jenes Vorgebirges befindet sich ein kleines Landefeld, und wenn es mir nicht gelingt, uns ein Schiff zu stehlen, dann habe ich nichts anderes verdient, als Dyveds Gast zu sein. Seid Ihr bereit?«

Ehe sie antworten konnte, schnatterte der Obersilkie, an einen der anderen gewandt, etwas in seiner eigenen Sprache, und dieser andere reichte Gwydion einen kleinen Lederbeutel, der aussah, als habe er lange Zeit in kaltem tiefen Meerwasser gelegen.

»Das gehört, glaube ich, Euch, Herr. Wir haben es vor einiger Zeit gefunden und es seither für Euch aufbewahrt.«

Gwydion wagte kaum zu glauben, daß es wirklich das war, wofür er es hielt, als er den kleinen Beutel öffnete. Er enthielt, fest in wasserdichte, ölgetränkte Seide gewickelt, das kleine Horn aus mattem Gold, das ihm Gwyn ap Nudd, der König der Leuchtenden, in Dún Aengus gegeben hatte.

»Ich hatte nicht zu hoffen gewagt, dies jemals wiederzusehen«, sagte er leise. »Ich danke Euch, daß Ihr es mir gebracht habt; es könnte wichtiger sein, als Ihr oder ich wissen können.«

Er verpackte das Horn wieder in der Seidenhülle und befestigte es an seinem Gürtel, dann wandte er sich an Sarah O'Reilly. »Laßt uns aufbrechen; bald haben wir die Flut gegen uns, und meine Illusion wird nicht mehr sehr lange halten.« Er ließ sich, auf beiden Seiten von einem warmen Seehundskörper gestützt, in das eiskalte Wasser gleiten und schaute zu Sarah auf, die zögernd auf den Felsen stand. »Kommt, Sorcha; das ist nicht das erstemal, daß ich zu Wasser fliehe. Springt!«

Sarah O'Reilly schloß die Augen und sprang.

22. *Kapitel*

Die Rückreise von Kholco nach Fomor war schnell vonstatten gegangen. Aeron hatte *Retaliator* angetrieben wie nie zuvor – sogar Morwen war überrascht gewesen –, und wenn auch nicht gerade überschäumende Fröhlichkeit herrschte, so waren doch alle von unausgesprochener Befriedigung erfüllt.

Am Rand des fomorischen Systems drehte Aeron bei, was Elathan sehr verwunderte, der in diesem Augenblick den Sessel des Kopiloten innehatte.

»Wir bleiben ein paar Stunden hier«, sagte sie, ohne ihn anzusehen. »Ich muß noch einige Veränderungen vornehmen, ehe wir uns mit *Retaliator* nach Fomor hineinwagen können, um das Schiff in Kampfbereitschaft zu versetzen. Außerdem müssen wir besprechen, wohin wir fliegen und was wir zu tun haben, wenn wir dort sind.«

»Ich glaube, wir sollten zuallererst die Dûhín aufsuchen, um in Erfahrung zu bringen, was Borvos und Treic in unserer Abwesenheit ausrichten konnten«, sagte Elathan, noch mehr erstaunt über ihre plötzlich so steife Haltung. »Sie werden sicher mit den Truppen, die mir treu geblieben sind, Verbindung gehalten haben, und vielleicht haben sie sogar einen Plan ausgearbeitet, der zu dem unseren paßt. Darüber hinaus können wir nur auf Gerechtigkeit hoffen.«

Aerons Lachen klang bitter. »Gerechtigkeit! Wenn die Menschen sagen, sie wollen Gerechtigkeit, dann meinen sie damit gewöhnlich Nachsicht für sich selbst und Strafe für alle anderen ... Nun, vielleicht ist das auch gar nicht so schlecht. Man hat Euch ebenso übel mitgespielt wie mir; trotzdem werdet Ihr wieder König von Fomor sein, und zwar schon bald. Das ist Gerechtigkeit, wenn es so etwas gibt.«

»Und Ihr werdet bald wieder Königin der Kelten sein«,

entgegnete er in dem Bemühen, ihr zu helfen, obwohl er aus ihrer Stimmung immer noch nicht klug wurde.

»Königin? Eine Sklavin bin ich. Sobald ein Monarch die Kupferkrone auf dem Haupt trägt, wird er sie nicht mehr los, es sei denn durch den Tod oder durch den Willen des Volkes. In die eine Möglichkeit setze ich einige Erwartungen, doch für die andere besteht wenig Hoffnung.«

»Aeron, ich weiß nicht, was mit Euch los ist, aber ich wünschte, Ihr würdet aufrichtig mit mir über Eure Schwierigkeiten sprechen. Schließlich habt Ihr das gleiche einmal von mir verlangt, ich tat es, und hinterher fühlte ich mich erleichtert. Vielleicht kann ich Euch auf die gleiche Weise helfen.«

Sie fuhr sich mit der Hand durch das Haar. »Bei meiner Seele, Fomor, ich weiß nicht, *was* mich bedrückt ... Nur eine selbstsüchtige, undankbare Hexe könnte Grund finden, sich zu beklagen. Ich freue mich über die Schätze, die wir gefunden haben, ich freue mich auch, daß wir Arthur in allen Ehren bestatten konnten, und ich bin überaus froh, daß wir Talorcan bald die Behandlung zuteil werden lassen können, die er sich mehr als verdient hat. Was das übrige angeht ...« Sie spreizte hilflos die Hände. »Habt Ihr Euch jemals in den Kopf gesetzt und seid dann, wenn Ihr es fast erreicht hattet, wenn Ihr die Früchte aller Mühen schon in der Hand hieltet, davor zurückgezuckt, als sei es Gift? Ich kann es nicht anders ausdrücken. Könnt Ihr Euch vorstellen, daß ich mir fast wünsche, *nicht* nach Keltia zurückzukehren – Euch, Camissa und Morwen auf Fomor abzusetzen, *Retaliator* zu nehmen und immer weiter durch die Galaxis zu fliegen, bis ich sterbe, bis das Schiff stirbt oder bis die Galaxis untergeht?«

Voll Verständnis faßte Elathan sie an den Schultern und schüttelte sie sanft. »Ich kann mir denken, daß Ihr Euch *wünscht*, das zu wünschen – aber mehr auch nicht. Zum einen wäre es der Wunsch eines Schwächlings und eines Feiglings, und Ihr seid keines von beiden. Ihr seid nur müde, und das ist kein Wunder. Hört zu, ich will Euch etwas sagen: Wenn wir meinem heimtückischen Bruder Fomor wieder abgenommen haben, ruhen wir uns zuerst ein wenig aus. Dann geben wir in aller Form unser Bündnis bekannt; Cami und ich lassen uns trauen, und Ihr und Morwen werdet die Trauzeugen sein; danach rufe ich die Flotten zusammen, und wir brechen auf.«

Ein wenig Farbe schien in ihr gequältes Gesicht zurückzukehren. »Nach Keltia?«

»Nach Keltia.«

»Glaubt Ihr das wirklich?«

»Ja. Wenn Ihr in bezug auf die Macht der Schätze recht habt. Sie müssen uns zuerst Fomor zurückgewinnen.«

Die Wärme hatte Aerons Augen erreicht. »O ja«, sagte sie. »Wenigstens in diesem Punkt bin ich sicher. Ob sie auch gegen Jaun Akhera etwas ausrichten können, müssen wir sehen. Seine Hexenkünste sind beeindruckend, und ich ahne – ich kann nicht sagen, warum –, daß er stärker sein wird, als wir vermuten, wenn wir nach Keltia kommen.«

»Das klingt ja fast so, als würdet Ihr ihn bewundern.«

»Nur der Feigling setzt einen Feind herab. Ich glaube, mein Unglück hat mich noch nicht so klein gemacht, daß ich einen würdigen Gegner nicht mehr preisen könnte.«

»Und mein Bruder?«

»Ach ja, Euer Bruder! Nun, mit jemandem verwandt zu sein, besagt gar nichts, das würde Gwydion Euch ganz schnell bestätigen. Von uns allen hier kennt Ihr Talorcan am besten. Was glaubt Ihr, wie wird sein Plan aussehen?«

Elathan zuckte die Achseln und schaute hinaus in den vertrauten Weltraum seines Heimatsystems. »Das wird davon abhängen, inwieweit er die Truppen und die Sternenflotten unter Kontrolle hat. Und das werden wir erst erfahren, wenn wir mit Borvos und Treic Kontakt aufgenommen haben.«

»Was wir auch tun werden«, versicherte ihm Aeron und blieb in der Luke stehen, »ehe ein neuer Tag über Tory anbricht. Übernehmt das Steuer, solange ich fort bin.«

Allein in der Kommandozentrale des *Retaliator*, betrachtete Elathan noch ein wenig die Sterne, dann griff er nach dem Fern-Transcom des Schiffes und stellte es auf die Militärfrequenzen ein. Natürlich würde alles verschlüsselt sein, und so weit draußen am Rand des Systems waren es wohl hauptsächlich alte Signale, aber vielleicht konnte er doch etwas Brauchbares oder Interessantes auffangen.

Ach, Talorcan, dachte er, *heute möchte ich um alles Gold von Fomor nicht in deiner Haut stecken! Hat Aeron gesagt, daß Verwandtschaft gar nichts bedeutet? Damit hat sie recht; denn unsere Verwandtschaft würde mich jetzt nicht mehr daran hindern, dein Blut zu vergießen, und wenn du zwanzigmal mein Bruder wärst ...*

Es war fast zu einfach gewesen, dachte Morwen fünf Tage später. *Und das allein müßte mich schon höchst mißtrauisch machen ...* Statt dessen empfand sie nur Zuversicht, die zugegebenermaßen ein solides Fundament hatte, denn sie stand in diesem Augenblick im Palasthof von Tory, während ringsum angreifende Wellen loyaler Soldaten die letzten Reste von Talorcans Söldnergesindel davonjagten.

Man könnte fast den Eindruck gewinnen, irgend etwas habe uns den Weg geebnet. Aber vielleicht gibt es in diesen Dingen tatsächlich so etwas wie Gezeiten, und nachdem die Strömung so lange gegen uns gestanden hat, trägt sie uns jetzt ... Ob das nun zutraf oder nicht, sie waren dank Aerons großartiger Flugmanöver unbemerkt auf Fomor gelandet. Dann hatte es ein gefühlvolles Wiedersehen mit denen gegeben, die man bei den Dûhín zurückgelassen hatte: mit Thona, Basilea und Rauni also. Militärischer und sachlicher war es bei der Begegnung mit Borvos und Treic zugegangen; die beiden hatten Elathan über die Stimmung in der Truppe und beim größten Teil der Bevölkerung beruhigen können. Talorcan wurde, was nicht überraschend war, praktisch als Königsmörder angesehen und hatte sich mit seinem brutalen Vorgehen nicht viele Freunde gemacht.

Als sie nach Norden auf Tory zumarschiert waren, hatten sich Mitstreiter um sie geschart; am zweiten Tag hatte Elathan seine Rückkehr öffentlich bekanntgegeben, und die Nachricht war innerhalb von Stunden zu allen Welten des Systems gedrungen. Auf nennenswerten Widerstand waren sie lediglich auf der Ebene unterhalb von Tory gestoßen – Talorcan hatte sich klugerweise dafür entschieden, seine Streitkräfte um die Stadt herum zu konzentrieren, anstatt seinen Bruder in offenem Gelände anzugreifen –, aber Aeron hatte Elathan bewogen, seine Truppen zurückzuziehen, dann war sie aus den Linien hervorgetreten und hatte das Auge Balors enthüllt.

Noch jetzt, zwei Tage später, schauderte Morwen, wenn sie daran dachte: Ein langer Feuerstrahl war hervorgeschossen, war wie ein Arm über ein Fidchellbrett durch Talorcans Reihen gefegt und hatte nur rauchende Trümmer zurückgelassen. Danach hatte Talorcan sich mit seinen Leuten direkt in der Stadt verschanzt, wo Aeron das Auge nicht einzusetzen wagte; einen Tag, eine Nacht und noch einen Tag lang waren die Kämpfe durch die Straßen getobt, und jetzt wogten sie wie eine blutige Flut um den Fuß des Burgfelsens und bis hinauf zum Palastbezirk. Aber es war ein aussichtsloses Unterfangen; das Auge hatte das Glück zugunsten Elathans gewendet, bald würde die Festung fallen, und das wäre dann auch das Ende des Usurpators.

Morwen rieb sich zerstreut das Knie, während sie wartete. Natürlich war nicht alles völlig geglückt; fast niemand war heil davongekommen – sie hatte sich das Knie verletzt, Elathan hatte mehrere tiefe Wunden und ein paar Prellungen erlitten, Camissa hatte sich einen Rippenknorpelriß zugezogen, und Aeron – wieder schauderte Morwen bei dem Gedanken daran. Als Aeron das Auge zudeckte, hatte ein aus Talorcans Linien abgeschossener Laserpfeil sie in den Hals getroffen. Glücklicherweise hatte er kaum noch Kraft gehabt und war von ihrer Halsbeuge abgeprallt, so daß sie nicht mehr als eine tiefe Schramme abbekommen hatte. Aber ihre Freunde waren doch zutiefst erschrokken ...

Links von Morwen war eine Reihe gedämpfter Einschläge zu hören. Laserfeldschlangen, wie sie wußte, die die erste Welle von Angreifern in Stellung gebracht hatte, um eine Bresche in die Mauern der Festung zu reißen. Sie hob ihre Waffe und betrat zusammen mit Treic den äußeren Schloßhof.

Mitten im Getümmel schritt Elathan durch das untere Stockwerk des Palastes und begegnete Aeron und Borvos, die aus der entgegengesetzten Richtung auf ihn zuliefen.

»Talorcan?« krächzte er, heiser von Qualm und Staub.

Aeron rieb sich mit ihrem ziemlich schmutzigen Handrücken die Wange und schüttelte den Kopf. »Nirgendwo zu finden«, sagte sie. »Und dabei haben wir den ganzen Palast nach ihm abgesucht.«

Elathan verzog das Gesicht zu einem unwillkürlichen Grinsen, das keine Belustigung ausdrückte. »Drei Dinge halte ich für gleichermaßen unwahrscheinlich: daß die Koranier bei dieser Auseinandersetzung nicht die Hand im Spiel hatten; daß die Salzseen sich in Usqueba verwandeln«, – Aeron und Morwen hatten ihn mit großem Erfolg mit diesem bei den Kelten beliebten alkoholischen Getränk bekannt gemacht –, »und daß ich zusammen mit meinem Halbbruder an ein und demselben Ort sein könnte und wir beide ein Schwert in der Hand haben.«

»So unwahrscheinlich ist das vielleicht gar nicht«, sagte Aeron. »Gibt es niemanden, den wir fragen können?«

Elathans Gesicht hellte sich auf. »Wir haben ein paar Männer gefangengenommen, die mit Talorcan im Bunde waren. Hören wir uns doch an, was sie uns zu erzählen wissen.«

Doch als die Gefangenen (General Bargoit, stellvertretender Kommandeur unter Talorcans wichtigstem Komplizen Dargato, und ein gewisser Archivir, ein Kommandant der Sternenflotte, den man auf dem Planeten erwischt hatte, als Elathan zuschlug) verhört wurden, erwiesen sie sich als nicht sehr gesprächig.

Elathan blickte verärgert auf – es war eine lange und unerfreuliche Sitzung gewesen –, als sich die Tür des Raumes öffnete, doch sobald er Camissa und Aeron sah, veränderte sich sein Gesicht.

»Ich bekomme nichts aus ihnen heraus«, sagte er und trat zu ihnen. »Gegen Drogen scheinen sie immun zu sein, und mit härteren Mitteln vorzugehen, ist mir zuwider.«

»Wir werden sehen, ob sie auch gegen mich immun

sind.« Aeron deutete mit der rechten Hand, Zeige- und Mittelfinger aneinandergelegt, auf Bargoit; einen Augenblick lang leistete er hartnäckig Widerstand, dann drehte sich sein Kopf langsam zu ihr herum.

»Was habt Ihr mit ihm angestellt?« keuchte Camissa.

»Das ist nur ein Kenning«, beruhigte sie Aeron. Ihre Stimme klang ein wenig zerstreut, wie bei einem Bogenschützen, der gleichzeitig ein Gespräch führen und ins Schwarze treffen soll. »Eine Sondierung mit telepathischen Mitteln, völlig schmerzlos. Es wirkt nicht einmal bei jedem, und wenn man es gelernt hat, kann man sich dagegen abschirmen, aber ...« Sie brach ab, ihre Augen verschleierten sich, und sie stand ganz still. Als sie Elathan wieder ansah, war ihr Gesicht ausdruckslos. »Es ist ihnen gelungen, den Planeten zu verlassen«, sagte sie, und ihre Stimme war ebenso beherrscht wie ihr Gesicht. »Talorcan und seinen Lakaien; der Staatsstreich wurde vom Imperium unterstützt, und jetzt sind sie zu Jaun Akhera gegangen.«

»Nach Keltia?«

Sie nickte. »Nach Keltia.«

Selbst angesichts des grenzenlosen Jubels des Volkes über Elathans Rückkehr gelang es ihm bemerkenswert schnell, seine Regierung wieder zu versammeln und die Herrschaft über das Reich in die Hand zu bekommen. Obwohl Talorcan alle Königstreuen hatte hinrichten lassen, die mutig genug waren, gegen den Usurpator aufzustehen – und das Pech hatten, sich dabei erwischen zu lassen –, war es sehr vielen von Elathans vertrauenswürdigen Helfern, Ministern und Ratgebern gelungen, unterzutauchen, den Planeten zu verlassen oder Talorcan einfach aus dem Weg zu gehen. Nun strömten sie in Scharen nach Tory, um ihrem rechtmäßigen König erneut ihre Ergebenheit und Zuneigung zu bekunden und ihre alten Pflichten wieder aufzunehmen ...

... und um, allerdings weniger begeistert, die gegenwärtige Politik des Königs – genauer gesagt, das Bündnis mit Keltia – zu unterstützen. Denn Aeron saß zu Elathans rechter Hand am Ratstisch, und obwohl sie selbst es unterließ, die fomorischen Ratsherren daran zu erinnern, wie entscheidend sie mitgeholfen hatte, Elathan wieder an die Macht zu bringen, waren andere keineswegs so zurückhaltend und erwähnten es lautstark, häufig und in aller Ausführlichkeit: Camissa, Borvos und, besonders überraschend, die Königinwitwe Basilea.

Nicht daß der Kronrat Aeron die Unterstützung mißgönnt hätte, die Elathan ihr versprochen hatte; ob es einem nun behagte oder nicht, es war nur Aeron zu verdanken, daß Elathan überhaupt noch am Leben war, ganz zu schweigen davon, daß er unter so vergleichsweise geringen Opfern seinen Thron zurückerobert und den Sieg über Talorcan davongetragen hatte; man stand in ihrer Schuld und war sich dessen auch bewußt. Und man hegte auch keine antikeltischen Ressentiments und Vorurteile: Keiner der Ratsherren war übermäßig glücklich darüber gewesen, Bres' unseligen Krieg unterstützen zu müssen, und die meisten hätten den Feindseligkeiten schon lange gern ein Ende gemacht.

Nun drängte der Kronrat seinen König nicht etwa zum Wortbruch, sondern zu vorsichtigem Abwarten, bis sich die Lage in Fomor weiter gefestigt hatte und der Druck auf die Bündnisse mit den Phalanxwelten nachließ; denn wenn schon Fomor selbst den Pakt mit Keltia mit einigem Unbehagen betrachtete, so war die Phalanx über diese Vorstellung zutiefst beunruhigt, und es würde viel länger dauern, sie zu beschwichtigen und damit auszusöhnen. Vielleicht kam es auch noch schlimmer: Elathan hatte nicht als einziger von einer Beteiligung der Phalanx läuten hören – am häufigsten wurde in diesem Zusammenhang der Name Laharan von Felire genannt –, und diese Beteiligung mußte genauer untersucht werden. Alles dies waren politische Aufgaben, die nur Elathan leisten konnte. Wie, so die zwingende Argumentation seiner Berater, wollte er das bewerkstelligen, wenn er die Flotten nach Keltia führte, um Aeron beim Kampf gegen Jaun Akhera zu unterstützen? Nicht daß dieses Ziel nicht ehrenvoll und wünschenswert gewesen wäre, nicht daß Fomor nicht stolz gewesen wäre, sich dafür zu engagieren – irgendwann in naher oder nicht zu naher Zukunft, wenn sich alles etwas beruhigt hatte ...

Elathan hörte sich diese Stellungnahmen mit einer Miene an, die selbst schon eine Herausforderung war, und wartete, bis sich der Redeschwall erschöpft hatte. Er hatte natürlich mit Widerstand gerechnet, doch sein Entschluß stand schon lange fest; seiner Ansicht nach gab es für ihn nur diesen einen ehrenhaften und möglichen Weg. Trotzdem wäre für ihn und für den Regenten, den er während seiner Abwesenheit einsetzen wollte, alles viel leichter gewesen, wenn er seine Berater mit gutem Zureden oder mit Zwang dazu bringen konnte, ihn zu unterstützen. Aeron wollte nicht sprechen, und das war vermutlich auch gut so, aber ... Er sah sie von der Seite an, und sie begriff sofort, was er wollte, und nickte fast unmerklich zu Morwen hin. *Eine noch bessere Idee,* dachte er. Morwen sah die Zustimmung in seinem Gesicht, ergriff mit geübter Sicherheit das Wort und wandte sich an Elathans Kronrat.

Nun hatte Aeron einen wachen Geist und eine schnelle, wenn auch scharfe Zunge, aber Morwen wurde nicht umsonst Honigmäulchen genannt: Straloch hatte ihr diesen sarkastischen Beinamen anläßlich einer besonders stürmischen Ratssitzung in Turusachan verliehen, als sie ihm so lange um den Bart gegangen war, bis er, sehr gegen seinen eigenen Willen, einem Lieblingsprojekt von ihr zugestimmt hatte. Der Grund für den Streit war schon lange vergessen, aber der Name war haften geblieben.

Warum sollten die Fomori mehr gegen eine goldene Zunge gefeit sein als die Kelten? dachte Aeron und verbarg ein Lächeln, während sie zuhörte, wie ihre Taoiseach die fomorischen Ratsherren abwechselnd mit Charme, mit Härte, mit Schmeichelei und mit Vernunft bearbeitete. Es war eine Glanzleistung; und tatsächlich, als Morwen mit ihnen fertig war, waren sie so fügsam wie gescholtene Kinder und nur zu gern bereit, auf jeden Wunsch Elathans einzugehen.

Am Ende setzte er natürlich seinen Willen durch, und nachdem die Ratsherren gegangen waren, saß er noch mit Aeron und einigen anderen zusammen.

»Konnte es denn überhaupt anders ausgehen?« fragte Borvos.

Elathan riß sich aus seinen Gedanken los. »Wohl kaum«, sagte er. »Eigentlich war es nicht einmal fraglich; ich weiß allerdings nicht, was ich nicht alles zugestanden hätte, hätte sich Morwens Beredsamkeit gegen mich gerichtet ... Aber die Sache hier hat uns Zeit und Mühe gekostet, und beides ist knapp. Es gibt noch viel zu regeln, ehe wir nach Tara aufbrechen können.«

»Eines beunruhigt mich noch«, sagte Aeron nachdenklich. »Strephon. Wenn Talorcan, wie diese beiden Verräter mir beim Kenning enthüllten, dank der Machenschaften von Prinzessin Helior kaiserliche Unterstützung hatte ...«

»Dann muß Strephon doch inzwischen erfahren haben, was hier geschehen ist«, ergänzte Basilea. »Er weiß sicher, daß Elathan wieder an der Macht ist und daß Ihr, Aeron, lebt und Euch auf Fomor befindet.«

Falls Aeron immer noch etwas von der alten Abneigung gegen Fomors Königinwitwe im Herzen trug, so war davon jetzt nichts zu spüren, denn sie nickte und nahm Basileas Beitrag ebenso ernst wie jeden anderen.

»Davon müssen wir zumindest ausgehen. Es sei denn, Strephon weiß nichts von den interstellaren Einmischungsversuchen seiner Tochter.«

Morwen hob die Schultern. »Es gibt offenbar nicht viel, was er nicht weiß, obwohl Helior das vielleicht hätte geheimhalten können. Aber hat Talorcan sie nicht um Asyl gebeten?«

»Sie oder Jaun Akhera«, sagte Aeron. »Das konnte ich mit dem Kenning nicht herausfinden; in den Gedanken der Verräter waren beide Bilder miteinander verknüpft. Letztendlich macht es kaum einen Unterschied; ich dachte freilich, Strephon habe seinem Enkel jegliche Unterstützung und Verstärkung verweigert. Andererseits würde Helior nicht knausern, wenn es um ihren Sohn geht ... Wir können uns darauf einstellen, uns mit allen dreien – mit Jaun Akhera, Helior *und* Talorcan – herumschlagen zu müssen, wenn wir wieder nach Tara kommen.«

»Wenn ich das sagen darf, Aeron«, meldete sich Camissa

zaghaft zu Wort, »werden sie sich mächtig anstrengen, den ersten Schlag zu führen.«

»Ihr dürft es sagen«, stimmte Aeron leichthin zu, »und sie werden es versuchen. Aber bei den Göttern, ich verspreche, daß sie dabei nicht viel Freude haben werden.«

Nun lief in Tory alles auf Hochtouren: die Mobilisierung der fomorischen Streitkräfte, nach einer kurzen brutalen Säuberung unter Leitung von Borvos und Treic, um alle zu entfernen, die sich auf Talorcans Seite gestellt hatten; und die Vorbereitungen für die Hochzeit des Königs von Fomor, die man ein paar Monate vorverlegt hatte, weil Elathan seine Verbindung mit Camissa noch vor der Abreise nach Keltia feierlich besiegeln wollte.

Am Tag, ehe die ersten Schiffe sich sammeln sollten, wurde dem König von Fomor und der Königin der Kelten ein Abgesandter gemeldet. Elathan holte Camissa und Aeron ab und ging geradewegs zum Audienzsaal, wo der fragliche Abgesandte auf und ab ging. Als sie den Raum betraten, hörten die Schritte plötzlich auf.

»Ich bringe Euch Grüße von Aojun, Ihr Majestäten«, sagte Panthissera, die Kriegsherrin der Yamazai, was nicht ganz korrekt war, da Camissa erst am nächsten Tag Königin von Fomor sein würde. Aber die Yamazai hatte beabsichtigt, sich mit dieser Anrede ein wenig einzuschmeicheln und angenehm zu machen, und das gelang ihr auch.

Elathan erwiderte die Artigkeit, und auch Aeron begrüßte die Abgesandte des Matriarchats der kriegerischen Frauen in aller Form. Sie hatte bisher noch nie jemanden von dieser legendären Rasse kennengelernt und war beeindruckt: Panthissera war eine glänzende Erscheinung; sie war ganz in weiches, mit Perlen und kunstvollen Stikkereien geschmücktes Leder gekleidet, das schwarze Haar trug sie glatt nach hinten gekämmt, in der Mitte der hohen Stirn saß ein tätowierter blauer Halbmond über den dunklen Schlitzaugen. Aber weit mehr als alle Äußerlichkeiten wirkten auf Aeron ein deutlich erkennbarer starker Geist und damit verbunden eine unbeugsame Ehrenhaftigkeit, auf die jeder Kelte in ihrem Reich stolz gewesen wäre.

»Wie Ihr wißt, bin ich Kriegsherrin meines Volkes«, sagte Panthissera in ausgezeichnetem Lakhaz. »Und unsere Königin Tanaxio schickt mich, um Euch die Hilfe der Yamazai in diesem Kampf anzubieten. Wir haben selbst eine kleine Fehde mit dem Prinzen von Alphor: Es ist Euch vielleicht nicht bekannt, Königin der Kelten, aber die Yamazai haben sich geweigert, mit Jaun Akhera und Bres gegen Euch in den Krieg zu ziehen – König Elathan wird es bestätigen –, und seither hatten wir für diese Ablehnung zu büßen.«

»Ich wußte davon«, sagte Aeron düster. »Und da es die Yamazai ablehnten, ihr Schwert gegen mich zu erheben, gelobe ich hiermit, mit meinem Schwert Aojun zu Hilfe zu kommen.«

Panthissera neigte zum Zeichen des Dankes den Kopf. »Diese Antwort haben wir von Aeron Aoibhell erwartet. Meine Königin freut sich über dieses Wort, und sie hat Euch darauf etwas zu erwidern: Aojuns Bedürfnissen dient man ebenso wie Euren Bedürfnissen gegenwärtig am besten, indem man einen Schlag gegen Jaun Akhera führt, und das wollen wir an Eurer Seite tun. Daher schickt Euch Königin Tanaxio alle Truppen, die sie entbehren kann, hierher nach Fomor, und sie hat mir die Bitte aufgetragen, mit Euch nach Keltia fliegen zu dürfen.«

Elathan umfaßte Panthisseras Unterarm, wie es in seiner und ihrer Welt üblich war. »Wir danken Königin Tanaxio und Euch, Ihrer Kriegsherrin, für dieses Angebot und nehmen es dankend an.«

»Auch Wir danken unserer Schwester Tanaxio«, sagte Aeron, ebenso wie Elathan das königliche ›Wir‹ gebrauchend, und salutierte, indem sie die Faust an die Schulter legte. »Sagt Ihr, sie und ich werden uns begegnen, wenn die Schlacht vorüber ist, so die Große Mutter es gestattet.«

»Es gibt noch mehr Neuigkeiten«, sagte Panthissera. »Ich weiß nicht, ob Fomors Beobachtungsstationen es schon festgestellt haben, aber auf der Reise hierher kamen wir im tiefen Weltraum nahe an zwei Schiffen vorbei. Sie waren aneinandergekoppelt und hatten offenbar angehalten, um eine Unterredung zu führen. Das eine war ein terranisches Schiff auf Heimatkurs, Aeron, und es hatte Eure Botschafter an Bord.«

Aerons Gesicht leuchtete auf. »Ach, die *Sword!* Und das andere?«

»Ein Botschaftsschiff von der Erde; es heißt *Argo* und hielt Kurs auf Keltia, es brachte den terranischen Botschafter für Euren Hof.«

»Habt Ihr mit ihnen gesprochen?« fragte Camissa.

»Sicher«, antwortete die Yamazai, genußvoll die Wirkung auskostend, die sie mit ihrer Nachricht offenbar hervorrief. »Wir haben zu dritt ein Gespräch geführt, mit dem Ergebnis, daß beide Schiffe uns hierher folgen. Da die *Sword* weniger schnell ist als das andere, mußten sie ihretwegen ein wenig zurückbleiben; unser Kutter war schneller und leichter als alle beide, deshalb trafen wir als erste hier ein. Aber wenn nichts dazwischen kommt, müßten sie Tory spätestens übermorgen erreichen.«

23. *Kapitel*

Als die Shuttles wie ein silberner Bienenschwarm herunterkamen, stand Aeron in einer hastig zusammengesuchten keltischen Paradeuniform mit König Elathan und Königin Camissa auf dem Landefeld; Morwen, Rauni, Borvos, Basilea und andere Mitglieder der königlichen Gesellschaft warteten ein paar Schritte hinter ihnen.

Obwohl Aeron äußerlich ruhig wirkte und als Königin Erfahrung mit derartigen Anlässen hatte, war sie innerlich von einer solchen Vorfreude erfüllt, daß sie glaubte, diese ganze fremde Welt müsse sehen können, wie sie am ganzen Leib zitterte. *Wie ein Hase,* dachte sie, *der in den Fängen eines Hundes hin- und hergeschleudert wird. Nun, mir ist es egal, soll man es doch sehen. Darf ich nicht ebenso aufgeregt sein wie die anderen?*

In Wahrheit gab es mehr als genug Grund, aufgeregt und unruhig zu sein. Tags zuvor hatten Aeron und Morwen in der Großen Halle des Palastes gestanden und voll Freude beobachtet, wie der glückstrahlende Elathan seiner Camissa die Krone der Königinnen von Fomor auf das hochgesteckte dunkle Haar setzte.

Und heute trafen die Terraner ein und mit ihnen Fionnuala und Straloch; und als ob das noch nicht genug wäre, stand morgen eine feierliche, prunkvolle Zeremonie bevor, Aeron als Ard-rían von Keltia und Elathan als König von Fomor würden öffentlich einen Friedens- und Freundschaftsvertrag besiegeln, der die erbitterte Feindschaft der Vergangenheit für alle Zeiten beenden sollte. Beide Staatsoberhäupter hofften außerdem, daß der terranische Botschafter die Möglichkeiten erkannte, die ein solches Ereignis für seine Nation enthielt, und sich ihnen zu einem Dreierbündnis anschließen werde. Aber das blieb abzuwarten. Im Augenblick genügte dieser Schritt.

Das Shuttle der *Sword* landete als erstes. Kurz darauf traten Hathaway und die Mikhailova aus der Tür, und bei ihrem Anblick jubelte Aerons Herz. Die beiden sahen sie im gleichen Moment und begannen zu laufen, bis ihnen einfiel, daß sie sich ja in der Öffentlichkeit befanden und dies ein ganz besonderer Anlaß war.

Aeron machte selbst jedes Protokoll zunichte, als sie ihnen entgegenstürmte und sie alle beide umarmte, ehe sie Zeit zum Salutieren fanden.

»Oh, Aeron – Ard-rían ...« Mikhailova war den Tränen nahe, Tränen der Freude und der Erinnerung, und auch Aerons Augen glänzten feucht.

»Athwenna, Warren – sagte ich nicht, daß wir uns bald wiedersehen würden? Oh, wie freue ich mich, daß Ihr beide da seid ...«

Doch dann kamen Fionnuala und Straloch angelaufen, und nun war es mit der Förmlichkeit endgültig vorbei. Als schließlich auch Morwen mit Tränen und Umarmungen begrüßt worden war, entsann sich Aeron so weit ihrer Pflichten, daß sie die vier Elathan und Camissa vorstellte.

Dann landete das erste Fahrzeug von der *Argo*, und alle drehten sich danach um.

Haco Grex zögerte vielleicht fünf Sekunden in der Tür des Kutters, wie es sich für einen Botschafter geziemte, dann stieg er die Treppen zum Landefeld herunter. Aeron und Elathan gingen ihm, nun beide mit gemessener Höflichkeit, entgegen; er sah von einem zum anderen und verneigte sich schließlich tief und ehrerbietig.

»Eure Majestät von Fomor, Eure Majestät von Keltia: Ich bin Haco Grex, als Botschafter an den Hof Aerons entsandt, der Königin der Kelten. Ich hatte nicht erwartet, Euch hier zu finden, Majestät, aber Ihr wißt besser als ich, wie es dazu gekommen ist.«

»So ist es«, sagte Aeron, »und Ihr sollt es bald erfahren.« Sie wechselte von Englic ins Hochgaeloch. »Doch vorerst wollen wir Euer Exzellenz trotzdem als Vertreter der Föderation bei uns und an unserem Hof bestätigen.«

»Und als unseren Gast auf Fomor begrüßen«, fügte Elathan hinzu. »Lord Grex, wollt Ihr mit Euren Begleitern hier in Tory unsere Gastfreundschaft annehmen, bis über alles weitere entschieden werden kann? Wir drei haben viel zu besprechen, denn Ihr seid, vielleicht ohne es zu wissen, zu einer sehr ereignisreichen Zeit gekommen.«

Grex nickte, seine graublauen Augen blickten plötzlich wachsam. »Ich dachte mir schon so etwas ... Nun denn, Majestäten, machen wir uns an die Arbeit.«

Wenig mehr als einen Tag später stand Aeron mit Elathan und Grex in der Großen Halle des Palastes und ließ mit großer Befriedigung im Geist an sich vorüberziehen, was die nächsten paar Minuten bringen würden und was am Tag zuvor erreicht worden war. *Chriesta tighearna, dieser terranische Botschafter ist wirklich ein gerissener Fuchs; und sein Konsul, diese Xenologin, verfügt in einem Ausmaß über das Gesicht, daß manche Ban-draoi viel darum geben würde ...* Es waren harte Verhandlungen gewesen; dennoch war sie mit den Ergebnissen mehr als zufrieden. Sie ging sie in Gedanken kurz durch, während Elathan zu den paar hundert hier in der Halle Versammelten und den Milliarden von Zuschauern im ganzen Reich sprach: In einem einzigen Tag hatten sie, Elathan und Haco Grex einen Vorvertrag ausgearbeitet, der, wenn in den kommenden Schlachten alles nach Plan ging, den drei verbündeten Nationen eine so gewaltige galaktische Überlegenheit bescheren würde, daß in absehbarer Zeit weder das Imperium noch die Phalanx oder sonst eine erst im Entstehen begriffene und habgierige Supermacht in der Lage sein würde, sie herauszufordern.

Sicher, nach den Lehren meines Vaters dürfte ich genau das niemals tun; aber es muß sein, Vater, ich bedauere, aber du hattest unrecht, und mir hätten viel größere Fehler unterlaufen können ... Alles in allem keine schlechte Leistung für einen Tag, allerdings hatten die Verhandlungen in Wirklichkeit fast bis zum Morgengrauen gedauert, und sie waren nicht nur zu dritt daran beteiligt gewesen, sondern hatten auch Camissa, Morwen, Straloch, Elathans Premierminister Svaros und die Terraner Valadon und Deonora zugezogen.

Sie berührte die kleine Vertiefung an der Kehle. Nicht einmal eine Narbe war mehr zu spüren, keine empfindliche Stelle, der Fomori-Arzt mit dem Hautschweißer hatte schnelle und gute Arbeit geleistet; es war schließlich auch nicht viel mehr als eine tiefe blutige Schramme gewesen. Aber bei den Göttern, einen Augenblick lang hatte sie geglaubt, das sei das Ende: Ard-rían Aeron, auf dem Planeten Fomor durch einen Pfeil in die Kehle getötet. *In den Geschichtsbüchern hätte es einen sehr schneidigen Eindruck gemacht, aber es ist mir doch lieber, noch am Leben zu sein.*

Elathans belustigtes Flüstern riß Aeron aus ihren Gedanken. »Seid Ihr *da*, Aeron? Wir müssen unterzeichnen.«

Haco Grex war schon fertig; jetzt setzte Elathan seine Unterschrift auf das Vertragsdiptychon und drückte das Siegel von Fomor in die Matrize.

»Im Augenblick müßt Ihr Euch mit meiner eigenhändigen Unterschrift begnügen«, bemerkte Aeron lächelnd und setzte gleich darauf in ihrer kräftigen fließenden Handschrift *Arigna Regina Celtarum* unter das Dokument. »Aber sobald ich das Großsiegel von Keltia wieder an der Hand trage, werde ich es neben das Siegel von Fomor und Terra drücken.«

»Ich habe das Gefühl«, antwortete Grex ebenfalls lächelnd, »daß der Platz auf der Matrize nicht lange frei bleiben wird.«

Die ganze Woche über hatten sich die fomorischen Flotten versammelt, nun lagen sie jenseits der Kometenwolken am Rand des Systems und warteten darauf, daß auf der fernen Thronwelt zum nächstenmal die Sonne aufging, denn dann sollte der Flug nach Keltia beginnen.

Auf dem Raumhafen von Tory schickte man sich im Licht der drei Monde insgeheim zum Aufbruch an. In einer entlegenen Ecke des Feldes stand trotzdem eine Gruppe von Menschen dicht beisammen, im Licht der Blendlaternen wirkten die Gesichter gespenstisch und hager. Die schmalen Strahlen fielen auf den glitzernden schwarzen Rumpf von *Retaliator*, der bereitstand, um seine Passagiere und seinen Piloten aufzunehmen.

Ein wenig abseits stand Elathan, hielt Camissa an den Händen gefaßt und blickte ihr liebevoll und um Verzeihung bittend in die Augen.

»Du kannst nicht mitkommen, meine Liebste. Ganz gleich, was wir beide uns wünschen würden, hier bist du sicherer, und das wird mir eine große Beruhigung sein. Außerdem mußt du in meiner Abwesenheit die Regentschaft führen, und das wird deine ganze Zeit und Geschicklichkeit in Anspruch nehmen. Basilea und Rauni werden deine Stellvertreter sein, und du wirst auch andere gute Ratgeber haben, aber Souverän von Fomor bist du, du handelts in meinem Namen und hast alle Vollmachten.«

»Zur Hölle damit! Ich würde viel lieber dich und Aeron begleiten ...«

»Nein, liebste Freundin«, sagte Aeron, die sich freundschaftlich von Borvos und Rauni verabschiedet hatte und gerade rechtzeitig hinzugetreten war, um die letzten Worte zu hören. »In diesem Fall hat Elathan recht, obwohl auch ich wünschte, es wäre anders. Ihr wart mir in vielen Nöten eine tapfere und treue Gefährtin; aber es ist mir schon zuwider genug, einen Monarchen von Fomor bei meinem Kampf um Keltia in Gefahr zu bringen. Zwei aufs Spiel zu setzen, das wäre nicht zu vertreten. So bleibt denn hier und regiert, und die Götter mögen mit Euch sein, bis wir uns wieder begegnen – ich verspreche Euch, daß es nicht lange dauern wird.«

Camissa lächelte, obwohl ihr die Tränen in den Augen standen, und umarmte Aeron stürmisch. »Und mit Euch. Gebt gut auf meinen Gemahl acht, Aeron, und auch auf Euch selbst.« Sie umarmte Morwen, die in der Nähe stand, dann wandte sie sich wieder an Elathan. »Geh, ehe ich es mir anders überlege und mich als blinder Passagier auf *Retaliator* verstecke ...«

Elathan küßte sie zärtlich, dann wandte er sich hastig ab und ging mit Aeron zum Schiff. Die anderen, die nach Keltia mitfliegen sollten, hatten ihre Plätze in der Hauptkabine schon eingenommen: Straloch, Fionnuala, Morgan Cairbre, der Drachenkrieger Emrys, Hathaway und Mikhailova, die lange und inständig darum gebettelt hatten, und Haco Grex, der selbst überrascht gewesen war, als er merkte, wie dringend er sich dies wünschte. Also hatte er den beiden Offizieren der *Sword* die Genehmigung dazu gegeben, hatte Valadon und Deonora das Kommando über die *Argo* und eine kleine Crew an Bord der *Sword* übertragen und die beiden Schiffe angewiesen, ihnen mit den fomorischen Flotten nach Keltia zu folgen. Nun schnallte er sich mit einem Gefühl der Vorfreude, wie er es seit Jahren nicht mehr erlebt hatte, ins Rückhaltefeld seines Andrucksessels.

Zweifellos alles höchst laienhaft, dachte er mit einem alles andere als bedauernden Lächeln hinter seinem Silberbart, *aber, mein Gott, ich freue mich darauf* ... Er hörte Aerons Stimme in der Kommandozentrale, spürte, wie das Schiff zum Start ansetzte, und überließ sich der Bewegung. *Theo, mein alter Freund, jetzt werde ich bald neben dir stehen ...*

Unten stand Camissa in Wind und Dunkelheit allein auf dem Feld und blickte dem schwarzen Schiff nach, das schnell in den sommerlichen Nachthimmel stieg. Der bläuliche Ionenstreifen lag wie ein breiter schwankender Pfeil über ihr und schrumpfte zu einem Punkt zusammen, als *Retaliator* sich von Fomor entfernte. Dann sah sie einen plötzlichen Blitz, einen goldenen Flecken Sternenlicht und wußte, daß Aeron mit dem Schiff in den Hyperraum gegangen war und diesen Abschiedsblitz schon weit hinter sich gelassen hatte.

Sie blickte ein letztes Mal nach oben. Der Himmel war jetzt klar, die Ionenspur verschwunden, und Camissa kehrte langsam zu ihrer Eskorte zurück, die sie auf der kurzen Strecke nach Tory begleiten sollte. Und in dieser Eskorte – sie bestand aus Borvos, Rauni, Treic und fünf oder sechs anderen – gab es niemanden, der nicht viel lieber auf dem Weg nach Keltia gewesen wäre, anstatt in die eigene Stadt zurückzukehren.

Sobald *Retaliator* sich sicher im Hyperraum befand, übergab Aeron das Steuer an Elathan und verschwand, ohne sich bei der fröhlich plaudernden Gruppe im Gemeinschaftsraum aufzuhalten, nach achtern in ihre Kabine. Morwen ließ sie, gereizt und gleichzeitig besorgt – schließlich gab es gewisse Pflichten, denen sich nicht einmal eine Königin entziehen konnte –, eine Stunde lang in Ruhe und ging dann ebenfalls nach hinten. Als Aeron auf ihr Klopfen hin nicht antwortete, berührte Morwen den Türknopf und trat unaufgefordert ein.

»Im Namen der Götter, Aeron, was ist los mit dir? Es sieht ja fast so aus, als würde deine Stimmung immer düsterer, je näher wir der Heimat kommen. Was bedrückt dich denn?«

Die Freundin schenkte ihr ein merkwürdiges kleines Lächeln. »Heute beginge man in Keltia Rhodris Todestag.« So, nun war es heraus, zum zweiten Mal in vier Jahren hatte sie zu jemand anderem als zu Gwydion davon gesprochen; der Name war gefallen, und er schien wie tot zu ihren Füßen zu liegen, sobald er ihr über die Lippen gekommen war.

Doch nachdem sie einmal angefangen hatte, spürte sie den überwältigenden Drang, weiter über ihn zu reden. Es stimmte zwar, daß ihre beiden Familien diese Ehe arrangiert hatten, aber das war beileibe nicht alles gewesen. Sie hatte Roderick Douglas seit ihrer Kindheit verehrt, mit der kopflosen Schwärmerei eines jungen Mädchens für den ein paar Jahre älteren Kriegshelden und Dichter. Gwydion war für sie wie ihre zweite Hand, war es immer gewesen und würde es immer sein, aber auch Rhodri war etwas ganz Besonderes. Es war ein Glück, zweimal eine solche Beziehung erlebt zu haben.

»Ich weiß«, sagte Morwen, nachdem sie lange verblüfft geschwiegen hatte. »Ich dachte, du wolltest – wie immer – nicht daran erinnert werden.«

Aeron lächelte, diesmal ein klares strahlendes Lächeln ohne Schmerz. »Nein, Wenna, damit ist es jetzt vorbei; vier Jahre Schweigen sind genug, obwohl erst Arthur persönlich mir das klarmachen mußte. Wir beide haben uns viel zu sagen, und jetzt kann alles ausgesprochen werden. Aber ich möchte noch ein Weilchen allein bleiben und vielleicht ein oder zwei Stunden schlafen. Es ist alles in Ordnung, das kannst du auch den anderen erzählen.«

Als Morwen gegangen war, schob sich Aeron auf die Kissen und legte die gefalteten Hände an den Mund. In dieser Nacht vor vier Jahren war Rhodri für immer gegangen: Das Tor hatte sich für ihn aufgetan, und er war hindurchgetreten, der leuchtende gewundene Pfad hatte sich geöffnet und ihn nach draußen, nach oben geführt. Man hatte ihn gerufen, und er war dem Ruf gefolgt. Eine Zeitlang – es konnten Tage, aber auch Wochen gewesen sein, sie wußte es nicht mehr – war sie vor Schmerz blind gewesen und hatte ihm folgen wollen; aber dieselbe Macht, die ihn gerufen hatte, hatte sie zurückgehalten. *Noch nicht,* hatte sie zu ihr gesagt, *und niemals so.* Und sie hatte gehorcht.

Ach, Rhodri, dachte sie, und die Tränen in ihren Augen verwandelten die Sterne vor dem Sichtfenster in wirbelnde Feuerräder, aber gleichzeitig lächelte sie. *Ich würde heute nicht an dich denken, wenn du nicht auch an mich dächtest. Du neidest Gwydion und mir unsere Liebe und unser gemeinsames Leben nicht, und jetzt vermag ich das endlich auch zu glauben.*

Sie drehte sich zur Seite und sah aus dem Sichtfenster neben dem Kopfende des Bettes hinaus, hinab auf den Raumsektor, wo Rhodri, ihre Eltern und so viele andere ganz ahnungslos gemeinsam ihrem Dán begegnet waren; und sie ließ den Blick noch weiter schweifen, dorthin, wo sich einst Bellator um seine weiße Sonne Alcluith gedreht hatte. *Auch das ist ein Teil des Gewebes ...* Sie war nie wieder diese Strecke geflogen, nie wieder an dieser Stelle zwischen den Sternen vorbeigekommen, von wo aus sein Geist entwichen war. Sie hatte es mehr als einmal vorgehabt; aber die gleiche Gegenwart, die ihr befohlen hatte zu bleiben, hatte ihr Einhalt geboten, sie von dieser Absicht zurückgerissen wie die Trense ein verwirrtes Pferd: eine Hand an den Zügeln ihrer Seele, ein kräftiger und doch sanfter Ruck. Und sie hatte bereitwillig den Nacken gebeugt, hatte keinerlei Neigung verspürt, sich aufzulehnen, hatte dieser Hand vertraut wie das Pferd dem Urteil des Reiters, obwohl seine eigenen Instinkte etwas anderes sagen und es die Gründe des Reiters für seinen Befehl nicht begreift.

Aeron rückte von dem Sichtfenster ab und lehnte sich wieder in die Kissen zurück. Ihr Blick fiel auf die lange geschnitzte Truhe, die an der gegenüberliegenden Wand stand: die Truhe von der *Prydwen*, in der die Schätze ruhten, das rechtmäßige Erbe ihres Volkes, nach dem man so lange und so mühsam gesucht hatte.

Selbst wenn ich in dem bevorstehenden Kampf falle und Gwydion mit mir, wenn jeder einzelne meiner Freunde fällt, jene, die jetzt hier bei mir sind, und die anderen, die ich zurückgelassen habe, so habe ich doch etwas getan, was nie vergebens sein wird und was man nie vergessen wird, solange noch ein Kelte lebt, um davon zu singen. Ich habe die Beute von Annwn nach Keltia zurückgebracht. Wenn man alles übrige dagegenstellt, kann es nicht schlecht gewesen sein ...

Sie wälzte sich ruhelos herum. Alle Gesetze der Höflichkeit verlangten, daß sie sich zu den anderen begab: Gesellschaftliche Verpflichtungen geboten, daß sie sich mit Grex beschäftigte; schwesterliche Liebe erforderte noch mehr und noch eingehendere Aufmerksamkeit für Fionnuala; auch Hathaway und die Mikhailova hatten als Freunde Ansprüche an sie zu stellen – sie mußte ihnen noch berichten, unter welchen Umständen Theo den Tod gefunden hatte, obwohl sie natürlich wußten, daß er umgekommen war. Aber sie hatten noch einen langen Weg vor sich, bis die Energiebarriere in Sicht kam, und für dies alles und noch mehr würde genug Zeit sein.

Jetzt wollte sie ein wenig meditieren und dabei Rhodris, Arthurs und aller anderen gedenken, die ihr auf dieser seltsamen und langen Suchfahrt geholfen hatten: Sargus und sein Feuervolk, die Dûhín von Fomor, Thona und Basilea, Borvos – sie alle waren Teil eines Musters, das nur undeutlich erkannt und niemals ganz erfaßt werden konnte. Sosehr sie sich auch bemühte, es würde immer nur ein letzter kleiner, aufreizend kurzer Eindruck bleiben, quälend, flüchtig, als sähe man bei Nacht etwas aus dem Augenwinkel und könne es, auch wenn man sich noch so sehr anstrengte, niemals scharf erkennen.

Doch manchmal, so wie jetzt, an der Grenze zwischen Trance und Schlaf, wurde es plötzlich klar, enthüllte sich in fast mathematisch strenger Form, in einer herben Schönheit, die das abweisende nüchterne Alltagsauge nicht aufnehmen konnte. Als Aeron es sah, lächelte sie;

ihre Müdigkeit machte sich den Augenblick zunutze, ließ die Grenzen zur Trance verschwimmen, und sie schlief lächelnd ein.

Auf der anderen Seite des Raumes drang ein schwaches weißes Licht durch die Ritzen der Truhe, die die Schätze beherbergte, quoll wie Quecksilber durch geschlossene Finger, blühte auf und war wieder verschwunden. Aeron erwachte nicht.

24. Kapitel

Aeron kehrte in einer stürmischen, regnerischen Frühlingsnacht nach Keltia zurück. Sie hatte sich für die Landung eine entlegene Gegend von Caledon ausgesucht, den Decies-Bezirk, ein hügeliges Gebiet mit Seen und Hochwäldern am Rand des Meeres auf dem Festland von Inver, dem Herrschaftsgebiet ihres Bruders Kieran.

Retaliator stieß wie ein Falke durch die Atmosphäre und setzte ohne einen Ruck auf. Aeron schaltete die Systeme aus, blieb einen Augenblick lang reglos sitzen, erhob sich dann und verließ die Kommandozentrale, ohne zu jemandem ein Wort zu sagen. Elathan wollte aufstehen und ihr nachgehen, aber Morwen streckte die Hand aus und hielt ihn zurück.

»Nein, laßt sie ein wenig allein. Sie muß jetzt mit ihren Gefühlen fertigwerden.«

»Aber können wir nicht helfen?«

»Nicht wir und nicht jetzt. Geht lieber, packt Eure Sachen zusammen und sagt auch den anderen, sie sollen sich bereithalten. Aeron wird kommen, wenn sie bereit ist.«

In der Mitte von *Retaliator* blieb Aeron im Korridor neben der Hauptluke stehen. Ihre Hand tastete zögernd nach dem Steuerknopf, ballte sich dann zur Faust und zuckte zurück. Wütend über ihr eigenes Zaudern, schlug sie auf den Knopf; die Tür schob sich geräuschlos auf wie die Linse einer Kamera, und kühle feuchte Luft strömte durch die Öffnung.

Es roch nach grünen Blättern, nach der nahegelegenen See, nach Regen, der im Dunkeln auf Pfingstrosen fiel: Aeron trat aus dem Schiff auf nassen smaragdgrünen Rasen, ging ein paar Schritte und vergrub das Gesicht in den Blüten eines riesigen Pfingstrosenbaums. Die Blütenblätter streichelten weich und kühl ihre glühende Haut, der Duft umfing sie im Regen. Sie taumelte gegen den dicken

Stamm mit der rauhen Rinde und klammerte sich haltsuchend daran, unvorbereitet auf die Welle von Gefühlen, die sie nun überwältigte. Es war, als hätte ihr jemand unvermutet einen Sandsack übergezogen, ihr von hinten in die Kniekehlen getreten; der Geruch nach Regen auf jungem Gras, der Duft des Meeres und der Pfingstrosen, herangetragen vom auffrischenden Wind. Sie fühlte sich von einem Herzschlag zum anderen um zwanzig Jahre zurückversetzt, zurück in jene Frühlingsnacht, als sie in den Palastgärten von Caer Dathyl zum ersten Mal Gwydion, dem Fürsten von Gwynedd, begegnet war ...

Über ihrem Kopf trommelte der Regen unablässig auf die Blätter; wie ein schauriger Kontrapunkt verdampften die Tropfen zischend auf der immer noch heißen Rumpfpanzerung von *Retaliator*. Sie zog einen biegsamen Ast herunter, ließ ihn scharf zurückschnellen, so daß ein kalter Schauer auf sie herabregnete, und wischte sich mit den Fingerspitzen Regen und Tränen von den Wangen. Sie und ihre Freunde waren wohlbehalten nach Hause gelangt. Ein Königreich hatten sie schon zurückgewonnen, und sie hatten die Mittel, um sich auch das ihre wiederzuholen; sie hatte ein Bündnis geschlossen, das wie ein Schiltron halten würde, mochte sich ihnen auch die ganze Galaxis in Waffen entgegenstellen. Was war es dann, das so weh tat? Es lag ihr wie ein eisernes Band um die Brust – der Schmerz nahm ihr den Atem ... Sie zog an der Seidenschnur um den Hals, bis ihr ein kleines Silbermedaillon, noch warm von ihrem Körper, in die Hand glitt. Im Mondschein, der hinter den dichten Wolken hervordrang, leuchtete es schwach auf ihrer Handfläche: ein Drache mit ausgebreiteten Flügeln, von einem Kreis umschlossen – Erkennungsmarke und Zeichen der Zugehörigkeit zur Drachenbruderschaft. Die kleine Scheibe gehörte Gwydion, er hatte sie vor vielen Jahren bei seiner Aufnahme in die Bruderschaft bekommen; sie trug sie jetzt seit fast zwei Jahren und er die ihre. Die Drachenmedaillons waren mehr als Schmuckstücke, sie dienten als Waffe, zum Schutz und zur Verständigung; es war keine Kleinigkeit, sie einem anderem anzuvertrauen, denn sie waren auf die Psyche ihres

Besitzers eingestellt und hatten die Kraft, auf den Geist und sogar auf die Seele einzuwirken. Jetzt konnte sie damit zu ihm sprechen, und er würde sie hören; sie brauchte ihn nur zu rufen.

Aeron starrte lange auf das silberne Medaillon hinab, in ihrem Kopf mischten sich Bilder von Erinnerungen und Vorahnungen, eine Salve von Eindrücken aus Vergangenheit und Zukunft, die sich wie auf einem Palimpsest überlagerten. Alles war so ineinander verflochten und übereinandergeschichtet, daß sie das, was schon geschehen war, nicht von dem zu trennen vermochte, was sich erst noch ereignen würde; sie wußte nur, daß alles, was sie sah, der von ihrem Dán bestimmte Weg war. Lächelnd schloß sie die kalten Finger um das immer noch warme Silber, ließ die Seele durch die Hand dringen und schickte sie aus.

Im Weltraum vor Dyved steuerte Gwydion das Schiff in einer Kurve vom Planeten weg, und neben ihm auf dem Sessel des Kopiloten seufzte Sarah O'Reilly erleichtert auf.

»Das wäre geschafft ... Wir sind doch in Sicherheit, nicht wahr?«

Er nickte lächelnd und lehnte sich zurück. »Wenn sie jetzt noch nicht hinter uns her sind, dann holen sie uns auch nicht mehr ein, und wir sind entkommen. Ich glaube, Sorcha, als erstes müssen wir versuchen ...«

Er brach unvermittelt ab und richtete sich ruckartig auf, sein Gesicht wurde unter der Bräune aschgrau, und die grauen Augen trübten sich. Zu Tode erschrocken, berührte ihn Sarah mit einer Hand.

Gwydion zuckte zusammen, als hätte sie ihn geohrfeigt; dann strömten Farbe und Wärme in sein Gesicht zurück, begleitet von einem Ausdruck unaussprechlicher Freude. »Aeronwy – Aeron ist wieder in Keltia. Eben hat sie mich gerufen.«

»Aeron! Aber ...«

»Sie ist zu Hause. Sie ist zu Hause, nicht weit von hier, und ich weiß, wo wir sie suchen müssen.«

»Oh, Gwydion, ich sehne mich fast ebensosehr danach, sie zu sehen, wie Ihr, aber seid Ihr sicher?«

Er lachte, ein freudiges Jauchzen, wie sie es noch nie von ihm gehört hatte. »Ich war mir in meinem ganzen Leben noch niemals so sicher; wie könnte sie rufen, ohne daß ich sie höre? Eher würde die Sonne schwarz oder das Wasser trocken. Sie wartet auf uns, Sorcha; kommt, wir wollen zu ihr.«

Kieran hatte tief geschlafen, doch nun war er mit einem Schlag hellwach. Jemand hatte seinen Namen gerufen ... Aber Eiluned lag friedlich neben ihm in dem großen Bett. Seine Gedanken griffen weiter aus, suchten nach seinem Sohn; aber auch der Säugling schlief ruhig. *Wer dann?* Er ließ sich in die Kissen zurücksinken; der Ruf kam wieder, stärker, und diesmal erkannte er, von wem er kam.

Er sprang aus dem Bett, zog sich eine Tunika über den Kopf und warf sich einen Mantel um, dann rannte er barfuß durch die stille Burg zum hinteren Tor. Mit vor Hast und Aufregung ungeschickten Fingern setzte er die Sicherheitscodes außer Kraft, stieß die Tür auf und starrte im strömenden Regen in die Finsternis.

Aeron stand da, in einem Umhang, der sie vor der Nässe schützte. Er starrte in das Gesicht unter der Kapuze, dann riß er sie ohne ein Wort in die Arme. Sie ließ einen Augenblick lang den Kopf an seine Schulter sinken, trat ein wenig zurück und blickte zu ihm auf.

»Wo ist er? Ich habe ihn gerufen; er war *da*, Kieran, und dann war er fort, und ich konnte ihn nicht wiederfinden. Ich mache Caerdroia dem Erdboden gleich, wenn es sein muß, um ihn herauszuholen.«

Kieran hielt ruhig und voll Mitleid ihrem Blick stand. »Er ist aus Caerdroia geflohen, Aeron, und zu Declan in die Kyles von Ra gegangen.«

»Wo ist er?«

»Powell und Pryderi haben ihn verraten, als er sich an sie um Hilfe wandte. Sie haben sich an den Marbh-draoi verkauft; sie sind jetzt beide seine Lakaien. Wir hörten, daß Gwydion in Caer Sidi gefangensitzt. Seither haben wir nichts mehr erfahren.«

Aeron wurde bleich bis in die Lippen, und Kieran packte

sie an den Schultern, um sie zu stützen. »Caer Sidi«, flüsterte sie. »›Schmachten wird Gweir im Kerker ...‹« Aber ehe sie noch mehr sagen konnte, kam Eiluned ins Pförtnerhäuschen gelaufen und warf sich, vor Freude sinnlose Worte plappernd, ihrer Schwägerin in die Arme.

Aeron geriet unter dieser liebevoll stürmischen Begrüßung ein wenig ins Wanken und fand ihr Gleichgewicht erst wieder, als Eiluned Morwen und Fionnuala erblickte und sich nun auf diese beiden stürzte.

Doch Kieran konnte den Blick nicht vom Gesicht seiner Schwester wenden. Er sah entsetzt, wie verändert, wie gezeichnet es war, und fragte sich, was ihr wohl widerfahren sein mochte. *Sie sieht fast so aus wie Gwydion*, dachte er, *als er aus den Hollow Mountains zurückkehrte* ... Er riß sich gewaltsam aus seinen Gedanken los und begrüßte Morwen ebenso liebevoll wie Eiluned, wenn auch mit weniger Überschwang, und mit seinem Liebling Fionnuala ging er so vorsichtig um, als sei sie aus Kristall. Dann bemerkte er die Fremden, die still in den Schatten gleich hinter dem Tor standen und das Wiedersehen Aerons mit ihrer Familie mit verständnisvollem Lächeln beobachteten.

»Schwester, wer sind die Gäste, die du nach Inver bringst?«

Aeron zog sie ins Licht. »Es ist mir eine Ehre, Seiner Majestät König Elathan von Fomor – ohne dessen Hilfe und Freundschaft weder Morwen noch ich jetzt hier wären – und Seiner Exzellenz Haco Grex, dem terranischen Botschafter in Keltia, Prinz Kieran und Prinzessin Eiluned vorzustellen. Wir drei haben ein Abkommen geschlossen, das sogar Strephon das Fürchten lehren müßte.«

Kierans Gesichtsausdruck veränderte sich. »Aber habt ihr denn alle noch nichts davon gehört? Strephon ist tot. Jaun Akhera ist jetzt Kaiser, und seine Mutter Helior herrscht als Regentin.«

»Bei den Göttern, was du nicht sagst!« Aeron schien diese Neuigkeit eher zu belustigen. »Nun, da steht uns wohl ein Abend bevor, den selbst ein Barde nur mit Mühe in Worte fassen könnte.«

Diesen Augenblick wählte Eiluned, um Gäste, Freunde,

Verwandte und ihre Königin unter die Fittiche zu nehmen. »Aeron, du kannst doch nicht alle aus lauter Höflichkeit draußen in Wind und Regen stehen lassen, manchmal bist du wirklich ... Nun tretet doch ein, willkommen in unserem Haus! Wo ist Gwenvor? Kommt, Mädchen«, – dies galt Mikhailova, die vor Kälte zitterte –, »Ihr seid ja kalt wie ein Frosch! Kieran, ruf deinen Mann Llew, damit er sich um den König kümmert! Ach, Aeron, willst du denn nicht endlich hereinkommen? Wenna, hinauf ins Bad mit dir, *sofort*, ich möchte nicht, daß Ihr von Gott weiß woher zurückkommt, um Euch dann auf meiner Schwelle zu erkälten ...«

Elathan sah sich hilflos um, und Morwen hakte sich lächelnd bei ihm ein. »Es ist zwecklos, Luned unter ihrem eigenen Dach widersprechen zu wollen«, sagte sie. »Kommt jetzt ins Haus!«

»Und was hast du nun vor?« fragte Kieran.

Es war weit nach Mitternacht; draußen regnete es unaufhörlich weiter, während Aeron und die anderen vor der Hälfte der Hausbewohner von Inver ihre Erlebnisse zum besten gaben. Auch Ríoghnach und Niall waren von Aerons telepathischem Ruf aus dem Bett geholt worden und trafen nur wenige Augenblicke nach Kieran ein; andere hatten den Tumult gehört, waren natürlich aufgestanden, um sich nach dem Grund zu erkundigen, und geblieben, um zu feiern.

Trotz aller Dringlichkeit und Dramatik hatte freilich vor allem anderen die keltische Gastfreundschaft zu ihrem Recht kommen müssen. Erst nachdem die unvermeidlichen Rituale von Bädern und trockener Kleidung, Essen und Trinken absolviert worden waren, fand man Zeit zum Reden. Zu erzählen gab es allseits genug: Aeron hatte einen ausführlichen Bericht darüber verlangt, wie es ihrem Reich in ihrer Abwesenheit ergangen war, und sie selbst war immer und immer wieder auf jede noch so kleine Information über Gwydion zurückgekommen. Aber sie mußte auch die Neugier der anderen zufriedenstellen; selbst mit Morwens, Elathans und Grex' Unterstützung wurde es eine lange Geschichte, und noch ehe sie zu Ende war, versagte ihr die Stimme, und sie verlor allmählich die Lust.

»Und was hast du nun vor?«

Als sie nicht auf Kierans Frage antwortete, warf ihr Elathan einen schnellen besorgten Blick zu. »Aeron? Dies braucht nicht heute nacht besprochen werden; wir haben noch ein paar Tage Zeit, um zu planen. Verschieben wir es ein wenig.«

Aber sie schüttelte den Kopf. »Das ist es nicht, obwohl wir wirklich alle nach einem und vielleicht mehr als einem Tag Schlaf viel bessere Pläne machen werden. Nein, mich beunruhigt nur etwas, eine Privatangelegenheit, und ich glaube«, jetzt sprudelten die Worte heraus, als müsse sie sich beeilen, um nicht von den Tränen übermannt zu werden, »ich *glaube*, ich muß allein damit fertig werden. Also geht nun alle schlafen, heute abend treffen wir uns wieder. Nein, Kieran, ich sagte, ich muß *allein* sein ...« Sie drängte sich an ihm vorbei und rannte fast blind den Korridor entlang und hinaus in den Garten.

Es herrschte tiefe Finsternis, und ihr Zeitgefühl sagte ihr, daß der Tag erst in etwa vier Stunden anbrechen werde. Es nieselte immer noch leicht, und das Wasser tropfte von den Bäumen, aber es war Wind aufgekommen, und das Licht des alten Mondes brach immer wieder durch die aufgerissene Wolkendecke.

Aeron hatte sich nicht einmal einen Mantel übergeworfen, ehe sie ins Freie gelaufen war, aber sie spürte weder die Kühle noch den Regen, und da unter den Pfingstrosenbäumen überfiel sie wieder, diesmal weit stärker, die grundlose Traurigkeit, die sie an diesem Abend schon einmal so aufgewühlt hatte. Melancholie breitete sich aus wie eine Welle unter der Wasseroberfläche, eine große Niedergeschlagenheit hüllte sie ein und nahm ihr alle Kraft, bis sie kaum noch aufrecht stehen konnte; die Knochen schienen ihr zu Wasser geworden zu sein, und die Dunkelheit lastete schwer auf ihr.

Dann zeigte sich am Ende der Gasse mit den Pfingstrosenbäumen ein noch schwärzerer Fleck; er bewegte sich und wurde, als sie aufblickte und mit den Augen und dem inneren Auge angestrengt durch den Nebel spähte, als hochgewachsene Gestalt erkennbar. Sogar der Regen schien nachzulassen, und dann rannte sie durch die Dunkelheit, und auch die andere Gestalt begann zu laufen, sie warf sich in Gwydions Arme, er schlug den Mantel um sie und drückte sie an sich.

Sie küßten sich nicht, jedenfalls nicht gleich; was er empfand und, wie er wußte, auch sie, war zu groß, zu tief, zu ernst, als daß man ihm anders als mit Schweigen und völliger körperlicher und seelischer Reglosigkeit begegnen konnte. Er hielt sie in den Armen, ohne daß ein Wort fiel, sie lehnte ihm den Kopf an die Brust, und in dieser Stellung blieben sie lange Zeit.

Als er schließlich sprach, schienen seine Worte irgendwie nur eine Fortsetzung dessen, was er schon immer zu ihr gesagt hatte, eines Dialoges, der nie abgerissen war und nie begonnen hatte.

»Weißt du, man hatte mir erzählt, du seist tot; ich habe es nicht gespürt, aber nach einer Weile gab es Zeiten, da begann ich mich in meiner Einsamkeit zu fragen, ob sie nicht doch recht hatten. Und so habe am Ende sogar ich den Mut verloren ...«

»So erging es mir, als ich hörte, du seist in Caer Sidi.« Sie trat ein wenig zurück und hob die Augen seinem Gesicht entgegen. »Gerade eben – ich dachte, ich könnte es nicht mehr ertragen.«

Der Regen hatte aufgehört; der auffrischende Wind hatte die Wolken auseinandergetrieben, so daß der Mond nun hell auf sie herabschien. Im Mondlicht schien sein Gesicht plötzlich fremd zu sein; sie kannte es ihr ganzes Leben lang, liebte es fast ebensolange, doch als ihm jetzt das weiße Licht über die Züge fiel, wirkten sie ganz verändert: eine Landschaft voll unbekannter Gegensätze und voll erschreckender Kraft, die Haut unter dem dunklen Haar und dem Bart aller Farbe beraubt, die grauen Augen silbern funkelnd, wenn der Mond sich darin spiegelte, schwarz unter dem Schatten der Brauen, wenn er den Kopf abwandte.

Welche Zeichen der Veränderung er in ihrem eigenen

Gesicht gelesen hatte, wußte sie nicht; gewiß nahm er wenigstens so viel wahr wie Elathan, Morwen und Kieran, zweifellos noch weit mehr als sie. Aber er ging mit keinem Wort darauf ein, fuhr ihr nur mit einem von Harfe und Schwertgriff schwieligen Finger über die Wange, die Kinnlinie, den Hals, schloß die Hand über der Halsbrosche ihrer Tunika und zog sie wieder an sich.

»Ohne dich lag Keltia im Schlaf«, sagte er in ihr Haar hinein. »Ein unruhiger Schlummer, von bösen Träumen erfüllt, und wir alle waren nur Schlafwandler. Aber jetzt gibt es ein freudiges Erwachen.«

Er spürte, wie sie kurz erschauerte und wieder ruhig wurde. »Es wäre vielleicht besser, wenn wir weiterschliefen oder gar nicht mehr erwachten«, sagte sie leise. »Ich habe Dinge mitgebracht, die einen echten Alptraum in Gang setzen könnten, so heilig sie auch sind. Was ist das für ein Tag, daß ich in Keltia die Dämmerung anbrechen lassen soll – um Tara in ein zweites Bellator zu verwandeln? Das wäre kein echtes Erwachen, sondern der schlimmste aller Träume.«

»Dann werden wir ihn alle gemeinsam träumen und ein Ende damit machen.« Sie vernahm die zuversichtliche, liebevolle Gewißheit in der vollen tiefen Stimme; und es schien, als habe es nie eine Zeit gegeben, da diese Stimme für sie nicht alle Kraft, allen Mut und alle Sicherheit bedeutet hatte, auf die sie zurückgreifen konnte; weder Rhodris Stimme noch die ihres Vaters hatte ihr je so viel gegeben wie diese Stimme, die sie jetzt so leise dicht am Ohr vernahm. Sie konnte sich darauf stützen wie auf einen starken Felsen, der nicht nachgab, mochte auch der ganze Planet zerfallen, und wieder blickte sie hoch in Gwydions Gesicht. Er lächelte nicht, aber der Ausdruck in seinen Augen war ein Lächeln.

»Hier ist etwas, das ich für dich aufbewahrt habe«, sagte er dann, nahm ihre kalten Finger in seine Hand und schob das Großsiegel von Keltia wieder an den gewohnten Platz. Der riesige gravierte Smaragd wirkte farblos im Mondlicht, aber tief in seinem Herzen schien eine winzige zuckende Flamme zu brennen.

Aeron ballte sofort die Hand zur Faust; der Ring war zu weit für ihren schmalen Finger, und wenn er jetzt herunterrutschte, wäre das wirklich ein schlechtes Omen.

»Locker wie immer«, sagte sie leichthin. »Ich glaube, ich werde in dieses Ding nie hineinwachsen.« Ein Ausdruck bitterer Belustigung trat ihr ins Gesicht. »Vielleicht gehen wir aus diesem Durcheinander als Kaiser und Kaiserin hervor«, sagte sie, und es klang gleichzeitig neckend und warnend. »Oder wir kommen überhaupt nicht lebend heraus.«

»Das wird man sehen«, antwortete er nach einer Weile. »Als du die Schätze fandest, hast du das Webmuster des Geschehens ebenso durchgreifend verändert wie Jaun Akhera, als er Magie einsetzte, um die Tore von Caerdroia aufzubrechen. Die letzte Entscheidung liegt immer noch bei dir – aber jetzt haben die Schwertspitzen wirklich keine Knöpfe mehr.«

Aeron erwachte plötzlich in der Dämmerung, lag einen Augenblick lang reglos mit klopfendem Herzen da und wußte nicht, wo sie war oder ob vielleicht von irgendwoher Gefahr drohte. Dann kam ihr zu Bewußtsein, daß Gwydion mit dem Rücken zu ihr in dem breiten Bett aus geschnitztem Dotterweidenholz in Invers bestem Gästezimmer lag und das Gesicht der Tür zugewandt hatte, durch die jedwede Gefahr kommen mußte. Ihr Schrecken legte sich, und sie drückte sich an ihn wie ein Löffel an einen anderen, ihre Brüste berührten seinen warmen Rükken, ihr Arm schob sich unter ihn und umfing seinen Oberkörper. Er seufzte im Schlaf, murmelte etwas auf Kymrisch und drückte ihre Hand; durch seine greifbare Nähe beruhigt, schlief sie wieder ein.

Gwydion regte sich, als ihm die Sonnenstrahlen des späten Vormittags auf die geschlossenen Lider fielen. Ohne die Augen zu öffnen, drehte er sich zu Aeron um und küßte ihr die bloße Schulter. Sie lächelte und kuschelte sich dichter an ihn, aber sie hatte schon einige Zeit wachgelegen, hatte zugesehen, wie das Tageslicht über die Decke vorrückte, und hatte nachgedacht, und das sagte sie ihm auch.

»Ach ja? Und das alles vor dem Frühstück ... Nun, zu welcher Entscheidung bist du gelangt?«

»Ach, die Strategie! Nun, darin muß mein Oberster Kriegsherr *mich* beraten ... Aber ich habe mir vor allem überlegt, daß wir eine Art Kriegsrat halten müssen. Elathans Flotten sind unterwegs, und wir sollten in Erfahrung bringen, wie viele von uns sich ihnen anschließen können. Ich habe auch eine kleine Abmachung mit unserem neuen terranischen Botschafter getroffen, die uns später einmal nützlich werden könnte, falls sich die Notwendigkeit ergibt. Aber den Hauptschlag gegen Jaun Akhera möchte ich selbst führen. Und ich bin so egoistisch, daß ich von diesem Vergnügen so wenig abgeben möchte wie nur möglich.«

Sie blieben noch eine Weile liegen und sprachen über Vorgehensweisen, Maßnahmen und Neuigkeiten; und obwohl sie bis tief in die Nacht hinein fast so intensiv miteinander geredet wie sich geliebt hatten, fiel ihnen immer wieder etwas ein, das sie sich noch nicht erzählt hatten und auf der Stelle loswerden mußten. Als Gwydion schließlich aufstand, stellte er amüsiert fest, daß man im angrenzenden Grianan diskret eine ausgiebige Mahlzeit, halb Frühstück, halb Mittagessen, bereitgestellt hatte. Aeron bürstete sich das Haar, hüllte sich in einen weit eleganteren Morgenmantel, als sie ihn in ihren eigenen Gemächern zu tragen gewohnt war (*der gehört sicher Eiluned*, dachte sie sehr beeindruckt), und setzte sich zu ihm an den Tisch. Plötzlich verspürte sie Heißhunger, zum erstenmal seit Monaten mundete ihr eine Mahlzeit.

»Du hast gestern nacht bemerkenswert wenig über deinen Aufenthalt in Caer Sidi erzählt«, sagte sie nach einer Weile. »War das Absicht, oder hast du über allem anderen nicht mehr daran gedacht?«

Er lachte. »Von beidem etwas, glaube ich, allerdings kann ich mich auch nicht erinnern, daß du ausdrücklich danach gefragt hättest ... Nun, ich habe es dir gestern nicht gesagt, aber ich war nicht Powells einziger Zwangsgast. Sorcha ní Reille war in der gleichen Lage.«

»Sorcha!« Aeron wäre vor Staunen fast der Bierkrug aus der Hand gefallen. »Sie hatte doch strikten Befehl, in Glassary zu bleiben; wie konnte sie Powell in die Hände fallen?«

Gwydion berichtete, wie es dazu gekommen war, daß er Sarah O'Reilly in dem Inselgefängnis entdeckt hatte, und Aerons Gesicht verdüsterte sich.

»Was ich da von Dyved hören muß, betrübt mich«, sagte sie, als er geendet hatte. »Powell war immer ein Opportunist, aber trotz aller Schwächen war er im großen und ganzen ein guter Freund meines Vaters, und daß er sich so leicht von Jaun Akhera verführen ließ, trifft mich hart. Aber«, fügte sie wieder fröhlicher hinzu, »was du von Sorcha erzählst, sagt mir viel mehr zu. Ich freue mich schon sehr, sie wiederzusehen, auch wenn sie gegen meine Anweisungen verstoßen hat. Wo ist sie jetzt?«

»Nicht weit«, sagte Gwydion; er hatte sich die Nachricht, daß die Terranerin Dyved mit ihm zusammen verlassen hatte, als Überraschung aufgespart. »Sie hat sich als loyale Keltin erwiesen; hat sie sich damit nicht eine königliche Belohnung verdient?«

»Eine Belohnung für Sarah O'Reilly? Sie hat – ebenso wie Theo – alles aufgegeben, um bei uns zu bleiben. Hast du geglaubt, ich würde ihr – oder auch ihm, wenn er noch lebte – eine Belohnung *vorenthalten*, wenn sie in meiner Macht steht? Aber Sorcha soll, um deine unhöfliche Frage zu beantworten, alles haben, was sie sich wünscht und was ich ihr geben kann: einen Titel, Rang und Namen bei Hofe, ein Maenor und einen Dúchas, wo immer sie will. Sie ist mir sehr teuer.«

»Teuer genug, um sie als Verwandte zu begrüßen?« fragte er, ohne sie anzusehen; auf dem Flug nach Inver hatte ihm Sarah in einem Anfall von Offenheit schüchtern und gleichzeitig voll Stolz anvertraut, daß sie Desmond liebte und er sie.

»Gewiß doch!« fuhr Aeron auf, viel schärfer, als sie eigentlich wollte, denn sie fragte sich, warum zum Teufel

Gwydion gerade jetzt dieses Thema so hartnäckig verfolgte. »Welchen meiner Brüder wünscht sie zu heiraten? Ich stimme der Verbindung auf der Stelle zu.«

»Keinen Bruder«, sagte Gwydion und nahm sich noch einmal von dem frisch gebackenen Brot und dem ausgezeichneten heimischen Bier. »Einen Vetter.«

Sie erriet sofort, wer damit gemeint war. »Desmond! Ach, das ist eine *gute* Nachricht! Sie sollen mit großem Zeremoniell in Ni-maen getraut werden, wenn alles vorüber ist. Und sie bekommen ein ansehnliches Tinnscra: einen Kontinent oder vielleicht einen kleinen Mond ... Was glaubst du, wann werde ich sie wiedersehen?«

25. Kapitel

Als Sarah O'Reilly in der vorangegangenen Nacht mit Gwydion in Inver eingetroffen war, hatten Kieran, Morwen und die anderen sie jubelnd empfangen, sie hatte die Anwesenheit der Mikhailova und Hathaways verwirrt und glücklich zur Kenntnis genommen; man hatte ihr Bier aufgenötigt und sie mit Fragen bedrängt. Bald erfuhr sie in allen Einzelheiten von Aerons Abenteuern, bekam diese in jener Nacht jedoch nicht zu Gesicht. Das war auch gut so, sagte Sarah sich hastig; Aeron war bei Gwydion, und es wäre ihr nicht im Traum eingefallen, dieses Wiedersehen zu stören ...

Nur – sie hätte Aeron so gern gesehen, nur um sich selbst davon zu überzeugen, daß sie wirklich wohlbehalten zurück war und daß alles in Ordnung war. Sarah O'Reilly war ehrlich genug, sich einzugestehen, daß sie sich vielleicht etwas weniger heftig nach Aeron gesehnt hätte, wenn Desmond dagewesen wäre; aber auch der Gedanke an ihn bereitete ihr Unbehagen: Trotz aller seiner Beteuerungen – wie würde Aeron es wirklich aufnehmen, wenn sie erfuhr, daß er und Sarah beschlossen hatten zu heiraten, und das ohne Zustimmung der Ard-rían? Mehr noch – was würde sie tun?

Graues Regenlicht drang durch die hohen schmalen Fenster, als Aeron die Große Halle betrat. Der Raum war zu dieser Stunde verlassen, das Leben der Burg spielte sich anderswo ab, diese merkwürdige Ruhe würde bis zum Abend anhalten, dann würden Lichter und Farben, Menschen und Geräusche ihn wieder zum Leben erwecken.

Niemand da – aber Gwydion hat doch gesagt, ich soll mich hier mit ihm treffen ... Nein, jetzt sah sie, daß am anderen Ende des Raumes eine in einen Kapuzenmantel gehüllte Gestalt an der kalten Feuerstelle stand. *Wenn das Gwydion ist, dann ist er seit dem Frühstück um mehr als einen Kopf kleiner geworden ...*

»Wer ist da?« fragte sie laut, und die Gestalt am Kamin fuhr so plötzlich herum, daß ihr die Kapuze vom Kopf fiel. Im Licht, das von den Fenstern kam, erkannte Aeron Sarah O'Reilly.

Die beiden Frauen standen, stundenlang, wie es schien, wie angewurzelt, denn Gwydion hatte, um sie zu überraschen, keiner von beiden gesagt, wer wirklich in der Halle sein würde. Dann lief Sarah gegen alle Etikette, eines freundschaftlichen Empfangs gewiß, durch den langen Raum. Aeron breitete die Arme aus, und Sarah warf sich hinein wie ein verirrtes Kind, das endlich nach Hause gefunden hat.

»Oh, Aeron – mein Gott, ich dachte schon, wir würden Euch nie wiedersehen ... Und Gwydion war die ganze Zeit an diesem entsetzlichen Ort ... Und ich wußte es nicht einmal ... Er hat uns herausgebracht ... Das Seehundsvolk ... Und Pryderi ... Und sie hatten recht damals, als sie sagten, Ihr wärt auf dem Weg nach Hause, und nun seid Ihr da ...«

Aeron löste sich sanft aus Sarahs krampfhafter Umarmung, legte den Arm um die Schultern der jüngeren Frau und führte sie hinüber zum Fenstersitz.

»Gemach, Alanna«, sagte sie lächelnd, »laßt Euch erst einmal bei Licht betrachten! Nun, die Zeit scheint Euch nicht allzuschlecht bekommen zu sein. Ich habe meinen Knappen in den vergangenen Monaten freilich schmerzlich vermißt; aber das war kein Grund, einfach davonzulaufen, darüber werde ich mit der Äbtissin Indec noch ein Wörtchen zu reden haben; und wer hat Euch nun von meiner Rückkehr erzählt?«

»Oh, Ihr dürft Indec keine Vorwürfe machen, es war nicht ihre Schuld, daß ich fortging ... Und was das andere angeht, ich hatte gar nicht mehr daran gedacht ... Aber eines Nachmittags ging ich in den Hügeln auf der anderen Seite der Bucht gegenüber dem Kloster spazieren, und da begegnete ich diesen – Leuten. Sie waren seltsam gekleidet und hatten ganz erstaunliche Augen; aber das fiel mir gar nicht so richtig auf, als ich mit ihnen sprach ... Jedenfalls schienen sie Euch und Gwydion zu kennen, und sie schienen auch zu wissen, daß Ihr bald zurückkehren würdet. Dann verließ ich Vannin und landete dank Kynon in dieser Inselfestung. Aber *Gwydion!* Es war *unvorstellbar!* Er hat einen unglaublichen Zauber gewirkt – Schiffe, Krieger und Aircars –, und dann hat er die Silkies gerufen, und sie haben uns bei der Flucht geholfen ... Es ist eine Menge passiert.«

»Das habe ich gehört«, sagte Aeron trocken, obwohl sich ihr Gesicht bei der Erwähnung Kynons verdüstert hatte. »Desmond ist im Moment zusammen mit Rohan, Declan, Melangell und vielen anderen von unseren Freunden auf dem Weg hierher.«

»Ihr wißt!« keuchte Sarah und errötete heftig. »Ard-rían, ich wollte nie ...«

»›Ard-rían‹! Was ist aus ›Aeron‹ geworden? Nein, Sorcha, wenn wir in eine Familie kommen sollen, mußt du lernen, mit meinem Namen ganz selbstverständlich umzugehen. Schließlich wirst du selbst von königlichem Rang sein und mehr oder weniger die gleichen Aufgaben und Verpflichtungen haben wie jede andere Prinzessin von Keltia. Das hast du dir doch sicher überlegt?« fragte sie, und als sie den erschrockenen Ausdruck der Terranerin sah, wich der neckende Ton in ihrer Stimme aufrichtigem Mitgefühl.

Sarah starrte sie an, erstaunt über ihre eigene Begriffsstutzigkeit. »Nein – nein, eigentlich nicht. Nicht so – o *Gott,* nein, ich hatte mir nur Euretwegen solche Sorgen gemacht; wann Ihr zurückkommen und was Ihr dazu sagen, ob Ihr überhaupt Eure Einwilligung geben würdet ... Ich liebe ihn wirklich schrecklich, wißt Ihr – er war seit der ersten Nacht, als ich nach Keltia kam, so gut zu mir, und dann nach Theos Tod ... Nun«, endete sie, ein wenig aus dem Konzept gekommen, »ich habe einfach nicht daran gedacht.«

»Da gibt es auch nichts zu denken«, sagte Aeron und drückte ihr aufmunternd die Hand. »Denn es besteht gar keine Schwierigkeit ... aber jetzt gibt es noch viel zu tun, und der Knappe der Ard-rían hat, ebenso wie die Ard-rían selbst, seine Pflichten zu lange vernachlässigt.«

Trotz dieser mahnenden Worte wurde an diesem Tag in Inver nichts wirklich Wesentliches mehr geleistet. Die meisten der von Fomor Gekommenen ließen es gemächlich angehen, sie ruhten sich aus, lasen oder schlenderten in den Gärten umher. Für Aeron vergingen die Stunden mit Wiederbegegnungen: Am Nachmittag trafen mehrere von Keltias höchsten Generälen und Mitgliedern des Kronrates ein – der Großzeremonienmeister; Lady Douglass Graham; Tanwen von Marsco, der bei den Kämpfen in der Großen Schlucht den Oberbefehl über die ganze Infanterie gehabt hatte; Grelun, Gwydions Lieutenant bei der Drachenbruderschaft, der ihn zusammen mit Helwen Drummond aus Caerdroia gerettet hatte; Helwens älterer Bruder Dafydd, Aerons erster Liebhaber und seit zwanzig Jahren ihr Freund; Hollin Macdonald, der Kommandeur der Streitwagen; auch Angehörige – Aerons Großmutter Gwyneira; ihr Lieblingsonkel Estyn, Emers Bruder; und, was niemand zu hoffen gewagt hatte, Gwydions Mutter Gwenedour und sein Bruder Elved, die durch Rohan von Aerons Rückkehr und Gwydions Flucht erfahren hatten und selbst unter abenteuerlichen Umständen von Gwynedd geflohen waren; und viele, viele andere.

Weit weniger erfreulich waren die Nachrichten von einigen, die nicht mehr kommen würden: Denzil Cameron, gefallen bei einem Weltraumangriff vor Droma; Maravaun von Cashel, der hochbegabte Kavalleriekommandeur; Mahon, einer von Aeron Aoibhells Vettern; Scota, eine Kusine aus Kerrigan; Wolf Graham, Douglass' Bruder, umgekommen bei dem Fian-Überfall, durch den Gwydion befreit worden war, und zu viele andere.

Obwohl jeder neue Verlust, der gemeldet wurde, neue Traurigkeit brachte, schob Aeron ihren Kummer vorerst beiseite, um die Neuankömmlinge zu begrüßen, sie Elathan und Grex vorzustellen und sich ihre Rechenschaftsberichte mit dem gleichen Ernst und der gleichen Aufmerksamkeit anzuhören, die man ihr entgegenbrachte.

Doch von allen, die ihr am teuersten waren, fehlte noch einer, und erst als die Nacht wieder über Inver hereingebrochen war, traf er ein und machte Aerons Freude über ihre Heimkehr vollkommen.

Beim Nachtmahl war die Stimmung gedämpft und sachlich: Man war dankbar dafür, was man wiederbekommen hatte, aber vor allem war man sich bewußt, daß am nächsten Morgen die Arbeit wirklich beginnen würde, die Aufgabe, für die alle jetzt hier Versammelten gekämpft, auf die sie gewartet und für die sie sich mit aller Kraft am Leben erhalten hatten. Als sich die Große Halle zum Abendessen füllte, entstand vor der Tür ein Aufruhr; und als alle im Raum sich umdrehten, um zu sehen, wodurch er verursacht wurde, trat Rohan ein, begleitet von Declan und Desmond, Shane und Melangell, Morwens Gatten Fergus und vielen anderen vom *Feuerdrachen*, der sich jetzt außerhalb von Caledons Mondbahn im Orbit befand.

Alle anderen waren an diesem Tag von Fragen nur so übergesprudelt, aber Rohan wollte nur eines von seiner Schwester wissen. Er wandte den Blick nicht von ihr, als sie sich durch die Menge in der Halle aufeinander zudrängten und sich schließlich, ein wenig atemlos, von Angesicht zu Angesicht gegenüberstanden.

»Hast du gefunden, was du gesucht hast?«

Sie nickte mit ernster Miene, aber das Leuchten hinter ihren Augen brach sich Bahn; und als Rohan sah, wie das Lächeln in ihr Gesicht trat, riß er sie in seine Arme. Dann griff Declan nach ihr, und Desmond; ein paar Schritte entfernt umarmten sich Morwen und Fergus, der Tag des Wartens hatte ihre Freude noch vergrößert.

Das Abendessen endete zwar fröhlicher, als es begonnen hatte, aber man hielt sich nicht mehr lange auf, denn Aeron hatte ganz früh am nächsten Morgen einen Kriegsrat einberufen, und fast alle Anwesenden hatten den Befehl und verspürten auch den dringenden Wunsch, daran teilzunehmen.

»Die Zeit für Vorbereitungen ist knapp, wir müssen daher jedes Privatvergnügen zurückstellen«, sagte Aeron, obwohl ihr strahlendes Gesicht die letzten Worte Lügen strafte. »Wir müssen uns schnell über die Aufmarschpläne einigen: Ich habe unsere eigenen Streitkräfte zusammengerufen, Elathans Flotten werden innerhalb von wenigen Tagen hier sein, und wie ich höre, führt meine Kusine Kerensa eine kleine Streitmacht von den Protektoraten heran. Außerdem hat Königin Tanaxio versprochen, Truppen von Aojun zu schicken. Ich hielte es wahrhaftig für eine Schande, wenn es uns mit der Unterstützung solcher Freunde nicht gelänge, den Marbh-draoi und alle seine Lakaien hinauszuwerfen und jede Verstärkung aufzuhalten, die Prinzessin Helior ihrem Sohn zu Hilfe schicken mag. Sie werden, so die Götter wollen, nicht zu früh eintreffen – aber laßt uns zuerst hören, was unser Oberster Kriegsherr zu sagen hat.«

»In unserer Abwesenheit sind die Dinge gar nicht so schlecht gelaufen, Ard-rían«, sagte Gwydion. »Aber was jetzt geschehen muß, ist klar. Unsere ganze Flottenstreitmacht muß sich versammeln, um die anrückenden kaiserlichen Schiffe zurückzuschlagen; so wenige wie möglich dürfen Tara erreichen. Wir müssen alle Bodentruppen auf die Thronwelt bringen, über die wir verfügen können: Die Catha von Tara haben sich zwar nach dem Sturz von Caerdroia in alle Winde verstreut, aber sie können schnell wieder gesammelt und eingesetzt werden. Wir hier und alle, die sich zu uns durchschlagen können, müssen mit Jaun Akhera so lange ›Pig-i'-the-Woods‹ spielen, bis zumindest die Fomori eingetroffen sind und zu uns stoßen können.«

»Ihr meint, wir müssen ihn zuerst einmal aus Caerdroia herauslocken«, sagte Elathan.

Gwydion nickte und studierte die Hologrammkarte der Großen Schlucht in der Mitte des Tisches. »Dazu brauchen wir keine große Streitmacht, denn er wird unsere Herausforderung bestimmt nicht ablehnen; je größer unsere Zahl freilich ist, desto besser stehen natürlich die Chancen für einen baldigen Sieg. Er muß jedenfalls heraus, und zwar schnell, denn jede Verzögerung ist günstig für ihn, aber nicht für uns. Außerdem weiß er ganz genau, daß wir es niemals auf eine Zerstörung der Stadt ankommen ließen, ganz gleich ob gezielt oder unabsichtlich. Zum einen befinden sich dort immer noch ein paar tausend von unseren Leuten, und zum anderen glaube ich, daß wir die Mauern nicht einmal durch Einsatz von Magie zu Fall bringen könnten.« Er warf Aeron einen Blick zu, und sie schüttelte den Kopf, sagte aber kein Wort. »Nun denn, das wäre alles.«

»Ich habe viel von Waffengewalt reden hören«, sagte Haco Grex, und alle Köpfe wandten sich der unbekannten Stimme mit dem terranischen Akzent zu. Ohne sich dadurch beirren zu lassen, führte er seinen Gedankengang weiter aus. »Das ist natürlich eine notwendige Sache. Aber ich habe noch kein Wort von jenen – anderen Dingen vernommen, die Ihre Majestät unter so großen Mühen ausfindig gemacht und nach Keltia zurückgebracht hat. Sind das nicht auch Waffen, ebenso wie Schwerter und Belagerungsgeschütze, und warum sprechen wir nicht davon?«

»Da gibt es nicht viel zu sagen«, antwortete Aeron. »Sie sind hier, und sie werden sicher voll zum Einsatz gelangen, wenn es soweit ist – und diesen Zeitpunkt bestimme ich. Ich halte es nicht für klug, überall bekanntzumachen, daß sie vorhanden sind, wir sollten uns auch nicht zu sehr darauf verlassen, denn bisher kennen wir ihre volle Kraft noch nicht, und wir wissen nicht, welchen Preis diese Macht hat.«

»Und doch habt Ihr Euer Leben und das Leben anderer aufs Spiel gesetzt, um sie nach Hause zu bringen«, sagte Thomas de Valadon, der zusammen mit Hathaway in einer Ecke des Raumes stand. »Und Ihr wollt die Schlacht – ja, sogar den Ausgang des ganzen Krieges – mit diesen Dingen entscheiden, ohne sie vorher zu erproben.«

»Ohne Frage«, entgegnete Aeron ruhig. »Vergeßt nicht, mein Herr, daß diese Dinge, wie Ihr sie nennt, schon oft im Kampf erprobt wurden. Wenn es so weit ist, daß sie ihre Kraft beweisen müssen, dann werden sie es auch tun, davon bin ich überzeugt.«

Valadon verbeugte sich leicht. »Wie Ihr meint, Ard-rían. Aber ich verstehe nicht, was es damit auf sich hat, und ich bezweifle, daß Kaiser Jaun Akhera überhaupt daran glauben wird.«

»Es ist nicht erforderlich, daß Ihr es versteht; Ihr müßt nicht einmal glauben, daß es sie gibt. Nicht einmal von mir wird das verlangt ... Die Schätze kümmern sich nicht um Glauben oder Unglauben, Spott oder Verehrung; sie sind einfach da. Was Jaun Akhera angeht, so mag er zweifeln, soviel er will; das wird ihm nichts nützen, wenn das Auge Balors über seine Linien blickt. Wir werden sehen, wie skeptisch er dann noch ist.« Sie wandte sich noch einmal an Gwydion. »Teilt Gwennan Chynoweth auf dem *Feuerdrachen* mit, wie viele Schiffe sie an der Straße von Grannos erwarten kann: die Anzahl, den Typ und die Truppenstärke. Die anrückende Fomori-Flotte wurde dank Elathans freundlicher Informationen schon erfaßt.«

»Ich höre und gehorche.« Gwydion sah sich im Raum um. »Nun steht uns also Cymynedd bevor, die Letzte Schlacht, in der die Welt gewonnen oder verloren wird. Diesmal gibt es keine halben Lösungen.«

»Die Welt verlieren oder sie gewinnen«, sagte Elathan. »So oder so ein recht endgültiges Ergebnis.«

»Wenn dies für uns wirklich Cymynedd ist«, sagte Aeron, »dann besteht unsere Aufgabe nur darin zu kämpfen. Wie das Ende aussieht, haben wir nicht zu bestimmen.«

Elathan lächelte. »Wieder der Dán, Aeron?«

Sie erwiderte sein Lächeln. »Ihr sagt es.«

Obwohl fast jedermann auf Inver und viele von außerhalb sie darum baten, zögerte Aeron noch einige Tage, ehe sie dem Volk ihre Rückkehr bekanntgab. Alle, die wußten, daß die Königin nach Hause gekommen war, hatten strengste Geheimhaltung schwören müssen, bis sie den Zeitpunkt für gekommen hielt, das restliche Keltia davon zu unterrichten. Als man sie drängte, eine Erklärung für ihr Zaudern zu geben, sagte sie nur, sie habe ihre Gründe und Gwydion noch mehr, und damit müsse man sich eben zufriedengeben.

Drei Tage nach dem Kriegsrat waren Aeron, Gwydion

und noch einige andere aus Inver verschwunden; und Elathan und Grex waren nicht die einzigen, die sich fragten, was wohl vorging und wo sie sich aufhielten. Hätten sie die Wahrheit gekannt, sie wären vielleicht noch beunruhigter gewesen.

Denn in der Nacht, ehe der Kronrat zusammentrat, war ein Ruf in alle Teile Keltias ergangen, ein Ruf, der alle zeitlichen und räumlichen Hindernisse mühelos überwand und nur jene erreichte, für die er bestimmt war. Sie wurden an einen ihnen bekannten Ort auf Caledon bestellt, der Luftlinie nach nicht sehr weit von Inver entfernt, an einen Ort namens Pawn Shallows: eine grüne Ebene, die einst das Bett eines inzwischen verschwundenen Sees gewesen war und von einem Spalt von fast einer Meile Länge durchzogen wurde. Hier war vor langer Zeit der Fels geborsten und hatte sich, von unten von vulkanischen Kräften geschoben und von oben von Eismassen gedrückt, unregelmäßig aufgefaltet. An einem Ende des großen Risses ragte ein riesiger Felsen aus dem abfallenden Gelände auf wie eine natürliche Plattform oder ein Podium; und so wurde er auch verwendet, denn hier in Pawn Shallow befand sich der Versammlungsort der Drachenbruderschaft.

Deren Mitglieder strömten nun auf Gwydions persönlichen Befehl herbei, denn diesmal hatte er nicht seinen Einberufer damit beauftragt; und es kamen so viele der Zehntausend, wie diesem Befehl zu folgen vermochten. Viele waren in den immer noch andauernden Kämpfen getötet worden; manche waren an Körper oder Geist zu schwer verletzt, um zu gehorchen; sehr viele konnten nicht unbemerkt nach Caledon gelangen, und viele andere sahen sich einfach außerstande, Caledon überhaupt zu erreichen.

Trotz allem war die Ebene unterhalb der Spalte schwarz von Menschen, als Gwydion auf die Felsplattform trat. Aus Gründen der Geheimhaltung trugen nur wenige die übliche schwarz-violette Uniform, doch an jedem Hals glänzte die silberne Drachenscheibe, und in fast jedem der zum Stein hinaufgewandten Gesichter stand die gleiche erwartungsvolle Frage.

Ein Treffen der Bruderschaft war stets ein feierlicher Anlaß, doch diesmal galt dies wegen des Zeitpunkts und des Zwecks der Versammlung ganz besonders. *Vielleicht*, dachte Gwydion, als er die Schar seiner Drachenbrüder betrachtete, *ist es der ernsteste, der verzweifeltste und der wichtigste Anlaß, den es jemals gab …*

Plötzlich senkte sich aufmerksame Stille über die Versammlung, als hielten alle gemeinsam den Atem an, denn Aeron trat zu Gwydion auf den großen Felssockel. Zu beiden Seiten standen Shane und Melangell, die zusammen mit Rohan vom *Feuerdrachen* gekommen waren; Grelun, Helwen und andere, die sie von Inver begleitet hatten, postierten sich ein wenig unterhalb des steinernen Podiums.

Gwydion trat vor und ergriff das Wort, der überhängende Felsen verstärkte seine Bardenstimme, so daß seine Worte so klar und doch ohne besondere Betonung über die schweigende Menge hinwegschallten, als ginge es um ein ganz alltägliches Gespräch.

»Meine Brüder, ich habe Euch in dieser Nacht hergerufen, um Euch etwas zu sagen und etwas von Euch zu erbitten. Zuerst die Nachricht, auch wenn ich weiß, daß Ihr sie schon kennt: Aeron, die Königin der Kelten, ist wieder zu Hause.« Er streckte die Hand nach Aeron aus, sie griff danach und stellte sich an seine Seite.

»Der Pendragon von Lirias hat mir freundlicherweise erlaubt, die Bitte vorzubringen«, sagte sie, ohne Gwydions Hand loszulassen. »Wisset denn, daß ich mit der Hilfe von vielen, Kelten wie Galláin, aber ausnahmslos Freunde, die Schätze nach Keltia zurückgebracht habe, die so lange verloren waren.« Sie machte eine kleine Pause, bis das begeisterte Gemurmel sich wieder gelegt hatte. »Ich weiß, daß viele von Euch ihre Nähe gespürt haben. Diese Bruderschaft wurde zum Gedenken an den letzten König der Kelten gegründet, der die Schätze noch in seinem Besitz hatte, und an Euch wollte ich mich zuerst wenden. Denn diese Schätze sind auch Waffen, und eine davon habe ich schon eingesetzt, als ich es für geboten hielt. Ich habe die Absicht, sie alle zu verwenden, wann und wie ich muß, um dem Marbh-draoi Keltia wieder zu entreißen. Nun tragen die Schätze ihre Kraft in sich und brauchen unsere Hilfe nicht; aber sie lagen lange Zeit müßig an einem fremden Ort. Daher bitte ich Euch jetzt, ehe die letzten Schlachten beginnen, zusammen mit Gwydion und mir ein Läuterungs- und Weiheritual zu zelebrieren; denn Waffen sind am wirksamsten, wenn sie gereinigt und in einwandfreiem Zustand sind, und für Seelen gilt das gleiche. Jaun Akhera und ich müssen uns noch einmal gegenübertreten, ehe alles vorüber ist, und dann wird die Magie, nicht das Schwert zwischen uns entscheiden. Ich weiß nicht, welche Form dieser Kampf annehmen oder welche Kräfte mein Gegner ins Feld führen wird. Wie auch immer, ich muß diesen Kräften trotzen und den Kampf gewinnen, und dazu werde ich nicht nur die Schätze brauchen, auch die Bruderschaft muß hinter mir stehen. Ich kann Euch in dieser Sache nicht gebieten: hier bin ich nicht die Ard-rían, sondern nur einer der Drachen und stehe ebenso wie Ihr alle unter dem Befehl des Pendragon. Ich kann Euch nur darum bitten.«

Auf diese Bitte war nur eine einzige Antwort möglich, und alle gaben sie freudig. Aerons Gesicht hellte sich auf, als sie es spürte, und als sie sich Gwydion zuwandte, war sie in seinen Augen wieder ein Mädchen von siebzehn Jahren, alle Jahre des Lernens, des Wissens, der Macht und der Verantwortung waren plötzlich von ihr genommen, die Last des Königtums abgelegt.

Er hob eine Hand, und wie vorher vereinbart wurden die vier Schätze herangetragen und auf einen niedrigen Altar am Rand der Felskante gestellt. Zuerst brachte Helwen den Speer Birgha; dann Grelun das Schwert Fragarach; Melangell trug die Schale Pair Dadeni; und als letzter kam Shane mit dem Stein von Fál in den Händen. Ohne daß ein sichtbares Zeichen gegeben wurde, zogen sich die vier Träger gleichzeitig zurück, und Gwydion trat allein vor.

»Selbst in diesem Kreis wagen wir nicht, die Hüllen von diesen heiligen Gegenständen zu entfernen, außer von der Schale«, sagte er. »Die anderen zur Unzeit anzusehen, bedeutet den Tod, und wir brauchen sie nicht zu sehen, damit sie geschaut werden.« Wie um seine Worte zu bestätigen, begann nun das gleiche schwache Leuchten zu erstrahlen, das die Schätze in Aerons Kabine auf dem *Retaliator* schon einmal umgeben hatte, eine geisterhafte Flamme ähnlich dem Solas Sidhe oder den Tinna-Galach, die direkt aus der Luft zu kommen schien.

Gwydion begann mit dem Ritual, aber jetzt sprach er nicht mehr mit Worten; wer mit dem Drachen verwandt war, verfügte über andere Mittel der Verständigung, die sicherer, klarer und insgesamt greifbarer waren. Im Verlauf des Zeremoniells schien es, als entzünde sich jede Seele auf dieser Ebene an der Gegenwart der Schätze; aber als es zu Ende war, schien es wiederum, als sei aus der Bruderschaft ein anderes Feuer auf die Schätze übergegangen und habe auf subtile Weise ihre eigene unvergleichliche Wirklichkeit verstärkt.

Sie sind wirklicher als wir alle, dachte Aeron ehrfürchtig, als Gwydion das Ritual beendete und der Bruderschaft zum Abschied den Segen des Pendragon erteilte. *Und heute nacht sind sie wieder erwacht ... Die Beute von Annwn lebt wieder; und auch wir – Keltia –, denn sie und wir sind eins. Wir wollen uns niemals wieder selbst schwächen.*

In den letzten Stunden auf Caledon schliefen die meisten, um vor Tagesanbruch so viele Kräfte wie möglich zu sammeln. Am Morgen würde sich Aeron auf den *Feuerdrachen* begeben und von dort aus Keltia – und Jaun Akhera – ihre Rückkehr verkünden. Die letzten Tage waren unglaublich anstrengend gewesen: Sie hatten unermüdlich gearbeitet, so weit wie möglich unter strengster Geheimhaltung, und nun schwebte die neu formierte Militärmacht wie ein zum Schlag bereiter Grafaun über Keltia. In dieser Nacht schlief man jedoch, und der Schlaf war von Träumen erfüllt.

Einige waren jedoch wach: In dem großen quadratischen Raum an der Spitze des Bergfrieds hielt Kieran seinen quengelnden Sohn in den Armen, redete mit tiefer Baßstimme beschwichtigend auf das empört schreiende Bündel ein, und bald beruhigte sich der Kleine und fiel wieder in Schlaf.

In einem geräumigen Gästezimmer standen Desmond und Sarah O'Reilly und beobachteten ein merkwürdiges Leuchten weit draußen auf dem Meer. Es sah fast so aus, als tanzten dort im Licht der wäßrigen Flammen dunkle schlanke Gestalten, die sich verneigten und wieder aufrichteten und ausgelassen über die Wellen sprangen. Gleichzeitig vernahmen die beiden ganz schwach ein hohes liebliches Singen.

Und in der kühlen Dunkelheit unter den Pfingstrosenbäumen breitete Aeron ihren Mantel über die hohen Gräser und zog Gwydion zu sich herab, ihre Arme legten sich um seine Brust, seinen Rücken und seine Schultern, als er sie unter sich zog, und sein Mund senkte sich in der Frühlingsnacht auf den ihren.

26. Kapitel

Jaun Akhera war in den Wochen, seit er Kaiser war, keineswegs müßig gwesen. Die verschlüsselte Botschaft, die seine Mutter so geschickt zu ihm durchgebracht hatte, hatte einen anderen Menschen aus ihm gemacht, er war so von wilder, fieberhafter Energie erfüllt, daß er blaue Funken zu versprühen schien wie das Fell einer Katze bei Gewitterstimmung. Obwohl ihn Sanchoniathon und Hanno neben vielen anderen zur Vorsicht gemahnt hatten – die Streitkräfte, auf die sich Jaun Akhera verließ, hatten noch kaum die Hälfte des Weges von Alphor zurückgelegt –, hatte er die Angriffe auf die keltischen Plünderer verdoppelt, die das Leben der Kaiserlichen in Caerdroia zu einer Hölle des Hungers machten, hatte die ihm noch verbliebenen Flottenstärken, mit denen er bisher sparsam, ja sogar knausrig umgegangen war, neu formiert, und – was seine Ratgeber am meisten erschreckte – er hatte begonnen, Vergeltungsschläge gegen die keltischen Flotten außerhalb der Grenzen des Thronweltsystems zu führen.

Rohan hatte der neuen Taktik anfangs nur Verachtung entgegengebracht, erkannte jedoch schnell, daß dahinter mehr steckte als die Rundumschläge eines verzweifelten Generals, und machte sich den Rat zur Vorsicht zu eigen, den man Jaun Akhera vergeblich aufzudrängen suchte. Er rief den größten Teil der keltischen Flotte herbei und ließ ihn in jenen Raumabschnitten patrouillieren, auf die die Kaiserlichen seit neuestem ihre Überfälle zu konzentrieren schienen; und so wurde zum erstenmal seit Ausbruch des Krieges die Bresche in der Energiebarriere nicht mehr ganz so streng bewacht. Es bestand die Möglichkeit, daß ein Schiff von außerhalb unbemerkt hindurchschlüpfte, wenn sein Pilot sehr geschickt war, wenn für seinen Captain die dringende Notwendigkeit bestand, die Barriere zu passieren und wenn darüber hinaus alle beide großen Wagemut besaßen …

Dann war Rohan plötzlich fort, und der *Feuerdrache* schien aus dem Weltraum um Tara spurlos verschwunden zu sein.

»Wie können wir die Spur eines Schiffes von der Größe eines Planetoiden verlieren?«

Jaun Akheras Stimme klang gereizt, drückte aus, was er empfand. Er erwartete eigentlich keine Antwort, und wenn ihm seine Berater eine Erklärung angeboten hätten, hätte er sie zornig abgelehnt. Sie waren jedoch klug genug, dies erst gar nicht zu versuchen und statt dessen vorsichtiges Stillschweigen zu wahren.

Jaun Akhera beugte sich über das Geländer der Galerie in der Kommandantur der Fianna und starrte das über zwei Stockwerke reichende riesige Sternenhologramm an, als wolle er hineingreifen und den *Feuerdrachen* wie eine reife Pflaume pflücken. *Der Fluch der Götter möge dich treffen, Rohan,* dachte er voll Ingrimm, *du bereitest mir fast so viele Schwierigkeiten wie deine Schwester ...* »Gebt den Kundschafterbooten Anweisung, den Überwachungsbereich zu verdoppeln. Wir brauchen mehr Informationen, und wir brauchen sie sofort.«

»Majestät ...«, begann Hanno.

»Keine Widerrede!« bellte Jaun Akhera. »Ich habe meine Feinde lieber dort, wo ich ihnen in die Augen sehen kann, aber wenn das nicht möglich ist, möchte ich wenigstens sicher sein, daß sie nicht hinter meinem Rücken sind. Rohan führt etwas im Schilde, das spüre ich.«

Sanchoniathon, der in diesem Augenblick die Kommandantur betrat, sah sich nach seinem Bruder um; als er dessen erhobenen Kopf und seinen grüßenden Blick bemerkte, trat er neben ihn an das Geländer.

»Hast du etwas vom *Feuerdrachen* gehört?«

Sanchoniathon schüttelte den Kopf. »Nein, Majestät; aber es geht mit Sicherheit irgend etwas vor, dem wir erst auf den Grund kommen müssen. Und das werden wir auch tun«, fügte er hastig hinzu, um Jaun Akheras zorniger Frage zuvorzukommen. Dann senkte er die Stimme, so daß nur sein Bruder ihn hören konnte: »Im Augenblick, Akhi, gibt es andere Neuigkeiten – von Mardale.«

Jaun Akhera runzelte die Stirn. Mardale war der Raumhafen von Caerdroia, er lag etwa fünf Meilen vor den Stadttoren in einem kleinen Tal des Webstuhls. Er konnte sich keinen Grund vorstellen, warum von dort Neuigkeiten kommen sollten – schon gar nicht so bedeutsame, daß Sancho sie ihm persönlich überbrachte –, denn seit dem Sturz von Caerdroia war der Hafen so gut wie geschlossen. Trotzdem ...

»Welche Neuigkeiten?«

»Ich glaube, das sollte ich dir lieber unter vier Augen sagen.« Sanchoniathon zeigte auf den Gang, der zum Palast zurückführte.

»Nun gut, Prinz von Alphor.« Jaun Akhera streifte seine Generäle noch einmal mit zornigem Blick. »Meine Herren, ich lasse Euch jetzt allein. Sorgt dafür, daß die neuen Pläne für die Patrouillen aufgestellt sind, bis ich wiederkomme, und schickt diese Kundschafterboote los. Ich möchte wissen, wo Rohan ist, und zwar schnell. Ich habe es allmählich gründlich satt, daß mir die Aoibhells ständig wie Wasser durch die Finger rinnen.«

»Und jetzt«, wandte er sich an Sanchoniathon, als sie den Gang betraten und sich die lasersicheren Türen hinter ihnen geschlossen hatten, »sind wir allein. Du kannst mir also gefahrlos mitteilen, worum es bei diesen Neuigkeiten von Mardale geht.«

»Besucher«, sagte sein Bruder knapp. »Vielleicht sollte ich sie besser Bittsteller – oder sogar Bettler – nennen.«

»Am besten sagst du mir, wer sie sind.«

»Nun, da ist zum einen Kynon ap Accolon; er kam als erster und hatte eine Menge zu erzählen über eine wundersame Flucht Gwydions und der Terranerin O'Reilly von ...«

Jaun Akhera blieb wie angewurzelt stehen. »Gwydion! Soll das heißen, Kynon wußte, wo er war, und hat es uns nicht gesagt?«

»Nicht ganz; Kynon hat es auch erst vor ganz kurzer Zeit erfahren; nun, jedenfalls behauptet er das, und ich glaube ihm.«

»Tatsächlich! Aber du sagtest ›Flucht‹; das heißt im allgemeinen, *von* irgendwo.«

Sanchoniathon faßte seinen Bruder am Arm und schob ihn sanft weiter. »Es wird dir nicht gefallen, Akhi«, begann er, »du hattest nämlich richtig erraten, wohin Gwydion gehen würde, nachdem er aus Caerdroia entkommen war.«

»Zu Powell?« Seine Augen glühten wie Sonnensteine. »Gwydion hat bei Powell Zuflucht gesucht, und Powell hat mir diese Information vorenthalten?«

Sanchoniathons Schweigen bestätigte es, und mit fast körperlicher Anstrengung beherrschte Jaun Akhera seinen Zorn.

»Bei allen Göttern, ich hoffe für Dyved, daß er einen wirklich guten Grund dafür hatte«, sagte er schließlich mit normaler Stimme. »Vermutlich sind das die Neuankömmlinge – Powell und Pryderi? Ja, sie und Kynon, und jeder will mich als erster erreichen, um mir die Ohren vollzuschwatzen und den anderen schlechtzumachen ... Nun, ich will keinen von ihnen sehen, Sancho, mindestens drei Tage lang nicht, vielleicht auch noch länger; sorg dafür. Was Gwydion angeht, so ärgert es mich zwar, daß er frei ist und daß ich ihn wieder hätte hierhaben können, aber es ist im Moment nicht mehr so wichtig, und vielleicht ist es auch gar nicht so schlimm; nicht mehr jedenfalls, seit ich Kaiser bin und Mutter mit der Flotte hierher unterwegs ist.«

»Auch von der Flotte gibt es eine Nachricht«, sagte Sanchoniathon eifrig, er war froh, daß er nach der Botschaft über Gwydion und seine einstigen Häscher wenigstens etwas Erfreuliches zu melden hatte. »Aus irgendeinem Grund scheint die Energiebarriere in jüngster Zeit nicht mehr so hermetisch abgeriegelt zu sein wie früher; ein Kutter, den man der Hauptflotte vorausgeschickt hatte, ist ebenfalls in Mardale gelandet. Sein Captain gehört Mutters Haushalt an, und er meldet folgendes: Die Armada wird in drei Tagen Ortszeit die Energiebarriere erreichen und, wenn alles gutgeht, sechs Tage später hier auf Tara eintreffen.«

Wieder flammten die goldenen Augen auf, diesmal vor Freude. »Ach, jetzt kommt die Sache wirklich in Gang! Wir werden sehen, Aeron, wer Keltia wirklich für dich hält: Rohan oder ich.«

Als *Retaliator* den Orbit Ruchdis kreuzte, des Mondes von Caledon, schien ein goldener Schein von der anderen Seite des Satelliten zu kommen, als ginge über jenem kalten Horizont die Sonne auf. Dann, so unvermittelt, daß selbst jene erschraken, die damit gerechnet hatten, war es, als stürze ein gewaltiger Drache im Flug auf das schwarze Schiff zu, die Klauen ausgestreckt, um es zu packen. Grex zuckte tatsächlich zusammen, und sogar Elathan rutschte ein wenig in seinem Andrucksessel herum, als der *Feuerdrache* vor ihnen zwischen den Sternen zu hängen schien.

»So etwas habe ich noch nie gesehen«, sagte Grex zu Sarah O'Reilly, nachdem er die Fassung wiedergefunden hatte.

»Das gibt es auch sonst nirgendwo«, entgegnete sie fröhlich. Alles war wieder auf sie eingestürmt: wie sie selbst zum erstenmal von der Kommandozentrale der kleinen *Sword* aus dieses prächtige goldene Schiff gesichtet hatten; wie ihnen allen zumute gewesen war, als es über die Sternmeilen hinweg immer größer wurde und die riesigen Entfernungen einfach auffraß wie eine unerbittliche Naturgewalt. Unausweichlich kam mit diesen Erinnerungen auch der Gedanke an Theo; nicht weniger traurig, aber doch weniger schmerzlich verband er ihre Vergangenheit mit ihrem gegenwärtigen Glück. Als sie einen Blick durch die Kabine warf, begegnete sie Desmonds verständnisvollem Lächeln.

Aeron hatte *Retaliator* jedoch bereits in eine der vielen Landebuchten des Flaggschiffs manövriert und setzte nun mit federleichter Berührung auf. Als sie aus der Kommandozentrale trat, drängten sich die anderen schon um die Hauptluke, und sie mußte über die hoffnungsvolle Erwartung auf den Gesichtern lachen.

»Ihr kommt mir vor wie Kinder am Mittwinterabend, die die Geschenke am nächsten Morgen nicht mehr erwarten können ... Nun los, Ihr Dummerchen; habt Ihr geglaubt, ich will Euch im Schiff einschließen?«

Gwydion drehte sich um, als Aeron und die anderen auf die obere Ebene der Hauptbrücke kamen. Er war selbst einige Stunden vor Aerons Aufbruch zum *Feuerdrachen* hinaufgeflogen, um sich zu vergewissern, daß auf dem Flaggschiff alles in Ordnung war und daß Aeron, wenn sie an Bord kam, keinerlei Schwierigkeiten begegnete und sich um nichts zu sorgen brauchte. In der Zwischenzeit war allerdings einiges geschehen ...

Er salutierte förmlich, als sie auf ihn zutrat, und sah ihre Augen belustigt aufblitzen, als sie die Ehrenbezeigung erwiderte, denn als sie sich vor vier Stunden voneinander verabschiedet hatten, war es alles andere als förmlich zugegangen. Aber jetzt war weder die rechte Zeit noch der rechte Ort für einen liebevolleren Gruß.

»Nun, König von Keltia«, sagte sie. »Wir sind hier, wie Ihr seht.«

»Nun, Ard-rían ... Werdet Ihr jetzt zum Volk sprechen?«

Aeron nickte. »Wenn alles bereit ist.«

»Das ist der Fall; wir haben alle Signale abgeschirmt, und auf allen Welten wird Crann Tarith ausgelöst. Nur auf Tara wird das nicht möglich sein, aber ich bezweifle nicht, daß Jaun Akhera auch ohne dies von Eurer Rückkehr erfährt.«

»Und das wird eine schöne Überraschung für ihn sein.« Sie blickte an ihm vorbei auf das rege Treiben im Brückenschacht hinab. »Was hast du mir nicht erzählt?«

»Die kaiserlichen Flotten nähern sich der Energiebarriere. Sie werden den Barna-baoghaill passiert haben und schon tief im Inneren des Bawn sein, ehe wir selbst Tara erreichen können.«

»Wie lautet die schlechte Nachricht?« fragte Aeron lächelnd. »Denn das ist für *meine* Ohren eine gute.«

»Nun, dann sind sie alle gut. Die Flotten der Fomori werden die Barriere vor den Koraniern erreichen. Wir schalten einen Abschnitt ab – dein Vetter Rhain führt dabei die Aufsicht –, so daß sie den Bawn im Hyperraum durchqueren, sich mit unseren Flotten vereinen und Helior erwarten können, wenn sie eintrifft. Auf Tara sammeln sich, wie du befohlen hast, schon zahlreiche Truppen; im geheimen, denn wir wagen es im Moment noch nicht, den Marbh-draoi offen herauszufordern.«

Aerons Gesicht hellte sich auf, und sie wechselte einen schnellen Blick mit Elathan. »Ich schwöre im Angesicht von Artzan Janco, daß Keltia und Fomor gemeinsam Alphor einen Empfang bereiten werden, den er so bald nicht vergißt. Doch zuerst muß ich zu meinen Kelten sprechen.«

Auf der Thronwelt war das unheimliche Geistergeheul des Crann Tarith nicht zu hören gewesen; trotzdem schienen die Leute irgendwie Bescheid zu wissen, und auf dem ganzen Planeten drängten sich die Zuschauer vor den Teleschirmen.

In Caerdroia stand Jaun Akhera vor dem großen Schirm in der Kommandantur, und was er dort sah, ließ ihn vor Schreck erstarren.

»AERON ... Bei Seti, wie ist das möglich ...«

»Ein Trick?« schlug Hanno vor, obwohl er so gut wie alle anderen wußte, daß es nicht so war.

»Das ist kein falsches Spiel«, hauchte Jaun Akhera und schüttelte langsam den Kopf, ohne die Augen von dem Bild abzuwenden: Aeron saß an einem Tisch, offenbar im Gemeinschaftsraum eines Sternenschiffs, zur Rechten war Gwydion zu sehen und zur Linken Elathan von Fomor. Morwen saß neben Elathan, während sich neben Gwydion ein vornehm aussehender Mann mit grauem Bart befand, den Jaun Akhera nicht kannte. Elathans Anwesenheit erfüllte den Herrscher des Imperiums mit Schrecken und der Anblick Gwydions mit Zorn; aber Aeron selbst fesselte seine ganze Aufmerksamkeit. Sie sprach jetzt und starrte ihn direkt an. Die Strapazen des vergangenen halben Jahres, worin sie auch bestanden haben mochten, hatten ihr offenbar wenig anhaben können, aber sie hatte sich verändert, und es beunruhigte Jaun Akhera fast noch mehr [illegible] die Tatsache ihrer Rückkehr, daß er nicht feststellen k[illegible] te, worin der Unterschied bestand. Etwas an den Augen vielleicht oder der Zug um den Mund ... Mit Mühe konzentrierte er sich auf ihre Worte.

»... nach Keltia zurückgekehrt dank der Hilfe Seiner Majestät Elathan, des Königs von Fomor, in Begleitung Seiner Exzellenz Haco Grex, des terranischen Botschafters von Keltia – und im Bündnis mit beiden Nationen.«

Ein Schwall erstaunter zorniger Kommentare erhob sich und übertönte Aerons nächste Worte, und Jaun Akhera hob warnend eine Hand, um die Stimmen zu dämpfen.

»... seit ich Euch verlassen habe. Ich kann nicht versprechen, daß die nächsten Tage nicht noch schlimmer sein werden, aber ich hoffe doch sehr, daß es nicht so sein wird. Jetzt ist keine Zeit mehr für lange Reden, aber ich verspreche, wenn alles gelingt, wie wir es uns wünschen, sollt Ihr alle meine Geschichte erfahren. Wir, der König von Keltia«, – hier legte sie die Hand auf die von Gwydion –, »und der König von Fomor«, – ihre andere Hand bedeckte die von Elathan –, »Terra, Aojun und die Yamazai und Keltias Protektorate ziehen nun nach Tara. Jaun Akhera, Ihr könnt uns erwarten.«

Das Bild auf dem Schirm löste sich auf, und rings um Jaun Akhera brach ein Sturm los, dessen regloses Zentrum er war. Sanchoniathon spähte ängstlich durch den Tumult auf das unnatürlich ruhige, keineswegs besorgte Gesicht seines Bruders: Akhi schien tief in Gedanken, gewiß, er wirkte jedoch weder betroffen noch erzürnt über Aerons dramatische Ankündigung ihrer Rückkehr. Aber warum stand er so still da? Er hatte es doch wohl gehört?«

»Sollen wir die Flotten zurückrufen, Majestät?« fragte Hanno, und Jaun Akhera hörte an der Betonung – Hannos Stimme klang übertrieben höflich, aber die Höflichkeit war nicht echt –, daß sein Generalcaptain die Frage schon mindestens einmal gestellt hatte.

»Nein, Generalcaptain, ich glaube nicht. Laßt sie ruhig nach Tara kommen; sie wird sich ohnehin nicht abhalten lassen. Aber ich möchte, daß die Flotten mit voller Kraft [illegible]rs auf die Energiebarriere nehmen. Elathan von Fomor [illegible]ht nur hier, um Eindruck zu machen, und er hat auch nicht bloß zum Spaß eine Spritztour nach Keltia unternommen. Wenn er als Bündnispartner gekommen ist, wie sie behauptete, dann kommt er nicht allein, und seine Flotte wird nicht lange auf sich warten lassen. Was diesen terranischen Botschafter angeht, wer weiß, welche Streitmacht er mitbringt oder nachkommen läßt; ganz zu schweigen von den Truppen aus den keltischen Protektoratssystemen oder von den gottverfluchten Yamazai ... Ich möchte, daß unsere eigenen Streitkräfte die Fomori zumindest so lange aufhalten, bis meine Mutter mit unserer Verstärkung eintrifft, und das wird noch ein paar Tage dauern.«

»Und wir?« fragte Garallaz. »Was sollen wir hier auf Tara tun?«

Jaun Akheras Lippen verzogen sich langsam zu einem Lächeln. »Nun, wir bereiten uns darauf vor, der Königin der Kelten auf ihrer Thronwelt einen würdigen Empfang zu bereiten, meine Herren. Was sollten wir in einem solchen Fall sonst tun – und sie erwartet sicher auch nichts anderes.«

Es hatte von Anfang an nie in Frage gestanden, wo Aeron die letzte Schlacht zu führen gedachte. Falls sie Gwyns Worte an Gwydion jemals als unwichtig abgetan haben sollte, jetzt dachte sie anders darüber, und deshalb steuerte sie den *Feuerdrachen* so folgsam auf das Tal von Nandruidion zu, als habe jemand sie dort hinbefohlen.

Von den engen Schluchten, die aus den unübersichtlichen Bergen des Webstuhls östlich von Caerdroia herausführten, war Nandruidion, das Tal der Druiden, sicher die ödeste. Sie begann auf den nördlichen Hängen von Stratton Vow, wo der Sattel sich senkte und dann wieder zu den Höhen von Skirrid aufstieg, und führte, anfangs kahl, in tieferen Lagen mit düsteren Wäldern bestanden, hinunter zur Großen Schlucht. Kein Fenster eines Bauernhofs oder einer Burg öffnete sich auf das Tal der Druiden hinaus; die nächste Behausung war die Festung Tomnahara, und die befand sich dicht am Ausgang der Schlucht.

Einst hatte jedoch etwa eine Wegstunde weit im Inneren

der Schlucht ein hoher Turm gestanden; dorthin hatte Edeyrn sich zurückgezogen, wenn er das Bedürfnis verspürte, sich in aller Stille mit seiner eigenen schwarzen Seele zu beschäftigen. Der Turm war schon vor langer Zeit von Morgane Magistra persönlich abgerissen worden, die Steine waren zu Staub zerfallen, und der Wind hatte sie davongetragen. Jetzt erhob sich dort, wo einst der Turm gewesen war, nur noch ein kleiner grüner Hügel.

Einige hielten es für ein böses Omen, daß Aeron ausgerechnet dieses Gelände als Schlachtfeld für das letzte Zusammentreffen mit Jaun Akhera erkoren hatte; andere hielten es für hervorragend geeignet, selbst wenn sie – wie die meisten – nichts von Gwyns verpflichtender Prophezeiung wußten. Doch als die Zweifler Aeron ihre Bedenken vortrugen, zeigte sie sich noch unbelehrbarer als gewöhnlich.

»Gwyn sagte, er und Gwydion würden sich wiedersehen, und zwar in Nandruidion; und damit ist die Sache erledigt«, erklärte sie Morwen, der letzten, die mit ihren Ängsten zur Ard-rían gekommen war. »Ich habe gelernt, felsenfest an jedes Wort der Sidhe zu glauben, seit ich durch Gwyn zur *Prydwen*, zu Arthur und zu den Schätzen geführt wurde.«

Aber sie konnte die Unsicherheit und die innere Furcht der anderen gut verstehen. Auch ihr war es schwergefallen, Gwydion zu glauben, als er erzählte, wie Allyn, der Sohn des Midna, ihm und seinen Gefährten nach der Flucht aus Turusachan auf Gwyns Geheiß mit Manaans Schiff zu Hilfe gekommen war. In den vergangenen Monaten hatte sie jedoch gelernt, keine Hilfe zu verschmähen, ganz gleich, von welcher Seite sie kam, und wenn die Sidhe geruhten, ihr Unterstützung anzubieten – nun, sie hatte schon von seltsameren Wesen Beistand erhalten.

»Trotz allem, Aeron«, sagte Morwen streng, »ist das doch wohl nicht das gleiche. Die Dûhín und das Feuervolk waren eine Sache, die Terraner, die Fomori und die Yamazai sind sogar genau wie wir; aber die Leuchtenden sind keine ...«

»Was sind sie nicht?« verlangte ihre Freundin zu wissen.

»Keine Menschen? Na und? Das waren die Salamandri oder die Dûhín auch nicht, und wir hatten keine Bedenken, uns von ihnen helfen zu lassen. Keine Kelten? Die Leuchtenden sind gewiß eher Kelten als die Fomori und jene anderen, und wir waren nicht zu stolz, deren Unterstützung anzunehmen.«

»Nun, dann eben keine Sterblichen! Aeron, sie könnten *Götter* sein, und selbst wenn sie das nicht sind – nun, sie sind nicht wie wir, und dieser Gedanke macht mir angst.«

Aeron fuhr sich seufzend mit den Fingern durch das Haar. Wenn es ihrer eigenen Schwägerin und Taoiseach schon solche Mühe bereitete, sich mit der Vorstellung einer Unterstützung durch die Sidhe anzufreunden, was würde dann der Rest ihrer Untertanen denken, die doch zum größten Teil noch viel abergläubischer waren und weitaus weniger aufgeklärt dachten, wenn sie sich mit dem Volk aus den Dúns einließ? Aber sie hatte wirklich keine andere Wahl.

»Nein, sie sind nicht wie wir, das ist schon richtig. Aber, Wenna, wenn sie Götter sind, dann haben sie auch die Macht, Bittgebete zu erhören, und das ist gut. Und wenn sie keine Götter sind, nun, wir sind auch keine, und damit ist das Problem aus der Welt.«

Morwen ließ sich nicht beeindrucken. »Du hast eine geschickte Zunge, Aeron Aoibhell, wie alle in deiner Familie, aber du solltest mit mir keine Haarspalterei betreiben, und du solltest mich auch nicht belügen, nicht in diesem Fall. Dazu ist die Sache zu wichtig. Ganz ehrlich jetzt: Hast du keinerlei Bedenken?«

»Keinerlei Bedenken! Chriesta tighearna ... Wenn du damit meinst, ob ich Gwyn und seinem Versprechen vertraue, daß sein Volk für Keltia kämpfen wird, dann ja, in diesem Punkt habe ich in der Tat keinerlei Bedenken. Wenn du mich aber fragst, ob mir die Vorstellung eines möglicherweise direkten göttlichen Eingreifens Sorgen bereitet, o ja, ganz gewiß. Aber wie auch immer, ich begrüße Gwyns Hilfe, wann, wo und wie sie auch kommt. Und wenn du noch einen Rest von Respekt vor meinen Entscheidungen hast, dann hältst du es ebenso.«

Morwen starrte sie an, und die blauen Augen blickten zutiefst gekränkt. »Aeron, nach allem, was wir erlebt haben, seit wir aus Tara flüchteten, kannst du da auch nur im *Traum* annehmen, ich würde deine Entscheidungen nicht respektieren? Du hast Arthur gefunden, die Schätze geborgen, Elathan wieder auf seinen Thron gesetzt, ein Bündnis mit den Terranern geschlossen ... Wenn du nun sagst, wir gehen nach Nandruidion, und die Sidhe sind auf unserer Seite, dann kannst du auf mich zählen. Wie könnte es anders sein? Selbst wenn ich dagegen wäre, glaubst du denn auch nur für einen Sekundenbruchteil, daß ich dich allein in diesen letzten Kampf ziehen ließe?«

»Nein, Wenna, das habe ich nie geglaubt«, sagte Aeron mit einem müden Lächeln. »Und ich werde es niemals glauben ... Aber geh jetzt zu Fergus. Er muß uns morgen früh verlassen, um wieder zu seinem Geschwader zu stoßen, und wir wollen bald danach mit *Retaliator* nach Tara.«

Als Morwen fort war, setzte sich Aeron auf den Rand der Andruckliege und sah sich in ihrer Kabine um, als hätte sie sie noch nie gesehen. *Es kommt mir vor, als sei ich ewig lang nicht mehr auf dem* Feuerdrachen *gewesen; beim letztenmal war Elharn noch dabei ... und Theo ...* Aber damit hatte sie ihren Frieden gemacht; mit diesen und anderen Verlusten hatte sie sich endgültig abgefunden, als sie an Arthurs Seite kniete und das Gesicht in seinem Umhang vergrub.

Wieder stand sie auf und blickte aus dem großen Sichtfenster. Im Zentrum der Scheibe, ein Stern, noch keine Sonne, leuchtete Grían, der vertraute gelbe Primärstern des Thronweltsystems; zwei Umlaufbahnen entfernt von seiner Wärme und seinem strahlenden Licht lag Tara, aus dieser Entfernung nicht zu erkennen. Aber noch vor dem Ende des morgigen Tages würde diese Sonne Aerons Gesicht wärmen, und ihre Füße würden wieder Taras Boden berühren. Sie und Jaun Akhera würden sich noch einmal im Kampf gegenüberstehen, und für einen von ihnen würde es der letzte Kampf sein.

Falls ich es bin, dann bin ich bereit dafür, dachte sie und wußte, daß es stimmte. Sollte er es sein – nun, das mußte er mit seiner eigenen Seele ausmachen. Aber sie war sicher, daß er auf diese Begegnung ebenso ungeduldig wartete wie sie, und daß er ebenso bereit dafür war. Auch er war ein Zauberer; er konnte die Zeichen des Augenblicks ebensogut lesen wie sie, erkannte ebenso deutlich den Schatten des Großen Wandlers, der gekommen war, um ihrer beider Welten für immer zu verändern. Die Stimme Sargus' hallte in ihrer Erinnerung wider: ›Nichts in dieser Welt ist für die Ewigkeit gemacht: kein Volk, kein Planet, keine Galaxis.‹ Er hatte recht; und es war wahrlich nur wenigen gegeben, den Augenblick der Veränderung so klar vor sich zu sehen. Sargus war einer der Gesegneten gewesen, und er hatte sein Bestes getan, um auch ihr die Augen dafür zu öffnen.

Und jetzt erkenne ich ihn in der Tat ... sie sah, wie sich dieser Augenblick heranwälzte, so riesig, unerbittlich und unausweichlich wie jene Welle, die einst Atland überrollt hatte. Wenn dies in der Tat ihr Schicksal und das Schicksal Keltias sein sollte, schön. Sie würde kämpfen, bis die Welle sie unter sich begrub, und sich dann in Frieden an ein anderes Gestade tragen lassen. Wenn die Welle freilich nicht sie erfaßte, sondern Jaun Akhera, dann war es auch gut; zwar mußte sie Keltia dann im Kielwasser jener schweren See aufrechthalten, wenn diese endlich heranraste, aber sie war nun von einer neuen Gewißheit erfüllt, die ihr sagte, daß sie dazu fähig war.

Ich bin heute ein besserer Schwimmer als damals, als ich Tara verließ ... Es ist allerdings seltsam, daß ich erst auf einer Welt, die keine Meere hat, gelernt habe, solche Fluten zu meistern.

Auf Tara lautete die Parole nun Krieg. Wie bestürzt Jaun Akhera durch Aerons plötzliches Wiederauftauchen auch gewesen sein mochte, er hatte sich sofort wieder gefangen und schien den Augenblick, so empfanden es jedenfalls seine Freunde, fast zu begrüßen. Diese Beobachtung ging nicht so weit am Ziel vorbei: Als Kaiser hatte Jaun Akhera viel zu beweisen; als Aerons Gegner noch mehr.

Doch auch unter dem Druck dieser unmittelbar kritischen Probleme hatte er an seiner Entscheidung festgehalten, Powell und Pryderi nicht zu empfangen, obwohl ihm die beiden fast stündlich immer verzweifeltere Botschaften schickten, in denen sie abwechselnd eine Audienz forderten oder erflehten. Die Herren von Dyved standen sich schon fast eine Woche lang in Turusachan die Beine in den Bauch, ehe sie endlich am Abend nach Aerons unerwarteter Übertragung beim Cabiri-Kaiser vorgelassen wurden.

Jaun Akhera beobachtete sie ziemlich distanziert, als sie den Raum durchquerten und vor seinem Schreibtisch stehenblieben. Offenbar hatten sie sich noch nicht entschieden, wie sie am besten vorgehen sollten, denn ihr Benehmen war gleichzeitig unterwürfig und prahlerisch. Er ließ sie lange warten, ehe er ihre Anwesenheit überhaupt zur Kenntnis nahm und ihnen mit herrischer Geste winkte, sich zu setzen.

»Es war ein Fehler, Fürst von Dyved, mir Gwydions Anwesenheit in Caer Carrig Cennan zu verheimlichen«, sagte er schließlich, doch seine Stimme klang unerklärlich mild und stand völlig im Widerspruch zu der Haltung, die er zuvor an den Tag gelegt hatte. *Sollen sie sich ruhig fragen, warum ich nicht zornig bin ...* »Aber kommt, ich will Euch diesen Fehler verzeihen«, fuhr er mit gewinnendem Lächeln fort. »Ich bedaure, daß ich Euch nicht früher empfangen konnte, aber Ihr versteht sicherlich, daß uns die Vorbereitungen stark in Anspruch nehmen ... Ich habe Euch hergebeten, um mit Euch zu besprechen, welche Truppenstärken Ihr für mein Treffen mit Aeron beisteuern könnt. Sie kann jeden Augenblick auf Tara landen – beim Anflug des *Feuerdrachen* auf den Planeten ist es bereits zu schweren Kämpfen gekommen – und ich brauche alle verfügbaren Truppen und alle, die mich schnell erreichen können, für ihren Empfang.«

Powell, der einen tiefen Atemzug genommen hatte, um sich gegen den kaiserlichen Zorn zu wappnen, ließ nun die Luft langsam und vorsichtig ausströmen. *Deshalb läßt er uns ungeschoren, obwohl wir Gwydion verloren haben – er hat uns im Palast herumhängen lassen, um uns sein Mißfallen zu bekunden, aber jetzt braucht er uns ...*

»Ihr wißt natürlich, Majestät, daß Euch Dyved zu Diensten steht. Es liegt jetzt auch in meinem Interesse zu verhindern, daß Aeron ihr Reich wieder an sich bringt. Was Truppen angeht, so liegt Dyved nahe genug an Tara, damit alles, was ich aufzubieten habe, vielleicht sogar früher hier sein wird als Aeron; sicherlich jedoch vor ihrer fomorischen Verstärkung.«

Jaun Akhera notierte sich etwas auf dem Computerblock unter seiner Hand, dann blickte er wieder zu Powell auf. »Eure Truppen müssen wirklich ganz in der Nähe sein, wenn sie noch vor Aeron hier eintreffen wollen.«

Powell gestattete sich ein winziges Lächeln. »Sie befinden sich schon im Thronweltsystem. In weniger als einem Tag werden sie auf Tara landen.« *Und das ist ein Punkt für mich, Koranier ...*

Jaun Akheras Lächeln war noch dünner als das von Powell. »Ihr nehmt meine Wünsche vorweg. Aber das könnt Ihr alles später Hanno und meinen anderen Generälen mitteilen; und über sie unserem treuen Diener Kynon ap Accolon, der sich momentan bei meinen sich sammelnden Armeen in Nandruidion befindet. Begleitet mich jetzt nach Mardale; dort ist noch jemand eingetroffen, und ich möchte Euch mit ihm bekanntmachen.«

Als Talorcan, verfolgt von den Truppen seines Bruders Elathan, aus Tory geflohen war, hatte er zuerst vorgehabt, Prinzessin Helior und die kaiserliche Armada zu suchen, die inzwischen, wie er wußte, unter ihrer Führung auf dem Weg nach Keltia war. Doch seine Mitflüchtlinge – Dargato, Salenn und einige andere – hatten ihn überzeugen können, daß es Wahnsinn sei, mit einer Suche Zeit zu verschwenden, die sich zwangsläufig fast über ein Viertel eines Galaxisabschnitts erstrecken mußte; und außerdem unnötig, da er und Helior ein gemeinsames Ziel hätten – den Planeten Tara. Letztlich hatte es gar nicht vieler Worte bedurft, um ihn umzustimmen, und er hatte das Schiff zu der keltischen Thronwelt beordert.

Talorcan hatte mit starkem Widerstand seitens der keltischen Flottenverbände gerechnet, aber aus irgendeinem Grund war es gar nicht schwer gewesen, durch die Bresche zu schlüpfen, die die Verräterin Arianeira in die Energiebarriere geschlagen hatte; und sobald er sich im Innern des Bawn befand, hatte er das Schiff so schnell vorangetrieben, wie er es wagen konnte, weil er fürchtete, verfolgt oder abgefangen zu werden.

Als das Schiff nun in Mardale aufsetzte, blickte er durch das Sichtfenster. Ja, da stand tatsächlich Jaun Akhera persönlich und wartete auf ihn, und auch sein Bruder Sanchoniathon, der nach Jaun Akheras plötzlichem Aufstieg zu kaiserlichen Würden zum Prinzen von Alphor und zum mutmaßlichen kaiserlichen Erben ernannt worden war. *Ich würde eine Menge Astari dafür geben, wenn ich wüßte, wie es dazu kam*, dachte Talorcan. *Immerhin kann Mutterliebe eine gewaltige Macht sein ...* Aber das erinnerte ihn nur an seine eigene Mutter Thona und daran, was sie auf Fomor getan hatte, und daran wollte er nicht denken, jedenfalls nicht hier und jetzt. Mit Prinzessin Helior war es jedoch eine ganz andere Sache.

Dies bemerkte er auch Jaun Akhera gegenüber, als sie gemeinsam in die Stadt zurückkehrten, begleitet von mehreren anderen: Powell, Pryderi und Garallaz.

»Habt Ihr meine Mutter jemals kennengelernt, Lord Talorcan?« fragte Jaun Akhera mit unergründlichem Lächeln.

»Ich hatte noch nicht das Vergnügen, Majestät.«

»Aha. Nun, das wird sich ohne Zweifel nachholen lassen. Aber da wir gerade von Familienangelegenheiten sprechen, habt Ihr schon gehört, daß Euer Bruder, der König von Fomor, hier ist?«

Talorcans plötzliches scharfes Atemholen verriet Jaun Akhera, daß er nichts davon gewußt hatte. »Seid Ihr sicher? Er ist also mit Aeron gekommen?«

Jaun Akhera nickte. »Aber macht Euch keine voreiligen Hoffnungen auf eine schnelle Rückkehr nach Fomor. Elathan hat es allen Berichten zufolge gründlich seinem Willen unterworfen, seine neue Königin hat er als Regentin eingesetzt, und seine liebsten Kriegsherren Borvos und Treic verleihen ihrer Faust das nötige Eisen. Ich habe zuverlässige Informationen, daß er es für angebracht hielt, einen großen Teil der fomorischen Sternenflotte hierher nach Keltia zu schicken, um Aeron zu unterstützen, er selbst kommt mit ihr auf dem *Feuerdrachen.*«

»Wann wird er – wann werden sie hier sein?«

»Vielleicht landen sie in diesem Augenblick. Der *Feuerdrache* befindet sich jenseits der Criosanna im Orbit, und ich glaube nicht, daß Aeron lange an Bord bleiben wird.«

Zwanzig Wegstunden östlich von Caerdroia stieg Aeron aus *Retaliator* und stand mitten in einem Feldlager. *Wieder auf Tara* ... Caledon war natürlich auch Keltia gewesen, aber diese Welt war wirklich ihre Heimat. Sie atmete tief ein und schloß die Augen, um sich vom Planeten selbst willkommenheißen zu lassen, dann richtete sie ihre Sinne widerwillig auf das Nächstliegende. *Rohan und Desmond haben gute Arbeit geleistet,* dachte sie befriedigt, als sie sich in dem riesigen Lager umsah. *Und Ríoghnach hat alles perfekt koordiniert* ... Schon jetzt war ein gewaltiges Heer versammelt: Zwar war es nicht so gewaltig wie jenes, das bei den Klippen von Fhola mit Jaun Akhera zusammengetroffen war, aber für ihre Zwecke mußte es ausreichen.

Shane, der neben ihr stand, begriff, was sie bewegte und was sie dachte. »Stündlich treffen weitere Streitkräfte ein, Aeron«, erklärte er. »Wir sind besser gerüstet, als wir befürchtet hatten.«

»Und wer von außerhalb des Planeten kommt, kann ungehindert landen?«

»Im wesentlichen; freilich ändert sich das jetzt ein wenig, seit Heliors Schiffe in den Bawn eingedrungen sind. Aber unsere eigenen Flottenverbände beschäftigen die ihren zu sehr, als daß sie unsere Landungen übermäßig stören könnten.« Sie gingen auf das Zentrum des Lagers zu, wo auf einem ansonsten ganz unauffälligen Zelt neben dem Hirsch von Gwynedd die Königliche Standarte im Winde flatterte. »Zwei Dinge sind jedoch merkwürdig. Einem unidentifizierten Kutter – den Kennzeichen nach fomorisch – ist es vor ein paar Stunden gelungen, in Mardale zu landen, und eben habe ich vom *Feuerdrachen* erfahren, daß noch ein Kleinstraumschiff aus der kaiserlichen Flotte ausgebrochen zu sein scheint und mit hoher Geschwindigkeit hierher unterwegs ist. Soll ich es abschießen lassen?«

Aeron dachte einen Augenblick lang nach. »Nein«, entschied sie dann. »Eine Elritze in einem Weiher voller Kampflachse – laß es kommen. Ich habe so eine Ahnung, wer in dieser Elritze und in ihrem Vorgänger mit den fomorischen Kennzeichen sitzen könnte; und wenn sich diese Ahnung bestätigt, werden wir unsere Gegner bald alle in Reichweite haben. Trotz allem«, sagte sie nachdenklich, »werden die Streitkräfte des Marbh-draoi in der Überzahl sein.«

»In der Überzahl, ja, aber niemals in der Übermacht.«

Aeron lächelte ihren Vetter dankbar an. »Das haben wir nicht zu entscheiden, Shane.«

»Nein, aber zu beweisen. Kommt, Ard-rían, dort unten wartet man auf Euch.«

27. Kapitel

Hätte Aeron allerdings tatsächlich gewußt, welchen Passagier der koranische Kutter an Bord hatte, dann hätte sie ihn wohl nicht so leichtfertig als Elritze abgetan, sondern statt dessen dem *Feuerdrachen*, dem Mörderhecht, befohlen, sich den Fisch zu schnappen.

Nicht einmal Jaun Akhera war die Ankunft des Schiffes vorher gemeldet worden; er erfuhr erst davon, als seine Mutter und hinter ihr Tinao und Indarrak in der Tür zu seinem Gemach standen.

Wie der Blitz schoß er von seinem Stuhl hoch, stürmte durch den Raum und riß die beiden Frauen in die Arme. »Wie seid ihr nur hergekommen?« fragte er schließlich. »Ich habe kein Wort von eurer Landung erfahren; Sancho und ich und alle anderen dachten, ihr wärt noch bei der Flotte.«

»So war es auch«, sagte Helior mit einem forschenden und schließlich billigenden Blick durch den prächtigen Raum. »Aber ich war der Ansicht, daß ich alle diese langweiligen Sternenmeilen nicht zurückgelegt hätte, um auf der Brücke eines zweitklassigen Zerstörers auf und ab zu gehen, ich wollte meine Söhne sehen, meine Ankunft aber geheimhalten, um sie zu überraschen – besonders den einen Sohn, der Kaiser der Cabiri ist. So einfach ist das.«

Jaun Akhera lächelte sie an. »Und die Geheimnisse der Kaiserinmutter werden auch zuverlässig gewahrt ... Ich kann dir nicht genug danken, Mutter, für die Entscheidung, mir die Flottenverbände zu schicken – und mir solche Reisegefährten mitzubringen. Indarrak, es ist schön, dich wiederzusehen, noch dazu so weit von zu Hause; und was dich angeht ...« Er drückte Tinao an sich. »Es war die Hölle hier, und jetzt, da Aeron zurückgekehrt ist, wird es sicher noch teuflischer. Aber Auset weiß, wie ich mich freue, daß du gekommen bist.«

»Deine Freude wird noch größer sein, wenn du hörst, was sie für dich getan haben«, sagte Helior. »Sowohl Tinao als auch Indarrak; ohne sie wärst du nicht Kaiser.«

»Ich wäre auch nicht dein Sohn, wenn ich mir nicht ziemlich genau vorstellen könnte, was *du* getan hast, Mutter ... Aber das kann warten. Nutzen wir die Zeit, die wir haben, um gemeinsam unser Glück ein wenig zu genießen. Wie du weißt, ziehen wir morgen früh Aeron entgegen. Sie hatte schon zu lange Muße, um draußen in Nandruidion ihre Armeen zu sammeln. Wir haben sie bisher nicht daran gehindert, weil wir auf dein Eintreffen warteten, aber natürlich haben wir unsere eigenen Legionen bereits gegen sie in Stellung gebracht. Doch jetzt ist alles für den Sieg bereit.« Er legte einen Arm um jede Frau und nickte Indarrak zu, ihnen zu folgen. »Es ist eine unerwartete Freude, daß ihr gekommen seid, um ihn mitzuerleben. Laßt uns Sancho suchen!«

Im Lager der Kelten in Nandruidion stand Aeron im Eingang ihres Zelts. Vor ihr erstreckte sich das vertraute Bild eines Feldlagers: Zelte und Clochans, Reihen von Pferden, Wagen und großen Lasergeschützen, Hunderttausende von Kriegern, denen es trotz aller Widrigkeiten gelungen war, sich hierher durchzuschlagen, um an der vielleicht letzten und sicher entscheidendsten Schlacht teilzunehmen, die Tara jemals erleben würde.

Und morgen ist der Vorabend des Ersten Mai, dachte sie und blickte prüfend nach dem Stand der Sonne. *Seltsam, daß offenbar alle unsere Schicksalsschlachten an Beltain stattfinden – Brendans erster Kampf um Tara; auf der Erde der Kampf der Danäer gegen die Fomori um den Besitz von Irland, später der Kampf der Danäer, um dieses Land gegen die Söhne des Míl zu verteidigen ...* Sie ließ die Zeltklappe fallen und wandte sich wieder denen zu, die sie beobachtet hatten, die wußten, was sie empfand, und geduldig warteten, bis ihre Stimmung sich änderte.

»Nun, meine Lieben«, sagte sie lächelnd, »da unten haben wir ja einen hübschen Haufen Helden.«

»Wirklich hübsch«, sagte Desmond, »aber nicht so viele

wie bei Rath na Ríogh, Aeron; und dort konnten wir uns gegen den Marbh-draoi nicht halten.«

»Das ist richtig«, sagte Aeron unbekümmert. »Aber damals hatten wir die Schätze noch nicht, und ich habe das Gefühl, daß wir außer ihnen gar kein Heer mehr benötigen. Vergiß auch nicht, daß man uns noch von anderer Seite Hilfe versprochen hat, und ich jedenfalls glaube, daß sie kommen wird.«

»Trotzdem, Ard-rían«, sagte Gwydion, als sie sich neben ihm in einen Klappstuhl setzte, »ist es wohl am besten, wenn wir uns in erster Linie auf uns selbst verlassen. *Ich* habe nämlich das Gefühl, die Schätze sind so beschaffen, daß sie am bereitwilligsten und am wirksamsten jenen helfen, die schon alles eingesetzt haben, was sie besitzen; und daß sie die größte Macht haben, wenn man sie am wenigsten gebraucht.«

In der nachdenklichen Stille, die Gwydions Worte hervorgerufen hatten, blickte Elathan, der drüben an der Außenwand des Zeltes zwischen Rohan und Grex saß, Aeron an.

»Und die Sidhe?« fragte er. »Was werden sie beisteuern?«

»Das wird davon abhängen, was wir brauchen und was sie zu geben gewillt sind. Wir werden es erst erfahren, wenn ihre Zeit gekommen ist. Aber trotzdem, vielleicht ...« Aeron blickte zu Struan Cameron hinüber. »Gibt es etwas, das Ihr für uns schauen könnt, Cameron?« fragte sie mit Ehrfurcht in der Stimme, denn Struan war einer jener Kelten, die mit dem An-da-Shalla begabt oder belastet waren.

»Die Hunde sind schon auf der Fährte, und die Wäscherin begibt sich gerade an den Fluß«, verkündete Struan nach einer Weile mit der trockenen tonlosen Stimme des Propheten. »Und damit nicht genug: Es kommt das Hungergras, das Gebell des Púca und eine Schlacht, die nicht mit Schwertern entschieden wird.«

»Was noch?« fragte Gwydion leise.

»Der Weg ist dunkel und wird noch dunkler. Ich sehe ein weißes Banner wehen und höre den Klang eines

Horns ...« Er blinzelte, schüttelte den Kopf und sprach mit normaler Stimme weiter. »Mehr konnte ich nicht schauen, Aeron. Es tut mir leid.«

»Nein, mein Freund, Ihr habt genug gesehen. Ich danke Euch dafür, denn ich weiß sehr wohl, daß es weder einfach noch angenehm ist, das Gesicht zu erzwingen.« Aeron strich sich plötzlich energisch das Haar zurück. »Nun, lassen wir alle diese Unwägbarkeiten im Augenblick beiseite, wir sind gezwungen, uns dem Marbh-draoi zu stellen, obgleich wir schwächer sind als er. Wenn man die Krieger gegeneinander aufrechnet, ist sein Heer um viele Zehntausende größer.«

»Und wenn schon?« protestierte Slaine sofort; Aerons Kusine hatte die Monate der Abwesenheit ihrer Verwandten auf Bitten ihres Bruders Desmond an Bord des *Feuerdrachen* zugebracht, wo ihre großen Fähigkeiten als Heilerin sehr nützlich gewesen waren. Jetzt, da es erneut ans Kämpfen ging, hatte Slaine die Gerätschaften des Heilers mit dem Schwert vertauscht, diese Instrumente würden später wieder zum Einsatz kommen. »Und wenn schon? Wir vertreten die gerechte Sache; das gilt mehr als bloße Zahlen. Nicht wahr, Ard-rían?«

Aeron sah Gwydion an und antwortete nicht auf die Worte ihrer Kusine. Slaine ließ sich jedoch nicht so leicht entmutigen.

»Eine arge Schande für uns alle, Aeron Aoibhell, wenn du dich von ein paar koranischen Faulpelzen mehr oder weniger entmutigen läßt. Ich jedenfalls hätte deinen Mut höher eingeschätzt.«

Nun drehte sich Aeron lachend um. »Bei den Göttern, du bist wirklich die streitsüchtigste Aoibhell, die es je gegeben hat, und das will etwas heißen.« Sie versetzte ihrer Kusine einen liebevollen Stoß. »Geh und rüttle deine Truppen auf, Slaine nic Elharn; bei uns ist deine Kriegshetze vergeudet.«

Slaine salutierte mit übertriebener Geste und verließ das Zelt, Aeron sah ihr immer noch lächelnd nach. »Ich mag sie sehr«, sagte sie, »aber manchmal glaube ich, am liebsten ist sie mir in sicherer Entfernung.«

Elathan grinste. »Mir scheint, Ihr seid mir doch zu großem Dank verpflichtet, weil ich Keltia – und Fomor – die Herrschaft einer Ard-rían Slaine erspart habe.«

Eine Welle von übermütigem Gelächter lief durch das Zelt. »Trotzdem«, sagte Aeron, ihren früheren Gedankengang wieder aufnehmend, »wir sind zwar zahlenmäßig unterlegen, und die meisten Fomori können nicht zu uns nach Tara gelangen, um daran etwas zu ändern, aber auch der größte Teil von Heliors Truppen vermag Jaun Akhera nicht zu erreichen. Jeder von uns muß damit auskommen, was er zur Verfügung hat. Auch wenn ich damit den Dán versuche, ich bin überzeugt, daß sich die Waagschale auf unsere Seite neigen wird.«

»Möge die Morrigu sie dort belassen.« Gwydion blickte auf, als eine der Fians, die im Faha Wache standen, ins Zelt trat. »Was gibt es, Linnhe?«

»Da ist eine Frau, die mit der Ard-rían sprechen möchte, Pendragon«, sagte sie. »Sie will ihren Namen nicht nennen, aber sie hat dies als Zeichen vorgewiesen.« Linnhe hielt ein antikes Kurzschwert hoch: Der Griff war aus Silber, die Scheide mit blauen Steinen verziert, und in den Knauf war ein Saphir von der Größe einer Walnuß eingelassen.

Aeron richtete sich mit einem Freudenschrei auf. »Ithell! Große Mutter – laßt sie doch eintreten, Linnhe!«

Die Fian schüttelte den Kopf. »Sie bittet Euch, zu ihr hinauszukommen, Aeron; sie möchte Euch etwas zeigen, was man sich, wie sie sagt, am besten zuerst im Freien ansieht.«

»Nun, dann also im Freien.« Aeron zog sich die Stiefel an. »Das ist die Frau, von der ich Euch allen erzählt habe. Ithell und ihr Gatte Brioc haben Morwen und mich in Tintock aufgenommen, als wir durch die Dales nach Keverango flüchteten; sie hat mich von der Schneekrankheit und von einem verstauchten Bein geheilt. Zum Dank habe ich ihr dieses Schwert geschenkt.«

»Und jetzt kann sie Ansprüche an Euch stellen?« Grex' Tonfall war höflich, aber ein wenig fragend.

»Sie kann verlangen, was sie will«, gab Aeron ebenso kühl zurück, »denn sie hat uns das Leben gerettet.«

Die Sonne war eben erst untergegangen, und der klare Himmel strahlte noch im Abendrot, als Aeron in den Faha trat; als sie sah, was dort auf sie wartete, blieb sie so unvermittelt stehen, daß ihr Gwydion, der dicht hinter ihr war, beinahe auf die Fersen getreten wäre. Dann kniete sie nieder und wurde von der liebevollen Begrüßung der beiden großen gescheckten Wolfshunde Cabal und Ardattin fast umgeworfen. Weder Gwydion noch Rohan, noch sonst einer der Kelten entging der stürmischen Begeisterung der Tiere; und als sie endlich genug gestreichelt und beschwichtigt waren und sich hatten überzeugen lassen, daß ihre Herrin nicht gleich wieder verschwinden würde, wandte sich Aeron mit Tränen in den Augen an Ithell, die danebenstand und immer noch den Lederriemen in der Hand hielt, mit dem sie die Hunde hergeführt hatte.

»Nun schulde ich Euch noch einmal Dank«, sagte sie. »Aber welches Wunder hat Euch und meine Hunde zusammengeführt? Gwydion erzählte mir, sie seien einige Zeit nach meinem Weggang aus Turusachan davongelaufen.«

»Sie kamen zu uns«, sagte Ithell. »Sie müssen Eure Spur von Caerdroia über den Webstuhl und durch die Dales verfolgt haben; einen Monat oder noch länger, nachdem Ihr und Morwen Tintock verlassen hattet, fanden wir sie in einem Schneesturm. Die armen Kerle waren mager wie die Weidenruten; wahrscheinlich waren sie Euch ununterbrochen auf der Spur geblieben und hatten sich keine Zeit zum Jagen genommen. Aber sie blieben bereitwillig bei uns; wir wußten sehr wohl, wem sie gehörten, und haben sie gern bis zu Eurer Rückkehr in Verwahrung genommen. Ihr Futter haben sie sich verdient, das kann ich sagen.«

Aeron lächelte unter Tränen. »Wählt Euch als Belohnung, was immer Ihr wollt, Frau Ithell. Aber wo ist Brioc, Euer Mann?«

»Er ist tot, mein Mädchen. Eure Hunde waren nicht die einzigen, die Euch aus Caerdroia folgten.«

»Der Marbh-draoi?« Das war Gwydion. »Er ist auf der Suche nach Aeron und Morwen durch die Dales gekommen?«

»Er selbst nicht«, sagte Ithell, und bei der Erinnerung trat Schmerz in ihr Gesicht, »aber ein Trupp seiner Soldaten. Sie haben uns einem langen grausamen Verhör unterzogen; Brioc war schon vorher kränklich gewesen, und bald darauf starb er.«

Aerons Züge hatten sich verhärtet. »Sprecht nicht weiter! Von diesem Augenblick an gehört Ihr zu meinem Haushalt, und wenn Ihr den Wunsch habt, nach Tintock zurückzukehren, werde ich persönlich einen Rechtair ernennen, der Euch hilft, Euren Besitz zu verwalten; falls Ihr jetzt lieber anderswo leben möchtet, bekommt Ihr ein Maenor der Krone, das auch auf Eure Erben übergeht.«

Ithell senkte den Kopf, um die Tränen zu verbergen. »Ihr seid zu großzügig, Mädchen«, murmelte sie verlegen. »Wie ich Euch schon in Tintock sagte, es war mir eine Freude, Euch zu dienen.«

»Und mir ist es eine Freude, Euch für diesen Dienst zu belohnen. Geht jetzt mit Linnhe, sie wird dafür sorgen, daß Ihr gut untergebracht werdet.« Aeron sah ihr nach, und ihre Hände kraulten die weichen Ohren Ardattins, der sich glücklich gegen ihre Knie lehnte. *Es ist sicher ein äußerst günstiges Vorzeichen*, dachte sie, *daß ich meine Hunde wiederbekommen habe: eine Verheißung dessen, was mir, wenn es den Göttern gefällt, sonst noch zurückerstattet wird ...* Sie wandte sich wieder den anderen zu.

»Ich glaube, ich bin ein wenig erschöpft; aber mehr vor Freude als vor Angst ... Wir sollten alle früh schlafen gehen, meine Freunde, damit wir morgen ausgeruht sind.«

Als alle ihnen gute Nacht gewünscht hatten, zuletzt Morwen, Fergus und Rohan, schloß Gwydion die Zeltklappe, redete leise mit den Wolfshunden, die sich ihren gewohnten Platz an der Innentür gesucht hatten und sich zufrieden schnaufend niederließen, und sah in Aerons Gesicht hinab. Die grünen Augen schienen ins Leere zu blikken; dennoch wirkte sie so, als sähe sie klar, deutlich und gegenwärtig etwas vor sich, was ihm verborgen blieb, etwas, das genauso real war wie er selbst, einen Gedanken, eine Erinnerung oder eine Vorstellung, ein Zeichen, und zwar ein gutes. Er konnte nicht sagen, was es war, und sie wollte es nicht; aber er spürte, daß es wichtig war, und sah ihr Lächeln.

»Bei den Göttern, Geliebter«, sagte sie mit einer Stimme, die sie nur gebrauchte, wenn sie mit ihm sprach, und dann wandte sie sich ihm zu und legte ihm die Arme um den Hals, »bei den Göttern, ich glaube, diesen Kampf haben wir schon gewonnen.«

Als über Strath Mór kühl und strahlend der Tag anbrach, verließen Jaun Akhera und seine Begleiter die requirierte Festung, wo sie die Nacht verbracht hatten, und ritten auf der Flußstraße hinunter nach Nandruidion. Ein Transportschiff hatte sie in der Nacht zuvor von Caerdroia hierhergebracht, und jetzt wollten sie sich den Truppen anschließen, die sich schon seit Tagen nur wenige Meilen entfernt sammelten.

Genau der richtige Tag für unsere letzte Begegnung, Aeron, dachte Jaun Akhera, als er an der Spitze des kleinen Trupps im Handgalopp durch einen wildwuchernden Föhrenwald sprengte. Die Schlacht stand unmittelbar bevor – ja, beide Heere waren schon seit Stunden zum Angriff aufgestellt und warteten nur noch auf das Stichwort des jeweiligen Kommandeurs; aber es lohnte sich, auch im Krieg die Etikette zu wahren, und er hatte schon seit längerem den Wunsch, noch einmal mit der keltischen Königin zu sprechen, ehe sie zum letztenmal gegeneinander das Schwert zogen.

So ritt er zu einer Unterredung, die weder vereinbart noch angekündigt war, ohne sicher zu sein, ob Aeron überhaupt bereit war, sich mit ihm zu treffen, doch in der festen Absicht, auf jeden Fall ein Gespräch anzubieten. Begleitet wurde er wie immer von Sanchoniathon, außerdem von einigen Höflingen; Hanno, Garallaz und die anderen Generäle hatten sich schon vor mehreren Tagen an die Front begeben. Ebenfalls bei ihm waren, bewacht von einer starken Eskorte seiner vertrauenswürdigsten Soldaten, Helior und Tinao.

Als sie um eine unübersichtliche Biegung galoppierten,

wo die Straße durch ein dichteres Waldstück führte, scheuten gleichzeitig alle Pferde unvermittelt und heftig. Jaun Akhera wurde auf den Hals seines Tieres geworfen, zog sich in den Sattel zurück, beherrschte schneller als die anderen sein Pferd wieder und lachte verächtlich, als er sah, was die Tiere so erschreckt hatte.

An einer kleinen Furt, wo ein Bach aus dem Wald heraus und auf einem Bett aus weißen Steinen über die Straße floß, kniete eine alte Frau und sang vor sich hin. Neben ihr lag ein Stapel fleckiger Leinenhemden, lange weite Kleidungsstücke, wie sie die Kelten oft im Kampf trugen, und auf der anderen Seite ein Haufen Kettenharnische; sie wusch erst die einen, dann die anderen im Wasser des Baches.

Als Jaun Akhera sein widerstrebendes Pferd näher herantrieb und dabei verblüfft feststellte, daß es vor Entsetzen in Schweiß gebadet war, sah er, daß die dunklen Flecken auf dem Leinen, die er zuerst für Erde, und die roten auf den Harnischen, die er für Rost gehalten hatte, in Wahrheit Blut waren, getrocknetes und frisches Blut, und als die Wäscherin die Stellen scheuerte, schwammen die Flecken als unheilverkündende Streifen auf der Wasseroberfläche davon.

Die Frau – alt, gebückt, das Haar verfilzt, fuchsgrau und so rauh wie Stechginster – wusch mit rhythmischen Bewegungen weiter, ohne aufzusehen oder ihren unheimlichen leisen Singsang zu unterbrechen. Als die Worte endlich verständlich wurden, sträubten sich allen die Haare.

»Die Schmerzgebeugte Wasserfrau bin ich, o Jammer; Bean-Nighe bin ich, die Wäscherin an der Furt. In den grünen, den runden Hügeln hause ich. Kommt nur herein, alle, die Ihr da seid. Bald werden wir zusammen dort hausen, Ihr und ich; ja, alle werden wir hausen in der einen langen Schlucht.«

Die Stimme klang wie Wasser, das auf Eisen tropft, wie ein blankes Schwert, das an einem Brustschild entlangschrammt. Bei ihrem Klang gerieten die Pferde erneut in Panik und stürmten mit kreischendem Wiehern an der Alten vorbei. Doch als Jaun Akhera zur Furt zurückschaute, sah er nur den Bach, der klar und ruhig über die weißen Steine floß, und niemand kniete daneben.

»Ich werde nicht mit ihm sprechen.«

Gwydion sagte geduldig: »Es ist ein Gebot der Höflichkeit, Aeronwy, und das weißt du genau. Nicht einmal ein gemeiner Galloglass würde eine Unterredung unter dem weißen Banner ablehnen.«

»Was du nicht sagst! Ich bin aber kein Galloglass, sondern die Königin der Kelten, und *ich* sage nein.« Aeron war schon im Begriff, den kaiserlichen Abgesandten zu entlassen – diesmal nicht Garallaz, sondern einen Lord namens Amzallac, der Helior und die anderen von Escaldún herbegleitet und danach das Pech gehabt hatte, von Jaun Akhera als Bote ausgewählt zu werden –, aber dann schwenkte sie mit einem fast sichtbaren Ruck um.

»Schön«, sagte sie, »Euer Herr soll sich einen Ort aussuchen, wo ich mich mit ihm treffen kann, dorthin werde ich kommen, aber außer ihm und mir soll niemand dabei sein.«

»Majestät ...«

»Allein, Lord, oder es sprechen nur die Schwerter. Sagt ihm das, und jetzt geht.«

»Er wird niemals kommen, Aeron«, sagte Rohan, der neben ihr stand.

»Oh, er wird schon kommen«, sagte sie und blickte über die Mündung von Nandruidion hinaus. »Und ob er kommen wird.«

Jaun Akhera stand mit seinem Pferd auf einer kleinen Anhöhe auf halbem Wege zwischen seinem Lager und den keltischen Linien an der Mündung der Schlucht. Es war noch sehr früh am Morgen, und er kniff vor dem grellen Sonnenlicht die Augen zusammen. *Diesmal hat sie ihren Platz schlecht gewählt*, dachte er. *Wenig Rückzugsmöglichkeiten – auf der einen Seite geht es in die enge Schlucht hinauf, auf der anderen fließt der Avon Dia ...* Er verlagerte das Gewicht im Sattel. Aeron tat nichts ohne guten Grund, auch wenn sie die einzige war, die diesen Grund verstand oder auch nur kannte, und in seiner Brust verstärkte sich von Stunde zu Stunde der Verdacht, daß sie für die Wahl des Schlachtfeldes ein verborgenes Motiv hatte.

Er richtete sich auf und zog unbewußt die Zügel an, als er Aeron auf einem unbekannten grauen Pferd mit blauem Zaumzeug herangaloppieren sah. Sie wurde nicht langsamer, als sie näher kam, erst im letzten Augenblick parierte sie das Tier so heftig, daß die Grassoden aufspritzten.

»Nun, Marbh-draoi«, sagte sie lächelnd, »wollt Ihr mich nicht begrüßen? Ich war lange fort.«

»Nicht lange genug«, antwortete er und erwiderte das Lächeln, obwohl er das eigentlich gar nicht wollte. »Vielleicht auch zu lange: Ich habe Keltia nun so fest im Griff, daß es Euch schwerfallen wird, es mir wieder zu entreißen.«

»Und ich habe eine, zwei oder drei neue Methoden, Euch die Finger zu lockern ... Worüber wolltet Ihr mit mir sprechen, Jaun Akhera? Ich bin nicht in Stimmung für eine Unterredung, und meine Soldaten sind nicht in Stimmung, mit dem Kämpfen zu warten, bis Ihr mit dem Reden fertig seid.«

»Dann werde ich schnell und ohne Umschweife zur Sache kommen. Eure Truppen sind in der Minderheit und schlecht ausgerüstet, der Ort für die Schlacht ist ungünstig. Eure Raumflotten müssen sich, trotz der Unterstützung durch die Fomori, gegen die Armada behaupten, die meine Mutter mitgebracht hat. Tretet mir Keltia jetzt ab, Aeron, und ich gebe Euch mein königliches – mein kaiserliches – Wort, daß ich Euch, Gwydion und alle Verwandten und Begleiter, die Ihr mitnehmen wollt, ungehindert in die Verbannung ziehen lasse.«

Aeron schüttelte lächelnd den Kopf. »Ein Jammer, daß wir uns immer nur Vorschläge machen, die abgelehnt werden müssen ... Nun denn, was die Armada angeht, die Eure treusorgende Mutter mitgebracht hat, so werdet Ihr, wenn Ihr Verbindung mit ihren Kommandanten aufnehmt, wohl feststellen, daß inzwischen nicht mehr viel davon übrig ist. Was die geringe Zahl meiner Soldaten, ihre unzulängliche Ausrüstung oder das ungünstige Gelände angeht – darüber soll die Schlacht entscheiden. Und damit sage ich Euch Lebewohl.« Sie warf ihm einen letzten langen und kühlen Blick zu, dann gab sie dem grauen Pferd die Sporen und sprengte zu den keltischen Linien zurück.

Jaun Akhera hatte nur knapp den Schutz seiner eigenen Linien erreicht, als auch schon jenseits des Tales das grausige Kriegsgeschrei der Kelten – das Barra-glaed, das schon auf vielen Welten die Armeen auf den Schlachtfeldern in Angst und Schrecken versetzt hatte – und das noch blutrünstigere Geheul der Kriegsdudelsäcke ertönte, das in schaurigem Diskant den Beginn der Attacke ankündigte.

»Hat sie denn völlig den Verstand verloren?« fragte er Hanno, als er von seinem schaumbedeckten Pferd sprang. »Wir sind doch bei weitem in der Überzahl, und das habe ich ihr eben gesagt.«

Sein Generalcaptain nickte, den Blick auf seine eigenen vorrückenden Truppen gerichtet. »Dann muß sie den Verstand verloren haben, denn das scheint sie nicht zu stören. Seht selbst!«

»Und was dann? Auf Verstärkung von den Fomori kann sie sich nicht verlassen; die sind zu sehr damit beschäftigt, unsere eigenen Flottenverbände anzugreifen – wie *sie* eben *mir* sagte; ich möchte, daß das sofort überprüft wird.«

»Dann muß es etwas anderes sein«, meinte Garallaz.

»Ja ...« Jaun Akhera zögerte einen Augenblick lang, stand reglos da und runzelte ein wenig die Stirn, als lausche er angestrengt einer schwachen Stimme in einem anderen Raum, einer Stimme, die leise in einer fremden Sprache redete. »Das gefällt mir nicht – da ist Magie im Spiel.«

»Und Ihr selbst habt Aeron freie Hand gegeben, sie einzusetzen.« Die tiefe Stimme sagte es nicht anklagend, sondern ruhig und fast pedantisch, als stelle der Sprecher nur eine offensichtliche, wenn auch unangenehme Tatsache fest.

Jaun Akhera drehte sich um. »Irin Magé«, sagte er mit

aufrichtigem Respekt und verneigte sich kurz. »Meine Mutter sagte mir schon, daß Ihr sie begleitet habt.«

Der Priester nickte. »Es ziemt sich, daß ich hier bin«, sagte er. »Aber noch mehr: Etwas zwang mich hierherzukommen, um das Ende mitzuerleben.«

»Das Ende! Ihr meint doch wohl den Sieg der Telchinen über die Danäer, der Cabiri über die Draíochtas?«

Irin Magés Augen blieben kühl. »Ich meine das Ende.«

Auf der anderen Seite der Schlucht schreckte Aeron plötzlich auf, sie spürte, wie die Aufmerksamkeit eines Magiers sie berührte, und erkannte Jaun Akheras Persönlichkeit. *Ach, Marbh-draoi, ganz gleich, wer dir seine Kräfte leiht – Lehrer, Freunde, Verwandte, Geliebte, was immer –, ehe dieser Kampf zu Ende ist, müssen wir uns begegnen, du und ich, und dann vermag uns keine Kraft zu helfen außer unserer eigenen.*

Die Schlacht tobte ein paar Stunden lang; die Sonne brannte heiß vom Himmel, obwohl von Osten weiter ein kalter kräftiger Wind wehte. Aeron hatte mit den Reitern ihrer Garde gekämpft, jetzt schaute sie durch ein Fernglas, und als Gwydion und Elathan von hinten an sie herantraten, drehte sie sich um und sah die beiden Männer forschend an.

»Was hört man vom Feld?«

Gwydion begegnete ihrem Blick. »Nichts Gutes. Im Augenblick steht es sogar sehr schlecht. Offenbar waren wir ein wenig zu überzeugt davon, daß unsere Streitmacht es mit Jaun Akheras Heer aufnehmen könnte.«

»Was nun?«

»Geht ihr beide auf die andere Seite der Schlucht und wartet dort bei Niall und Desmond. Es ist Zeit für ein verzweifeltes Wagnis.«

Sie packte, von plötzlicher Angst erfaßt, seinen Arm. »Was hast du vor? Gwydion ...«

Er lächelte, aber das Lächeln erreichte seine Augen nicht. »Wurde nicht verheißen, daß du in der letzten Schlacht unerwartete Hilfe erhalten werdest? Wie immer diese Hilfe aussehen mag, ich werde sie jetzt herbeirufen.«

Bald darauf stand Aeron mit Niall und Elathan auf einer Anhöhe auf der anderen Seite des Tals und vernahm den Klang eines Horns. Hoch, strahlend, klar und weithin zu vernehmen, wurden betörend flimmernde goldene Töne von den Felsen zurückgeworfen und erfüllten das ganze Tal; doch das Signal war nicht drängend, nur ein liebliches Flehen – eher ein Lockruf als ein Befehl.

»Wem gilt das?« fragte Niall mit gedämpfter Stimme.

Aeron schüttelte ebenso eingeschüchtert den Kopf; als das Horn ertönte, hatte sich eine plötzliche Stille über das ganze Tal gelegt, und sogar die müden Kämpfer waren reglos stehengeblieben.

»Ich weiß es nicht, Niallán. Wer immer es jedoch sein mag, seine Hilfe tut uns verzweifelt not.«

Jenseits des Tales geschahen merkwürdige Dinge. Die dunklen, mit Eiseneichen, Silbereschen, hohen Kiefern, schlanken Ebereschen, hellen Goldbirken und allen anderen Bäumen eines Hochlandwaldes bewachsenen Hänge von Nandruidion wogten heftig hin und her, wie von einem starken Wind gepeitscht, doch die Gräser am Waldrand bewegten sich nicht.

Gwydion, der in der Mitte des Talgrundes auf seinem Pferd saß, sah wie vom Donner gerührt, daß sich die Bäume selbst wie eine schwarze Mauer auf ihn zu bewegten. Dann erschienen in seinem Geist Worte in flammender Schrift, sie brannten vor seinen Augen in der Luft, und er stellte sich in die Steigbügel und sang.

»Getreu das Blatt, verläßlich das Holz,
Wenn meine Worte die rechten sind.
Kommt, ihr Bäume, stellt auf Euch zum Kampf!
Ich rufe Euch, wecke Euch, rüttle Euch auf:
Seid ein Schwert in der Hand, ein Schild im Gefecht.«

Dies war der erste der drei Ranns, die Gwydion, der Prinz von Dôn, in der Schlacht der Bäume sprach ...

Gwydions Gesang schwebte im Tal wie das Echo des Horns. Und auf einmal standen da, wo die Bäume sich bewegt hatten, Krieger. Frauen und Männer, einige hochgewachsen, dunkel und düster wie Eichen; andere heller, zierlicher, anmutig wie die biegsamen Birken; wieder andere untersetzt und breit, kräftig wie sehnige Kiefern. Doch alle marschierten gleich grimmig einher; die Füße schienen sich durch die Erde zu graben, anstatt darüber hin zu schreiten, aber wo sie gegangen waren, blieb der grüne Rasen ohne Spuren und Furchen zurück.

Sie kamen schnell auf Gwydion zu, aber auf ein leises Wort von ihm hielten sie an; dann hob er den Arm und sang erneut.

»Ein Schwert sei das Gras, zu verletzen ihre Füße,
Ein Schild sei das Blatt, zu wehren ihren Schlägen.
Nadeln der Kiefern, trefft als Pfeile ins Ziel.
Schlachterprobte Hauptleute unter den Bäumen,
Lehrt jene kämpfen, die nicht darin erfahren.
Tut Euch hervor auf dem blutigen Feld.«

Das war der zweite der drei Ranns, die Gwydion, der Prinz von Dôn, in der Schlacht der Bäume sprach ...

Auf dem Hang hatte Aeron ebenso beeindruckt wie alle anderen zugesehen, wie die lebenden Bäume zu lebenden Kämpfern wurden, und durch ihr Gehirn dröhnten dumpf wie eine schicksalhafte Begleitung zu Gwydions Gesang die Worte Gwyns: »Was dich selbst angeht, Prinz von Dôn, so sollen die Bäume deine Krieger sein.«

Dies sind nun also die verheißenen Krieger, zum Leben erweckt durch das Horn – das merkwürdigste, unerwartetste Hai-Atton, das man sich denken kann ...

Doch nun ergossen sich auf Gwydions Angriffs-Rann hin die Baumkrieger wie eine alles verwüstende dunkle Flut über die kaiserlichen Linien. Jaun Akheras Truppen hatten den Rückzugsbefehl ihrer Kommandeure nicht abgewartet, sondern waren beim Anblick des vorrückenden Zauberheeres aus den Reihen gebrochen und davongestürmt, und nicht einmal Jaun Akhera konnte es ihnen verübeln.

So begann der Kampf, der fortan Câd Goddeu, die Schlacht der Bäume, genannt werden sollte. Denn nicht alle kaiserlichen Truppen flüchteten, einige hielten sogar gegen die schrecklichen Bäume stand, aber nicht lange, und sie gingen auch nicht siegreich daraus hervor, denn wo immer die Bäume über die Feinde herfielen, bewegten sich bald nur noch die Bäume.

Jaun Akhera sah scheinbar ungerührt zu, wie ein Drittel seiner Krieger oder mehr dem Waldheer zum Opfer fiel, doch das Fernglas zitterte ihm in der Hand.

»Genug, Gwydion!« sagte er endlich, und jetzt zitterte auch seine Stimme. »Im Namen aller Eurer Götter, genug!«

Er war nicht der einzige, den das ungleiche Gemetzel anwiderte. Auf der anderen Seite des Tales schloß Aeron die Augen, als habe sie das Flehen ihres Feindes vernommen, und sprach in die Luft hinein.

»Laßt es gut sein, König von Keltia!« sagte sie leise. »Macht ein Ende. Laßt uns morgen mit einem fairen Kampf fortfahren.«

Und Gwydion, der in der Talmündung im Licht des Sonnenuntergangs von Beltain auf einer Anhöhe stand, wandte den Kopf, als habe er beide Bitten gehört, und dann rief er seine seltsamen Truppen aus der Schlacht zurück.

»Wird der Ruf gehört, der Schrei über dem Abgrund,
erneuere sich die Hoffnung, verwandle sich die Gestalt,
verändere sich das Leben.
Von Mitternacht bis zur Stunde des Ochsen
Habt Ihr gespielt in Lloughor.
Nun schlaft im purpurnen Schatten.
Hoffnung besteht für die Bäume.«

Und dies war der dritte der drei Ranns, die Gwydion, der Prinz von Dôn, in der Schlacht der Bäume sprach ...

Nun zog sich die dunkle Flut zurück, die Baumkrieger wogten lautlos das Tal hinauf, verwandelten sich mit jedem Schritt zusehends in Bäume zurück; und als sie ihre heimischen Hänge erreichten, waren sie alle zu Bäumen geworden und wurzelten im Waldboden, als hätten sie ihn niemals verlassen.

Hinter sich ließen sie eine schreckliche Stille zurück. Gwydion war inzwischen zu Aeron zurückgekehrt, die neben Elathan stand; er schwang das Bein über den Hals seines Pferdes und ließ sich, müde bis in die Knochen, zu Boden gleiten. Er wollte zu ihr sprechen, als ein Laut ertönte, der ihnen das Blut in den Adern gerinnen ließ.

Ein schriller verzweifelter Schrei, ein Klagegeheul, qualvoll, hilflos, hoffnungslos protestierend, stieg von der koranischen Seite auf, wo die Bäume ihre Verwüstungen angerichtet hatten, es hing im Tal wie ein gespenstisches Echo des Hornsignals, das vorher die Luft erschüttert hatte. Gwydion hatte den Arm um Aerons Schultern gelegt und spürte, wie sie entsetzt den Atem anhielt. Da wußte er, daß dieser Schrei nicht von einer Stimme oder aus einer Kehle kam, sondern daß die Klage aus Jaun Akheras tiefster Seele hervorbrach und sich in den Sternenhimmel selbst eingrub.

Und von da an war jedes Jahr an Beltain das Echo jenes gräßlichen Schreis über Tara zu hören, in jeder Schlucht und in jedem Wald, an jedem See und auf jedem Berg, in jeder Stadt und in jedem Dorf, über jeder Feuerstelle auf der ganzen Thronwelt, von der Burg bis zum Bauernhaus; und so geriet diese Schlacht niemals in Vergessenheit.

Als das letzte heulende Echo verklungen war, löste sich Aeron aus Gwydions Arm und schaute hinaus über die Schlucht, deren grausiger Anblick von der zunehmenden Dunkelheit gnädig verhüllt wurde. Hinter den tödlichen Bäumen konnte sie kleine Lichtpunkte erkennen, die Quarzfeuer der Kaiserlichen. *Viel weniger als vorher sind es jetzt*, dachte sie. *Auch wenn sie alle meine Feinde sind, ein solches Ende hätte ich ihnen nicht gewünscht ...*

Sie drehte sich um und wollte ein Wort zu Elathan sagen. Aber der fomorische König sah Gwydion an; in seinem Gesicht waren deutlich der Schrecken und der Abscheu zu sehen, die sie alle empfanden, aber vor allem zeigte es eine grimmige Befriedigung – und, gar nicht so verwunderlich vielleicht, so etwas wie Mitleid.

Gwydion erwiderte den Blick; dann wanderten seine Augen zu Aeron, und um seinen Mund zuckte es, es hätte der mißglückte Ansatz eines Lächelns sein können oder ein schmerzliches Zusammenpressen der Lippen.

»Ich wußte es nicht«, sagte er dann. »Bei meiner Seele, ich wußte es nicht. Aber wenn ich es gewußt hätte, ich hätte nicht anders gehandelt; das Horn wäre trotzdem ertönt.«

»Wir tun, was wir tun müssen«, sagte sie, als sie den Schmerz in seiner Stimme hörte. »Aber jetzt ...« Um ihren Mund zuckte es ebenso wie vorher bei Gwydion. »Jetzt ist Beltain; hattest du das vergessen? Das Fest des Sommers und des heilenden Wachstums. Laßt die heiligen Feuer entzünden!«

28. Kapitel

»Ich will mir nicht anmaßen, Euch, Aeron, in Dingen zu belehren, von denen Ihr viel mehr versteht als ich«, sagte Elathan vorsichtig. »Aber könnte jetzt nicht die Zeit gekommen sein, Euch der Schätze zu bedienen?«

Aeron antwortete nicht auf diesen Rat, sondern betrachtete statt dessen ihre Hand und das Großsiegel von Keltia, das ihr wieder am Finger steckte; dann blickte sie von unten herauf zu Gwydion hinüber, der auf einem Stapel von Fellen lag, ihren Hund Cabal über den Knien. Sie befanden sich in Aerons Zelt und hatten dort den größten Teil des Abends verbracht; nun war es fast Mitternacht, ein langer schrecklicher Tag ging zu Ende, und draußen loderten noch immer die Beltain-Feuer auf den Hügeln.

Wie es ihre gesetzliche Pflicht war, hatte sich Aeron einige Zeit vorher kurz in der Öffentlichkeit gezeigt und das königliche Feuer entzündet, an dem alle anderen im Lager sich dann die Flamme für ihre eigenen Feuer holen sollten. Aber sie hatte das Ritual merkwürdig verkürzt, die Gebete mechanisch heruntergehaspelt und den heiligen Brand fast hastig auf die dreizehn geweihten Hölzer geworfen. Ohne auf ihre besorgten Freunde und ihre erschrockenen Untertanen zu hören, hatte sie nicht einmal, wie sie es in den vergangenen Jahren immer mit Vergnügen getan hatte, an der nachfolgenden Feier teilgenommen; niemals in ihrem ganzen Leben hatte sie sich weniger erneuert gefühlt, diesmal schien es, als könne ihr der Glaube keine Kraft geben. *›Nun zu Beginn des Sommers‹*, wiederholte sie in Gedanken wie einen Rann gegen die Verzweiflung bitter einen Vers aus den Gebeten, die sie eben gesprochen hatte. Die Bitterkeit wurde stärker: *In diesem Jahr kam zu Beginn des Sommers der Tod, nicht das Leben; und ich war es, die ihn gerufen hat ...*

Gwydion, dem ihre Schwermut nicht entgangen war und der auch den Grund dafür kannte, beantwortete die

Frage, zu der sie sich bisher noch nicht hatte überwinden können. »Der heutige Tag hat die kaiserlichen Truppen um viele Tausende dezimiert. Aber es stehen immer noch drei Krieger von ihnen gegen zwei von uns, und das ist eine Übermacht, die so schnell wie möglich verringert werden muß.«

»Und deshalb glaube ich, daß es an der Zeit ist, die Schätze einzusetzen«, fuhr Elathan fort, der einen schnellen Blick mit Gwydion gewechselt hatte, als Aeron immer noch nicht antwortete. Dennoch bemühte er sich, seinen begütigenden Tonfall beizubehalten, denn er hatte noch immer, ob nun zu Recht oder nicht, höchsten Respekt vor ihrem aufbrausenden Temperament. »Ihr habt nicht gezögert, das Auge Balors zu verwenden, um Tory für mich zurückzuerobern, und das war auf Fomor. Hier seid Ihr in Eurem eigenen Keltia, und die Krieger da draußen sind Eure eigenen Kelten. Welchen Sinn hat das Zaudern?«

Diesmal hätte er ihren Zorn nicht zu fürchten brauchen: Sie sah lächelnd zu ihm hinüber und dachte bei sich, er habe wirklich Mut, sie gerade jetzt anzugehen; vielen, die sich naher Verwandtschaft oder enger Freundschaft rühmen konnten, wäre das nicht im Traum eingefallen.

»Nein, auf Fomor habe ich nicht gezögert; aber wie Ihr sagt, das war Fomor, und hier ist Keltia, und es mag sein, daß mir auf Fomor etwas gestattet war, was mir hier, in meinem eigenen Land, verboten ist. Nun, vielleicht *hätte* ich inzwischen das Auge enthüllen und gegen den Marbh-draoi richten und mich auch der anderen Schätze bedienen sollen. Vielleicht entschließe ich mich auch noch dazu; ich habe nur deshalb so lange gewartet, weil ich hoffte, wir würden auch ohne ihre Hilfe siegen. Sie können größeres Unheil anrichten, wenn man sie unrechtmäßig gebraucht, als wenn man sie überhaupt nicht verwendet. Es wird schrecklich sein ...«

»Dazu hast du sie geholt«, sagte Gwydion, sein Gesicht war jetzt streng, und seine Stimme klang hart.

Aeron funkelte ihn zornig an. »Kommt *mir* nicht mit Euren Bardentricks, Gwynedd ... Aber nachdem du mich so freundlich daran erinnerst, ja, dazu habe ich sie geholt, obwohl ich nicht gedacht hätte, daß ich im entscheidenden Moment einen solchen Widerwillen dagegen verspüren würde. Mein Zögern ist nichts als das Aufhorchen des Windes – die Pause in einem Sturm vor dem letzten vernichtenden Stoß. Er muß kommen, und er wird kommen; aber sehr viele werden dabei zugrunde gehen. Vielleicht auch wir selbst.« Sie straffte die Schultern; für Gwydion sah es aus wie ein Frösteln. »Und so erkläre ich hiermit, daß sich das Auge Balors mit der Sonne öffnen wird; und du, mein Herz, mußt es handhaben.«

Er verneigte sich im Sitzen. »Und was ist mit dir?«

»Ich habe eine andere Aufgabe, und auch dafür ist, glaube ich, die Zeit gekommen.«

»Aber die übrigen Schätze?« fragte Elathan.

»... werden zur rechten Zeit ihren Zweck erfüllen; doch vielleicht wird es nicht meine Hand sein, die sie dabei führt.« Aeron ließ sich tiefer in den gepolsterten Klappsessel sinken, bis sie fast auf dem Rücken lag und die Beine weit von sich streckte. »Sosehr es mir auch zuwider ist, ich kann guten Gewissens nicht länger zaudern. Die Angelegenheit wird entschieden sein, ehe morgen die Sonne sinkt, so oder so.«

Kurz vor Tagesanbruch stand Aeron mit Elathan und Gwydion an einem Hang und schaute über die kaiserlichen Linien. Ein paar andere drängten sich ein Stück entfernt zusammen: Rohan, Morwen, Sarah O'Reilly, Befehlshaber und Offiziere des königlichen Hauses. Die Luft war frühlingsfrisch, und es war windstill an diesem Morgen des Ersten Mai. Das Gras unter den Stiefeln war naß vom Tau, über den Köpfen hing der Nebel in den Senken des Webstuhls und stieg auf wie Dampf von den Flanken eines erschöpften Pferdes.

Aeron wandte den Kopf und schaute nach der Sonne, die noch nicht aufgegangen war. Im Osten sah es aus, als hätten sich die Wolken zu Schiltrons formiert und warteten in geschlossener Reihe auf ihren Einsatz: zuerst die tief hängenden, die fast die Hügel berührten, dahinter die höher am Himmel stehenden, dicker, aufgeplustert wie

Wollgras, und schließlich die dünnen eisigen Zirruswölkchen, die so hoch oben schwebten, daß sie schon der erste goldene Schein der Sonne berührte, obwohl sie noch unter dem Horizont stand. Links von Aeron lag der Avon Dia blau wie Schwertmetall im zunehmenden Licht, die Schneeschmelze hatte ihn anschwellen lassen, und er strömte schnell und kräftig von den Bergen herab nach Osten.

Gwydion trat hinter sie, und gleich darauf spürte sie seinen Kuß auf dem Haar. Ohne auf die vielen Zuschauer zu achten, hob sie lächelnd die Hand und strich ihm über die Wange. Früher wäre es ihr niemals eingefallen, so etwas in der Öffentlichkeit zu tun, aber auch das hatte sich geändert. Nachdem sich die erste verzweifelte Leidenschaft des Wiedersehens gelegt hatte, hatten sie eine neue Zärtlichkeit füreinander entdeckt, ein gesteigertes Verständnis, das vorher nicht dagewesen war, obwohl ihrer beider Seelen sich stets so nahegestanden hatten; vielleicht kam es daher, daß sie sich schon so häufig beinahe verloren hatten; es mochte auch eine Reaktion auf alle die Mißgeschicke sein, die jedem von ihnen in den Monaten der Trennung widerfahren waren. Wie auch immer, obwohl sie wußten, daß alles Dán war, und sie sich auf diese Gewißheit stützen konnten, hatten sie beide das Gefühl, sie würden die Gegenwart des anderen nie wieder als eine Selbstverständlichkeit betrachten; von jetzt an würden sie sich nur noch darauf verlassen, was sie selbst zwischen sich geschaffen hatten.

»Dafür ist die Stunde zu ernst«, sagte sie lächelnd. »Heute liegt ganz Keltia in der Waagschale.«

»Dann haben wir um so mehr Grund. Bist du bereit?«

»Nein. Aber ich werde trotzdem handeln.« Sie zog nekkend an der dunklen Locke, die sie in ihren Fingern gezwirbelt hatte, und drehte sich zu ihm um. »Komme, was wolle, König von Keltia«, sagte sie, und ihre Stimme war so leise, daß er sie deutlicher in seinem Herzen hörte als mit seinem Ohr, »wisset, daß ich Euch liebe.«

»Und ich Euch, Ard-rían«, antwortete er ebenso leise auf

Hoch-Gaeloch und zog ihre Hand an die Lippen. »Und jetzt geht!«

Ihre Augen wanderten über Gwydions Schulter hinweg und begegneten Elathans Blick in stummer Zwiesprache, die alles zusammenzufassen schien, was zwischen ihnen nie gesagt worden war und auch nicht gesagt zu werden brauchte; ein schneller Blick zu den anderen, dann lief sie leichtfüßig einen schmalen Pfad entlang, der auf den Hügel hinter ihnen führte, und war bald im Nebel verschwunden.

Gwydion sah ihr noch ein wenig länger nach, dann ließ er die Augen über das Tal schweifen, wo sich die kaiserlichen Truppen zu regen begannen.

»Nun, Fomor«, sagte er zu Elathan, »lassen wir das Auge von Fál seine Feinde schauen.«

Während Aeron mühsam den Hügel erklomm, begann weit unter ihr die Schlacht, die beiden Heere strömten langsam aufeinander zu wie ansteigende Flüsse. Sie blickte auf, schätzte die Entfernung über sich, die sie noch bewältigen mußte, und seufzte. Der Hügel am Eingang von Nandruidion – Tallon Law hieß er – war weitaus steiler, als er aussah, seine mit grünem Gras bewachsenen Hänge stiegen so senkrecht an wie die Wände einer Puddingschüssel. *Und sie sind auch genauso schwer zu erklettern,* dachte sie und rang nach Atem, denn der Aufstieg hatte sie angestrengt. Aber dies war der einzige Hügel, von dem aus man einen ungehinderten Blick nach Nordosten hatte; und wenn alles seinen Lauf nahm wie erwartet, mußte aus dieser Richtung die Hilfe kommen.

Aeron tastete gerade nach einem neuen festeren Griff, als sie fast aus der Wand gestürzt wäre, weil unter und hinter ihr ein weißer Feuerstrahl wie ein gewaltiger Pfeil geradewegs und tödlich mitten ins Herz des kaiserlichen Lagers zielte. Wenn man voll hineinschaute, war es, als blicke man in ein Dutzend Sonnen; selbst von der Seite war das gestreute Licht blendend hell. Sie wußte, als wäre sie selbst dabei, was dort unten vor sich ging: Gwydion stand, wie sie selbst es ihm gesagt hatte, hinter dem Auge

Balors und hatte, wie die Legenden es verlangten, mit Hilfe eines gekrümmten Speers das Bronzelid angehoben.

An den Hang des Law geklammert, konnte Aeron erkennen, daß überall, wohin das Auge traf, das Gras zu knistern und zu qualmen begann und der Boden sich schwärzte; sie betete vergebens darum, nicht sehen zu müssen, wie lebende Wesen von diesem schrecklichen Blick erfaßt wurden. Aber sie hatte eine andere Aufgabe zu erfüllen, und so wandte sie Gesicht und Gedanken von dem Gemetzel ab und holte das letzte an Atem und Kraft aus sich heraus, um den Gipfel des Law zu erreichen. Fünfzehn Minuten später stand sie keuchend oben und starrte auf die Schlacht hinunter.

Die letzten Etappen der Klettertour hatten sie auf die andere Seite des Gipfels geführt, daher hatte sie eine Weile nicht sehen können, was sich unten abspielte. Von hier aus, fünfhundert Fuß über der Ebene, entrollte sich der Kampf wie ein blutiger Teppich. Die Heere bekämpften sich nun erbittert, und deshalb war das Auge geschlossen worden, weil sein tödlicher Schein zwischen Freund und Feind nicht unterschieden hätte. Doch einzelne Fäden des Teppichgewebes liefen kreuz und quer und verschlangen sich ohne Rücksicht auf ein Muster: hier Kelten, da Kaiserliche, dazwischen andere Strähnen – die wenigen Fomori-Truppen, denen es gelungen war, sich nach Tara durchzuschlagen, eingestreut die Streitkräfte der Protektorate, die Aerons Kusine Kerensa hergeführt hatte, und sogar einige der Yamazai-Kriegerinnen. Schließlich schälte sich vor Aerons Augen doch ein Muster heraus, ein Muster, das ihr nicht gefiel.

Sie schaute hinab auf das, was sie mit auf den Gipfel des Law gebracht hatte: Unter ihrem Wehrgehenk steckte ein Stück weiße Seide – das Bratach Bán, das weiße Banner – die Märchenfahne, die man nur dreimal schwenken konnte, um übernatürliche Hilfe herbeizurufen.

Zweimal war dies schon geschehen, und beide Male war die Hilfe zur rechten Zeit eingetroffen. So war es vor langer Zeit verheißen worden, als eine Königin der Sidhe dieses Banner einer ihrer Töchter als Tinnscra zur Hochzeit mit einem Sterblichen geschenkt und versprochen hatte, es werde der neuen Familie der Prinzessin dreimal die Unterstützung der Sidhe bringen. Merlynn Llwyd, Arthurs Druidenmentor, hatte es zum ersten Mal gebraucht, um die Leuchtenden zum Kampf gegen Edeyrn zu rufen; das zweite Mal war erst siebenhundert Jahre her, damals, vor acht Generationen, hatte sich Aerons eigener Vorfahr, der Ard-rígh Tigernach, der Fahne in seiner Verzweiflung bedient, um die blutigen Bürgerkriege zu einem Ende zu bringen, in denen nacheinander sein Vater Lachlan, seine Brüder Declan und Raonall und seine Schwester Angharad umgekommen waren; jeder von ihnen hatte auf dem Thron von Keltia gesessen, nachdem ein anderer gefallen war, und jeder war seinerseits getötet worden.

Nun war für Aeron die Zeit gekommen, die Fahne zum dritten- und letztenmal zu schwenken. Gwyn, der König der Sidhe, hatte Gwydion Hilfe verheißen, aber die Ardrían von Keltia mußte darum bitten; das hatte sie sofort gewußt, als er ihr zum erstenmal von Gwyns Versprechen erzählt hatte. *Und es ist ganz richtig, daß ich darum bitten muß* ... Vorsichtig entfaltete sie das Bratach. Niemand wußte genau, wie alt es war, doch Merlynn hatte es schon für uralt gehalten, als es ihm in die Hände gelangte, und das war vor fünfzehnhundert Jahren gewesen; seither befand es sich in der Obhut des Graham-Clans, und der neue Herr von Graham, Douglass' Bruder Aluinn, hatte es Aeron in Inver voll Stolz überreicht, ehe sie nach Tara aufbrachen. Staunend und ein wenig ängstlich starrte sie darauf. Ein quadratisches Stück schwerer weißer Seide, dicht und fein gewebt, die Ränder mit Resten massiver Goldborte besetzt; es schillerte in so vielen Farben, daß es seinen Namen Lügen strafte.

»Ich weiß nicht, mit welchen rituellen Worten ich deine Kräfte freisetzen kann«, sagte Aeron laut, »oder welches Zeremoniell eigentlich diesen Ruf zu begleiten hat. Aber hol uns um unser aller willen jede Hilfe herbei, die möglich ist.« Sie hob den Arm und zog das Banner dreimal langsam durch die Luft. Als die Kelten das von unten sahen, drang ein schwacher Schrei zu ihr herauf, und dann zerfiel das Banner in ihrer Hand zu Staub.

Aber auch die Kaiserlichen hatten sie entdeckt, und Aeron bemerkte ziemlich erschrocken, wie die Linsen der großen Belagerungsgeschütze – jener Laserkanonen, die vom Auge Balors verschont geblieben waren – aufblitzten, als man sie herumschwenkte und auf sie richtete. Sie warf sich auf der anderen Seite des Law zu Boden, als rings um sie der Gipfel zerbarst.

Unten wurde der Kampf nun mit großer Erbitterung geführt, und niemand stellte sich abseits. Vom gemeinen Fußsoldaten bis hinauf zu Gwydion, Elathan und Jaun Akhera selbst hob jeder Krieger, der noch ein Schwert zu halten vermochte, die Waffe gegen den Feind, selbst wenn der Krieger nicht mehr auf den Beinen stehen konnte, sondern auf den Knien kämpfen mußte.

Seltsame Gegner trafen in dem blutigen Getümmel aufeinander: Rohan hatte seinen gewohnten Platz auf der Brücke des *Feuerdrachen* seinem Bruder Declan überlassen, das Kommando über die einst von Denzil Cameron geführte Kavallerie übernommen – der im Kampf unter Rohans Führung gefallen war – und die Reiter glänzend gegen die kaiserliche Infanterie eingesetzt.

Jetzt zog er sie zurück, um sie neu zu formieren und wieder stürmen zu lassen. Während er seinen braunen Hengst nur mit Knien und Stimme lenkte, um die Hände für die Waffen freizuhaben, entdeckte er plötzlich aus dem Augenwinkel ein vertrautes verhaßtes Gesicht in den Reihen der Koranier.

»Kynon von Ruabon ...«, hauchte er. »Sohn des Accolon, ich wußte, daß ich dich noch ein letztes Mal sähe, ehe alles zu Ende ist.« Er zog sein Schwert und drückte dem Hengst die Knie in die Flanken, und das mächtige Pferd schoß gehorsam vorwärts.

Ein Stück entfernt, an den Ufern des Baches Velenryd, stand Gwydion in einem blutigen Kreis, den sein eigenes Schwert gezeichnet hatte. Im Augenblick zögerten seine

Gegner; keiner wollte der nächste sein, der unter seine Schläge geriet, denn bisher war noch niemand mit dem Leben davongekommen, der mit ihm die Klingen gekreuzt hatte.

Ringsum wogten die Reihen, und als sich das Kampfgetümmel wieder beruhigt hatte, sah sich Gwydion Pryderi gegenüber. Sie waren sich seit Caer Sidi nicht mehr begegnet, und jetzt starrten sie sich über die blutigen Trümmer hinweg an.

»Nun, Gwynedd«, sagte Pryderi schließlich. »So weit ist es nun gekommen, nachdem wir so lange Freunde waren.«

Gwydion schüttelte den Kopf. »Dieses Ende wurde schon vor zwei Monaten besiegelt, in Caer Carrig Cenan, als du und dein Vater keine Hemmungen verspürtet, euer persönliches Interesse in den Vordergrund zu stellen, das Gesetz der Gastfreundschaft zu brechen und jemanden zu verraten, der bei euch Zuflucht gesucht hatte. Die Strafe für dieses Verbrechen ist die gleiche geblieben, seit die Kelten Terra verließen.«

»Das Galanas also? Nun, nimm es dir, wenn du kannst!« Mit diesen Worten ging Pryderi, bereits mit seinem Schwert einen blauen Bogen beschreibend, auf Gwydion los.

Der zögerte selbst jetzt noch bis zum letzten Augenblick, dann hob er seine Waffe und parierte, und als die beiden Klingen hart aufeinandertrafen, wäre der Dyvetier fast gestürzt.

Pryderi fand das Gleichgewicht wieder und fluchte leise. *Cythraul möge ihn holen, ich hatte vergessen, wie geschickt er mit dem Schwert umzugehen weiß* ... Er machte erneut einen Ausfall, und wieder parierte Gwydion lässig, mit einer trägen Eleganz, die nicht über das dahinterstehende Können und die Kraft hinwegtäuschen konnte.

Mit einer aus seiner Verzweiflung entsprungenen Wendigkeit stand Pryderi nun ein paar Minuten und viele Schläge lang seinen Mann, und als Gwydion schließlich ein wenig zurückwich, bluteten beide.

»Es tut mir leid, Pryderi«, sagte er, und in seinen Augen

stand aufrichtiges Bedauern. »Ich hatte gedacht, diesmal werde die Gerechtigkeit leicht sein; aber Gerechtigkeit ist niemals leicht. Es ist besser für uns beide, ein schnelles Ende zu machen.« Sein Schwertarm hob und senkte sich, fuhr schräg durch die Luft, zu schnell, als daß das Auge hätte folgen können, und Pryderi stürzte ohne Schrei. Die Wasser des Velenryd schlugen über seinem Gesicht zusammen und flossen rot stromabwärts.

Fechtkunst war jedoch nicht das einzige, was auf diesem Schlachtfeld ins Spiel gebracht wurde ...

Sarah O'Reilly hatte Seite an Seite mit Desmond gekämpft; als eine kurze Pause in der Schlacht eintrat, zögerte auch sie, dann richtete sie sich plötzlich auf, denn etwas auf der anderen Seite der Schlucht hatte ihre Aufmerksamkeit erregt. Sie deutete mit ihrem Schwert hin.

»Da drüben – was ist mit diesen Koraniern los?«

Desmond blickte der Schwertspitze nach. Eine kleine Gruppe kaiserlicher Fußsoldaten, höchstens zwanzig vielleicht, schienen unter einem merkwürdigen Einfluß zu stehen: Sie hatten ihre Waffen weggeworfen, stolperten durch die Reihen und durchsuchten Gepäckstücke, Zelte, und sogar die Leichen der Erschlagenen. Wo immer sie irgend etwas Eßbares fanden, verschlangen sie es, wie von einem quälenden Heißhunger besessen; einige stopften sich sogar Gras und Blätter in den Mund.

»Haben sie den Verstand verloren?«

Desmond schüttelte den Kopf. »Nein, die Bodachs sind zu bedauern; sie haben den Fuß auf das Faer-Gortha, das Hungergras gesetzt. Das ist ein Zauber der Leuchtenden, den sie hauptsächlich zur Abwehr Sterblicher einsetzen. Irgendwo hier in der Gegend muß es einen Flecken davon geben, vielleicht noch aus den Tagen von Edeyrn.«

Das Hungergras ... Sarah O'Reilly raffte fröstelnd ihre Tunika am Hals zusammen. »Wie wirkt es?«

»Es löst einen solchen Hunger aus, wie er auf natürliche Weise niemals entstehen und mit normaler Nahrung niemals gestillt werden kann. Wie du siehst«, – er nickte zu den gierigen Soldaten hin –, »treibt er sie dazu, alles zu verschlingen, was sie finden können, sogar Gras, wenn sonst nichts da ist. Sie werden an diesem Hunger bald sterben, wenn man ihnen nicht die Speisen gibt, die den Zauber brechen.«

»Und was sind das für Speisen?«

»Brot und gesalzene Buttermilch; daß sie dies hier finden, ist unwahrscheinlich, obwohl jeder Landbewohner in Keltia an seiner Kochstelle für einen derartigen Notfall einen Vorrat davon aufbewahrt. Am Faer-Gortha zu sterben, ist schrecklich, und Beltain ist überhaupt der schlimmste Tag, an dem das Hungergras zuschlagen kann.« Seine Augen trübten sich kurz. »Ich muß es Aeron sagen; wenn die Schlacht zu Ende ist, müssen Druiden oder Ban-draoi nach der Stelle suchen und sie reinigen, damit niemand von den Unseren vom Hunger befallen wird. Aber sieh nur, Sari-Fach, es ist vorüber!«

Sarah blickte widerstrebend auf und sah die letzten der vom Hunger befallenen Kaiserlichen wanken und stürzen, während sie sich noch mit den Fingern Gras in die ohnehin schon vollen Münder stopften.

»Die Götter mögen ihnen beistehen!«

Ein Galloglass in der Nähe hörte diese Worte und sagte überrascht, wenn auch nicht ohne Respekt, denn er hatte Desmond erkannt: »Aber das sind Galláin, Herrin, und außerdem Feinde.«

»Die Götter mögen ihnen beistehen«, wiederholte Sarah.

Als das Geräusch einsetzte, war es ganz leise, fast unterhalb der menschlichen Hörschwelle, und schien schon lange anzuhalten: ein tiefes melodisches Singen in deutlich abgesetzten Strophen, harmonisch, rhythmisch, kräftig – ein Marschlied, als zögen die Götter selbst in den Krieg, hinaus auf Achateny, das Feld des Feuers, das Schlachtfeld des Universums, wo dereinst Cymynedd toben wird.

Aeron, die halb laufend, halb fallend, den Lasereinschlägen immer nur ein paar Meter voraus, den steilen Hang herabgekommen war, stürmte nun um den Fuß des Law herum und wurde mitten im Lauf von Dafydd Drummond aufgehalten.

»Deio, laß mich vorbei ...«

»Nein, Aeron, sieh doch!«

Sie blieb wie angewurzelt stehen und starrte mit offenem Mund das Bild an, das sich ihr bot: Die Sluagh Sidhe ritten in die Schlacht, genau wie Gwyn, der Sohn des Nudd, es verheißen hatte, und sie sangen dabei. Woher sie kamen, wußte hinterher niemand zu sagen: Einige schworen, sie seien von Norden erschienen; andere sagten nein, von Westen seien sie angeritten, von Osten oder von Süden; sie seien aus den Bergen gekommen oder aus der Luft. In einem Augenblick waren sie noch nicht zu sehen, im nächsten waren sie da; und es gab niemanden, der bei ihrem Anblick nicht fast zu Stein erstarrt wäre. Selbst die Kelten, die vorgewarnt waren und seit Generationen mit Geschichten über die Leuchtenden und ihre Aufmärsche heranwuchsen – selbst sie wären nicht in ihren Linien geblieben, hätten nicht Aerons Wort und Aerons Wille und die Liebe zu ihr sie dort festgehalten.

»Die Leuchtenden«, sagte Dafydd fast im Flüsterton. »Du hast sie mit dem Bratach Bán gerufen.«

Aeron spürte seine Ehrfurcht, und auch ihr Herz war erfüllt davon. Die alten Legenden machten viel Wesens um die überirdische Pracht, mit der sich die Sidhe umgaben, wenn sie zweimal im Jahr, an Samhain und dann wieder an Beltain, aus ihren hohlen Bergen herausritten; aber sie hatte noch nie eine Geschichte gehört, die gewagt hätte, sie als kampfentschlossene Krieger zu beschreiben. Sie hatte auch nicht geglaubt, daß sie so schön und gleichzeitig so schrecklich sein könnten: Groß waren sie, mit feinen strahlenden Zügen, das Haar in allen Tönungen vom reinsten Silbergold bis zum dunkelsten Schwarzblau, die Haut bei allen von der gleichen porenlosen Blässe, weiß und ohne Makel, und die Augen ... Aber sie konnte ihnen nicht in die Augen sehen, noch nicht, nicht, wenn sie die Aufgabe erfüllen wollte, die sie, wie sie wußte, erst zur Hälfte vollendet hatte.

Mit einer Entschlossenheit, die ihr nicht aus dem Herzen kam, löste sie sich aus Drummonds Arm und trat vor, um die eingetroffenen Verbündeten zu begrüßen.

Auch anderen gelang es, die Angst zu überwinden, vor die Reihen zu treten und auf jene zuzugehen, die die Märchenschar anführten: Rohan, immer noch auf seinem großen braunen Hengst, an dessen Vorderhufen jetzt allerdings Blut zu sehen war, mit Kynon von Ruabons Kopf am Sattelknopf; Elathan, der eine Stunde lang heldenhaft an der Seite von Niall O Kerevan, Tanaxio von den Yamazai und Haco Grex gegen eine Kohorte von Jaun Akheras Leibwache gekämpft hatte; Sarah O'Reilly und Desmond; und Gwydion, der sich von Pryderis Leiche abwandte und sich, das gezückte Schwert noch in der Hand, neben Aeron vor die Sluagh Sidhe stellte.

Gwyn ap Nudd saß auf einem weißen Hengst mit goldener Mähne und verneigte sich ganz leicht vor ihnen im Sattel. Ein wenig hinter ihm grüßte Allyn, der Sohn des Midna, Gwydion mit erhobener Hand und strahlendem Lächeln, und Gwydion zuckte in plötzlicher Freude ein wenig zusammen, beherrschte sich aber sofort. Aerons Aufmerksamkeit wurde jedoch von einer schwarzhaarigen Frau gefangengenommen, die rechts von Gwyn im Damensitz auf einer kastanienbraunen Stute saß.

Die Frau war ganz in Rot gekleidet, das rabenschwarze Haar wurde von einem silbernen Netz gehalten, und sie nahm von Aeron keinerlei Notiz. Sie sah Gwydion an, hob einen goldenen Ast, den sie in der linken Armbeuge getragen hatte, und schüttelte ihn dreimal. Die winzigen goldenen, wie Äpfel geformten Glocken, die an dem Ast hingen, ließen ein reines klares Klingen hören; nun erwiderte die Frau Aerons Blick und sprach.

»Königin der Kelten«, sagte Etain, die Königin der Sidhe, »gefesselt ist Euer Mann.«

Aeron riß mühsam die Augen vom Gesicht der Königin los, als Gwydion neben ihr plötzlich steif wurde, als habe er sich in Stein verwandelt. Ungläubig berührte sie seine Wange: Er bewegte sich nicht, schien nicht zu atmen, und nicht einmal die grauen Augen blinzelten; Aeron wandte sich mit wutentbranntem Gesicht wieder der Königin zu.

»Gefesselt ist Euer Mann«, wiederholte die Königin, und

ihre Stimme war wie die Glöckchen oder wie Vogelgezwitscher.

»Ohne Fesseln währt das Leben länger«, gab Aeron scharf zurück, und Gwydion schüttelte sich wie jemand, der eben aus dem Regen oder aus tiefer Kälte kommt, und sah zuerst Aeron und dann Etain zutiefst verwirrt an.

Etain lächelte: »Hättet Ihr nicht verstanden, was ich meinte, und richtig geantwortet, wärt Ihr weniger Herr über Euch gewesen.«

»Wäre ich weniger Herr über mich gewesen«, sagte Aeron sehr leise, und jetzt lächelte auch sie, »dann hätte ich, ohne Rücksicht auf den Beistand Eures Gemahls, Euren Palast dem Erdboden gleichgemacht, die Erde mit Salz bestreut und die Stelle mit kaltem Eisen eingezäunt, Euch und Euer ganzes Volk aber hätte ich für alle Ewigkeiten dieser Welt in alle Winde verjagt.«

»Ach ja, offenbar ist Fionnbarrs Tochter nicht völlig frei von Rachsucht.«

»Nicht ganz; aber wir sollten es nicht darauf ankommen lassen.« Dann blickte Aeron zu Gwyn auf, der das Geplänkel zwischen seiner Gemahlin und der keltischen Königin belustigt verfolgt hatte. »Gwyn, Nudds Sohn«, sagte sie, jetzt mit vollendeter Höflichkeit, »ich begrüße Euch und Euer Volk.«

Gwyn verneigte sich wieder. »Ich erwidere den Gruß, Aeron, Tochter Dânas. Wir sind gekommen wie versprochen.«

»Und Ihr werdet kämpfen wie versprochen?«

Er machte eine Handbewegung. »Seht Euch um! Wir haben schon damit begonnen.«

Aeron überblickte das Tal hinter Gwyn, wo seine Sluagh sich bereits wie auf einen unausgesprochenen Befehl verteilt hatten. Wohin sie auch schaute, überall ritten die Märchenkrieger den Feind nieder; und als sie genauer hinsah, bemerkte sie, daß die Sidhe-Krieger unbewaffnet waren. Aber offenbar brauchten die Leuchtenden keine Waffen, um ihre Feinde in die Flucht zu schlagen. Wo sie hinkamen, brachten sie die Angst mit, und die koranischen Linien teilten sich vor ihnen wie Wasser.

»Wir haben Euch nicht versprochen, den Kampf für Euch zu gewinnen, Aeron«, sagte Gwyn. »Das ist Euer Dán, nicht der unsere. Aber wir sind aus zwei Gründen hierher nach Nandruidion gekommen: einmal, um ein jüngst gegebenes Versprechen zu erfüllen, zum zweiten, um eine alte – eine sehr alte – Schuld zu begleichen.«

Er stellte sich in seinen vergoldeten Steigbügeln auf und pfiff; zwischen den silberbeschlagenen Hufen der Märchenpferde drängten sich zwei Hunde mit roten Ohren und weißem Fell hervor. Bei ihrem Anblick begannen Aerons Wolfshunde, die sonst weder bei der Jagd noch in der Schlacht Furcht kannten, kläglich zu winseln und sich an ihre Herrin zu drängen, so dicht sie nur konnten; Aeron spürte Cabals Zittern am Bein und legte ihm beruhigend die Hand auf das gesträubte Nackenfell.

»Meine Hunde Bran und Sgeolaun«, sagte Gwyn. »Ich bekam sie von Fionn, und er erhielt sie von Arawn. Ihre rechtmäßige Beute sind Verräter.« Er machte eine kleine Handbewegung; die Märchenhunde bellten dreimal schrecklich auf, dann rasten sie davon, den Hügel hinab, und jetzt gaben sie keinen Laut mehr von sich.

»Noch ein Wort«, sagte Gwydion langsam. »Ihr habt soeben ein Versprechen erwähnt, und das kennen wir; aber Ihr spracht auch von einer Schuld. Was ist das für eine Schuld, und wem gegenüber besteht sie?«

Allyn, der Sohn des Midna, versteifte sich in seinem Sattel, und sogar Königin Etain schien vor dieser Frage ein wenig zurückzuweichen. Aber Gwyn lächelte nur.

»O ja, Prinz von Dôn, ich hätte wissen müssen, daß Ihr den Mut habt, diese Frage zu stellen; und die Antwort, die ich darauf geben muß, reicht weit und tief in die Vergangenheit zurück ... Ihr wißt, daß der Erzdruide Edeyrn, dessen Dún keine Wegstunde von der Stelle entfernt war, auf der wir jetzt stehen, als erster durch Verrat das Unheil und die Galláin nach Keltia brachte; das gleiche Unheil und die gleichen Galláin, gegen die Ihr heute kämpft. Und Arthur von Arvon hat ihn niedergerungen. So wisset denn, daß ich es war, der die Schätze von Keltia in Arthurs Hände gab, um ihm das zu ermöglichen: die Schätze, die sich zuvor lange Jahre in meiner Obhut befanden; dieselben Schätze, Aeron, die ich Euch suchen hieß, damit das Unheil, das vor langer Zeit von Edeyrn eingelassen und von Arthur erstickt wurde, nun von Euch endlich ausgetilgt werde. Daeth yr amser – die Zeit ist gekommen. Zögert nicht länger! Und wenn alles vorüber ist, begebt Euch nach Caer-na-gael auf den Heiligen Berg, dort wird der Kreis Euch empfangen.«

Aeron war vorgetreten, während Gwyn sprach, und stand neben seinem Steigbügel und blickte ihm forschend ins Gesicht. »Was kümmern Euch, einen König der Leuchtenden, die Sünden Edeyrns und das Unheil der Galláin?«

Wieder lächelte Gwyn, nahm die Zügel auf und trieb den weißen Hengst in eine halbe Wendung.

»Wußtet Ihr das nicht? Edeyrn war mein Bruder.«

29. Kapitel

Gwyn und mit ihm Etain verschwanden auf ebenso merkwürdige Weise und ebenso unvermittelt, wie sie gekommen waren, doch Allyn ap Midna zögerte, als habe er noch etwas mit den Herrschern von Keltia zu besprechen.

Aeron selbst hatte sich nicht bewegt, sondern stand immer noch tief in Gedanken versunken an der Stelle, wo Gwyn sie zurückgelassen hatte, die Augen auf einen Punkt in mittlerer Entfernung gerichtet, wo ein Staubvorhang die Schlacht vor ihren Blicken verbarg.

Endlich regte sie sich und blickte Gwydion an. »Deshalb also ...«

Er nickte, doch Allyn gab die Antwort. »Mein Herr Gwyn ist der Sohn Nudds, unseres einstigen Königs«, sagte er. »Und Edeyrn, dem wir als erstem den Titel Marbh-draoi verliehen, war der Sohn eines gewissen Rhûn, eines sterblichen Kelten. Doch beide waren sie Söhne der Dame Seli, die Nudds Königin war. Eines Tages verließ sie im Zorn den Dún und ihren Gemahl. Ein Jahr und einen Tag blieb sie nach unserer Rechnung fort, und als sie zurückkehrte, brachte sie – unsere Jahre und Tage haben nicht den gleichen Rhythmus wie die euren – einen sieben Jahre alten Jungen mit. Sie nannte ihn Edeyrn, das bedeutet ›Der mit der goldenen Zunge‹, und er lebte sieben unserer Jahre lang mit uns, doch in der Welt draußen hatte er in dieser Zeit das Alter eines erwachsenen Mannes erreicht. Dann schickte ihn seine Mutter aus unserem Dún fort in das Schloß seines sterblichen Vaters; doch was Edeyrn in der Zeit bei uns lernte, vergaß er nie, denn er war zum Teil von unserem Blute, und am Ende richtete er damit nur Unheil an.«

»Und deshalb gab sein Bruder Gwyn Arthur die Mittel in die Hand, ihn zu vernichten.«

Allyn nickte. »So ist es, Prinz von Dôn; und immer noch war das Unheil nicht vorüber, noch nicht ganz. Deshalb sprach Gwyn zu Euch jene Worte, um Aeron auf den Weg zu führen, der sie, wie er hoffte, zu den Schätzen bringen würde, auf daß dem durch Edeyrn in die Welt gesetzten Unheil für immer ein Ende gemacht werde. Mehr können wir nicht tun.«

Aeron hatte geschwiegen, solange der Sidhe-Lord und Gwydion miteinander sprachen, aber jetzt hob sie die Hand, und Shane, der ein paar Meter entfernt bei den anderen gewartet hatte, trat schnell an ihre Seite.

»Gwyn hat es gesagt«, murmelte sie, wie zu sich selbst. Dann, lauter: »Daeth yr amser ... Jetzt bring mir Fragarach und den Speer Birgna. Ich will ein Ende machen.«

Der Ritt der Sidhe hatte Jaun Akheras Streitkräfte mehr durch Panik und Unordnung geschwächt als durch echte Zerstörung. Er selbst hatte betäubt und stumm zugesehen, wie die Märchenkrieger gegen seine Linien anritten und die entsetzten Soldaten in alle Richtungen auseinanderjagten. Aber dann waren die Sidhe plötzlich fort, und er schickte sich müde an, seine Armee zu formieren und erneut gegen die keltischen Schiltrons zu schicken. Seine ungläubige Bestürzung ließ er sich nicht anmerken. *Was kann sie denn jetzt noch ins Spiel bringen?* dachte er verzweifelt. *Sie muß die Göttin Ananzanzu in menschlicher Gestalt sein, deren magische Kräfte unerschöpflich sind* ... Trotzdem, selbst Aeron konnte nun nicht mehr viele Überraschungen auf Lager haben, und wenn er bis Sonnenuntergang durchhalten konnte – es sei denn ...

Jaun Akheras Gesicht leuchtete in jäher Hoffnung auf. Schon einmal hatte ihn Aeron zum Fior-comlainn herausgefordert; vielleicht konnte er ihr diese Herausforderung nun seinerseits entgegenschleudern.

Eine Viertelmeile entfernt, näher an den Ufern des Avon Dia, blickte sich Helior in kaum noch unterdrückter Panik um und versuchte, mit den Augen den Staub und das Durcheinander der verstörten Truppen zu durchdringen. *Wo sind meine Söhne? Akhi, wo bist du?*

Aus dem Tumult tauchte eine vertraute Gestalt auf, sie

vergaß ihre königliche Würde, rannte hinterher wie ein Straßenmädchen und faßte nach einem Arm. »Lord Hanno ...«

Er sah sie an wie eine Fremde, dann hellte sich sein Gesicht auf und er nickte. »Herrin? Worum geht es? Ich kann das Kommando keinen Augenblick im Stich lassen, die Schlacht steht so schlecht ...«

Helior spürte eine neue Welle des Entsetzens über sich hereinbrechen. »Mein Sohn ...«

»Ich komme eben vom Kaiser. Er hat einen Entschluß gefaßt und läßt sich durch niemanden davon abbringen: er will Aeron allein gegenübertreten, in einem Zweikampf, der vielleicht unser aller Schicksal entscheidet ... ich muß gehen, Durchlaucht; wenn Ihr hierbleibt, seid Ihr und die Dame Tinao am ehesten in Sicherheit.«

Tinao ... Helior wurde sich bewußt, daß sie das Mädchen seit den ersten Stunden des Kampfes nicht mehr gesehen hatte. *Wo ist sie? Ist sie zu Akhi gegangen? Nein, gewiß kümmert sich Indarrak um sie ... Und was ist mit Sancho?* Erneut stiegen Angst und Verzweiflung in ihr auf, und sie lief wieder los, ohne jedoch zu wissen, wohin oder wovor sie floh. Dann erkannte sie vor sich im geisterhaften Licht Irin Mâgés hochgewachsene Gestalt im orangefarbenen Gewand. Der Cabiri-Priester stand ganz still, seine Augen blickten in weite Fernen, vielleicht sah er auch gar nicht mit den Augen ...

»Nun, Priesterling?« fuhr Helior ihn an, und die Angst ließ ihre Stimme scharf und verächtlich klingen. »Seid Ihr noch immer überzeugt von Euren Ratschlägen? Was wollt Ihr unternehmen, um meinem Sohn da herauszuhelfen?«

Sein Blick drang aus großer, nicht nur räumlicher Ferne zu ihr. »Ich kann nichts tun und darf auch nicht eingreifen. Ich war sein Lehrer, und ich habe ihn gewarnt, jetzt muß er sich allein behaupten. Hierbei kann ihm niemand helfen.«

»Das werden wir ja sehen«, murmelte Helior und rannte weiter durch die aufgelösten Reihen der Kaiserlichen hinter Hannos verschwindender Gestalt her.

Powell von Dyved stand allein auf einem Bergkamm und überblickte von oben die Schlacht. Er war dem Kampf nicht ausgewichen – das bezeugte mehr als eine Verletzung – und er hatte gesehen, wie sein einziger Sohn unter Gwydions Schwert fiel – das bezeugten seine Tränen, deren er sich nicht geschämt hatte.

Aber der Schmerz war ebenso zum Stillstand gekommen wie das Blut, und jetzt hatte er nur noch ein Ziel: dieses Grauen lebend zu überstehen. Zu Anfang des Kampfes – zwischen dem Einsatz des Auges und der Ankunft der Sidhe –, sobald er erkannt hatte, wem sich das Glück wohl zuwenden würde – es war auf Aerons Seite, nicht auf der Jaun Akheras –, hatte er den dyvetischen Truppen den geheimen Befehl gegeben, sich so gut wie möglich aus den kaiserlichen Linien davonzustehlen; und jetzt wollte er selbst die Flucht versuchen. Er hatte sich den Mantel mit dem verräterischen Wappen vom Leib gerissen, seinen gespaltenen Schild weggeworfen, sich durch das brodelnde Schlachtgetümmel gedrängt und schließlich diesen relativ sicheren Berg erreicht. Auf der anderen Seite befand sich eine tiefe Senke, durch die er sich, wenn alles gutging, unbemerkt davonschleichen und sich für immer Aerons Zugriff entziehen konnte.

Und auch Jaun Akheras Zugriff; denn inzwischen, das wußte Powell, würden ihn fast sicher beide Seiten als Verräter jagen, und die Strafe für Hochverrat war in etwa stets die gleiche, von welcher Hand sie auch verhängt wurde.

Fast in Sicherheit, dachte er, *fast geschafft* ... Nur noch über die Kuppe und dann die steilen Wände hinab in die schützende Senke, danach standen seine Chancen sehr viel besser; er war nämlich vorausschauend genug gewesen, keine zehn Lai entfernt in einer Falte zwischen den Hügeln ein raumtüchtiges Kleinstschiff zu verstecken. Fast schluchzend vor Erschöpfung und Anstrengung erreichte er den Gipfel.

Powell wußte nicht, was ihn veranlaßt hatte, sich umzudrehen, denn es gab nicht das leiseste Geräusch, weder in diesem Augenblick noch später. Aber er drehte sich um, und dann war keine Zeit mehr für irgendwelche Geräusche, denn Gwyns weiße Hunde Bran und Sgeolaun sprangen ihn lautlos an, stumm rissen sie die ihnen zustehende Beute zu Boden und zerfleischten Powell, immer noch stumm, die Kehle.

In den paar Monaten seiner Bekanntschaft mit Aeron glaubte sich Elathan – allein schon durch die Häufigkeit – so weit abgehärtet, daß ihn seine neue Freundin nicht mehr überraschen konnte, obwohl ihm in Wahrheit ihr Verhalten selbst in jener kurzen Spanne oft genug Anlaß zum Staunen geliefert hatte. Doch die Freundschaft, auf die sie sich so zögernd eingelassen hatten, hatte sich trotz allem zu einer sehr festen, tragfähigen Beziehung entwikkelt, zu einem von beiden Seiten so rückhaltlosen Geben und Nehmen, wie es zwischen echten Freunden nur sein kann: wenn man freilich die Stellung der beiden berücksichtigte, so umfaßte diese Freundschaft mehr, als es in vielen anderen Fällen behauptet werden kann. Trotz der galaktischen Dimension und der interplanetarischen Bedeutung hatten hier jedoch im Grunde zwei Menschen und nicht zwei Monarchen Freundschaft geschlossen; und als Menschen hatten die beiden gehandelt, vielleicht mehr denn als Monarchen.

So hatte sich Elathan ebenso uneingeschränkt an Aerons Kampf um die Rückeroberung ihres Reiches beteiligt, ohne mit sich und seinen Mitteln zu geizen – sogar ohne Rücksicht auf seine eigene Sicherheit –, wie Aeron es in Tory getan hatte. Er hatte zugesehen, wie Gwydion die Bäume in Krieger verwandelte, wie das Auge Balors erneut geöffnet wurde und wie Aeron das Bratach-bán schwang und die Sidhe nach Nandruidion rief. Doch durch alle diese Geschehnisse zog sich wie ein roter Faden der Gedanke an Talorcan und an das Verhängnis, das damit eng verknüpft war: Was würde er tun, wenn er seinem Bruder endlich begegnete? Aeron hatte ihn schon einmal daran gehindert, Talorcans Blut zu vergießen, und war sogar bereit gewesen, diese Schuld selbst auf sich zu laden; damals war es freilich anders gekommen. Hier auf Tara war das jedoch nicht mehr ihr Problem, falls es das jemals gewesen war, und Elathan wußte sehr genau, daß es allein seine Angelegenheit war, den Knoten aus Blut und Verrat zwischen Talorcan und sich selbst zu lösen: ihn aufzudröseln oder durchzuschneiden.

Daher empfand er es weniger als Schock denn als kalt lächelnde, unentrinnbare Bestimmung – *Dán bis zum letzten Augenblick,* dachte er dumpf –, als er, während Aeron und Gwydion mit den Sidhe sprachen, über die Hänge nach Westen schaute und seinen Bruder zwischen den Offizieren von Jaun Akheras Oberkommando erblickte. Und so erfüllte ihn weniger persönlicher Haß als vielmehr jenes neue machtvolle Gefühl, von Schicksalskräften gelenkt zu werden, als er sich jetzt Aeron näherte. Endlich wußte er, was er zu tun hatte und wie er dabei vorgehen mußte ...

Allyn, der Sohn des Midna, war mit seiner Sippe schon davongeritten, als Shane seiner Kusine die beiden Dinge brachte, nach denen sie verlangt hatte: das Schwert Fragarach und Birgha, den Speer. Sie hatte ihr eigenes Glaive bereits mit dem großen Langschwert in der Lederscheide vertauscht und wollte gerade den Speer aus Shanes Händen nehmen, als Elathan neben sie trat.

Sie sah ihn fragend an, denn in seinem Gesicht stand keine Freundlichkeit, sondern nur starre Beherrschung.

Er zeigte auf die kaiserlichen Linien. »Dort steht Talorcan. Ich glaube, diesen Streit muß ich selbst beilegen.«

Aeron musterte sein gerötetes Gesicht, das unter ihrem Blick wieder erbleichte; dann schaute sie hinüber, erkannte deutlich Talorcans Gestalt im roten Mantel und nickte.

»Nun gut. Und wie wollt Ihr ihn beilegen?«

Elathan sah den Speer in Shanes Hand an, die Spitze steckte noch in der silbernen Hülle, die sie während ihres jahrhundertelangen Schlafs geschützt hatte. Aeron war seinem Blick gefolgt, sie begriff und nickte wieder.

»An Euch also, König von Fomor.« Sie machte Shane ein Zeichen, Elathan den Speer zu übergeben, dann trat sie ein wenig zurück. *Er hat es sich verdient; sonst wäre er nie auf den Gedanken gekommen, und es würde ihm auch nie gestattet, Birgha einzusetzen ...*

Elathan blickte auf die Waffe in seinen Händen nieder. Ein herrliches Ding: In den schlanken Eschenschaft waren rätselhafte Symbole eingeschnitzt – Muster, die aussahen wie zerbrochene Stäbe und Doppelscheiben, Kämme, Spiegel und grinsende Bestien mit langen Nasen – und unterhalb der Spitze befand sich ein Ring aus Findruinna. Sobald sich seine Finger um den Speer schlossen, spürte er dessen Kraft; obwohl Birgha noch in der Seidenhülle steckte, zerrte er wie ein Hund an der Kette. Mit plötzlicher Entschlossenheit riß Elathan die Hülle ab; die Speerspitze glitzerte im Licht, sie schien weder aus Metall noch aus Kristall zu bestehen, sondern war fast so durchscheinend wie ein Edelstein, doch tief im Innern zuckte ein trübes Feuer.

Langsam hob er den Speer in Schulterhöhe und spürte, wie er sich fast gegen seinen Willen ausbalancierte. Seit seiner Knabenzeit hatte sich Elathan im Speerwerfen geübt und sich darin überdurchschnittlich hervorgetan; aber jetzt war er plötzlich sicher, daß dieser Speer ohne sein Zutun sein Ziel treffen würde ... Mit neuer Entschlossenheit visierte er am Schaft entlang Talorcans rotgekleidete ferne Gestalt an und glaubte dabei aus dem Augenwinkel zu sehen, wie sich die Symbole auf dem Speer krümmten und wanden.

Die unerwartete Bewegung erschreckte ihn, so daß er mitten im Ausholen stockte; doch dann schleuderte er Birgha auf seinen verräterischen Bruder, ohne sich später zu erinnern, was er in diesem Augenblick gedacht hatte.

Die Waffe löste sich mit solcher Schnelligkeit – *nein, mit solchem Eifer*, verbesserte er sich, als er ihr nachstarrte – aus seiner Hand, daß es ihm vorkam, als hätte er den Speer gar nicht geschleudert, sondern nur aufgehört, ihn festzuhalten. Im Flug entzündete sich die staubige Luft und bildete einen feurigen Schweif. Talorcan schaute zu spät auf und konnte nicht einmal mehr zurückzucken. Der Speer brüllte auf, als er ihn durchs Herz traf und ihn rücklings zu Boden warf.

Und Elathan bewegte sich noch immer nicht ...

»›Ich bin der Speer, der nach Blut schreit‹«, sagte eine

leise Stimme hinter ihm; Aeron war lautlos herangetreten. »So sprach einer unserer Barden vor langer Zeit auf Terra über Birgha.«

Sie folgte seinem Blick zu Talorcans Gestalt, die jetzt, durch die Entfernung verkleinert, auf dem Hang lag, die Arme nach beiden Seiten ausgestreckt. Der Speer ragte ihm senkrecht aus der Brust und heftete ihn an den Boden. Er lag allein da, denn alle Umstehenden waren geflohen, als Birgha sein Ziel traf.

Elathan wandte sich seufzend von dem Anblick ab. »Er hat recht gesprochen, Euer Barde ... Ich bin froh, daß Cami das nicht miterlebt hat«, fügte er hinzu. »Auf Fomor liegt es allein in der Verantwortung des Königs, jemanden zum Tode zu verurteilen, wenn er und das Gesetz dies für geboten erachten. Aber der König ist auch verpflichtet, dafür zu sorgen, daß Gerechtigkeit geschieht und nicht Rache geübt wird; und diese Pflicht habe ich soeben verletzt.«

»Nein, König von Fomor«, sagte Aeron. »Wenn das stimmte, hätte Birgha nicht einmal die Berührung Eurer Hand geduldet. Das war eine Hinrichtung, und sie war ohne Zweifel gerecht.«

»Und eine Gnade, der er nicht würdig war – den Tod hat er sich mehr als verdient, auch wenn er der Sohn meines Vaters war. Er macht sogar dem Werkzeug seiner Hinrichtung Schande.«

»Nun, was immer er getan hat, er war von königlichem Geblüt, und der Tod durch Birghas Kuß ist eine angemessene Strafe und ist zugleich eine Läuterung. Nun muß Talorcan sich dem stellen, was er sich selbst bereitet hat.« Aeron nickte zu dem Speer hin. »Ruft ihn zurück!«

Er sah sie scharf an, wußte nicht, ob sie scherzte, aber sie nickte wieder.

»O ja, ruft ihn nur. Er wird wie ein abgerichteter Falke in Eure Faust zurückkehren. Ihr wart es, der ihn geschleudert hat; jetzt müßt Ihr ihn auch wieder holen.«

Elathan verspürte Angst und kam sich gleichzeitig albern vor, als er die leere Hand hob, die Handfläche nach außen gewandt, und in Gedanken die Waffe zu sich rief.

Jenseits des Tales erbebte der Speer, als hätte ihn eine Hand aus Fleisch und Blut berührt, dann löste er sich aus Talorcans Körper und raste lodernd zu Elathan zurück. Aeron hüllte die Spitze schnell wieder in die Silberscheide, und Elathan ließ die Waffe in ihre Hände fallen wie eine geladene Laserklinge oder eine weißglühende Metallstange.

Erst jetzt traten jene heran, die zugesehen hatten: Gwydion, Desmond, Grex und noch einige andere. Aeron schaute sie fragend an.

»Neuigkeiten?«

»Für Elathan«, sagte Desmond. »Von denen, die mit Eurem Bruder hierherkamen, sind die meisten inzwischen tot – Dargato, Salenn und Grive sind die wichtigsten – und die übrigen haben wir gefangengenommen. Sollen wir sie töten?«

»Wagt es nicht!« Elathan war von der Heftigkeit seiner Worte ebenso überrascht wie die übrigen. »Verzeiht, ich bin ein wenig – überreizt. Trotzdem, ich wünsche nicht, daß sie getötet werden. Bringt sie erst einmal an einen sicheren Ort; ich werde mich mit ihnen befassen, wenn der Kampf vorüber ist, vielleicht auch erst auf Fomor, wenn ich es für richtig halte.«

»Wie Ihr wollt«, sagte Desmond und ging davon, um den Befehl auszuführen.

Als sie wieder allein waren, beobachtete Aeron ihren Freund eine Weile verstohlen und schweigend. »Ist alles in Ordnung mit Euch?«

Elathan nickte, ohne sie anzusehen, und fuhr sich mit der Hand über das Gesicht, um seine Müdigkeit und seine Niedergeschlagenheit wegzuwischen. »Jetzt schon; jedenfalls einigermaßen ... Aber für mich ist dies das Ende. Ihr habt noch Jaun Akhera vor Euch.« Er blickte hinab auf Fragarach, das an dem Wehrgehänge über ihrer Brust befestigt war. »Ist das für ihn bestimmt – wie Birgha für meinen Bruder?«

Aeron antwortete nicht sofort. »Es könnte sein«, sagte sie dann. »Vielleicht aber auch nicht.«

Dann kam eine Stunde zwischen Mittag und Sonnenuntergang, da die beiden Heere zahlenmäßig so ausgewogen waren wie auf der Schwertbrücke, die den Abgrund vor Annwn überspannt, so gleich waren sie sich, daß sie vor einem Spiegel zu kämpfen schienen.

Aeron stand allein. Das Getöse der Schlacht brandete über sie hinweg wie Wellen über eine felsige Küste; sie sprach nicht, nicht einmal mit Gwydion, der neben ihr stand; sie bewegte sich nicht, nur die Finger bogen sich hin und wieder um Fragarachs Schlangengriff. Sie wußte sehr gut, daß die Umstehenden sich fragten, ungeduldig oder mitfühlend, je nachdem, wie gut sie sie verstanden, warum sie Fragarach nicht zog, warum sie nicht, ohne Rücksicht auf die Kelten, die vor seinem Blick standen, das Auge Balors noch einmal öffnete oder den brüllenden Speer in Jaun Akheras Reihen oder ihm ins Herz schleuderte; eines davon oder alles zusammen hätte ihr und ihren Verbündeten den Sieg gesichert. Sie wußte auch, daß sie die Freiheit hatte, diese Dinge einzusetzen, wenn sie wollte, daß die Entscheidung dazu allein bei ihr lag.

Es wäre ein Sieg, gewiß, aber kein Sieg, glaube ich, der sich lohnte ... wie sie vor so vielen Wochen, ehe *Retaliator* auch nur in die Morimaruse eingedrungen war, zu Morwen gesagt hatte, konnte sie sich diesen Vorteil nicht zunutze machen, ohne ihre Ehre zu verletzen; es wäre nicht anders, als trüge sie im Fíor-comlainn zwei Langschwerter und ihr Gegner nur einen Tafel-Sgian. Der Streit würde – sollte – unter gleicheren Voraussetzungen beigelegt werden, und sie wartete jetzt nur noch auf ein Zeichen und wußte, daß es kommen würde.

Es kam als ein Ruf, den nur sie alleine vernahm. Rings um sie schien ihr Name die Luft zum Dröhnen zu bringen, und sie hielt eifrig Ausschau, woher der Ruf kam. Und dann sah sie, wie sie es erwartet hatte, Jaun Akhera allein unten am Avon Dia stehen. Ehe Gwydion sie aufhalten konnte, lief sie schon den Hügel hinab, mitten in den Kampf hinein.

Jaun Akhera sah sie kommen. Auch er hatte inzwischen festgestellt, was sie schon früher erkannt hatte: die beiden Heere hatten sich festgefahren, der Kampf mußte anders entschieden werden. Er war damit ebenso einverstanden wie sie; in die privaten Streitigkeiten zwischen Fürsten sollte das Volk nicht hineingezogen werden, und jenseits aller politischen Ausschmückungen, mit denen man diesen Krieg umgeben hatte, hinter der ganzen Maskerade von Macht, Vorherrschaft und Einflußnahme lief dieser Kampf letzten Endes auf eine Auseinandersetzung zwischen ihm und ihr hinaus, und dabei ging es um mehr als nur um den Thron von Scone. Noch härter als bei ihrem Kampf gegen Bres prallten hier gegensätzliche Mächte aufeinander, hier bestand ein Widerspruch der Seelen, der nicht stehenbleiben durfte, und das wußten sie beide.

Er spürte einen vertrauten Menschen neben sich. »Mutter«, sagte er sanft, ohne den Blick von Aerons näher kommender Gestalt zu wenden, »du mußt dich jetzt heraushalten. Und was immer hier geschieht, du mußt es hinnehmen.«

»Muß ich das auch?« fragte schmerzlich eine weiche Stimme, und eine Hand berührte seine Wange.

Jaun Akheras Züge verzerrten sich kurz, als sei er nicht gestreichelt, sondern geschlagen worden. »Besonders du, meine Geliebte.« Er wandte sich den beiden zu und sah sie an. *Vielleicht zum letztenmal*, dachte er: Helior, blaß und still; Tinao nicht weniger bleich, aber mit Tränen wie Edelsteinketten auf den Wangen, die im geisterhaften Licht glitzerten.

Jaun Akhera wischte ihr die Tränen ab, dann küßte er seine feuchten Fingerspitzen und drückte sie ihr zum Kuß an die Lippen. Er sah nicht hin, als Helior den Arm um Tinaos Schultern legte und sie wegzog.

Die Sonne brach durch die aufgetürmten Wolkenbänke; die goldenen Strahlenschäfte warfen ein dramatisches Licht auf die Ebene, als Aeron zu ihrem wartenden Feind hinabstieg. Sie rannte, ohne auf jemanden zu achten, schüttelte die Hände ab, die nach ihr griffen, übersah die herabsausenden Schwerter und drängte sich durch die Menge, bis sie oberhalb des Avon Dia eine freie Stelle erreichte. Fragarach loderte nun in ihrer Hand, und keine fünf Schritte entfernt stand Jaun Akhera vor ihr.

Sie war ihm so nahe, daß sie seine Augen erkennen konnte: Das Gold hatte sich verändert, tief im Innern ringelte sich etwas Dunkles; und als Aeron in diese tödlichen Tiefen blickte, spürte sie, wie die ganze Kraft ihres Körpers, ihre ganze Willensstärke sie verließen und ihr unter den Füßen in den Boden rannen wie Sand durch ein Uhrglas oder Wasser durch ein Rohr.

»Nun, Aeron«, sagte Jaun Akhera freundlich. »Dies ist die Prüfung.«

»Es gibt keine Prüfung«, sagte sie mit einer Ruhe, die sie keineswegs empfand. »Einmal habt Ihr abgelehnt, den Streit allein gegen mich mit dem Schwert auszutragen. Nun mache ich Euch dieses Angebot noch einmal.«

Jaun Akhera lachte. »Ich schmeichle mir zwar, daß ich mit dem Schwert besser umzugehen verstehe als Euer letzter königlicher Gegner, aber ich habe keineswegs vergessen, wie Ihr mit ihm umgesprungen seid, und ich fürchte, ich muß auch diesmal ablehnen. Aber ich mache Euch einen anderen Vorschlag.«

»Welcher Art?«

Er nickte zu dem lodernden Schwert hin. »Mit einer solchen Waffe und den anderen Dingen ist es leicht, jeden Feind einzuschüchtern und zu vernichten. Aber diesen Sieg hättet nicht Ihr errungen: Die Waffe, nicht der Krieger würde den Kampf führen. Eurem Stolz zuliebe wollt Ihr Euch dem Fíor-comlainn stellen, aber wäre *das* eine faire Auseinandersetzung? Wäre es nicht wieder wie bei Bellator: wieder ein ungleicher Kampf, in dem Ihr die Vorteile nicht aufgrund Eurer eigenen Fähigkeiten oder Verdienste auf Eurer Seite hättet, sondern allein durch Hexenkunst? Wäre das der Königin der Kelten würdig?«

Aeron ließ sich nichts anmerken, aber es war, als hätte er mit einer Stachelpeitsche in eine offene Wunde geschlagen, als würden sich die winzigen Widerhaken ihr ins Fleisch bohren. Woher wußte er das? Wie hatte er ihre Barrikaden so schlau umgehen und genau auf die Gründe stoßen können, die sie veranlaßt hatten, so lange zu warten? *Meine Schuldgefühle wegen Bellator und der Traha der Aoibhell: zwei schöne Motive, um diesen Kampf zu entscheiden und eine Königin zu beherrschen ... und beherrschen* werden *sie mich; damit hat er sicherlich recht ...*

»Ihr argumentiert so zwingend wie ein Kelte«, hörte sie sich sagen. »Zweifellos seid Ihr schon zu lange hier ... Nun, unter welchen Bedingungen soll die Auseinandersetzung stattfinden?«

»Legt diese Klinge beiseite«, sagte er, ohne den Blick von ihrem Gesicht zu lassen, »und tretet nur mit Euren eigenen Kräften gegen mich an, genau wie ich gegen Euch. Das wäre ein ehrenvoller Wettkampf, wie ihn die Welten noch nicht erlebt haben, ein gleicher Kampf zwischen gleichen Fürsten; auch der Einsatz wäre gleich – mein Thron gegen den Euren. Die Waffe, die ich wähle, Aeron, ist die Magie.«

Aeron zögerte nicht. »Ich nehme an, für mich selbst.«

»Nur für Euch selbst? Sind denn Eure Heere nicht an den Ausgang gebunden?«

»Bei uns ist es Brauch, daß der Kampf erst mit dem Tod des Häuptlings vorüber ist«, sagte sie achselzuckend. »Ich kann jedoch nicht versprechen, daß Gwydion und Elathan die Schlacht nicht weiterführen, falls ich fallen sollte.«

»Das kümmert mich nicht. Mir genügt es, wenn die Rechnung zwischen uns beglichen ist.«

»Ihr scheint Euch des Sieges sicher zu sein, Telchine.«

»Sollte ich das nicht – Danäerin? Wessen Magie hat denn Euer Volk am letzten Tag von Amnael in der Stadt Lirias bezwungen? Wer hat mit seinen Zauberkräften vor nicht allzulanger Zeit das Wolfstor aufgebrochen und Caerdroia eingenommen?«

Da lächelte Aeron, ein ehrliches Lächeln, offen und ohne Arg. »Ich kann nur hoffen, daß mein Volk – von mir selbst nicht zu sprechen – seither einiges dazugelernt hat.«

Sie löste das Wehrgehänge, an dem sie Fragarach befestigt hatte, und legte die Gurte samt dem Schwert behutsam ins Gras. Als ihre Hand den schimmernden Griff losließ, spürte sie wie aus unendlicher Entfernung den Widerhall jenes Gefühls, recht zu handeln, das sie schon einmal vor vielen Monaten in ihrer Kabine auf *Retaliator* überkommen war: eine Gewißheit wie ein fernes Klingen, ein schwacher, aber reiner und klarer Ton. *Ich hatte also doch recht; es war in der Tat eine Prüfung, obwohl ich das dem Marbh-draoi gegenüber eben noch abgestritten habe; ich durfte zwar gestatten, daß der Speer und das Auge eingesetzt wurden, ich kann später auch den Gebrauch der Schale zulassen, aber es wäre* nicht *recht gewesen, das Schwert zu benützen, um diesen Streit zu entscheiden. Weniger weil es dieses Schwert ist, sondern weil ich diejenige gewesen wäre, die es geschwungen hätte. Es war ein Geis und zugleich eine Prüfung, und die Gnade der Götter hat mich bisher davor bewahrt zu versagen – aber es hat schließlich noch kaum angefangen.*

Sie richtete sich zu voller Größe auf und deutete auf eine tiefergelegene flache Stelle nahe einer Furt am Avon Dia.

»Ist der Platz genehm?« Dies war die herkömmliche Formel der Herausforderung.

»Er ist genehm.«

»Dann mag es sein.« Sie stellten sich etwa zehn Schritte voneinander entfernt auf und grüßten sich mit einem tiefen feierlichen Neigen der Köpfe. Dann streckte Aeron die Hand aus, Linien aus blauweißem Feuer schossen von dort, wo sie stand, nach Osten und Westen und vereinigten sich zu einem Ring aus kaltem Feuer, der die Gegner vor jeglicher Störung und jeglicher Unterstützung abschirmte.

Als allgemein deutlich wurde, was Aeron und Jaun Akhera vorhatten, schienen beide Heere sich unausgesprochen auf einen Waffenstillstand zu einigen, und wie von einem Zentrum der Ruhe breitete sich nach allen Seiten Reglosigkeit aus. Zugleich senkte sich stummes Entsetzen über ihre Freunde: Als das Kampfgeschehen sich verlangsamte und schließlich zögernd zum Stillstand kam, hasteten jene, die den beiden Gegnern am engsten verbunden waren, durch die Linien, um der entscheidenden Auseinandersetzung dieses Kriegs so nahe zu sein wie möglich, obgleich sie sehr wohl wußten, daß sie nun nichts mehr tun konnten, um sie aufzuhalten: Gwydion, Rohan, Elathan und Sarah O'Reilly eilten von der einen Seite herbei; durch die kaiserlichen Linien kamen Hanno und Garallaz, Helior und Tinao, Indarrak und Irin Magé.

Und inmitten von allem standen Jaun Akhera und Aeron: Obwohl der Krieg ringsum aufgehört hatte und alles auf ihren Wettstreit wartete, gehörten sie nicht länger dazu. Im Inneren des Riomhall, des schützenden Feuerkreises, den Aeron um den Kampfplatz gelegt hatte, fochten diese beiden nun einen anderen Streit aus: einen Krieg, der dreizehntausend Jahre zuvor in Atland begonnen und der nicht einmal dann geendet hatte, als die beiden Rassen sich von den Sternen lösten. Wieder standen sich Danäer und Telchinen gegenüber, und wieder war die Magie ihre Waffe.

Allen, die gebannt vor Entsetzen außerhalb des Riomhall standen und zusahen, schien es, als veränderten die beiden hochgewachsenen Gestalten im Inneren des Kreises die Zusammensetzung ihrer eigenen Körper: Sie durchrasten eine verwirrende Folge von Verwandlungen, ein Vorgeplänkel: sie verwandelten sich in Bären und Dachse, Wölfe und Hunde, Adler und Schlangen, Basilisken, Greifen, gesichtslose Flammensäulen. Dann war der Gestaltwandel plötzlich vorüber, beide hatten wieder ihr eigenes Aussehen angenommen, atmeten schwer wie nach einem Lauf und standen nicht mehr ganz so fest auf den Beinen.

Aeron erholte sich als erste und streckte, die beiden mittleren Finger aneinandergelegt, die rechte Hand aus.

Eine Lanze aus Licht entstand in der Luft und schoß auf Jaun Akhera zu, traf ihn mit voller Wucht in die Brust und schleuderte ihn zu Boden. Noch im Fallen murmelte er einen Gegenzauber, und Aerons Kopf wurde plötzlich zur Seite gerissen, als hätte ihr eine unsichtbare Hand eine gewaltige Ohrfeige verpaßt. Ehe sie das Gleichgewicht wiederfand, traf sie noch ein Hieb; diesmal warf der unsichtbare Schlag sie auf die Knie ins Gras, in ihrem Mundwinkel standen Blutstropfen. Außerhalb des Kreises mußte Gwydion seine ganze Willenskraft aufbieten, um reglos zu bleiben, und Elathan schloß die Augen.

Doch Aeron war schon wieder auf den Beinen, schrie Worte in einer unbekannten Sprache und reckte einen Arm zum Himmel. Blitze zuckten aus ihren Fingerspitzen, in den dahintreibenden Wolken grollte der Donner. Dann stand zwischen ihnen auf dem Duellgelände ein riesiger schwarzer Hund. Gewaltig und schrecklich sah er aus, unter seinem glatten glänzenden Fell spielten die Muskeln, er hatte einen kräftigen, an der Wurzel breit angesetzten Schwanz, der sich zu einer schmalen Spitze verjüngte. In Beschützerhaltung legte er sich Aeron zu Füßen, und seine Augen glühten rot, als er Jaun Akhera ansah.

»Der Púca«, flüsterte Desmond Sarah O'Reilly zu, die sich ängstlich gegen ihn drückte. »Er befindet sich nur zum Teil in der Welt der Gestalten. Es spricht sehr für Aerons Macht, daß sie ihn rufen konnte, aber ob sie ihm zu gebieten vermag ...«

Seine Stimme verklang, als das Geistertier die Lefzen zurückzog, glänzende Reißzähne sehen ließ und ein langgezogenes erschreckendes Bellen ausstieß. Es bewegte sich drohend auf Jaun Akhera zu, aber Aeron spürte, daß es ihrer Herrschaft entglitt, und sprach ein paar kurze Worte; die Bestie schwenkte den riesigen Kopf herum, sah sie an, knurrte tief in der Kehle und war verschwunden.

»Ich hätte Euch für eine bessere Taktikerin gehalten, Aeron«, höhnte Jaun Akhera. »Man sollte nicht rufen, was man nicht in der Gewalt hat.« Aber seine Stimme klang nicht so markig wie seine Worte.

So ging es viele Minuten lang hin und her, jeder hob auf, was der andere heraufbeschwor: Jaun Akhera verstrickte Aeron in einer Dornenhecke, sie verwandelte die fingerlangen gekrümmten Dornen in weiße Blüten, aber erst nachdem sie grausam gestochen worden war; Aeron legte eine Feuermauer um Jaun Akhera, er zog rieselnden Schnee aus den Wolken, um sie zu löschen; allerdings erst nachdem er sich schlimm verbrannt hatte; und so ging es weiter, und lange, ehe es vorüber war, ermatteten beide.

»Wo ist die Magie, die Euch bei Bellator so gute Dienste geleistet hat?« stichelte Jaun Akhera, während er mit Luchsaugen nach den ersten Anzeichen ihres nächsten

Zaubers Ausschau hielt. Sie kämpften nun schon seit mehr als einer Stunde, und immer noch hatte sich keiner als der Überlegene gezeigt. *Wenn ich sie so weit reizen kann, daß sie über ihrem Zorn ihre Selbstbeherrschung vergißt – schließlich ist Bellator für sie ein schärferer Dorn als jene, die ich vorhin habe entstehen lassen* ... »Wenn Schwarze Magie einmal so aufsehenerregende Ergebnisse erzielt hat, warum sie nicht noch einmal einsetzen: Ihr seid inzwischen verweichlicht und zimperlich geworden, Aeron; selbst Arianeira hat in Murias Besseres geleistet als Ihr jetzt.«

»Das mag sein«, sagte sie leise, aber sehr deutlich. »Ich habe beschlossen, die Schätze nicht einzusetzen, um diesen Kampf zu entscheiden; noch weniger werde ich das Dunkelwissen verwenden, das Eolas Dubh. Nicht einmal dann, wenn ich untergehen müßte und ganz Keltia mit mir; das Wirken Anghars, des Ortes ohne Liebe, werde ich hier nicht beschwören.«

Jaun Akhera stieß einen tiefen spöttischen Seufzer aus. »Ach ja, der unendliche Ivaha des Aoibhells ... aber wie Ihr wollt.« Er führte ein merkwürdiges Zeichen mit der Linken aus, und das zuckende dunkle Wesen, das in seinen Augen gewesen war, sprang plötzlich heraus und nahm zwischen ihnen auf dem Boden da Gestalt an, wo der Púca gestanden hatte.

Aeron trat unwillkürlich einen Schritt zurück, als von dem Schattenwesen ein tieferes Vibrieren ausging, das sich schnell zu einem unangenehmen Summen steigerte. Ekel stieg in ihr auf, der sich zu Übelkeit verstärkte, als das Summen zunahm; ihr Blick trübte sich, und ehe sie etwas unternehmen konnte, um sich zu verteidigen, war ihr das schwarze Wesen an die Kehle gefahren.

30. Kapitel

Gwydion hatte mit undurchdringlicher Miene zugesehen, als Aeron und Jaun Akhera mit ihren magischen Künsten zum Angriff übergingen. *Keiner von ihnen hat jemals mit Zauberkraft gegen einen gleichstarken Feind um Leben und Tod gekämpft ... Es muß sein*, dachte er, aber er hatte schreckliche Angst und konnte keinem anderen Trost spenden: weder Elathan, der sich schließlich abgewandt hatte, weil er nicht länger zusehen konnte; noch Rohan, Grex oder auch nur Sarah O'Reilly, die zu ihm gelaufen war, damit er sie beruhige, wie sie es in ihrer Angst um Aeron schon einmal getan hatte. Aber diesmal vermochte er sie nicht zu ermutigen, er brachte kaum genügend Mut für sich selbst auf. *Aeronwy, wenn du aus diesem Kreis nicht lebend und unverletzt heraustrittst, drücke ich ihm mit meinen eigenen Händen das Leben ab, und was dann kommt, kümmert mich nicht ...*

Morwen hatte zusammen mit Fergus, Ríoghnach und einigen anderen ein wenig abseits gestanden, und jetzt trat sie vor und berührte Gwydions Arm. »Unternehmt etwas«, sagte sie mit vollkommen tonloser Stimme. »Es kann nicht so weitergehen.«

Er sah sie an, und sie erkannte die Qual in dem grauen abwesenden Blick. »Ich kann nichts tun«, sagte er. »Nur sie selbst ...«

»Unternehmt etwas!« bettelte auch Tinao und krallte sich mit beiden Händen an Heliors Arm.

»Da ist nichts zu tun«, murmelte die Prinzessin. »Ihr habt doch gehört, was Akhi sagte: Wir müssen uns damit abfinden, wie immer es ausgeht. Schweigt jetzt und seht zu, sonst seid Ihr seiner nicht würdig.«

Besiegt hob Tinao die Augen – dunkel, verzweifelt, bittend –, blickte einem der Umstehenden nach dem anderen ins Gesicht und flehte stumm um Hilfe: Hanno, Inguari, Garallaz, Irin Magé. Aber die Captains wollten ihren Blick nicht erwidern, und Sanchoniathon, der vielleicht versucht hätte zu helfen und der sie sicherlich getröstet hätte, war nicht da. Von allen sah nur einer sie an, Irin Magé, der Cabiri, und sein Blick gab Tinao nicht den geringsten Trost, denn in seinem hageren Gesicht standen gleichzeitig Mitleid und Erbarmungslosigkeit. Sie wandte sich schaudernd ab, und Indarrak legte ihr sanft die Hand auf die Schulter.

»Oh, 'Darrak, er *wird* es überstehen«, sagte sie mit klarer, entschlossener Stimme. »Du wirst sehen. Es wird alles gut. Es muß doch gut werden.«

Als das Schattenwesen auf Aeron zusprang, riß sie instinktiv die Arme vor das Gesicht; dann prallte es mit solcher Wucht gegen sie, daß sie rücklings ins Gras geschleudert wurde. Sie spürte sein Gewicht; vom Aussehen her hatte es die Ähnlichkeit mit einem Dachs oder einem ungeheuerlichen Talpa; es war von eiförmiger Gestalt, mit seidig glänzendem dunklen Schattenfell bedeckt, und sie konnte keine Augen entdecken. Das Wesen schien keine persönliche Feindseligkeit auszustrahlen, aber Aeron spürte, wie es versuchte, ihr die Energie zu entziehen, seine Gestalt und seine Kraft aus ihrer Substanz aufzubauen. Und damit, das wußte sie, gehorchte es nur seinem Herrn, es hatte keinen eigenen Willen; wenn sie es nicht abschütteln konnte, würde es sie so lange am Boden halten, bis sie erlahmte, und dann würde Jaun Akhera ihrem Kampf das letzte Siegel aufdrücken.

Wie aus weiter Ferne vernahm sie Jaun Akheras gräßlich schrille Stimme, die die Worte eines Verstärkungszaubers schrie. »Kay o kam avriavel, kiya yakhé lo beshel!«

Ihr Gegenzauber kam so schnell wie eine Riposte mit dem Schwert. »Lezh-han, lezh-hon, bac'h an arer zo gant don!« Ein Netz aus Silber legte sich um das Schattentalpa und zog sich im Rhythmus ihrer eigenen Herzschläge stoßweise immer weiter zusammen; je enger es wurde, desto kleiner wurde das Wesen, bis es mitsamt dem silbernen Gitter verschwunden war.

Aeron erhob sich vorsichtig, mit dröhnendem Kopf, und sah Jaun Akhera an. In seinem Gesicht stand jetzt zum erstenmal deutliche Furcht, denn von diesem Zauber hatte er sich viel versprochen. Doch als sie ihn anblickte, sah sie, wie sich sein Gesicht in grauenhafter Weise zu verändern begann: Es zeigte Gwydions, Bres', Harukos, Elathans, Grex', Strephons, Morwens und schließlich ihre eigenen Züge. In einem lautlosen Blitz der Erkenntnis leuchtete eine Wahrheit auf, die ihre ganze Schwäche beseitigte und sie wieder fester auf den Beinen stehen ließ; diese Wahrheit besagte, daß Jaun Akhera ihr eigener Schatten war, der durch ihre eigenen Ängste Wirklichkeit wurde und Gestalt bekam, und umgekehrt galt natürlich das gleiche. Nicht der Schatten, der die andere Seite des Lichts ihrer Seele war; jene angeborene Dunkelheit war schon lange als Teil ihrer selbst – ihres Ichs – in ihr aufgegangen und würde erst mit ihr selbst zugrunde gehen; auch dann würde sie nur körperlos werden, aber mit dem Rest ihrer Seele vereint bleiben. Nein, dieses Andere, das ihr hier gegenüberstand, ganz in Weiß, während sie selbst Schwarz trug, war vielmehr die Verkörperung aller Dinge in der Welt, die sie am meisten haßte, genau das war sie auch für ihn, und in dieser absoluten Verschiedenheit waren sie völlig eins. Es war unmöglich, bei klarem Verstand weiterzuleben, wenn auch der andere lebte; der Dán hatte sie an diesen Ort geführt, in diese Zeit, und nur der Tod konnte sie befreien.

Nach ihrem Ringen mit dem Talpa wäre Aeron am liebsten umgesunken oder hätte losgeheult, vielleicht auch beides; jetzt durchfuhr sie ein brennendes Triumphgefühl, das ihr eine Stütze gab, sich durch ihre Müdigkeit zog wie ein Mast, der die Reste eines zerfetzten Segels hochhält. *Nun mag der Kampf wahrhaft beginnen, denn wir haben beide gesehen, wogegen wir kämpfen; Ihr, Weißer Zerstörer, und ich ...*

So ging es dort, neben dem Avon Dia, wieder eine Stunde und noch länger weiter; einmal hatte der eine die Oberhand, einen Wimpernschlag später übertrumpfte ihn der andere, allmählich wurden die Zauber weniger einfallsreich, verzweifelter; beide versuchten, im rein physischen Bereich zu besiegen, was sie auf einer höheren Ebene nicht zerbrechen konnten.

Mittlerweile hatten beide Mühe, sich auf den Beinen zu halten. Jaun Akhera konnte den rechten Arm nicht mehr gebrauchen, weil ein Zauber Aerons sich wie eine Würgeranke um den Knochen gelegt und ihn mehrfach gebrochen hatte; aber er riß einen Stoffstreifen vom Umhang, band sich den Arm damit vor der Brust fest und sang ein paar schwere düstere Verse.

Plötzlich sah Aeron nur mehr sonnenfarbenes grobes Haar. Unter ihren Händen fühlte sie die Mähne eines Löwen, grüngoldene Augen ohne Pupille, dreimal so groß wie ihre eigenen, starrten auf sie herab.

Sie spürte die Löwentatzen auf den Schultern, die Klauen rissen ihr blutige Striemen in den Rücken, und die Arme, mit denen sie die Fänge der Bestie von der Kehle abhielt, zitterten unter dem ungeheuren Gewicht und der Kraft des Wesens. Mit einer gewaltigen Anstrengung schleuderte sie einen Zauber zurück; der Löwe war fort, sie bekam das Übergewicht und fiel auf die Knie, ehe sie sich abfangen konnte; aber noch während sie fiel, murmelte sie einen Rann.

Jaun Akhera war nicht darauf gefaßt, als jedes Glied in seinem Körper plötzlich zu Eis erstarrte; er mußte seine ganze Kraft aufwenden, um auch nur die Finger zu bewegen oder mit einem Augenlid zu blinzeln. Die Muskeln waren wie aus Messing, die Sehnen aus Blei, und das Rückgrat schien sich in eine kalte Eisenstange verwandelt zu haben.

Aerons Rücken wiederum fühlte sich an, als stünde er in Flammen, sie wußte, daß die Klauen des Löwen Haut und Tunika in Fetzen gerissen hatten; sie wußte auch, daß sie jetzt zuschlagen mußte, solange ihr Feind noch gegen die Meath-fhuar ankämpfte, die Träge Kälte.

Sie atmete tief ein, es klang wie ein Schluchzen. Sie war so müde, jeder Knochen im Leib fühlte sich an wie ein blutiges Messer, der Geist schien zu Schlamm zerflossen zu sein. Jetzt krochen die Worte eines weiteren Rann mit schneckenhafter Langsamkeit an die Oberfläche des Gehirns; sie wußte nicht, woher sie kamen, aber sie waren da, und mit letzter Kraft preßte sie sie heraus.

»Daear a'th lwnc; dw'r i'th le ...«

Die Erde tue sich auf, Wasser soll sein, wo Ihr steht ... Keuchend stieß Aeron die kymrischen Silben hervor und sank ins Gras zurück, die Hände zwischen den Knien gefaltet; sie hatte sich völlig verausgabt, aber ihr Herz war merkwürdig leicht, denn nun war es endlich vorüber. Das war das Ende. Das war ihr letzter Pfeil; wenn er nicht in den innersten, den goldenen Ring traf, dann war sie verloren, und Keltia mit ihr.

Mehrere Sekunden lang geschah nichts; dann öffnete sich mit einem Gebrüll wie von zehntausend Löwen hinter Jaun Akhera die Erde, als zögen sich zwei Lippen von gebleckten Zähnen zurück. Die Grasnarbe schälte sich ab, dann die Erde, rostrot und vulkanisch, schließlich der Fels selbst – Haut, Fleisch und Knochen des Planeten, alles lag nun frei, als hätte ein Götterschwert den Boden aufgeschlitzt, und in der Spalte gab es nur schwarzes Nichts.

Gwydion hatte eine Hand vor die Augen gelegt, um sich diesen grausigen Anblick zu ersparen, doch nun sah er, wie sich, unglaublich, hinter Aerons kläglicher kleiner Gestalt das Phantom einer Frau auftürmte. Sie beugte sich vor und zog die Nadel ihrer bronzenen Mantelbrosche durch das Tal des Avon Dia; an der Furche, die Sie einritzte, bildete sich die Erdspalte. Ihr Kopf war mit Sternen gekrönt, Blitze zuckten in Ihrem Haar; Ihre bloßen Füße wurzelten in der Erde, der Saum Ihrer Gúna schien Aerons blutigen Rücken zu streifen.

Die Erde tue sich auf, Wasser soll sein, wo Ihr steht ... Die Erde hatte sich aufgetan, und jetzt kam das Wasser: der Avon Dia selbst, der Fluß der Götter, griff in den Kampf ein, ballte sich zu einer schäumenden Fontäne zusammen, die von Sekunde zu Sekunde breiter und höher wurde, weniger durchsichtig, von immer unheilvollerer Dichte.

Jaun Akhera löste sich aus der Erstarrung und hob das Gesicht, blind vor Ehrfurcht, erfüllt von Schrecken, den er schnell beherrschte. Er winkte Aeron mit einer Geste zu, die gleichzeitig ein Eingeständnis seiner Niederlage und ein letzter Gruß war, dann war er mit einem Lächeln verschwunden. Das Wasser sauste herab wie eine gepanzerte

Faust und fegte ihn in den Abgrund, den die Ban-dia für ihn geöffnet hatte. Er ging nicht allein: Helior und Tinao, Garallaz, Indarrak, Irin Magé und viele tausend andere begleiteten ihn in die Dunkelheit. Kein einziger Kelte, kein keltischer Verbündeter wurde von den Wassern mitgerissen; alle hatten sich auf Gwydions schnellen Befehl auf höheres Gelände zurückgezogen, und von dort sahen sie nun zu, betäubt und fast ebenso blind vor Angst wie zuvor ihre Feinde.

Das Tosen der rächenden Wasser erstarb, wurde abgelöst von einem tieferen Ton, als die Erdspalte sich zusammenschob, sich so sauber schloß, als würde sie mit einer Naht gehalten. Wo der Abgrund gewesen war, sah man kein lebendes, aber auch kein totes Wesen mehr; keine Narbe entstellte die glatte grüne Grasnarbe, und der Avon Dia strömte wieder weißschäumend im gewohnten Bett dahin. Jaun Akhera war freilich verschwunden, und die meisten der kaiserlichen Truppen mit ihm.

Aeron setzte sich auf die Fersen zurück, ihr Gesicht war schlammverschmiert, die Stiefel und der Saum ihres Mantels waren durchnäßt und beschmutzt vom zurückflutenden Wasser, das ihre Füße umspült hatte. Der Feuerkreis, der Riomhall, war zusammengefallen, ausgelöscht von den widerstreitenden Kräften von Erde, Luft und Wasser. Sie nahm kaum wahr, daß die paar tausend kaiserlichen Überlebenden wie ein Mann die Waffen niederwarfen; durch Rauch, Tumult und böigen Wind suchten ihre Augen Gwydion.

Sanchoniathon, Hanno und eine Handvoll anderer Offiziere, die das Glück gehabt hatten, vom Abgrund wie vom Fluß weit genug entfernt zu sein, um die letzten Minuten zu überleben, waren mit erregten Gesichtern hinter sie getreten.

»Kaiserin ...«

Als Aeron Sanchoniathons zitternde Stimme hörte, drehte sie sich um und stand auf, und für ihn spiegelte sich in ihrer Haltung schon jetzt eine mehr als königliche Distanz. Als erster beugte er auf dem schlammigen Rasen vor ihr das Knie, dann taten es ihm Hanno und die anderen

Offiziere zögernd nach, und über die gesenkten Köpfe hinweg blickten Aeron und Gwydion sich unverwandt an.

›*Kaiserin*‹, dachte sie, und die Erkenntnis ließ sie ein wenig schwanken. *Yr Mawreth ... nein, es kann nicht sein – es* wird *nicht sein ...*

»Mae'r dial drosodd«, flüsterte sie, und Gwydion schloß die Augen, als hätte er Schmerzen oder als hätte der Schmerz plötzlich aufgehört.

Der Rache ist Genüge getan ... Die Worte dröhnten ihm durch die Seele wie das Hornsignal am Ende der langen Jagd, und jeder Muskel in seinem so lange für den Kampf angespannten Körper schien sich zu lockern.

Dann blickte Aeron auf jene hinab, die immer noch vor ihr knieten; sie hatten sich weder bewegt noch die Köpfe gehoben.

»Steht auf, Ihr Herren!« sprach sie auf Hastaisch, und ihre Stimme kam ihr selbst fremd vor. Sie berührte Sanchoniathon leicht an der Schulter, eine Geste fast wie ein Ritterschlag, und er erhob sich und sah sie an, während Gwydion an ihre Seite trat.

Sanchoniathon blickte forschend von einem Gesicht zum anderen, dann zog er sein Schwert und reichte es Aeron mit dem Griff voran. Ohne seinen Blick loszulassen, berührte sie den Griff und gab ihm die Waffe zurück.

»Mir?« fragte er verständnislos und starrte sie an. »Ich begreife nicht ...«

»Nein. Nun, ich begreife es auch nicht, nicht ganz, wir beide werden später darüber sprechen. Was den Titel Kaiserin angeht, den Ihr mir gegeben habt, so ist es nicht mein Titel – ich erhebe keinen Anspruch darauf, und niemand hat ihn mir verliehen.«

»Dann wollt Ihr Euch *nicht* zur Kaiserin erklären?« keuchte Hanno. »Aber gewiß ...«

»Habe ich das nicht eben gesagt?« fragte Aeron ungeduldig. »Ich habe diesen Krieg nicht geführt, um die Herrschaft über das Imperium zu erlangen; oder habt Ihr das noch nicht bemerkt?«

»Wozu dann?«

»Die Ard-rían von Keltia und ihre Freunde, der König

von Fomor, die Königin der Yamazai und der Botschafter der Erde haben den Kampf gegen den Kaiser der Cabiri nur aufgenommen, weil er ihnen den Krieg erklärt hatte«, sagte Gwydion. »Um ihr Königreich seinem unrechtmäßigen Griff zu entreißen, aus keinem anderen Grund.«

Sanchoniathon lächelte. »Schön, Ihr beiden; Ihr könnt glauben, was Ihr wollt.« Seine Augen, die denen seines toten Bruders so ähnlich waren, glühten plötzlich in bernsteinfarbenem Feuer. »Aber vergeßt später nicht, daß ich es Euch als erster gesagt habe: Ein Weltreich ist eine unendliche Versuchung für jeden, der die Kraft hat, es zu erringen, und die Kraft, sich davon abzuwenden. Es ist keine Schande, in Versuchung zu geraten, nicht einmal dann, wenn man der Versuchung nachgibt. Eine Schande ist es nur, so zu tun, als könne man gar nicht versucht werden. Vergeßt das niemals.«

Aeron erwiderte seinen Blick gelassen, dann nickte sie, und auf Gwydions Geheiß traten Desmond und Rohan vor, um die Koranier vom Schlachtfeld zur Burg Tomnahara zu gleiten; allerdings, wie Aeron angedeutet hatte, als sie Sanchoniathon sein Schwert zurückgab, als Gäste und nicht als Gefangene. Sie sah ihnen kurz nach, dann wandte sie sich ab und stieg, ohne den Jubel, das Lob und die Siegesfreude ihrer Freunde und Verbündeten zu beachten, den Abhang hinauf bis zu einer Stelle unterhalb der Außenmauern von Tomnahara, wo etwa ein Dutzend Aircars bereitstanden.

Gwydion holte sie ein, als sie gerade die Kabine des nächststehenden Schiffes besteigen wollte.

»Aeronwy ...« Er ergriff ihren Arm. »Wohin willst du? Hör dir doch an, was da unten los ist; du kannst die Leute jetzt nicht verlassen, sie sind trunken vom Sieg, von deinem wie von ihrem.«

Sie lehnte sich gegen den Rumpf des Aircars, kämpfte mit aller Kraft gegen ihre Erschöpfung an und zwang sich zu einer Erklärung, denn er hatte sie verdient, und sie liebte ihn.

»Weißt du nicht mehr, was Gwyn sagte? Wenn alles

vorüber sei, müsse ich nach Caer-na-gael gehen; der Kreis werde mich empfangen. Wenn ich seinen Worten so viel Gewicht beimaß, daß ich ihnen blind bis nach Afallinn folgte, dann muß ich ihnen doch noch ein wenig länger gehorchen und die paar hundert Meilen zum Heiligen Berg zurücklegen.«

»Und was ist mit dem Volk? Mit deinen Freunden, deinen Verwandten, allen jenen, die dich lieben? Was werden sie sagen, wenn sie sehen, daß du sie in der Stunde des Sieges verlassen hast?«

»Wer mich kennt, wird mich verstehen. Was die anderen betrifft ...« Aeron blickte zu ihm auf, und jetzt ließ sie ihn ein wenig sehen, was der Kampf gegen Jaun Akhera sie gekostet hatte, während sie es vor allen anderen verborgen hatte. »Du hast gehört, was Sanchoniathon und Hanno eben sagten – wie sie es für selbstverständlich hielten, daß ich die Kaiserwürde beanspruchen würde. Schlimmer noch ... Hast du gesehen, als ich eben den Hügel hinaufstieg, wie meine eigenen Leute vor meinem Schatten auf dem Gras zurückwichen? Zu jeder anderen Zeit hätten sie sich um mich gedrängt, hätten geschwatzt, gelacht, mich berührt. Nicht jetzt. Nicht nach allem, was ich heute getan habe. Sie begreifen nicht, daß ich keine andere Wahl hatte; daß es für sie vielleicht weniger schrecklich gewesen wäre, wenn ich die Sache mit dem Schwert bereinigt hätte, daß es aber für mich den völligen Untergang bedeutet hätte. Doch ich bin keine Kaiserin, ich kann mir Jaun Akheras Krone nicht aufsetzen, und schon gar nicht bin ich ein Gott, vor dessen Schatten man sich hüten muß, und ich will als keines von beidem behandelt werden, Gwydion, bei meiner Seele, das lasse ich *nicht* zu.«

Ein wilder, fast irrer Ton klang nun in ihrer Stimme mit, und er faßte sie bei den Schultern. »Die Leute auf dem Hügel, sie stehen nur unter dem Eindruck des Augenblicks. Sie hatten Angst, und deine Art, ihnen diese Angst zu nehmen, war vielleicht ein wenig – dramatisch; es fällt ihnen schwer, das so einfach hinzunehmen. Sie werden dich wieder so behandeln wie früher, aber sie brauchen ein wenig Zeit, um zu erkennen, daß du immer noch du bist.«

Nun kehrte wieder ein wenig von der alten Selbstironie in ihr Gesicht zurück, und sie lachte. »Nun, dann sollen sie sich beeilen. Sie haben nur so lange Zeit, um ihr Gedächtnis aufzufrischen, bis ich von Caer-na-gael zurückkehre.« Sie drehte sich um, umfaßte die Metallstangen und zog sich auf den Steuersitz des Aircars; dabei sah er zum erstenmal ihren Rücken genauer, und bei dem Anblick preßte er die Lippen zusammen.

»Laß das wenigstens von Slaine behandeln, ehe du aufbrichst. Fünf Minuten mit dem Dermasiegler ...«

Aber sie schüttelte den Kopf. »Nein, ich habe so eine Ahnung, daß ich kommen muß, wie ich bin, direkt vom Schlachtfeld ... Aber kümmere du dich um alles, was hier zu tun ist. Und sei unbesorgt: ich werde rechtzeitig zum Abendessen in Caerdroia sein.«

Gwydion streckte ihr die Hand entgegen; obwohl sie mit dem Arm so weit durch das kleine Sichtfenster hinunterreichte, wie sie nur konnte, erfaßten sie sich nur mit den Fingerspitzen – aber der Griff hielt.

»Aeronwy ...«

»Pendragon.« Und damit hob das Schiff vom Gras ab.

Der Steinkreis von Caer-na-gael, der heiligste Ort in allen keltischen Welten, steht unter den Zwillingsgipfeln des Mount Keltia, die man die Tore der Sonne nennt: Als ersten aller Punkte auf dem nordwestlichen Kontinent trifft sie das Licht des aufgehenden Grían. Ganz allein auf diesem hohen kalten Plateau steht Caer-na-gael, ein Doppelring aus grob behauenen Blausteinplatten, angeordnet nach dem uralten Muster der Trilithen und Helisteine wie alle Nemetons, die von der Erde nach Keltia gebracht wurden und ursprünglich aus der verlorenen Heimat der Danäer stammten.

Aeron war mit dem Aircar am Rande des Plateaus gelandet und stand jetzt zwischen zwei mächtigen, dreimal mannshohen, behauenen Pfeilersteinen am Eingang zum heiligen Kreis. Hinter ihr ging die Sonne in einer Wolkenmasse unter – violette und scharlachrote Wolken, eine sah aus wie ein grauer Walschwanz –, und das klare goldene Licht ließ ihren Schatten vor ihr über die ganze Breite des Kreises strömen.

Sie zog die Stiefel aus und schritt barfuß weiter, ohne das gefrorene Stoppelgras überhaupt zu spüren. Ringsum lief ein seltsames Wispern durch die Steine, als hätten die Giganten geseufzt, aber vielleicht blies nur der Wind über den Berggipfel.

Als sie den Mittelpunkt des Kreises erreichte, blieb sie vor dem majestätischen Blaustein stehen, der wie ein Altar im Herzen des Nemeton lag. Sie erinnerte sich sehr gut an das erste und einzige Mal, als sie hiergewesen war: in der Nacht vor ihrer Krönung, als sie, wie alle anderen Monarchen Keltias vor ihr, Ard-rígh wie Ard-rían, vom Abend bis zum Morgen an diesem Ort Wache gehalten hatte, allein, fastend, halb erfroren vor Angst wie vor Kälte. Sie wußte auch noch, was sie damals gesehen, was sie gehört hatte – und sie war auch nicht allein gewesen, nicht wirklich ... Sie verdrängte die Erinnerung und wurde sich plötzlich bewußt, wie schmutzig sie war: das zerzauste Haar voll Staub, die schwarze Uniform zerrissen und zerfetzt, steif von Schlamm und Blut, der Schweiß der Schlacht noch auf der Haut; und sie spürte auch, daß es richtig und angemessen war, so zu kommen.

»Ich, die Ihr gerufen habt, bin gekommen«, sagte sie laut. *Nur der Wind, wie ich es mir dachte ...*

»Und ich, der ich Euch rief.«

Sie drehte sich lächelnd um, denn diese Stimme kannte sie, obwohl sie sie erst einmal gehört hatte. »Gwyn, Sohn des Nudd und der Seli«, sagte sie, und trotz ihrer Aufmachung, trotz der Müdigkeit, trotz des schmerzenden Rükkens beugte sie das Knie vor dem König der Sidhe.

Gwyn beugte ebenfalls das Knie, und auch er lächelte. »Nun, Aeron«, sprach er, und seine Stimme, tiefer noch als die Stimme Gwydions, klang fröhlicher als vorher auf der Ebene an der Einmündung zum Tal der Druiden. »Ihr habt gesiegt, der Marbh-draoi ist nicht mehr, und auch der letzte Rest vom Unheil meines Bruders ist aus der Welt

Zwischendurch: [redacted] Aeron hat eine schwere Schlacht überstanden: Gwydion ist besorgt um die Verletzte – doch sie tröstet: „Ich werde rechtzeitig zum Abendessen in Caerdroia sein …“ [redacted] Auch der Leser kann erst einmal aufatmen und sich selbst ums leibliche Wohl kümmern. Eine kleine Mahlzeit für zwischendurch ist ja im Handumdrehen zubereitet. Heißes Wasser und ein Löffel genügen ja. Und natürlich die … [redacted]

entfernt. Nun will ich Euch etwas zurückgeben, das ich in Verwahrung genommen hatte.«

Er nickte zu dem Blausteinaltar hin, und Aeron sah, daß dort auf dem eben noch leeren Stein nun die Lederschatulle stand, die sie selbst Gwydion übergeben hatte, damit er sie nach Dún Aengus bringe und Gwyn aushändige. Der Deckel des Behälters öffnete sich, obwohl keine Hand ihn berührt hatte, und Aeron schlug mit kältestarren Fingern den purpurnen Samt zurück, der die Kupferkrone verhüllte.

»Es scheint, als bekäme ich von den Leuchtenden stets ein großes Geschenk«, sagte Aeron, als sie glaubte, ihrer Stimme wieder trauen zu können. »Das Bratach Bán und die Hilfe, die es mir brachte; das Horn, das Ihr selbst meinem Gemahl gabt, und das Heer, das es rief; den Weg zu den Schätzen; die Schätze selbst sogar; und nun dies ...«

»O nein! Dies war schon vorher von Rechts wegen Euer; und was die anderen Dinge angeht, nun, auch sie gehörten Euch ... Aber ich will Euch noch etwas geben.«

Er hob die Hand, und eine Kugel aus trübem Licht erschien über dem Blausteinaltar in der Luft. Undeutliche Formen bewegten sich in ihren Tiefen; auf ein leises Wort des Märchenfürsten hin funkelten sie auf und wurden scharf: eine Ecke des Schlachtfelds, ein Eichenhain unterhalb der Mauern von Tomnahara, nahe am Avon Dia.

Aeron beugte sich vor, die Lippen öffneten sich staunend, sie sah Gwydion mit der Schale in den Händen, die er gerade auf einem moosbedeckten Ufer unter den alten Eichen absetzte.

»Wie Ihr Euch letztlich entschieden habt, Euch der Macht von Fragarach nicht zu bedienen«, kam Gwyns Stimme wie aus weiter Ferne, »so hat er sich entschieden, nicht die volle Kraft von Pair Dadeni zu nützen; beide Male war es eine edle Entscheidung, und beide Male war sie richtig.«

Sie sahen schweigend zu, wie Gwydion in der magischen Kugel von der Schale zurücktrat. Ein silberner Nebel bildete sich um die fließenden Umrisse des Gefäßes, die Perlen im geflochtenen Rand verströmten einen bläulichweißen Schein. Langsam, lautlos wuchs die Schale auf ein Vielfaches ihrer einstigen Größe an, dehnte sich aus, überlappte sich selbst wie eine geisterhafte Silberblüte, bis sie als riesiger Kessel unter den Eichen stand, die Öffnung mehr als sieben Fuß im Durchmesser, vielleicht drei Fuß hoch und so schwer, daß sie mehrere Zoll tief in das weiche Moos einsank.

»Er wird damit die Verwundeten heilen.« Aeron hatte plötzlich begriffen. »Aber nicht die Toten ...«

»Nein, denn Pair Dadeni ist zwar der Kessel der Wiedergeburt und hat die Kraft, die Toten ins Leben zurückzubringen, aber es gibt viel Schlimmeres als den Tod des Leibes. Würde man den Kessel dazu verwenden, dann könnte eine Art von totem Leben inmitten der Unsterblichkeit entstehen.« Gwyns dunkle Augen blickten mitfühlend und weich, denn er wußte um die bitteren Gedanken, die ihr durch den Sinn gingen. »Ohnehin können nur jüngst Verstorbene durch den Pair zurückgeholt werden. Es ist nicht Rechtens, jene zurückrufen zu wollen, die schon Tir fo Thuinn, das Land unter den Wellen, erreicht und die nächste Drehung auf dem Rad begonnen haben.«

Aeron lachte leise. »Sie wären auch nicht glücklich darüber, von einem so herrlichen Ort zurückgerufen zu werden, nicht einmal von jemandem, der sie in diesem Leben geliebt hat ... Aber es ist ein guter Einfall von Gwydion, ein Einfall, wie nur er ihn haben konnte, mit den Verwundeten so zu verfahren. Mir wurde selbst die Gnade einer solchen Heilung zuteil, und sie anderen zu verwehren, wäre ein schwerer Verstoß gegen die Herren über Leben und Tod.«

»Dennoch.« Gwyn hob wieder die Hand, und die strahlende Kugel erlosch. »Seht dieses Treffen hier als Fágáil, als Abschiedsgeschenk des Volkes der Leuchtenden; von nun an werden wir uns wohl nur noch in Träumen begegnen oder auf Veranlassung einer Macht, die größer ist als wir beide. Wir werden keinen Platz in dem größeren Reich haben, über das Ihr und Gwydion herrschen werdet; wir gehören für immer zu Keltia, aber Keltia wird nicht länger zu uns gehören.«

»Sagt das nicht!« Aus ihrer Stimme klang aufrichtiger Schmerz. »Was ist mit Allyns Versprechen an Gwydion, daß sie sich wiedersehen würden? Habt Ihr nicht auch selbst versprochen, daß die Bande zwischen Eurem Volk und seinen sterblichen Verwandten enger werden sollten? Man findet nicht so leicht Freunde, und nicht einmal die Ard-rían von Keltia kann es sich leisten, einen Freund zu verlieren, wie Ihr es gewesen seid.«

»Es gibt Versprechungen und Versprechungen«, sagte Gwyn, und jetzt hörte es sich so an, als ziehe er sich aus dem Steinkreis und aus ihrer Gegenwart zurück in die Festungen der Hollow Mountains. »Habt Ihr nicht versprochen, Ihr würdet kein Dunkelwissen einsetzen, um in Eurem Kampf gegen den Marbh-draoi die Oberhand zu behalten, selbst wenn Ihr dafür sterben müßtet und Keltia unterginge? Habt Ihr nicht sogar versprochen, von einem Sieg Abstand zu nehmen, den das Schwert Euch hätte schenken können, obwohl Ihr soviel auf Euch genommen habt, um es zu finden? Hat nicht Euer Freund Theo versprochen, Eure Hände sollten nicht noch einmal mit dem Blut der Galláin befleckt werden – obwohl Euer Dán und der seine es anders verfügt hatten? Und das Versprechen, das Ihr und Gwydion Euch und Keltia im Kreis von Mimaen gabt: Das war ein großes tapferes Versprechen, nicht wahr? Und am Ende wird jedes Versprechen eingelöst.«

»Und was darf ich Euch versprechen, König der Sidhe, damit Ihr bleibt?«

Aber nur der Wind antwortete ihr, und sie wußte, daß Gwyn den Gipfel des Berges verlassen hatte. *Ach, Sohn des Nudd, Ihr habt Euer Versprechen gehalten; nun sind gewiß alle Schulden getilgt; und trotz Eurer Worte glaube ich, daß wir uns wiedersehen werden ...*

Aeron beugte sich vor, um den schweren Lederbehälter aufzuheben, und wartete auf den Schmerz in ihrem zerschundenen Rücken. Zu ihrer Verwunderung spürte sie nichts, nicht einmal eine Steifheit, und sie griff mit der Hand nach hinten und berührte ihren Rücken. Unter der zerrissenen Uniform ertasteten ihre Fingerspitzen nur unversehrte glatte Haut, so makellos, heil und gesund, als hätten Jaun Akheras Zauberkünste niemals Löwengestalt angenommen, um sie zu zerkratzen. Ungerufen stieg vor ihren Augen das Bild der Schale auf, die sich in den großen Pair des Heilens verwandelte. *So wurde ich denn noch einmal durch seine Macht geheilt ...* Und durch die Macht Gwyns, die Macht von Caer-na-gael und vielleicht am meisten durch die Macht des Loslassens: sie hatte sich selbst geheilt, indem sie auf ihre Rache verzichtete und den letzten Kampf allein dem Urteil der Gerechtigkeit und der Götter überließ.

Sie strich ehrfürchtig mit den Fingern über das gehämmerte Kupfer der Krone und schloß den Lederdeckel. *Und deshalb wurde mir die Königswürde nun zum zweitenmal übertragen; und diesmal gilt es noch mehr, denn beim erstenmal ging sie von meinem Vater auf mich über, sie war ein Geschenk des Kreises, ich bekam sie nicht aufgrund eigener Verdienste. Diesmal habe ich sie mir erworben; nun kann ich endlich nach Hause zurückkehren ...*

Epilog

In Caerdroia war es Nacht und für die Frühlingszeit kühl, aber in den Straßen der Stadt herrschte der Taumel des Mittsommers. Das erste der siegreichen keltischen Heere war zusammen mit den verbündeten Fomori und Yamazai vor Sonnenuntergang von den Mauern aus gesichtet worden, und die noch in der Stadt verbliebenen Bürger hatten, vor Freude ganz außer sich, alle Tore geöffnet und waren hinausgeströmt, um die Heimkehrer zu begrüßen.

Auf dem kleinen Turmgang vor ihren Gemächern lehnte Aeron, die Hunde zu ihren Füßen, an den Zinnen und lauschte auf den Festlärm, der schwach von unten aus dem Mi-Cuarta drang, und auf das gedämpfte Raunen des Meeres vor sich – heute nacht waren Manaans weißmähnige Rosse nicht unterwegs. Eine schöne Nacht, die Sommersterne begannen sich über den Horizont zu schwingen, und die Criosanna beleuchteten ihre Gesichter. *Manchmal*, dachte sie, *öfter als ich mir selbst eingestehen wollte, glaubte ich, ich würde dies alles nicht wiedersehen* ... Sie bewegte vorsichtig die Schultern unter ihrer seidenen Gúna und staunte noch immer. *Gar nicht so schlecht, Cymynedd zu überstehen und nicht einmal einen wunden Rücken zu haben* ... Noch während Aeron über den Traha dieses Gedankens lächelte, spürte sie, wie ein Schatten auf dieses Lächeln fiel, denn sie wußte, daß die Wunden dieses Kampfes viel tiefer gingen als jene Kratzer und daß sie sie keineswegs allein verspürte.

Trotzdem waren diese Wunden, so schwer und schmerzhaft sie auch waren, wiederum nur Kratzer, verglichen mit dem, was dieser Krieg Keltia eingebracht hatte. Ein Bündnis mit der Erde, Freundschaft mit Fomor und seinem König, ein Ende des Cabiri-Imperiums; vielleicht sogar, so die Götter wollten, ein Ende der bisherigen Erbfeindschaft zwischen Telchinen und Danäern, falls Sanchoniathons scheinbarer Sinneswandel sich als ehrlich herausstellte. Und warum auch nicht? Gwydion hatte selbst bemerkt, daß Sanchoniathon und sein verstorbener, keineswegs betrauerter Bruder weniger gemeinsam hatten, als sie beide wußten; vielleicht war auch dies ein gutes Zeichen für eine freundliche Zukunft.

Und der größte Gewinn von allen – die Rückkehr der Schätze nach Keltia. *Letztlich habe ich zwar die Schätze gesucht und sie zurückgebracht, aber sie waren nicht für mich bestimmt. Gwydion und Elathan durften sie einsetzen, aber ich nicht – und das war die ganze Zeit über die eigentliche Prüfung: nicht, sie zu gebrauchen, nicht einmal, sie zu finden, sondern auf ihren Gebrauch zu verzichten und dazu die erforderliche Kraft aufzubringen ...*

Erneut schwebten Festgeräusche von unten herauf, drangen durch die zum Meer hin liegenden Fenster des Mi-Cuarta. Dort unten warteten alle darauf, daß sie sich zu dem großen festlichen Ceili gesellte: Elathan, Grex, Morwen, O'Reilly, alle übrigen Freunde und Verwandten, die Führer der Truppen der Protektorate und der Fomori, sogar Königin Tanaxio von den Yamazai, die ihre weiblichen Soldaten mit solch verheerender Wirkung gegen die Koranier, die Verwüster ihres Heimatplaneten geschickt hatte.

Sie würde schon irgendwann hinuntergehen: Es war undenkbar, daß die Ard-rían in dieser Nacht nicht dabei war; außerdem drängte es sie nicht weniger als die anderen, zu feiern, wenigstens für eine Nacht den Gedanken an die erdrückenden Pflichten beiseite zu schieben, die in den kommenden Tagen auf sie alle warteten. *Wenn wir sehr fleißig sind und sehr viel Glück haben, könnten wir bis Fionnasa vielleicht das Schlimmste hinter uns bringen – dann ist es ein Jahr her, seit die ersten Terraner nach Tara kamen ...* Aber noch wichtiger war es ihr gewesen, zuerst hierher zu kommen, in ihr eigenes Heim, erst hier konnte sie glauben, daß alles wirklich war: daß die Schlacht vorüber war, daß sie lebte und ihre Feinde und auch sich selbst besiegt hatte.

Hinter ihr ein vertrauter Schritt; ohne sich umzudrehen, streckte sie die Hand aus. »Ich habe auf dich gewartet; warum kommst du so spät?«

Gwydion küßte ihr die Hand und umschloß sie mit beiden Händen, während er mit einem ruhigen Wort die Hunde beschwichtigte, die ihn stürmisch begrüßten. »Habe ich dich warten lassen? Nun, dann aber nur, weil Kaiserinnen noch mehr Zeit für sich selbst brauchen als Königinnen.«

Sie blickte zu ihm auf, und ihre grünen Augen glitzerten im Licht. »Ich dachte, wir hätten uns noch nicht entschieden, einen solchen Titel anzunehmen.«

»Das haben wir auch nicht«, stimmte er zu, ließ ihre Hand los, setzte sich bequem neben sie auf die Steinbank und zog den Umhang über dem Festgewand aus Samt und Seide um sich – er war, ebenso wie sie, für die unten stattfindenden Feierlichkeiten gekleidet. »Und ich habe auch Sanchoniathons scherzhafte Warnung nicht vergessen ... Aber jetzt spreche ich als Oberster Kriegsherr, und ich gebe der Ard-rían zu bedenken, daß sie kaum eine andere Wahl hat. Das Cabiri-Imperium liegt in Trümmern. Morwen hat schon Bittschriften von einigen Teilen erhalten, die darum bitten, von Keltia als Protektoratswelten angenommen zu werden; in den nächsten Tagen werden noch viel mehr kommen. Wenn es jemals eine Zeit gegeben hat, zu der Keltia in der Galaxis jenseits unserer Energiebarriere die Macht ergreifen sollte, dann jetzt.«

Aeron schwieg so lange, daß Gwydion sich schließlich wieder erhob und neben sie trat, während sie ihr Gesicht weiter dem Meer zuwandte.

»Du sagtest doch selbst, daß du das anstrebst, Aeronwy. Hast du den Tag vergessen, an dem du uns im Kronrat dies alles erklärt hast?«

Sie schüttelte den Kopf. »Wenn mich mein Gedächtnis nicht im Stich läßt, sagte ich genau an diesem Tag auch, daß die Herrschaft über das Imperium nichts sei, was ich freiwillig wählen würde. ›Kaiserin‹: Das bedeutet zuviel Veränderung, und schon der Klang dieses Titels stößt mich ab.«

»Dann bleib Ard-rían, Aeron, wenn dich das beruhigt, aber dein Einfluß ist um nichts geringer, welchen Titel du auch trägst.«

»Und was ist mit dir?« fragte sie plötzlich belustigt.

»Wenn ich den Magier Jaun Akhera besiegt habe, dann hast du als Oberster Kriegsherr seine Armeen geschlagen; deshalb gebührt der Ruhm der Kaiserin Aeron zur Hälfte dem Kaiser Gwydion.«

Ein Ausdruck des Unbehagens glitt ihm übers Gesicht, und er warf ihr ein schiefes Lächeln zu. »Ich mag diesen Titel nicht mehr als du«, gab er zu. »Aber die Macht ist schon jetzt Tatsache, ob wir das wollen oder nicht; wenn das Reich schon besteht, welchen Unterschied macht es dann noch, ob man auch den Titel annimmt? Selbst Elathan und Grex haben dich dazu gedrängt – glaubst du, du wärst als Kaiserin schlechter denn als Ard-rían oder schlimmer als Strephon oder Jaun Akhera? Zuviel Veränderung, sagst du; das Motto hieß doch schon immer ›Sich verändern oder sterben‹.«

Wieder schwieg Aeron lange, dann: »Hast du es gesehen, in Nandruidion? Die meisten haben vielleicht nichts bemerkt, aber du doch sicher ...«

Er nickte, erneut beeindruckt von der Erinnerung: die Ban-dia, die Große Mutter, gekleidet als Mâm Tarach, der Geist des Planeten, wie sie ihre Broschennadel durch die Erde zog, so mühelos, wie ein Kind mit dem Finger über eine vereiste Glasscheibe fährt.

»Viele haben es gesehen – hauptsächlich Zauberer und Empfängliche, doch auch Sarah O'Reilly, Elathan und sogar Grex wurde die Vision zuteil –, aber ein Großteil des Volkes blieb davon ausgeschlossen; daher rührte auch die Angst vor ihrer eigenen Ard-rían, über die du dich beklagt hast.«

»Und über die ich mich noch immer beklage – bei den Göttern, *das* wird aufhören! Ich werde um dieses Sieges willen viel ertragen – ich lasse mich sogar zur Kaiserin machen, wenn es sein muß –, aber ich werde es nicht dulden, daß meine eigenen Kelten Angst und Ehrfurcht vor mir empfinden ...« Als sie sich umdrehte und ihn ansah, blitzten ihre Augen: »In Keltia ist das alles schön und gut, dort bin ich immer noch Ard-rían, und mein Wort ist Gesetz. Aber was geschieht, wenn die Kaiserin nicht mit dem Kaiser einig ist? Wer setzt dann seinen Willen durch?«

Er gab ihr einen spielerischen Backenstreich, eine scherzhafte Berührung, leicht wie eine Schwanenfeder, dann drehte er die Hand um und fuhr ihr liebkosend über die Wange. »Dann kämpfen wir es aus wie die Fians, Schwert gegen Schwert. Das wäre die ehrenhafteste Lösung. Und wir sind mehr oder weniger gleichwertige Gegner.«

»Gleichwertig! Nein, du bekommst von mir eine Vorgabe ...« Jetzt lachte sie, und Gwydion faßte sie um die Taille und zog sie an sich. Eine Weile standen sie schweigend da und sahen zu, wie die Monde über den Bogen der Criosanna zogen.

»Trotz allem«, sagte sie endlich, »kann ich nicht glauben, daß es wirklich vorüber ist.«

Sein Mund berührte ihr weiches Haar. »Du hast es selbst gesagt, Cariad. Mae'r dial drosodd – der Rache ist Genüge getan.«

»Und keine Stunde zu früh ... Was uns nun bevorsteht, ängstigt mich fast ebensosehr wie das Vergangene. Offenbar hat man uns mit dem Schwert gezwungen, die Herrschaft über ein Reich zu übernehmen, die wir nie anstrebten... Wir beide bürden uns da eine gewaltige Last auf.«

»Das stimmt, aber wir werden sie *gemeinsam* tragen, Aeronwy, und Keltia wird mit uns sein; das ist alles, was zählt. Was das übrige angeht, so wächst man an großen Aufgaben; und solche Dinge erscheinen von außen oft viel schlimmer, als wenn man sich damit beschäftigt. Wenn wir uns richtig hineinknien, wird uns die Last wohl nicht mehr so erdrückend vorkommen wie jetzt. Trotzdem, ich habe mir überlegt, daß ich Gwynedd in aller Form an Elved abtreten und vielleicht auch auf das Amt des Pendragon verzichten werde, denn meine Amtszeit läuft noch weitere zwei Jahre. Hast du schon irgendwelche Pläne mit Keltia?«

Sie reckte sich und rückte ein wenig von ihm ab. »Rohan vorerst als Regenten«, sagte sie. »Wenn wir dann das neue Imperium fest im Griff haben, wenn Bündnisse geschlossen sind, mit der Erde und mit Fomor alles erledigt ist und wenn Rohan eine eigene Familie gegründet hat, werde ich ihn als Ard-rígh bestätigen.«

»Und hast du schon eine Vorstellung, wer seine Königin sein soll?«

»Aber sicher.« Doch als er sie drängte, ihm den Namen zu nennen, schüttelte sie lachend den Kopf und wollte nichts sagen; schließlich mußte er selbst lachen und ging hinein.

Wieder allein, wandte sich Aeron erneut dem Meer zu. So viele hatten diesen gegenwärtigen Augenblick und die Entscheidung, die sie eben getroffen hatte, mit herbeigeführt – so vielen schuldete sie Dank für ihre Hilfe, für ihre Freundschaft und sogar für ihre Opposition; aber keiner hatte vielleicht eine größere Rolle gespielt als Haruko. Sein Gesicht schien unter ihr in den mondbeschienenen Wellen zu entstehen. *Ach, Theo, ich wüßte gern, was du mit diesem ganzen wirren Knoten anfingest. Wärst du nicht nach Keltia gekommen, wäre dies alles vermutlich gar nicht geschehen. Keltia läge noch immer im Streit mit Fomor und mit den Koraniern und wüßte ebensowenig von der Erde wie die Erde von uns. Gwydion und ich würden inzwischen friedlich über Keltia herrschen, und kein Weltreich wäre im Entstehen begriffen. Aber du hast das alles für immer verändert; ob es nun Dán oder Karma ist, komm bald zurück und sieh dir an, wozu du beigetragen hast …*

Ihr Blick fiel auf den großen Smaragd des Großsiegels von Keltia, der in dem von hinten aus ihren Gemächern scheinenden Licht aufblitzte, und sie hob den Stein den zwei Monden entgegen. *Es muß sein, und Gwydion hat wie immer recht – ich muß Kaiserin des Westens werden und er Kaiser, und wir müssen alle Veränderungen auf uns nehmen, die damit verbunden sind … wenn der Große Wandler die Hand hebt, bleibt nichts, wie es war.* Sogar die Stadt da unten würde die Veränderung spüren, denn sie würde das Herz, die Hauptstadt des künftigen Reiches werden …

Aber jetzt war es Zeit hinunterzugehen. Noch einmal hob sie die Augen zu den Criosanna, den zeitlosen Zeugen, die sie sich wünschte, und teilte ihnen mit, wie sie sich die Zukunft dachte.

»Königin Rauni von Keltia«, sagte Aeron laut. »Auf Gaeloch werden die Leute sie Ygrawn nennen.«

Wörterverzeichnis

Abred	›Der Pfad der Veränderung‹; die sichtbare Welt des Alltagslebens, die Sphäre, in der man seine verschiedenen Leben verbringt
Aircar	auf den keltischen Welten verwendetes kleines Transportmittel
Alanna	(Erinnach) ›Kind‹, ›Kleines‹, Kosewort
Amadaun	›Narr‹
Amylle	auf dem Planeten Sannox heimische Wasserzierpflanze
An-da-shalla	›das Zweite Gesicht‹, hellseherische Begabung der Kelten
Andere	(hastaisch) bei Frauennamen verwendete Nachsilbe zur Bezeichnung adeliger Abstammung
An Lasca	›die Peitsche‹; ionisierter Nordwestwind in Caerdroia
Anwyl, Anwylyd	(kymrisch) ›Liebling‹, Kosewort
Annwn (sprich: *Annun*)	entspricht in der keltischen Religion der Unterwelt, wo Arawn, der Herr über die Toten, herrscht
ap	(kymrisch) ›Sohn von‹
Ard-rían, Ard-rígh	›Hohe Königin‹, ›Hoher König‹, Titel des keltischen Herrschers
Ard-ríanachtas, Ard-ríghachtas	keltische Königswürde
Astar (pl. **Astari**)	Goldmünze, Währungseinheit des Imperiums
Athiarna	›Hoher Herr‹, ›Hohe Dame‹; Anrede für einen hohen Offizier bei den Fianna
Aurichalcum	(hastaisch) auf dem Planeten Al-

phor abgebautes Metallgestein, wird dort häufig als Baumaterial verwendet

Ban-a-tigh — weiblicher Haushaltsvorstand (*Far-a-tigh,* männlicher Haushaltsvorstand)

Ban-dia — Große Mutter; die Oberste Göttin der Kelten

Ban-draoi — wörtl.: ›weiblicher Druide‹; der keltische Orden der Priesterinnen und Hexenmeisterinnen, der sich der Muttergöttin verschrieben hat

Barden — keltischer Orden von Poeten, Sängern und Meistern der alten Lehren

Barna-baoighaill — ›Lücke der Gefahr‹; historisch jener Teil der nationalen Grenzen, wo am ehesten mit einem Angriff zu rechnen ist; wird auch auf die Bresche in der Energiebarriere (s. d.) angewendet, die durch einen Zauber der verräterischen Prinzessin Arianeira von Gwynedd geschlagen wurde

Barra-glaed — Kriegsgeschrei eines Heeres beim Angriff

Bawn von Keltia — der Teil des Weltraums innerhalb der Energiebarriere (*Bawn:* von den äußeren Verteidigungswällen umschlossenes Gebiet einer Festung)

Beltain — Fest zu Beginn des Sommers, wird am 1. Mai gefeiert

Bienenvogel — Bezeichnung für den Gemeinen Kolibri auf Fomor

Bodach — Schmähung oder auch Äußerung des Mitgefühls – je nach Situation

Braud — (kymrisch) ›Bruder‹

Brehonen keltische Gesetzgeber und Richter

Bruidean von den Ortsbehörden unterhaltenes Gasthaus oder Rasthaus, wo jeder Reisende Anspruch auf kostenlose Unterbringung hat, ungeachtet seiner Stellung oder seiner finanziellen Mittel

Cabiri (hastaisch) koranischer Magierorden von Eingeweihten, ähnlich dem der Druiden oder der Bandraoi

Cam-anfa ›krummer Sturm‹; örtlich begrenzter heftiger zyklonischer Luftwirbel, ähnlich den auf der Erde bekannten Tornados

Camur aasfressender Wildhund, tritt gewöhnlich in Rudeln auf

Cantrip einfacher kleiner Zaubertrick

Caoine ›Totenklage‹, ein Trauergeheul oder Klagelied, das gewöhnlich gesungen wird (vgl. *Coronach,* eine Klage, die man nur auf dem Dudelsack spielt)

Cariad (kymrisch) ›Herz‹, ›Herzallerliebste‹, Kosewort

Carlin böses Weib, Hexe

Cath (pl. **Catha**) militärische Einheit von 5000 Soldaten

Ceili (sprich: *kai-li*) Tanzfest oder Ball, jede Art von Lustbarkeit

Chai (jap.) aus einem Aufguß von verschiedenen getrockneten Blättern oder Kräutern hergestelltes Getränk

Chori (hastaisch) auf dem Planeten Alphor heimischer breitblättriger Baum (*Alizachori:* zahme weiße Vögel, die sich von solchen Bäu-

	men ernähren, häufig in öffentlichen Gärten zu finden)
Chriesta tighearna!	wörtl. ›Herr Christus‹, Name des Gottes der Christen, als Kraftausdruck verwendet
Cithere	auf allen Welten des Imperiums gebräuchliche siebzehnsaitige Schoßharfe oder Leier
Cithóg	Backbord b. Raumschiff (s. Deosil)
Clochan	kuppel- oder jurtenähnliches Zelt, wie es die Fianna im Heerlager verwenden
Coelbren	magisches Alphabet der Druiden
Coire ainsec	›der niemals versiegende Kessel der Gastfreundschaft‹; gesetzlich verankerte Verpflichtung, jeden freundlich aufzunehmen, der darum bittet
Coranier, Koranier	Herrscherrasse des Imperiums, Erbfeinde der Kelten; stammen von den Telchinen ab, während die Kelten Abkömmlinge der Danäer sind
Crann Tarith	›Feuriger Zweig‹; das Zeichen des Krieges in ganz Keltia. Ursprünglich ein brennender Zweig oder ein Kreuz; bezeichnet in erweitertem Sinn jeden Alarm oder Kriegsaufruf, der auf allen Planeten ausgestrahlt wird
Cremave	Entlastungsstein der königlichen Linie von St. Brendan
Criosanna	›die gewebten Gürtel‹, die Ringe um den Planeten Tara
Crochan	magischer Heilteich, der fast jede Verletzung heilen kann, vorausgesetzt die Wirbelsäule wurde nicht durchtrennt und Gehirn und Knochenmark sind unversehrt

Crossic keltische Währungseinheit (kleine Goldmünze)

Cumal Sklavin; Leibeigene; wird als weibl. Form von *Bodach* verwendet

Curragh kleines Ruderboot aus Leder

Cursal sehr schnelles leichtes Kriegsschiff der keltischen Sternenflotte

Cwn Annwn (sprich: *Kuhn Annun*) nach dem keltischen Glauben die Höllenhunde mit roten Ohren und weißem Fell, die Arawn, dem Herrn über die Toten, gehören und mit Schuld beladene Seelen verfolgen und vernichten

Cymynedd in der keltischen Mythologie die Letzte Schlacht, die von Göttern und Menschen auf dem Schlachtfeld von Achateny, dem Feld des Feuers, ausgefochten wird; sie wird zwischen Gut und Böse entscheiden, von ihr hängt das Schicksal des Universums ab

Daer-fudir ›Vogelfreier, Geächteter›, ein juristischer Ausdruck, der bei der Verbannung eines Übeltäters gebraucht wird

Dán ›Verhängnis‹, Schicksal, Karma

Deosil Steuerbord beim Raumschiff (s. Cithóg)

Dermasiegler Hautschweißer; medizinisches Gerät, das Hautverletzungen mit Lasernähten schließt

Derwyth (kymrisch) ›Eiche‹

Dichtal bardische Fingersprache, oft als Geheimcode verwendet

Drachenbruderschaft magisch-militärischer keltischer Geheimorden

Draíochtas Sammelbezeichnung für das Geheimwissen, über das die Angehörigen der Ban-draoi und des Druidenordens verfügen

Druiden magischer Orden keltischer Priester und Zauberer

Dubhachas ›Trübsinn‹; von grundloser Depression und unaussprechlicher Sehnsucht nach nicht zu benennenden Dingen gekennzeichnete Melancholie

Dubh-cosac anregende Pflanze, wird gewöhnlich in Pulverform eingenommen

Dúchas vom König verliehenes Herrschaftsgebiet oder Gut, gewöhnlich mit einem Titel verbunden

Dûhin (Lakhaz) in Bäumen hausende zweibeinige Tele-Empathen, die im Großen Wald von Fomor heimisch sind

Dún Bollwerk der Sidhe, der Leuchtenden (auch *Liss* oder *Rath* genannt)

Dwnedau (kymrisch) Strophen eines Gedichts oder Gesangs (sg. *Dwned*)

Energiebarriere künstlicher Energiewall, der die sieben keltischen Sternensysteme umgibt und verbirgt (auch unter der Bezeichnung *Pale* bekannt)

Englic Sprache der Terranischen Föderation; inoffizielle Verkehrssprache in der Galaxis

Éraic ›Blutpreis‹; Geldsumme, die die Verwandten eines Mordopfers fordern können

Erdkerne verschiedene Arten unterirdisch wachsender hartschaliger Früchte

-fach (mask. **-bach**)	(kymrisch) an den Namen einer Frau angehängtes Suffix, das Zuneigung ausdrückt
Fágáil	›Vermächtnis‹; Abschiedsgeschenk der Sidhe an einen Sterblichen, dessen sie sich besonders angenommen haben
Faha	Hof oder eingefriedeter Platz in einem Burgkomplex oder einem Heerlager
Fáinne	›der Ring‹, die sechs Vizekönige der Sternensysteme von Keltia
Falair	geflügeltes Pferd, eine im Erinna-System heimische Gattung
Fetch	sichtbare Gestalt des Schutzgeistes einer keltischen Familie
Fianna	keltische Offiziersklasse; Orden mit rein militärischen Zielen
Fidchell	schachähnliches Spiel
Findruinna	besonders hartes silbrigweißes Metall, wird für Schwerter, Rüstungen und dergleichen verwendet
Fionnasa	Fest des Gottes Fionn, wird am 29. September gefeiert
Fíor-comlainn	›Wahrheit durch Einzelkampf‹; Zweikampf, dessen Ausgang rechtsverbindlich ist
Fith-fath	Gestaltwandel durch Zauberei, Blendzauber; magische Illusion
Fomori	alte Feinde der Kelten (sg. **Fomor** oder **Fomorier**)
Fragarach	›der Beantworter‹, wird auch als ›Retaliator‹ (Rächer) übersetzt. Im historischen Sinn das magische Schwert Arthurs von Arvon; außerdem auch der Lasergeschützstand in Mondgröße, der zur Verteidigung der Thronwelt Tara dient

Fudir ›Verbrecher‹, ›Geächteter‹; Schmähung

Gabha-Bheil ›Prüfung durch Beli‹; eine Art Gottesurteil, bei dem der Betroffene barfuß durch Feuer gehen muß

Galláin ›Fremde‹, ›Ausländer‹ (sg. **Gall**); Sammelbegriff für alle Nichtkelten

Galloglass keltischer Fußsoldat

Gauran Tier, das man vor den Pflug spannt wie einen Ochsen

Geis (pl. **Geisa**) einer Person auferlegtes Verbot oder eine moralische Verpflichtung

Glaive (von Erinnach: *Claideamh*) Lichtschwert; in ganz Keltia gebräuchliche Laserwaffe

Grafaun doppelschneidige Streitaxt

Grianan ›Sonnenort‹; Solar, Privatgemach

Gúna Sammelbegriff für verschiedene Arten von langen Roben oder Gewändern

Hai atton ›Hoch auf uns!‹; das Hornsignal, mit dem zum Sammeln eines Heeres geblasen wird

Hastaisch die Sprache des Imperiums

Hydromel süßer, stark berauschender Honigwein

Ikonoskop röhrenförmiges optisches Spielzeug, wird durch telepathische Übertragung von Bildern aktiviert und zeigt ständig wechselnde visuelle Muster

Immram ›Reise‹, die großen Auswanderungswellen von der Erde nach Keltia

Innaga (hastaisch) ›Tochter‹, ›Kind‹; von Familienangehörigen oder Freunden gebrauchter Kosename

Ionenbesen Gerät zum Reinigen von Teppichen, Fußböden etc., wobei der Schmutz durch Umkehrung der Ionenpolarisation eingesaugt wird wird

Justiziat unabhängiger interstellarer Gerichtshof auf dem neutralen Planeten Ganaster, bei dem die Systeme einen Schiedsspruch in nichtkriegerischen Streitigkeiten beantragen können; alle Beteiligten müssen sich vorher darauf einigen, die Entscheidung als verbindlich anzusehen

Kenning telepathische Technik, ursprünglich von den Ban-draoi und den Druiden entwickelt (und fast ausschließlich von ihnen angewandt)

Kern Besatzungsmitglied der keltischen Sternenflotte

Lai Entfernungsmaß; entspricht etwa einer halben Meile

Lakhaz die Sprache der Fomori

Lithfaen ›Magneteisenstein‹; Quarzkristall mit piezoelektrischer Ladung, der auf verschiedene Gegenstände eingestellt werden kann und als Zielsuchgerät dient

Lonna leichtes Wasserfahrzeug vom Tragflächentyp, von der keltischen Marine verwendet

Machair	›Meereswiese‹; an die See angrenzende weite Grasflächen, die sich bis zur Hochwassermarke erstrekken
Maenor	ererbte Wohnung oder Bleibe, für gewöhnlich ein Familienbesitz
Marana	›Meditation‹, gedankliche Trance keltischer Zauberer
Marbh-draoi	›Todesdruide‹; Beiname der Kelten für Jaun Akhera
Merrows	(Na Moruadha) ursprünglich auf Kernow heimisches Seevolk
Mether	viereckiges Trinkgefäß aus Holz oder Ton
Morann	trockene vulkanische Hochebene auf dem Planeten Kholco
Morar-mhara	›Herr der Meere‹; Titel des Häuptlings der Moruadha
Morimaruse	ausgedehntes elektromagnetisches Loch; das Tote Meer des Weltraums
Nemeton	zeremonieller Kreis aus aufrechtstehenden Steinen
ní, nighean	›Tochter von‹
Ollave	Meisterbarde; in weiterem Sinne jeder, der in einer Kunst höchste Vollendung erreicht
Pastai	kleine Zwischenmahlzeit; Pastete aus einem mit Fleisch oder Gemüse gefüllten knusprigen Teig
Pheryllt	Klasse von Meisterdruiden; wirken als Lehrer in den Druidenschulen
Piast	großes amphibisches Wassertier, das auf den Planeten Erinna und

Scota in tiefen Seen lebt; bei den Terranern war diese Spezies unter dem Namen ›Ungeheuer von Loch Ness‹ bekannt.

Pig-i'-the-wood Kinderspiel, bei dem eine Gruppe sich an einem ›sicheren‹ Ort befindet und von den Gegnern herausgelockt werden muß

Pishogue kleiner Zaubertrick, Cantrip

Púca boshafter, manchmal bösartiger Geist der Dunkelheit, außerdem der Name eines Geisterhundes von erscheckendem Aussehen, groß wie ein Pony, mit schwarzem Fell und flammendroten Augen

Quaich breites flaches Trinkgefäß mit zwei Henkeln

Rann zu magischen Zwecken gesungene Versstrophe; auch allg. Zauberformel

Rechtair Haushofmeister, der der königlichen Hofhaltung oder dem Haushalt von Adelsfamilien vorsteht, Titel der Gouverneure auf Planeten; Titel des Schatzkanzlers im keltischen Kronrat

Ressaldar-General höchster Rang des terranischen Militärs

Rígh-Domhna Mitglieder der königlichen Familie, die einen gemeinsamen Vorfahren haben und (wenigstens theoretisch) zum Monarchen gewählt werden können

Saille (Erinnach) ›Weide‹

Saining keltischer Taufritus

Salamandri die Salamander-Rasse, das Feuervolk; reptiloide Rasse, die den Planeten Kholco bewohnt

Samhain (sprich: *Sach-win*) Fest des Winteranfangs und Beginn eines neuen Jahres, wird am 31. Oktober gefeiert (Großer Samhain) und dauert bis zum 11. November (Kleiner Samhain)

Schiltron von den Fianna bevorzugte militärische Formation; sehr kompakt und gut durchorganisiert, äußerst schwer zu durchbrechen

Sechs Nationen die sechs Sternensysteme von Keltia (ohne das Thronweltsystem Tara); in der Reihenfolge ihrer Gründung sind das Erinna, Kymry, Scota, Kernow, Vannin und Brytaned (oder Arvor)

Seeschwein halbintelligentes Wassersäugetier, freundlich, lärmend und verspielt

Sgian kleines Messer mit schwarzem Griff, wird in Keltia allgemein mitgeführt, gewöhnlich im Stiefelschaft

Shakla nach Schokolade schmeckendes Getränk, wird zusammen mit Wasser aus den Früchten der braunen Esche zubereitet und ist in ganz Keltia als koffeinhaltiges Genußmittel beliebt

Sidhe (sprich: *Schie*) die Leuchtenden; möglicherweise göttliche oder unsterbliche Wesen

Silkies (Sluagh-rón) das ursprünglich auf den Außeninseln heimische Volk der Seehunde

Skiath ›Schild‹; eine Kombination aus Kraftfeld und Druckanzug, die im Vakuum getragen wird, erzeugt für den Träger den gesamten be-

	nötigten Sauerstoff, sorgt für Schwerkraft und schützt vor schädlicher oder gar giftiger Atmosphäre
Slán-lus	›Heilkraut‹; oft für Kräutermischungen verwendeter Begriff
Sluagh	Heer, Armee
Solas Sidhe	›Märchenfeuer‹; ein dem Irrlicht ähnliches Naturschauspiel, das aber nur über felsigem Boden vorkommt und gewöhnlich im Frühling und Herbst zu beobachten ist; daneben auch eine von Zauberern zum Angriff oder zu Verteidigungszwecken errichtete magische Feuerwand
Speerspitze	der Polarstern von Tara
Stonerows	die unteren Bezirke von Caerdroia
Talpa	blindes Wühltier mit stumpfer Schnauze, auf dem Planeten Kernow heimisch
Tanist, Tanista	keltischer Thronerbe
Taoiseach	der Premierminister von Keltia
Telyn	kymrische Schoßharfe
Tinna-galach	›strahlendes Feuer‹; Irrlichter über sumpfigem Gelände; besonders bekannt für ihr Auftreten in den großen Mooren von Gwenn-Estrad auf dem Planeten Arvor im Brytaned-System
Tinnscra	Heiratsgut, das ein Mann oder eine Frau von der Familie, dem Clan oder (falls es sich um Angehörige der Königsfamilie oder des Hochadels handelt) vom regierenden Monarchen erhält. (*Tinnól:* Die Morgengabe, die sich die Partner gegenseitig überreichen.)

Tirr	Deckmanteleffekt, teils magischer, teils mechanischer Natur
Traha	›Anmaßung‹; zügelloser Stolz, Hybris
Usqueba	›Lebenswasser‹; Whisky, meist unverschnitten
Vitriglas	kristalline Substanz, deren Molekularstruktur mit Metallionen verstärkt ist; wird wegen ihrer extremen Härte und Bruchsicherheit für die Sichtfenster von Sternenschiffen verwendet
Wasserakanthus	Uferfarn mit roten Wedeln, zur Zierbepflanzung verwendet
Wasserdecke	von den Salamandri verwendete Kühlvorrichtung; große Laken aus vielschichtigem Plastikgewebe mit in die Schichten eingelassenen Hohlräumen, durch die Wasser zirkuliert und überschüssige Wärme ableitet
Wasserulme	Heilpflanze mit stimulierenden Eigenschaften
Yamazai	›Amazone‹; matriarchalisch organisierte kriegerische Frauenrasse, auf dem Planeten Aojun beheimatet
Yr Mawreth	›Der Höchste‹; kymrische Bezeichnung für Kelu oder Artzan Janco, den Einen Gott, der über allen anderen Göttern steht

Anmerkung zu den verwendeten Quellen

Obwohl ›**DIE KELTIADE**‹ zum größten Teil das ist, was wir so gern als frei erfunden bezeichnen, schulde ich jenen Quellen, aus denen ich mir systematisch (der großen keltischen Tradition des Rinderdiebstahls folgend) Elemente für meine Geschichte angeeignet habe, mehr als eine allgemeine Danksagung. Für jene meiner Leser, die sich vielleicht für jene hehren, allzusehr in Vergessenheit geratenen Mythen oder für die Werke jener aufopfernden Gelehrten interessieren, die sie bewahrt haben, füge ich hier eine List einiger Bücher bei, die mir die größten Dienste erwiesen haben:

Troidee Ynys Prydein (Die Walliser Triade), hrsg. Rachel Bromwich
Popular Tales of the West Highlands, J. F. Campbell
Celtic Invocations, Alexander Carmichael
Shadow and Evil in Fairy Tales, Marie-Louise von Franz
The White Goddess, Robert Graves
Visions and Beliefs in the West of Ireland, Lady Gregory
Old Celtic Romances, P. W. Joyce
A Social History of Ancient Ireland, P. W. Joyce
Legendary Fictions of the Irish Celts, Patrick Kennedy
The Mabinogion
Celtic Folklore, John Rhys
The Hibbert Lectures, John Rhys
Atlantean Traditions in Ancient Britain, Anthony Roberts
Myths and Legends of the Irish Race, T. W. Rolleston
The Tribal System in Wales, Frederic Seebohm
Celtic Scotland, W. F. Skene
Magic Arts in Celtic Britain, Lewis Spence
Thy Mysteries of Britain, Lewis Spence
Celtic Myth & Legend, Poetry & Romance, Charles Squire

Ancient Legends of Ireland, Lady Wilde
Folklore in the English and Scottisch Ballads, L. C. Wimberly
Irish Folk Stories and Fairy Tales, W. B. Yeats
Mythologies, W. B. Yeats

Am meisten habe ich mich natürlich auf das berühmte Gedicht *Preiddu Annwn* (Der Beutezug nach Annwn) gestützt, das dem Walliser Barden Taliesin zugeschrieben wird. Für die auf diesen Seiten erscheinende Version habe ich die Übersetzungen von Graves, Rhys, Skene und Squire verwendet (dessen Übersetzung selbst aus verschiedenen Quellen zusammengetragen ist), habe selbst einiges an kreativer Übersetzungstätigkeit geleistet und den Rest den Anforderungen der Handlung entsprechend frei erfunden.

Ein zweites wichtiges Werk, auf das ich hinweisen möchte und dem ich vieles entnommen habe, ist ein weiteres Gedicht von Taliesin, auf das ich im *Red Book of Hergest* gestoßen bin, es heißt *Câd Goddeu* (Die Schlacht der Bäume). Die hier auftauchenden Elemente stammen aus den Übersetzungen von Graves und D. W. Nash, welche ebenfalls von mir ergänzt wurden.

HEYNE FANTASY

Romane und Erzählungen internationaler Fantasy-Autoren im Heyne-Taschenbuch.

06/4508

06/4509

06/4519

06/4520

06/4497

06/4514

06/4526

06/4530